Gustaw Herling
Tagebuch bei Nacht geschrieben

Ausgewählt und aus dem Polnischen
übersetzt von Nina Kozlowski

Carl Hanser Verlag

Die vorliegende Auswahl entnahmen wir den Bänden
Dziennik pisany nocą 1984-1988, Czytelnik – Warszawa 1996
Pisma zebrane, Red. Zdzisław Kudelski, tom 6
Dziennik pisany nocą 1989-1992, Czytelnik – Warszawa 1997
Pisma zebrane, Red. Zdzisław Kudelski, tom 7
Dziennik pisany nocą 1993-1996, Czytelnik – Warszawa 1998
Pisma zebrane, Red. Zdzisław Kudelski, tom 10

1 2 3 4 5 04 03 02 01 00

ISBN 3-446-19845-8

Satz: Filmsatz Schröter GmbH, München
Druck und Bindung: Pustet, Regensburg
Printed in Germany

1984

Neapel, 2. Januar 1984

Welch ein Reichtum! Ein Futter für die Vertragsangestellten und geheimen Mitarbeiter des universellen, bereits unzerstörbaren Wahrheitsministeriums! Vor allem wäre das Material zu sichten. Eine nicht allzu schwierige Aufgabe, handelt es sich doch nur um wenige Posten, zur sofortigen Entsorgung in den »Gedächtnis-Löchern« bestimmt: das amerikanische Bändchen *1984 Revisited*, Umberto Ecos Vorwort zur italienischen Neuausgabe von Orwells Roman, die Artikel von Michel Heller und Simon Leys in *Le Monde*. Der riesengroße Rest braucht nicht mühsam sortiert zu werden. Ruhigen Gewissens, mit dem seligen Lächeln von Flauberts Sammlern der Dummheit, kann er in einer großen Schublade mit der Aufschrift »Orwell als Prophet der Computertechnik« abgelegt werden. Wer hat vor Jahren als erster vorgeschlagen, *1984* als eine finstere Vision des künftigen Amerika zu lesen? Wer hat als erster davor gewarnt, die Spitze dieser Orwellschen Satire gegen die Sowjetunion zu richten? Natürlich der tote »Häretiker« Deutscher, der unerbittliche Streiter gegen alle »Renegaten«.

Angesichts der unendlich langen Reihe von »Orwelliana« genügt es, die Sonntagsbeilage der *Unità*, des Organs der italienischen kommunistischen Partei, zur Hand zu nehmen, die ganz *1984* gewidmet ist. Eröffnet wird sie durch ein langes Interview mit Berlinguer. Er hat Orwells Roman 1950 gelesen, gleich nach Erscheinen der italienischen Ausgabe. Er stand diesem Roman äußerst kritisch gegenüber, da der von Orwell beschriebene Staat in der Atmosphäre des »kalten Krieges« als Metapher der Sowjetunion galt und das Buch von der antikommunistischen und antisowjetischen Propaganda genutzt wurde. Heute ist das anders, heute kann man *1984* mit weit größerer Distanz betrachten. Und man kann in Orwells negativer Utopie ... Ja, was erkennen? Diensteifrig legt Berlinguers Gesprächspartner einen Artikel von Roy Medwjedjew vor, der in dieser Beilage ebenfalls zu finden ist und in dem die originelle These vertreten wird, die Verbreitung der Computer in der Sowjetunion werde den Weg freimachen für einen Prozeß der Liberalisierung, in Amerika begünstige er dagegen das Entstehen der »Großen Angst«.

Ein anderer Beitrag, der zu allem Überfluß auch noch aus der Feder eines Dozenten für amerikanische Literatur in Salerno stammt, trägt ebendiesen Titel: *In Amerika aber entsteht die Große Angst.* Der mir unbekannte englische Schriftsteller Ken Follett versichert den Lesern der Beilage, in dem Roman *1984* sei »Winston Churchill der Große Bruder«. Der linksorientierte Geistliche und Theologe Baget Bozzo stellt im Titel seines Artikels kurz und bündig fest: *Orwell fürchtete die Macht, wir fürchten das Chaos.* Dies ist wohl als ein mittelbarer, verborgener Seufzer vor dem Großen Bruder zu interpretieren, ganz im Sinne der Inschriften, die gleich nach Kriegsende die Mauern italienischer Städte zierten: »Komm, Schnauzbart (so wurde Stalin damals voll zärtlicher Vertraulichkeit genannt, Il Baffone), schaffe Ordnung mit eisernem Besen«. Mit einem Wort, uns ist selbst gar nicht bewußt, was wir da in dem Orwellschen Roman lasen und weiter lesen ... Die Sonntagsbeilage zur *Unità* rückt die Dinge wieder ins rechte Licht und in die angemessenen Proportionen.

3. Januar 1984

Zwei Randbemerkungen zu einer weiteren »Jubiläumslektüre« von »1984«. Ich habe wohl in meinem Tagebuch bereits erwähnt, daß es falsch wäre, Orwells Sympathien für den Sozialismus zu bagatellisieren oder ganz zu ignorieren. Jetzt betont Simon Leys in *Le Monde* (seine Skizze ist Teil des Buches *George Orwell ou l'horreur de la politique*) Orwells Treue zu den Ideen bzw. zum Ethos des Sozialismus. Und er hat recht. Orwells Anti-Utopie wäre nicht annähernd so dramatisch, wenn sie auf die Phantasie eines entschiedenen Sozialismusgegners zurückginge. »Utopien erweisen sich als weit realisierbarer, als man früher glaubte. Und wir stehen heute vor einer auf ganz andere Weise beängstigenden Frage: Wie können wir ihre endgültige Verwirklichung verhindern? ... Utopien sind machbar. Das Leben hat sich auf die Utopien hinentwickelt.« In seiner kleinen enzyklopädischen Abhandlung über die Utopie (*Einaudi*-Enzyklopädie) zitiert Bronisław Baczko[1] dieses Motto von Berdjajew aus Huxleys *Schöner neuer Welt* und fügt hinzu, daß es ebensogut die erste Seite von *1984* hätte zieren können. Wenn Orwells Anti-Utopie so erschütternd ist, wenn sie Huxleys Buch in den Schatten stellt, dann vor allem deshalb, weil sie von einem Mann stammt, der, einen im Namen des Sozialismus realisierten Totalitarismus vor Augen, für bestimmte mehr oder weniger utopische Elemente sozialistischen Empfindens starke Sympathie hatte.

Zu der größeren Dramatik im Orwellschen Idealismus gesellt sich die im rein Literarischen, die durch einen Kunstgriff erreicht wird, den wohl noch keiner, der über *1984* schrieb, bemerkt hat. Orwell hält sich an die klassischen Regeln der Romankunst, formuliert aber, gleichsam zwischen den Zeilen beziehungsweise auf einer anderen, unsichtbaren Ebene, seinen eigenen Alptraum von dem, was er erzählt. Er beschreibt die Geschichte von Winston Smith, Julia, O'Brien und einigen Nebenfiguren in realistischer Weise und erlebt sie zugleich in einem quälenden, erstickenden Alptraum. Dieser Realismus, der, je wirklichkeitsbezogener er ist, sich im dunklen Spiegel des Traums um so schärfer abzeichnet, stellt eine große Leistung Orwells dar; der Vorwurf selbst wohlgesinnter Kritiker, daß er zwar ein »hervorragendes Buch«, aber einen schwachen Roman geschrieben habe, ist schlichtweg Unsinn.

26. Januar 1984

Scheinbar im Scherz erwähnte ich in meinem Tagebuch einmal den Erkenntniswert amerikanischer Gangsterfilme, eigentlich war dies jedoch ganz ernst gemeint. Ich sehe sie mir seit vielen Jahren an, wenn sich Gelegenheit bietet, und bereichere und vertiefe nutzbringend mein Wissen auf dem Gebiet der »Sowjetologie«. Nun stellt sich heraus, daß ich einen Seelenverwandten habe. Mehrfach beruft sich Paul Johnson in seinem dicken Band *A History of the Modern World* auf das »Gangster-Syndrom« zur Beschreibung der Entstehung und Entwicklung des Sowjetsystems. So meint er etwa: »Trotzki, der sich nach seinem Fall als Bekenner der Parteiendemokratie präsentierte und den sein Anhänger und Hagiograph Deutscher glorifizierte als die Personifizierung all dessen, was in der bolschewistischen Bewegung edel war, war sein Leben lang nichts anderes gewesen als ein anspruchsvoller (*sophisticated*) Politgangster.« In seiner letzten Auseinandersetzung mit Stalin habe er jedoch »Fehler begangen, die für einen Gangster fatal sind, der aus der Sicht der Mafia niemals an die breiten Massen appellieren kann«. Oder: »Molotow wurde mit einer Gruppe von Parteigaunern nach Leningrad geschickt, um Sinowjews Parteiapparat zu zerschlagen und zu übernehmen – im Grunde genommen bediente er sich derselben Methoden, nur im größeren Maßstab, die Al Capone eben zu jener Zeit anwandte, um sein Territorium in Chicago zu erweitern.« Soweit ein nüchterner Historiker, der immun ist gegen die Spitzfindigkeiten der Spezialisten in Sachen »Ideokratie«. Auch Johnson ist, ähnlich wie Weissberg-Cybulski[2] und ich, der Meinung, daß Koestlers »glänzender Roman« *Sonnenfinsternis* »sehr weit von der Wahrheit entfernt ist«. Nur irrt er sich, wenn er das nackte Gangstertum mit der Mafia gleichsetzt. Die relativ stabile, verzweigte und verwurzelte Mafia stellt ein höheres Organisationsstadium und eine gesellschaftlich reifere Form des nackten Gangstertums dar. Mafiose Strukturen, die den kranken Organismus der Gesellschaft umschlingen und aussaugen, kennzeichnen den gegenwärtigen Sowjetismus; das nackte Gangstertum hingegen dominierte in seiner heroischen Sturm und Drang Periode* unter der Flagge Lenins, Trotzkis und Stalins.

29. April 1984

Ein chassidisches Dorf. Am Samstagabend treffen sich einige seiner Bewohner im Wirtshaus, trinken miteinander Tee und unterhalten sich. Sie sind ganz unter sich, nur in der Ecke hockt zusammengekauert irgendein zerlumpter Vagabund und sagt kein Wort. Einer aus der Runde schlägt vor, jeder der Anwe-

* im Original deutsch

senden solle sagen, was sein größter Wunsch wäre, wenn er einen frei hätte. Der eine nennt Geld, ein anderer wünscht sich einen Mann für seine nicht mehr junge, noch unverheiratete Tochter, ein dritter neue Bretter aus der Tischlerei und so weiter und so fort. Der Kreis schließt sich, und es bleibt nur noch der unbekannte arme Schlucker in der Ecke. Was wäre sein größter Wunsch? Lange sträubt er sich, schließlich gibt er nach. »Ich möchte König sein, Herrscher eines mächtigen Landes. Ich möchte, daß nachts ein Feind in mein Königreich eindringt, daß sich meine Armee dem nicht widersetzt, so daß ich plötzlich aus dem Schlaf geschreckt und von Furcht ergriffen, einzig und allein in einem Hemd aus meinem Palast fliehen müßte, daß ich auf der Flucht vor meinen Verfolgern über Berge, Wälder und Täler ohne auszuruhen liefe und schließlich atemlos, aber heil und ganz in eurem Wirtshaus anlangte, in dieser Ecke, in der ich gerade sitze. Das ist es, was ich mir am meisten wünschen würde.« Alle starren ihn erstaunt an. »Ja, und was würde dir denn dein größter Wunsch bringen?« Prompt fällt die Antwort: »Ein Hemd.«

Walter Benjamin behauptet, diese Anekdote sei eine hervorragende Einführung in Kafkas Welt: Und er hat recht. Er versucht gar nicht, diese Behauptung zu begründen; auch damit hat er recht.

Je mehr ich mich mit Kafka beschäftige, desto skeptischer betrachte ich jegliche Interpretation seines Werkes (meine eigenen eingeschlossen). Sie bewegen sich stets tastend neben dem unfaßbaren und kaum spürbaren Wesen der Dinge, wie in einem unendlichen Versteckspiel. Kafkas Phantasie zieht ihre Kraft aus rätselhaften Parabeln, und eine Parabel kann man höchstens mit Hilfe einer anderen Parabel erhellen, niemals aber interpretieren. Aus Benjamins einfühlsamer und vielschichtiger Skizze über Kafka verdient lediglich die Parabel über den armen Schlucker als König und sein Hemd in Erinnerung behalten zu werden.

30. April 1984

In der Zeitung las ich einst von einem Brand in einem Heim für einsame alte Menschen. Das Feuer brach bei Tage aus, so daß alle Bewohner gerettet werden konnten. Aber ihre persönlichen Andenken, alte Briefe und Familienfotos, fielen entweder den Flammen zum Opfer oder wurden bei den Löscharbeiten vernichtet. Rasch wurden die alten Leute mit den verbrannten Resten ihres Gedächtnisses und ihrer Vergangenheit in einem anderen Heim untergebracht. Bald darauf setzte dort ein so gewaltiges Sterben ein, daß das neue Heim nach drei Monaten fast leer war.

Eine Zeitlang hatte ich die Absicht, darüber eine Erzählung zu schreiben. Schließlich ließ ich den Plan fallen, denn mir wurde klar, daß in den wenigen Sätzen der Zeitungsnotiz schon eine fertige Erzählung steckte, die ein Zuviel an Worten nicht vertrug. Wie viele solcher kurzen Erzählungen – und welch bedeutsame – übersehen wir in der »Chronik der Ereignisse«! Dostojewski wußte, was er tat, als er weder Zeit noch Mühe scheute, die Tageszeitungen durchzusehen.

7. Mai 1984

In einem Versuch über die Eitelkeit heißt es bei Montaigne sehr schön: »Ich kann über mein Leben nicht anhand meiner Taten Buch führen – das Los verweist sie in den Schatten; daher tue ich es anhand meiner schweifenden Gedanken.« Stendhal lebte von Einfällen, sie setzten seine Feder in fieberhafte Bewegung. Er schlüpfte in seine Gestalten, egal welchen Geschlechts. Er schuf sich über die Literatur und interessierte sich für sich – den echten Herrn Beyle – gewiß weniger als für die Galerie fiktiver Gestalten. Er dachte auch nach ihrem Kalkül: »… im allgemeinen ist meine Philosophie die des Tages, an dem ich schreibe …« Seine Romane glichen Träumen, und auch ihre Helden lebten und starben wie im Traum. Er verabscheute Beschreibungen von Natur, Umgebung, Milieu und Handlungsort und betrachtete sie als lästigen Tribut an die Kunst des Romanschreibens. Ihm war es wichtig, diese zweitrangigen Accessoires schnell abzuhandeln, um sich in die nur in seiner

Vorstellung existierende Gestalt versetzen zu können: durch sie zu lieben, zu leiden, Treue zu halten und zu brechen, zu kämpfen, sich zu duellieren oder den Kopf auf die Guillotine zu legen. Und dies gehörte immer zum imaginären Stendhal, an dem der echte Herr Beyle nur einen bescheidenen Anteil hatte. Herrn Beyle plagten Anfälle von Depression und Langeweile, vor denen er sich durch Flucht unter die Fittiche des wandelbaren Stendhal mit seinen vielen männlichen und weiblichen Gesichtern zu retten suchte. Ich kenne in der Weltliteratur keinen anderen Schriftsteller, der von jeder seiner Gestalten in gewissem Maße sagen könnte: Das bin auch ich, ich im Traum. Einmal beschrieb er sich mit dem Wort »barock«. Barock war nicht der Stil seiner Prosa, im Gegenteil; barock aber war der wunderbare Irrsinn seiner vielfältigen, vielgestaltigen, Selbstbildnisse schaffenden Phantasie. Das Wunder besteht darin, daß seine barocke Vorstellungskraft einen Realismus gebar, dessen Reiz und Eigenart (wie er voraussah) erst die Leser im nächsten Jahrhundert voll erkennen sollten.

Rom, 13. Mai 1984

Der Zug ist weg; ich muß bis Mitternacht im Bahnhofscafé warten. Am Nachbartisch sitzen zwei junge Mädchen. Als sie das vor mir ausgebreitete Papier und den Stift sehen, sagt die eine lachend und in gespieltem Flüsterton zur anderen: »Jetzt wird er einen Liebesbrief schreiben.« Wer weiß, vielleicht fließt in meinem Tagebuch unter dem Fundament der Chronik, die hin und wieder von Erzählungen unterbrochen wird, tief am Grund verborgen ein epistolographisches Rinnsal …

Auf eine dringende Anfrage hin bin ich am frühen Morgen nach Rom gekommen. Als ich nachmittags von einem Treffen auf der anderen Seite des Tibers zu Fuß ins Stadtzentrum zurückkehrte, sah ich von der Brücke aus ein lebhaftes Treiben an der Anlegestelle. In sonntäglicher Fröhlichkeit wurde dort gespeist, gedämpfte Gesänge und Gitarrenklänge waren zu hören. Und ich hatte gedacht, die Anlegestellen am Tiber seien längst ausgestorben, ihre Nachkriegsblüte ein für allemal vergangen!

Wie entzündet sich Prousts »Madeleine-Episode«? Meine

Erinnerung bewahrt bewegliche Bilder auf, vergilbten Photographien ähnlich. Eine »Madeleine« belebt sie sogleich, wie ein in ruhiges Wasser geworfener Stein, ein Filmeffekt, der der angehaltenen Szene wieder Schwung verleiht. An das Brückengeländer gelehnt, schloß ich halb die Augen, das Herz klopfte. Die Anlegestellen im Nachkriegs-Rom, Musik von alten Plattenspielern, Tänze auf dem Schiffsdeck, Sprünge ins Wasser an heißen Tagen, billiger und saurer Wein aus dem Faß, Auftauen, Glück. Ja, Glück. Wir wußten schon, daß wir nicht zurückkehren würden, daß das Wanderleben eines Emigranten vor uns lag, und dennoch war nach Jahren der Gefängnispritschen und militärischer Zeltlager das Glück authentisch. Zur Dämmerstunde kehrten wir dann ins *villino* im Stadtteil Prati zurück. K.[3] machte unterwegs Einkäufe, manchmal setzten wir uns in die Taverne Zum Goldenen Hahn. Zu Hause erwartete uns die stets zerzauste Wirtin, die sich lieber mit ihrem Papagei als mit ihrem Mann, einem Klavierlehrer, unterhielt. Außer dem Zimmer hatten wir ein verglastes Türmchen auf dem Dach des Hauses gemietet, in dem sich K. ein Maleratelier einrichtete. In heißen Nächten zogen wir zusammen mit unserer Katze dort hinauf.

Anstatt ins Zentrum und von dort zum Bahnhof, ging ich den Tiber entlang nach Prati. Der Tag war heute windig, gar nicht frühlingshaft, die Sonne versteckte sich hinter den Wolken und schaute nur kurz heraus, in der Luft hingen Regenschauer. Das sonntägliche Rom, müde, niedergeschlagen, gleichgültig; die Reste der nervösen Anspannung nach dem gestrigen Nachhall des Erdbebens in den Abruzzen, die ich noch am Morgen in der Menge gespürt hatte, waren verflogen.

Am Tor zum *villino* war noch dieselbe Glocke, nur das Namensschild hatte sich geändert. Einen Augenblick lang hielt ich den Finger über dem Metallknopf; es fehlte mir der Mut, ihn zu drücken. Ich ging auf die andere Straßenseite zu dem weit ausladenden Baum, von wo aus das *villino* mitsamt dem Türmchen auf dem Dach gut zu sehen war. Plötzlich öffnete sich das Fenster unseres ehemaligen Zimmers, und eine junge Frau zeigte sich, die rasch und geschickt ein Kissen ausschüttelte, darauf mit beiden Händen die Jalousie zu sich heranzog und das Fenster schloß, daß die Scheiben klirrten. Dennoch konnte ich noch schnell die Ecke des Zimmers sehen, in der damals mein Tischchen stand. Bis zur Dämmerung war noch viel Zeit, weshalb also brannte auf der Kommode eine Lampe und daneben eine hohe Kerze? Ich stand weiter unter dem Baum, irgend etwas hielt mich fest. Auf dem Dach erhob sich ein Lärm, ein Windstoß hatte die Tür zum Türmchen zugeschlagen; ich hörte eine klare Frauenstimme:

Fuori, fuori al sole! Eine mollige, fuchsrote Katze sprang auf das Fensterbrett dicht neben einen riesengroßen Blumentopf. Die blasse Sonne wärmte nur schwach, sie aber reckte sich, schüttelte den Schlaf ab und ließ sich als flacher, rostroter Fleck auf dem Fensterbrett nieder.

Unser Zimmer in Prati war mit Bonnard-Reproduktionen vollgehängt; wahrscheinlich deshalb kommen mir jetzt seine letzten beiden, gleichzeitig gemalten Bilder in den Sinn, die in der gegenwärtigen Ausstellung in Paris zu sehen sind: ein Selbstbildnis mit vom Tod schwarzumrandeten Augen und ein blühender Lebensbaum. Fast alle, die über diese Ausstellung schreiben, klauben aus Bonnards Notizbuch den »Proustschen Satz« heraus, jeder Künstler strebe danach, der »Zeit Einhalt zu gebieten«.

Neapel, 15. Mai 1984

Der begabte russische Schriftsteller Wladimir Woinowitsch, der seit einiger Zeit im Westen lebt, behauptet, es sei falsch, die gegenwärtige sowjetische Gesellschaft als »orwellsche« zu bezeichnen. In Orwells Vision spiele die Kontrolle des Denkens die Hauptrolle, während in der UdSSR heute lediglich noch das Tun kontrolliert werde. Die Menschen hätten keine Angst mehr zu denken, hätten aber weiterhin Angst davor, anders zu handeln, als die Machthaber es forderten. Der Ideologie zollten sie ihren rituell-verbalen Obolus, seien aber zunehmend immun gegen den täglichen Lug und Trug. Sie vergriffen sich, wo immer es gehe, am Staatseigentum, um irgendwie über die Runden zu kommen. Mit Woinowitsch ist also ein Anti-Sinowjew von »drüben« zu uns gekommen. Nach meinem Empfinden ist er schon deshalb glaubwürdig, weil er sich nicht allzu besserwisserisch aufführt und nicht den überschlauen westlichen Intellektuellen zuliebe mit seiner »Originalität« kokettiert.

Er übersieht jedoch das wichtigste Merkmal der Orwellschen Vision, das in der Sowjetunion, wie in jedem totalitären System, das auf sich hält, anzutreffen ist: die Beschlagnahme oder vielmehr den Raub des Gedächtnisses.

Doktor Schiwago war das erste literarische Meisterwerk im Rußland des Tauwetters: ein souveräner Akt des erwachten, freien Gedächtnisses. Ihm folgten Solschenizyn, Nadjeschda Mandelstam, Grossman. Eine im Ausland erscheinende Reihe historischer russischer Zeugnisse trägt den treffenden Namen *Pamjat* (Gedächtnis).

Bronisław Baczko gab seiner auf französisch geschriebenen Skizze über die letzten Jahre in Polen den Titel *La Pologne de Solidarité: une mémoire explosive* und stellte ihr ein Motto von Miłosz voran: *»La mémoire des Polonais, tel est le mystère de la Pologne«*. Das ist kein »Geheimnis« der Polen, kein zusätzliches Attribut »polnischen Andersseins«. Dieses polnische »explosive Gedächtnis« war von enormer Bedeutung bei der Entwicklung der Solidarność, ich aber habe Anfang 1942, während der sowjetischen Niederlagen, das Erwachen des russischen (beinahe) »explosiven Gedächtnisses« erlebt, als ich sechs Wochen lang von einem Lager am Weißen Meer zur Armee in Mittelasien unterwegs war.[4]

Silone hat einmal zu Togliatti gesagt: »Du wirst sehen, das letzte Gefecht wird zwischen Kommunisten und Exkommunisten ausgetragen.« Es tut weh, wenn man das über einen bewunderten Freund sagen muß, aber das war dumm. Das letzte Gefecht wird zwischen den Dieben des Gedächtnisses und den ihres Gedächtnisses beraubten Nationen, Gesellschaften und Individuen ausgetragen.

17. Mai 1984

Morgen fahre ich zu den Feierlichkeiten anläßlich des 40. Jahrestages der Schlacht am Monte Cassino. Am 25. August 1969 habe ich nach dem Festakt zum fünfundzwanzigjährigen Gedenken der Schlacht eine kurze Notiz geschrieben, die mir trotz der seither vergangenen Zeit so wichtig erscheint, daß ich sie vollständig in mein Tagebuch aufnehmen möchte. Solche Kleinigkeiten gehen verloren, verdienen es aber vielleicht, gerettet zu werden.

Seitdem in den ersten Kapiteln der *Kartause von Parma* die Kampfhandlungen von Waterloo beschrieben worden sind, die der Verfasser von *Krieg und Frieden* mit solcher Begeisterung gelesen hatte, wissen wir, wie sich eine Schlacht den Beteiligten darstellt: nicht als Ganzes mit klaren, festumrissenen Konturen, von einem Atemzug beseelt, seiner eigenen Logik gehorchend, sondern als Gewirr chaotischer, kaum miteinander verbundener, manchmal völlig zufälliger Episoden. Erst nachträglich wird Ordnung in dieses Chaos gebracht, das Gewirr im Namen von wie auch immer gearteten »Gesetzen und Fügungen der Geschichte« modelliert, werden Legenden und Mythen geschaffen, eindeutige Aussagen aus den blutigen, ineinander verflochtenen Hieroglyphen herausgelesen und klare Linien in dem geballten Gestöber der Ereignisse aufgezeigt. Mit den Augen Fabrice del Dongos betrachtet, verwandelt sich das chaotische Waterloo in Victor Hugos *Die Elenden* in ein in sich geordnetes Schlachtengemälde, dessen Schöpfer das Schicksal ist. Dem Schicksal – oder wenn man so will, dem Geist der Geschichte – genügt ein leichter Regen in der Nacht vom 17. zum 18. Juni 1815, um den passenden glitschigen Boden für den vorherbestimmten Fall Napoleons zu schaffen.

Den Kommandanten und Soldaten echter, von Legenden noch nicht vereinnahmter Schlachten, ist natürlich Stendhals Sicht der Dinge näher. General Anders schreibt in seinem Buch *Ohne letztes Kapitel*:[5] »Oft habe ich Gemälde betrachtet, die berühmte Schlachten darstellen. Der Feldherr steht auf einem Hügel und beobachtet durch einen Feldstecher den Verlauf des Kampfes, sieht Erfolge und Hindernisse, unterstützt, befiehlt, leitet. Heute betrachte ich ein derartiges Gemälde so, wie wir bereits seit langem antike Skulpturen betrachten, die Jahrtausende zurückliegende Kämpfe darstellen. Bei einer heutigen Schlacht überblickt der Kommandant weder mit bloßem Auge noch mit dem Feldstecher das Geschehen, und gerade dort, an den Hängen von Monte Cassino, als unser Soldat auf seinem Vormarsch fast auf Schritt und Tritt in irgendeine Falle geriet, und die deutschen Verteidiger wie in einem wohlvorbereiteten und mehrfach ausprobierten Hinterhalt lauerten, hatte die Schlacht fürwahr etwas Unheimliches. Völlige Dunkelheit von Nacht und Rauch. Ein paar Schritt weit läßt sich nichts erkennen. Sogar die Soldaten derselben Gefechtsgruppe verlieren bei ihrem Vorstoß oder beim Versuch eines Vorstoßes, wenn sie im Feuerhagel stürzen und sich nach den nahen Einschlägen oder zwischen diesen wieder hochreißen, den Kontakt untereinander, finden sich nur mit Mühe und nicht vollzählig ... Zweifelsohne stellt auch diese Schlacht ein Ganzes dar, aber dieses Ganze sieht niemand. Und wegen der besonderen Umstände sieht jeder noch weniger als gewöhnlich in heutigen Schlachten, denn er kann mit seinem Blick die Dunkelheit nicht durchdringen, die sein wichtigster, wenngleich trügerischer Schutz ist.«

In einem solchen Bild der Schlacht von Monte Cassino kann ich mich als einer ihrer Teilnehmer ohne Schwierigkeiten erkennen. Lose Erinnerungsfetzen. Vorstoß zum Hügel 593 in der Nacht vom 16. zum 17. Mai, die Schuhe mit Sackleinen umwickelt – ein schwarzes Loch, bis zu dem Augenblick, da die Deutschen eine Rakete gen Himmel schicken und die Nacht zum Tage, den Weg unserer Patrouille aber in ein Schlachthaus verwandeln. Wie ist es uns, dem Artillerie-Ausspäher und mir mit dem Radiosender auf dem Rücken, trotz allem gelungen, inmitten der um uns herum sterbenden Infanteristen bis zum Gipfel vorzudringen? Wie konnten wir am 17. Mai den ganzen Tag lang aus einem flachen Erdspalt heraus die unmittelbare Umgebung der deutschen Bunker unter Artilleriefeuer halten? Wie sind wir in der Dämmerung zum Häuschen des Doktors herabgestiegen? In dem von Menschen überfüllten Häuschen gewinnen die Erinnerungsfetzen schärfere Konturen. Ich kann mich an Dialoge in der Dunkelheit erinnern, die um die Frage kreisten, ob die Schlacht gewonnen oder verloren sei: So wenig wußten wir darüber in der Nacht vom 17. zum 18. Mai, kurz vor dem Hissen der Siegerfahne in der Abtei. Ich entsinne mich auch der Bitte irgendeines Verbindungssoldaten, der seinen Vorgesetzten in weißrussisch eingefärbtem, singenden Tonfall zu überzeugen suchte, ein unter Feuerhagel aus dem Häuschen des Doktors verlegtes Kabel (wegen der Störungen in der Radiokommunikation) werde nicht sogleich wieder durch den pausenlosen deutschen Beschuß zerstört werden. In dieser Bitte war kein Schatten von Verwegenheit; es wiederholte sich darin nur immer wieder der Satz: »Auch ich möchte meinen Teil dazu beitragen.« Möglicherweise habe ich deshalb diese beiden Episoden im Gedächtnis behalten, weil sie (wenigstens für mich) die Schlacht in idealer Konzentration spiegelten: ihr bis zum Schluß ungewisses Schicksal, die von allen bis zum Ende durchgehaltene Anspannung, das, was in der Kriegsberichterstattung für gewöhnlich mit »Siegeswille« bezeichnet wird. Zweifelsohne war dies eine große Schlacht.

Wir wünschten diese Schlacht herbei, hatten sie ständig im Sinn, in Palästina, im Irak und in Ägypten, als wir in der Wüste unsere Schulungen durchführten und den Nachrichten aus Polen lauschten. Heute fällt es leicht zu sagen, sie sei fünf Monate nach der Konferenz von Teheran politisch bereits überflüssig gewesen. Ebenso leicht fällt es heute, ein ähnliches, wenn nicht sogar noch strengeres Urteil über den Warschauer Aufstand zu fällen. Es gibt Prozesse, die einmal in Bewegung gebracht und fortwährend neu angefacht kurz vor dem Ziel nicht mehr aufgehalten werden können, ohne für lange Jahre eine geistige Kapitulation zu riskieren. So wie sich aus der Geschichte der Heimatarmee[6] von Anfang an DER AUFSTAND zwingend ergab, so war die Geschichte des II. Korps von Anfang an auf DIE SCHLACHT ausgerichtet. Wir waren keine Kondottiere: Dies bezeugt unter anderem die Revolte[7] in der 5. Division, die kurz vor der Entwaffnung des Korps und der Verschiffung der ganzen Truppe nach England ausgebrochen war und leider allzu schnell aufgegeben oder vielmehr vom Korpskommando kurzsichtig beigelegt worden ist. Wir waren – zwar im Ausland – die Waffenbrüder der Soldaten von der Heimatarmee. Während der Feiern im August zum fünfundzwanzigjährigen Gedenken an Monte Cassino fehlte es an einem Zeichen, das diese einfache und offensichtliche Tatsache bezeugt hätte: etwa ein symbolisches Grabmal von Grot-

Rowecki am Eingang zum Friedhof. Der 25. Jahrestag der Schlacht war auch der 25. Jahrestag des Warschauer Aufstandes.

Seit Jahren wohne ich in der Nähe des damaligen Kampfplatzes; hin und wieder zeige ich ihn Freunden oder Bekannten, die in die Gegend kommen. Einmal machte ich zu jemandem die Bemerkung, das sei der letzte Friedhof des alten Polen. Einige Zeit später sagten mir Maria Dąbrowska[8] und Anna Kowalska[9] nach einem Besuch des Friedhofs genau dasselbe. Am 25. Jahrestag der Schlacht wurden auf dem letzten Friedhof des alten Polen vier Gottesdienste abgehalten: ein katholischer, ein orthodoxer, ein jüdischer und ein evangelischer (leider hat niemand an einen griechisch-katholischen gedacht). Das Wort »der letzte« hallte über die Hügel, die die Abtei umgeben, und wurde vom Echo fortgetragen.

Die Gedenkfeier in Monte Cassino war zugleich das letzte Kapitel der kriegsbedingten Emigration. In einem Artikel anläßlich des Gedenkjahres lese ich, Polen verspürten bei dem Klang des Namens Monte Cassino einen »Schauer des Stolzes«, denn als ein »ritterliches Volk« schätzten sie »den Kampf mit offenem Visier« höher als den »geheimen Untergrundkampf«, und sie zögen den »Lorbeer siegreicher Feldherren« dem »Märtyrertum solcher Helden wie Traugutt«[10] vor. Ich bin kein Experte in der unveränderlichen Psychologie der Nationen (vor allem solcher, die *ex definitione* »ritterlich« sind), ich weiß aber, daß den Polen von nun an nur noch der Weg eines mehr oder weniger geheimen Untergrundkampfes bleibt. Am 15. August wurde in Monte Cassino eine endgültig abgeschlossene Epoche verabschiedet.

25. Mai 1984

Diese Nachricht müßte alle verkannten oder in ihrer Heimat unterschätzten Künstler seelisch aufrichten. Die Toten mögen die Hoffnung nicht aufgeben!

Modigliani kehrte 1909 voller Begeisterung aus Paris nach Livorno zurück. Er hatte sich zwar bereits entschlossen, für immer nach Paris zu ziehen, doch er litt weiter unter der Gleichgültigkeit seiner Landsleute. Und diese hatte sich während seiner Abwesenheit nur noch verstärkt. Seine Gemälde und Skulpturen riefen nur Achselzucken hervor, er selbst wurde mit Sticheleien und ironischem Lächeln empfangen, wenn er morgens auf ein Gläschen im Künstlercafé Bardi an der Piazza Cavour einkehrte. Livorno wies ihn unwiderruflich zurück. Er trank von Tag zu Tag mehr und irrte nachts einsam durch die Stadt. Es gab keinen Ausweg – die Abreise nach Paris mußte beschleunigt werden, obwohl er gerade ein gutes Atelier in der Nähe des Kanals gemietet hatte und wie wild darin arbeitete. Was tun mit der Unmenge neuer Skulpturen? Vielleicht würde sie jemand aufbewahren, schließlich konnte er sie nicht mit nach Paris schleppen ... Wirf sie in den Kanal! – riet man ihm lachend. In Livorno lebt noch ein alter Mann, der als kleiner Junge mit ansah, wie Modigliani an einem Sommertag in aller Herrgottsfrühe einen Karren voller Skulpturen über die Kanalbrücke zog und wie er diese dann eine nach der anderen in den Kanal stieß.

Zu Modiglianis 100. Geburtstag stellte seine Heimatstadt Livorno für eine große Ausstellung 50 Millionen Lire bereit, um die Skulpturen ihres berühmten Sohnes aus dem Wasser zu bergen. Das Römische Amt für Schöne Künste veranlaßte kurzfristig die Einstellung der bereits fortgeschrittenen Arbeiten, da es nach Meinung der hauptstädtischen Experten die in Livorno konstruierten gezahnten Baggerschaufeln zweifelhaft erscheinen ließen, die Skulpturen ohne größere Schäden aus dem Schlick des Kanals zu graben.

Maisons-Laffitte, 25. Juni 1984

Angesichts des schon im Vorfeld veranstalteten Presserummels erwartete ich weiß Gott viel von der Ausstellung *Le siècle de Kafka* im *Centre Georges Pompidou*. Der geschwätzige Berg hat eine winzige, verschwitzte Maus geboren. Wenn diese Maus wenigstens aus einer noch so kurzen Erzählung Kafkas stammte!

Die Ausstellung besteht aus einer Reihe von Ständen. Einige sind mit Fragen versehen. Die Fragen »Deutscher, Tscheche oder Jude?« und »Versicherungsangestellter oder Schriftsteller?« sind so dumm, daß man sie nur mit betretenem Schweigen beantworten kann. Die Frage *Faut-il brûler Kafka?* verdient es, daß wir ihr kurz unsere Aufmerksamkeit schenken, wenngleich auch peinlich berührt. Doch davon später.

Das wundervolle Album von Klaus Wagenbach *Franz Kafka – Bilder aus seinem Leben* nimmt jeder illustrativen Kafka-Ausstellung ihren Sinn, denn es enthält alles bisher entdeckte Wichtige; man kann es also nur in den Vitrinen wiederholen (wozu?). Wie aber ist jenes anspruchsvolle *»Siècle de Kafka«* in den Griff zu bekommen? Mit Hilfe eines Labyrinths. Man geht im Zickzack in einem gewundenen Gang durch die Ausstellung; ganz offensichtlich war es den Veranstaltern darum zu tun zu veranschaulichen, daß es aus »Kafkas Jahrhundert« keinen Ausweg gebe (die Ausstellung hat die Internationale Transkulturelle Stiftung vorbereitet, es steckt also wenigstens in dem Präfix »trans« eine gewisse flüchtige Hoffnung). Unterwegs sind Kafkas angebliche künstlerische »Filiationen« zu besichtigen: Giacometti, Max Ernst, Paul Klee, Alfred Kubin sowie Charlie Chaplin (auf einem Bildschirm). Über dem Kopf eine »Gigantographie« Prags. Wer von der Wanderschaft durch das Labyrinth ermüdet ist, kann sich auf eine seiner Nationalität entsprechenden Bank niederlassen: Legt man das Ohr an den in der Lehne verborgenen Lautsprecher, hört man den in entsprechender Übersetzung vorgetragenen *Prozeß*. Zum Glück ist es – relativ gesehen – einfacher, ein Labyrinth zu vergegenwärtigen als das zweite Prinzip von »Kafkas Jahrhundert«: die Entfremdung. Gänsehaut überkommt einen bei der Vorstellung, aus Lautsprechern mit Vorträgen von Philosophen traktiert zu werden, die seit Jahren auf Kosten des Prager Schriftstellers mit der ihnen eigenen beruflichen Vorliebe den Knochen der Entfremdung abnagen und aussaugen.

»Kafka verbrennen?« Auf der Ausstellung bezieht sich diese Frage auf Kafkas Testament mit der an Max Brod gerichteten Bitte, alle Manuskripte zu verbrennen. Dieselbe Frage *Faut-il brûler Kafka?* – was aber in der Ausstellung nicht erwähnt wird – hat sogleich nach Kriegsende die französische kommunistische Wochenschrift *Action* in Form einer Umfrage formuliert und als Antwort das einhellige Gebrüll ihrer Leser erhalten: »Verbrennen, verbrennen!« (Humorvoll hat darüber Jerzy Stempowski[II] geschrieben).

Im Jahre 1962 wurde dieses strenge Urteil während des internationalen Marxistenprozesses im tschechischen Schloß Libice teilweise aufgehoben. Kafka ist seitdem in der kommunistischen Welt *ein Schriftsteller unter besonderer Aufsicht.* Zu Kafkas 100. Geburtstag und Marx' 100. Todestag ließe sich schwerlich ein interessanteres Thema für eine Kafka-Ausstellung finden. Wer hat Angst vor Kafka? Wer und warum? Den »Transkulturellen« Veranstaltern der Pariser Ausstellung fehlte es an Mut, oder ganz einfach an Vorstellungskraft, um eine solche Frage offen zu stellen.

Neapel, 8. Juli 1984

In sowjetischen Gefängnissen und Lagern begegnete man häufig Menschen, die »wegen eines Wortes« saßen. »Wieso wegen eines Wortes?« – »Wahrscheinlich habe ich was gesagt, das denen nicht gepaßt hat.« Wer »wegen eines Wortes« verurteilt worden war, konnte sich zumeist nicht mehr daran erinnern oder wollte das inkriminierte »Wort« nicht einmal hinter Gittern und Stacheldraht wiederholen. Das waren übrigens fast immer die wortkargsten Häftlinge.

Im Nachwort zu *LTI* – Lingua Tertii Imperii – berichtete Klemperer, wie er in Oberbayern gegen Ende des Krieges einer Arbeiterin aus Berlin begegnete, die ein Jahr im Gefängnis gesessen hatte. »Weswegen haben Sie denn gesessen?« – »Na wejen Ausdrücken ...« Der Dresdner Romanist beschloß daraufhin, sein privates »Notizbuch eines Philologen« über die Sprache des Dritten Reiches, ein von ihm, der den »gelben Lappen« trug, seit Beginn des Nationalsozialismus heimlich geführtes Tagebuch, zu veröffentlichen. Die Arbeit dafür beendete er 1946. Bis zu seinem Tode im Jahre 1960 lehrte er an verschiedenen Universitäten der DDR. Sein *LTI* gilt seit langem als klassische Studie über die Sprache des Totalitarismus. Die polnische Übersetzung ist erst jetzt in Krakau erschienen; vielleicht sollte damit in aller Stille das Orwell-Jahr gewürdigt werden.

Es ist nicht auszuschließen, daß Orwell von Klemperers Buch zumindest gehört hat, denn im Anhang zu *1984*, in der Kleinen Grammatik der Neusprache, bedient er sich einer Analyse der Sprache des Dritten Reiches und der UdSSR. Ob eines Tages wohl ein sowjetisches Gegenstück zu Klemperers *LTI* entsteht, ein *LUI* – Lingua Ultimi Imperii?

»Du bist nichts, dein Volk ist alles.« Das ist für Klemperer der Kern der LTI. Und er erläutert: »Die LTI ist ganz darauf gerichtet, den einzelnen um sein individuelles Wesen zu bringen, ihn als Persönlichkeit zu betäuben, ihn zum gedanken- und willenlosen Stück einer in bestimmter Richtung getriebenen und gehetzten Herde, ihn zum Atom eines rollenden Steinblocks zu machen.« Vor zwei Jahren stellte A. N. Wassiljewa in Moskau triumphierend fest, daß die sowjetische Sprache dem sowjetischen Menschen die Möglichkeit gebe, »sich seiner optimalen Stellung als kleine Zelle im gesellschaftlichen Organismus bewußt zu werden«.

In Klemperers Buch findet sich aber auch ein Kapitel mit der Überschrift »Wenn zwei dasselbe tun ...«, das zu dem Schluß gelangt: »Gleichschalten und Ingenieur der Seele – technische Wendung beidemal, und die deutsche Metapher weist in die Sklaverei, und die russische weist in die Freiheit.«

Betont man die Tatsache, daß Klemperer sich verpflichtet fühlte, die beiden »Neusprachen« miteinander zu vergleichen, kann man in diesem Kapitel natürlich den Preis für das Erscheinen des Buches in der DDR sehen. Der Wahrheit näher scheint mir jedoch die Annahme, daß er sich so kurz nach dem Krieg noch nicht darüber im klaren war, daß LTI und LUI siamesische Zwillinge sind; dies scheint der polnische Übersetzer Juliusz Zychowicz suggerieren zu wollen, wenn er von Teilen des Buches spricht, »deren naive Sicht auffallend, wenngleich vor dem Hintergrund der seelischen Verfassung des Autors völlig verständlich ist«. Wie dem auch sei, wir werden uns, falls in der UdSSR jemand ein sowjetisches »Notizbuch eines Philologen« »für die Schublade« schreibt, an Hand viel reichhaltigeren Materials als bei Klemperer davon überzeugen können, daß es in Ausnahmefällen im Orwellschen Sinne durchaus dasselbe sein kann, wenn zwei das gleiche tun.

10. Juli 1984

In Wiesław Myśliwskis[12] Roman *Stein auf Stein* gibt es eine etwas rätselhafte Gestalt – Michael, ein Bauernsohn, der in der Stadt sein Glück sucht, lange Zeit nichts von sich hören läßt, schließlich eines schönen Tages in einer Limousine vor der elterlichen Hütte vorfährt, seine Eltern und Brüder mit Geschenken überhäuft, nach Polizeimanier alle über sein Heimatdorf ausfragt und wieder verschwindet. Einige Zeit später bringt ihn seine Frau in das Elternhaus: erstarrt und verstummt. Sie bringt ihn her und läßt ihn zurück. Von da an lebt er wie ein Bettler, wird von den Bauern zu den schwersten Arbeiten herangezogen und spricht zu niemandem auch nur ein Wort. Eine plötzliche Stummheit hat ihn ergriffen. Wer er in der Stadt war, welche Karriere er dort gemacht hat, kann man sich nur denken. In sein Heimatdorf kommt er sprachlos zurück.

Auf der letzten Seite des Romans beschwört ihn sein Bruder, der Held und Erzähler, endlich zu reden. »Die ganze Welt ist eine einzige Sprache. Würdest du aufmerksam hinhören, du würdest selbst das vernehmen, was man vor hundert Jahren sprach, ja vielleicht sogar vor Tausenden Jahren. Denn die Worte kennen keinen Tod. (...) Gott läßt die Menschen Gebete in Worten sprechen, ohne Worte würde er sie nicht auseinanderhalten. Und auch der Mensch würde sich nicht von anderen unterscheiden, besäße er keine Worte. Mit dem Wort beginnt und endet das Leben. Denn der Tod ist nur das Ende der Worte.«

Myśliwski schließt seinen Roman mit diesem Appell an den Verstummten und gibt ihm damit den Beigeschmack eines gegenwärtigen Mythos vom Tod der lebendigen Sprache. *Stein auf Stein* nimmt eine bedeutende Stellung in der polnischen Prosaliteratur ein; der Roman ist ein weiterer Beweis dafür, wie tief die in meinem vorangegangenen Eintrag berührten Fragen in Polen empfunden werden.

19. August 1984

Kot J.[13] schickte mir einen Zeitungsausschnitt aus *Le Matin*: ein mit Karol Modzelewski[14] nach der Amnestie geführtes Interview. Als besonders bezeichnend hat er darin eine Bemerkung

Modzelewskis über den »politischen Realismus« angestrichen: Die Regierung lehne es ab, gesellschaftliche Forderungen zu erfüllen, die sie als »unrealistisch« ansieht; aber das polnische und das internationale *Establishment* müsse auch unserer Wirklichkeit Rechnung tragen, einer Wirklichkeit von Zielen und Handlungsweisen der polnischen Gesellschaft, die unumkehrbar seien; wenn es zu einer Lösung der politischen Krise in der Volksrepublik Polen kommen solle, dann dürfe keine der beiden Wirklichkeiten mißachtet werden.

Im Begleitbrief fügt Kot hinzu: »Ein Realismus von *Venise sauvée*, und in unserem Fall ein manchmal spezifisch polnischer Realismus.« Diese Anspielung auf meine Skizze über Simone Weils Tragödie, die ich 1964 geschrieben habe, ist mir sehr angenehm. Und ich glaube, ohne falsche Bescheidenheit, daß ich vor zwanzig Jahren wirklich recht hatte, als ich aus *Venise sauvée*, der Tragödie über »den Aufstand der degradierten Wirklichkeit gegen die Träume der Besessenen« eine grundlegende und für uns heute so wichtige Lehre zog. Zweifellos kann man anläßlich der Bemerkung von Modzelewski den Schluß meiner Skizze zitieren: »Als Utopisten, Ritter von der traurigen Gestalt, Entgleiste oder Verräter (je nach den Umständen) werden diejenigen bezeichnet, die die als einzige mit dem höchsten Attribut der Macht ausgestattete Staatsraison nicht annehmen wollen. Als ob es nicht klar wäre, daß eben das *Fehlen* von Wirklichkeitssinn zum Wesen des Totalitarismus und der ›Träume von der Macht‹ gehört! Man kann (nichts einfacher als das) über die Geächteten und Schiffbrüchigen spotten, die dem Bild der *Polis*, das sie dem Schicksal zum Trotz in ihren Herzen und ihrem Geist tragen, treu sind, aber eben sie sind die Realisten im tiefsten (nämlich im moralischen) Sinn des Wortes.«

Dieser Schlußabsatz war in meiner Tagebuchnotiz vom 19. Oktober 1983 an Zbigniew Herbert gerichtet, nachdem ich seinen neuesten Gedichtband gelesen hatte.[15] Also auch ein »Realismus des Berichts aus einer belagerten Stadt«.

Maisons-Laffitte, 26. September 1984

In der Schublade meines Schreibtisches in Laffitte fand ich heute endlich die verlorene Notiz vom 13. Juni: eine Aufzeichnung über die Anselm-Kiefer-Ausstellung in Paris. Die Skizze von Krysztof Pomian[16] im Septemberheft der *Kultura*[17] über Kiefers Malerei findet meine volle Bewunderung, aber an Pomians »vielschichtigem Erlebnis«, »dem der Begeisterung und der gleichzeitigen Unruhe«, ist mir die Unruhe näher. Dies wird auch aus der wiedergefundenen Notiz vom Juni deutlich.

★

Adorno sagte einmal, nach Auschwitz sei es nicht mehr möglich, Gedichte zu schreiben. Eine ähnliche Bemerkung findet sich in *LTI* von Victor Klemperer, dem »Notizbuch eines Philologen« über die Sprache des Dritten Reiches: »Wir werden eine neue Ruinenmalerei und -dichtung bekommen, aber sie wird anders sein als die des achtzehnten Jahrhunderts. (...) Hier aber ... unter diesem ungeheuren Trümmerfeld liegen vielleicht noch deine vermißten Angehörigen, in diesem hohlen Mauerviereck ist alles zu Asche gebrannt, was du in Jahrzehnten erworben hattest.«

In der Ausstellung des vierzigjährigen deutschen Malers Anselm Kiefer stellt sich hartnäckig die Frage, ob hier aus dem Geist der für immer vollständig ausgebrannten Lyrik ein neuer künstlerischer Ausdruck in der Malerei eines Nachgeborenen des Dritten Reiches entstanden ist. Mit Sicherheit, wenngleich diese recht eigenartige, zweideutige »Neuheit« mit Anführungszeichen zu versehen ist. Kiefer, eine Malerei des Schocks. Wenn nach der ersten Begegnung der Schock langsam weicht, treten heimlich und undeutlich die alten Schatten an seine Stelle.

Kiefers (wie ich höre, immer zahlreichere) Bewunderer sprechen von einer *Malerei der verbrannten Erde*★ und fügen hinzu, für ihn sei *Malen*★ gleichbedeutend mit *Verbrennen*★. Auch als Visionär der »deutschen Dunkelheiten« wird er bezeichnet, der durchdrungen sei von der Notwendigkeit, »die freigelegten Nerven zu berühren«, ein Maler der »Brutalität« und der

★ im Original deutsch

»dramatischen Form des Extremismus«. Kiefer selbst behauptet, daß es unmöglich sei, eine Landschaft zu malen, über welche Panzer gerollt sind, daß die beiden Weltkriege die europäische Idylle zerstört, ihr die Unschuld genommen hätten und daß der Künstler deshalb nach »Archetypen« suchen müsse. Dieser zweifellos begabte Nachgeborene des Dritten Reiches und des deutschen Expressionismus sucht die »Archetypen« im Bild der schwarzen und »verbrannten Erde«, voller Flammenkleckse und roter Blutflecken. Hier kommt wohl mein Unwille gegenüber dem Expressionismus überhaupt (eben wegen seines Extremismus) zum Vorschein, aber wie soll man sich des Eindrucks einer schwarzen Trauermesse auf den Stufen des zerschmetterten Altars von *Blut und Boden** erwehren? Darin steckt nicht einmal tragisches Pathos, sondern ein expressionistischer Schrei, der bei Kiefer außergewöhnlich klar und authentisch klingt.

In seinem »Notizbuch eines Philologen« zitiert Klemperer einen Satz aus Wilhelm Scherers *Geschichte der deutschen Literatur*: »Maßlosigkeit scheint der Fluch unserer geistigen Entwicklung. Wir fliegen hoch und sinken um so tiefer.« Der »Archetypus«, den Kiefer gefunden hat, ist möglicherweise die grenzenlose Maßlosigkeit des deutschen Fallens. Und das läßt sich in der Tat als künstlerische »Berührung freigelegter Nerven« auf dem ausgebrannten Trümmerfeld des »hochfliegenden« tausendjährigen Reiches bezeichnen.

Neapel, 5. November 1984

Am 10. Juni 1924 wurde Giacomo Matteotti, sozialistischer Abgeordneter im italienischen Parlament, in der Nähe seiner römischen Wohnung entführt; erst am 16. August wurde seine gräßlich zugerichtete Leiche gefunden.

Er war von Leuten jener »Leibwache des Duce« entführt worden, die (von den Faschisten selbst) auch als »faschistische Tscheka« bezeichnet wurde. Die Entführung rief in fast ganz Italien eine mächtige Welle der Empörung hervor. Das Schick-

* im Original deutsch

sal des noch jungen Regimes (es waren kaum zwei Jahre seit dem »Marsch auf Rom« vergangen) hing am seidenen Faden. Mussolini, Parteiführer der faschistischen Partei und Ministerpräsident, antwortete noch am selben Tag auf die Interpellation der sozialistischen Abgeordneten: »Die Entführung fand unter bisher ungeklärten Umständen statt, die aber eine Mordhypothese berechtigt erscheinen lassen; sollte wirklich ein Mord geschehen sein, so müßte diese Tat in der Regierung und im Parlament Abscheu erregen.« Es wurden Stimmen laut, die auf den Duce selbst als Initiator der Entführung hinwiesen. Für eine solche Anklage fehlte es aber an ausreichenden Beweisen; diese fehlen bis zum heutigen Tag. Sie zu suchen war jedoch schon ein Fehler. Mussolini muß gar nicht unmittelbar Befehl und Vollmacht für das Verbrechen erteilt haben. Am 30. Mai hielt Matteotti im Parlament eine Rede, die vor allem die Faschisten in Wut versetzte. In der Umgebung des Duce hörte man, wie er zornig fauchte: »Was macht denn unsere Tscheka? Dieser Mensch sollte nach seiner Rede aus dem Verkehr gezogen werden.« Schließlich befahl auch Heinrich II. nicht direkt, den Erzbischof von Canterbury zu ermorden. Er stellte nur gedankenverloren, als spräche er mit sich selbst, die Frage: »Wer befreit mich endlich von diesem kirchlichen Störenfried?«

Alles reduziert sich also auf das Dilemma, handelt es sich um ein Verbrechen des Regimes selbst oder um eines seiner übereifrigen »Extremisten«? Auf einer Sitzung des Faschistischen Großrates am 22. Juli sagte Mussolini: »Unsere Gegner wollen dem Regime den Prozeß machen; wir antworten darauf, daß nur die Geschichte dem Regime einen Prozeß machen kann.« Die Geschichte erklärt heute (mit Hilfe ihres hervorragenden Vertreters Valiani), daß Mussolini oft und gern, taktisch geschickt, die Schuld für verschiedene »Exzesse« des Faschismus auf »aufwieglerische Provokateure« abschob, und gleichzeitig zu verstehen gab, daß nur er imstande sei, diese zu bändigen – aber nur, wenn die Opposition die gegen den ganzen Faschismus gerichteten Beschuldigungen zurückzöge.

Die damals noch große, starke, aber zerstritten, verloren und ratlos agierende italienische demokratische Opposition nahm allmählich jenes dichotome Bild faschistischer »aufwieglerischer Extremisten und Provokateure« und eines »konstitutionellen« und »normalisierenden« Faschismus, dem Hitzköpfe die Leiche Matteottis wie Knüppel zwischen die Beine geworfen hätten, an. Sicherlich konnte sie nicht viel ausrichten, da der oberste »Moderator«, Viktor Emanuel, Mussolini damals im stillen als den einzigen »Garanten des Friedens und der Ordnung« ansah. Aber sie hätten wenigstens auf einer eindeutigen Darstellung der Ermordung Matteottis als eines Verbrechens des ganzen Regimes beharren können.

Mussolini spielte geschickt seine falschen Karten aus. Er manövrierte gekonnt und überstand das zweite, stürmische Halbjahr 1924. Am 3. Januar 1925 hielt er im Parlament eine Rede, in der er zunächst die Existenz einer »faschistischen Tscheka« leugnete, sich selbst zu den guten Ergebnissen im fortschreitenden »Normalisierungsprozeß« gratulierte (»das italienische Volk sehnt sich nach Ruhe und Ordnung«), um schließlich mit Stentorstimme zu erklären: »Ich übernehme ganz allein vor dieser Kammer und vor dem ganzen italienischen Volk die politische, moralische und historische Verantwortung für alles, was geschehen ist.« Diese Worte waren noch nicht verklungen, als mit der Auflösung der letzten unabhängigen italienischen Organisation begonnen und der Maulkorb, der der Presse auferlegt worden war, noch enger gezogen wurde. Aus der schweren Krise, die die Entführung und Ermordung Matteottis hervorgerufen hatte, ist der italienische Faschismus siegreich hervorgegangen; und zwar so gestärkt, daß er sich erlauben konnte, das, was geschehen war, öffentlich als Staatsverbrechen zu bezeichnen. Es also beim Namen zu nennen, bei dem Namen, der der italienischen demokratischen Opposition kurz nach dem 10. Juni als »taktisch unbequem« erschienen war.

22. November 1984

Aus dem Zyklus lehrreicher, wenngleich nicht erbaulicher Biographien. Der hervorragende deutsche Dichter Gottfried Benn. Im Jahre 1933 veröffentlicht er sein Buch *Der neue Staat und die Intellektuellen.* Darin schreibt er: »Geistesfreiheit, um sie für wen aufzugeben? Antwort: für den Staat!«; alles, was zum Ruhme des Westens beigetragen, was über seine Entwicklung entschieden habe, sei nämlich aus Staaten hervorgegangen, in denen Unfreiheit geherrscht habe. In Zeitungen, Rundfunksendungen und auf öffentlichen Veranstaltungen rechtfertigt er die Konzentrationslager und ruft zur Stärkung des totalitären Staates auf. Er wird zum Liebling und Propagandisten des Regimes. In der Preußischen Akademie führt er eine Säuberung durch und übernimmt die Rolle des Inquisitors im Schriftstellerverband. Zur Zeit der Bücherverbrennung antwortet er Klaus Mann auf dessen Brief aus Frankreich mit einer heftigen Schmähschrift gegen die Emigranten, die sich in Villen am Mittelmeer in der Sonne aalten, anstatt das nationalsozialistische Regime bei seiner Arbeit für die Wiedergeburt Deutschlands zu unterstützen.

Die Treue zu seinen eigenen künstlerischen Vorlieben stürzt ihn in Schwierigkeiten. Überzeugt von seiner Unangreifbarkeit als oberster Schiedsrichter in Kunstsachen, verteidigt er den Expressionismus, der in der nationalsozialistischen Machtelite keinen guten Ruf genießt. Nun fällt er in Ungnade. Goebbels, gestern noch sein hoher Gönner, der ihn umschmeichelt, meidet ihn plötzlich. Zwei Jahre später zerreißen die Kritiker seinen eben erschienenen Gedichtband. Die Mitglieder der Preußischen Akademie der Künste grüßen ihn kaum noch. Als er die Trauerrede am Grab Stefan Georges halten will, wird es ihm verwehrt. Irgend jemand gräbt in seiner Vergangenheit und entdeckt, daß er der Geliebte der jüdischen Dichterin Else Lasker-Schüler gewesen war. In einer SS-Wochenzeitung wird er als *Schwein** bezeichnet.

1943 notiert er nach einer feierlichen Sitzung der Akademie in seinem Tagebuch, all das, was die Emigranten geschrieben haben, hätte uns ausreichen sollen.

Nach dem Krieg tritt der Dichter, der seinerzeit die Ankunft des »modernen Sklavenstaates« freudig begrüßt hatte und dem nationalsozialistischen Regime seine volle intellektuelle und moralische Unterstützung zuteil werden ließ, im Heiligenschein eines Märtyrers des Dritten Reiches auf. Er wird in zwei Aka-

* im Original deutsch

demien aufgenommen – in München und in Darmstadt – erhält den Büchner-Preis und das Verdienstkreuz der Bundesrepublik Deutschland.

Nach seiner Rückkehr aus der Emigration besucht ihn Ludwig Marcuse, Biograph des Ignatius von Loyola (nicht zu verwechseln mit Herbert). »Wie ist der Enthusiasmus zu erklären, mit dem Sie den siegreichen Nationalsozialismus hochleben ließen?« Benn wird rot und stottert mit gesenktem Blick: »Ich ... ich ... ich weiß nicht.« Als er sich wieder etwas gefaßt hat, fügt er hinzu: »Als die braunen Bataillone vor meinen Fenstern marschierten, glaubte ich an die wirkliche Revolution.«

Die magische Beschwörungsformel von der »wirklichen Revolution«, das Opium für Intellektuelle: Sesam des Neuen Staates, der strahlenden Zukunft, öffne dich, herrlicher, sehnlichst erwarteter Sesam, öffne dich schnell ...

Maisons-Laffitte, 29. November 1984

Mit Kot Jelenski bei Denoël, der die französische Ausgabe der *Welt ohne Erbarmen* vorbereitet. »Wie kommt es« – fragt mich der freundliche literarische Leiter des Verlages –, »daß dieses Buch erst jetzt, über dreißig Jahre nach seiner Niederschrift, endlich in Frankreich erscheint?«

Eine gute Gelegenheit, um einen Blick zurück zu werfen; ohne Groll, ganz einfach aus didaktischen Überlegungen. Kaum war die englische Ausgabe erschienen, zu Beginn der fünfziger Jahre, da unterschrieb Plon einen Vertrag für die Übersetzung ins Französische (Gabriel Marcel war der zuständige Lektor). Plon machte sich frisch ans Werk und veröffentlichte im *Figaro littéraire* als Vorabdruck einige größere Fragmente. Ungefähr ein Jahr später kam aus dem Verlag die Nachricht, man habe auf Anraten eines »neuen Stabs von Lektoren« beschlossen, von diesem Projekt zurückzutreten. Ich sandte ein englisches Exemplar des Buches an Gallimard zu Händen von Camus. Vor mir liegt sein Brief vom 25. Juni 1956: *J'avais beaucoup aimé votre livre et j'en ai parlé chaleureusement ici. Pourtant la décision a été finalement négative, surtout, je crois, pour des raisons commerciales. J'en ai été personnellement très déçu et veux vous dire au moins que, selon mon opinion, votre livre devrait être publié et lu dans tous les pays, autant pour ce qu'il est que pour ce qu'il dit. Si vous le permettez, je continuerai à examiner les possibilités de publication chez d'autres éditeurs.* Camus' Bemühungen bei anderen Verlegern blieben erfolglos. Nach seinem Tod im Jahre 1960 wurden noch gewisse Versuche unternommen, die aber auch zu nichts führten. Die Sache mußte als aussichtslos und abgeschlossen angesehen werden. Im Jahre 1980 entdeckte der spanische Schriftsteller Jorge Semprun die *Welt ohne Erbarmen* (auf englisch) und erwähnte sie in seinem Buch *Quel beau dimanche!*. Damals kannte ich ihn nicht, wußte nicht, daß er auf die *Welt ohne Erbarmen* nicht nur in seinem Buch eingegangen war, sondern sie auch wärmstens seinem Verleger Denoël empfahl. Semprun lernte ich ein halbes Jahr später kennen, als Kot Jelenski zu Ehren von Wajda und seiner Frau zu einem Tee einlud. Die Übersetzung war damals schon fertig, da aber alles hinter meinem Rücken zwischen Denoël und dem Londoner Verleger Heinemann geschah, wurde sie nicht aus dem polnischen Original angefertigt, sondern aus der hervorragenden englischen Übersetzung des mittlerweile verstorbenen Andrzej Ciołkosz. Nur eines konnte ich durchsetzen: Der Verleger war damit einverstanden, daß Kot den französischen Text mit dem polnischen vergleicht.

Wie ist es also dazu gekommen? Was mag den »neuen Stab von Lektoren« bei Plon dazu bewegt haben? Was verbarg sich hinter dem Satz von Camus mit jenem *surtout, je crois, pour des raisons commerciales*? Ich täusche mich wohl nicht, wenn ich sage, daß die Geschichte des französischen *Kulturestablishments* in zwei Kapitel zu unterteilen ist: vor Solschenizyn und nach Solschenizyn. In England erfreute sich die *Welt ohne Erbarmen* bei den Lesern eines großen Zuspruchs und wurde von der Kritik gut aufgenommen; eine der (im übrigen schmeichelhaften) Besprechungen schloß mit der Warnung: »Man darf jedoch nicht vergessen, daß ein Pole dieses Buch geschrieben hat, und es ist schließlich bekannt, was Rußland *Under Polish Eyes* war und ist.« Auch für den Autor von *Quel beau dimanche!*, Häftling in Buchenwald, der 1964 aus der Kommunistischen Partei Spaniens ausgeschlossen worden war, beglaubigte erst die Erzählung über einen *Tag im Leben des Iwan Denissowitsch* die *Welt ohne Erbarmen* …

So war das damals öfters, was manche der Flüchtlinge aus den Weichselauen, die dem »internationalen Fortschrittslager« den Rücken kehren, nicht wissen – und manchmal nicht wissen wollen. Da ich nun schon dabei bin, den Ton persönlicher Bekenntnisse anzuschlagen, füge ich hinzu, daß ich die Anfangszeit in Italien nur schwer hätte durchstehen können, hätte mich das Schicksal nicht mit der Freundschaft zweier Menschen bedacht, »Emigranten im eigenen Land« (als solche betrachteten sie sich damals selbst, und als solche galten sie natürlich auch im italienischen »Fortschrittslager«, Silone und Chiaromonte). Aus dieser Anfangszeit in Italien bewahre ich ein Andenken auf, einen Artikel aus einer »fortschrittlichen« Abendzeitung Roms, in dem in kaum verdeckter Form angeregt wird, mir meiner im Dienste der »Verleumdung und des Hasses« geführten Feder wegen das Asylrecht abzuerkennen.

1985

Neapel, 1. Januar 1985

On croit rêver! Dieser Ausruf entrang sich der Brust des Warschauer *Figaro*-Korrespondenten bei der Nachricht, Oberst Pietruszka, der rangälteste Offizier im Prozeß um den Mord an Pfarrer Popiełuszko, habe früher wiederholt den Innenminister bei vertraulichen Kontakten mit dem Episkopat repräsentiert, und der Hauptangeklagte, Hauptmann Piotrowski, sei während der zweiten Pilgerreise des Heiligen Vaters nach Polen einer der wichtigsten Sicherheitsexperten gewesen und deswegen auf dem Flughafen in Balice dadurch besonders geehrt worden, daß ihm Johannes Paul II. persönlich dankte und die Hand schüttelte. *On croit rêver!* Ist dieser Ausruf eher ein Zeichen von Dummheit oder von Heuchelei?

Am 5. November, dem Tag nach der Beerdigung Popiełuszkos, beschrieb ich in meinem Tagebuch die Ermordung Matteottis. Einen Monat später erschien im Mailänder *Giornale* eine aufschlußreiche Gegenüberstellung. In der einen Spalte ein Bild von Jaruzelski mit Ausschnitten seiner Aussage auf der Pressekonferenz vom 29. November; in der Nachbarspalte ein Bild Mussolinis mit Ausschnitten seiner gleich nach der Ermordung Matteottis gehaltenen Parlamentsrede. Als Beispiel seien zwei der interessantesten Aussagen zitiert. Jaruzelski: »Niemand ist mehr daran interessiert als wir selbst, daß im Zusammenhang mit der Ermordung von Pfarrer Popiełuszko keine Zweifel bleiben. Diese schändliche Tat hat viel Schaden angerichtet und deshalb ist das Interesse der Regierung größer denn je – falls dies möglich ist –, die Schuldigen zu finden und zu bestrafen.« Mussolini: »Falls irgend jemand größeren Anlaß zu Schmerz und Verzweiflung hat als andere, dann ich. Nur mein Feind, der im Laufe vieler langer Nächte etwas Teuflisches ersann, konnte dieses Verbrechen, das uns heute mit Grauen erfüllt und empört aufschreien läßt, vollbringen.«

Ein halbes Jahr später übernahm der *Duce* die »volle moralische, politische und historische Verantwortung für das, was geschehen war«; mit diesem offenen Bekenntnis zu dem Verbrechen des Regimes stärkte er das arg angeschlagene Regime, wobei er geschickt die Verwirrung der Opposition ausnutzte. Und der General?

11. Januar 1985

Ungestümes steckt in den Ursprüngen des neapolitanischen Barock. In der wunderbaren Ausstellung über das 17. Jahrhundert in Neapel, das »Jahrhundert des Barock«, kommt dies gut zum Ausdruck. Das Ungestüme der Farben, Formen, Kompositionen, des Kampfes zwischen Licht und Schatten, der zitternden, fast konvulsiven Verflechtung des Sichtbaren mit dem Unsichtbaren. Dank dieser Ausstellung auf dem Capodimonte versteht man besser, wie stark der Barock das Gesicht dieser Stadt geprägt hat und Ausdruck seiner wahren Seele geworden ist. In der gotischen Kirche der heiligen Clara, einer der schönsten in Italien, fühlte ich mich immer so, als wäre ich außerhalb Neapels, auf einer längst versunkenen Insel, die plötzlich aus dem Meer aufgetaucht ist. Sie ist tatsächlich nach einem Brand im Jahre 1943 aufgetaucht, als die Kirche während der Restaurierungsarbeiten von allen barocken Überwucherungen befreit wurde und sie so ihre ursprüngliche gotische Strenge wiedererlangte. Es ist nicht ausgeschlossen, daß sich hinter meiner Vorliebe für die heilige Clara eine instinktive Flucht vor dem barocken Irrsinn Neapels verbirgt.

Dieses stürmische, oft mit den Worten *secolo delle passione barocche* bezeichnete Jahrhundert, das *seicento napoletano*, eröffnet die mächtige, ungestüme, von Fieberanfällen geschüttelte Hand Caravaggios. Drei Ereignisse haben es nachhaltig geprägt: der Ausbruch des Vesuv im Jahre 1631, die Revolte des Masaniello von 1647 und die Pest des Jahres 1656. Drei Ausbrüche: des Vulkans, des plebejischen Aufruhrs und der Seuche. Drei »Gene«, die irgendwo tief verborgen im Untergrund der Stadt bis zum heutigen Tag schlummern.

Saal für Saal – eine in ihrer stilistischen Einheit verblüffende Galerie der größeren und kleineren Meister. Sie reicht bis zur »Synthese« (in der Sprache der Kunsthistoriker) oder ganz einfach zu einer Art Beruhigung. Luca Giordano, Salvatore Rosa und Francesco Solimena schließen das Jahrhundert ab. Es zeigt sich ein etwas heitereres Gesicht Neapels, des barocken *paradiso dei diavoli*, des Paradieses der Teufel.

In den Fenstern und Balkonöffnungen des Palastes am Capodimonte das strahlende Weiß des Schnees, das hier seit dreißig Jahren nicht zu bewundern war – ein ungewöhnlicher Kontrast zu der Ausstellung. Die Besucher bleiben stehen, schauen ungläubig hinaus, suchen den Eindruck manchmal durch kurzes Kichern zu verscheuchen.

18. Januar 1985

Samjatins *Miniatur zu einer Anthologie über Bücher*, die er 1928 verfaßt hatte, ist wenig bekannt. »Wenn meine Kinder schlecht gekleidet auf die Straße gehen, schmerzt mich das. Wenn Gassenjungen sie mit Steinen bewerfen, leide ich. Wenn sich ein Chirurg mit seinem Skalpell an sie heranmacht, wäre es mir lieber, er würde mich aufschneiden. Meine Kinder, das sind meine Bücher, andere habe ich nicht. Es gibt Bücher, deren chemische Zusammensetzung dem Dynamit gleicht. Der einzige Unterschied besteht darin, daß ein Dynamitstück einmal explodiert, ein Buch aber tausendmal. Der Mensch hat in dem Augenblick, in dem er das erste Buch schrieb, aufgehört, ein Affe zu sein, hat den Affen besiegt. Der Affe hat dies bis heute nicht vergessen: versucht ihm ein Buch zu geben, er wird es sofort in Fetzen reißen, besudeln und bespucken.«

15. Februar 1985

Manzoni, Manzoni, alle Zeitungen sind anläßlich der 200. Wiederkehr seines Geburtstages voll davon. »Der größte italienische Romanschriftsteller«, Verfasser eines Meisterwerkes (*Promessi sposi*), das von Goethe, Stendhal und Hofmannsthal bewundert, in unzähligen Büchern und Skizzen italienischer Literaturhistoriker und Literaturkritiker analysiert und kommentiert wurde und in italienischen Schulen auszugsweise auswendig gelernt wird. *Die Verlobten*, »eine Mailänder Geschichte aus dem

17. Jahrhundert«, wurden erstmals 1825-1826 herausgegeben; 1840 erschienen sie in einer vom Verfasser durchgesehenen und verbesserten Fassung.

Die Verlobten habe ich zweimal gelesen: als ich mich in Italien niederließ und kürzlich wieder. Dabei erlebte ich, wenngleich in kleinerem Ausmaß, das, was am Beispiel Croces in der Rezeptionsgeschichte von Manzonis Roman illustriert sei.

In einer Skizze aus dem Jahre 1921 formulierte und begründete Croce das mit einem »aber« versehene Urteil eines Verehrers sehr überzeugend. Zu Recht lobt er die wunderbare Harmonie der Erzählung, die in der Tat durch die Führung der Handlungsstränge besticht, und die sichere Hand, mit der die Gestalten gezeichnet sind, so daß Manzoni auf den über 700 Seiten als der absolute Herrscher seiner Phantasiewelt erscheint, die mit der Rekonstruktion historischer Ereignisse aus dem dritten und vierten Jahrzehnt des 17. Jahrhunderts in Mailand und Umgebung durchflochten sind. Zu Recht hebt er die Meisterschaft Manzonis in der Beschreibung der Pest, der Kriege, der Aufstände und des Hungers hervor, sowie seine wunderbare Pinselführung als lombardischer Landschaftsmaler. Das »aber« betrifft die Dominanz des katholischen Moralisten über den Dichter. Croce nennt *Die Verlobten* ein »Oratorium«, wobei er die Ansicht der ersten Kritiker des Romans übernimmt, die sich am »erzählerischen Gewölbe« stören: Es sei nicht »das weite Firmament über der vielgestaltigen menschlichen Existenz«, sondern »die Kuppel eines Heiligtums, die sich über den Gläubigen und ihrem Altar wölbt«.

Dreißig Jahre später schlägt sich Croce an die Brust und ergänzt seine Skizze durch ein kurzes, wie er selbst sagt, *mea culpa*. Einige Monate vor seinem Tod erkennt er in »Manzonis katholischen Gefühlen eine moralische Lebenskonzeption, die für jeden erhabenen, auch nichtkatholischen Geist voll annehmbar ist«. Eher könnte die Kirche Vorbehalte einem Roman gegenüber hegen, in dem die Nonne von Monza sündigen Begierden des Leibes erliegt, der fromme Fra Cristoforo einen in der Jugend begangenen Totschlag auf dem Gewissen hat und der Dorfpfarrer Don Abbondio ein krankhafter Feigling ist – was auch zeitweilig der Fall war. *Die Verlobten* sind ein höchst poetisches Werk; in diesen Höhen ist es unwichtig, ob Manzoni ein treuer Sohn der Kirche war oder ein Katholik mit verborgenen Neigungen zum Jansenismus; er war ganz einfach ein Dichter von großer moralischer Sensibilität; in der angeblichen »Oratorienhaftigkeit« des Romans drückt sich das poetische Wesen seiner Weltsicht aus, nicht aber eine Einengung des »weiten Firmaments« auf die »Kuppel eines Heiligtums«.

Nach der ersten Lektüre der *Verlobten* deckten sich meine Eindrücke ganz mit denen Croces, nur daß ich, da ich damals seine Skizze nicht kannte, Manzonis Roman für den Eigengebrauch ein »Predigerwerk« nannte, nicht ein »Oratorium«. Auch mich drängt es nun, nach der frischen Lektüre der *Verlobten, mea culpa* zu sagen, wenngleich nicht so umfassend wie Croce. Heute ist dies für mich ein hervorragender und schöner Roman, obwohl das »predigerhafte« oder »oratorienhafte« Element störend wirkt und seinen poetischen Schwung behindert. In dieser Belastung und Behinderung sehe ich jetzt jedoch den Ursprung einer eigentümlichen Dramatik der *Verlobten*. Manzoni hatte ein ungewöhnlich ausgeprägtes Gefühl für das Böse in der Welt, und die Rettung davor suchte er in einer verzweifelten Flucht vor dem Bösen unter die »Kuppel eines Heiligtums«. Vor dieser erneuten und vertieften Lektüre von Manzonis Roman habe ich wohl sonst nirgends in der Weltliteratur ein derart aufrichtiges, authentisches und leidenschaftliches Gottvertrauen bei einem Schriftsteller angetroffen. Niemals sonst habe ich in einem literarischen Werk ein Gebet gehört, das so unmittelbar gewesen wäre, eine Predigt, die mit solcher Anteilnahme und Kraft vorgetragen worden wäre.

3. April 1985

Ein Korrespondent aus Warschau möchte nach der Lektüre der in meinem Tagebuch festgehaltenen Notiz über die Ermordung Matteottis, die ich nach der Auffindung der Leiche von Pfarrer Popiełuszko niederschrieb und in der die Anspielungen leicht zu durchschauen sind, wissen, wie weit die Analogien reichen und ob man daraus tiefergehende Lehren über die Handlungsweise der beiden Systeme ziehen könne.

Es ergab sich nun, daß mir der Text eines Referats *The Murder of Matteotti* von Denis Mack Smith, Historiker in Oxford und Spezialist für die Zeitgeschichte Italiens, in die Hände fiel. Smith hat diesen Vortrag während des Symposiums *Mussolini and Italian Fascism* 1982 in Amerika gehalten. Darin wiederlegt er die These von der nur mittelbaren Verantwortung Mussolinis für die Entführung und Ermordung des sozialistischen Abgeordneten, die Mussolini lediglich die Schaffung eines dem Verbrechen günstigen »moralischen Klimas« zur Last legt. In Wirklichkeit habe Mussolini von Anfang an, seit Beginn des Faschismus, seine Herrschaft auf selektiven Terror gegründet. Ehe es zur Ermordung Matteottis und zu den tödlichen Schlägen auf den liberalen Abgeordneten Amendola kam, wurden an die fünfzig Abgeordnete der parlamentarischen Opposition Opfer leichterer Aggressionen (»Lehren«). Am 1. Juni 1924 veröffentlichte Mussolini in seinem *Popolo d'Italia* einen Artikel, der unzweideutig dazu aufrief, Matteotti »zum Schweigen zu bringen«. Am 6. Juni sagte er offen im Parlament, der Faschismus sei reif, die russischen Kommunisten nachzuahmen, die ihre Gegner »durch einen Stoß in den Rücken liquidieren«. Und nach der üblichen Kunstpause, um die Wirkung seiner Reden zu steigern, fügte er, die Worte einzeln skandierend, hinzu: »Wir werden nicht zögern, dies zu tun, bald werdet ihr euch überzeugen.« Am 10. Juni wurde Matteotti entführt.

Der Chef der »faschistischen Tscheka« Dumini (der italienische Hauptmann Piotrowski[18]) war entweder unmittelbar oder über dessen engste Umgebung ständig mit Mussolini in Verbindung. Zum »Extremisten« und »Werkzeug einer schändlichen Provokation« wurde er erst, als sich zeigte, daß er schludrig gearbeitet hatte. Bei selektivem Terror ist saubere Arbeit ohne Spuren und Zeugen gefordert. Der Portier des Hauses am Tiber, in dem Matteotti wohnte, hatte ein gutes Gedächtnis: Er merkte sich das Nummernschild eines Autos, das seit einiger Zeit täglich (mit vier Insassen) auf der anderen Straßenseite parkte. Und er ließ Dumini mit seiner »faschistischen Tscheka« ebenso auffliegen wie der Chauffeur Chrostowski[19] Hauptmann Piotrowski und seine beiden Helfer. Das sind die sprichwörtlichen »Steine«, über die der selektive Terror, der an den Spitzen der Macht gewissenhaft vorbereitet wird, auf einem ebenen und sicheren Weg gelegentlich stolpert.

13. April 1985

In einem italienischen Bericht aus Moskau lese ich, Gorbatschow habe seinen ersten wichtigen Schritt an der »inneren Front« getan; unter dem Einfluß eines »dramatischen Berichts der sibirischen Sektion der Akademie der Wissenschaften« habe er nämlich »dem Wodka den Krieg erklärt«. Der Bericht ist in der Tat dramatisch, wenngleich für die Leser der Skizze *Ware Nummer 1* von Krasikow aus dem Jahre 1977 und der Erzählung *Die Reise nach Petuschki* von Jerofjejew nicht überraschend. Neu ist lediglich, daß sich die sibirischen Akademiker nicht mehr damit begnügen, ihrer »Sorge Ausdruck zu verleihen«, wie dies bis jetzt meist geschah; sie schlagen offen Alarm. Wenn es so weitergehe (warnen sie), werde die Sowjetunion auf ihre Rolle als Supermacht verzichten müssen. Im Jahr 1980 gab es 40 Millionen »harte Trinker« (Gewohnheitstrinker), gegen Ende des Jahrhunderts werde diese Zahl auf 60 Millionen ansteigen. »Wir werden angesichts dessen, daß die Hälfte der erwachsenen Bevölkerung dem Alkohol in einem Maße ergeben ist, der eine leistungsfähige Arbeit und Landesverteidigung ausschließt, in 25 Jahren aufhören, eine Großmacht zu sein.« In einer eigentümlichen Gegenwartsversion erscheint nun also wieder – nach Tschernischewskij und Lenin – die unsterbliche russische Frage: *Tschto djelat?* – Was tun? Fjodor Uglow, Mitglied der Akademie, schlägt die Einführung eines rigorosen »Trocken-Regimes« vor: es genüge nicht, zur Mäßigung beim Trinken aufzurufen, man müsse den Wodka aus dem Verkauf ziehen. Das hieße also, die Produktion einstellen und auf 700 Milliarden Rubel Jahreseinkünfte aus dem Produkt Nummer 1 verzichten? Ja, antwortet Uglow, es gebe keinen anderen Ausweg, »wenn wir der Degeneration und der Verwandlung in ein Volk von Dummköpfen entrinnen wollen«.

Eine Wodkaflasche – belehrt der italienische Korrespondent seine Leser – ermögliche in der Sowjetunion eine Flucht vor der Wirklichkeit, erlaube es, Entfremdung, fehlende Alternativen, schwierige Arbeitsbedingungen und Einsamkeit zu ertragen.

Als die französische Ausgabe von Michel Hellers neuem Buch *La machine et les rouages* – »Maschine und Räderwerk« – erschienen war, führte der Pariser *Express* ein Interview mit dem Autor. Heller äußert sich dort auch zum Thema Wodka: »Der Wodka ist notwendig, weil er dem Menschen ein Gefühl der Freiheit gibt. Er ist ein Freiheitsersatz. Heute ist er zur verbindenden Sprache, zum Zeichen der Zugehörigkeit zum Kollektiv geworden. Die sowjetischen Bürger können ohne zu trinken nicht miteinander sprechen. Wer sich zurückhält, ist sofort verdächtig. Nur eine schwere Krankheit kann einen Menschen vom Trinken befreien. Und es zeigt sich, daß der Alkohol den triumphalen Marsch des Kommunismus überallhin begleitet, sogar in die islamischen Republiken.«

Ich begann mit dem Wodka, weil es mir so leichter fällt, einige Worte über Hellers neues Buch zu sagen. Es besteht kein Zweifel, daß es sehr gut ist, besonders die Beschreibung der Versuche, einen »Sowjetmenschen« zu schaffen, auf jeder Seite außerordentlich reich dokumentiert, daß es weit präziser ist, als die »wissenschaftlichen Thesen« von Sinowjew. Und dennoch macht auch Heller letztendlich Sinowjews Fehler: Er nimmt die ununterbrochenen Versuche, die nimmermüden Bemühungen, einen *homosos* zu schaffen, als Beweis dafür, daß er nun fast schon erreicht sei (fast, denn noch nicht im »Reinzustand«). Natürlich, und das ist der grundlegende Unterschied, beschreibt dies Heller mit tiefempfundenem Entsetzen, während Sinowjew ständig zwischen oberflächlichem Abscheu, kaninchengleicher Faszination angesichts des »tausendjährigen Monoliths« und einer kaum verdeckten nostalgischen Sehnsucht nach dem stalinistischen »Schwung unserer Jugend« schwankt.

Warum beispielsweise erscheint der »Freiheitsersatz« Alkohol bei Heller als begleitender Faktor des »triumphalen Siegeszugs des Kommunismus«? Mit gesundem Menschenverstand betrachtet (und jetzt auch noch zusätzlich im Lichte des Berichtes der sibirischen Sektion der Akademie der Wissenschaften) sollte man meinen, dies beweise eher einen instinktiven Widerstand der Teilnehmer des »triumphalen Zuges«. Mit Recht widmet Heller der Bedeutung der »sowjetischen Sprache« für die Entwicklung des *homosos* ein eigenes Kapitel. Gleichzeitig meint er jedoch im Wodka eine andere »Sprache« zu sehen, ein anderes »Zeichen der Zugehörigkeit zum Kollektiv«, und bestreitet damit das Monopol der totalitären »Neusprache«. Worüber und wie sprechen die sowjetischen Bürger miteinander, die »nicht reden können, ohne zu trinken«? Heller meint dazu in »Maschine und Räderwerk«: »Es gibt allen Grund zur Annahme, daß die sowjetische Führung den Alkoholismus als das kleinere Übel ansieht im Vergleich zu den Spannungen, die entstünden, sollte es an Wodka fehlen. Der Alkoholismus entwickelte sich in der Sowjetunion zu einem der wichtigsten Rituale, die die Zugehörigkeit zum Kollektiv bezeugen.« Mag sein. Wenn wir aber den Alkoholismus als ein eigentümliches Ersatzritual für die Freiheit ansehen (und eben so etwas legt uns Heller nahe), dann kann man schwerlich zu einem anderen Schluß gelangen, als daß sich in der musterhaften totalitären Maschine viele Millionen Räderwerke in einem Zustand permanenter Beschädigung, Lockerung und Abnutzung befinden. Daß dies also, kurz gesagt, weniger musterhaft ist, als dies die Propagandisten des bereits unwiderruflich (oder fast unwiderruflich) formierten »Sowjetmenschen« annehmen.

L'homme atrophié: so hat Jean-François Revel seine Besprechung von Hellers Buch betitelt. Die Schlüsselfrage lautet: Ist sich der »atrophische Mensch« der Sowjetunion seiner Atrophie bewußt, oder hat er bereits ohne es zu wissen die Gestalt eines neuen Menschen angenommen? Ich behaupte, daß er sich dessen bewußt ist, und hege sogar den Verdacht, daß dieses Bewußtsein immer schärfer wird. Heller läßt die Frage offen. Er beendet sein Buch mit den Worten: »An der Schwelle des dritten Jahrtausends hängt das Schicksal der Welt von der Antwort auf die Frage ab: kann man den Menschen ummodeln, oder nicht.«

Man kann es nicht. Oder genauer gesagt: Man kann es, indem man ihn auf Raten erschlägt. Dem Epilog seines Buches setzt Heller Ausschnitte aus dem Gespräch zwischen Winston Smith und O'Brien aus Orwells *1984* voran. Winston: »Ich weiß, daß es euch fehlschlagen wird. Es gibt etwas in der Welt – ich weiß nicht, einen Geist, ein Prinzip – das ihr nie überwinden werdet.« O'Brien: »Was ist dann dieses Prinzip, das uns zuschanden machen wird?« Winston: »Ich weiß es nicht. Der menschliche Geist.« O'Brien: »Und halten Sie sich für einen Menschen?« Winston: »Ja.« O'Brien: »Wenn Sie ein Mensch sind, Winston, dann sind Sie der letzte Mensch. Ihre Gattung ist ausgestorben; wir sind die Erben.«

Heller hat in diesem Dialog die Frage O'Briens ausgelassen: »Glauben Sie an Gott, Winston?« und Winstons Antwort: »Nein.« Diese Auslassung ist insofern wesentlich, als Orwells düstere Vision vom »letzten Menschen« (ursprünglich sollte der Roman *The Last Man* heißen) ein Teil dessen ist, was Alain Besançon, der in seiner scharfsinnigen Skizze über Orwell (*La falsification du Bien: Soloviev et Orwell*) eine Analyse O'Briens bietet, eine außergewöhnliche, dämonische, »negative« Theologie des absolut Bösen nennt. Ehe es zu dem angeführten Dialog kommt, weiß Winston »im voraus, was O'Brien sagen würde. Nämlich, daß die Partei die Macht nicht um ihrer eigenen Zwecke willen anstrebte, sondern nur zum Wohlergehen der Menschheit. Daß sie die Nacht suchte, weil die Menschen in der Masse schwache, feige Kreaturen waren, die es nicht ertrugen, frei zu sein oder der Wahrheit ins Angesicht zu sehen, sondern von anderen, die stärker waren als sie, beherrscht und systematisch betrogen werden mußten.« Das wäre – fügt Besançon hinzu – die klassische Antwort, eine Antwort in der Art des Großinquisitors aus den *Brüdern Karamasow*. Der Atheist Winston täuscht sich jedoch. Seinem Henkersknecht geht es gar nicht um eine neue Form der Theokratie; er verkörpert die dämonische, »negative« Theologie des absolut Bösen. Der Teufel O'Brien bringt den »letzten Menschen« sogleich von seiner irrigen Meinung ab: »Die Partei strebt die Nacht lediglich in ihrem eigenen Interesse an; (...) uns interessiert einzig und allein die Macht als solche. (...) Der Zweck der Folter ist die Folter. Der Zweck der Macht ist die Macht.«

Bei der Beschreibung des Sowjetsystems neigt Heller zur Theokratie nach dem Muster des Großinquisitors aus Dostojewskis Roman, nicht zur Theologie des *Großen Teufels* aus Orwells Roman. In »Maschine und Räderwerk« hat ein ganzes, recht langes Kapitel den Titel *Ideologisierung: Triade des Großinquisitors*. An dessen Anfang steht ein Motto aus Iwan Karamasows *Poem*: »Es gibt drei Mächte, nur drei Mächte auf Erden, die das Gewissen dieser kraftlosen Rebellen zu ihrem eigenen Glück auf ewig besiegen und gefangennehmen können – diese Mächte sind: das Wunder, das Geheimnis und die Autorität.« Heller beginnt dieses Kapitel mit dem Satz: »Der Großinquisitor, der in den *Brüdern Karamasow* Christus erklärt, wie man die Menschen glücklich macht, hat knapp und mit verblüffender Genauigkeit die Grundsätze der sowjetischen Ideologie formuliert.«

Was hat sich bis zum heutigen Tag in der »sowjetischen Ideologie« von den Tiraden des Großinquisitors erhalten? Das Wunder? Das Geheimnis? Chruschtschows (geheimer) Bericht hat ihnen den Todesstoß versetzt. Es bleibt die Autorität. Ja, die Autorität; mit allen totalitären Instrumenten, die sie in der Sowjetunion aufrechterhalten; und mit allen Ausflüchten, sklavischen Schlauheiten und verschiedenen Formen von »Freiheitsersatz«, die sie verschleiern und unterspülen. Zu wenig, um den Menschen »umzumodeln«, um den im Sterben liegenden »letzten Menschen« endgültig zu erschlagen und stolz die Formung seines Nachfolgers bekanntzugeben, den Beginn der tausendjährigen Ära eines »neuen Sowjetmenschen«.

30. April 1985

In unserer Lokalzeitung findet sich die Nachricht, der berühmte Antiquar, Buchhändler und Buchliebhaber P. sei in Florenz gestorben. Ich kannte ihn vom Sehen und Hörensagen, als er noch in Neapel lebte und ihn der Ruhm des *iettatore* umgab. Dieses Wort klingt bei uns schrecklich, es bezeichnet jemanden, der den bösen Blick hat. *Iettatore* oder *malocchio* (böses Auge):

In der neapolitanischen Tradition waren diese beiden unheilverkündenden Bezeichnungen und deren Verkörperungen so lebendig, daß ihnen Alexandre Dumas in seinem Buch über Neapel *Il Corricolo* gleich vier Kapitel widmete. Sie sind weiterhin lebendig, wenngleich in geringerem Ausmaß. P. kann sich nicht etwa mit dem Fürsten Ventignano aus dem vorigen Jahrhundert messen, der seinen bösen Blick mit wahrlich großzügiger Hand (oder vielmehr großzügigem Auge) austeilte: Es genügt zu sagen, daß während seines ersten Besuches in der Oper San Carlo der riesengroße Kronleuchter herabfiel; oder daß der von ihm wenig geschätzte Verlobte seiner Tochter gleich nach der Hochzeit einer Mannesschwäche zum Opfer fiel (nachdem die Ehe für ungültig erklärt worden war, gründeten beide Ehegatten neue, glückliche Familien mit zahlreicher Nachkommenschaft). Harold Acton hat sich bei seiner neapolitanischen Erzählung *Prince Isidore* den Fürsten Ventignano zum Vorbild genommen.

Über P. wurde erzählt, er bringe »kleines Unglück«; und man beschränkte die Kontakte mit ihm auf ein notwendiges Minimum. Es mag durchaus sein, daß er aus diesem Grund nach Florenz gezogen ist, wo die *iettatura* keine solchen Ängste hervorruft, falls sie überhaupt im toskanischen Denken noch eine Rolle spielt. P., ein Junggeselle von schlicht unheimlicher Häßlichkeit, haßte Spiegel. In seinem neapolitanischen Antiquariat gehörten sie zu den Raritäten und waren stets mit besonderen Tüchern bedeckt. Angeblich pflegte er zu sagen: »Ich betrachte mich in den Augen meiner Nächsten, das genügt mir.«

Er wurde tot in einem Sessel vor einem großen, antiken, in einem vergoldeten Rahmen gefaßten Spiegel gefunden, in einer Kammer des Florentiner Antiquariats, in die er bisher nie hineingegangen war. »Er starb unter mysteriösen und bedeutungsvollen Umständen«, heißt es in der Zeitung in feiner, aber leicht durchschaubarer Anspielung auf P.'s *malocchio*. Als hätte sich unser einstiger *iettatore* selbst durch seinen »bösen Blick«, vom Spiegel auf ihn zurückgeworfen, getötet.

5. Mai 1985

Vor fast einem Vierteljahrhundert hat Jerzy Stempowski ein kleines Symposion über »Sprachprobleme der Exilliteratur« organisiert. In *Kultura* vom Juni 1961 sind dazu vier Texte – von Stempowski, Jeleński, Brzękowski und mir – erschienen. Man liest sie noch nach Jahren mit Gewinn.

Nach einem kurzen Zwischenspiel während des »Tauwetters« hat man in Polen der Exilliteratur wieder ein »unvermeidliches Dahinwelken« vorhergesagt. Damals war es wohl, daß der Literaturkritiker einer Warschauer Wochenzeitung in den Gedichten von Czesław Miłosz Symptome von sprachlichem »Verdorren« und »Erstarren« ausmachte (während des Faschismus beklagten italienische Literaten die »hölzerne« Sprache des Emigranten Silone).

Stempowskis Symposion war also wahrscheinlich eine Reaktion auf die erneute Ankündigung unserer »tödlichen Sklerose«. In seinem Text unterschied er zwischen gesprochener, geschriebener und literarischer Sprache, die jeweils eigene Gesetze und eine eigene innere Autonomie haben, und gelangte zu dem Schluß: »Man sagt uns, daß die aus ihrem Land und ihrer Sprache herausgerissene Exilliteratur zum Untergang verurteilt sei. Das wird sich zeigen. Vorerst kann man nur sehen, daß die – richtigen oder falschen – Vorhersagen schlecht begründet sind.« Ich spreche in meinem Text von zwei Gefahren, die Diagnostiker in Polen am häufigsten nennen: dem unausbleiblichen Schwinden der Leserschaft und der verhängnisvollen Trennung von Polen und der dort gesprochenen Sprache. Angesichts der ersten Gefahr erwähnte ich unter anderem »die anonymen Leser in Polen, die wir heute, vier Jahre nach dem Oktober, schon besser erkennen«. Bei der Analyse der zweiten Gefahr findet sich folgende Stelle: »Metaphorisch gesehen lassen sich Schriftsteller und Bildhauer miteinander vergleichen: Wenn es einem Autor gelingt, einen rohen Sprachblock aus der Heimat auszuführen, dann kann er ihn auch in der Fremde ein Leben lang erfolgreich behauen. Oft ist die Trennung sogar förderlich: Mit seinem Feinsinn findet er im Sprachmaterial Gestalten und Formen, zu denen er unter dem ständigen Druck der lebenden Sprache vielleicht nie vorgedrungen wäre; mit geschärftem Blick und wachem Ohr sieht und hört er Wortnuancen und Satzkadenzen, die man möglicherweise nur in völliger Isolation und Stille vernimmt. Der Rest ist Sache der Phantasie, Sensibilität, Intelligenz, Erfahrung, Beobachtung, Kontemplation, von Träumen und Stilfindung – einer Problematik also, die in der Literatur und nicht in der Sprache begründet ist.«

Stempowskis Devise lautete: »Das wird sich zeigen.« Wie sieht es nach einem Vierteljahrhundert aus? Die Exilliteratur ist nicht nur dem Untergang entronnen, sondern sie ist in Polen auch in einem Maße präsent, das die kühnsten Erwartungen übertrifft. Ich bin mir nicht einmal sicher, ob es angesichts immer neuer Ausgaben, die die Zensur unterlaufen, noch angebracht ist, sie als »schlecht vertreten« zu bezeichnen (auf jeden Fall ist sie immer besser vertreten). Außerdem hat sich der Begriff »Exilliteratur« in seinem ursprünglich strengen Sinn angesichts der Ausreise zahlreicher Schriftsteller aus der Volksrepublik Polen und einer Flut von unzensierten Manuskripten inzwischen verwischt. Vor nicht allzu langer Zeit wetterte die offizielle polnische Publizistik noch gegen »das wahnwitzige Vorhaben, die polnische Literatur ins Ausland zu verlegen«; derartiges hatte niemand vor, es wurde lediglich der Zaun zwischen den »zwei Literaturen« niedergerissen. Jetzt ist zur Abwechslung die Rede von der endgültigen »Abenddämmerung« der Exilliteratur, wobei man wie afrikanische Völker nach einem magischen Ritus anstelle des unerreichbaren Feindes eine Puppe durchbohrt und in Stücke reißt.

15. Mai 1985

In der Ausstellung *Caravaggio e il suo tempo* im Palast am Capodimonte. Caravaggio im Kontext seiner Vorfahren und Nachahmer. Obwohl in den Sälen, die nur seiner Malerei gewidmet sind, einige größere Gemälde fehlen, genügt das Gezeigte, um zu erahnen, wer er war und was er bedeutete.

Sollte einmal jemand beschließen, *Das Leben Caravaggios* zu schreiben (ungeachtet aller Lücken und »Schattenbereiche« in seiner Biographie), wird er sich einen besonderen Erzählstil ausdenken müssen – einen fieberhaften, zerrissenen, von Krämpfen erschütterten. Vor allem sein letztes Lebensjahrzehnt von 1600-1610 verbrachte Caravaggio wie in einem fortwährenden Fieberwahn. Jähzornig, heftig, mit ständig gesträubten Stacheln, streitsüchtig bis zur blutigen Schlägerei, wegen Totschlags gejagt, hin- und hergerissen zwischen dem Drang zur Flucht und dem Wunsch, dorthin zurückzukehren, von wo er geflohen war. *Muore di febre* heißt es in seinen Biographien. Das Fieber hat ihn in Porto Ercole getötet, wo er auf die Begnadigung und die Erlaubnis zur Rückkehr nach Rom wartete. Er war knapp fünfzig Jahre alt.

Welcher Maler würde sich in einem abgeschlagenen Kopf verewigen? Caravaggios wahrscheinlich einziges Selbstbildnis stellt der abgetrennte Kopf des Goliath dar, den David in der Hand hält: tot und doch noch lebendig, der im erstickten Schrei und in einer Grimasse des Zorns halbgeöffnete Mund und die weit aufgerissenen Augen, in denen der Wahnwitz aufleuchtet. Außer David und Goliath malte er Judith, die Holofernes köpft, und Salome mit dem abgehauenen Haupt Johannes des Täufers. Seine Unterschrift setzte er in das aus dem Haupt Johannes des Täufers rinnende Blut. Enthauptungsszenen zogen ihn an. Und die Geißelung Christi. In der neapolitanischen *Geißelung*, einer von dreien, die er gemalt hat, verlieh er den Figuren der Peitschenden eine unheimliche Expression, bemächtigte sich ihrer gleichsam in verzweifeltem Furor. Wie weit ist er von der eisigen, metaphysischen Geißelung Piero della Francescas in Urbino entfernt!

Seine Entdeckung des *chiaroscuro* wird als ein Instrument zur Verhüllung des Unsichtbaren angesehen. Zugleich dient es der geheimnisvollen Verschleierung des Sichtbaren. In Caravaggios Lichtschatten verbirgt sich die Sehnsucht nach Einbeziehung religiöser Sensibilität und Phantasie in das Alltagsleben, nach spürbarer Dramatisierung. Die Realität im Schmerz des geschundenen Christus kommt in der Wut seiner Henker zum Ausdruck. Auf Bestellung der römischen Kirche Santa Maria della Scala hat er den *Tod Mariens* gemalt; sein Werk wurde als skandalös, vielleicht auch als gotteslästerlich angesehen und zurückgewiesen. Er stellt die Verstorbene als müde, von qualvollem Leben gezeichnete Frau dar, einen dünnen Heiligenschein um den Kopf, ein fast unwirkliches Zeichen der Heiligkeit bei einem so irdischen Bild des Todes.

In den Sinn kommt mir die *Madonna del Parto* aus der Friedhofskapelle in Monterchi. Aber bei Piero della Francescas toskanischer Bäuerin, mit einem über dem schwangeren Bauch aufgeknüpften Kleid, liegt der Akzent auf friedlicher und feierlicher Erdverbundenheit, wohingegen bei Caravaggio der Glaube ungestüm mit dem Leben und dem Tod des Menschen zusammenstößt.

Dragonea, 12. Juli 1985

Der Tag beginnt mit Glockenläuten. Morgens um sechs Uhr rollen Glaskugeln in Richtung Cava dei Tirreni den Berghang hinunter ins Tal und zerbersten zu so reinen Tönen, wie die Luft, die die hellrot über dem Meer aufgehende Sonne von aller Dunkelheit reinwäscht. Zwei Kirchen wetteifern im sommerlichen Glockenkonzert und bilden den musikalischen Hintergrund für die erwachte Landschaft.

Flüchtig ist dieser Augenblick. Sogar die gelben Stoppeln auf der gemähten Wiese tauchen in das dichte, nachtfrische Grün der Sträucher und Bäume ein. Die roten Häuschen am Hang erröten und die weißen schimmern auf. Ein solches Grau der Felsen, das ein feuchtes Violett umspielt, wird während der Hitze des Tages nicht mehr zu sehen sein. Sobald die Glocken verstummen, lassen sich die ersten Rufe der Menschen vernehmen und die letzten Töne des Vogelgesangs.

Mittags läuten wieder die Glocken beider Kirchen, aber anders. Stockend, unschön, warnend. Auf den fernen bewaldeten Hängen sind plötzlich hohe, steile Rauchsäulen zu sehen und von Zeit zu Zeit züngeln Flammen. In unserer Gegend, von Vietri bis an die Küste von Amalfi, haust eine Bande von Pyromanen. Den ganzen Nachmittag kreisen Löschflugzeuge der Feuerwehr über dem brennenden Hügel.

Abends finden die Glocken beider Kirchen zu ihrer morgendlichen Melodie zurück, durchflochten vom kaum vernehmbaren Klang kirchlicher Chorgesänge.

Um Mitternacht ist noch am Berghang die halbkreisförmige Reihe der verglimmenden Feuer zu sehen. Sie werden ab morgen rund um den felsigen Gipfel eine rostrote Narbe in Form einer Halskette hinterlassen.

15. Juli 1985

Zur ersten Jesuitenmission in einem als Paraguay bezeichneten Gebiet (das viel größer war als das heutige Paraguay) kam es 1609. Sie wurde Reduktion genannt, nach dem Motto: *reducere ad Ecclesiam et vitam civilem*. Die »Reduktion« der bekehrten Indianer dauerte eineinhalb Jahrhunderte. Die dreißig Reduktionen oder Provinzen, die den blühenden Jesuitenstaat bildeten, wurden 1767, nach dem Willen Karls III. per Dekret, das die Jesuiten aus Paraguay vertrieb, aufgelöst. Historiker, Philosophen und Schriftsteller sahen und sehen darin entweder einen »christlichen Sozialstaat« oder eine Form »sozialistischer Theokratie«, eine »kommunistisch-christliche Republik« beziehungsweise einfach ein »heiliges Experiment«. Voltaire ließ sich im *Candide* ironisch über das paraguayische Unternehmen der Jesuiten aus, milderte bei anderer Gelegenheit sein Urteil jedoch etwas ab. Montesquieu äußerte sich wohlwollend, d'Alembert bissig und Chateaubriand enthusiastisch. Aus jüngerer Zeit liegt eine ablehnende Meinung Croces vor: »Die Jesuiten haben den Wilden die Feldarbeit beigebracht; ihr angeblicher Kommunismus im Geiste von Campanellas Utopie war in der Praxis kluge kapitalistische Ausbeutung, Quelle hoher Einkünfte für den Orden.« Der italienische katholische Historiker Ludovico Antonio Muratori hat das »heilige Experiment« voller Bewunderung in einem Buch beschrieben, das 1743 erschien und viele Nachauflagen und Übersetzungen erlebte. Sein Titel spricht für sich: *Das glückliche Christentum in der Mission der Jesuitenpadres in Paraguay*. Der Terminus »glückliches Christentum« haftet dem jesuitischen Sonnenstaat in Südamerika am zähesten an. Muratori ist heute ein Klassiker, der immer wieder aus der Versenkung geholt und neu aufgelegt wird (zuletzt in Frankreich und Italien). Die einen sehen in dem paraguayischen »heiligen Experiment« eine theokratische Vorwegnahme des modernen totalitären Staates, die anderen einen noch immer frischen sozialen Genius des Christentums. Sicher ist, daß Muratori aufmerksame Lektüre verdient.

Der Jesuitenstaat in Paraguay hätte den Großinquisitor aus Iwan Karamasows *Poem* entzückt. Unter dem wachsamen Auge und dem Kommando der Missionare sind die bekehrten Indianer wahrhaft glücklich geworden. Sie wurden zu Kindern gemacht; die Jesuiten bezeichneten sie übrigens selbst als »bärtige Kinder«. Und die wilden, rothäutigen Kinder, denen man die rationelle, effektive Feldarbeit, den gemeinsamen Besitz des Bodens und die Verachtung des Geldes beibrachte, entdeckten in der neuen Religion den dreifachen Reiz von Wunder, Geheimnis und Autorität. Sie schwärmten für die – oft gemeinschaftliche, öffentliche – Beichte, wetteiferten im Bekennen realer oder eingebildeter Sünden und erflehten strengste Bestrafung, da sie glaubten, daß der geheimnisvolle christliche Gott beim Vergeben der Schuld um so barmherziger sei, je härter die dem reuigen Sünder auferlegte Buße ausfalle. Sie lebten in einem permanenten Schuldbewußtsein, was für die jesuitischen Aufseher und Lehrer ein ideales Herrschaftsinstrument darstellte. Jeder wußte alles über jeden. Autorität besaßen einzig und allein die missionarischen Verwalter und Beschützer oder (in weit geringerem Maße) ein paar auserwählte Vertrauenspersonen aus dem Kreis der bekehrten Indianer.

Voraussetzung für Existenz und Gedeihen des »glücklichen Christentums« war seine größtmögliche Abschirmung von der Welt. »Damit die Bösen die Guten nicht durch ihr Verhalten verdarben, gewährten die katholischen Könige den Jesuiten in Paraguay das Recht, Spaniern und anderen Europäern den Besuch der Reduktionen zu verweigern, es sei denn, es handelte sich um administrativ begründete Reisen zu Gouverneurssitzen oder Diözesen. Sobald in dieser Gegend ein Europäer auftauchte, wurde ihm unverzüglich ein umsichtiger Indianer als Begleiter zugeteilt, der ihn sorgsam zu beaufsichtigen und möglichst rasch an der Staatsgrenze zu verabschieden wußte. Das war der Hauptgrund, daß in den gegen Blicke und das böse Beispiel der Europäer abgeschotteten paraguayischen Reduktionen die Ehrfurcht vor den Geboten Gottes stärker war als anderswo, denn es gab niemanden, der die bekehrten Indianer vom rechten Weg hätte abbringen und ihnen die von den frommen Missionaren hier eingeführten ursprünglichen Lebensformen vergällen können.«

Die Jesuiten konnten in Paraguay jedoch nicht alle Indianer bekehren, nicht alle ließen sich zu braven, folgsamen »bärtigen Kindern« des glücklichen christlichen Sonnenstaates machen. Muratori zitiert einen rothäutigen Heiden, der allen Verlokkungen und Lehren der Missionare widerstand und seinen Göttern treu blieb: »Ihr behauptet, der christliche Gott wisse alles, ihm bleibe nichts verborgen, er sei überall und sehe alles, wo immer es geschieht. Wir aber wollen keinen Gott, der so allwissend ist und alles sehende Augen hat. Wir möchten in unseren Wäldern und unseren Höhlen in Frieden und Freiheit leben und nicht ständig einen Wächter und Richter unserer Taten über uns spüren.«

Wer im paraguayischen Jesuitenstaat das primitive Modell eines totalitären Systems zu sehen meint, wird in den Worten des rothäutigen Heiden eine primitive, stolze und würdevolle Freiheitserklärung entdecken. Das »glückliche Christentum« aber – und das sei ihm hoch angerechnet! – wollte niemandem mit Gewalt beglücken. In einigen Regionen Paraguays fanden sich die standhaften Heiden mit den Aktivitäten der Jesuiten ab und verlangten lediglich, in Ruhe gelassen zu werden. Die Missionare respektierten – aufrichtig oder in der stillen Hoffnung auf eine allmähliche Expansion – dieses Verlangen. In unserem »ideologischen« Zeitalter weckt diese tolerante Mäßigung beider Seiten, christlicher und heidnischer Liberaler, Sympathie …

20. Juli 1985

Die Krakauer Zeitschrift *Arka*[20] hat eine Umfrage über Nationalismus veranstaltet. Ich wurde zur Teilnahme eingeladen, aber ich möchte mich dazu lieber kurz in meinem Tagebuch äußern.

Die Umfrage enthält vier Fragen. Die erste Frage über »nationalistischen Ethos« übergehe ich. Wesentlich sind die drei übrigen, die man auf die eine Frage reduzieren kann: Wenn »sich der Nationalismus in einem souveränen Staat vom totalitären Nationalismus unterscheidet, welche Vorteile und Gefahren ergeben sich dann aus der nationalistischen Ideologie für die polnische Gesellschaft, die weder nach innen noch nach außen souverän ist?« Die Initiatoren dieser Umfrage wollten also von den Teilnehmern erfahren, ob man in einem von Kommunisten regierten und von Moskau abhängigen Polen den Nationalismus als Waffe im Kampf um die Souveränität von Gesellschaft und Staat nobilitieren dürfe.

Arka stellte ihrer Umfrage eine Skizze des Oxforder Historikers Isaiah Berlin über den Nationalismus voran. Darin betont dieser, daß man im 19. Jahrhundert »kein Gleichheitszeichen setzte zwischen Nationalismus im Sinne von Emotion und Ideologie einerseits und Nationalbewußtsein andererseits«. Und er fügt hinzu: »Meiner Meinung nach zu Recht« (und meiner auch). Den Nationalismus bezeichnet er als »pathologischen Entzündungszustand des verletzten Nationalbewußtseins«. Da er von »verletzten Nationalbewußtsein« spricht, kann man diese Definition vor allem auf nichtsouveräne Gesellschaften und Staaten beziehen. Was aber ist mit souveränen Staaten und Gesellschaften? Ich würde als Formel vorschlagen: »Nationalismus ist der pathologische Entzündungszustand eines exaltierten Nationalbewußtseins.« Beide Formeln passen gut zu einer Beschreibung des polnischen Nationalismus, des alten wie des neuen, die uns Jan Józef Lipski[21] in seiner Skizze *Zwei Vaterländer – zwei Patriotismen* gibt; eine so kluge Skizze, daß es nun schwerfällt, sich zu diesem Thema ohne eine gewisse Verlegenheit zu äußern. Auf jeden Fall ist der polnische Nationalismus eine Mischung beider »Entzündungszustände«, eine doppelte pathologische Verzerrung des natürlichen Nationalbewußtseins.

Wie also – um zur Umfrage der *Arka* zurückzukehren – ist es um die »Vorteile« und »Gefahren« des polnischen Nationalismus als Sturmbock gegen die Mauer unserer Unfreiheit bestellt? Hat er Chancen auf Erfolg? Es ist bezeichnend, daß ein Teilnehmer der Umfrage, sein negatives Verhältnis zur nationalistischen Ideologie zusammenfassend, zugleich diese eine positive und »wichtige Eigenschaft« hervorhebt: »Sie ist entschieden antikommunistisch.« Hierin steckt im Grunde der Kern der Umfrage wie des ganzen Problems. Meiner Meinung nach täuscht sich der Nationalismus, im Gegensatz zu einem dauerhaften und tiefen Nationalbewußtsein, wenn er glaubt, »entschieden antikommunistisch« zu sein. Er ist sich nicht bewußt, wie sehr er den Kommunismus bestärkt und verfestigt, auch wenn er den Anschein oder die Illusion erweckt, ihn zu bekämpfen.

Ein pathologisches Antidot gegen die Pathologie des Kommunismus – das ist etwas zu viel. Nationalistische Entzündungszustände sind bevorzugte (und manchmal sehr gelegene) Ziele von Manipulation und Instrumentalisierung in den Händen der kommunistischen Herrscher. Muß das nach den Erfahrungen der Vergangenheit noch erläutert werden? Muß man heute daran erinnern? Ein ruhiges, ausdauerndes, unnachgiebiges, verständiges und offenes Nationalbewußtsein macht den Regierenden angst. Außer Rand und Band geratene nationalistische Emotionen nützen ihnen hingegen, wobei Feindseligkeit gegenüber Fremden und Nachbarn (einschließlich der Russen) ein Gefühl nationaler Isolation erweckt, kompensiert durch solche Narreteien wie Selbstbewunderung und die Überzeugung, als Nation etwas Besonderes, ja »Engelhaftes« zu sein. Zusammen mit den kompensierenden Narreteien der Megalomanie und Xenophobie sickert durch diese Isolierung ganz langsam das Gift einer von Überheblichkeit gekennzeichneten Versöhnung mit den ungerechten »Urteilen der Geschichte (und Geopolitik)« in das nationale Unterbewußtsein. Unmerklich vertieft sich so von Tag zu Tag das Trauma »absoluter Machtlosigkeit«. Gegenwärtig existieren drei Varianten des Nationalismus: Entweder verharrt er in einer eigentümlichen nationalen *splendid isolation*, untermauert durch ein Gefühl der Überlegenheit gegenüber anderen Nationen; oder er läßt sich von den Kommunisten bei ihren Manövern und Manipulationen benutzen, in der beseligenden und trügerischen Illusion, ein außergewöhnlich schlaues und durchtriebenes Spiel zu spielen; oder aber er hofft, dank eines polnischen »Sonderstatus« in Moskau, auf Einigung der nationalistischen »Realisten« mit dem Kreml über die Köpfe der kommunistischen

Statthalter in Warschau hinweg. Aber kontrollierte und eingedämmte Nationalismen in seinen Vasallenstaaten stören Moskau nicht allzu sehr. Stören würden allerdings Versuche, die Schranken zwischen innerlich freien, ihrer Rechte und Ziele bewußten Völkern unter sowjetischer Herrschaft gemeinsam abzubauen.

Es ist schmerzlich, solche Binsenwahrheiten zu wiederholen. Und dennoch muß man sie wohl wiederholen, da sogar unter intelligenten rechten Publizisten die Forderung, »realistisch auf dem Boden der Tatsachen zu stehen«, allmählich bedeutet, alles auf den Kopf zu stellen. Eben habe ich Piotr Wierzbickis Broschüre »Gedanken eines Polen von altem Schrot und Korn« durchgelesen, eine Art rechtes Manifest des polnischen *sacro egoismo*. Der Nationalismus (natürlich ein »gesunder«) ist darin dem Kosmopolitismus gegenübergestellt. Wer sich also in Polen nicht als Nationalist fühlt, wird zwangsläufig zum Kosmopolit. Ich stelle mir die Frage, ob sich der Autor »von altem Schrot und Korn« in seinen fiebrigen Tiraden überlegt hat, daß diese Gegenüberstellung typisch sowjetisch ist. Der einzige Unterschied besteht darin, daß der sowjetische imperiale Nationalismus – falls es ein »Sowjetvolk« gibt – in der Gestalt eines »sowjetischen Patriotismus« auftritt. Wer kein sowjetischer Patriot ist, wird automatisch zum Kosmopolit. Eine sonderbare Form des Kampfes der »Polen von altem Schrot und Korn« um nationale und staatliche Souveränität! Fast wäre man geneigt zu glauben, daß Moskau unter ihnen tatsächlich Partner für eine Verständigung über die Köpfe der modernen (aber nutzlosen) polnischen Kommunisten hinweg finden wird.

25. Juli 1985

Fortsetzung der *Welt ohne Erbarmen* in dem Erinnerungsband von Wiktoria Kraśniewska *Nach der Befreiung … (1944-1956)*.

Die Autorin lebt in Polen und benutzt ein Pseudonym. Als Mitglied der Heimatarmee kam sie hinter Gitter und Stacheldraht und wurde schließlich deportiert. Nach Polen kehrte sie 1956 zurück. Zwölf Jahre! Im März signierte ich in der Pariser

Buchhandlung Libella französische und polnische Exemplare von *Welt ohne Erbarmen*, da beugte sich ein älterer Herr über den Tisch und flüsterte: »Ich war auch dort, später und viel länger als Sie. Bitte unterschreiben Sie nur, mein Name ist ohne Bedeutung.« Er steckte das unterzeichnete Exemplar in die Tasche, wir sahen uns in die Augen und er verließ rasch die Buchhandlung. Als ich nun *Nach der Befreiung* … las, erinnerte ich mich an den Blick des Unbekannten aus der Buchhandlung Libella. Wir – die einstigen Bewohner der »Welt ohne Erbarmen« – bilden wohl eine geschlossene Gesellschaft von Eingeweihten. In Kraśniewskas Buch lese ich: »Im Lager hat nur noch der Häftling keine Angst mehr, denn er steht auf der anderen Seite der Grenze; er ist bereits eingeweiht.« Das Motiv dieser Einweihung, die für immer besteht (von manchen als »krankhafte Zwangsvorstellung« bezeichnet), wenngleich im Bereich oder im ständigen Schatten der »Welt ohne Erbarmen« anders als außerhalb ihrer Reichweite, findet sich bei Solschenizyn recht häufig.

Kraśniewska, sensibel und scharfsinnig und mit genauer Beobachtungsgabe, hat einen sehr sachlichen, ruhigen, stellenweise sogar kühlen und trockenen Bericht geschrieben. Sie hütet sich, die Stimme zu erheben oder erzittern zu lassen. Sie erzählt wie aus der Ferne, wahrscheinlich viele Jahre nach der Rückkehr nach Polen, aber über ihre Erzählung legt sich kein grauer Schatten, hervorgerufen von der vergangenen Zeit. Ihre Erfahrung ist ebenso lebendig wie der »Häftlingsfaktor« innerhalb des Sowjetsystems. Manchmal kommt es bei der Beschreibung irgendeiner Episode oder der Darstellung irgendeiner Person zur Reflexion: »Sind wir denn heute nicht alle zu solchen Reaktionen und Handlungsweisen bereit?« In einer von Arschak-Daniels Novellen ertönt der Schrei: »Die Lager sind in uns hineingewachsen, haben in uns tiefe Wurzeln geschlagen!« Schalamow hat diesem Ausruf den Glanz großer Literatur verliehen. Kraśniewskas Buch, frei von Versuchungen speziellerer polnischer Nationalmartyrologie, stellt einen Beitrag Polens zum allgemeinen Bild totalitärer menschlicher Degradierung in seiner sowjetischen Form dar.

»Und so verlieren wir langsam die Seele. Tag für Tag sickert zusammen mit dem Hunger, mit der Arbeit, die über die Kräfte geht, und mit der Hoffnungslosigkeit der Zeit Tropfen für Tropfen irgend etwas in uns hinein, das beim Namen genannt werden sollte – es ist die Einwilligung in das Böse. Wir können uns nicht mehr empören, wir zucken nur noch mit den Schultern. Ein ehrlicher Mensch, auf den man sich verlassen kann, verwundert uns mehr. Das ist das sowjetische *pjerjewospitanje*, die Umschulung, die düstere Bedrohung des Alltags.« Die Loslösung von diesem *pjerjewospitanje*, dieser Umschulung, beruht, wie in der berühmten Erzählung von Tschechow, darauf, das Gift der Sklaverei, das die Seele vernichtet, Tropfen für Tropfen aus sich herauszupressen.

8. August 1985

David Wyman, Nachfahre protestantischer Pastoren und Professor für Geschichte an der Universität Massachusetts, hat eine bis ins Detail gehende Anklageschrift verfaßt: *The Abandonment of the Jews – America and the Holocaust 1941-1945*. Auf die Anklagebank setzt er sein Land (zusammen mit den jüdischen Organisationen in Amerika) und Großbritannien. Es sei fast nichts getan worden, um wenigstens die Ausmaße der »Endlösung« zu verringern; man habe die Juden ganz ihrem Schicksal überlassen, trotz gewisser Möglichkeiten, einen Teil der Gemordeten zu retten. Hartnäckig sei für die Geste des Pilatus das Argument angeführt worden, jegliche »Nebenziele« müßten die »komplexe« Kriegsanstrengung im Kampf mit dem Dritten Reich ins Wanken bringen. Wie schwach und ausweichend dieses Argument war, zeigt sich eindeutig an einem Projekt, das Wyman in *The Bombing of Auschwitz*, dem aufrüttelndsten Kapitel seines Buches, beschreibt.

Die amerikanischen Bomber, die seit Dezember 1943 von den süditalienischen Basen aus operierten, hatten ab Mitte Mai 1944 ihre Einsatzkraft so weit erweitert, daß sie mit der systematischen Bombardierung von Industrieobjekten in Mittel- und Ostmitteleuropa beginnen konnten – und dies auch rasch in die Tat umsetzten. Auschwitz befand sich in der Reichweite der Bomber; auch die Zerstörung der Eisenbahnlinie, über die

Eichmanns »Auswahl« ungarischer Juden nach Auschwitz transportiert wurde, wäre realistisch und relativ leicht durchzuführen gewesen. Der den Alliierten unterbreitete Vorschlag (der übrigens über polnische diplomatische Kanäle übermittelt worden war) sah die Bombardierung der Gaskammern und Krematorien vor. Bei ihrer Ablehnung beriefen sich die Luftwaffenstäbe auf die Entscheidung, allein »Industrieziele« zu bombardieren, zu denen Auschwitz nicht gerechnet werden könne. In Wirklichkeit wäre dies durchaus möglich gewesen, da in der Nähe des Todeslagers ein großes Zentrum zur Produktion von synthetischem Benzin für einen Bombenangriff ausgewählt und am 20. August 1944 bombardiert worden war. Die Entfernung zu den Gaskammern hätte weniger als fünf Meilen ostwärts betragen. Der Angriff wurde am 13. September und noch zweimal im Dezember wiederholt. Die Installationen der deutschen Todesindustrie blieben unberührt; wahrscheinlich ging man davon aus, daß es sich dabei nicht um eine Industrie im traditionellen Wortsinn handele. Im traditionellen Sinn des Wortes war sie es auch nicht.

In einer Anmerkung zu dem Kapitel führt Wyman nach dem Krieg aufgefundene Zeugnisse aus Auschwitz an, in denen von Häftlingen die Rede ist, die ihre Gebete (und Blicke) vergeblich gen Himmel richteten, für eine Bombardierung der wichtigsten Produktionsstätte des synthetischen Todes durch die Alliierten.

18. August 1985

Auch der letzte Feriensonntag beginnt in der Frühe mit Glokkenläuten. Diesmal eröffnen sie die *fiesta del Santo*, das »Fest des Heiligen« im nahe gelegenen Jaconti. Jedes Dorf hat hier im Sommer sein »Fest des Heiligen«; Dragonea beging es Anfang Juli. Die auf Mauern und Häusern im ganzen Umkreis angebrachten Plakate künden von dem Programm, das in Jaconti vorbereitet ist. Es ist in *religioso* und *civile* unterteilt. Höhepunkt des ersteren ist die Prozession am frühen Abend im Dreieck Jaconti – Dragonea – San Vincenzo. Hauptattraktion des zweiten soll neben den nächtlichen vokalistisch-musikalischen Auftritten auf der Bühne vor der Kirche in Jaconti das *sagra della trippa* sein, das Fest der Kutteln, die den Festteilnehmern aus einem großen, auf dem Platz aufgestellten Kessel umsonst ausgegeben werden (in den Kulissen einer farbenfrohen Straßenillumination und unter dem Leuchten der Feuerwerksraketen). Hoch oben über dem Platz wird das von einem Scheinwerfer angestrahlte Bild der Schutzheiligen beider Programmteile hängen: *Maria Santissima di Constantinopoli.*

Heute morgen ist das Glockenläuten kein rechter musikalischer Hintergrund für die erwachende Landschaft. Dichter Nebel erfüllt unsere Schlucht, die Hügel ringsum tauchen abwechselnd auf und verschwinden wieder im weißen Wolkenschleier. Nach über einem Monat voller Gluthitze und Brände ist es einzig und allein der Regen, den man von der Konstantinopolitanischen Allerheiligsten Jungfrau erbittet. Trocken, trocken, die Pflanzenstengel zerbröseln in den Fingern zu Staub, sogar die Weintrauben werden von der vielen Sonne runzelig.

Wie viele Prozessionen habe ich im Laufe der vergangenen vierzig Jahre in Süditalien gesehen! Die sommerlichen sind heiter, fröhlich, farbenfroh, mit einem Schutzheiligen auf einer Sänfte, Tragaltären und Fahnen. Bald gehen sie feierlich langsam, dann wieder plötzlich schnell und leichtfüßig im Takt der oft schwungvollen Melodien, die das Feuerwehrorchester aufspielt. Es drängt sich der Gedanke an das »glückliche Christentum« aus Muratoris Buch auf: echte Kinder in Weiß, die »bärtigen« in feierlichen Anzügen und Kleidern mit glücklichen Gesichtern. In der langen Prozessionsschlange kommt Gesang auf, der wieder verhallt, dann vom Schwanz zur Mitte überspringt, nach vorn und wieder zurück. Die Frauen und Kinder tragen Blumengebinde, auch in der Hand mancher Männer sind Zweige mit Früchten zu sehen.

In den Osterprozessionen überläßt das »glückliche Christentum« dem dramatischen seinen Platz. Unvergessen sind mir zwei solche Prozessionen. Vor der Schlacht bei Monte Cassino trug in Sorrent eine Menschenmenge in schwarzen Kapuzen die Wachsfigur eines vom Kreuz abgenommenen, mit roten Pflastern bedeckten Christus; sogar den Kindern zu beiden Seiten der Prozession, die große Sterbekerzen in ihren kleinen

Händen hielten, hatte man Kapuzen mit Sehschlitzen über die Köpfchen gestülpt. Eine Prozession ohne Gesichter und ohne Stimmen, die sich so langsam fortbewegte, als müßte sie in einer übermenschlichen Anstrengung ihren natürlichen Drang zur Versteinerung überwinden.

Eine Osterprozession in Palermo vor zehn Jahren in dem am stärksten von Kriminalität heimgesuchten Stadtteil Bagheria. Diese hatte etwas Kämpferisches, ein Zerren, ein heftiges und wütendes Ringen. Acht junge Männer trugen einen riesengroßen liegenden Christus; sie bewegten sich in Sprüngen voll unendlicher Anspannung fort. Sobald es schien, daß sie den nächsten Sprung nicht mehr schaffen würden, daß der Verstorbene die Träger mit seinem Gewicht erdrücken werde, lösten andere sie ab. Wie in einer Arena verfolgten Tausende von Blicken diese Szene; jeden dieser Sprünge markierte ein kurzer und schwacher Glockenschlag. Caravaggio hätte dies malen können.

Neapel, 9. Oktober 1985

Den im vergangenen Monat verstorbenen Italo Calvino möchte ich mit einer Notiz über *La giornata d'uno scrutatore* verabschieden, einer seiner weniger aufsehenerregenden und geschätzten Erzählungen, die nur oberflächlich, eben wie eine nette, aber unbedeutende Kleinigkeit gelesen wurde. Thema dieses *Tages eines Wahlhelfers* ist die Stimmabgabe zu den italienischen Parlamentswahlen in Cottolengo, der Turiner Anstalt für von Geburt an geistig und körperlich Behinderte. Die Anstalt wird von Nonnen geleitet; sie sollen – kirchlichen Wünschen folgend – den Christdemokraten Stimmen liefern, indem sie ihre armen Schützlinge in improvisierte Wahlkabinen leiten. Die Wähler, ohne zu verstehen, worum es geht, erfüllen, so gut sie können, die Anweisungen der barmherzigen Schwestern. Die Wahlprozedur der »unbegrenzten Demokratie« findet unter nicht allzu wachsamer Aufsicht der Wahlkommission statt, der der Held der Erzählung, ein kommunistischer Intellektueller, angehört. Ein Teil der auf Grund ihrer Absurdität auffallenden Stimmen wird für ungültig erklärt, die anderen schlüpfen durch das recht weite Nadelöhr der Wahlkommission unter dem Vorsitz eines Christdemokraten. Die Tragikomödie der Wahlen in Cottolengo hinterläßt beim Leser ein Gefühl der Empörung über eine derartige Beleidigung menschlicher Gebrechen (bei scheinbarer »Rehabilitierung«).

Calvino stützte sich für die Erzählung auf seine eigenen Erfahrungen als Wahlhelfer, und zwar im Jahre 1953 (noch als Kommunist) und 1961 (nach dem Bruch mit dem Kommunismus). Sie ist eher eine subtile, fast metaphysische Reflexion über »Menschen- und Bürgerrechte« als eine journalistische Enthüllung über christdemokratische Praktiken im Italien dieser Zeit.

Ich lernte Calvino in einem literarischen Salon Roms kennen. Nachdem er seinen Wohnsitz nach Paris verlegt hatte, dachte ich oft daran, ihn zu besuchen und zu überreden, zur Ergänzung eine Erzählung über Wahlen in einer »begrenzten Demokratie« zu schreiben. Ich dachte mir sogar einen Titel zu dieser zweiten Erzählung innerhalb eines Diptychons über »Menschen- und Bürgerrechte« aus: *La giornata d'un elettore mutilato*. Darin wäre der Tag eines »versehrten Wählers« in irgendeinem der osteuropäischen Länder beschrieben. Eines Wählers, der nicht von Geburt an körperlich und geistig behindert, sondern politisch und seelisch versehrt ist. Der zwar weiß, worum es bei dem Wahlverfahren geht, aber genauso durch »barmherzige Schwestern« im Dienste einer »begrenzten Demokratie« geleitet und instruiert wird. Das allgemeine osteuropäische Cottolengo, um wieviel geschickter ist es doch eingerichtet als die tragikomische westeuropäische Episode in Turin! Und um wieviel größer ist auch die Empörung über die systematische und systembedingte Beleidigung menschlicher Versehrtheit.

3. November 1985

Über eine Stunde stieg ich vom oberen ins untere Neapel hinab und fand mich gegen Mitternacht im Gewirr der Straßen wieder. Um diese Stunde war ich schon lange nicht mehr in den schmalen Gassen gewesen. Früher pulsierte in einer Nacht wie dieser – sonntäglich, heiter, warm und ganz und gar nicht herbstlich – noch das Leben. Jetzt sind die Gassen leer, dunkel und tot. Nach dem Erdbeben hat sich unsere Stadt verändert.

Ich beschleunigte meine Schritte und ging in Richtung Via Toledo, aber die beleuchtete Kapelle in einer engen, kleinen Sackgasse ließ mich innehalten. Auf den Stufen schlief, an das Gitter gelehnt, das eine nicht allzu große Marienfigur in schneeweißem Kleid und mit einer Krone aus Glühbirnen schützte, ein alter Bettler mit einer halbvollen Weinflasche in der Hand. Dem Schlafenden zu Füßen lag zusammengerollt ein dürrer räudiger Hund. An seinem Halsband waren eine Blechdose für Almosen und ein Brettchen befestigt, auf dem in ungelenker Schrift die flehende Bitte stand: »Pietà per il mio povero padrone« – Habt Mitleid mit meinem armen Herrchen. Ich bückte mich, warf eine Münze in die Dose und drehte unwillkürlich das Brettchen um. Die Aufschrift auf der Rückseite flehte: »Pietà per il mio povero cane« – Habt Mitleid mit meinem armen Hund.

Diese Szene, fast so etwas wie ein – äußerst knapper – Einakter mit dem Titel »Herr und Hund« in einer neapolitanischen Sackgasse, hätte Beckett frappiert.

14. November 1985

Mir fiel eine Skizze des Nobelpreisträgers Canetti über Tagebücher in die Hände: »Dialog mit dem grausamen Partner«. Der »grausame Partner« ist der Autor des Tagebuchs, denn in einem »echten« Tagebuch führe man einen Dialog mit sich selbst. Welches Tagebuch aber verdiene die Bezeichnung »echt«? Ein geheimes, ein ganz und gar geheimes, das für niemanden als den Verfasser selbst bestimmt sei. Wer sich in einem Tagebuch an andere richte, und sei es in einer fernen Zukunft, schreibe ein gefälschtes Tagebuch; und man müsse ihn an seinem größeren oder kleineren Fälschertalent messen. Der Autor eines »echten« Tagebuchs habe außerdem die Form des inneren Dialogs zu wahren; sein Fehlen nehme dem Tagebuch von vornherein jeden Wert.

Ich glaube nicht an die Existenz völlig geheimer Tagebücher. Um zu beweisen, daß es doch welche gibt, wird gewöhnlich auf das Tagebuch von Pepys verwiesen, das in einer besonderen Geheimschrift (oder vielmehr in einer eigenen, niemandem bekannten Art von Stenographie) abgefaßt ist. Pepys notierte darin peinlich genau (und hervorragend!) »Sinnesfreuden«, finanzielle Machenschaften, politische Reflexionen und oft recht bissige Bemerkungen über hochgestellte Persönlichkeiten, wobei ein innerer Dialog so gut wie nicht vorhanden ist. Er selbst erscheint im Tagebuch ziemlich eindimensional, und den verdienten Ruhm, den er nach der Dechiffrierung des Textes eineinhalb Jahrhunderte später erlangte, verdankt er ebensosehr seiner Beschreibungskunst wie den interessanten Informationen über das Leben im London des 17. Jahrhunderts. Außerdem hinterließ er, wie sich erst Anfang des 19. Jahrhunderts herausstellte, einen Code zu der von ihm erfundenen Stenographie; die Geheimhaltung war also relativ und zeitlich begrenzt. Canetti erwähnt ihn in seiner Skizze über Tagebücher nicht.

Dagegen erwähnt er Kafka. Aber Kafka, ein Meister im Selbstquälen, der in seinem Tagebuch »Erkenntnisse über das Unglückswesen, das ich bin«, festhielt, las manchmal seinen engsten Freunden daraus vor. Er hatte nicht vor, es zu drucken, verfügte aber, daß nicht nur das Tagebuch verbrannt werden sollte …

Und wie steht es um den für ein »echtes« Tagebuch unerläßlichen Dialog mit sich selbst, mit dem »grausamen Partner«? Eben an diesem hat sich der von Canetti so bewunderte Kafka versucht. Mit welchem Ergebnis? Den Zweck eines Tagebuchs sah er in der »Selbsterkenntnis«. Nach einjährigen Versuchen bekannte er: »Ich habe vieles in diesen Tagen über mich nicht aufgeschrieben, teils aus Faulheit (…), teils aber auch aus Angst, meine Selbsterkenntnis zu verraten. Diese Angst ist berechtigt, denn endgültig durch Aufschreiben fixiert dürfte eine Selbsterkenntnis nur dann werden, wenn dies in größter Vollständigkeit bis in alle nebensächlichen Konsequenzen hinein sowie mit gänzlicher Wahrhaftigkeit geschehen könnte. Denn geschieht dies nicht – und ich bin dessen jedenfalls nicht fähig« – etc., etc. Obwohl er es nicht direkt aussprach, war ihm bewußt geworden, daß wahre »Selbsterkenntnis« absolute Einsamkeit erfordert, die einem Menschen, der in die Welt geworfen und in ihre Angelegenheiten verwickelt ist, nicht gegeben ist. Eine echte Fälschung des Tagebuchautors wäre das Aufschreiben von Gesprächen unter vier Augen mit einem in reiner Form überhaupt nicht existenten »Partner«. Im Tagebuch spricht man mit sich, mit der Welt, mit anderen, mit Gott (der Schwerpunkt bestimmt die Art des Tagebuchs). Ebenso erschafft man sich häufig Partner, so wie man sich im Gespräch mit ihnen selbst erschafft. Auch darin steckt eine gewisse, nicht zu vermeidende »Falschheit«, doch sie ist unvergleichlich geringer als der illusorische Ehrgeiz, zu Selbsterkenntnis »in größter Vollständigkeit ... sowie mit gänzlicher Wahrhaftigkeit« zu gelangen.

19. November 1985

Endlich ist es einmal gesagt worden. Leonardo Sciascia entrüstet sich heute über das Fernsehen, in dem in den letzten Tagen pausenlos ein zwölfjähriges kolumbianisches Mädchen gezeigt wurde, das nach dem Ausbruch des Vulkans Nevado del Ruiz in sechzigstündiger Agonie in einem Meer aus Schlamm gefangen war. Der Bild- oder Fernsehreporter erfüllt »nur« seine Pflicht, photographiert, was er kann und macht sich über »alles andere« keine Gedanken. »Alles andere« aber ist, oder sollte es zumindest sein, die Unantastbarkeit gewisser Bereiche von Leben und Tod. Das Fernsehen dringt überall ein, die Photoreporter wetteifern darin, die »konventionellen Hüllen« herunterzureißen und Rekorde in professionellem »Können« und menschlicher Dickfelligkeit (oder unglaublicher Kaltherzigkeit) aufzustellen. Wahrscheinlich werden uns in naher Zukunft auf dem Bildschirm »authentische« – »originale« – Todesqualen von Krebskranken und »authentische« Tobsuchtsanfälle von Geistesgestörten vorgeführt. Was bisher Gegenstand der Phantasie eines Künstlers war oder sein konnte, wird zum *scoop* des Photoreporters, den dieser »live«, »auf frischer Spur«, der »konkreten«, »faßbaren« Wirklichkeit entreißt. In der neuen *Video*-Zivilisation muß alles zur Schau gestellt werden.

Alles wird zum Spektakel, wobei die Sensibilität der Menschen gegenüber dem Wesen dessen, was wir sehen, abstumpft und die Dramatik der menschlichen Existenz vulgarisiert und banalisiert wird. Wenn zufällige Zeugen von Gewaltakten sich diese völlig gleichgültig anschauen (worüber fast täglich in der Chronik der Ereignisse zu lesen ist) und keinerlei Anstalten machen, den Opfern zu helfen, dann liegt das nicht allein daran, daß sie um die eigene Haut zittern und die Angreifer fürchten; es liegt auch daran, daß sie zu blasierten Zuschauern eines lebendigen Spektakels geworden sind, das sie vielleicht gestern im Fernsehen gesehen haben oder morgen sehen werden. Niemand wundert sich mehr über irgend etwas. Und das bedeutet in der Praxis häufig: Der Mensch als Zuschauer verdrängt Schritt für Schritt, ohne auf Widerstand zu stoßen, den Menschen als Beteiligten.

Während ich über die Schwierigkeiten der *Video*-Zivilisation schreibe, kommt mir das Mißbehagen in den Sinn, das ich seinerzeit bei der von den Fernsehanstalten in aller Welt gezeigten Begegnung zwischen Johannes Paul II. und Ali Agca im römischen Gefängnis empfand. Dieser schöne und innige, seiner Natur nach *intime* Akt christlicher Vergebung hätte niemals über die Mauern der Gefängniszelle hinausgelangen dürfen. Als Fernsehspektakel erschien er mir (und übrigens nicht nur mir) platt, banal und nichtssagend. Bis heute kann ich nicht begreifen, was den klugen Papst bewogen hat, vor der Meute der Photoreporter zu kapitulieren.

20. November 1985

Überzeugt, daß ich mich leidenschaftlich für Dämonologie interessierte, schickte mir R. *The Private Memoirs and Confessions of a Justified Sinner* des schottischen Schriftstellers James Hogg. Der Roman erschien 1824 und wurde vor kurzem unter hymnischen Äußerungen von Bewunderung neu aufgelegt. Hogg ist kein herausragender Schriftsteller, der Roman kein Meisterwerk, er wurde aber dennoch mit Recht ausgegraben. Die Vision vom Teufel als unzertrennlichem Gefährten, fast als Doppelgänger oder Schatten, von einer »zweiten Person oder Seele in ein und demselben Menschen«, war damals originell. Originell war auch die Überzeugung Hoggs, daß der Teufel gerade in einer Atmosphäre des Fanatismus – des religiösen wie des politischen – besonders gut gedeihe. Wenn man den Titel »Fürst der Finsternis« ersetzt durch »Fürst der Nebelschwaden«, dann ist es angebrachter, den Helden in Hoggs Roman als vom Teufel »benebelt« und nicht »besessen« zu bezeichnen. Der Fanatismus ist in der Tat eine Benebelung, um so bedrohlicher, je »erhabener« die Sache ist, die ihn erweckt und mit höllischem Feuer weiter anfacht.

In der Einleitung zur Neuauflage des Romans betont der bekannte englische Schriftsteller John Wain seine Aktualität. Selbstverständlich denkt er dabei an den Dämon zeitgenössischer »Ideologien«. Meiner Meinung nach hat sich diese Aktualität bereits überlebt; ihr Ende fand sie mit dem Eichmann-Prozeß, den Hannah Arendt in ihrem »Bericht von der Banalität des Bösen« beschrieb (meine Skizze hierüber betitelte ich mit *Der Dämon unserer Zeit*). Auf den Ruinen des »Zeitalters der Ideologien« entstand ein Dämon, an den Hogg nicht einmal im Traum dachte: der neue Dämon von Kälte und Gleichgültigkeit. Erträglicher als seine Vorgänger, aber heimtückischer und niederträchtiger.

1986

7. Januar 1986

In Paris wurden bisher unveröffentlichte, aus Moskau herausgeschmuggelte Texte von Schalamow mit einem Vorwort von Heller publiziert: eine lange autobiographische Erzählung, *Die vierte Wologda*, und ein gutes Dutzend Kurzgeschichten aus Kindheit und Lager. In der *Vierten Wologda* beschreibt Schalamow, Sohn eines Popen, unter anderem seinen Konflikt mit dem Vater, der wie in der autobiographischen Erzählung von Edmund Gosse, *Father and Son*, zu großen Teilen religiöser Art war. »Ich bin stolz (so lauten die Schlußworte in der *Vierten Wologda*), daß ich vom sechsten bis zum sechzigsten Lebensjahr weder in Wologda noch in Moskau oder im Hohen Norden bei Gott Hilfe gesucht habe.« Schalamow starb 1982 im Alter von 75 Jahren. Ob er in den letzten fünfzehn Jahren seines Lebens »bei Gott Hilfe gesucht« hat? Es fällt schwer, etwas darüber zu sagen, da seine autobiographische Erzählung im Jahre 1967 endet. In meiner Erzählung über Schalamows Tod, *Brandmal*, flackert gleichsam ein Licht am Ende dieses Streits mit Gott. Aber nur zaghaft und verschwommen, hauptsächlich – wenngleich nicht ausschließlich – darauf fußend, daß Schalamow posthum in einer kirchlichen Trauerfeier mit Gott versöhnt wurde. Hätte ich die Titelgeschichte des jüngsten Pariser Bandes *Auferweckung der Lärche* gekannt, wäre ich etwas weitergegangen. Das ist eine Parabel über das Wunder der Auferstehung, über ein Zeichen der Unsterblichkeit aus dem »Reich des Eises« an der Kolyma.

Man muß sich jedoch an Schalamows autobiographisches Bekenntnis halten: »Ich habe im Hohen Norden nicht bei Gott Hilfe gesucht.« Gegen Gott rebellierend überlebte er die Kolyma, was ihn nicht daran hinderte, in einer seiner Erzählungen zu bemerken, daß die meisten Gefangenen die »moralische Probe« der Lager nicht bestanden, die wenigen aber, die sie bestanden, glaubten größtenteils an Gott. Er gehörte zu den Ausnahmen; hartnäckig verteidigte er an der Kolyma seine

Seele (»Meine Seele gebe ich nicht her«, heißt es in der Erzählung *Prothesen*), ohne an ihre Unsterblichkeit zu glauben. Wenn er an der Schwelle des Todes zu Gott zurückkehrte, dann nicht auf Knien und um die Gnade ewiger Errettung flehend, sondern im stolzen Bewußtsein, daß er es in der Qual der »weißen Hölle« aus eigener Kraft vermochte, seine Menschenwürde, seine Unabhängigkeit und innere Freiheit zu bewahren.

Rom, 11. Januar 1986

In *Personal Impressions* beschreibt Isaiah Berlin seine Begegnungen mit Anna Achmatowa und Boris Pasternak. Ich kannte diese Beschreibungen, aber bei der ersten Lektüre ist mir ein Detail entgangen. Anna Achmatowa mochte Tschechow nicht: Tschechows Welt war für sie matt und langweilig, in grauen Nebel gehüllt und monoton, in ewigem Halbdunkel versunken, von Gefangenen einer hoffnungslosen, »trüben« Alltäglichkeit bewohnt. Ganz anders Pasternak: Er liebte Tschechow, sah in ihm den einzigen russischen Schriftsteller, der von Natur aus nicht zum Prediger und Mentor geschaffen war, den reinen Künstler, »unsere russische Antwort auf Flaubert«.

Ich stehe auf seiten Pasternaks. Oft hört man, daß Rußland auf einen neuen Dostojewski wartet. Ich selbst dachte lange Zeit ebenso. Heute würde ich hinzufügen: und auf einen neuen Tschechow. Auf einen Schriftsteller, der mit ruhiger, halblauter, gleichsam besorgter Stimme erzählt, niemanden belehrt und niemanden erschüttern will, sondern gemächlich durchs russische Leben geht, es aufmerksam und traurig mit klugen, ein wenig müden Augen betrachtet, scheinbar unwichtige Kleinigkeiten bemerkt, sie zu entschlüsseln und tief in sie einzudringen versteht. Eine »Schöpfung aus dem Nichts« nannte Schestow Tschechows Novellen. Wenn doch endlich ein heutiger Nachkomme Tschechows über das heutige russische »Nichts« zu erzählen wüßte und verstünde.

Schalamow nähert sich in einigen Erzählungen der Betrachtungsweise und Modulation von Tschechows Prosa. Ebenso Solschenizyn in *Matrjonas Hof* und zum Teil auch in der Erzählung über Iwan Denissowitsch, die ich vor einigen Jahren der *Erzählung des Jegor* in Tschechows *Insel Sachalin* gegenüberstellte. Meine Skizze, die auch auf russisch erschien, soll (wie mir erzählt wurde) Solschenizyn erzürnt haben: Sie schien ihm ein Beispiel der hauptsächlich in Polen verbreiteten Neigung zu sein, nach Analogien zwischen dem zaristischen und dem sowjetischen Rußland zu suchen. Welch Mißverständnis! Das war eine bescheidene Huldigung, die der großen und zugleich bescheidenen Kunst Tschechows dargebracht wurde.

Neapel, 17. Januar 1986

Persona und *personaggio*, »Person« und »Gestalt«. Oder: »Leben« und »Form«. Oder: »vielseitige Wahrheit des Wirklichen« und »eindeutige subjektive Wahrheit«. Anläßlich des fünfzigsten Todestages von Pirandello leben drei Formen des Spiels wieder auf: Pirandello wird gespielt (auf den Theaterbühnen), mit Pirandello wird gespielt (in Jubiläumsartikeln über ihn) und um Pirandello wird gespielt (in erneuten Auseinandersetzungen um seinen Rang als Autor). Wie bei uns im Falle von Gombrowicz.

Für Pirandello eine Gestalt ohne eindeutige Identität oder bestimmte Eigenschaften; die Form, veränderlich und davon abhängig, wie sie von anderen betrachtet wird und wie andere betrachtet werden; die vielgestaltige Wahrheit des Wirklichen, realer als die subjektive Eindeutigkeit der Person. *Cosí è (se vi pare) – So ist es – (wenn es Ihnen so scheint)*, eine für die Bühne umgearbeitete Novelle, 1917 uraufgeführt. Ihre Botschaft vermittelt der Titel der französischen Übersetzung besser: *Chacun sa vérité*. Der optimistische Mythos des 19. Jahrhunderts von der allgemeinen, allen gemeinsamen Ratio war ins Wanken geraten. Während der Premiere von *Sei personaggi in cerca d'autore* im Jahre 1921 pfiff, trampelte und brüllte das Publikum »Bolschewik«, »Narr«. Das Haus bei Agrigent, in dem Pirandello geboren wurde, nannte man in seinen Kindertagen *Villa del Caso* – Villa des Zufalls. Er selbst benannte es gegen Ende seines Lebens unter Umstellung der Buchstabenfolge in *Villa del Caos* – Villa des Chaos um. Dort wurde auch, wie im Testament bestimmt, eine griechische Amphore mit seiner Asche aufgestellt.

Wenngleich er die »Gestalt« im Königreich des Zufalls und des Chaos wählte, hörte er meiner Meinung nach nicht auf, sich nach der »Person« zu sehnen. Sicherlich war dies eine tiefverborgene Sehnsucht nach unwiederbringlich Verlorenem. Die Sehnsucht der Form nach dem makellosen Lebensquell, die Sehnsucht der verknäulten Wahrheit der »zwischenmenschlichen Kirche« nach der reinen Wahrheit der individuellen Seele. Die neue Literatur, deren Mitgestalter er war, begann im Jahre 1903 mit einem Brief Kafkas an Oskar Pollak. »Verlassen sind wir doch wie verirrte Kinder im Walde. Wenn Du vor mir stehst und mich ansiehst, was weißt Du von den Schmerzen, die in mir sind und was weiß ich von den Deinen.« So könnte, mit dem Unterton der *Verzweiflung*, eine der Gestalten von Pirandello sprechen, während sie sich von dem Glauben an einen rationalen oder göttlichen Sinn dieser Welt verabschiedet.

20. Januar 1986

Als ich heute in der Buchhandlung in einem Bildband über Orvieto blätterte, freute ich mich über ein großes Photo, das sowohl den *Duomo* als auch die »Bank der Alten« auf der gegenüberliegenden Seite des Domplatzes erfaßt. Den Photographen hat genau dasselbe fasziniert, was auch mir aufgefallen war und für mich seit meinem ersten Besuch in dieser umbrischen Stadt untrennbar mit Orvieto verbunden bleibt.

Tagtäglich füllt sich in Frühjahr und Sommer, wenn der Himmel schönes Wetter verspricht, die lange steinerne Bank gegenüber dem *Duomo* schon in den Morgenstunden mit alten Menschen. Stundenlang können sie so sitzen, wobei sie nur selten miteinander reden, sondern meist schweigend die Domfassade betrachten. Manchmal hört man einen stillen Seufzer *Come bello!*, wie die Werte eines Gebetes. Für die alten, gebrechlichen Menschen von Orvieto, die nur noch den Tod erwarten, ist der *Duomo* sicherlich ein Zeichen und ein Versprechen des Überdauerns. Ihr ganzes Leben spielte sich rund um den Dom ab; nun, da sie sich auf den Abgang vorbereiten, heften sie ihren schwächer werdenden Blick auf Orcagnas Rosette. Diese ähnelt durch ihre Form und den Strahlenkranz der kleinen Säulen bald einer Monstranz, bald der Sonne, die am Morgen die umbrischen Hügel, Gärten, Weinberge und Felder zu Füßen des Domfelsens in Gold taucht und abends purpurrot erlöschen läßt.

1. Februar 1986

In dem Artikel *Jaltas Zukunft* schrieb Zbigniew Brzeziński vor einem Jahr in *Kultura*: »Als das ostdeutsche Regime 1953 in eine Krise geriet, als 1956 der ungarische Aufstand ausbrach und die friedliche Emanzipation der Tschechoslowakei durch den Einmarsch der Sowjetarmee beendet wurde, nahmen die Vereinigten Staaten unter einer Maske antisowjetischer Rhetorik eine passive Haltung ein. Es ist umstritten, ob sie mehr hätten tun können, sicher ist dagegen, daß sie nicht viel getan haben.«

Letztens hatte ich Gelegenheit, jene Stellen aus Brzezińskis Tagebuch zu lesen, die sich auf Polen zwischen August und Dezember 1980 beziehen, also auf die Schlußphase der polnischen Ereignisse. Leitgedanke dieser Tagebuchaufzeichnungen ist »die Aktion gegen eine eventuelle sowjetische Invasion«. Die »Aktion« habe vier Ziele verfolgt, von denen das dritte, von Brzeziński als »recht paradox« bezeichnet, das Wichtigste gewesen sei. Es habe gegolten, »die Situation in Polen zu beruhigen, indem man den Polen bewußt machte, daß die Sowjetunion wirklich eine Invasion durchführen kann«, denn die Polen hätten »mit einer solchen Möglichkeit eigentlich bisher nicht gerechnet, was sie zu übermäßiger Kühnheit anstacheln würde«. Brzeziński fügt hinzu: »In diesem Punkt ist es scheinbar zu einer gewissen Gemeinsamkeit unserer und der sowjetischen Interessen gekommen, denn Moskau liegt (vor allem) daran, die Polen einzuschüchtern.«

Das Ziel war durchaus nicht »recht paradox« und drückte eine wirkliche Gemeinsamkeit aus, nicht nur »scheinbar«. Natürlich gilt dies nur dann, wenn man mit Brzezińskis Tagebuch davon ausgeht, daß die Vereinigten Staaten auch 1980 keineswegs beabsichtigten, den *Mechanismus* von Jalta zu stören, und praktisch entschlossen waren, weiterhin »unter der (im Vergleich zu den vorangegangenen Krisen etwas lebhafteren und sympathischeren) Maske antisowjetischer Rhetorik eine passive Haltung« einzunehmen. Es kam zu keiner sowjetischen Invasion, nicht etwa weil man sich in Moskau mit der Frage quälte, ob die »passive Haltung« Washingtons dieser weiteren Prüfung standhalten und den Versuchungen größerer Aktivität widerstehen würde, sondern vielmehr wegen der weit wichtigeren Frage, ob die Reaktion der »zu übermäßiger Kühnheit angestachelten« Polen eine Invasion nicht allzu riskant und kostspielig machen würde. Man beschloß, eine bessere Lösung zu suchen. Und fand sie ein Jahr später.

In London ist eben im *Polonia*-Verlag ein außerordentlich nützliches Buch erschienen: *Jalta gestern und heute*, eine Auswahl von Artikeln polnischer und anderer Autoren aus den Jahren 1944-1985. Jean-François Revel ruft in seinem Artikel vom Vorjahr, der in die Auswahl aufgenommen wurde, zur »Entmythologisierung Jaltas« auf. Seiner Meinung nach sei Jalta gar kein Vertrag, so daß Forderungen nach dessen »Aufhebung« oder »Auflösung« nichts als leeres Gerede seien. Jalta ist ein Spiegel der Kräfteverhältnisse nach dem Zweiten Weltkrieg, eine Art Mechanismus, der inzwischen ein Eigenleben entwickelt hat und Westeuropa Angst vor der Sowjetmacht einflößt, in Ostmitteleuropa aber eine Herrschaft von Gewalt und Unrecht eingeführt und verfestigt hat. »Es gibt für den Westen (sagt Revel) keinerlei Notwendigkeit, sich in irgendeiner Weise an Jalta gebunden zu fühlen, denn dies war kein Vertrag.« Angenommen, der Westen beherzigte die Mahnungen Revels, »entmythologisierte« Jalta und fühlte sich endlich frei von allen vertraglichen Verpflichtungen: ein schwacher Trost, wenn der in Gang gesetzte Mechanismus von Jalta weiterwirken würde. Ohne einen neuen Krieg ist er nicht zu zerstören. Auf dem Wege sanfter Überzeugung ist er nicht zu verändern. Er ist nicht durch »Aktionen« aufzuhalten, die von Natur aus eine »passive Haltung« enthalten. Man kann ihn nur »destabilisieren« oder »deregulieren«, sein Wirken durch ständige Störungen dort behindern, wo er Recht durch Gewalt ersetzt hat, im sowjetischen Einflußbereich. Rousseaus Rat an die Polen hat bis heute nichts von seiner Aktualität eingebüßt: »Man hat euch verschluckt, bleibt unverdaulich, das ist eure einzige Rettung.« Ein entgegen allen westlichen Warnungen vor »übermäßiger Kühnheit« für alle Opfer des Mechanismus von Jalta rechtskräftiger Rat.

Maisons-Laffitte, 26. März 1986

Heute sah ich den ersten Teil von Lanzmanns Film *Shoah*. Einige Jahrzehnte nach der Shoah sollte die *Gleichgültigkeit der Welt* sein eigentliches Thema sein. Sie sollte, ist es aber nicht. Vielmehr ist sie es in einer bewußt auf die *Gleichgültigkeit der Polen* reduzierten Form. So war es für den »Künstler« Lanzmann bequemer, der ja auf die »strenge Konstruktion« des Films achten mußte. Diese »strenge Konstruktion«, die die Darstellung der *Vernichtung* auf das Land beschränkt, in dem diese technisch ausgeführt wurde, setzt die *Gleichgültigkeit der Welt* mit dem polnischen (überwiegend ökonomischen und kirchlichen) Antisemitismus gleich. Lanzmanns Reduktionismus geht so weit, daß es im ersten Teil seines Films geheimnisvoll verborgen bleibt, was eigentlich während der Shoah mit den polnischen »Ariern« geschehen ist: Waren sie ebenfalls als »Untermenschen« zu stufenweiser Vernichtung verurteilt, leisteten sie Widerstand, fielen sie in diesem ungleichen Kampf, oder führten sie ein ruhiges Leben, bestellten die Felder neben den rauchenden Krematorien, denen sie den Rücken zuwandten, insgeheim froh, daß in den Gaskammern tagtäglich diejenigen ans Kreuz geschlagen wurden, deren Vorfahren einstmals Christus eigenhändig gekreuzigt hatten. Eine solche Sicht der Tragödie, zudem vor dem Hintergrund ästhetisierender Landschaften in einer *gleichgültigen Natur*, ist nach Lanzmanns Meinung »künstlerisch« fruchtbarer. Aber in der »strengen Konstruktion« des Films geht ein großer Teil der Wahrheit verloren. Kleinmütig, auf einem Auge blind und lügnerisch ist letztendlich der »Künstler«, dem die »Kunst« mehr am Herzen liegt als »alles andere«.

»Alles andere« findet man dafür in den Büchern von Laqueur, *The Terrible Secret*, und Wyman, *The Abandonment of the Jews*, in Ophüls' Film *La chagrin et la pitié* (über den ich 1978 im Tagebuch schrieb: »*La chagrin et la pitié* gibt bei einem Zuschauer aus unserem Teil Europas zu folgender Überlegung Anlaß: Wenn die nationalsozialistische Endlösung in Frankreich mit den gleichen Methoden und unter Anwendung des gleichen Terrors wie im Osten durchgeführt worden wäre, hätte sich Himmler über die französische Beteiligung an dieser Operation freuen können; was das Verhalten Englands im Falle einer deutschen Besatzung betrifft, so könnte dem nur die Phantasie eines Orwell gerecht werden«), in Orwells Bemerkung von 1945, der Krieg – zusammen mit der sich vollziehenden Shoah – habe den britischen Antisemitismus nur *vertieft*. Karskis[22] Aussage im zweiten Teil von Lanzmanns Film bricht – wie Ewa Kuryluk in *New Criterion* bemerkt – an der Stelle ab, an der sie eigentlich erst richtig beginnt. Karski selbst beklagt sich behutsam in *Kultura*, die wichtigsten Teile seiner Aussage seien der »strengen Konstruktion« des Films zum Opfer gefallen.

Die *Vernichtung* – das ist die nahezu universelle Geste des Pilatus angesichts der Shoah. Vielleicht wird man nie bis zu ihrem tiefsten Wesen vordringen, vielleicht nie ihre ganze Ungeheuerlichkeit und ihr furchtbares Gewicht erfassen können. Mit Sicherheit aber wird dies keiner vermögen, dem der Gedanke an das Ausmaß allgemeiner Verderbnis, der Vergiftung menschlicher Herzen in einer entfesselten und fortwährend geschürten Orgie massenhafter Grausamkeit, in der sich der einzelne Mensch in den Rauchschwaden kollektiven Irrsinns zwischen den Splittern zerschlagener Steintafeln tastend vorkämpft, fremd zu sein scheint. Man muß jeglicher Form totalitärer Pest mit Abscheu, vielleicht sogar mit Haß begegnen, um in der *Vernichtung* etwas mehr zu sehen als ihren polnischen »Rahmen«. Ich habe meine Zweifel, ob Lanzmann zu einer solchen Betrachtung fähig wäre, wie etwa Menschen vom Schlag eines Orwell.

Neapel, 1. Mai 1986

So dramatisch die Katastrophe im zentralen Atomkraftwerk der Ukraine auch ist, fällt es bei der Lektüre der westlichen Presse dieser Tage schwer, sich ein Lächeln zu verkneifen. Da findet eine fieberhafte, zornige Entdeckung des Landes der Sowjets statt: der sowjetischen »geschlossenen Gesellschaft«, des sowjetischen »Systems staatlichen Schweigens«, des sowjetischen »Grundsatzes, Tatsachen zu verheimlichen oder zu ignorieren«, und sie wird begleitet von einer ebenso fieberhaften Suche nach den Wurzeln des »sowjetischen Geheimhaltungswahns und der Philosophie der souveränen Lüge« in – den »Briefen aus Rußland« des Marquis de Custine.[23] Dabei kommt ein tiefer, aufrichtiger Groll gegen Gorbatschow zum Vorschein: Das sollte doch ein Reformer und Erneuerer sein, er hat sich doch so energisch darangemacht, ein neues Kapitel in der Geschichte des Imperiums zu schreiben! Der langjährige Strom kritischer Bücher und »sowjetologischer« Tagungen hat nicht soviel bewirkt wie die radioaktive Wolke, die böse Winde statt nach Sibirien in den Westen trugen. Wäre sie nach Sibirien abgezogen, hätte die »offene Gesellschaft« dies mit einem Achselzucken als »spezifische« Eigenart einer »geschlossenen Gesellschaft« abgetan. Eben als eine »spezifische Eigenart«, die uns letzten Endes wenig angeht, solange sie uns nicht direkt berührt. Nun aber drang die »geschlossene Gesellschaft« ungeniert auf das Territorium der »offenen« vor. Und das ändert die Sachlage völlig. Man kann nicht länger so tun, als sähe man nichts. Oder: Man darf die Augen nicht länger nachsichtig verschließen.

Was Wirklichkeit ist und was nicht, entscheidet das Politbüro in Moskau. Die »ideologischen« Grundfesten der sowjetischen Herrschaft, die die freie Welt angesichts einer »vielleicht weniger freien, aber mächtigen und gefährlichen« Welt so viele Jahre akzeptiert und mit besonderer Nachsicht toleriert hatte, gerieten plötzlich ins Wanken, als sich die totalitäre Unwirklichkeit in Form einer (nach den Intentionen Moskaus) »streng geheimen« radioaktiven Wolke wie ein Schatten auf die demokratische Wirklichkeit legte.

Maisons-Laffitte, 5. Juni 1986

Altiero Spinelli, der hervorragende, kürzlich verstorbene italienische Politiker, während des Faschismus zu zehn Jahren Gefängnis und sechs Jahren Verbannung verurteilt (er hat das volle

Strafmaß abgesessen), beschreibt in seinen Erinnerungen ein Erlebnis, das mich tief beeindruckt hat.

Dem Wiederauftauchen dieses Erlebnisses aus einer fernen Vergangenheit geht in seinem Buch ein bemerkenswerter »Zündmechanismus« voran. Im Juli 1953 sieht Spinelli auf dem Platz vor Notre-Dame in Paris *Vrai Mystère de la Passion*, ein altes Mysterium von Gréban, in modernes Französisch übertragen. Dieses Schauspiel ergreift ihn, einen Menschen, der dem Glauben fernsteht und sich in der politischen Linken (anfangs sogar der kommunistischen) engagiert. Marias Flehen, Jesus möge bei ihr bleiben, sich von seiner Mission lossagen und so dem Tode entgehen; Jesu Gebet, der bittere Kelch möge an ihm vorübergehen, und die Annahme des Willens seines Vaters: als er diese Szenen des Mysteriums betrachtet, lebt die Erinnerung an das längst Vergangene wieder auf.

Im Sommer 1929 ist er 22 Jahre alt und sitzt das zweite Jahr seiner Haftstrafe ab. Da erfährt er, daß sein Haftgenosse ein Begnadigungsgesuch unterschrieben habe und entlassen worden sei. Diese Nachricht versetzt ihn in einen Zustand »wahrer Qual«. Die Entlassung aus dem Gefängnis hing also nur von ihm selbst, einer Geste ab! Allein in der Zelle denkt er über sein Schicksal nach. Er ist sich bereits dessen bewußt, falls er sich nicht beugte, das volle Strafmaß absitzen zu müssen. Seine Eltern, seine Freundin legen ihm nahe, sich zu beugen. Dagegen führt er die Treue zu seinen Überzeugungen, das Ehrgefühl und die Solidarität mit den anderen Häftlingen an. Er spürt jedoch »das Abstrakte« dieser Argumente. Es geht um eine Grundsatzentscheidung: »ein normales Leben um des Lebens willen« oder »ein Leben, das höheren Zielen gewidmet ist«. Und da versteht er, daß es im Grunde genommen gar keine Wahl gibt, wenn man zu den Menschen gehört, für die auf jeden Fall »der Wille des Vaters erfüllt werden muß«. Die »Qual« verschwindet, und mit einem Lächeln denkt er an die »rhetorischen Motivationen« des Antifaschismus, der Ehre, der Solidarität und der moralischen Pflicht. Er wird sich dessen bewußt, daß das Holz, aus dem er geschnitzt ist, härter ist als die Wellen, die dagegen schlagen. »So wie Herr Jourdain Prosa sprach, ohne es zu wissen, so rang ich mich, obwohl ich kein

Christ bin, zur *imitatio Christi* durch, ohne es zu wissen, denn auch Jesus hatte keine Wahl zwischen dem Weg des Kreuzes und dem Weg seiner Mutter, sondern ließ nur zu, daß ihn eine Welle der Angst und des Wunsches nach Leben erreichte, danach nahm er aber den Willen des Vaters an; alles andere geschah von selbst.«

16. Juni 1986

Die große Leonor-Fini-Ausstellung im Musée du Luxembourg vermittelt ein umfassendes Bild ihres Schaffens, nicht im Sinne einer Einteilung in verschiedene »Zeitabschnitte«, »Stilrichtungen« und »Schaffensweisen«, sondern dank der gleichzeitigen Gegenwart und ständigen Verflechtung ihrer beiden künstlerischen Sichtweisen; die erste möchte ich als »hell«, die andere als »dunkel« bezeichnen.

Die »helle« Sichtweise schöpft ihre Kraft aus Märchen und Mythen, Traumbildern und magischen Beschwörungen, dringt mit Leichtigkeit in die Welt der Mineralien, Pflanzen und Tiere ein (vor allem in die der Katzen), drapiert und theatralisiert mit Vorliebe die Menschen, legt ihnen Kostüme an oder entblößt sie bis zur Anatomisierung: mit einem Wort, sie betreibt, ohne in surrealistische Gaukeleien zu verfallen, ein poetisches Spiel mit dem eigenen sichtbaren und unsichtbaren Universum.

Die »dunkle« Sichtweise findet in der *Reise ohne Verankerungen*, dem jüngsten Gemälde, ihren Ausdruck, eine Reise über die Grenzen der Phantasie hinaus, zu unbekannten Eilanden, die auch unbekannt bleiben müssen. Leonor Finis Malerei betritt hier eine andere Dimension, trennt sich aber nicht von der »hellen« Sichtweise. In der »Verdunklung« glänzt das alte Licht von Ferne, das poetische Spiel reift langsam und auf natürliche Weise zu einem geheimnisvollen Ritual heran, wie in der *Erinnerung an vergangene Fragmente*, die mich vor zwei Jahren begeistert hat.

Neapel, 11. Juli 1986

Des Teufels Monolog. Ein (belauschtes) Bruchstück. »Ein bedeutender Teil meiner Macht liegt in der Stümperhaftigkeit der Vorstellungen über mich. Sogar unter meinen hervorragenden ›Verfolgern‹. Ich kugelte mich vor Lachen und quietschte vor Vergnügen bei dem so unerwarteten aufsehenerregenden Ausbruch Pauls VI., einem aus Worten, Worten und nichts als Worten gewundenen Anathema über mich. Ein großer Papst unserer Zeit. Und der große zeitgenössische Schriftsteller? Der Kitsch meiner Intervention im *Doktor Faustus* erfüllt mich mit Mißbehagen und Verachtung. Mein Gott (?!), diese unglückselige Prostituierte Esmeralda, die den genialen Adrian Leverkühn vergiftet! Diese komplizierte, melodramatische Machination einer Liebeserklärung Adrians unter Vermittlung seines Freundes, die mit der Abweisung durch die Geliebte, dem Treuebruch des Freundes und dem von dessen verlassener einstigen Favoritin abgegebenen Schuß in der Straßenbahn endet. Können die geistigen Anführer der Menschheit wirklich nichts Gewichtigeres über mich ausdenken, etwas, das meinem Rang besser entspricht und meiner Macht näherkommt? Vor allem aber: Begreifen sie denn nicht, daß ich es bin, der zum Spaß heimlich in sie hineinschlüpft, wenn sie mich mit leeren Schmähungen oder abgeschmackten Geschichtchen aus Groschenromanen verfolgen? Ich bin immer dort, wo ich scheinbar nicht bin. Ich bin niemals dort, wo ich scheinbar bin. Ist das so schwer zu verstehen? Ich verlange die mir gebührende Wertschätzung, ich verlange einen gleichen Kampf und nicht irgendwelche hinterlistigen und ungeschickten Ausfälle gegen mich, den mächtigen Fürsten der Finsternis …«

15. August 1986

Es fiele mir schwer, genau zu erklären, warum ich mich seit vielen Jahren bemühe, diesen Tag, den *Ferragosto*, besonders zu feiern und ungeachtet der Hitze durch die verlassene Stadt zu schlendern. Vor langer Zeit begann ich damit und führe es fort und werde es sicherlich bis zum Ende meiner Tage in Neapel fortführen. *Ferragosto*, der Sommer im Zenit. In italienischen

Großstädten müßte man eher von einem Loch und nicht vom Zenit sprechen. Diese plötzliche Leere, diese im großstädtischen Dampfkessel erstarrte Bewegung ist ein Loch. Wer weiß, vielleicht ist es eben die Leblosigkeit wie nach einer Naturkatastrophe, die mich zur Besinnung, Abrechnung und zusammenfassenden Betrachtung anregt. Denn in dem wie nach einer Katastrophe entvölkerten Neapel schleichen die »Schatten« der Geretteten am Meer entlang, lassen sich manchmal auf den Bänken nieder, schleppen sich über den glühenden Strand, schauen in die kühlen Kirchen hinein, bleiben in den verwinkelten Gassen stehen und lauschen der Stille, die die Häuser anfüllt. Von einer Bank an der Seepromenade sieht man am frühen Morgen in Richtung Schloß schwarze Umrisse von Schiffen und Booten, die die aufgehende Sonne verzehrt. Sogar das Meer ist leblos, leblos und dunkel, wie das Wasser bei Ostrówka in meinem zypriotischen Traum. Im Stadtpark sind die Kinderkarusselle mit Planen abgedeckt. Zwischen den Bäumen ziehen zwei Prostituierte der Morgenstunde ihre Kreise: »Gehen wir nach Hause, heute gibt es keine Kunden.« In einem Winkel schläft eine dicke, verschwitzte Frau auf einem Stuhl neben den auf der Erde zum Verkauf ausgebreiteten Schmuggelzigaretten. Ein junges Touristenpaar mit prall gefüllten Rucksäcken und einem Reiseführer in der Hand der Frau starrt am Platz des hl. Dominikus einen steinernen Balkon an, von dem aus (der Legende nach) der hl. Thomas von Aquin gepredigt haben soll. In der Kirche der hl. Klara sitzt ein Priester in dem durch ein leuchtendes Lämpchen gekennzeichneten Beichtstuhl und wartet vergeblich auf Beichtwillige. Es ist bereits Mittag geworden, die Glocke von der Kirche der hl. Klara schlug bedächtiger als sonst; ich sammelte die Reste meiner Kraft zusammen, um mit Mühe das einzige geöffnete Café in der Umberto-Passage zu erreichen.

In einer auf dem Tisch von jemandem liegengelassenen Zeitung fand ich einen ganzseitigen Artikel (auch in den Zeitungen hinterläßt die Hitze ihre Spuren) eines mir unbekannten Historikers über italienische und deutsche Emigranten in den Jahren des Faschismus und Nationalsozialismus. Pedantisch und recht redlich in der Beschreibung, endet der Artikel mit einer unerwarteten und ungerechten Schlußfolgerung: In unserer »historisch beschleunigten« Epoche hätten sich offensichtlich die Möglichkeiten, von außen einzuwirken, die Situation von Ferne zu verstehen, erschöpft; unsere *fuorusciti* und die deutschen Emigranten seien nach dem Krieg entwurzelt und entfremdet zurückgekehrt (falls sie überhaupt zurückgekehrt sind), unfähig, die Veränderungen und Umwälzungen in ihren Heimatländern zu verstehen. Sie seien ganz einfach zurückgekehrt, um in der Heimat zu sterben. Meine alte Erzählung *Der standhafte Fürst* kam mir in den Sinn und das kürzlich im *Przegląd Powszechny*[24] gelesene Interview mit Ryszard Przybylski, dem Verfasser von Monographien über Dostojewski, Mandelstam und den polnischen Klassizismus. Darin heißt es über das Phänomen der Emigration: »Nicht der Ort entscheidet, ob man versteht, was in der Seele eines Volkes vorgeht und was mit seinem Körper geschieht.«

18. August 1986

Ich habe dieser Tage beschlossen, zwei Romane von Italo Svevo noch einmal zu lesen: *Ein Mann wird älter* und *Zeno Cosini*. Es scheint, als hätten sich die berühmten Entdecker des lange unbeachteten Schriftstellers aus Triest in ihren Präferenzen geteilt: Larbaud und Montale bevorzugten *Ein Mann wird älter*, Joyce *Zeno Cosini*. Für mein Empfinden ist *Ein Mann wird älter* ein fast vollkommener Roman voller Poesie; *Zeno Cosini* ein durchaus intelligenter, witziger und ideenreicher, auf Grund seiner Konzeption aber trockener Roman. Ich überlege, welcher der beiden Romane von Svevo, einem Pionier der erzählerischen »Moderne«, Gombrowicz wohl besser gefallen hätte (oder hat); ich vermute, *Zeno Cosini*.

Er entstand Anfang der zwanziger Jahre, ein Vierteljahrhundert nach dem Fiasko mit *Ein Mann wird älter*. Svevo kannte Freud damals schon, er las ihn und übersetzte sogar einige seiner psychoanalytischen Studien (das Deutsche beherrschte er wohl besser als das Italienische; seine Romane sind in einem steifen Amtsitalienisch geschrieben, um so erstaunlicher ist, welche Ausdruckskraft er ihm zu geben vermochte). Der Neurotiker Zeno unterzieht sich einer psychoanalytischen Behandlung und schreibt auf Wunsch des Arztes sein Leben auf. Der Roman hat den Charakter einer durchgängigen Burleske; zwischen den Zeilen werden Freuds Theorien bespöttelt. Psychische Erkrankungen? Komplexe? Rätselhafte und giftige Borkenkäfer des Unterbewußtseins? Unser ganzes Leben ist Krankheit, und die Vorstellung von dem, was psychische Gesundheit ist, kommt dem (wahnwitzigen!) Versuch gleich, den Menschen vom Leben zu heilen. Zeno erinnert stellenweise an Chaplin in seinem unbewußt komischen Ringen mit der »ernsten« Wirklichkeit. Svevo selbst aber ist sich dessen nur allzu bewußt und in die Theorien des Wiener Weisen vernarrt. Dem Roman bekommt diese Spaltung nicht besonders gut; seine tiefen »magischen« Quellen sind am Versiegen.

Ganz anders *Ein Mann wird älter* vom Ende des vorigen Jahrhunderts, als die Phantasie und das psychologische Einfühlungsvermögen des Autors, unbelastet von wissenschaftlichen Theorien, das alleinige Handwerkszeug seiner Kunst bildeten. Auch diesen Roman durchdringt die nicht direkt formulierte Überzeugung, daß unser ganzes Leben eine Krankheit sei, aber um wieviel ausdrucksvoller und suggestiver, mit wieviel mehr poetischer Kraft. Die Geschichte von Leidenschaft und Eifersucht, die starke autobiographische Züge trägt, klingt rein und dramatisch, obwohl Svevo auch hier seiner natürlichen Neigung zu einem leicht spöttischen Lächeln nicht entsagen kann. Erzählen, erzählen und nochmals erzählen und sich dabei mit eigenem Räsonnement zurückhalten (und es verbergen). Bis jetzt hat niemand ein besseres Rezept für einen Roman gefunden. Svevos »Modernität« beruht hauptsächlich auf dem Bruch mit traditionellen, gebräuchlichen psychologischen Schemata. Die besinnungslose, »krankhafte« Romanze des Helden in *Ein Mann wird älter* mit der »jungfräulichen« Hure aus Triest erinnert stellenweise, natürlich auf gesellschaftlich unvergleichlich niedrigerer Stufe, an Swanns Liebe zu Odette.

Das den Roman durchziehende Motiv der Schwester des Helden, einer häßlichen alten Jungfer, die der Ausschluß vom Leben des Bruders in den Fängen der Besessenheit in Wahnsinn und Tod treibt, könnte als Illustration der Macht des Teufels »überall dort, wo er scheinbar nicht ist«, dienen. Der Held von *Ein Mann wird älter* tötet seine geliebte und unglückliche Schwester mit dem Gift der Mißachtung. In dieser von Svevo beschriebenen echten Tragödie, in dieser Tragödie des unbemerkten Sterbens einer stillen, einsamen Frau unmittelbar neben dem blinden, heftigen Kampf ihres Bruders mit der »Krankheit des Lebens«, steckt in der Tat etwas von einer teuflischen Arglist.

22. August 1986

Mich besuchte neulich ein Waffenbruder aus der Zeit des Italien-Feldzuges, der seit dem Krieg in den Vereinigten Staaten lebt. Nach so vielen Jahren nicht wiederzuerkennen – ein rundlicher, grauhaariger Herr, vollgehängt mit Photoapparaten und nach amerikanischer Art äußerst selbstgefällig. Ein halber Tag genügte ihm, um Neapel zu besichtigen; wie sagte doch Brodski so treffend: *Kodak ergo sum*. Seit er in den Ruhestand getreten ist, ist in ihm das Interesse für Geschichte entbrannt, hauptsächlich für die, mit der er selbst unmittelbar in Berührung gekommen ist. Er fragte mich über die »Meuterei in der V. Division« aus, denn ich war ein wenig daran beteiligt. Ob sich General Sulik dessen bewußt gewesen sei, daß die Ablehnung der Waffenübergabe an die Engländer einer Befehlsverweigerung gegenüber General Anders gleichkam? Sicherlich war er sich dessen bewußt, sonst hätte es keine (rasch beigelegte) »Meuterei« und keine (kurzlebige) »Verschwörung« in der V. Division gegeben.

Zu meiner Erleichterung wandten wir uns dann allgemein dem Problem der Befehlsverweigerung in der Armee zu.

Im Juni 1943, in Algerien, lud General de Gaulle Gide zum Frühstück ein. »Ich fragte ihn – notiert Gide in seinem Tagebuch –, wie und wann ein Offizier es seiner Ansicht nach auf sich nehmen dürfe, sich über einen Befehl hinwegzusetzen. De Gaulle erwiderte sehr richtig, daß das nur anläßlich bedeutender Ereignisse geschehen dürfe und dann, wenn das Gefühl der Pflicht im Widerspruch zu einem erhaltenen Befehl stehe.« Eine in der Tat »richtige« Regel, aber zugeschnitten für Generäle.

Bei den niedrigeren Rängen, einschließlich den der Soldaten, hat dieses Problem eine rein theoretische Bedeutung, wie alle wissen, die die Armee einigermaßen kennen (einige Berater der *Solidarność* kannten sie vor dem 13. Dezember[25] nur schlecht und gaben sich Täuschungen hin). Außerdem hängt der sog. »Geist der Insubordination in der Armee« von der sog. »Besonderheit nationaler Erziehung« ab, wofür Deutsche und Japaner ein Beispiel waren. In Erstaunen versetzte mich vor Jahren das *Tagebuch aus dem Kriege* Felix Hartlaubs, eines jungen und empfindsamen Historikers, Essayisten und Novellisten, der den Nationalsozialismus ablehnte und sich darüber entsetzte, was er als Wehrmachtssoldat während des Krieges gesehen hatte; eigentlich war es nicht so sehr das Tagebuch selbst, das mich so erstaunte, als vielmehr eine Information aus dem Vorwort der Herausgeber dieses Manuskriptes, das nach dem Verschwinden des Autors aufgefunden wurde. Demnach sei Hartlaub im April 1945 in Berlin ganz allein in die Kaserne in Spandau marschiert, wo laut Befehl noch rasch eine Infanterie-Einheit zusammengestellt werden sollte. Unterwegs habe er noch bei einer befreundeten Familie vorbeigeschaut. Man habe ihn dort zu überzeugen versucht, diesen damals unsinnigen Befehl zu ignorieren. Er ließ sich nicht überzeugen. Und ward nie mehr gesehen.

Rom, 7. Oktober 1986

In einer dunklen Kapelle von *San Luigi dei Francesi* wurde aus Sparsamkeitsgründen eine Beleuchtung installiert, die es nur dann erlaubt, die drei Gemälde von Caravaggio, Stolz der französischen Kirche in Rom, in grellem elektrischem Licht zu betrachten, wenn man eine entsprechende Münze in den Automaten wirft. Dies irritiert zunächst (das Licht geht nur für ganz kurze Zeit an) und ruft bei den Besuchern ein Gemurmel hervor, das zu dem heiligen Ort nicht paßt. Nach einer Weile aber bilden diese dunklen Zwischenspiele einen besonderen, suggestiven Rahmen für die drei Gemälde. *Die Berufung des heiligen Matthäus, Das Martyrium des heiligen Matthäus* und *Der heilige Matthäus und der Engel*: Aus der Dunkelheit bricht Caravaggios *pittura naturale* hervor, heftig, wirklichkeitsnah, entmythologisiert und mit dem *sacrum* auf vertrautem Fuß. Wie wundervoll ist in der »Berufung« das matte, abendliche Fenster, durch das das Licht auf den Tisch einer – allem Anschein nach – römischen Taverne jener Zeit fällt, an dem fünf Personen sitzen, mit dem Berufenen in der Mitte, Christus und Petrus im fensternahen Schatten! »Als Jesus von da weiterging, sah er einen Mann am Zollhaus sitzen, Matthäus mit Namen. Und er sprach zu ihm: ›Folge mir nach!‹« Caravaggio mußte die Heilige Schrift in das Leben seiner Umgebung eintauchen, sie von übermäßiger Gleichnishaftigkeit und Allegorie befreien, ihr seinen heißen, fiebrigen Atem einhauchen, damit sie für ihn überhaupt etwas bedeutete.

Roberto Longhi schreibt über Caravaggio: »Er kam mit diesem Teufel der ›natürlichen Malerei‹ im Nacken nach Rom. Wenn wir heute daran denken, welche Hindernisse er umgehen mußte, als er sich seinen Weg durch das Rom von Sixtus V., Klemens VIII. und Paul V. bahnte, scheint es fast verwunderlich, daß sein Humor nicht weit schwärzer wurde und daß man sich ihm nicht weit entschlossener widersetzte; daß man, mit anderen Worten, zwar manchmal seine Gemälde ablehnte und von den Altären entfernte, ohne aber die für ihn viel gefährlicheren gesellschaftlichen Sanktionen, mit denen damals ja diejenigen, die sich in der einen oder anderen Weise mit Ideen beschäftigten, nicht selten konfrontiert wurden: Giordano Bruno mag ein Beispiel dafür sein. Ein Glück, daß sich die Malerei nicht der Worte bedient.«

Zum ersten Mal treffe ich, wenngleich beiläufig, auf die Zusammenstellung Caravaggio – Giordano Bruno. Einige hundert Meter trennen die Kirche *San Luigi* vom *Campo dei Fiori* und dem Denkmal, auf dem Bruno mit tief herabgezogener Kapuze zwischen farbenfrohen Ständen, an denen die unterschiedlichsten Waren feilgeboten werden, in einem beweglichen, aus Tauben gewobenen Habit verharrt, eingehüllt in das Geflatter der Vögel und das Geschrei der Marktleute. Es gibt in Rom keinen Ort, an dem das Leben stärker pulsierte, der in seiner Realitätsbezogenheit bebender wäre. Auf seinem Sockel steht hier also der religiöse »Realist«, der Bekenner grenzenloser christlicher Freiheit, der Verkünder eines unendlichen Flusses der Natur, der ewige Vagabund und Flüchtling, zunächst Dominikaner, dann Anhänger Calvins und Luthers, seit 1593 schließlich Gefangener der Inquisition, und der im Jahre 1600 als Häretiker den Tod auf dem Scheiterhaufen fand. *A Bruno il secolo da lui divinato, qui ove il roge arse.* »Bruno ehrt hier, wo der Scheiterhaufen brannte, das Jahrhundert, das er vorausahnte.« Das Jahrhundert, das ihm das Denkmal setzte, ist das unsere: das beginnende 20. Jahrhundert, optimistisch und locker, freidenkerisch und tolerant, endgültig und bereits für immer von den Fesseln befreit …

Caravaggio, also ein paralleles Leben. Auch er ein religiöser »Realist«, Anhänger einer »Erdung des Sakralen«, ein Maler, der nach Poussins Meinung »die Malerei getötet habe«; und ein ebenso unruhiger Geist, ein ewiger Vagabund und Flüchtling. Vielleicht stand er im Jahre 1600 in der Menschenmenge am *Campo dei Fiori* und dachte beim Anblick des brennenden Scheiterhaufens an ein großes Gemälde? Zehn Jahre später versetzte ihm (der von Fieber ausgezehrt war) die sengende Sonne am schwarzen Strand von Porto Ercole den Todesstoß.

Neapel, 14. Oktober 1986

»Prometheus erwacht also aus seinem Traum von der Macht, so wie Kafkas Gregor Samsa.« Mit diesem Satz endet der erste Band von Kołakowskis *Hauptströmungen des Marxismus*. Das ist sehr effektvoll. Und ein wenig übertrieben.

Gregor Samsa erwacht nämlich eines Morgens, in ein ungeheures Ungeziefer verwandelt, nicht aus einem prometheischen »Traum von der Macht«, sondern (wie es im ersten Satz von Kafkas *Verwandlung* heißt) »aus unruhigen Träumen« eines Reisenden. Es ist leicht zu erraten, was das für Träume sind: von der harten, mühsamen und schlechtbezahlten Arbeit, von der Strenge des Firmenchefs, von den finanziellen Sorgen der Familie und den Schulden. Und was ihn an seiner Verwandlung am meisten erschreckt, ist (wie Camus bemerkte) der Gedanke an die Wut seines Chefs über sein Fehlen im Büro.

Mir geht es darum, daß Kafkas meisterhafte Erzählung nicht die Spur einer sogenannten »Metapher des menschlichen Schicksals« enthält, die Kołakowski zu dem oben zitierten Satz hätte verleiten können. Ein wirklich ungeheures Ungeziefer erwacht »aus unruhigen Träumen« von seinem früher verborgenen menschlichen Ungezieferdasein. Kurz nachdem er aufgewacht ist und sich vergegenwärtigt hat, daß er ein ungeheures Ungeziefer ist, scheint er über diese plötzliche Metamorphose eher bekümmert als erstaunt zu sein. Er fragt nicht: »Wie ist das möglich, wer bin ich wirklich, wer hat mir meine menschliche Gestalt genommen, und warum?« Ihn bedrücken die Fragen: »Was mache ich jetzt, wie komme ich der Pflicht nach, für den Unterhalt meiner Eltern und der Schwester zu sorgen?« Günther Anders, der wohl klügste »Kafkologe«, hat dies gut erfaßt: »Nicht daß Gregor Samsa am Morgen als Käfer aufwacht, sondern daß er darin nichts Staunenswertes sieht, diese Alltäglichkeit des Grotesken macht die Lektüre so entsetzenerregend.«

Ich habe *Die Verwandlung* wiederholt gelesen und dabei jedesmal versucht, das Geheimnis dieser »Alltäglichkeit« zu ergründen. Der Schock hält nur kurz an; nach einigen Seiten nimmt die Erzählung die Gestalt eines glaubwürdigen, sachlichen und exakten Berichts an und bewahrt diese bis zum Schluß, bis zu dem Augenblick, in dem Gregors Familie den Tod des Sohnes und Bruders im Panzer einer Schabe mit einem Seufzer der Erleichterung aufnimmt. Wie konnte Kafka so etwas gelingen? Ich glaube, er erreichte dies dadurch, daß er das Groteske die ganze Zeit über in den Schranken absoluter Natürlichkeit hielt. Ich bin mir nicht einmal sicher, ob man hier überhaupt von einer Groteske sprechen kann. Kafka merzt in der *Verwandlung* bewußt und konsequent jegliche Metaphorik aus und reinigt die Erzählung von jedweden Merkmalen einer Parabel. Es passiert einfach so. Eines Tages erwacht Gregor Samsa in eine Schabe verwandelt, so wie Josef K. im *Prozeß* eines Tages geweckt und als schuldlos Schuldiger verhaftet wird.

Wenn ein Schriftsteller die Situation des Menschen in der Welt so radikal und schonungslos bloßlegt, was bleibt ihm dann noch? Wir betreten hier das schwankende, nebulöse Terrain der Spekulationen über Kafkas Religiosität. Möglicherweise existiert eine Religiosität durch Reduktion bis zum Nichts; eine Religiosität als Form verborgener, aber stets lebendiger Sehnsucht nach etwas außerhalb des Nichts oder über dem Nichts. Schaust du unaufhörlich, ausdauernd, mit unerschrockener Hartnäckigkeit ins Leere, erkennst du schließlich irgendeinen festen Punkt: Ich erinnere mich an eine solche Überlegung bei Kafka, habe ihren Wortlaut aber nicht zur Hand.

22. Oktober 1986

In Jacek Trznadels *Hańba domowa* (Schande im eigenen Haus)[26] ist das Gespräch mit Zbigniew Herbert am interessantesten. Herbert erzählt geistreich, spritzig, würdevoll ohne jeden Hochmut und mit viel Humor, der nach Jahren die alte Wut mildert, wie man sich in der Stalinzeit vor einem »hegelschen Stich« und seinen Folgen, dem »diamatischen« Angstausschlag, der intellektuellen Seichtheit, dem Opportunismus und Karrierismus schützen konnte, wie man sich, umzingelt von diversen vulgären oder auch etwas raffinierter ausgelegten Fallen geistiger Verführung, einen freien Kopf bewahren konnte. »Dazu bedurfte es keines starken Charakters.« Vielmehr war es das Ergebnis der »Macht des Geschmacks«. Angesichts der in diesem Band gesammelten Bekenntnisse der literarisch tätigen »Ehemaligen« (mit Ausnahme noch von Lipski und Szczepański)[27] empfindet man bei Herberts langen Ausführungen ganz einfach Genugtuung, und sie erlauben es, aus der *Schande im eigenen Haus* das Bild eines der wenigen Schriftsteller zu retten, die ihre Berufung nicht verraten haben.

Sie erwecken jedoch auch – wie ich dem Interview mit Agnieszka Holland in *Puls*[28] entnehme – Unwillen und Ärgernis. Ist es denn Herbert nicht genug, daß er recht hatte? Muß er alte verheilte Wunden nach dreißig Jahren wieder aufreißen, muß er Menschen so quälen, die inzwischen ihre Ansichten geändert, ihren Preis dafür irgendwie bezahlt haben und oft schon am Rande des Grabes stehen? Muß er ihr Vergehen, das noch dazu in einem längst nicht mehr aktuellen historischen

Kontext steht, hervorzerren? »Mich ekelt das an«, bekennt Agnieszka Holland. So sollen also in abgemilderter Form und in neuem »historischen Kontext« wieder Orwellsche »Gedächtnis-Löcher« eröffnet werden. Und diese sollen unter anderem, gleichsam im ersten Anlauf, die nutzlose Aussage Herberts verschlingen.

In Italien brach kürzlich ein Streit aus, den ich als »Gräberstreit« bezeichnen möchte. Zum dreißigsten Jahrestag des ungarischen Aufstandes nahmen italienische Sozialisten die italienischen Kommunisten unter Beschuß. Es ist zwar sehr schön, daß ihr heute die Ereignisse von 1956 in Budapest anders beurteilt, daß euch eure damalige Rechtfertigung einer Niederschlagung der Revolte mit Hilfe sowjetischer Panzer leid tut, daß euch der Gedanke an die Gemeinheiten, die Togliatti Imre Nagy an den Kopf warf, beschämt. Müßtet ihr euch aber nicht zu der logischen Konsequenz durchringen, von den ungarischen Genossen eine offizielle Rehabilitierung Nagys zu verlangen, vor allem jedoch zu fordern, den Ungarn endlich die Grabstelle Nagys zu zeigen, damit sie ihm einen Grabstein setzen können? Darauf entgegneten fortschrittliche Anwälte der italienischen Kommunisten: Laßt doch die Armen in Frieden, genügt es euch nicht, daß sie in ihrer Entwicklung einen so bedeutenden und hindernisreichen Weg zurückgelegt haben; schließlich wäre es politisch naiv und psychologisch sogar in gewissem Maße grausam zu erwarten, daß sie, indem sie Nagys Grab aus der Vergessenheit des »historischen Kontextes« hervorholen, mittelbar das im gegenwärtigen »historischen Kontext« weiterhin unter einem Blumenmeer liegende Grab Togliattis schänden.

Hier liegt, zugegeben, keine Analogie vor, aber in beiden Fällen haben wir es mit dem gleichen Argument zu tun: jenen wie auf einer Drehbühne rotierenden »historischen Kontexten«, den Motoren aller – großer wie auch kleiner – »Gedächtnis-Löcher«.

In Trznadels Buch fällt die Unbestimmtheit in den Beichten fast aller »Ehemaligen« auf. Sie halten ihre Rückbesinnungen für »uninteressant«, erinnern sich und erzählen nur ungern. Aber sie verfallen wenigstens nicht in den unerträglichen, gefallsüchtig-koketten Ton Konwickis, der die Gespräche mit Stanisław Nowicki in dem Buch *Pół wieku czyśćca* (Ein halbes Jahrhundert Fegefeuer)[29] prägt.

29. Oktober 1986

Pierre Pascal, ein Nachfahre des großen Pascal: das ungewöhnliche Abenteuer eines Offiziers der französischen Mission im kriegserschütterten Petrograd, eines Katholiken, in die russische Revolution verliebt, eines Fürsprechers der Verbindung von sozialistischem Internationalismus mit christlichem Universalismus. 1918 weigerte er sich, nach Frankreich zurückzukehren. Herzens Aussage, der Sozialismus sei die Verkörperung des Christentums, wählte er zu seiner Devise. Als ein »Bolschewik aus moralischen Erwägungen« wurde er bezeichnet. Er war Sekretär in einer französisch-englischen, später rein französischen Gruppe von Kommunisten in Moskau, arbeitete bei Tschitscherin im Kommissariat für Auswärtige Angelegenheiten, dann bei Radek in der Propagandaabteilung. Ihm wurde vorgeworfen, dem katholischen Glauben treu geblieben zu sein, was im Widerspruch zum Parteistatut stünde. 1919 antwortete er darauf mit der Erklärung *Ce que je crois*: Ich bin zugleich musterhafter Kommunist und musterhafter Katholik und halte beide Doktrinen gleichermaßen für wahr und einander ergänzend. »In der *Summa theologica* des heiligen Thomas von Aquin lassen sich ohne Schwierigkeiten Aussagen über die Rolle des Privateigentums finden, die mit der marxistischen Doktrin übereinstimmen. Katholische Denker mißbilligten und verurteilten den Kapitalismus, je mehr er Gestalt annahm.« In Moskau wurde er bespöttelt. Bucharin drohte, einmal mit diesem »rosenkränzlerischen Frömmler«, der »nur Grütze im Kopf hat«, über Philosophie zu diskutieren. Lenin empfahl Nachsicht und tröstete die ungehaltenen Genossen, daß ein geringeres Übel sei, es »mit hundert Katholiken zu tun zu haben als mit einem Freimaurer«. Tief verletzt notierte Pascal in seinem Tagebuch: »Mir vergeht die Lust an der Arbeit; die müßten Tausende durchsieben, um einen einzigen Kommunisten zu finden, der der Sache so ergeben wäre wie ich.«

Die Kronstadt-Rebellion war für ihn ein Schock; ein zweiter die Neue Ökonomische Politik NEP. Er brach mit dem Kommunismus, wandte sich wieder seinen wissenschaftlichen Interessen zu und verließ die Partei. In Moskau wurde er weiterhin toleriert, weil er die Übertragung der Werke Lenins ins Französische fortsetzte. 1928 stieß er in der Bibliothek auf das *Leben des Protopopen Awwakum*. 1933 kehrte er nach Frankreich zurück, um einige Zeit später als Forscher über die Kirchenspaltung *Raskol* und als Verfasser des Monumentalwerkes *Avvakum et les débuts du Raskol* Berühmtheit zu erlangen. Vor drei Jahren starb er.

Bei den »Altgläubigen« zog ihn die Abscheu gegenüber Allmacht und Allgegenwart des Staates an, ihr Imperativ des »ewigen *non possumus* der christlichen Seele gegenüber dem Götzen Staat«. Das russische Abenteuer dieses Nachkommen des großen Pascal führt zu der Schlußfolgerung: »Seit der Absetzung Nikons hat Rußland keine Kirche mehr. Es hat eine Staatsreligion. Von da ist es aber nur noch ein Schritt zum Staat als Religion. Der Staat als Religion wurde von dem Regime, das nach 1917 das Imperium als Erbe übernahm, eingeführt.«

Wer weiß, ob man in den heutigen russischen »Dissidenten« nicht auch Nachfahren jener »Raskolniki« des 17. Jahrhunderts sehen könnte. Wenn wir das *Leben des Protopopen Awwakum* lesen und die Hartnäckigkeit, mit der er den alten Glauben bis zum Märtyrertod verteidigte, bewundern, denken wir oft an die Gesichter, die uns aus Chroniken des Widerstandes gegen die heutige sowjetische Staatsreligion bekannt sind.

15. November 1986

Anzeichen des Älterwerdens. Ein erstes Anzeichen ist natürlich die unwillkürliche Unlust, es überhaupt wahrzunehmen und zu beschreiben. Als zweites ist ein Prozeß zu verzeichnen, in dem Bilder, Ereignisse und Menschen aus der fernen Vergangenheit verblassen, ihre scharfen Konturen verlieren und verschwimmen. Als drittes tritt bei der Rezeption der sich laufend verändernden Wirklichkeit ein Appetitverlust oder zumindest eine Geschmacksstörung auf. Viertes ist häufig eine Aufwertung dessen, was man früher liebte und schätzte. Als fünftes (bei Schriftstellern) eine wachsende Unfähigkeit, wenigstens dann und wann etwas »in einem Wurf« zu Papier zu bringen (laut Stendhal ein Merkmal echter Schriftstellerei im Gegensatz zu der von ihm mit Mißtrauen betrachteten »Literatur«).

Die Liste ließe sich verlängern, mich aber quält hier und jetzt die Frage, ob man auch die wachsende Desorientierung angesichts der »von der Leine gelassenen Geschichte« (wie Jerzy Stempowski unser Zeitalter bezeichnete) dem Älterwerden anlasten soll oder ob sich herausstellt, daß sich die von der Leine gelassene Geschichte obendrein die Tollwut geholt hat. Dies ist also seit einiger Zeit mein Dilemma als täglicher Zeitungsleser: Entweder werde ich einfach alt, komme nicht mehr mit, leide an Atemnot und werde ein Opfer meiner Verlorenheit, oder vor dem Maul der Geschichte sammelt sich unheilvoller Schaum.

26. November 1986

In zwei Wochen wird aus Anlaß des vierzigjährigen Bestehens des *Institut Littéraire* in der Polnischen Bibliothek am Quai d'Orleans[30] die Ausstellung *»Kultura« und ihr Kreis* eröffnet. Ich konnte von den Organisatoren Grażyna und Krzysztof Pomian bereits einiges über die Ausstellung erfahren. Vierzig Jahre! Einem Mitglied des »Kreises« steht es nicht an, eine Lobeshymne, eine Laudatio anzustimmen. Kann man sich aber einer schlichten, stichhaltigen Feststellung enthalten? Im Laufe der vierzig Jahre hat Jerzy Giedroyc ein wahrhaft großes Werk geschaffen, das mit nichts zu vergleichen ist, ein Werk der Phantasie und politischen Intelligenz, der kulturellen Sensibilität und der Ausdauer bei der täglichen Arbeit. Im Vorwort zum ersten Heft der *Kultura*, das in Rom erschien, werden die Ziele genannt: »*Kultura* möchte die Leser in Polen erreichen und sie in der Überzeugung bestärken, daß die Werte, die ihnen wichtig sind, unter dem Zwang der nackten Gewalt noch nicht untergegangen sind.« Ist ihr das gelungen? Ab Mitte der fünfziger Jahre hat die *Kultura*, die bis dahin nur mühsam durch schmale Spalten in der Mauer drang, ihren Weg nach Polen gefunden. Ohne Übertreibung kann man sagen, daß sie dort heimisch geworden ist.

Sind in der Geschichte der politischen Emigration solche Fälle zahlreich?

In diesem ersten Heft wird deutlich, welcher Anstrengung es bedarf, um europäischen »Lebenswillen« zu bestimmen. Zwei einander gegenübergestellte Texte – Fragmente aus Paul Valérys *Krise des Geistes* aus dem Jahre 1919 und Croces *Ende der Zivilisation* von 1946 – bilden den Rahmen: Der Pessimismus des französischen Dichters wird durch die Überzeugung des italienischen Philosophen von der »Nutzlosigkeit des Pessimismus« ausgeglichen. Und obwohl es nach vierzig Jahren nicht wenige Gründe gibt, eher sogar mehr, am europäischen »Lebenswillen« zu zweifeln, erinnere ich mich, als wenn es gestern gewesen wäre, wie sehr mich eine Stelle in Croces Text bewegt hat (und heute noch bewegt): »Maximus, der Bischof von Turin, hat ruhig und gelassen die Bürger Mailands, denen Attila die Häuser und Kirchen zerstört hatte, wieder aufgerichtet, indem er ihnen klarzumachen suchte, daß Gott *non civitatem quae in vobis est, sed habitacula civitatis, non ecclesiam suam, quae vera est ecclesia, sed receptacula ecclesiae* in die Hände der Feinde übergeben hatte; daß das Volk von Mailand zusammen mit seinem Bischof, trotz aller Angst und Trauer, *tamen in libertate perdurabat.* Jenes Haus, jene ideale Kirche, die allein wirklich ist, besitzt der Mensch immer und ewig, und allein darin ist die Menschenwürde beheimatet. Was kann man mehr von einem Menschen verlangen?«

Was kann man mehr von einem Menschen verlangen? Valéry versichert seinerseits, »die Hoffnung sei das Mißtrauen des Menschen angesichts der Voraussicht seines Verstandes«. Seliges Mißtrauen! Es erlaubt zu leben, zu arbeiten und zu kämpfen, es erlaubt, allen Zweifeln und aller Voraussicht des Verstandes zum Trotz *tamen in libertate perdurare.*

1987

9. Januar 1987

Vielleicht wird einmal ein dicker Katalog der bedeutendsten schauspielerischen Darstellungen des Hamlet entstehen. Richard Burbage, der erste Hamlet auf einer Bühne, direkt aus Shakespeares dramaturgischer Schmiede, würde den Reigen eröffnen. Er war fünfunddreißig Jahre alt, sah aber wie ein Greis aus – er war dick, bärtig und litt an Atemnot. Wenn ein solcher Prinz von Dänemark beim Autor Gnade fand und seinen Segen erhielt, dann sollte man die von Goethe gegründete Tradition des Hamlet als »flackernden Kerzenschein«, als Personifizierung des »Zauderns und der Unentschlossenheit«, mit Vorbehalt betrachten. Zudem haben wir in einer Epoche zahlreicher, sich ständig multiplizierender Versionen eines »modernen« Hamlet diese Tradition bereits hinter uns.

Am stärksten sprach mich Hamlet in dem »Interpretationsschlüssel« an, den Salvador Madariaga in einem nach dem Krieg erschienenen Buch über Shakespeares Tragödien vorschlug. Einen solchen Hamlet sah ich in London, ungefähr im Jahre 1950. Eigentlich müßte ich ergänzen: Es gelang mir, ihn zu sehen, denn die Inszenierung wurde vom Publikum ausgepfiffen und nach zwei Aufführungen abgesetzt. Alec Guinness verkörperte den Hamlet: mit einem spanischen Spitzbart und einem runden Bäuchlein, ein durchtriebener Renaissance-Fürst, gewandter Spieler, geübt in Intrigen, der sich des vieldeutigen Wortes wie eines vergifteten Floretts bedient, der im verborgenen mehrere Masken zur Auswahl bereithält (darunter unter anderem die Maske des »krankhaften Zögerers«) und seine eigenen Gefühle zu zügeln weiß, wie eine Meute sprungbereiter Hunde. In Gielguds und Oliviers London war so etwas nicht zu ertragen.

Wie viele Gesichter hat Shakespeare? Es sind so viele, wie menschliche Leidenschaften stets und überall bereithalten, wenn sie alle »Schranken durchstoßen«.

Manche der neuen Emigranten, die einst in der Hierarchie von Partei und Regierung einen ziemlich hohen Rang einnahmen, werfen mir oft mündlich und schriftlich vor, es wäre »unter meinem Niveau« (über das sie sich im allgemeinen anerkennend äußern), daß ich auf meiner Vorstellung vom Sowjetismus als einem nach dem Muster der Mafia konstruierten System beharre, was natürlich Resultat und zugleich Beweis meiner »Entwurzelung« sei. Auf der Landkarte der aufeinanderfolgenden Emigrationswellen unterteilen sich die Entwurzelten in völlig, halb und viertel Entwurzelte. Meine lange Dienstzeit in der Fremde qualifiziert mich automatisch, unwiderruflich und gnadenlos als Vertreter der ersten Kategorie. Meine Kritiker, die das Abrutschen meiner Feder »unter mein Niveau« aufrichtig bedauern, sind mitunter gewillt, mir neben der Entwurzelung noch einen mildernden Umstand zuzugestehen: Schließlich lebe ich seit über dreißig Jahren im Süden Italiens, komme täglich mit den Umtrieben der Mafia in Berührung und lese mit Vorliebe Leonardo Sciascia, einen Kenner der Mafia. Sie haben da nicht ganz unrecht, besonders wenn man bedenkt, wer in der Geschichte der sizilianischen Mafia in der Lage war, ihr einen empfindlichen Schlag, nicht den Todesstoß, o nein!, aber einen wirklich empfindlichen Schlag zu versetzen. Das waren die Faschisten, deren totalitäre Mentalität und totalitäre Methoden ihnen die Bekämpfung der mafiosen Gesetzlosigkeit durch die eigene Gesetzlosigkeit erleichterten. Denn Gesetzlosigkeit ist das Wesen der Mafia, und in diesem Sinne betrachte ich das Mafiose als Haupteigenschaft des Sowjetismus und seiner volksrepublikanischen Ableger und alles übrige als »ideologische« Bemäntelung für Nutznießer und Opfer der Gesetzlosigkeit. Das »ideologische« Äquivalent zur sowjetischen Nomenklatura ist in der sizilianischen Mafia die *Onorata Società*, die Ehrenwerte Gesellschaft.

Der Text, den ich gestern in der Monatsschrift *Encounter* gelesen habe, mag belegen, daß ich trotz allem nicht so »entwurzelt« und durch die enge Nachbarschaft zu Sizilien beeinflußt bin. George Urban, Spezialist für endlose, ausführliche Interviews, nahm die bekannte russische Sängerin Galina Wischnewskaja, die Frau von Mstislaw Rostropowitsch, die seit knapp zehn Jahren im Exil lebt (ihr, wie auch ihrem Mann, wurde die sowjetische Staatsbürgerschaft aberkannt), ins Kreuzverhör. Das Bild des sowjetischen Systems, das die Mafia kopiert, durchzieht ihre Aussagen beinahe zwanghaft. »Die Sowjetunion ist ein Land der Gesetzlosigkeit oder, genauer, ein Land, in dem die Regierenden selbstherrlich die Gesetze diktieren. Rußland wird heute von einer riesengroßen, weitverzweigten Mafia beherrscht. Ihre Fangarme erreichen jeden Winkel, jedes Schlupfloch in der UdSSR.« »Die mafiose regierende Klasse, die die ganze Nation umfaßt, ist eine klassische Mafia, einschließlich solcher Attribute wie der des Paten.«

In Leonardo Sciascias Roman *Der Tag der Eule* bemerkt der lokale Mafioso philosophisch, daß »wir unterhalb der Nase einen Mund haben, nicht so sehr, um zu reden, sondern um zu essen«. Ein Toter mit einem Stein zwischen den Zähnen erinnert die Mitglieder der *Onorata Società* von Zeit zu Zeit an das Grundgebot der Mafia-Steintafeln: das Prinzip der Geheimhaltung. Als Beispiel nennt Galina Wischnewskaja die Geschichte der Arbeiterrevolte von Nowotscherkassk im Jahre 1962. Sie verkehrte damals in Moskau in höchsten Partei- und Regierungskreisen, hörte aber kein Wort über Nowotscherkassk; sie erfuhr davon erst zehn Jahre später in England.

Wird die sowjetische Mafia Gorbatschows *Glasnost* dulden, den aus der Sicht der Mafia selbstmörderischen Grundsatz der Offenheit? Ich persönlich zweifle stark daran, aber im Augenblick bewegt sich Gorbatschow noch im Bereich ostentativer »soziotechnischer« Tricks; ein Wiederaufwärmen der abgestandenen Frage nach der »Reformierbarkeit« des Systems kann man sich also schenken. Wenn die Sowjetunion das Ende dieses Jahrhunderts (und Jahrtausends) überdauern soll, sehe ich Gorbatschow eher mit einem Stein zwischen den Zähnen.

8. Februar 1987

Der Maler und Schriftsteller Alberto Savinio, Bruder des berühmten de Chirico, beschloß, eine *Neue Enzyklopädie* für seinen persönlichen Gebrauch zu erstellen, weil er »mit den bestehenden Enzyklopädien unzufrieden ist, ähnlich wie Schopenhauer, der eine eigene Geschichte der Philosophie für seinen persönlichen Gebrauch schrieb, weil er mit den vorhandenen Werken unzufrieden war«.

Das Stichwort »Fanatismus« lautet in Savinios *Neuer Enzyklopädie* folgendermaßen: »Am 26. Oktober 1786 kommt Goethe zum erstenmal nach Assisi, läßt sich den Minervatempel zeigen, der ›zu Zeiten Augusts gebaut, noch vollkommen erhalten‹ ist, bewundert ihn lange und schreibt am selben Abend nicht weniger lang darüber in sein Tagebuch, dann bricht er nach Foligno auf, ohne einen Fuß in die Kirche des Heiligen Franziskus gesetzt zu haben. Goethe war, wie man weiß, jeder Form von Fanatismus abhold, und deshalb mochte er Kulte und Religionen so wenig. Aber ist das nicht auch eine Form von Fanatismus – eines umgekehrten Fanatismus?«

Nach dem Krieg huldigte ein bedeutender Teil der polnischen Intelligenz einem solchen »umgekehrten Fanatismus« mit der programmatischen Ablehnung des *sacrum* zugunsten des alleinigen *profanum*. Andrzej Kijowski[31] erzählt in *Tropy* (Spuren), wie in der nahe seiner Wohnung gelegenen Krakauer Kirche St. Florian der neue, junge Geistliche Wojtyła begann, Sonntagspredigten zu halten. »Ich besuchte diese Predigten in aller Heimlichkeit, damit niemand in meiner Umgebung, in der ich meinen Antiklerikalismus und Atheismus zur Schau stellte, etwas davon merke … Eines Tages gingen wir vor dem Haus aneinander vorbei. Es war kalt, beide gingen wir eingemummt, hatten die Hände in den Taschen vergraben. Ich war zweiundzwanzig Jahre alt, er dreißig. Er wußte von meiner Mutter, die mit ihm lange Gespräche hauptsächlich über mich führte, mehr über mich, als mir lieb war. Als er mich sah, verlangsamte er seinen Schritt, blieb fast stehen und sah mich an. Er wartete. Fast streifte ich ihn an der Schulter, als ich an ihm vorbeiging, ohne ein Wort, ohne eine Geste, denn mir saß der Teufel des Hochmuts im Nacken. Ich vergrub die Hände noch tiefer in den Taschen und hielt dem hellen, fragenden Blick stand. Mir war heiß, als wenn ich durch ein Feuer gegangen wäre.«

Spuren ist das postume Buch eines hervorragenden Schriftstellers, der sich vom »umgekehrten Fanatismus« ganz befreit hatte. Das Wort *sacrum*, ein Wort-Anker, der gegenwärtig von vielen, die einen ebensolchen Weg wie Kijowski gegangen sind, verehrt und krampfhaft wiederholt wird, erscheint darin außerordentlich häufig. Die frühere Ausschließlichkeit des *profanum* hat sich nun in eine neue Ausschließlichkeit des *sacrum* verwandelt. Ist an die Stelle des »Teufels des Hochmuts« der »Engel der Demut« getreten? Hier sicher zu sein, ist schwierig, denn jede Ausschließlichkeit ist verräterisch, gespickt mit Gefahren. Davor kann nur die seelische und intellektuelle Anstrengung eines Ausharrens »dazwischen« schützen.

1. März 1987

»Es gibt manchmal Ereignisse im Leben, die scheinbar ausreichend entwickelt sind, um sie treu, gleichsam ›wortwörtlich‹ als Erzählung wiederzugeben. Häufig steht dem jedoch etwas entgegen. Einer der großen Schriftsteller klagte über ›Probleme mit der Wahrscheinlichkeit‹: Ein wahres, aus dem Leben gegriffenes Ereignis erscheint in einer Erzählung paradoxerweise wenig wahrscheinlich. Oder aber ein Ereignis ist untrennbar mit einer schwer zu vermittelnden Atmosphäre verbunden, ohne die es weitgehend seinen Ausdruck verliert. Es kann aber auch allzusehr an etwas erinnern, das bereits einmal die Phantasie von irgend jemand beflügelt hat und im Druck festgehalten wurde.«

»In deinem Fall?«

»In meinem Fall ... Wiederholt habe ich versucht, dem, was ich dir jetzt nur so, in Form eines einfachen, verkürzten Berichts, ohne mich um schriftstellerische Effekte zu kümmern, erzählen werde, die Gestalt einer Novelle zu verleihen. Dabei störten mich einige literarische Analogien – du wirst sehen, welche –, vor allem aber wollte es mir nicht gelingen, Londons Atmosphäre wiederzugeben. Ich lebte fünf Jahre lang in London und erinnere mich – gelinde gesagt – mit Widerwillen daran, manchmal sogar wie an einen bösen Traum, aber ich kann es nicht ausdrücken. London war und ist bis heute für mich so fremd, daß ich hin und wieder sogar zweifle, ob ich dort überhaupt gelebt habe. Und eben das zu erfassen, will mir nicht gelingen – die Atmosphäre meines Londoner Seins und Nichtseins.«

»Das war also ...«

»Es war gegen Ende meines Aufenthalts in London, ich kann es sogar ganz genau sagen. Am 10. Juni 1952 kam ich aus Burma nach London zurück. Im Haus des Schriftstellers, wo ich wohnte, wurde mir gesagt, daß tags zuvor ein Engländer angerufen und nach einem Polnischlehrer gefragt habe. Jede Verdienstmöglichkeit war für mich damals wichtig, so daß ich ohne lange zu überlegen zu der angegebenen Adresse in Camden Town fuhr. Ich kann mich noch an den Namen dieser Straße erinnern, will ihn aber lieber verschweigen. Sie war lang und zugebaut mit gräßlichen, vernachlässigten, einstöckigen Häuschen inmitten von rachitischen Gärten, und sie führte zum Stadtteilfriedhof. Ich fand die entsprechende Hausnummer, nicht mehr weit vom Friedhof entfernt (am Ende der Straße sah man die niedrige Umfassungsmauer und dahinter den Wald von Grabsteinreihen); zunächst dachte ich, hier müsse ein Mißverständnis vorliegen: Über der Eingangstür hing das Schild eines Beerdigungsinstituts. Ich beschloß dennoch hineinzugehen. Durch einen engen Gang, vorbei an einem von Glasscheiben abgegrenzten, leeren Büro, zwängte ich mich bis zu einem schweren, aus einer Plane gefertigten Vorhang. Als ich diesen zur Seite schob, öffnete sich vor mir ein großer, mit Neonlampen grell beleuchteter Raum. In der Mitte stand auf einem Katafalk ein offener Sarg, darin ein schwarzgekleideter Mann mit auf der Brust gefalteten Händen. Auf Stühlen zu beiden Seiten saßen zwei Frauen in Trauerkleidung mit Blumensträußchen in den Händen. Ich wollte mich zurückziehen, hörte aber plötzlich Bewegung in einem Winkel des Raumes, den ich zuerst nicht bemerkt hatte: Ein schwarzgekleideter Mann, der dem Toten im Sarg sehr ähnlich sah, sprang von einem Stuhl auf. Er sah ihm nicht in dem Sinne ähnlich, daß du ihn für einen Verwandten des Verstorbenen hättest halten können; ähnlich war er ihm in seinem ›todernsten‹, unbestimmten, erstarrten Gesichtsausdruck, mit Augen, die fast völlig von den Lidern bedeckt waren und dunkle Ränder aufwiesen, in einem kreidebleichen Gesicht. Er entschuldigte sich bei den erstaunten Frauen, nahm mich am Arm und geleitete mich aus dem Raum. Aus dem verglasten Büro führte eine Innentreppe nach oben. Dort wohnte mein künftiger Schüler, nennen wir ihn Nobody.«

»Wozu mochte ein Londoner Bestattungsunternehmer die Kenntnis des Polnischen brauchen?«

»Eben. Aber zuerst werde ich dir das Zimmer beschreiben, in dem er wohnte, denn ich war bei seinem Anblick völlig verdutzt. Es war genauso groß wie der Aufbahrungsraum im Parterre. An allen vier Wänden hingen Puppen – ja, Puppen! – unterschiedlicher, aber ausnahmslos natürlich-menschlicher Ausmaße, Männer und Frauen, unterschiedlichen Alters, unterschiedlicher Größe und in unterschiedlicher Kleidung. Und was sogleich auffiel und einen leichten Schauer hervorrief, war die in den künstlichen Figuren streng beachtete Nachbildung von Personen, die weder tot noch lebendig waren. Düster, verkrampft, die Masken aus Zelluloid oder Plastik – eine Galerie von Gehängten kurz vor der Öffnung der Klappe unter dem Galgen. Mir schoß der Gedanke durch den Kopf, es mit einem Irren zu tun zu haben. Er benahm sich jedoch mit allzu großem Ernst – sachlich, etwas streng und zurückhaltend –, um einen solchen Verdacht aufrechterhalten zu können. Mehr noch, er schien mein Erstaunen überhaupt nicht wahrzunehmen. Schweigend goß er Tee auf, setzte sich mir gegenüber an den Tisch und nannte mit ruhiger, eigenartig farbloser und öliger Stimme die Bedingungen: drei Stunden wöchentlich von fünf bis sechs, zwei Pfund für die Stunde. Während er sprach, sah er mich nicht an, als ob er absichtlich meinen Blick miede. Er sah zum Fenster hinaus auf die gleichförmigen und zu dieser Tageszeit (es war später Nachmittag) wie erstarrten Häuser auf der anderen Straßenseite entlang des menschenleeren Bürgersteigs. *I want to learn quickly Polish*, sagte er, als er mein Einverständnis mit den Bedingungen vernommen hatte, *very quickly*, wiederholte er mit Nachdruck. Und da blickte er mir etwas länger in die Augen. Man gebraucht den abgenutzten Begriff ›uferloser Traurigkeit‹, aber als er seine Augenlider etwas hob, sah ich, was das bedeutet: In der Tiefe seiner Augen war wirklich kein Ufer zu entdecken, sie eröffneten eine öde Leere.

Plötzlich wurde mir bewußt, daß ich nicht einmal annähernd hätte sagen können, wie alt er ist. Vierzig? Sechzig Jahre?«

»›Ich will schnell Polnisch lernen.‹ Das war alles?«

»Ja. Ich versuchte ein paarmal, auf Umwegen und durch Anspielungen herauszubekommen, warum. Er tat so, als höre er nicht, daß er aber gehört hatte, bewies das nervöse Zittern der Mundwinkel. Schließlich gab ich auf. Letztendlich lag mir an dem Verdienst, welche Bedeutung hatte also der wirkliche und verheimlichte Grund dieser absurden Unterrichtsstunden? Und sie waren absurd, von Anfang an schwebte über ihnen eine fortwährend wachsende Absurdität. Es war unmöglich, systematisch, schulmäßig vorzugehen, denn der Schüler verfügte wohl außer der elementaren über keinerlei Bildung. Mein Unterricht bestand also praktisch darin, ihm polnische Wörter und kurze Sätze einzutrichtern, seine Kehle damit zu traktieren und ihn dabei unbeschreiblichen Qualen der Aussprache auszusetzen. Manchmal standen ihm Tränen in den Augen, die so gar nicht zu seinem Gesicht paßten. Dann starrte er um so angestrengter die gegenüberliegenden Häuser an, um nur ja meinen Blicken nicht auch nur flüchtig zu begegnen. Das Aussehen des Zimmers mit den hängenden Puppen steigerte noch zusätzlich das Gefühl der mit einer Prise Groteske angereicherten Absurdität. Dennoch fanden die Unterrichtsstunden weiter statt. Ich hörte nicht auf, weil mich die gute Bezahlung festhielt. Er, gefangen in einer unbegreiflichen Selbsttäuschung, hörte auch nicht auf. Als ich ihn eines Tages beobachtete, wie er in den Pausen zwischen dem krächzenden, hervorgewürgten Stottern zum Fenster hinausschaute, wurde mir plötzlich bewußt, welche literarische Reminiszenz undeutlich in meinen Gedanken geisterte. Bartleby! Aber natürlich, Bartleby, der Held von Melvilles Erzählung, der Schreiber, dessen Blick an der Mauer haftet und der in einem *dead letter office*, einer Poststelle für Briefe, die wegen des Ablebens der Adressaten unzustellbar sind, tätig war. Und Melvilles Schlußschrei: *Ah Bartleby! Ah humanity!* Von dem Augenblick an verspürte ich einen Schwall von Sympathie, ja fast Innigkeit für meinen Nobody. Und die Absurdität unserer Unterrichtsstunden nahm unversehens ab. Bald sollte ich übrigens etwas mehr erfahren ...«

»Also doch!«

»Etwas mehr, aber nicht alles. Es war Anfang August und schwüle Hitze lag über London, die Menschen bewegten sich schwerfällig. Ich war nach der Unterrichtsstunde auf dem Weg zurück zur U-Bahnstation Camden Town. Von Durst geplagt, kehrte ich auf ein Bier in einen kleinen Pub neben der U-Bahnstation ein. Kaum wandte ich mich mit meinem Bierkrug in der Hand von der Theke in Richtung ›Salon‹, da entdeckte ich in der Ecke, an einem Tisch neben der Tür, einen einsamen Mann. Er saß zusammengekauert, mit hängendem Kopf. Als er diesen hob, erkannte ich ihn sogleich. Auch nach so vielen Jahren war es nicht schwer, ihn, den Gajowy aus der großen Gefängniszelle in Witebsk, wiederzuerkennen: Er hatte eine Hasenscharte und einen Makel im rechten Auge. Er jedoch erkannte mich nicht, obwohl sein trüber, müder Blick über mich hinweggehuscht war. Daß er mich nicht erkannt hat, ist durchaus erklärbar; schließlich waren im Sommer 1940 in jener Zelle in Witebsk über zweihundert Gefangene, überwiegend Polen, zusammengepfercht gewesen. Er gehörte zur ›Gruppe aus Nowogródek‹, die aus sehr jungen Leuten bestand, unter denen er der älteste war; er wurde Gajowy genannt, obwohl er eigentlich anders hieß. Die ganze Gruppe war wegen ›antisowjetischer Konspiration‹ verurteilt und wartete, wie alle in der Zelle, auf den Abtransport in die Lager. Keiner aus der Gruppe sprach mit Gajowy ein Wort, auf ihm lastete der Vorwurf, während der Verhöre ›auszupacken‹. Der Vorwurf war nebulös, verschwommen formuliert, aber in einem sowjetischen Gefängnis jener Zeit genügte das vollkommen. Die Gruppe aus Nowogródek steckte die ganze Zelle mit ihrem Vorwurf gegen Gajowy an; zweihundert Gefangene boykottierten ihn und so lag ›der Verräter‹, obwohl wir in der Zelle zusammengepreßt waren wie Heringe, in einem gewissen Abstand von den anderen auf seinem Lager an der Fensterwand. In seinem Verhalten erinnerte er an ein gehetztes Tier – er war in ständiger Panik, nachts wälzte und warf er sich auf seinem Lager hin und her, er hatte wahrscheinlich Angst, im Schlaf erschlagen zu werden. Manchmal war ich versucht, ihn anzusprechen, aber diese Versuchung war viel zu schwach im Vergleich zur Macht der Zelle. Über sein weiteres Schicksal weiß ich nichts, ich wurde zum ›Abtransport‹ herausgerufen, ehe die ›Gruppe aus Nowogródek‹ an die Reihe kam. Mit Sicherheit war er in den Straflagern, trat nach der ›Amnestie‹ in die Armee ein und landete schließlich in England. Die Erinnerung an jenen Vorwurf veranlaßte ihn möglicherweise sowohl in der Armee als auch nach dem Krieg in London (erfolgreich) ein Schattenleben zu führen. Bis zu dem Treffen in dem Pub bei der Station Camden Town ... Du wirst sagen: ein Zufall. Meiner Meinung nach gibt es keine ›Zufälle‹. Es gibt einen vor uns verborgenen, komplizierten Schicksalsplan, dessen Schleier sich uns manchmal in Form eines ›Zufalls‹ ein wenig lüftet. Hör zu, wie die Begegnung im Pub weiter verlief. Gajowy saß allein da und trank sein Bier, nur selten kam einer, vermutlich Stammgäste, zu ihm, klopfte ihm auf die Schulter, sagte *How are you, Stan* und ging gleich weiter, anscheinend ohne mit einem bierseligen Gespräch zu rechnen. Gajowy reagierte nicht einmal auf diese konventionellen Grüße. Bewegungslos saß er da, versenkte seinen Blick im Bierkrug oder starrte auf den Boden unter dem Tisch. Ich beschloß, ich weiß nicht warum, vielleicht von einer Vorahnung geleitet, zu warten, bis er den Pub verließ. Er ging gegen acht Uhr. Es war etwas kühler geworden, die Hauptstraße Camden Town war belebt und laut. Ich möchte dich nicht mit einer weitschweifigen Beschreibung langweilen. Wie ein leidenschaftlicher Taucher unentwegt ins Wasser springt, so stürzte sich Gajowy mit Feuereifer, quirlig und aufgeregt in die Menschenmenge, tauchte überall dort unter, wo ein größeres Gedränge entstand. Nicht hoch genug gelobt wird Edgar Allan Poes *The Man of the Crowd*, die Erzählung über einen einsamen Mann, der London von der Abenddämmerung bis tief in die Nacht kreuz und quer in fieberhafter Suche nach größeren Menschenansammlungen, beziehungsweise deren allmählich versiegenden Resten, durchstreift.«

»Ich erinnere mich an diese bewegende Erzählung. Ihr ist als Motto ein Satz von La Bruyère vorangestellt: *Ce grand malheur, de ne pouvoir être seul.*«

»Auf der Hauptstraße Camden Town war es relativ leicht, Gajowy unbemerkt zu folgen. Als er in Seitenstraßen einbog, wo die Menschenmenge rasch abnahm, war größere Vorsicht angebracht, um ihn nicht aus den Augen zu verlieren; ich mußte also einen gebührenden Abstand einhalten und auf der anderen Straßenseite im gedämpften Licht der gelb-grünen Laternen gehen. Schließlich bog er in die Straße ein, die zum Friedhof führt. Vor dem Haus des Beerdigungsinstituts, wo nur noch im Parterre Licht brannte, blieb er stehen. Das Licht ging, kurz nachdem er ins Haus eingetreten war, aus und im oberen Stockwerk an. Ich konnte die beiden gerade noch im Fenster sehen, wie sie gestikulierend im Zimmer umhergingen. Dann zog Nobody die Vorhänge zu.«

»Das Ende vom Lied?«

»Das Ende. Wahrscheinlich ist es Gajowys Aufmerksamkeit nicht entgangen, daß seinem Schatten ein weiterer, unbekannter Schatten folgte, und wahrscheinlich ist sein altes Mißtrauen wieder erwacht, denn am nächsten Morgen rief mich Nobody an. ›Unerwartete finanzielle Sorgen‹ zwängen ihn, den Unterricht auf unbestimmte Zeit zu unterbrechen.«

»Seit langem ging mir der Gedanke nicht aus dem Kopf, daß die Schriftsteller aus Mangel an sogenanntem ›Erzählfutter‹ beginnen werden, Skelette von Erzählungen zu konstruieren oder zu rekonstruieren.«

Maisons-Laffitte, 28. März 1987

Morgens zusammen mit Kot Jeleński im Grand Palais. In mehreren Sälen eine Ausstellung zum Thema *Terrae Motus*, also *Naples, tremblement de terre et art contemporain*. Gezeigt werden hundertvierzig Arbeiten von siebzig Künstlern *parmi les plus prestigieux de la scène contemporaine*. Was hat dieser Jahrmarkt der Eitelkeiten (und der Leere) gekostet und wer hat das bezahlt, denn die »berühmtesten« Künstler der »Postmoderne« spielen bei solchen Kunstturnieren doch nicht umsonst mit? Wie viele Häuser hätte man mit diesem aus dem Fenster geworfenen Geld für die Erdbebenopfer bauen können?

Unser Rundgang durch die Ausstellung dauerte eine halbe Stunde, vielleicht sogar weniger. Rasch durchschnitten wir sie und tauschten wortlos unsere Eindrücke aus: Mal zuckte Kot mit den Schultern, mal ich, wir schauten uns an oder quittierten die Exponate mit einem leicht belustigten, leicht gereizten Kichern. Lohnt es, diese Ausstellung im Tagebuch zu erwähnen, und sei es (aus Mitleid) ohne die Namen ihrer zum Teil recht angesehenen Teilnehmer zu nennen? Es lohnt. Aber nur, um noch einmal auf die Armseligkeit der »modernen Kunst« hinzuweisen. Ein abstraktes Nichts multipliziert mit der Abstraktion des Nichts. Kaum zu glauben – diese absolute, wohl schon unheilbare Atrophie von Phantasie, Sensibilität und Intelligenz. Das ist Scharlatanerie, Narretei, bestenfalls geschickte technische Gaukelei, als wäre das Thema hier völlig ohne Belang. Deshalb sollte man von den siebzig »berühmten« Künstlern drei hervorheben, die wenigstens beschlossen haben, ihre Ratlosigkeit angesichts des Themas offen zuzugeben und im Namen einer armseligen »Gegenständlichkeit« und »Authentizität« ihrer eigenen Sicht zu entsagen. Der erste schichtete einen kleinen Hügel aus vulkanischem Gestein auf. Der zweite nagelte ein paar rußgeschwärzte Bretter zusammen. Der dritte präsentierte ein echtes, zerwühltes Bett, was natürlich eine Szene nächtlichen Erwachens nach dem ersten Erdstoß suggerieren soll. Dieses bescheidene »figurative« Motiv würde es nahelegen, in einer Gemäldeausstellung zum Thema *Terrae Motus* einen Schritt weiterzugehen und lebende Bilder mit geretteten *terremotati* zu zeigen.

3. April 1987

Heute erwähnte Pater Bocheński, der anläßlich seines 85. Geburtstags von den Pallotinern gefeiert wurde, in seinem hervorragenden Vortrag das vergessene Buch *The Practice and Theory of Bolshevism* von Bertrand Russell. Er erwähnte es lobend, was mir eine gewisse Freude bereitete. Als Russells Buch 1950 nach dreißig Jahren in England neu aufgelegt wurde, besprach ich es in der Skizze »Falszywy Bóg« (Der falsche Gott) zusammen mit dem Buch *The Theory and Practice of Communism* von Carew Hunt sowie der Sammelbeichte *The God that Failed* von sechs Exkommunisten.

Damals erstaunte mich Russells Weitsicht. Er hatte 1920 knapp einen Monat in Rußland verbracht. Dabei muß man bedenken, daß die Besuchsreise der Labour Party, an der er teilnahm, in einer Atmosphäre der Sympathie, ja der Bewunderung für die russische Revolution stattfand (»one of the great heroic events of the world's history«, lesen wir über das Jahr 1917 in *The Practice and Theory of Bolshevism*), und daß sie Teil einer Polemik war, die sich gegen die antibolschewistischen Ausfälle in der konservativen britischen Presse richtete. Dennoch hatte Russell in Rußland sogleich Dinge bemerkt, die drei Jahre nach dem Sturz des Zaren nur einem außerordentlich scharfsinnigen und klugen Beobachter von der »unvoreingenommenen Linken« im Westen klar sein konnten und die es erlaubten, dreißig Jahre später seine prä-gidesche *Reise in die Sowjetunion* mit Gewinn zu lesen.

»Möglicherweise kann man den Bolschewismus als grausame Disziplin, dank der sich ein unterentwickeltes Land rasch industrialisiert, verteidigen; aber als kommunistisches Experiment hat er eine Niederlage erlitten.« In der »grausamen Disziplin« sah Russell ein »Wiederaufnehmen der Methoden von Peter dem Großen«. Und das »kommunistische Experiment«? Es hat sich sofort in eine Religion verwandelt. »Unter Religion verstehe ich ein Bündel von Glaubensinhalten, die den Charakter von Dogmen haben und die den Menschen als Leitfaden im Leben dienen, wobei sie den Bereich offensichtlicher Beweise überschreiten oder diesen entgegenstehen und gefühlsmäßige oder autoritative, nicht aber intellektuelle Methoden anwenden. In diesem Sinne ist der Bolschewismus eine Religion: daß seine Dogmen offensichtliche Beweise überschreiten oder diesen entgegenstehen, werde ich mich bemühen später darzulegen. Diejenigen, die den Bolschewismus annehmen, werden gegenüber wissenschaftlichen Beweisen unempfindlich und begehen intellektuellen Selbstmord. Auch wenn alle Doktrinen des Bolschewismus richtig wären, würde dies nichts an der Tatsache ändern, da deren objektive Erforschung nicht zulässig ist.«

Als Russells Buch neu aufgelegt wurde, war seine Ansicht bereits Allgemeingut. Über den Kommunismus als Religion schrieb Carew Hunt in seinem Buch. Die bilderstürmerischen exkommunistischen Schriftsteller verwünschten den »bankrotten Gott«. Gustav A. Wetter vom Päpstlichen Orientalischen Institut nannte Lenins dialektischen Materialismus eine »Periphrase Gottes«, und den dogmatischen, autoritativen Ton der sowjetischen Philosophie verglich er mit der Rolle von Autorität und Dogma in der katholischen Kirche.

Was ist von jener »Religion« in den Jahrzehnten nach dem Tod Stalins, des neuen Gottes mit der alten Krone Peter des Großen, übriggeblieben? Eine »priesterliche« Ausbeuterkaste aus der Nomenklatura rund um den Altar der unverhüllten Macht. Millionen »Gläubige«, die Gorbatschow unlängst als »Plebs« bezeichnete. Russells Weitsicht verdient immer wieder Lob, wenngleich sich ihre Reichweite als begrenzt erwies.

Neapel, 12. April 1987

Gestern in Turin. Es war zehn Uhr vormittags, als die Hausmeisterin, die den Mietern die Post brachte, an der Tür im dritten Stock des großen Wohnhauses klopfte. Ihr öffnete ein älterer Herr mit grauem Bart, grüßte wie immer freundlich lächelnd und bedankte sich für die Post. Eine Viertelstunde später – sie war bereits wieder in ihrem Pförtnerraum – hörte sie plötzlich einen schweren Aufprall. Erschrocken lief sie hinaus. Der Mieter aus dem dritten Stock lag in einer Blutlache neben der Fahrstuhltür. Seine Frau kam gerade vom morgendlichen Einkauf zurück.

Der Mieter aus dem dritten Stock, Primo Levi, Doktor der Chemie, war Häftling in Auschwitz gewesen. Nach dem Krieg hatte er seine Erlebnisse in dem Buch *Ist das ein Mensch?* beschrieben, das wiederholt aufgelegt, in verschiedene Sprachen übersetzt und in Italien in die Pflichtlektüre der Schulen aufgenommen wurde. Sein Titel erinnert an das Motto in Zofia Nałkowskas *Medaillons*[32]: »Menschen haben ihren Mitmenschen dieses Schicksal bereitet.« Bei aller Unterschiedlichkeit in der Betrachtungs- und Erzählweise war Levi in der italienischen Literatur das Äquivalent zu Tadeusz Borowski[33] in der unseren. Doch sein weiteres Schicksal gestaltete sich anders. Er hörte nicht auf zu schreiben, hielt sich bescheiden im Hintergrund

und arbeitete, wie zuvor, in einem chemischen Labor. Aber die »steinerne Welt« von Auschwitz hat er eigentlich nie verlassen, so wie Schalamow die »andere Welt« an der Kolyma nie verlassen hat. Und Auschwitz tötete ihn, vierzig Jahre danach, so wie es Borowski getötet hat.

Selbstmord ist ein so intimer und geheimnisvoller Akt, daß er jeden hemmt, der darüber schreiben möchte. Wie soll man sich diesen kurzen Augenblick vorstellen, in dem die seit langem eben durch die Frage *Ist das ein Mensch?* vergiftete Seele plötzlich einen gesetzten Herrn, einen hochgeschätzten Wissenschaftler und Schriftsteller in den Treppenschacht eines Turiner Hauses aus dem vorigen Jahrhundert stößt? Primo Levi, ohne ein Abschiedswort und ohne einen letzten Schrei, das wahre Ende des Großen Krieges.

Maisons-Laffitte, 27. April 1987

Die Gabe der Aufmerksamkeit ist eine Tugend und ihr Fehlen mehr als ein angeborener Defekt: Es ist eine schwere Sünde. Jedes Unglück veranlaßt uns, in der Vergangenheit zu wühlen, und dabei kommt plötzlich zum Vorschein, für wie viele Zeichen und Signale man blind und taub gewesen ist und wie sehr die fehlende oder erlahmte Aufmerksamkeit das langsame Reifen des Unglücks förderte. Manchmal glaube ich, daß die Lähmung, Abstumpfung und Tötung der Aufmerksamkeit einer der wichtigsten Beweise für die Existenz des Teufels ist.

2. Mai 1987

Die ganze Woche drängte es mich kein einziges Mal, den bewußtlosen Kot im Krankenhaus zu besuchen. Ich will ihn so in Erinnerung behalten, wie er vor Beginn der Krankheit war. Dafür bin ich oft zu Leonor[34] gegangen. Betroffen, verschreckt und verwirrt erzählte sie von ihm und lauschte meinen Erzählungen, die sie von Zeit zu Zeit mit dem leisen Ausruf: *Kot, Kot, non te andare!* unterbrach. Dieser Ausruf *Kot, Kot, geh nicht weg!* klingt mir unentwegt in den Ohren.

Neapel, 4. Mai 1987

Kot ist gestorben.

Der Schmerz, dieser echte und für immer bleibende Schmerz, macht sich erst später bemerkbar, die Zeit wird ihn verfestigen, nicht abmildern. Zunächst aber ist es ein Erstarren, wie nach einer physischen Verletzung. Und Benommenheit, Ungläubigkeit mit einer Prise Panik. Paris ohne Kot? Unsere polnische Welt hier ohne Kot? Ist er wirklich von uns gegangen? Nein, das ist nicht möglich! Das Bild eines schwarzen Loches, ein trockener Kloß im Hals, hinter dem Fenster dichte Dunkelheit, tote Stille *delle piccole ore*, der kleinen Stunden zwischen Mitternacht und Morgengrauen. Zu dieser Tageszeit wird sie nur durch das Gezeter der herrenlosen Katzen im Gebüsch und auf der Mauer des Nachbarhauses gestört.

Aus diesem schwarzen Loch von Benommenheit und Ungläubigkeit tritt Kot so hervor, wie ich ihn in Erinnerung behalten muß, ehe ihn die Friedhofserde in Saint-Dye an der Loire bedecken wird, an der Loire, die uns während eines vorabendlichen Spaziergangs vor einigen Jahren durch ein regelmäßig widerhallendes Getöse und die geraden Rauchsäulen am anderen Ufer an heimatliche Flüsse erinnerte. Ich war damals an seinem künftigen Grab; er zeigte es mir mit einem heiteren Lächeln und einem kurzen: »Hier werde ich liegen.« Sentimental-dramatische Töne verabscheute er; ritterlich, wie er war, ekelten sie ihn an. Er richtete sich nach einem niemals laut bekannten, aber streng befolgten Kodex individuellen Mutes. Unter diesem Panzer schlug ein heißes und liebevolles Herz.

Ungewöhnlich intelligent, blitzschnell und brillant im Erkennen und Festhalten des wirklich Wesentlichen, schlicht unglaublich belesen und in allen Bereichen der Kunst und des Denkens beheimatet (mit einem schalkhaften Unwillen gegenüber »beruflicher Gelehrsamkeit«), voller Energie, so schnell im Schreiben und Sprechen, als könne er seinen eigenen Gehirnwindungen nicht folgen, begierig nach »Neuheiten«, aber schonungslos, wenn diese Züge effekthascherischer Aufschneiderei hatten, bis über beide Ohren in die ausgewählten Künstler verliebt, voller Abscheu gegenüber Lüge und Heuchelei und empfindlich für jegliche Anzeichen von Gewalt und Unterdrükkung. Die Porträtskizze eines Kunstschaffenden? Ich bin mir nicht sicher, ob Kot dies wirklich sein wollte. Als wir 1961 in *Kultura* unsere vielstimmigen Ausführungen über Hostowiec publiziert hatten, schrieb mir Jerzy Stempowski:[35] »Dies alles berührt mich tief, macht mich aber zugleich verlegen, denn mein Ehrgeiz war es eher, im Schatten zu bleiben, Monsieur Chlewaski ähnlich, wie Jeleński richtig bemerkt hat.« Vielleicht hat es Kot »richtig bemerkt«, weil auch ihm Monsieur Chlewaski nahestand, Couriers geheimnisvoller Briefpartner, dessen »Ehrgeiz es war, das Leben als freundlicher und wohltätiger Schatten zu durchwandern«[36], getreu der Devise von Voltaire *aimer et penser c'est la véritable vie de l'esprit*.

Ähnlich also wie Hostowiec, schwärmte (sein und Renas Lieblingswort) Kot nicht gerade für das Unwesen des »Schwärzens von Papier«[37]. Er war ein hervorragender Essayist, einer der bedeutendsten in der polnischen Gegenwartsliteratur, zog aber das Gespräch dem Schreiben vor. Seinen Anlagen nach war er übrigens nicht nur ein Essayist. Aus dem Jahr 1979 stammt ein dreißigseitiger autobiographischer Text über seine Kindheit und frühe Jugend, den er handschriftlich in fieberhafter Eile auf italienisch verfaßte. Ich las ihn heute erneut. Er ist hervorragend, man spürt darin den kühnen Wurf eines Romans mit bereits deutlich umrissenen Szenen. Aber was hilft das! Es gibt zwei Exemplare: das Original für den italienischen, eine einzige Kopie für den polnischen Freund.

Vor nicht allzu langer Zeit war ich Zeuge, wie ihm ein bedeutender französischer Verleger die Vorbereitung eines Essaybandes nahelegte. Er quittierte den Vorschlag mit einem Schulterzucken und einer nichtssagenden Höflichkeitsformel, ohne ein Anzeichen von Interesse. Als wir später zu zweit in ein Café gingen, versuchte ich ihn zu überreden, seine Absage rückgängig zu machen. Er lachte: »Es wird jetzt zuviel geschrieben und publiziert, uns droht das Ertrinken in einem Meer von bedrucktem Papier.« Und dennoch ... Auf einem Symposion polyglotter Autoren, das Hostowiec 1961 in *Kultura* vorbereitet hatte, beendete Kot seinen Beitrag mit den Worten: »Warum entscheidet sich ein polyglotter Schriftsteller in der Emigration nicht immer für die endgültige Umstellung auf eine einzige literarische Sprache? Manchmal geschieht dies – und die Ergebnisse sind oft hervorragend: der englische Pietrkiewicz, der französische Cioran oder Ionesco. In meinem Fall eines ›Kritikers‹ oder ›Publizisten‹ ist die Sachlage eine andere. Das größte Vergnügen bereitet mir das Schreiben für *Kultura* einfach deshalb, weil meine Artikel ein gewisses Echo in einem, übrigens sehr kleinen Freundeskreis hervorrufen ... Meine französischen oder englischen Leser sind vielleicht zahlreicher, aber für sie bin ich einer von tausenden anonymen Schreiberlingen.« Freundschaften waren ihm ungeheuer wichtig und er war darin großzügig, manchmal sogar verschwenderisch.

Ich erinnere mich auch noch an den Tag, als ich ihm die ersten Autorenexemplare seines Bandes *Zbiegi okoliczności* (Zufälle) brachte. Er warf nur einen flüchtigen Blick darauf, aber als er mich nach dem Tee zur Bushaltestelle gebracht hatte, sah ich aus dem Busfenster, wie er ein Exemplar unter dem Mantel hervorzog, im Gehen gierig darin blätterte, es zuklappte und wieder öffnete, in den Händen wog und streichelte. Hätte er für einen Moment die Augen gehoben, ich hätte darin sicherlich eine durch nichts getrübte Freude gesehen.

Wenn ich darstellen sollte, was die Welt für mich ist,
nähm ich den Hamster oder den Igel oder den Maulwurf,
setzte ihn abends auf einen Theatersessel
und lauschte, das Ohr an das feuchte Mäulchen haltend,
was es vom Licht der Scheinwerfer sagt,
vom Klang der Musik, den Bewegungen des Balletts.

Dieses Gedicht von Miłosz liebte er wohl am meisten. Und er hat es mit einem Kommentar versehen: »Keiner hat die einzige wirkliche philosophische Revolution unserer Zeit (angesichts deren die Neomarxismen, Existenzialismen oder Strukturalismen den kürzeren oder längeren Röcken in der Damenmode entsprechen), die sich aus der Überzeugung ergibt, daß der Mensch weder ›König der Schöpfung‹ noch Mittelpunkt des Kosmos ist und daß infolgedessen heute jeglicher ›Humanismus‹ unmöglich geworden ist, schöner ausgedrückt.«

In unserer Zeit des »unmöglichen Humanismus« ist die

Freundschaft mit solchen Menschen wie Kot, die edel und schön sind, ein Glück von unermeßlichem, in Worten schwer zu fassendem Wert, dessen Verlust man, nun schon schweigend, bis an sein Lebensende beweint.

15. Mai 1987

Als ich mich vor Jahren zum ersten Mal nach Pompei aufmachte, stand am Eingang zum Ausgrabungsfeld eine große Glasvitrine mit der versteinerten Leiche eines schlafenden Mannes. Sie wirkte wie eine Skulptur. Der im Schlaf durch die Lava- und Erdmassen überraschte Pompejaner ist in seiner steinernen Hülle in einer Gebärde tödlichen Erschreckens erstarrt: die Hand schützend über dem Kopf, den Mund in einem Aufschrei verzerrt. Gestern fand ich die Glasvitrine in einem dunklen Nebenraum der *Villa dei Misteri*. Mit Recht hat man sie aus dem Tageslicht entfernt und in den Halbschatten gestellt, aber nun ist die Verzerrung des Mundes fast unsichtbar.

Das große Fresko in der *Villa dei Misteri*, anscheinend das einzige (noch dazu vortreffliche) Beispiel antiker Malerei, besteht aus zehn Szenen, im Hintergrund das »pompejanische Rot«, so dicht, daß es an geronnenes Blut erinnert. Der Sinn dieser Szenen ist nie eindeutig entziffert worden, sieht man von der allen Interpretationen gemeinsamen Behauptung ab, daß es sich um die Einweihungszeremonie einer Braut in das Mysterium des Dionysos-Kultes handele. Aus dem Fries lassen sich nur die Hauptmotive des religiösen Geheimnisses herauslesen: das Opfer, die physische Liebe, das mystische Geheimnis der Fruchtbarkeit, die Masken der Lust, der orgiastische Tanz, die Rute in der Hand des geflügelten Dämons. Die erste und vorletzte Szene des Wandgemäldes verbinden wohl, einer Klammer gleich, verborgene Zusammenhänge. In der ersten Szene findet die vorbereitende Lektüre des Rituals statt, in der vorletzten hält ein kleiner Eros der Braut einen Spiegel vor. Unfaßbar und religiös ist in dem Fresko seine zyklische Kontinuität. Und der dunkle Nebenraum mit der Glasvitrine? Er ist der dunkle Spiegel des pompejanischen Epilogs, knapp 2000 Jahre später dem Zyklus angehängt.

19. Mai 1987

Flaubert, gekürt zum »Vater des Realismus«: »Es war aus Haß auf den Realismus, daß ich *Madame Bovary* geschrieben habe.«

Flauberts Ausruf: *Je suis mystique et je ne crois à rien!*

Aus einem Brief Flauberts (1876): »Wissen Sie, was seit drei Wochen auf meinem Schreibtisch steht? Ein ausgestopfter Papagei. Der ist da immer auf dem Posten. Sein Anblick beginnt mir auf die Nerven zu gehen. Aber ich behalte ihn, um mein Hirn mit der Idee des Papageientums zu füllen. Zur Zeit schreibe ich nämlich über die Liebe zwischen einem alten Mädchen und einem Papagei.«

Julian Barnes hat mit *Flaubert's Parrot* eine wunderbare Kreuzung aus kritischem Studium und Erzählung erdacht. »Reine« Dichtung ist das Wehklagen des Erzählers, von Beruf Arzt, der nach dem Selbstmord seiner Frau aus Liebhaberei Leben und Werk Flauberts erforscht: Seine geliebte Emma beweint ein zeitgenössischer, betrogener und ungeliebter Doktor Charles Bovary. Den kritischen Teil hat Barnes (oder vielmehr der Erzähler, Doktor Braithwaite) zum großen Teil aus Flaubert-Zitaten und Splittern der Biographie zusammengetragen. Der Einsiedler und »Bär« aus Croisset konnte biographische Eindringlinge und Spürhunde nicht leiden; er wußte (und jeder hervorragende Schriftsteller sollte es wissen), daß nur die Werke zählen. Die kritisch-biographische Melange, die Barnes da zubereitet hat, ist jedoch dank seiner Dosierungsfähigkeit erstaunlich entdeckerisch. Hier ist also endlich ein authentischer Flaubert. »Wenn man die Biographie eines Freundes schreibt, muß man das so tun, als wolle man ihn *rächen*.« Diesen Satz aus einem Brief Flauberts stellt Barnes seinem Buch als Motto voran. Die »Rache« besteht hier darin, daß Flaubert von allen Banalitäten befreit wird; er hat sie sein Leben lang schonungslos verfolgt und bekämpft, nach seinem Tod sind sie wie Würmer über ihn hergefallen. Der von allen Banalitäten befreite Flaubert betrachtet den ausgestopften Papagei auf seinem Schreibtisch und bemüht sich die »Idee des Papageientums« zu erfassen, weil er gerade an einer Erzählung über »die Liebe zwischen einem alten Mädchen und einem Papagei« arbeitet. Schließlich hat Barnes den Papagei aus *Un cœur simple* zum Titel seines Buches aufgewertet. Irgendwie ist er für ihn das Wichtigste im Werk des Verfassers von *Madame Bovary* und anderer Romane, weit berühmter als diese kurze Novelle. Auch mir geht es so. Vor genau sieben Jahren versuchte ich, in meinem Tagebucheintrag vom Mai 1980, zu erklären, weshalb.

Inwiefern ist er für Barnes das Wichtigste, und inwiefern für mich? Barnes scheint in ihm vor allem die Quelle für die »Idee des Papageientums« zu sehen, die sich auf viele andere Flaubert-Gestalten ausdehnen ließe, sogar auf die ganze Welt in der Sichtweise des großen Schriftstellers. Ich beschränke mich auf die Magd Félicité und ihren Papagei Loulou aus *Un cœur simple*. Solange Loulou lebt, darf man von einer »Liebe zwischen einem alten Mädchen und einem Papagei« sprechen, wobei unter Liebe eine Verschmelzung von Zuneigung und Einsamkeit zu verstehen ist. Als der Papagei eingegangen ist und ausgestopft wird, entwickelt sich in Félicités schlichtem Herzen ein Gefühl der Vergötterung, das sich im Laufe der Jahre immer tiefer einwurzelt. In dem kirchlichen Abbild des heiligen Geistes erkennt sie Ähnlichkeiten mit Loulou. Sie gewöhnt es sich an, vor dem Papagei kniend zu beten. Das Glänzen, das der einfallende Sonnenstrahl im Glasauge des Vogels hervorruft, versetzt sie in Ekstase. Loulou ist von Würmern zerfressen, einer der Flügel hängt gebrochen herab, Füllmaterial quillt aus dem Bauch hervor. Aber Félicité saugt (in der wunderbaren Todesszene während einer Fronleichnamsprozession) in »mystischer Leidenschaft« den Geruch von Weihrauch ein und es scheint ihr, als sehe sie in dem geöffneten Himmel einen riesengroßen Papagei über ihrem Kopf schweben.

Das Bedürfnis, sich *über sich hinaus* zu erheben, ist in Félicités schlichtem Herzen mit dem Glauben verbunden. Dieses Bedürfnis hatte Flaubert nicht und wünschte es nicht, er wehrte es sogar ärgerlich ab. Dies mag erklären, daß Barnes den Ausruf *Je suis mystique et je ne crois à rien!* unbemerkt oder bewußt übergangen hat. Es ist dies eine Variante in Flauberts Porträt, die mir in dem Buch des englischen Schriftstellers sehr fehlt: eine mystische Stange, darauf ein Papagei, mit einem Kettchen festgebunden und mit krächzender Stimme bis in alle Ewigkeit wiederholend: *rien, rien, rien* …

Umbrien, 20.-26. Juli 1987

Wieder Umbrien, die (für mich) schönste Region Italiens, ein belebendes Bad bei meinen italienischen Wanderungen. Jedesmal, untrüglich. Von Orvieto, in das ich gemeinsam mit Herbert seit langem verliebt bin, bis zum umbrisch-toskanischen Cortona, wo Wittlin[38] sich auf seine alten Tage so sehr wünschte, zu leben und zu sterben. Mitten darin Assisi, Gubbio, Todi, Perugia, Spoleto. Die einen sagen *Umbria dolce*. Andere nennen es *Terra mistica. Salve Umbria verde* grüßte es Carducci in seinem berühmten Gedicht.

Diesmal ist das Itinerarium bescheiden, verbunden mit einem mehrtägigen Aufenthalt in dem mir bis dahin unbekannten Städtchen Bevagna, in dem Benediktinerinnen neben ihrem Kloster eine Pension leiten. Bevagna liegt acht Kilometer von Foligno entfernt, das ich bis jetzt wegen der wenig angenehmen Kriegserinnerungen gemieden habe. Goethe hat nur knapp einen halben Tag in Assisi verbracht (ohne die Kirche des Heiligen Franziskus zu besuchen), so sehr hat es ihn nach Foligno gedrängt. Heute ist es ein wunderbarer Ausgangspunkt für autolose Wanderer: häufig verkehrende Züge bringen einen schnell nach Assisi, Spoleto oder Perugia.

Ja, und der Platz, ein riesengroßer Platz, der in dieser durch moderne Bauten verunstalteten Stadt wie eine in eine billige Fassung gepreßte Perle schimmert. Zur Mittagszeit leer, frei von Menschen und sogar von Tauben. Man kann, die Hitze vergessend, lange vor der geschlossenen Kathedrale hin und her schlendern, dieser wundervollen Verbindung einer massiven Fassade mit schwebend-leichten Rosetten und kleinen ornamentalen Säulen. Hier – verkündet eine Tafel an der Wand der Kathedrale – tat der jugendliche Sohn eines Kaufmanns aus Assisi, der spätere heilige Franziskus, im Jahr 1206 »den ersten Schritt zu seinem am Evangelium ausgerichteten Leben, indem er die Waren, die er besaß, und sein Pferd verkaufte, um für das dafür erhaltene Geld die Kirche des heiligen Damian in der Nähe von Assisi zu renovieren«. Gegenüber, in einem Stadtpalast, beschenkte der Bücherliebhaber Orfini die Welt im Jahre 1472 mit dem ersten gedruckten Exemplar der *Göttlichen Komödie*.

Bevagna, das römische Mevagna, mit einer bis heute erhaltenen römischen Säule und römischen Mosaiken der Meeresfauna ist ein Wunder in Miniaturform. Obwohl klein, hat sein Platz das Recht, in der ersten Reihe der berühmten Plätze berühmter umbrischer Städte zu stehen. Zwei romanische Kirchen, die Kathedralkirche des heiligen Erzengels Michael und die etwas kleinere des heiligen Silvester, setzen in Erstaunen durch ihre schwere Architektur, absichtlich düster, mit wuchtigen Säulen, die das Kirchenschiff unterteilen, und einer langen Treppe zum Altar. Mittelpunkt des Platzes und auch (abends) des geselligen Lebens von Bevagna ist ein schöner Springbrunnen. Carduccis »grünes Umbrien«, das Umbrien der Felder und Weinberge, ist vor Sonnenuntergang vom Kreuzgang des Benediktinerinnenklosters aus zu bewundern. Jetzt ist es aber nicht mehr ganz so grün, denn seit einiger Zeit haben sich weitläufige Sonnenblumenfelder in der Landschaft ausgebreitet. Mich fasziniert in Umbrien stets aufs neue das goldfarbene Grau der Steine. Es findet sich in der Landschaft wie auch in der Architektur, als sei zwischen Natur und Mensch ein seit alters her verpflichtender Vertrag harmonischen Zusammenklangs geschlossen.

Das Geheimnis für den Erfolg des Heiligen aus Assisi lag nach Auerbachs Meinung vor allem in seiner Fähigkeit, »die Vorstellungskraft des Volkes« anzusprechen; die Grundlage seiner »spirituellen Macht« blieb stets die umbrische »Volksseele«, auch wenn es unter den Anhängern und Verehrern des Franziskanismus später nicht an den Großen dieser Welt fehlte: an Päpsten, Bischöfen und Fürsten. Auerbach nennt einige Hauptpunkte, die es Franziskus ermöglicht haben, die umbrische »Volksseele« rasch zu erobern: das unmittelbare, poetische, nicht allegorische Verhältnis zur Natur; die sehr persönliche Suche nach Gott (manchmal wird der Heilige aus Assisi als Vorreiter der Reformation angesehen); die Verteidigung der Armen; die schauspielerisch-theatralische Predigergabe (nach Meinung seiner Zeitgenossen verstand er es, »seinen ganzen Körper in eine Zunge zu verwandeln«); die Skepsis gegenüber einem sich allein auf Bücher stützenden Wissen, das »der Teufel beherrscht und besser als alle Menschen vertieft hat«; die aufrichtige, demütige

Nachfolge Christi, voller Liebe und Einfachheit, die in unzähligen von Mund zu Mund weitergegebenen Geschichten deutlich wurde. Giotto hat diesen Heiligen aus den Volkslegenden und Volkserzählungen in seinen Fresken in der oberen, sonnendurchfluteten Basilika verewigt.

In der dunklen unteren Basilika herrscht allein der Heilige aus dem Bildnis von Cimabue. Zart, klein, kränklich, mit grenzenlos traurigen Augen, versinkend in einem zu großen braunen Habit, gleichsam gebeugt unter der Last des goldenen Heiligenscheins um seinen Kopf. Der *Poverello*, wie ihn Thomas aus Split beschreibt, der ihn 1222 während einer Predigt auf dem Marktplatz in Bologna gesehen hatte: »schmutzige Kleidung, armselige Figur, häßliches Gesicht; und dennoch drängten sich, als er geendet hatte, Männer und Frauen zu ihm, um ihn zu berühren, um einen Zipfel der ihn bedeckenden Lumpen zu ergreifen«. Eine Personifizierung der Demut in der *sancta obedientia*, dieses »heiligen Gehorsams, der den Menschen allen Menschen untertan werden läßt, und nicht nur den Menschen, sondern auch allen Tieren«. Wo liegt die Wahrheit? Zwischen der »volksnahen«, fast märchenhaften Vision Giottos und dem dramatischen Bildnis Cimabues; zwischen dem Licht der oberen und dem Dunkel der unteren Basilika.

Es gibt auch den »revolutionären« Heiligen, wie ich einem in Perugia erstandenen Buch entnehme. Die gelehrte Autorin stellt darin zwei franziskanische Regeln einander gegenüber. Die erste, *Regula non bullata* (also die, die nicht mit einer päpstlichen Bulle versehen ist), stammt aus dem Jahr 1222. Die zweite Regel, die *Regula bullata*, wurde ein Jahr später von Papst Honorius III. bestätigt. In der zweiten fehlen zwei Punkte, die Franziskus in die erste aufgenommen hatte: von der Weigerung, den Befehl eines Vorgesetzten auszuführen, wenn dieser Befehl das Gewissen des Mönchs verletzt; von der gemeinsam mit allen anderen geleisteten Arbeit als der üblichen Norm des Klosterlebens. Darf man darin eine Vorwegnahme der späteren »Gewissensentscheidung« und der »Arbeiterpriester« sehen?

Dragonea, 16. August 1987

Das Buch, das es (in der Form, in der ich es mir seit Jahren erträume) immer noch nicht gibt, nimmt Gestalt an. Ein Buch über das Leben von Marina Zwetajewa, kein Roman, nein, sondern die gewissenhaft erzählte Geschichte einer Familie aus der russischen Intelligenzija in den Wirren der Revolution und danach, bis in unsere Tage, eine Ergänzung zu *Doktor Schiwago*. Welch eine Fülle an Handlungssträngen! Weiß und Rot. Emigration und Rückkehr in die Heimat. Sergej Efron, Marinas Mann, ein Offizier der Weißen, der nach der Niederlage von der Krim in die Tschechoslowakei evakuiert wurde. 1922 erhält Marina einen Paß und fährt mit ihrem Töchterchen Ariadna (Irina, das zweite Töchterchen, starb 1920 an Unterernährung) von Moskau nach Berlin. Jahre der Emigration in der Tschechoslowakei und in Frankreich. In der Tschechoslowakei kommt der Sohn Georgij zur Welt. 1931 wendet sich die zwanzigjährige Ariadna unter dem Einfluß ihres Vaters den sowjetischen Wirkungsstätten in Paris zu und entfernt sich von der bisher so sehr verehrten Mutter. Sergej arbeitet in Paris mit den entsprechenden »Institutionen« zusammen, ist in die Ermordung (oder »Hinrichtung«) von Ignaz Reiss verstrickt. 1937 kehren er und Ariadna in die Sowjetunion zurück. Marina bleibt mit ihrem Sohn in Paris und lebt in größter Not, von den russischen Emigranten boykottiert. Ariadna erhält in Moskau eine Stelle in der *Revue de Moscou*. 1939 kehrt Marina mit ihrem Sohn ebenfalls in die Heimat zurück. Für nur kurze Zeit findet sich die ganze Familie in einer Datscha in Bolschewo bei Moskau. Es dauert nicht lange und der NKWD verhaftet Ariadna (die zu acht Jahren Lagerhaft verurteilt wird und diese auch voll absitzt) und Sergej (der erschossen wird). Nach Ausbruch des deutsch-sowjetischen Krieges fährt Marina im Rahmen der Evakuierung der Schriftsteller mit ihrem Sohn nach Elabuga an der Kama. Dort begeht sie, von den »Schriftstellerkollegen« abgewiesen oder ignoriert, Selbstmord. Der Sohn meldet sich als Freiwilliger zur Armee und fällt an der Front. Ariadna findet nach ihrer Entlassung aus dem Lager eine Arbeit in Rjasan. 1949 wird sie erneut verhaftet und zu lebenslanger Verbannung nach Turutschansk (Region Krasnojarsk) in Sibirien verurteilt. 1955 »rehabilitiert«, widmet sie die restlichen zwanzig Jahre ihres Lebens dem Sammeln des dichterischen Nachlasses und des Archivs ihrer Mutter, der sie nun wieder in Verehrung zugetan ist. Der Dichter Jurij Schiwago, die Dichterin Marina Zwetajewa.

»Das Buch, das es immer noch nicht gibt, nimmt Gestalt an«, denn im Ausland sind die *Briefe aus der Verbannung* erschienen, die Ariadna Efron an Boris Pasternak geschrieben hat, durchflochten mit seinen raren Antworten. Pasternak spielte im Leben Zwetajewas eine besondere Rolle. In der »Dreier-Korrespondenz« Zwetajewa-Rilke-Pasternak offenbart sich die Briefromanze zweier russischer Dichter. Beide bewunderten das lyrische Werk des jeweils anderen, hatten sich aber bis zum Jahr 1935, als Pasternak zu einem kurzen Besuch aus Anlaß eines internationalen Schriftstellerkongresses in Paris weilte, niemals getroffen. Der Verlauf dieser Begegnung gereicht Pasternak nicht zum Ruhm. Damals lernte ihn auch Ariadna kennen, die in einer Atmosphäre höchster Verehrung für seine Poesie aufgewachsen war. Über die Kontakte Pasternaks zu Marina und Ariadna nach deren Rückkehr in die Sowjetunion ist viel zu wenig bekannt. Aus Ariadnas Briefen ist ersichtlich, daß er ihr während der sechs Jahre dauernden Verbannung am Jenissej eine Stütze gewesen ist (und zwar sowohl geistig als auch materiell). In seinen Gedichten und Übersetzungen fand sie Halt, und ich vermute, daß sie in ihn verliebt war, mit der Liebe einer vierzigjährigen, völlig verlassenen und einsamen Frau.

Sie war die erste, die das Manuskript des *Doktor Schiwago* zu lesen bekam. Das stand ihr auch zu, denn dem Roman liegen ähnliche Schicksale zugrunde, wie sie ihre Familie heimsuchten. Pasternak bewunderte ihre Briefe, vor allem ihre Beschreibungen der Natur Sibiriens, die etwas mehr sind als nur das Registrieren von Veränderungen, die die Jahreszeiten mit sich bringen. Weder sie noch er konnten die Zensur ignorieren, das ist selbstverständlich, so daß die sowjetische Wirklichkeit mit Schweigen übergangen wird und nur manchmal eine kleine vorsichtige Anspielung verrät, wer mit wem und unter welchen Umständen korrespondiert. Man kann sich aber nur schwer des Eindrucks erwehren, daß in der Art, wie beide die Dinge sehen – ganz in der Art Schiwagos – alles, was geschieht, ein Teil der Natur ist, ihrer Gesetze, ihrer Launen, der von ihr hervorgerufenen Katastrophen, der Stürme, nach denen es sich wieder aufhellen muß, und daß dem Menschen hier lediglich die (wie oft vergebliche!) Anstrengung zuteil wird, sich selbst treu zu bleiben, sein Gewissen rein zu halten und seine Seele zu retten.

Brodsky vergleicht Nadjeschda Mandelstam in seinem Nachruf sehr schön mit dem »Überbleibsel eines großen Feuers«, mit »einem verglühenden kleinen Stück Holz, das aufflammt, wenn man es berührt«. Es gibt, wie mir scheint, zwei Formen des Widerstandes gegen die Vergewaltigungen der »neuen historischen Epoche«: den Mandelstamschen Widerstand der Kultur; den Trotz gegen die Natur wie bei Schiwago.

23. August 1987

Zu Beginn unseres Jahrhunderts stellte Martin Buber in den *Ekstatischen Konfessionen* eine Anthologie der Mystiker aller Glaubensrichtungen zusammen. Borges hielt sie für eine seiner wichtigsten Lektüren. Viel interessanter ist aber, daß Musil bei seiner Arbeit am *Mann ohne Eigenschaften* mit vollen Händen daraus schöpfte. Unabhängig von Bubers Anthologie hat Musil 1921 eine eigene zusammengestellt, »Grenzerlebnisse«, eine Auswahl von 110 Zitaten aus Schriften der Mystiker. Ihn interessierte vor allem der »verbale Aspekt« ekstatischer Erlebnisse.

Er interessierte ihn zu Recht, denn selbst Buber gibt im Vorwort zu seiner Anthologie zu, daß es den Mystikern schwerfällt, die Mauer des Wortes zu überspringen. Gefangen in Erfahrungen und Visionen, die die Grenzen des Wortes überschreiten und die in Augenblicken des »Aus-sich-Herausgehens« und des »Versinkens in Gott« (ekstasis) außergewöhnlich stark sind, zugleich aber machtlos in dem Versuch, zu sprachlicher Expression zu gelangen, flüchten sich die Mystiker unentwegt zu Begriffen wie: »unsagbar«, »unausdrückbar«, »unaussprechlich«, (in Worten) »unfaßbar«. Angela aus Foligno (zweite Hälfte des 13. Jahrhunderts) klagte, sie hätte das Gefühl, als sei ihr »die Zunge abgeschnitten«. Andere griffen zu Wendungen wie: »Ich sehe nichts und sehe alles, ich höre nichts und höre alles.« Enrico Suso (erste Hälfte des 14. Jahrhunderts) bekannte, wobei er über sich selbst in der dritten Person sprach: »Da sah er und hörte, was allen Zungen unaussprechlich ist. Es war formlos und weiselos und hatte doch aller Formen und Weisen freudenreiche Lust in sich.« Jedesmal aber, wenn die Mystiker dennoch versuchen, den Schatten eines Schattens vom Unfaßbaren zu fassen, wenigstens einen Bruchteil des Unausdrückbaren auszudrücken, finden sich in ihren Bekenntnissen zwei Motive: Licht, Ströme von Licht; die Vision der absoluten Vereinigung mit Gott, in der sich das eigene »Ich« auflöst. Die »spanische« Theresia (16. Jahrhundert) bemühte sich in den Briefen an ihre Beichtväter wohl am stärksten, den Sinn der ekstatischen Erfahrung zu fassen. Aber auch sie gibt sich schließlich geschlagen und sagt, dies alles sei nicht anders kundzugeben als durch Gleichnisse, die wohl plump geraten, aber sie wisse es auf keine andere Weise zu sagen.

*Das Wort schneidet nicht**, stöhnte Musil ratlos und fügte hinzu, das Verhältnis von Mystik und Erzählkunst sei schwierig. Dieser Schwierigkeit begegnete er mit – oft wörtlichen – Zitaten aus Bubers bzw. seiner eigenen Sammlung mystischer Äußerungen, ohne sich dabei auf die Autoren der »ekstatischen Konfessionen« zu berufen. Im poetischen Kontext eines Romans »funktioniert« dies unerwartet gut. Zustände mystischer Ekstase haben nur eine einzige Alternative: die Poesie oder das Schweigen.

Maisons-Laffitte, 28. September 1987

Czapskis[39] *Proust contre la déchéance*, ein editorisches Kleinod des neuen Verlages *Noir sur Blanc* in Lausanne, ist die ursprüngliche, französische Fassung seiner Vorträge in Grjasowjetz, die 1948 in *Kultura* auf polnisch erschienen. Es fällt heute ebenso schwer wie vor vierzig Jahren, sich eines Gefühls der Ergriffenheit zu erwehren: Winter 1940-1941, *Krasnyi ugolok*[40] in einer alten, klösterlichen Pilgerhütte, draußen strenger Frost, an der Wand

* im Original deutsch

Porträts von Marx, Engels und Lenin, und davor Czapski, der teils an Hand von Notizen, teils aus dem Gedächtnis einer Gruppe von Leidensgenossen aus dem Kriegsgefangenenlager von Grjasowjetz, die – keiner weiß warum – einer Hinrichtung entgangen sind, auf französisch etwas über seinen Lieblingsschriftsteller erzählt; neben den *Wspomnienia starobielskie* und dem Buch von Świaniewicz[41] ist dies das einzige Lebenszeichen auf dem großen weißen Fleck von Katyń.

Er erzählt hervorragend, voller Hingabe und Überzeugungskraft, holt Zitate aus dem Gedächtnis und verrät mit jedem Satz seine Liebe zu Proust. »Nur die unwillkürliche Erinnerung hat eine Bedeutung für die Kunst.« Die Proustsche »unwillkürliche Erinnerung«, in zufällig angetroffene Gegenstände gebannt und sich wunderbarerweise aus ihnen wieder freisetzend, ist die Antriebskraft für Czapskis Vorträge. Vielleicht mehr für Czapski, den Kriegsgefangenen, als für Czapski, den Künstler. Treffend scheint mir der französische Titel des Büchleins zu sein; Czapski begründet ihn mittelbar durch eine verblüffende Gegenüberstellung zweier Reflexionen: Bergottes über die spezifische Religion der Kunst und des alten Zosime über die wahre Religion.

Das bedeutet aber nicht, daß ich Czapskis Liebe zu Proust vollständig teile. Der Proustsche Kult der »Intuition«, des »Instinkts«, die Betonung ihrer Überlegenheit gegenüber der »Intelligenz« rufen bei mir im Laufe der Jahre eine immer größere Befremdung hervor. De Fallois stellte sein Vorwort zu *Contre Sainte-Beuve* aus Zitaten aus *In Swanns Welt* und *Die wiedergefundene Zeit* zusammen, die mit einer Autoexposition der »Poetik« Prousts enden. Das Ganze nennt sich *Die unwillkürliche Erinnerung und die poetische Auferstehung*. Hin und wieder zweifle ich bei der erneuten Lektüre von Proust, ob bei ihm das Wunder der »poetischen Auferstehung« immer stattfindet; ob er nicht auch öfter die mißbrauchte, mechanische Formel, die poetische Rezeptur, nur verwendet, um zu überdecken.

3. Oktober 1987

Man diskutiert, analysiert, redet klug daher und betreibt Haarspalterei, dabei ist die Sache so einfach, so unglaublich einfach! »Ich liebte ihn auch« – bekennt Ingmar Bergman in seiner Autobiographie *Laterna magica.* »Ich war viele Jahre lang auf Hitlers Seite, freute mich über seine Erfolge und betrauerte seine Niederlagen ... Als die ersten Nachrichten aus den Konzentrationslagern über mich hereinbrachen, konnte mein Verstand zunächst nicht akzeptieren, was meine Augen registrierten. Wie so viele andere hielt ich die Bilder für Propagandalügen. Als die Wahrheit am Ende meinen Widerstand besiegte, packte mich hilflose Verzweiflung, und meine Selbstverachtung, die ohnehin schon eine schwere Belastung war, wuchs über die Grenzen des erträglichen hinaus. Ich sah erst viele Jahre später ein, daß ich trotz allem ziemlich schuldlos war.«

Der Schlüsselsatz dieses in der Tat epochalen Bekenntnisses lautet natürlich: »Mein Verstand (?) konnte zunächst nicht akzeptieren, was meine Augen (fremde Augen) registrierten.« Die Augen des berühmten Regisseurs wollten sich von den Bildern der nationalsozialistischen »laterna magica« nicht lösen. Wer weiß, ob jene »laterna magica« nicht auch das Abenteuer der »Intellekte« auf der anderen Seite der »ideologischen« Barrikade erklärt, ob sich etwa Trznadel anstelle seines Begriffs der »Schande im eigenen Haus«[42] nicht des Begriffs der »laterna magica« hätte bedienen sollen. In der stalinistischen »laterna magica« betrachteten begeisterte polnische »Intellekte« die neuen BÜRGER, den neuen SOWJETISCHEN MENSCHEN und ignorierten mit Abscheu die »von der (feindlichen) Propaganda ersonnenen Lügen«. Wenn es sich aber um die »laterna magica« handelt, dann hatten wir es vielleicht mit zügellosen und grausamen Kindern zu tun (wie zügellos und grausam Kinder sein können, zeigte William Golding in seinem Roman *Lord of the Flies*), die eines schönen Tages zum *Poemat dla dorosłych*[43] herangewachsen sind. Eben »trotz allem ziemlich schuldlos«.

Neapel, 19. Oktober 1987

Giulia Rinieri Berlinghieri, die Frau, der Stendhals Liebe in den letzten 15 Jahren seines Lebens galt (die auch erwidert wurde), war Stendhal-Forschern natürlich bekannt. Aber ziemlich oberflächlich, wie sich jetzt zeigt, seitdem ein Nachfahre des Sieneser Geschlechts der Rinieri das Familienarchiv öffnete. *Storia di Giulia* ist ein schönes und stellenweise ergreifendes Frauenporträt, um so interessanter, als Stendhal darin die zweite Geige spielt, der einzigen Frau in seinem Leben, die mit ihm vor den Traualtar hätte treten können, den Vorrang läßt.

Sie stammte also aus Siena, war schön und ungewöhnlich intelligent, sechsundzwanzig Jahre alt (was zu jener Zeit die Alarmglocken der Altjungfernschaft läuten ließ), als sie 1827 in Paris, wo sie bei ihrem Beschützer, Freund der Familie und späterem Adoptivvater, dem Gesandten des Großherzogs von Toskana am Hof Karls X. lebte, den fast fünfzigjährigen Monsieur Beyle kennenlernte. *Coup de foudre* auf beiden Seiten. Sie: »Du bist alt und häßlich, aber ich liebe dich.« Er, ein eingefleischter Junggeselle, war plötzlich bereit, »diese sonderbare und, ich wage es sogar zu behaupten, naturwidrige Verbindung, wie sie die Ehe darstellt«, einzugehen. Neun Jahre später bekannte er im *Leben des Henri Brulard*, Giulia habe unter den Frauen, die er geliebt habe, alle anderen übertroffen *par la force du caractère*.

Der Beginn dieser Romanze ist vergnüglich, mit jenen Zeichen der Zeit verziert, an denen Sammler von Sonderbarkeiten der Sitten Gefallen finden. Karl X. erhielt vom ägyptischen Pascha eine Giraffe als Geschenk. Die Besichtigung dieser exotischen Gabe in Villeneuve-Saint-Georges sollte zum gesellschaftlichen Ereignis von Paris werden. Im letzten Augenblick wurde der Termin der Präsentation verschoben, worüber Herr Beyle den toskanischen Gesandten brieflich benachrichtigte: »Hohe Tiere pflegen, wie Eure Exzellenz wissen, ihre Meinung zu ändern. Eben erfahre ich, daß eine sehr hohe Giraffe erst am Samstag, und nicht am Freitag in Villeneuve-Saint-Georges ankommen wird.« Er hoffte auf ein neues *Rendezvous* mit der gerade kennengelernten Giulia, aber die Terminverschiebung machte ihm einen Strich durch die Rechnung.

Im Privatleben großer Schriftsteller herumzuwühlen ist (vorsichtig ausgedrückt) nicht nach meinem Geschmack, deshalb übergehe ich alle von Stendhal-Forschern genauestens eruierten Etappen der Romanze, die übrigens leicht nachzuvollziehen sind, dank der zahlreichen Adnotationen Stendhals am Rande seiner Lektüre über »Belagerungen«, »Schlachten« und »Siege«, einschließlich des ersten englischen Kommuniqués über Giulias Defloration: *1830, 22 mars, a time, a first time.* Mich interessiert die Frau mit dem »starken Charakter«. Rasch hatte sie erkannt, daß Stendhal als Ehemann im traditionellen, in ihren Kreisen gebräuchlichen Sinn des Wortes, ungeeignet war. Sie liebte ihn und hat nie aufgehört ihn zu lieben, aber ein Liebhaber ist etwas anderes als ein Ehemann. Sie betrachtete ihn als »leichtsinnigen Kauz«; er faszinierte sie, paßte aber nicht in eine landadelig-bürgerliche Sieneser Familie mit hochgesteckten Ambitionen. Ihr Beschützer und spätere Adoptivvater, Gesandter des Großherzogtums in Paris, den »ein gewisser Monsieur Beyle« offiziell um die Hand der jungen Dame gebeten hatte, stellte den Kandidaten in einem Brief an den leiblichen Vater Giulias in Siena so vor: »Ein Mann von Witz und gutem Herzen, obwohl recht verrückt; Verfasser schlechter Romane und scharfsichtiger Beobachtungen im Bereich der bildenden Künste.« Giulia war sich dessen bewußt und hielt es für besser, nicht zu drängen. Auch waren finanzielle Gründe im Spiel: dem »Verfasser schlechter Romane« ging es schlecht und der Posten eines Konsuls in Triest und Civitavecchia konnte die Situation nur geringfügig verbessern. Die Frau mit dem »starken Charakter« beschloß, Herz und Altar voneinander zu trennen. Als Liebhaber wählte sie »den leichtsinnigen und verrückten Kauz«, als Gatten den Cousin Martini aus Siena. An diese Rollenverteilung hielt sie sich konsequent bis zum Tode Stendhals. Alles weist darauf hin, daß sich Stendhal mit einer solchen Lösung abfand, daß sie ihm vielleicht sogar zusagte. Kurz vor seinem Tod konnte er noch am Rande seiner Bücher notieren: *Battle and victory of third August 1839*; ein Jahr später: *4 juillet 1840, a time*; ein Jahr vor seinem Tod prophetisch: *Two and tenth August 1841, perhaps the last of his life.*

Storia di Giulia endet mit einem Zitat aus Stendhals *De*

l'Amour: Il est beaucoup plus contre la pudeur de se mettre au lit avec un homme qu'on n'a vu que deux fois, après trois mots latins dits à l'église, que de céder malgré soi à un homme qu'on adore depuis deux ans. Mais je parle un langage absurde. Für Giulia war das durchaus keine »absurde Sprache«. Stendhal-Forscher sehen in ihr das Vorbild für Mathilde de la Mole. Und Sanseverina? Und Vanina Vanini?

Sie starb 1881 im Alter von achtzig Jahren, eine einsame, fast völlig verlassene, strenge Matrone, die sich hauptsächlich philanthropischen Aktivitäten verschrieb. Auf ihrem Grabstein auf dem Gut ihres Mannes in der Toskana müßte folgende Inschrift eingraviert sein: »Stendhals Liebe und ihre Liebe zu ihm erfüllten fünfzehn Jahre ihres Lebens, vierzig Jahre die Erinnerung daran.«

23. Oktober 1987

Pietro Citati und seine Porträts großer Schriftsteller. Nach *Tolstoj* erschien vor kurzem *Kafka*. Citati ist ein empfindsamer und sehr belesener Literaturkritiker, aber er hat meiner Meinung nach zwei schlimme Fehler. Er ist ein verkannter und unbefriedigter Dichter. Er liebt es, von ihm favorisierte Bücher in einem poetisch-blumenreichen Wortschwall noch mal zu »erzählen« (denn zusammenfassen kann man es nicht nennen). Einen Roman oder eine Novelle von Tolstoj kann man zur Not vom Kritiker-Porträtisten »erzählt« lesen: Sie sind in ihrer Erzählstruktur »traditionell« genug, um diese wunderliche Maßnahme einer »Wiedererzählung« einigermaßen zu überstehen. Im Falle Kafkas wird diese Wunderlichkeit bizarr. Nicht nur deshalb, weil die Erzählstruktur von Kafkas Werken weniger »traditionell« ist, sondern weil sie ihre enigmatische Natur verlieren, wenn sie von einem anderen »erzählt« werden; sie geraten ins Wanken, verblassen, verlieren ihre Konturen wie die unterirdischen Gemälde nach der Berührung mit Licht und Luft in einem von Fellinis Filmen.

Paradoxerweise kann ich nun, nach der Lektüre von Citatis Buch, die Bedeutung von Kafkas Schaffen im rein künstlerischen Sinne klarer erkennen. Natürlich stimme ich mit Citati überein – ich selbst war stets dieser Meinung –, daß man Kafka als religiösen Schriftsteller betrachten muß, der in all seinen Romanen, längeren oder kürzeren Novellen, Parabeln und Aphorismen ein theologisches Gebäude errichtete, unermüdlich die Theodizee der göttlichen Allmacht (mit den ihr zugeschriebenen Attributen) und der menschlichen Machtlosigkeit (in ihren zahllosen Erscheinungsformen) zu ergründen suchte. Nein, »errichtete« ist nicht der richtige Ausdruck, ganz im Gegenteil: Immer tiefer grub er in die Erde und nannte dies einmal, im Gegensatz zum Turm von Babel, den Brunnen von Babel. Citati versteht das gut und verliert den Kern von Kafkas Unterfangen nie aus den Augen, ignoriert folgerichtig diverse, ziemlich verbreitete Unsinnigkeiten über Kafka, den »Propheten der Zukunft«, den »Visionär der Bürokratie«, »der die aufkommende Form von Gerichtsprozessen in totalitären Staaten vorwegnahm«. Ohne die Konfrontation Gott – Mensch, Göttlichkeit – Menschlichkeit, ist Kafka nicht er selbst. Aber dieser große Maulwurf wühlt sich in einer bisher in der Literatur ungekannten Weise durch das »vollkommene« göttliche Schöpfungswerk und das »absurde« menschliche Tal der Tränen.

Bei allem Anschein von »Normalität«, ja sogar einer gewissen Konventionalität, zeichnet sich Kafkas Prosa durch Merkmale eines erzählerischen Rituals aus. Der Eindruck der Teilnahme an einer hartnäckigen und verzweifelten Suche nach Gott, dessen Name niemals laut ausgesprochen wird, wächst von Episode zu Episode, von Beschreibung zu Beschreibung, von Dialog zu Dialog. Dieses Ritual erweist sich als vergeblich, aber es ist unvermeidlich und wird sich immer wiederholen, solange der Mensch, der in die Welt geworfen ist, lebt, wie in der Fabel *Vor dem Gesetz*. Das Geheimnis von Kafkas Genie liegt darin, daß er den rituellen Charakter des menschlichen Schicksals zwischen dem unerreichbaren Himmel und der öden Erde durch eine geheimnisvolle Modulation der Stimme, die von der gewöhnlichen Stimme nur um Nuancen abweicht, aber von Anfang bis zum Ende unabhängig und selbständig bleibt, in die Sprache der Prosa zu übertragen weiß. Der Weg verschlingt Schritt für Schritt das ZIEL und erkennt keinerlei Haltepunkte an, außer der definitiven Niederlage, dem Tod.

Erwartungshaltung und Beharrlichkeit nehmen die Gestalt der einzigen, uns zugänglichen Unsterblichkeit an. Theoretisch, meint Kafka, bestünde auf Erden die Möglichkeit vollkommenen Glücks: daran zu glauben, was entschieden göttlich sei, und nicht danach zu trachten, es zu erreichen. Auf Brods Frage, ob außer der Welt, die wir kennen, noch irgendeine Hoffnung existiere, antwortete er: »Oh, Hoffnung genug, unendlich viel Hoffnung – nur nicht für uns.« An Milena schrieb er: »Niemand singt so rein, als die, welche in der tiefsten Hölle sind; was wir für den Gesang der Engel halten, ist ihr Gesang.«

Kafkas ritualisierte Werke »erzählen«! Sie festzunageln, die bewußten Lücken des Schweigens mit Kommentaren zuzustopfen, die absichtlichen Verdunkelungen zu erhellen, der Zurückhaltung in der Stimme Nachdruck zu verleihen! Ein wahnwitziges Unterfangen, das Kafka unter Citatis Feder nicht einmal mehr in ein Skelett verwandelt, sondern in fein säuberlich in Gläsern aufbewahrte anatomische Präparate.

Kołakowski reiht Kafka in seinem Essay über Religion *Falls es keinen Gott gibt* in die große Gruppe der »konsequenten Atheisten« ein, wobei er ihn in die Untergruppe derer einordnet, die »mit dem schmerzlichen Gefühl eines tragischen Konflikts, der uns immer zerreißen wird«, sehen, »daß zwischen unserem Streben nach Sinn und der Welt, wie sie ist und immer sein wird, eine unüberbrückbare Kluft besteht«. Meiner Meinung nach sollte man jedes ernsthafte Gespräch über Kafka mit den Worten beginnen: »Gott ist, und dennoch ...« Oder aber mit der Betonung auf Kafkas Selbstquälerei, »eines in meinem Herzen gedrehten Messers«: »Je weniger Gott ist, desto mehr ist er.«

28. Oktober 1987

Bei der Beschreibung des Jahres 1848 bemerkt Tocqueville in seinen *Erinnerungen*: »Revolutionen entstehen von selbst durch eine allgemeine Krankheit der Gemüter, die sich infolge eines zufälligen Umstandes, den niemand vorausgesehen hat, plötzlich zur Krise steigert. Was die angeblichen Planer oder Führer dieser Revolution angeht, so planen und führen sie nicht; ihr einziges Verdienst ist das gleiche wie das jener Abenteurer, die die meisten unbekannten Länder entdeckt haben.«

Die Wendung von den »Abenteurern, die die meisten unbekannten Länder entdeckt haben«, ist das einzige und wohl auch letzte »Kompliment«, das man in Jubiläumsartikeln von »Sympathisanten« anläßlich des siebzigsten Jahrestages der Oktoberrevolution findet. Selbstverständlich versehen mit einer melancholischen Reflexion über die unbekannten Länder, die »ein Königreich der Freiheit« werden sollten, sich aber erwiesen als ... Nun, es ist wohl besser, darüber, als was sie sich erwiesen haben, zu schweigen. Auf jeden Fall ziehen es die enttäuschten und verbitterten »Sympathisanten« vor, darüber trotz des durchaus günstigen Windes aus dem Osten, nicht allzu ausführlich zu sprechen. Sie erinnern an Hähne mit eingezogenen Schwänzen und herabhängenden Kämmen, die ein Wolkenbruch durchnäßt hat. Jene Beimischung von revolutionärem »Pathos« früherer Feiern ist vollständig und wohl unwiderruflich verschwunden. Auf der anderen Seite der Barrikade dagegen eine Orgie, ermutigt durch Gorbatschows »Bilanz«. »Vom Winterpalais zum letzten Imperium.« »Die gegen die Februarrevolution gerichtete Konterrevolution des Oktober.« »Entstehung und Untergang des Ottomanischen Reiches.« »Vom russischen Wald in die sowjetischen Kasernen.« Die Rehabilitation des bisher bespöttelten Kerenskij fand ihre Krönung in einem opulenten, in England erschienenen Buch über ihn. Da Lenin in Simbirsk das humanistische Gymnasium besucht hatte, in dem Kerenskijs Vater Direktor war, stöhnt der Autor eines Artikels: »Ein schlechter Schüler in einem guten Gymnasium.« Noch eine Weile und wir werden es erleben, daß man wegen eines widerspenstigen Schülers in einem ordentlichen Priesterseminar in Tiflis die Hände über dem Kopf zusammenschlägt.

Es hat sich eingebürgert, bei Überlegungen über die Oktoberrevolution an die *Legende vom Großinquisitor* zu erinnern. Die »philosophisch angehauchten« sowjetischen Erben des Großinquisitors sprechen ihm nach: »Ich sage Dir, der Mensch kennt keine qualvollere Sorge, als jemanden zu finden, dem er möglichst bald jenes Geschenk der Freiheit übergeben könnte, mit dem er, dieses unglückliche Geschöpf, auf die Welt kommt. (...) Nichts kann den Menschen mehr verführen als Gewissensfreiheit, aber auch nichts ist qualvoller für ihn. (...) Oh, wir werden sie davon überzeugen, daß sie erst dann frei sein werden, wenn sie zu unseren Gunsten auf ihre Freiheit verzichtet und sich uns unterworfen haben.«

Es wäre interessant, siebzig Jahre nach der Revolution die Situation genauer zu betrachten und dabei die drei von Lenin und Stalin beachteten Weisungen des Großinquisitors (insbesondere die dritte) im Auge zu behalten. Die Berater und nächsten Mitarbeiter Gorbatschows versichern, es sei das Gebot der Stunde, ja unerläßliche Bedingung zur Überwindung von Stagnation und Immobilität, um das System von Grund auf zu bewegen, jene Aspirationen bei den Untergebenen zu wecken, die »den Menschen mehr verführen« und die ihm einst nach dem Rat des Großinquisitors weggenommen wurden (oder derer die Menschen sich vielmehr – ganz nach seinem Plan – selbst entledigten, die sie selbst ihren Herrschern zurückgaben). Ist das aber ohne Erschütterung möglich, sind die verbalen, im Augenblick noch leeren Versprechungen und Köder in der Lage, die Routine der Unfreiheit, die Gewohnheit, im Gespann dahinzutrotten, zu überwinden? Ich las einige Aussagen von Musterschülern aus Gorbatschows Mannschaft. Tatjana Saslawska beklagt die »psychologische Trägheit« der Sowjetbürger. Abel Aganbegian behauptet, daß sie »Selbständigkeit und Unabhängigkeit fürchten«. Nikolaj Schischlin gibt zu, daß das sowjetische Schiff dank Chruschtschow gesäubert und von unnötigem Balast befreit worden sei, verlangt aber, es nun gründlich umzubauen und mit einem neuen Mechanismus und neuen Navigationsinstrumenten zu versehen. Wie soll man das bewerkstelligen, wohin soll das führen, wenn es den Kommandanten in keiner Weise gelingen will, die verängstigten Passagiere und die verängstigte Mannschaft aus ihrer »Trägheit« zu reißen? Muß man erneut auf »Abenteurer« warten, die sich auf dem Höhepunkt der »allgemeinen Krankheit« zur »Entdeckung unbekannter Länder« werden aufraffen können und andere mit sich ziehen?

1. November 1987

Kurz nach dem Krieg war es üblich anzunehmen (unter anderem bezeugt dies die Korrespondenz zwischen Hannah Arendt und Karl Jaspers aus den Jahren 1946-1949), daß Heideggers Weste nur oberflächlich durch die Zusammenarbeit mit den Nationalsozialisten befleckt sei, daß er lediglich in seiner Funktion als Rektor der Universität Freiburg den Entlassungsrundbrief an Professoren jüdischer Abstammung unterschrieben hätte. So betrachtet reduzierte sich seine Schuld auf einen vorübergehenden und im Namen der »Rettung dessen, was noch zu retten war« an deutschen Universitäten nach Hitlers Machtübernahme unvermeidbaren »Fehltritt«, wenngleich nach Meinung Hannah Arendts Husserl durch den Brief mit Heideggers Unterschrift beinahe getötet worden sei. Heidegger selbst hat 1976, kurz vor seinem Tod, in einem Presseinterview mit Entschiedenheit bestritten, daß auf seine Anweisung hin Bücher »nicht-arischer« Autoren aus der Universitätsbibliothek ausgesondert und auf dem Hof verbrannt worden seien, gab jedoch zu, daß er in seiner Antrittsrede als Rektor die Nominierung Hitlers zum Reichskanzler als den großen wunderbaren Bruch mit dem allgemeinen Chaos eines Systems, das von zweiundzwanzig Parteien dominiert wurde, zugunsten einer einzigen nationalen und sozialen Alternative begrüßt habe (er sei davon überzeugt gewesen, fügte er hinzu). Heideggers »Fehltritte« zu minimalisieren und sie als eine Kombination politischer Naivität mit einer »Zwangssituation« zu betrachten, war also nicht nur in der ersten Nachkriegszeit gang und gäbe, sondern noch lange danach. Hier finden sich gewisse Ähnlichkeiten mit Italien, wo man der Tatsache, daß während der Herrschaft Mussolinis nur elf oder zwölf Professoren die Ablegung des »faschistischen Eides« ablehnten, der eine *conditio sine qua non* für den Besitz eines Universitätslehrstuhles war, keine größere Bedeutung beimaß. Als Croce 1934 in *La Critica* ein Buch Heideggers besprach und den Autor *indecente e servile* nannte, konnten seine Worte damals als ungerechte Übertreibung angesehen werden und wurden als solche noch bis vor kurzem empfunden.

Bis vor kurzem, denn eben explodierte die Heideggersche

Bombe mit Spätzündung. Der chilenische Philosophiehistoriker Victor Farias veröffentlichte ein Buch, *Heidegger et le nazisme*, aus dem man (dank seiner Nachforschungen in Archiven) erfahren kann, daß Heidegger von Beginn des Dritten Reiches an der NSDAP angehörte, daß er den Ideen von »Rasse« und »Boden« nahestand, daß er noch nach dem Krieg Beziehungen zu ehemaligen Initiatoren des »Hygiene-Instituts« unterhielt, das hauptsächlich für die an Häftlingen der Konzentrationslager durchgeführten Experimente verantwortlich war, und daß er als Philosoph propagierte, das traditionelle Wissen im Lichte der nationalsozialistischen Grundsätze neu zu überdenken. Eine Besonderheit ist bezeichnend. Im Alter von zwanzig Jahren, also im Jahre 1910, verliebte sich Heidegger, Student der Theologie an der Universität Freiburg, in die Gestalt eines Augustiner-Mönchs des ausgehenden 17. Jahrhunderts mit Namen Abraham a Santa Clara, eines fanatischen Nationalisten und Antisemiten, eines »Genies« (wie der junge Heidegger sagte), der die Erlösung des Volkes in dessen Leib und Seele suchte. Im Alter von fünfundsiebzig Jahren, also im Jahre 1964, glühte die ein halbes Jahrhundert alte Liebe in der Asche des *Zeitalters der Krematorien* immer noch fort: Der alte Heidegger nannte den »genialen« Mönch einen Meister des Lebens und der Sprache.

Die Heideggersche Bombe mit Spätzündung hat, wie ich lese, unter den Bewunderern des deutschen Philosophen große Unruhe hervorgerufen. Die Bombensplitter werden sicher in Zukunft noch häufig auf philosophischen Symposien und Kolloquien aller Größenordnungen, von den kleineren bis hin zu den spektakuläreren, analysiert werden. Was mich und mein beständiges Interesse an dem Thema »Kultur angesichts des Totalitarismus« betrifft, so explodierte die Heideggersche Bombe gerade in dem Augenblick mit großem Knall, als ich mich mit einer anderen deutschen Gestalt von ähnlichem Schlag und Format bekannt machte.

Sachkenner versichern, Carl Schmitt habe zu den hervorragendsten Juristen gehört und sei der bedeutendste Verfassungsrechtler zu Beginn des 20. Jahrhunderts gewesen. Nach Hitlers Machtergreifung trat er der NSDAP bei, erhielt einen Lehrstuhl in Berlin und wurde 1935 Vorsitzender des *NS-Juri-*

*stenbundes.** Ein Jahr später trat er zurück, verließ aber nicht die Partei. Nach dem Krieg wurde er verhaftet und verbrachte zwei Jahre in einer Gefängniszelle. Von der ursprünglichen Absicht, ihn in Nürnberg vor Gericht zu stellen, nahm man Abstand: Er war nicht strafbar im Sinne der Nürnberger Prozesse, obwohl ihn der Stellvertreter des Generalstaatsanwalts als »den vom moralischen Standpunkt aus gesehen größten Verbrecher« bezeichnete. Charakteristisch war ein Wortgefecht zwischen dem Ankläger und dem Angeklagten. Ankläger: »Haben Sie vielleicht nicht behauptet, daß Gesetzgebung und Justiz in Deutschland vom Geist des Nationalsozialismus durchdrungen werden müßten? Ja oder nein? Haben Sie das nicht zwischen 1933 und 1936 behauptet?« Schmitt: »Ich habe es behauptet. Von 1935 bis 1936 stand ich an der Spitze des NS-Juristenbundes. Da ich mir meiner Stärke bewußt war, beabsichtigte ich dem Begriff des Nationalsozialismus meinen persönlichen Sinn zu verleihen.« Ankläger: »Hitler hatte seinen eigenen Nationalsozialismus, und Sie einen anderen, einen eigenen.« Schmitt: »Ich war mir meiner Stärke bewußt.« Ankläger: »Fühlten Sie sich stärker als Hitler?« Schmitt: »In intellektueller Hinsicht weit stärker. Die Gestalt ist so uninteressant, daß ich über sie nicht sprechen möchte.« Ankläger: »Wann haben Sie dem Teufel abgeschworen?« Schmitt: »Im Jahr 1936.« In der Gefängniszelle verfaßte Schmitt das kleine Werk *Ex captivitate salus*, das 1950 in Deutschland erschien und auf Wunsch des Autors nie mehr neu aufgelegt wurde. Es folgten fünfunddreißig Jahre eigenwilliger Zurückgezogenheit, bis zu seinem Tod im Jahr 1985.

Dieses Werklein, das gerade eben ins Italienische übertragen wurde, ist verschwommen, wenig überzeugend und voller Ausflüchte; es verdient die vom Autor gebrauchte Bezeichnung eines »Schlüsselwerkes« nicht. Lediglich zwei Motive sind mir darin aufgefallen, die mittelbar miteinander verbunden und ziemlich lehrreich sind.

Schmitt erinnert an den mittelalterlichen Grundsatz *Tyrannum licet decipere* mit seiner Verankerung in der *potestas spiritualis*, wobei er unzweideutig zu verstehen gibt, daß der freie deut-

* im Original deutsch

sche Geist, ein echter Sohn des europäischen Geistes, entgegen allem Anschein die Prüfung unter der Herrschaft des Tyrannen bestanden habe. Der Geist habe nämlich (erklärt er) seinen Stolz, seine Taktik, seine unveräußerliche Freiheit und er wirke unter den Fittichen eigener Schutzengel; dies alles treffe nicht nur auf die Emigranten zu, sondern auch auf die, die im Lande blieben, in den Krallen des Leviathans selbst. Der freie Geist habe es schon immer verstanden, seine eigenen Krypten und Katakomben zu finden, neue Formen und neue Methoden. Deshalb solle man, obwohl dies nicht eindeutig gesagt wird, den echten Schmitt und seine zu Unrecht beschuldigten Kameraden in den inneren, weniger sichtbaren Auseinandersetzungen mit dem Leviathan sehen, in jenen Krypten und Katakomben, in denen Regeln, Methoden und Formen einer anderen Taktik verpflichtend waren; der Taktik der Irreführung und Täuschung des Tyrannen. Benito Cereno (sagt Schmitt), der Held aus Melvilles Erzählung, sei ein Symbol für die Situation der Intellektuellen im Dritten Reich geworden.

Den unglückseligen spanischen Kapitän des Schiffes *San Dominick* aus Melvilles erschütternder Erzählung (die manchmal mit Conrads *Herz der Finsternis* verglichen wird) erwähnt Schmitt in seinem *Ex captivitate salus* mehrmals; der deutsche Jurist identifiziert sich eindeutig mit ihm. Deshalb muß die Geschichte Benito Cerenos kurz rekapituliert werden. Cereno ist mit der *San Dominick*, einer Warenladung und einer Menge angeketteter schwarzer Sklaven ausgelaufen. Auf hoher See gelingt es diesen, sich gegenseitig von den Ketten zu befreien. Unter Führung des durchtriebenen und grausamen Babo lösen sie eine Meuterei aus, metzeln den größten Teil der Besatzung mit Ausnahme des Kapitäns und einiger Matrosen nieder, bemächtigen sich des Schiffes und etablieren ein Terrorregime. Cereno und die geschonten Matrosen dienen als Navigatoren, wobei sie ständig in Gefahr schweben, mit durchschnittener Kehle zu enden. Wasser- und Lebensmittelmangel zwingen die *San Dominick*, eine Insel anzulaufen, wo bereits ein anderes – amerikanisches – Schiff Anker geworfen hat. Der amerikanische Kapitän stattet dem spanischen einen Besuch ab, verspricht Hilfe bei der Versorgung und glaubt, wenngleich ihn die Verhältnisse auf der

San Dominick ein wenig befremden, den Versicherungen Benito Cerenos, Herr des Schiffes zu sein und den von Fesseln befreiten, aber gefügigen schwarzen Sklaven, insbesondere dem treuen Diener Babo, der nicht von seiner Seite weicht, voll zu vertrauen. Cereno spielt hinter vorgehaltener Maske Komödie, unentwegt um die eigene Haut, die des Gastes und der weißen Matrosen zitternd, in Furcht, die Meuterer würden, käme die Wahrheit ans Licht, einen blutigen Versuch unternehmen, das amerikanische Schiff zu kapern. Im letzten Augenblick schließlich, als sich der amerikanische Gast anschickt, wieder abzulegen, entschließt er sich, die Maske abzureißen und in das Boot zu springen. Melvilles Erzählung endet mit der Niederschlagung der Meuterei auf der *San Dominick* und der Übergabe der überlebenden Schwarzen an das Gericht. Babo wird hingerichtet, obwohl sich Cereno erfolgreich davor drückt, diesem in die Augen sehen und als Zeuge der Anklage auftreten zu müssen.

Wer Geschmack an solchen Vergnügungen findet, mag die Analogien zwischen Cereno und Schmitt, Babo und Hitler, dem gutmütig-leichtgläubigen amerikanischen Kapitän des vorigen Jahrhunderts und seinen heutigen Landsleuten genauestens untersuchen. Mir genügt es, daß sich Benito Cereno, der »mit Leib und Seele bis an seine Grenzen gestoßen worden ist«, für den Rest seiner Tage in die Stille eines Klosters auf *Mount Agony* zurückzog. Das einzige, was Schmitt tun konnte und auch tat, war, diesem Beispiel zu folgen, um die Agonie des freien deutschen Geistes in den Krallen des »getäuschten« Leviathans zu bekunden.

5. November 1987

Ende der fünfziger Jahre begann ich in *Kultura* Skizzen und Glossen über »verbotene« und »mit Bann belegte«, jetzt aber allmählich »wiederbelebte« und »rehabilitierte« russische Schriftsteller zu veröffentlichen. Auf Anregung von Jerzy Giedroyc entstand daraus 1969 der schmale Band *Upiory rewolucji* (Gespenster der Revolution), der in Polen nicht unbemerkt blieb, da er in gewisser Weise antirussische Stereotypen der Polen untergräbt. Viele meiner Gesprächspartner aus Polen lasen ihn mit

Gewinn in der *Kultura*-Ausgabe; später wurde er auch (soviel ich weiß) im zweiten Umlauf herausgegeben. In meinem Vorwort betonte ich ausdrücklich, keinen Anspruch auf den Titel eines »Russisten« zu erheben: Meine »Russistik« entwickelte sich ganz einfach aus der Überzeugung heraus, daß »das Schicksal Ostmittel-Europas fast ausschließlich von Veränderungen und Umwälzungen in Rußland selbst abhängt«.

Meine *Gespenster der Revolution* fielen mir gestern ein, als ich in einer italienischen Zeitung ein Interview mit dem Dichter Andrej Wosnjesenskij las, einem der Vorkämpfer jener »Veränderungen und Umwälzungen«. Andrej Andrejewitsch, wie soll man den siebzigsten Jahrestag der Oktoberrevolution begehen? Indem man eine neue Revolution entfacht; das ist nicht so einfach, weil sich bei uns ein Kampf auf Leben und Tod mit den Gegnern aller Veränderungen und Umwälzungen abspielt. Wollen wir das Thema einengen: Wie kann man das literarische Leben in der Sowjetunion verändern und umgestalten? Auf ganz einfache Weise: durch Einführung eines Literaturmarktes mit Lesern als einzigen Entscheidungsträgern anstelle der willkürlichen Entscheidungen der Staatsverlage, die Gehorsam prämieren und eine versteckte politische Korruption betreiben, indem sie die Schriftsteller nicht für verkaufte Exemplare bezahlen, sondern für die gedruckten, wobei sich die Auflagenhöhe natürlich nach der Fügsamkeit der Autoren richtet; auch wenn die Bücher dieser Autoren später in Magazinen auf den Abtransport zur Altpapierverwertung warten sollten.

Daraus ergibt sich, daß die der Oktoberrevolution folgende »Revolution auf Leben und Tod« auch im Bereich der Literatur auf der revolutionären Entdeckung des Marktes beruht, den die vorangegangene Revolution vernichtet hatte. Wosnjesenskij hat recht: dies ist leider nicht so einfach. Vor Jahren stellte ich – es war nach dem Polnischen Oktober – während eines netten Abendessens in Rom gegenüber Jastrun[44] genau diese Forderung auf und störte damit vorübergehend die freundliche und friedliche Atmosphäre unseres Gesprächs. Mieczysław Jastrun schaute mich streng an und sagte mit Nachdruck: »Diese Errungenschaft des Sozialismus werden wir bis zum Letzten verteidigen.«

Nach Meinung von Wosnjesenskij gehören Rybakows Roman *Die Kinder vom Arbat* und Bulgakows Erzählung *Hundeherz* zu den im Augenblick in der Sowjetunion meistgelesenen Büchern. Bulgakows Erzählung aus dem Jahre 1925 ist auch Gegenstand einer Glosse in den *Gespenstern der Revolution* mit dem Titel *Der Hund-Mensch, also eine Hundesohnologie*. Nach über sechzig Jahren ist das *Hundeherz* nicht veraltet; man zahlt gesalzene Preise für das Ausleihen über Nacht.

Auf der Suche nach Mitteln zur Verjüngung des menschlichen Organismus verpflanzt ein berühmter Chirurg einem sanften Hund zur Probe die Hirnanhangdrüse eines bei einer Schlägerei ermordeten Hooligans. Das Produkt dieser Operation ist ein Ungeheuer, ein Grobian, ein »im Marxismus beschlagener« Hundemensch, ein »kommunistischer Politiker«, der das ganze Mietshaus terrorisiert. Der entsetzte Chirurg führt eine Reoperation durch und setzt dem Hund seine ursprüngliche Hirnanhangdrüse wieder ein; die Hirnanhangdrüse des Hooligans konserviert er in einem Glas. Es wäre nun alles in bester Ordnung, wenn der berühmte Chirurg nicht erneut in dem Glas mit der Hirnanhangdrüse des Hooligans herumstochern würde, offensichtlich – trotz des ersten Mißerfolges – zu weiteren Experimenten bereit.

Mit welchen Gefühlen mögen die gegenwärtigen sowjetischen Leser, Gorbatschows Untertanen, das *Hundeherz* verschlingen? Voller Vertrauen, daß nach Gorbatschows Reoperation alles wieder in bester Ordnung sein werde? Oder beunruhigt durch Bulgakows Warnung im Epilog der Novelle: das im »revolutionären Laboratorium« für alle Fälle aufbewahrte Glas? Wie dem auch sei, im Augenblick drehen wir uns in der Domäne der »Revolutionsgespenster« unentwegt im Kreis.

10. November 1987

Wird er »rehabilitiert«? Wird er nicht »rehabilitiert«? Es geht um Bucharin. Eine Antwort auf diese Frage erwartet der Westen mit angehaltenem Atem (bestimmt mit stärker angehaltenem Atem als die Sowjetunion); die Anführungszeichen stammen von mir.

Moskau kann sich zufrieden die Hände reiben, daß es so leicht gelungen ist, die »freie Welt« an den Begriff der »Rehabilitation« zu gewöhnen. Keiner fragt sich hier mehr ernsthaft, was dieser sonderbare Vorgang bedeutet. Keinem kommen Zweifel, ob das System, das seine Opfer gequält und getötet hat, nun berufen sei, diese zu »rehabilitieren«. Niemand denkt daran und keinen wundert es allzu sehr, daß eine eventuelle »Rehabilitation« Bucharins – nach der Rede Gorbatschows zum Jahrestag der Oktoberrevolution – einhergehen wird mit einer historischen Sanktionierung der blutigen, »schmerzhaften, aber notwendigen« Kollektivierung (deren Gegner Bucharin war) sowie des Werkes eines Führers, »dessen Gewissen zwar nicht ohne schwere Belastungen und dessen Charakter nicht ohne auffällige Fehler war, der aber dem Aufbau des Sozialismus und der Verteidigung der Revolution voll ergeben war« (und der Bucharin auf das Schafott schickte). Für den Westen wurde Bucharins »Rehabilitation« zum wichtigsten Testfall für die »Perestrojka«, zur höchsten Meßlatte für Gorbatschows Sprung. Wird er es schaffen? Wird er es nicht schaffen? Diesen *suspense* (ein Wort, das in Presse und Fernsehen ständig auftaucht) in der freien Welt hervorzurufen ist ein Meisterstück der neuen sowjetischen Führung. Er wird die Hürde nehmen, er wird es schaffen. Bucharin wird (mit diversen Einschränkungen) »rehabilitiert«, seine Witwe wird nach Jahren in Straflagern und in der Verbannung aufhören, eine *Unperson* zu sein, sein einziger Sohn wird auf Grund eines »Sonderdekrets« wieder den Namen seines Vaters tragen.

Ich schaue in meine Tagebuchaufzeichnung vom 10. November 1971. Es ist eine Aufzeichnung über Bucharin auf der Grundlage der Memoiren Bergers und eines Berichts des Menschewiken Boris Nikolajewskij. Berger traf gegen Ende des Jahres 1937 in den Lagern von Solowezk Alexander Ajchenwald, einen von Bucharins Schützlingen. Nach einer Gegenüberstellung des Meisters mit dem Schüler im Rahmen der Vorbereitungen zum Bucharin-Prozeß wurde ihnen erlaubt, sich ohne Zeugen zu verabschieden. Bucharin schrieb damals in der Gefängniszelle an seinem letzten Buch. Worüber? Über die Natur des Menschen, antwortete Bucharin und fügte hinzu: Wir sollten aufhören, an Ideologie, Ökonomie und Politik zu denken, und sollten unsere ganze Anstrengung darauf richten, Sinn und Ziel des Lebens zu ergründen. Nikolajewskij traf Bucharin Anfang 1936 während seines Dienstbesuches in Paris häufig heimlich. Bucharin war müde, erschöpft und sich darüber im klaren, was ihn bei der Rückkehr nach Moskau erwartete. Er erzählte von den Schrecken der Kollektivierung, von der »Herrschaft der eisernen Hand«, von der vergifteten, verletzten Psyche der Kommunisten, die alle Befehle von oben gehorsam ausführten, vom Terror als etablierter Herrschaftsmethode. Er ereiferte sich so sehr, redete lebhaft und so voller Verzweiflung über die einzige Möglichkeit einer Erlösung, die er in einem »proletarischen Humanismus« sah, daß Nikolajewskij schließlich ausrief: »Nikolaj Iwanowitsch, das, was Sie sagen, ist der Vorschlag, zu den Zehn Geboten zurückzukehren. Das ist nichts Neues.« Bucharin wurde nachdenklich: »Glauben Sie, daß der Dekalog veraltet ist und sich überlebt hat?« Nikolajewskij: »Ich behaupte nicht, daß er veraltet ist und sich überlebt hat. Ich behaupte nur, daß er seit fünftausend Jahren existiert. Sollen wir die Zehn Gebote als neue Wahrheit entdecken? Sind wir so weit gekommen?« Bucharin antwortete nicht darauf.

1988

3. Januar 1988

Ich habe meine Zweifel, ob der Begriff »Fanatismus« (selbstverständlich mit dem Zusatz »ideologischer«) für Julia Piatnickajas *Tagebuch der Frau eines Bolschewiken*, das vor kurzem in der Sowjetunion aufgefunden wurde und in Amerika auf russisch erschien, angemessen ist. Für mich ist es vielmehr ein Zeugnis für den Wahn der Zeit der Großen Säuberung, um so interessanter, als die umnachtete Autorin stellenweise, in den wenigen kurzen Zwischenspielen geistiger Klarheit, zu verstehen scheint, mit welcher Krankheit Stalin und seine Helfershelfer ganz bewußt »das Land der siegreichen Revolution« ansteckten.

Piatnicki war ein verdienter, der Partei ergebener Bolschewik; im Augenblick der Verhaftung war er administrativer Leiter der Komintern. Seine Frau Julia, ebenfalls überzeugte Bolschewikin, liebte ihn, liebte ihn als Bolschewiken; sie gebar ihm zwei Söhne, die sie zu beispielhaften Bolschewiken erzog. In diese glückliche bolschewistische Familie schlug im Jahr 1937 wie aus heiterem Himmel ein Blitz: Piatnicki wurde verhaftet, weil er sich kritisch über Jeschows[45] »Sondervollmachten« geäußert hatte und seinen Widerwillen gegenüber einer blutigen Abrechnung mit der alten Lenin-Garde, die des »Verrats an der Revolution« beschuldigt wurde, bekundet hatte. Kurze Zeit später wurde sein ältester Sohn, der sechzehnjährige Igor, verhaftet. Julia wird von da an zur Aussätzigen: Sie verliert ihren Arbeitsplatz, ihre Freunde und Bekannten, es droht der Verlust ihrer Wohnung. Sie lebt mit dem dreizehnjährigen Wowa in Armut, sucht tagsüber nach einer Arbeit, rennt den Staatsanwaltsbüros und Gefängnissen die Türen ein, nachts schreibt sie an ihrem Tagebuch und wartet darauf, daß an die Tür geschlagen wird. Piatnicki leistete, wie aus den Anmerkungen zu Julias Tagebuch zu ersehen ist, bei den Verhören ein Jahr lang Widerstand, obwohl er unmenschlich mißhandelt und gefoltert wurde. 1938 wurde er nach zwanzigminütiger »Gerichtsverhandlung« zum Tode verurteilt und sofort erschossen. Aus den Anmerkungen erfahren wir auch das weitere Schicksal Julias. In einem Lager in Karaganda zu Beginn des Winters 1940 starb sie isoliert in einer Baracke, die eigentlich für Schafe bestimmt war. Sie wurde als Person, die »den Verstand verloren hat« und infolgedessen nicht unter Menschen leben kann, isoliert und zu den Tieren gesteckt. Ihr »attestierter Wahnsinn« bestand darin, daß sie ununterbrochen Stalin verfluchte. Aber wirklich umnachtet war sie damals gar nicht mehr, ganz im Gegenteil!, sondern zu jener Zeit zwischen Juli 1937 und Mai 1938, als sie nachts ihr Tagebuch schrieb. Der wirkliche Wahnsinn, den Stalin bewußt und kühl berechnend der Partei einpflanzte, ist es nämlich, der den Leitfaden dieser aufgewühlten, in größter Erregung zu Papier gebrachten Aufzeichnungen der gehetzten »Frau eines Bolschewiken« bildet.

Einer gehetzten und zugleich zerrissenen. »Ich glaube Piatnicki, aber noch mehr glaube ich an das strahlende Wirken Jeschows. Sonnenfinsternisse kommen vor, aber nichts kann die Sonne ersetzen. Die Partei ist die Sonne unseres Lebens.« »Wie sehr möchte ich Jeschow über meine guten Gedanken berichten!« Die »guten Gedanken« beziehen sich auf die Verurteilung Bucharins und seiner Mitangeklagten zum Tod. »Der Tod ist zu wenig; ich wünsche mir eine grauenvollere Qual für sie: Sie sollten in Käfigen im Museum der Konterrevolution sitzen und die Sowjetbürger sollten sie täglich betrachten, wie wilde Tiere, damit der Haß auf sie niemals verlöschen möge.« Es kommen auch »böse Gedanken« vor, wenn die Sorge um Mann und Sohn überhand nimmt; dann hetzt sie zum Staatsanwalt und fordert, daß sie als potentielle Verbreiterin der konterrevolutionären Pest »von der Gesellschaft isoliert werde«. »Mich quält, daß ich Piatnicki nicht hassen kann; zuerst dachte ich, daß ich ihn hassen würde, daß es gar nicht anders ginge, aber nun zweifle ich, obwohl ich kein Recht habe zu zweifeln.« Der dreizehnjährige Wowa ist ihr Trost. »Verdammter Vater – brüllt er –, er sollte erschossen werden!« Dies ist für die Mutter ein Beweis, daß der Junge an »die Richtigkeit der Entscheidungen und Aktivitäten des NKWD glaubt, daß er also auch jetzt, unabhängig von dem Gefühl tiefer Bitterkeit, richtig eingestellt ist«.

Piatnickajas älterer Sohn, der Herausgeber ihres Tagebuches, informiert in einem Kommentar, daß sie in jungen Jahren eine Zeitlang an Schizophrenie gelitten habe, als Erklärung ihrer damaligen Geistesverwirrung. Diese Krankheit war jedoch allgemein verbreitet, Zeichen der Zeit und bolschewistische Methode der Machtausübung. Die poststalinistische Kur hat niemals ihre Ursprünge erreicht; deshalb ist es wohl besser, sich vorerst noch mit der Bewertung der *Perestrojka* als Vorstadium völliger Rekonvaleszenz, ohne die Gefahren eines Rückfalls, zurückzuhalten.

5. Januar 1988

In Brodskys Nobelpreis-Rede ist sein Glaube durchaus sympathisch, daß »die Menschheit nur durch Poesie gerettet werden kann« (oder weiter gefaßt durch Literatur). Mit einem Augenzwinkern bekennt Brodsky, wiederholt davon geträumt zu haben, den Staat durch eine Bibliothek zu ersetzen. Weniger scherzhaft klingt seine Versicherung, daß wir glücklicher auf dieser Erde leben würden, wenn wir unsere Vertreter auf Grund ihrer Leseerfahrungen, nicht auf Grund ihrer politischen Programme wählten. »Die potentiellen Lenker unserer Geschicke« – meint Brodsky – »sollten anstatt über den künftigen Kurs ihrer Außenpolitik über ihr Verhältnis zu Stendhal, Dickens und Dostojewski befragt werden.« Bei dem vom diesjährigen Nobelpreisträger unterbreiteten Vorschlag zur Verbesserung unserer Welt, nicht der besten aller Welten, überlief mich ein Schauer. Ähnlich reagierte ich einst bei der Behauptung des großen Nobelpreisträgers Thomas Mann, daß man politische Systeme an ihrem Verhältnis zu den »Klassikern der Literatur« messen solle. Silone hat diese Dummheit als »Mandarinat« bezeichnet.

Belesenheit ist ein trügerisches Kriterium für Weisheit, Edelmut und Ehrlichkeit eines Menschen. Ich vermute, daß Lenin wie auch Stalin, die in jungen Jahren gern die sogenannte »schöne Literatur« lasen, jene von Brodsky erwähnten Schriftsteller kannten. Mit Sicherheit wurden sie von Trotzki gelesen, und er würde viel Interessantes darüber sagen können, denn er war zwar ein einseitiger, aber kluger und scharfsinniger Leser. Was Stalin betrifft, so hatte dieser schlicht eine Schwäche für Poesie, möglicherweise lag das an seinen jugendlichen Ambitionen, Dichter zu werden (eine Schwäche für Literatur hatte auch Mussolini, der in seiner Jugend den Roman *Die Mätresse des Kardinals* verfaßte). Das beweist etwa die Tatsache, daß Stalin in einem berühmten Telephongespräch mit Pasternak recht bescheiden fragte, ob man Mandelstam als einen »Meister« betrachten müsse. Präsident Kennedy war – um von Brodskys eigentlicher Heimat in seine Wahlheimat überzugehen – ein Liebhaber der Literatur (zusammen mit seiner überaus belesenen Gattin, die im Weißen Haus sogar eine Art Literatursalon führte). Sieht man von seinem persönlichen Charme und dem tragischen Tod ab, ist er wohl kaum als hervorragender Präsident zu bezeichnen; auf jeden Fall war er nicht so hervorragend, wie (sagen wir) Truman, der in seinem Leben wahrscheinlich nur ein Buch gelesen hatte, nämlich die Bibel.

Überlassen wir also den Literaten die Sehnsucht nach belesenen »Lenkern unserer Geschicke«. Ein so ausgezeichneter Dichter und kluger Essayist wie Brodsky muß, dem Beispiel seiner Vorgänger folgend, »die Welt erlösen« und sich dabei an andere Leser wenden, zumeist gegen den Willen der »gekrönten« Leser.

6. Januar 1988

Ein recht amüsantes (und in seiner Lächerlichkeit auch lehrreiches) Geschichtchen, von dem ich aus der Gleiwitzer *Solidarność*-Zeitschrift *Wokół nas* (Rund um uns) erfuhr. Ein namentlich nicht genannter Bewohner von Gleiwitz erhielt aus Paris ein Paket polnischer Bücher. Das Hauptzollamt in Warschau beschlagnahmte daraus mein *Tagebuch bei Nacht geschrieben*, weil es »Inhalte aufweist, die dem Wohl und dem Interesse der Volksrepublik Polen schaden«. Der Empfänger der Sendung gab sich mit dem »Bescheid über die Beschlagnahme des einbehaltenen Buches« nicht zufrieden und legte Berufung ein, in der er »die Richtigkeit der Entscheidung des Hauptzollamtes in Warschau in Frage stellt«. Nach Meinung des Klägers enthält das Buch keine schädlichen Inhalte, weswegen er »einen Antrag auf Aufhebung der Entscheidung und Rückgabe der einbehaltenen Publikation stellt«. Sein Gesuch wurde abgelehnt, aber der Abteilungsleiter im Zollamt machte sich die Mühe, so etwas wie eine negative Besprechung meines Tagebuches zu kritzeln. Ich kann mich nicht über ein Übermaß an Buchbesprechungen in Polen beklagen, so ist also auch eine solche erfreulich, wenngleich die Schlußfolgerung der Beurteilung des Abteilungsleiters (immerhin Magister) meinen Leser aus Gleiwitz des Rechtes beraubte, den inkriminierten Band zu besitzen: »Die einbehaltene Publikation verletzt die verfassungsmäßig verankerten Grundsätze der Außenpolitik unseres Staates und seiner Bündnisse, weshalb sie mit Einfuhrverbot belegt ist und der Konfiszierung unterliegt; dieser Bescheid ist im Verwaltungsverfahren endgültig, Klageeinreichung beim Obersten Verwaltungsgericht.«

Unter den vom rezensierenden Magister gewissenhaft aufgeführten Sünden des dritten Bandes meiner Tagebücher verdient besonders eine Beachtung: »In dem Kapitel *Die letzte Erzählung aus Kolyma* wird das langsame Sterben eines russischen Schriftstellers beschrieben, der nach zwanzigjähriger Verbannung in Kolyma in einem Krankenhaus in Moskau stirbt.« Aus dem strengen Ton des Vorwurfs kann man nur schwerlich herausfinden, was den zollamtlichen Kritiker empört hat. Ist es das langsame Sterben des russischen Schriftstellers? Oder daß er nach Kolyma verbannt war? Oder daß er in einem Krankenhaus in Moskau starb? Oder daß er überhaupt starb? Am wahrscheinlichsten scheint mir das letztere. Im Schwarzbuch der Zensur existiert scheinbar ein alter Eintrag, der die Infragestellung der Unsterblichkeit russischer Schriftsteller verbietet.

Zwar beeilt sich die Zensur der Volksrepublik Polen mit den Änderungen in Moskau Schritt zu halten, doch erfährt sie von manchen Veränderungen mit Verspätung und kann ganz einfach nicht folgen. In Moskau laufen Bemühungen von Schalamows Verehrern, seine *Geschichten aus Kolyma*, wenn nicht vollständig, so doch wenigstens in einer Auswahl herauszugeben. Kürzlich veranstaltete man dort (ohne daß die Polizei zu intervenieren versuchte) einen öffentlichen Abend zu Ehren von Schalamow, bei dem seine Ärztin zugegen war und über die Umstände des Todes dieses russischen Schriftstellers berichtete (sie tat es in ähnlicher Weise, wie ich in meiner »letzten Erzählung aus Kolyma« *Das Brandmal*, die auch auf russisch in der Übersetzung von Natalia Gorbaniewskaja in der *Russkaja mysl*[46] erschien). Was macht der rezensierende Magister aus dem Zollamt in Warschau, wenn mein alter Bekannter Andrzej Wasilewski, Direktor des Staatsverlages PIW, beim Herold der *Glasnost,* Andrzej Drawicz[47], eine Übersetzung der *Geschichten aus Kolyma* mit meinem *Brandmal* als polnisches Nachwort bestellt?

15. Januar 1988

Ein intelligenter italienischer Literaturkritiker macht sich in einem Feuilleton Gedanken über die Verwandtschaft zwischen Zeichnung und Erzählung. Anlaß ist das Erscheinen eines Bildbandes mit Zeichnungen von Gustave Doré, die das London aus den Erzählungen von Dickens zum Thema haben. Vor einem Monat brachte mich William Hogarth in der Londoner *Tate Gallery* auf eine ähnliche Spur. Vor allem begeisterte mich der berühmte Zyklus von acht Gemälden *A Rake's Progress*, den ich zum ersten Mal im Original betrachtete. Ich stoße auf das künstlerische Bekenntnis von Hogarth: »Die Themen dachte ich mir aus wie die Schriftsteller. Das Bild war meine Bühne, und die Männer und Frauen meine Schauspieler, die mit Hilfe gewisser Aktivitäten und Expressionen eine Pantomime darstellten, *a dumb show.*« In den acht Kapiteln aus dem Leben eines »Wüstlings« fallen zwei Besonderheiten auf: Die »Sprachlosigkeit« erhöht die Kraft der Expression des »Schauspiels« (was selbstverständlich ist), jede Episode ist offen (was weniger selbstverständlich ist), das heißt sie eröffnet Perspektiven, die nur zum Teil den nächstfolgenden »Aktionen der Schauspieler« dienen, vielmehr der Handlung und den gemalten oder vielmehr mit dem Pinsel erzählten Vorkommnissen einen breiten Spielraum des nicht zu Ende Gesagten überlassen. Der ganze Gemäldezyklus, die ganze erzählte Geschichte ist ein Ganzes und ist es zugleich nicht, Hogarth enthüllt und verdeckt zugleich, er durchflicht die stumme, aber lebendige Expression mit der Bewegungslosigkeit eines leblosen geheimnisvollen Schweigens. Der hervorragende Maler scheute sich nicht, sich von der Literatur anstecken zu lassen, von ihm können also im Gegenzug die Schriftsteller lernen.

17. Januar 1988

Vor Jahren erhielt ich als Geschenk eine Luxusausgabe von Tschechows *Zapisnyje knischki*[48], Notizheften, in denen er zur Gedächtnisstütze kleinere Vorkommnisse des Alltags notierte, lakonische Ansätze literarischer Ideen, charakteristische Eigenschaften, die er an Personen beobachtet hatte, denen er begegnet war und die er eventuell für seine Bühnen- oder Novellenfiguren verwenden wollte, lose Reflexionen und Sinnsprüche. Der Band ist mit solcher Pietät ediert, daß jede Seite genau einer Seite im jeweiligen Heft entspricht: »Wo ist Mascha?«, nichts weiter, der Rest der Seite ist weiß. Manchmal, sehr selten, finden sich interessante Bemerkungen: »Zwischen Gott, der ist, und Gott, den es nicht gibt, breitet sich ein weites Feld aus, das der weise Mensch qualvoll durchschreitet; der Russe kennt dagegen nur eines der beiden Extreme und der Raum dazwischen interessiert ihn nicht.« Insgesamt aber würde Tschechow, hätte man ihm zu Lebzeiten die Publikation seiner Hefte vorgeschlagen, den Verleger aufgefordert haben, sich an den Kopf zu fassen. Er betrachtete sie als Abfallprodukte seiner Werkstatt, als nichtssagende Lebenskrümelchen, ausschließlich für den Besitzer lesbar und wichtig, um nach einiger Zeit verbrannt zu werden. Bestenfalls würde er sich (nach gewissem Zögern) bereit erklärt haben, die Hefte in ein Archiv zu geben, um sie (nach seinem Tod) den Interpreten seines Werkes zugänglich zu machen. Er zeigte das Gegenteil schriftstellerischen Hochmuts. Er war eine Personifizierung von Bescheidenheit, Zurückhaltung, und – was hier besonders wichtig ist – er begegnete in der Regel jeglicher übermäßiger Exaltation über die Rolle des Schriftstellers und das Gewicht der Literatur mit traurigem, verlegenem Lächeln.

Gott sei Dank ist der Nobelpreisträger des Jahres 1981, Elias Canetti, noch am Leben. Er lebt und hat seine Aufzeichnungen aus den Jahren 1973-1985 herausgegeben. Der Band nennt sich *Das Geheimherz der Uhr*, verspricht demnach die Erforschung eines empfindlichen Mechanismus. Abgesehen von einigen längeren Aufzeichnungen, die zur Not einen Augenblick der Besinnlichkeit bewirken, enthält er eine Menge von Sätzen, die, aus einem unbekannten Kontext herausgerissen, dem Autor bestimmt etwas sagen, dem Leser aber nichts oder fast nichts. Es ist unklar, warum Canetti solche Sätze wie die folgenden, aufs Geratewohl ausgesuchten für allgemein interessant hält: »Während andere verhungern, schreibt er. Er schreibt, während andere sterben.« »Eitel bin ich nicht, sagt der Eitelste, ich bin empfindlich.« Ein hervorragender Schriftsteller, daran habe ich keine Zweifel, der den Nobelpreis verdient hat; seine fleischlosen Notizhefte sind für mich nur die Bestätigung eines umfassenden Phänomens. Schon recht lange hege ich nämlich den Verdacht, daß in dem Maße, wie sich Einfluß und Bedeutung der Literatur abschwächen, berühmte Schriftsteller unentwegt und unerwarteterweise immer mehr von sich halten. Sie sind anscheinend überzeugt, daß was immer sie sagen werden mit Ausrufen der Bewunderung begrüßt wird, daß wir in jedem ihrer noch so banalen Sätze das Schlagen des »Geheimherzens der Uhr« vernehmen müßten.

Das Auge der Vorsehung

Februar 1988

Der Vorladung folgend fand ich mich am 7. Januar 1971 pünktlich um zwölf Uhr mittags in der Quästur ein.

»Kommissar für Sonderaufgaben Palermitano, Antonio Palermitano, es ist mir eine Freude. Bitte, nehmen Sie Platz, ich werde gleich veranlassen, daß man uns Kaffee bringt. Sie sehen beunruhigt aus. Völlig grundlos, glauben Sie mir. Natürlich werden Sie als politischer Emigrant diskret beobachtet. Aber wir haben Ihnen nichts vorzuwerfen, wir haben an Ihrem Verhalten nichts Verdächtiges bemerkt, abgesehen vielleicht von

Ihrem vertrauten Verhältnis zu Malcolm Melton. Und eben wegen seines Falles wurden Sie hierher geladen.«

»Gibt es einen Fall Malcolm Melton?«

»O ja, den gibt es, und er hat sich gestern um Mitternacht zugespitzt. In dem Augenblick, in dem Melton selbst aufhörte zu sein. Er stieg um Mitternacht in das vor seinem Londoner Haus geparkte Auto, drehte den Schlüssel um und hörte auf zu sein. Nach dem Telegramm von Scotland Yard zu urteilen, werden sich nur geringe Überreste seines Körpers finden und in einen Sarg legen lassen. In unserer Polizeisprache nennt sich dies eine integrale Desintegration von Fahrzeug und Lenker auf Grund der Explosion einer großen Sprengstoffladung bei einem Anschlag. Oder auf Grund einer fast vollständigen Desintegration, deren Grad eine Sonderkommission feststellen wird. In Ihrem Gesicht spiegelt sich Entsetzen. Ein berechtigtes, ein überaus berechtigtes Entsetzen, schließlich haben Sie jemand Nahestehenden verloren, einen guten Bekannten, vielleicht sogar einen Freund. Unsere englischen Kollegen bitten uns um einen möglichst genauen Bericht über die Jahre, die Melton in Neapel verbracht hat. Viele Jahre, nicht wahr? Er besaß eine wunderbare Villa in Posillipo, fühlte sich hier wie zu Hause, fuhr nur selten und ungern nach London. Wozu sollte er auch dorthin fahren? Das Geschlecht der Meltons ist ausgestorben, Malcolm war der einzige Erbe Sir Harolds. Wir werden darauf noch zurückkommen, aber halten wir uns jetzt an eine gewisse Ordnung. Auf einer rasch zusammengestellten Liste der Personen, mit denen Malcolm engen Kontakt pflegte, stehen Sie an erster Stelle. Rein gesellschaftlich oder auch nicht, das wird sich im Laufe unseres Gesprächs erweisen. Unseres Gesprächs, ich betone das, und schlagen Sie sich Gott weiß welche Befürchtungen und Vermutungen aus dem Kopf. Ich weiß oder ersehe vielmehr aus den Meldungen unseres Agenten, daß Sie Malcolm vor einem Monat zum Flughafen gebracht haben. Diese plötzliche Abreise, plötzlich und scheinbar unwiderruflich! Er verkaufte seine Villa in Posillipo, in aller Eile und weit unter Preis, schickte einige Kisten mit Familienandenken nach London, packte seine Koffer und *Goodbye to Italy*. So wie dieser englische Dichter (der Name ist mir entfallen), der sich nach einer unerfreulichen Erfahrung mit seinem jugendlichen Freund in einem Gedicht unter ebendiesem Titel für immer von Ischia verabschiedete.«

»Verzeihen Sie bitte, Herr Kommissar, aber ich möchte Sie darauf aufmerksam machen, daß wir auf diese Weise nicht weiterkommen. Ihre Landsleute warnen in solchen Fällen, nicht zuviel Fleisch aufs Feuer zu legen.«

»Sie haben recht, ganz und gar recht, *bravo, bravissimo*! Ich gebe sogar zu, Sie haben mich beschämt. Selbst mahne ich an, Ordnung einzuhalten, beginne aber mit Umschweifen. Da wir aber schon bei dieser plötzlichen Abreise sind, müssen Sie von ihm wohl etwas über die Gründe hierfür erfahren haben oder diese wenigstens erraten können.«

»Sie erwähnten, Herr Kommissar, das Abschiedsgedicht des englischen Dichters Auden und machten dabei recht unzweideutige Anspielungen auf dessen sexuelle Vorlieben. Mir kommt die Novelle des englischen Schriftstellers Conrad in den Sinn, eine neapolitanische Novelle, die zu Beginn dieses Jahrhunderts entstand und den Titel *Il Conte* trägt. Sie kennen sie nicht? Ich habe es vermutet. Nun, heute klingt diese Novelle fast ein wenig komisch; es ist die Geschichte eines ausländischen Aristokraten, der aus Gesundheitsgründen den größten Teil des Jahres in Neapel verbringt, plötzlich aber seine Lieblingsstadt für immer verläßt, weil er Opfer eines *scippo*[49] in der *Villa Comunale* geworden ist. Sie werden zugeben, daß dies heute nur ein belustigtes Lächeln hervorrufen dürfte: Tausende von Ausländern müßten geloben, nie wieder einen Fuß in Neapel zu setzen, wenn ein *scippo* ein hinreichender Grund hierfür wäre. Conrads Novelle ist jedoch subtiler, als dies zunächst erscheinen möchte. Ihr Held fühlt sich plötzlich in seinem persönlichen Ehrgefühl bedroht. Ja, mehr noch – er fühlt sich zutiefst verletzt und flieht, flieht buchstäblich, nach dem, was geschehen ist. Als ich Malcolm zum Flughafen brachte, hatte ich den Eindruck, einen Menschen zu verabschieden, der ebenfalls zutiefst verletzt ist und aus Neapel flieht. Dagegen fiele es mir schwer, mit einer gewissen Präzision und in allen Einzelheiten zu erklären, was ihn so sehr verletzt hat.«

»Um Präzision und Einzelheiten werden wir uns später gemeinsam bemühen. Ich füge hier nur an, daß ich das Abenteuer dieses englischen Dichters nicht geringschätzen würde, so wie Sie. Auf jeden Fall aber hören wir auf, im dunkeln zu tappen, kehren wir zum Ausgangspunkt zurück und bewegen uns von dort Schritt für Schritt voran. Andernfalls werde ich der Bitte unserer Kollegen von Scotland Yard niemals nachkommen können. Wann und unter welchen Umständen haben Sie Malcolm Melton kennengelernt?«

»Während des Krieges. Wir verfolgten die sich rasch zurückziehenden Deutschen entlang der Adria. Ich war Funker in der polnischen Artilleriedivision. Um eine wirksame Verfolgung durchführen zu können, war ein Beobachter aus der Luft unerläßlich. Oberleutnant Malcolm Melton war der uns zugeteilte englische Pilot. In einem kleinen, etwas ramponierten Einsitzer, den wir ›Ente‹ nannten, flog er ziemlich tief, um ein Maximum an Sicht zu haben, und half uns, die beweglichen feindlichen Ziele möglichst präzise zu beschießen. Zu meinen Aufgaben gehörte es, da ich der englischen Sprache mächtig bin, seine über Funk durchgegebenen Befehle und Korrekturen zu empfangen und an die Feuerstellungen weiterzuleiten. Malcolm war ein Meister im Auffinden der Deutschen, aber er riskierte viel, wenn er kurz vor Anbruch der Dämmerung so tief über ihren Stellungen kreiste und sich nur durch ständige Bewegung dem deutschen Beschuß entzog. Er betrieb ein gefährliches Spiel, und er betrieb es mit Lust, denn es war das, was er brauchte. Wie viele junge Engländer aus gutem Hause betrachtete er den Krieg anscheinend als einmalige sportliche Herausforderung, eine eigentümliche Art von Safari. Unsere Zusammenarbeit brachte hervorragende Ergebnisse, und die ›Ente‹ wurde zum Liebling der Division. Jeden Abend kam Malcolm nach abgeschlossener Aktion mit dem Jeep von seinem Landeplatz zu uns. Er war groß, gutaussehend, ein wenig jungenhaft und hatte den ungeschickten Gang eines Plattfüßigen, was ihm unter unseren Soldaten den Beinamen ›Enterich‹ einbrachte. Er trank viel und gut. Offensichtlich hat er aber am Tag seiner Beförderung zum Hauptmann übertrieben, denn als er nachts mit dem Jeep aus dem Offizierskasino zurückkehrte, fuhr er auf ein Transportfahrzeug auf. Den Unfall überstand er mit einem mehrfach gebrochenen linken Bein. Aber erzähle ich nicht ein wenig zu weitschweifig?«

»In der Tat könnten Sie sich in diesem Stadium ein wenig kürzer fassen.«

»Ich will mich daran halten, zumal ich den Rest nur vom Hörensagen kenne. Nach einer Operation im Feldlazarett in Italien wurde er zur weiteren Behandlung nach England gebracht. Der erwartete Behandlungserfolg blieb jedoch aus. Er humpelte stark und kam ohne Stock nicht mehr aus. Und so sollte es auch bleiben. Ich verlor ihn aus den Augen. Die letzte Nachricht, die ich damals bekam, ließ den Schluß zu, daß er am Ende des Krieges das Angebot einer Karriere im Militärdienst annahm und in den Büros des Stabes arbeitete. Zwei Jahre nach Kriegsende kehrte Sir Harold, der während des Ersten Weltkrieges britischer Botschaftsrat in Rom gewesen war, nach Neapel in seine Villa in Posillipo zurück. Zu der Zeit verließ ich Italien und fuhr zur Demobilisierung nach England.«

»Haben Sie versucht, Malcolm in London ausfindig zu machen?«

»Ich habe es versucht. Man sagte mir am Telefon, daß er dienstlich in die Vereinigten Staaten gefahren sei. Ich hinterließ meine Adresse und die Telefonnummer. Er meldete sich nicht, und so ging ich davon aus, daß er keine Lust hatte, die Kriegsbekanntschaft wieder aufzufrischen. Ich ließ es dabei bewenden.«

»Wollen wir die Gelegenheit nutzen und uns eine Abschweifung erlauben. Sie haben Malcolms Vater erwähnt. Ich gab Anweisung, im Archiv sein *Dossier* herauszusuchen, ein recht umfangreiches, wegen der vielen Jahre, die er in Neapel verbracht hat. Aber ich warf nur kurz einen Blick hinein, ehe Sie kamen. Gern würde ich von Ihnen ein Wort über Sir Harold hören.«

»Persönlich habe ich ihn nie getroffen. Er starb 1958. Ich ließ mich 1955 für immer in Neapel nieder, Malcolm wurde auf eigenen Wunsch 1957 im Rang eines Oberst zur NATO abkommandiert. Wir begegneten uns erst nach dem Tod seines Vaters wieder. Sicher ist, daß er nicht an ihm hing, wenngleich er von ihm ein bedeutendes Vermögen in England und die Villa in Posillipo erbte. Ich vermute, daß er ihm die Schuld am Tod der Mutter gab. Selbstverständlich wissen Sie, Herr Kommissar, wie das mit den reichen Engländern war, die sich Anfang dieses Jahrhunderts und auch noch zwischen den beiden Weltkriegen in Neapel ansiedelten. Ihnen ging es weniger um das Klima und die Schönheit der Stadt als vielmehr um die Bequemlichkeit, mit der man junge Männer gewinnen konnte, ohne Verleumdungen, Diskriminierungen und Erpressungen fürchten zu müssen. Neapel war ein Paradies für Homosexuelle. Malcolm kam während des Ersten Weltkrieges in Rom zur Welt. Als der Erste Weltkrieg zu Ende war, verließ Sir Harold den diplomatischen Dienst, schickte seine Frau mit dem Kind nach England, für sich selbst kaufte er die Villa in Posillipo und versank in Neapel. Im Paradies für Homosexuelle. Seine Frau kam in den zwanziger Jahren zu ihm, allein, ohne den Sohn, der in englische Schulen geschickt wurde. Soviel ich weiß, wurde niemals aufgeklärt, ob sie beim Baden unter den Felsen zu Füßen der Villa unter Alkoholeinfluß ertrunken ist oder ob sie Selbstmord beging.«

»Doch, doch, es wurde aufgeklärt. Sie hat Selbstmord begangen. Aber in Anbetracht der Position Sir Harolds wurde die ganze Sache vertuscht. Auf jeden Fall ist, so wie ich das sehe, Malcolm zum ersten Mal in Offiziersuniform in Italien aufgetaucht (abgesehen davon, daß er hier zur Welt kam). Bis zum Kriegsausbruch studierte er in Oxford und riß sich nicht darum, seinen Vater zu besuchen, der ihn natürlich großzügig ausstattete.«

»Ja. Nicht einmal damals, als er das erste Mal im schon befreiten Neapel war, besuchte er die Villa. Übrigens stand sie damals leer, denn Sir Harold verbrachte den letzten Krieg hinter einem Schreibtisch in London, in irgendeinem Ministerium. Nebenbei gesagt, bin ich gar nicht sicher, ob der Vater sich einen Besuch des Sohnes wirklich wünschte, nach dem geheimnisvollen Tod seiner Frau und in der Wärme des ›paradiesischen‹ neapolitanischen Klimas. Aber sei dem, wie ihm wolle. Als Malcolm um die Abkommandierung zur NATO in Neapel nachsuchte, war sein Vater nach einem schweren Herzinfarkt dem Ende nahe. Knapp sechs Monate lebten sie zusammen in der *Villa Melton*. Kurz nach dem Tod Sir Harolds reichte der Sohn seine Entlassung ein, hängte die Oberstenuniform an den Nagel, nahm Besitz von der Villa und verwandelte sich in noch jungen Jahren in einen ausländischen Privatier, dem es beliebte, an eurer wunderbaren Bucht, unter eurem milden, gesegneten Himmel zu residieren. Von einer kanadischen Freundin, die bei der NATO beschäftigt war, wußte er schon seit längerer Zeit, daß ich in Neapel wohne, aber erst im Mai 1959 erhielt ich einen herzlichen Brief von ihm, mit einer Einladung zum Abendessen in die *Villa Melton*. Von da an war ich dort oft, mindestens einmal im Monat, im vorigen Jahr, 1970, noch öfter.«

»Und hier beginnt unser eigentliches Gespräch, in dem Sinne, daß ich nun ganz Ohr bin. Wenn ich unseren Kollegen von Scotland Yard in irgendeiner Weise helfen kann, dann vor allem auf Grund dessen, was Sie mir über Ihre neapolitanischen Verbindungen zu Malcolm erzählen werden. Sie brauchen sich von nun an nicht mehr an die Regel des möglichst knappen Berichts zu halten. Alles kann sich als wichtig erweisen, sogar das, was Ihnen spontan als belanglos erscheinen mag.«

»Mein erster Besuch hinterließ bei mir einen sonderbaren, leicht deprimierenden Eindruck. Sie kennen, Herr Kommissar, selbstverständlich die Villa in Posillipo. Aber waren Sie jemals abends dort? Sind Sie in völliger Dunkelheit den halben Kilometer langen Weg, der vom Tor an der Straße durch den herrlichen alten Park mit jahrhundertealten Bäumen nach unten zur Villa führt, die auf einem Felsvorsprung direkt am Meer liegt, gegangen? Ein älterer, schweigsamer Hausmeister, der in einem Dienstbotenhäuschen neben dem Tor wohnte, begleitete mich. Er trug eine Laterne und führte mich bis zum Eingang, den man über eine schmale Auffahrt und Stufen erreichte, läutete und machte sich sofort, ohne ein Wort zu sagen, auf den Rückweg. Ich wartete ziemlich lange. Schließlich öffnete Malcolm selbst. Er war damals dreiundvierzig oder vierundvierzig Jahre alt, sah aber älter aus. Die Haare stark angegraut, von übermäßiger Leibesfülle, mit aufgedunsenem Gesicht und langsamen Bewegungen. Er humpelte und stützte sich schwer auf seinen Stock. Das Innere der Villa erinnerte an einen Trödelladen, bot ein Bild der Verwahrlosung und scheinbar bewußter Vernachlässigung. Zu Abend aßen wir in seinem Zimmer; es servierte die Frau des Hausmeisters, die sich um die Hauswirtschaft kümmerte. Ein Fenster, das die ganze Wand einnahm, ging zur Terrasse heraus, mit Blick auf die Bucht. Vor dem Kamin an der Bücherwand schlief ein großer, fetter Dobermann. Auf dem breiten, zerwühlten Sofa lagen Bücher herum. Neben einer Stehlampe in der Ecke stand ein Sessel, ihm zur Seite ein Tischchen voller Flaschen mit verschiedenen Sorten alkoholischer Getränke, dahinter an der Wand ein großer Stich. Auf diesen Stich werde ich noch zu sprechen kommen, denn er war der Mittelpunkt meines ersten Besuches. Bei Tisch tauten wir langsam auf. Malcolm trank viel, sagte anfangs nur wenig, deutete nur an, dann wurde er gesprächiger. Man begann mit Kriegserinnerungen und ging dann zu gegenseitigen, zurückhaltenden Bekenntnissen über die späteren Jahre über. Vom Militärdienst hatte er genug, für Neapel empfand er Zuneigung und hatte beschlossen, hier bis an sein Lebensende in Ruhe zu leben. Die italienische Sprache hatte er sich recht gut angeeignet, wenngleich er sich mit mir lieber auf englisch unterhielt. In Oxford hatte er sich seinerzeit ein wenig mit Archäologie beschäftigt und wollte dies nun aus Liebhaberei weiterpflegen. Zu den ortsansässigen Archäologen hatte er sogar schon Kontakt aufgenommen, und diese versprachen ihm, ihn manchmal zu den Ausgrabungsteams hinzuzuziehen. Und darüber hinaus? Sonne, Meer, Wein, Lektüre. Reicht das nicht zum Glück? Über sein Gesicht huschte ein Schatten von Müdigkeit und Langeweile. Ehe ich mich verabschiedete, ging ich zu dem Stich in der Zimmerecke. Malcom stellte sich hinter mich und erklärte, sein Vater habe diesen alten, angeblich wertvollen Stich in einem neapolitanischen Antiquariat gefunden und für ein paar Groschen erstanden. ›Ein Freimaurer-Stich‹, fügte er hinzu und lachte kurz auf. Oben der offene Zirkel, unten die Kelle, in der Mitte dazwischen ein riesengroßes Auge, *Occhio della Provvidenza*, Auge der Vorsehung, lautete die zierliche Inschrift darunter. Ich weiß nicht, ob es die zeichnerische Geschicklichkeit des Künstlers war oder das Spiel der Lichtreflexe der Lampe und des Mondes hinter der Fensterscheibe, auf jeden Fall veränderte das Auge der Vorsehung ständig seinen Ausdruck, je nach Blickwinkel. Es war streng und bedrohlich; böse und zornig; heiter und gutmütig; verschlafen und gleichgültig; erloschen und leblos. *Una vera diavoleria*, sagte Malcolm auf italienisch und lachte wieder kurz auf. In seinem Lachen schwang dumpf ein sonderbarer, nicht zu fassender Ton mit.«

»Es ist zwei Uhr. Zeit, sich zu stärken und nach dem Mittagessen ein wenig zu verschnaufen. Ich erwarte Sie um fünf Uhr wieder.«

*

»Bevor wir unser Gespräch fortsetzen, möchte ich Sie auf zwei Dinge aufmerksam machen. Erstens, ich kann mich täuschen, aber ich spüre in Ihren Antworten eine gewisse Zurückhaltung und Vorsicht. Falls ich damit richtig liege, rate ich Ihnen, diese Haltung aufzugeben. Sie können Ihrem ermordeten Freund nicht mehr helfen, auch nicht schaden, aber was immer in Ihrer Erzählung ausweichend klingen mag, wirft einen unnötigen Schatten auf Sie. Unnötig und grundlos, da habe ich – ich möchte es wiederholen – keine Zweifel. Mein zweiter Ratschlag hat einen vorbeugenden Charakter und kommt dem, was Sie mir noch erzählen werden, zuvor. Ich habe einmal irgendwo gelesen, daß Ihr Osteuropäer eine Vorliebe dafür habt, aus spärlichen Tatsachen Hypothesen aufzustellen, überall Verschwörungen und verborgene Winkelzüge zu wittern, eben dafür, was wir Italiener ›Aufdeckologie‹ nennen, das Bestreben, jede Sache mit einem scharfen oder auch stumpfen Messer in ihre schwarzen und weißen Bestandteile zu zerteilen. Meine Bemerkung versetzt Sie sicherlich in Erstaunen, erscheint Ihnen im Munde eines Polizeikommissars nicht passend, aber Grundlage unseres Denkens und Lebens ist das *pasticcio*, also die Verflechtung oder Vermengung so vieler verschiedener, miteinander vermischter Elemente, daß deren Trennung ein Irrsinn wäre, eine völlig unausführbare Aufgabe. Und eine schädliche. Ja, ja, in gewissem Sinne schädlich. Das *pasticcio* ist unser täglich Brot, wir ernähren uns davon, wie von dem Gericht mit diesem Namen, in das man alles hineinwirft, was gerade zur Hand ist, und insgesamt – wage ich zu behaupten – fahren wir dabei nicht schlecht. Ich rate Ihnen deshalb und bitte Sie sehr: keine hypothetischen Konstruktionen, keine Vermutungen und Blicke ›hinter die Kulissen‹, kein Lesen zwischen den Zeilen. Nur Fakten, reine Fakten. Warum ich das schon im voraus sage? Deswegen, weil Sie sagten, das freimaurerische Auge der Vorsehung sei ›der Mittelpunkt‹ Ihres ersten Besuches bei Malcolm gewesen. Es ist für uns kein Geheimnis, daß Sir Harold bis zur Auflösung der Freimaurer durch Mussolini im Jahre 1925 Mitglied der neapolitanischen Freimaurerloge *Magna Grecia* gewesen war, daß er später wahrscheinlich zu deren illegalen, geheimen, ›ruhenden‹ Überresten gehörte, daß er nach dem Krieg und dem Ende des Faschismus, nachdem die Loge ihre legale Restitution erlangt hatte, darin eine wichtige Rolle spielte und die Position eines *Maestro Venerabile* bekleidete, und daß sein Sohn nach dem Tod des Vaters in ihre Reihen aufgenommen und eingeführt worden ist. Das alles ist für niemanden, der Zeit und Lust hat, sich mit der Existenz der *Magna Grecia* zu beschäftigen, die sich übrigens alle paar Jahre mit wunderschönen Plakaten an den Mauern Neapels in Erinnerung ruft, ein Geheimnis. Ich würde deshalb diesem Teil des *pasticcio* von Malcolm Melton kein größeres Gewicht beimessen.«

»Ihren ersten Rat nehme ich ohne Vorbehalte an, Herr Kommissar. Ich bin während der Mittagspause zu einem ähnlichen Ergebnis gekommen, nachdem ich mich etwas von dem Schock über die Nachricht vom Londoner Attentat erholt hatte. Sie werden von mir alles erfahren, was ich weiß. Über die Stichhaltigkeit des zweiten Ratschlags werde ich aber mit Ihnen streiten. Ich erlaube mir zu bemerken, daß Sie mich zu Beginn unseres Gesprächs auch ermuntert hatten, die Gründe von Malcolms plötzlicher Abreise aus Neapel zu *erraten*. Ich habe mir das gemerkt, denn diese Ermunterung paßte zu meiner Lage. Was eigentlich ist meine Lage? Ich war weder Malcolms Beichtvater noch war ich Tag und Nacht mit ihm zusammen, ich begleitete ihn nicht auf seinen Reisen und steckte meine Nase nicht in seine Angelegenheiten. Zunächst war ich sein nach Jahren wiedergefundener Waffenbruder, dann sein Freund, dem er einigermaßen vertraute und dem er sich manchmal – obwohl selten und knapp – anvertraute. Aber das ist zu wenig für die von Ihnen gewünschten ›reinen Fakten‹. Ich bin, Herr Kommissar, auf Annahmen, Hypothesen und Vermutungen angewiesen; entweder nehmen Sie das als gegeben hin, oder es ist besser, wir schalten das Aufnahmegerät ab und setzen unser Gespräch in einem Café fort. Seit fünfzehn Jahren lebe ich in diesem Land, genug, um zu wissen, was es mit dem italienischen *pasticcio* auf sich hat. Ich leugne nicht, daß es gewisse Vorzüge besitzt und gewisse Vorteile mit sich bringt. Aber ich glaube, daß auch die schädliche Neigung des Osteuropäers, die Sie zu erwähnen die Freundlichkeit hatten, gewisse Vorzüge besitzt.«

»Es tut mir leid, wenn ich Sie unabsichtlich verletzt habe. Gut, erzählen Sie, was Ihnen die Erinnerung und die Vorstellungskraft oder die sogenannte Tiefgründigkeit diktieren.«

»Selbstverständlich will ich nicht von allen unseren Treffen im Laufe der folgenden Jahre erzählen. Kam ich tagsüber und das Wetter war schön, badeten wir gemeinsam und fuhren manchmal mit dem Motorboot zu den Inseln Pocida und Ischia. Abendliche Besuche gestalteten sich als Trinkgelage mit langen Gesprächen und dem Anhören von Schallplatten bis tief in die Nacht. Bei Tag überzeugte ich mich wiederholt, daß die ständigen Veränderungen im Auge der Vorsehung nicht durch das Spiel des Lampenlichtes oder des Mondscheins verursacht wurden. Es veränderte ständig seinen Ausdruck, auch bei Sonnenschein, und richtete sich nach dem Betrachter. Malcolm zeigte gegenüber dem Stich einen Anflug von abergläubischer Furcht, er vermied es hinzusehen und empfand wohl mein Interesse daran – ich stand häufig in der Ecke des Zimmers und betrachtete den Stich – als eine Art von Indiskretion. Darüber hinaus, darin haben Sie recht, machte er aus seiner Zugehörigkeit zur Freimaurerloge kein Geheimnis. Ganz im Gegenteil, über *Magna Grecia* sprach er gern und ohne Hemmungen. Sie müssen wissen, daß er keine klaren, festumrissenen Anschauungen hatte, eher Phobien, die er je nach Laune mit freundlichen Ansichten durchmischte. Er war ein englischer Konservativer, der sich gleichzeitig – und wie! – über Konservatismus lustig machte. Gegenüber Kommunisten und hauseigenen Labour-Parteigängern verspürte er Widerwillen, wobei er ihnen in ›einigen Dingen‹ recht gab. Er war ein Liberaler mit Hang zu einer ›Politik der starken Hand‹. Priester konnte er nicht leiden und verspottete sie, obwohl er praktizierender Katholik war (in der Kirche Santa Clara, wo er häufig zur Beichte ging und die Kommunion empfing, wird man Ihnen mehr darüber erzählen können). Am liebsten definierte er die Welt, in der wir leben, als *madhouse*, als Irrenanstalt. Wer weiß, ob er nicht gerade in der Freimaurerloge Neapels einen Ableger des allgemeinen *madhouse* in Miniaturform sah. Ihren Stamm bildeten Vertreter des reichen Bürgertums und der freien Berufe, hohe Beamte, Richter, Offiziere der Armee und der Karabinieri im Ruhestand, Landeigentümer und Industrielle sowie mehr oder weniger verarmte Aristokraten. Aber es fehlte auch nicht an kommunistischen Funktionären mit bekannten Namen, und aus Rom kam manchmal ein Prälat in Zivilkleidung mit einem kleinen Kreuz am Revers angereist, der offensichtlich den Bann ignorierte, mit dem die Kirche die Freimaurerei wegen ihres Antiklerikalismus und ihrer angeblich programmatischen Religionsfeindlichkeit belegt hatte. Mit schalkhafter Vorliebe zitierte Malcolm die Definition der Freimaurerei nach den Neapolitanischen Statuten von 1750 als einer Vereinigung von Bürgern, die sich um Staat und Religion besonders verdient gemacht haben und die zum Wohle der Menschheit mit den engsten Banden tugendhafter Freundschaft in einer harmonischen Familie zusammengeschlossen sind. Entscheidend war für ihn die harmonische Familie, für Italien das Maß aller Dinge, der Nabel der Welt. Als Ausländer fühlte er sich darin aufgehoben, wohl ähnlich wie sein Vater. Schließlich hatte man der Loge den Charakter eines besonderen Klubs verliehen; nach den Versammlungen wurde dorthin ein Buffet bestellt, man spielte Bridge und Schach. Eines machte mich damals an Malcolm stutzig: Er verlor niemals auch nur ein Wort über sein Gefühlsleben und verzog bei der geringsten Anspielung auf Frauen, sogar vom Wein angefeuert, voller Abscheu das Gesicht. Sollte er in Sir Harolds Fußstapfen getreten sein? Wenn dem so war, dann bestand in Neapel keine Notwendigkeit, dies zu verbergen.«

»Bis Tommaso Patano auf der Bildfläche erschien. Wann war das genau?«

»Im Frühjahr 1964 fuhr Malcolm mit einer Gruppe von Archäologen für drei Monate in die Umgebung von Agrigent. Im Mai kehrte er braungebrannt, verjüngt und voller Energie in Begleitung eines fünfundzwanzigjährigen, sehr gutaussehenden Sizilianers, den er Tom oder Tommy nannte, zurück. In der Villa in Posillipo begann ein neuer Abschnitt. Der Neuankömmling aus Sizilien übernahm das Steuer des angemoderten Schiffes. Der Hausmeister und seine Frau wurden entlassen, in den mit Gerümpel vollgestellten und arg verschmutzten Zimmern wurde gründlich aufgeräumt, und Tom machte sich an den verwilderten Garten. Die *Villa Melton* lebte wieder auf und es kehrte die reinste Idylle ein. Wie schwierig ist es, Herr Kommissar, diese beiden Männer, die sich liebten, zu beschreiben, ohne in Übertreibung oder gar Lächerlichkeit zu verfallen! Ich belasse es bei diesem Ausruf der Ratlosigkeit. Tom war ein ziemlich primitiver Bursche, nahezu ohne irgendeine Bildung, der zu Malcolm in höchster Verehrung aufschaute. Jedesmal, wenn er zu seiner Familie nach Sizilien, nach Castelvetrano fuhr, versank Malcolm in eine von nervösem Fieber begleitete Langeweile, die er mit Alkohol zu betäuben suchte.«

»Tommaso Patano stammte nicht aus Castelvetrano und hatte dort keine Familie. Er kam aus Palermo.«

»Sind Sie sicher?«

»Ja, ich bin sicher. Wir haben das überprüft, als er in Neapel auftauchte. Da ich selbst Sizilianer bin, gehören Sizilianer, die sich in Neapel niederlassen, gewissermaßen in meinen Arbeitsbereich. Vor allem dann, wenn es sich um spezielle Fälle handelt.«

»Patano war ein spezieller Fall? Ich will Sie nicht bedrängen, Einzelheiten zu nennen, Sie werden mir ja doch nichts sagen. Das ist allerdings schade, weil es einiges aufklären könnte.«

»Trotz der Freiheit, die ich Ihnen wohl oder übel zugestanden habe, Ihrer Vorstellungskraft und der sogenannten Tiefgründigkeit zu frönen, ist die Aufklärung unsere Sache. Und unserer Kollegen von Scotland Yard auf Grund des von uns vorgelegten Materials. Ihre Sache ist es zu erzählen. Ehrlich gesagt, bereue ich jetzt, daß ich die kleine Lüge des oder der Geliebten von Malcolm Melton richtigstellte.«

»Spotten Sie nicht, Herr Kommissar. Glauben Sie mir bitte, die beiden waren wirklich ein glückliches Paar. Malcolm gestand mir einmal während Toms Abwesenheit, er trage sich mit dem Gedanken, ihm die Villa in Posillipo testamentarisch zu vermachen. Nur eine Kleinigkeit war es, die diese Idylle störte, Ihnen aber vielleicht nicht allzu erstaunlich erscheinen wird. Patano hatte schreckliche Angst vor dem Auge der Vorsehung; es war für ihn ein Abbild des *malocchio*, des bösen Blicks. Er flehte Malcolm an, den Stich zu verbrennen oder ihn wenigstens in den unbewohnten Turm über dem Dach der Villa zu verbannen. Malcolm wollte nichts davon hören. Er, der stets so zartfühlig gegenüber seinem jungen Lebensgefährten war, reagierte hier hart und unnachgiebig, schlug mit der Faust auf den Tisch, stieß mit seinem Stock auf den Boden und schrie: ›Nein, nein, nein.‹ Wissen Sie, das sind die rätselhaften Schlupfwinkel der menschlichen Seele. Ich sagte bereits, daß sein Verhältnis zur Freimaurerei einen leicht ironischen Beigeschmack hatte; es konnte hier also wohl kaum die Achtung vor dem Symbol eine Rolle spielen. Auch erwähnte ich, daß die Beziehung zu seinem Vater nicht gerade innig war, so daß auch die Möglichkeit wegfiel, es könne sich um ein Erinnerungsstück handeln, an dem er besonders hing. Was war es dann? Ich habe mir oft darüber den Kopf zerbrochen. Nur ein einziges schwaches Indiz gibt es, das dieses Geheimnis lüften könnte. Sir Harold hat den Stich kurz vor dem tragischen Tod seiner Frau aufgestöbert und erstanden. Sollte es das sein, was Malcolm an das Auge der Vorsehung fesselte und ihn zugleich – wie ich zuvor schon andeutete – mit abergläubischer Furcht erfüllte? Sollte er, der sich an die Mutter kaum oder nur sehr schwach erinnerte, in dem riesigen, sich ständig verändernden Auge ihren Blick aus dem Jenseits erkennen? Einen Blick, der irgendwie voller Klage und Groll war, zugleich aber auch beschützend wie ein Talisman? Jetzt habe ich mich zu literarischen Abschweifungen treiben lassen, die Sie mitleidlos streichen dürfen. Wie dem auch sei, als Schriftsteller von Beruf und aus Berufung ist es mir nicht möglich, an die von Ihnen favorisierten ›reinen Fakten‹

zu denken, ohne ihren tieferen, meist geheimnisvollen Kontext einzubeziehen. Jeder von uns leidet an gewissen beruflichen Deformationen, ich ebenso wie Sie.«

»Meine berufliche Deformation muß sich jetzt aber durchsetzen, da läßt sich nichts machen. Ich vermute, daß Sie über Malcolms Honigjahre nicht mehr viel zu berichten haben, es sei denn, Sie möchten sich damit vergnügen, die Beweise des Familienglücks zu mehren und zu repetieren. Für mich ist es nun an der Zeit, zum nächsten Kapitel überzugehen.«

»Das nächste Kapitel bedeutet einen Sprung ins vorige Jahr, ins Jahr 1970. Bei meinem Bericht bin ich gezwungen, das, was ich selbst als Zeuge miterlebt und was ich bruchstückhaft von Malcolm kurz nach dem Verschwinden Tom Patanos erfuhr, zu einem Ganzen zusammenzufügen und dabei chronologisch vorzugehen. Im Interesse einer klaren und kohärenten Erzählung sehe ich keine bessere Lösung. Für Ende Juli war eine Sitzung der *Magna Grecia* in Sizilien einberufen. Sie sollte in Erice, einem wunderschönen mittelalterlichen Städtchen in der Nähe von Trapani stattfinden. Es war eine außerordentliche Sitzung; geplant war, soviel ich weiß, ein Zusammenschluß der neapolitanischen mit der sizilianischen Loge. Mitten im Sommer, in der Ferienzeit, rechnete man nicht mit einer großen Teilnahme der Mitglieder, aber Malcolm ließ sich überreden und fuhr hin. Er fuhr zusammen mit Tom und sie quartierten sich in einem Hotel in Trapani ein. Am festgelegten Tag ließ er seinen Gefährten im Hotel zurück und machte sich am frühen Morgen auf den Weg nach Erice. Ort der Sitzung waren die unterirdischen Gewölbe eines verlassenen Franziskanerklosters drei Kilometer hinter Erice; die Rolle des Hausherrn übernahm ein alter, äußerst intelligenter Priester. Eine Freimaurerversammlung an heiliger, wenngleich säkularisierter Stätte, mit einem Geistlichen als Hausherrn? Genau so. Auch fand sie diesmal in ungewöhnlicher Szenerie statt: ein langer Tisch für die Teilnehmer, in einer Ecke des Gewölbes zu einer Pyramide aufgeschichtete Schädel der vor langer Zeit verstorbenen Mönche, an der Decke die Umrisse festgekrallt schlafender Fledermäuse. In der Gruppe der Sizilianer genoß ein korpulenter, großgewachsener Mann mit düsterem Gesicht besondere Hochachtung. Er wurde Don Calogero genannt. Vom ersten Augenblick an war Malcolm sicher, daß es sich um ein hohes Tier der Mafia handelte. Verflechtungen zwischen Freimaurern und Mafia unter dem wohlwollend-gütigen Auge eines Dieners Gottes, eines Kirchenmannes? Das war sogar für Malcolm zuviel. Don Calogero beobachtete ihn unentwegt, als unterzöge er ihn einer Prüfung. Am nächsten Tag besuchte er ihn im Hotel in Trapani. Patano war während des Gesprächs zugegen; er mischte sich zwar nicht ein, verhielt sich dem Gast gegenüber aber mit solcher Unterwürfigkeit, daß er ihn zweifellos zu kennen schien, auch wenn er dies heftig in Abrede stellte. Der Gegenstand des Gesprächs? Ich weiß es nicht, ich weiß es wirklich nicht. Malcolms vertrauliche Erzählungen kurz nach dem Verschwinden Patanos waren voller Lücken, Unterbrechungen, durchsät mit plötzlichem Schweigen; ich wagte nicht, ihn mit Fragen zu unterbrechen.«

»Worüber konnte ein sizialianischer *mafioso*, falls er wirklich ein *mafioso* war, mit einem englischen Freimaurer und ehemaligen Offizier reden? Zügeln Sie nun aber wirklich ein wenig Ihre Phantasie.«

»Ich habe sie doch noch immer ganz gut im Griff, schließlich habe ich noch nichts Besonderes gesagt. Erst jetzt werde ich das tun. In Erinnerung blieb mir ein Satz, den Malcolm, übrigens ganz nebenbei, einwarf, ohne Zusammenhang zu der Versammlung in Erice und dem Vorkommnis in Trapani. Er lautete folgendermaßen: ›In Sizilien erzählte man mir, daß die Mafia im Ausland versuche, Waffen gegen Rauschgift zu kaufen.‹ Wer hat das erzählt? Und weshalb erzählte er es einem englischen Freimaurer und ehemaligen Offizier, der vor seiner Abkommandierung zur NATO in Neapel in den Militärstäben seines Landes gearbeitet hatte? An dieser Stelle muß man aber wieder einen halben Schritt zurückgehen, um die Chronologie zu wahren. Im Juli und August machte ich Ferien in Piemont; Malcolms sizilianischer Ausflug fand während meiner Abwesenheit von Neapel statt. Anfang September kam ich aus dem Urlaub zurück. In der *Villa Melton* fand ich eine angespannte Atmosphäre vor. Malcolm war nervös und aufgewühlt, geriet wegen jeder Kleinigkeit in Wut; allem Anschein nach kämpfte er innerlich mit sich. Plötzlich flog er nach London und bat mich, hin und wieder in der Villa vorbeizuschauen. Eines Tages tat ich dies, ohne Vorankündigung. Als ich vom Tor an der Straße zur Villa hinabging, traf ich auf einen korpulenten, großgewachsenen Mann, der sie gerade verließ. Damals war ich ahnungslos, erst später begriff ich, daß das Don Calogero gewesen sein mußte. Die Tür zur Villa stand offen, Patano sprang vom Sofa auf, als er mich sah. Er konnte seine Verlegenheit nicht verbergen, fragte aber nicht nach. Mir fiel auf, daß das Auge der Vorsehung abgehängt war und in der Ecke mit der Bildseite zur Wand gelehnt stand. Auf Malcolms Schreibtisch lagen Papiere in wildem Durcheinander und die Klappe des Sekretärs stand offen. Ich habe das Malcolm niemals erzählt, nicht einmal damals, als er sich nach Toms Verschwinden diese bruchstückhaft-chaotischen Bekenntnisse abrang.«

»Warum?«

»Bei dieser ganzen Sache spielte das Gefühl eine Rolle, schließlich war das auch eine Liebesgeschichte. Ich vergaß dies nicht für einen Augenblick, wobei ich gleichzeitig die nötige Distanz wahrte, die man den persönlichen Angelegenheiten anderer gegenüber wahren sollte.«

»Das lob ich mir, *bravo*. Also, Melton ist aus England zurückgekehrt ...«

»Nach zehn Tagen, Mitte September. Er war in einem noch schlechteren Zustand als vor der Abreise. Im Gespräch kaum anwesend, den Kopf auf die Brust gesenkt und mit halbgeschlossenen Augenlidern. Angesprochen schien er wie aus dem Schlaf oder aus Grübeleien aufzuschrecken. Manchmal verhielt er sich Patano gegenüber barsch. Am besten würde wohl das Wort ›verstrickt‹ zu ihm passen. In was verstrickt? Auf jeden Fall in etwas, aus dem er sich nicht befreien konnte und wollte. Für mich, der ich uneingeweiht war und alles von außen beobachtete, war die Situation schwer zu ertragen. Ich beschloß, meine Besuche in der *Villa Melton* einzustellen. Diesen Vorsatz hielt ich nicht allzu lange durch. Am 16. Oktober rief mich Malcolm am frühen Morgen an und bat mich mit so eindringlicher Stimme zum Mittagessen, daß ich eine Absage nicht übers Herz brachte. Der Tag war sonnig, fast sommerlich, von Herbst war nichts zu spüren. Nach dem Essen schlug Patano vor, auf die Felsen über dem Meer unterhalb der Terrasse hinabzusteigen, er selbst räumte den Tisch ab und gesellte sich uns nach einer viertel Stunde zu. Ich legte mich in eine schattige Nische zwischen den Felsen, Malcolm und Tom setzten sich auf eine Bank, die auf einer flachen Felsenplattform stand. Die Bucht war zu dieser Tageszeit – es war gegen vier Uhr nachmittags – leer. Plötzlich tauchte von Procida her hinter einem Felsvorsprung in voller Fahrt ein Motorboot auf, drehte auf Höhe der Villa scharf ab und kam auf uns zu, wobei es seine Geschwindigkeit allmählich drosselte. Langsam näherte es sich der kleinen Anlegestelle am Fuß des Felsens, ohne aber den Motor abzustellen. Malcolm und Tom standen von ihrer Bank auf und sahen nach unten. Da stieß Patano Malcolm mit aller Gewalt um, stürzte mit ihm zu Boden, so daß er ihn mit seinem Körper bedeckte. Es fiel ein Schuß. Das Motorboot machte einen kleinen Bogen rückwärts, gewann wieder an Fahrt und entschwand rasch in Richtung Capri. Ich sprang von meinem Liegeplatz auf, die beiden erhoben sich vom Boden, Malcolm umarmte seinen jungen Gefährten und wiederholte stammelnd die Koseform seines Vornamens ›Tommy, Tommy, Tommy‹. Sie lächeln …«

»Bitte achten Sie nicht darauf. Angesichts dieser wahrlich rührenden Szene mußte ich unwillkürlich lächeln.«

»Und angesichts meiner Naivität. Ja, ich leugne es nicht, heute weiß ich, daß dies wahrscheinlich eine inszenierte Komödie war, aber damals reagierte ich ähnlich wie Malcolm.«

»Melton gewann den Glauben an seinen jungen Gefährten zurück. Er hörte auf, sich zu quälen und mit Zweifeln und Bedenken zu peinigen.«

»Und zwar in einem Maße, daß für kurze Zeit wieder die alte Idylle in die Villa zurückkehrte. Als Patano eine Woche später die Villa verließ und nicht mehr zurückkehrte, war das – wie mir scheint – für Malcolm die Bestätigung, daß dieser für sein Verhalten, für den höchsten Beweis seiner Treue und Ergebenheit, seiner tiefen und authentischen Gefühle, irgendwie hatte bezahlen müssen. Armer Malcolm! Der Vorfall auf dem Felsen trübte ihm den Blick, nahm ihm die Geistesschärfe. Ich sagte ›wie mir scheint‹, weil ich weiterhin auf meine eigenen Mutmaßungen angewiesen bin. Das letzte Kapitel dieser Geschichte, nach dem Verschwinden Patanos, eignet sich kaum dazu, erzählt zu werden. Man kann es in wenigen Worten zusammenfassen: Erschöpfung und – wie ich annehme – der ständige Gedanke an ein ›Herausholen‹ und ›Freikaufen‹ Toms, der irgendwo in der sizilianischen Einöde gefangengehalten werde. Bitte beachten Sie, Herr Kommissar, daß ich auch hier nur raten kann. Denn obwohl ich jetzt fast täglich in die *Villa Melton* kam, wie zu einem Kranken, der einsam ist, nach dem man sehen muß, und obwohl Malcolm nunmehr eher bereit war, mich ins Vertrauen zu ziehen, erfuhr ich nicht mehr, als jene aus größerem, mir unbekanntem Kontext herausgerissenen Fetzen, wie etwa die Versuche der Mafia, im Ausland Waffen gegen Rauschgift zu kaufen, die Freimaurerversammlung in Erice oder der Vorfall in Trapani. Das war alles an unmittelbaren Bekenntnissen aus der letzten Zeit, das sei in unserem Gespräch hervorgehoben. Infolgedessen ist das Bild, das ich mir machte und machen mußte, eher ein Produkt meiner Vorstellungskraft und der sogenannten Tiefgründigkeit, wie Sie sich ausdrückten, als die Zusammenfassung der mit einem Tropfenzähler abgemessenen Bekenntnisse Malcolms.«

»Sicherlich sollte ich mir dieses Bild, das Sie sich gemacht haben, nun ansehen.«

»Das können Sie halten, wie Sie wollen. Schließlich haben Sie mich in die Quästur geladen und leiten unser Gespräch.«

»Da ich Ihnen schon so große Zugeständnisse gemacht habe und Sie meine Ratschläge nicht befolgen, lassen sie uns noch den Punkt auf das i setzen.«

»Ich bin der Meinung, daß Malcolm, der sich in den englischen Verhältnissen gut auskannte, als Vermittler in die Affäre Waffen gegen Rauschgift hineingezogen worden ist. Weiter glaube ich, daß Patano zuerst als Lockvogel und später als Werkzeug für Erpressung und Druckausübung benutzt wurde, daß sich Malcolm widersetzte, sich wehrte, einen Schritt nach vorn machte und gleich wieder einen halben Schritt zurück, damit rechnete, es werde ihm gelingen, sich ohne allzu hohe Verluste aus dieser Situation herauszumanövrieren und Tom für sich zu behalten. Der wohl absichtlich verfehlte Schuß war eine zugunsten Patanos inszenierte Komödie, zugleich auch eine Warnung. Malcolm wußte, was gespielt wird, es ist unmöglich, daß er es nicht gewußt hätte. Mitte November flog er für drei Tage nach London, unternahm wohl den letzten verzweifelten Versuch zur Durchführung der Transaktion. Offensichtlich ist es ihm nicht gelungen, denn sofort nach der Rückkehr bot er seine neapolitanische Villa zum Verkauf an. Er verkaufte sie schnell und viel zu billig, das ist wahr, aber er handelte in Panik. Das Problem bestand darin, daß er mittlerweile aus der Sicht der beiden Parteien, die unter seiner Vermittlung in dieser Affäre verhandelten, zuviel wußte. Und damit wurde er für beide Seiten zu einer ernsthaften Bedrohung. Dies ist in groben Zügen das Bild, das ich mir gemacht habe, einschließlich der ›integralen Desintegration‹ gestern um Mitternacht in London. Um Präzision und Einzelheiten werden Sie sich gemeinsam, Scotland Yard und Ihre Quästur, bemühen müssen. Täusche ich mich, oder hören Sie mir wirklich mit ironisch zwinkerndem Auge zu?«

»Mit dem polizeilichen Auge der Vorsehung. Wir leben, wie Ihnen sicher bewußt ist, in einer Zeit des Überflusses an ›unbekannten Tätern‹. Noch fehlen mir aber die letzten Augenblicke vor dem Epilog.«

»Malcolm kaufte für den 11. Dezember ein Flugticket nach London. Am 7. Dezember verbrachten wir unseren Abschiedsabend in der *Villa Melton*, während Arbeiter einer Speditionsfirma die Kisten packten. Es war kalt und regnerisch, im Kamin brannte ein Feuer. Malcolm bemühte sich, Ruhe zu bewahren und gute Miene zum bösen Spiel zu machen; er verbiß sich unversehens in Erinnerungen an seinen Dobermann Lucky, der schon lange tot war und von Tom im Garten der Villa beerdigt worden war. Aus dem Nebenraum kamen die Arbeiter in das Zimmer; er zeigte ihnen, was sie in die Kisten packen sollten. Und plötzlich nahm er, wissen Sie, so leichthin, ohne mich, der ich auf einem Hocker näher am Kamin saß, anzusehen, den Stich von der Wand und warf ihn ins Feuer. Die Flammen schlugen hoch und mir schien sich für den Bruchteil einer Sekunde das riesengroße Auge der Vorsehung, ehe es verbrannte, mit einem Ausdruck von Hohn und Spott langsam zu schließen.«

»Morgen lasse ich unser Gespräch vom Band schreiben. Kommen Sie bitte übermorgen; Sie werden den Text durchlesen und seine Richtigkeit durch Ihre Unterschrift bestätigen. Eine Kopie erhalten Sie als Geschenk. Schließlich sind Sie ja Schriftsteller; wer weiß, wer weiß, vielleicht überkommt Sie in fünfzehn oder zwanzig Jahren die Lust, wenn sich der Staub unserer und der Londoner Archive über die ganze Geschichte gesenkt hat, sie mit der Feder zu verewigen. Auf diese Weise gelange vielleicht auch ich über die Hintertreppe in die Literatur. Es ist etwas spät geworden, ich bringe Sie mit dem Wagen nach Hause.«

18. Februar 1988

Die Nacht sei noch farbenreicher als der Tag. Diese Behauptung van Goghs scheint zunächst im Widerspruch zu stehen zu dem, was seine holländischen Biographen, Abraham und Renilde Hammacher, über sein Leben und seine Malerei schreiben. Er bewunderte Morgengrauen und Abenddämmerung; nach Meinung seiner Biographen waren die ersten und die letzten Lichtstrahlen eines Tages für ihn Quelle der Ekstase. Häufig stand er um vier Uhr morgens auf, um den Tagesanbruch zu begrüßen; oder er schlich stundenlang in Erwartung der Dämmerung umher. Es kam vor, daß er die ganze Nacht am Teich, im Feld oder auf dem Friedhof verbrachte, bis die ersten Vögel ihr Morgenlied anstimmten. In »Ekstase« versetzte ihn also eher der Augenblick der Wende von der Nacht zum Tag und vom Tag zur Nacht als die Nacht selbst, die farbenreicher sei als der Tag. Und dennoch glaube ich, daß er seine Behauptung mit Recht aufstellte. Die Nacht steigerte in ihm das krampfhafte Gefühl für verdeckte, matte, in seinem Auge aber intensiv vibrierende Farben. Die Kirche von Auvers, die er einen Monat vor seinem Selbstmordversuch und Tod gemalt hatte: Der Himmel ist »nächtlich«, die Mauern sind »nächtlich«, und hätten wir nicht die Notiz van Goghs im Brief an seinen Bruder über den sonnenüberfluteten rosa Sand auf dem Weg, fiele es schwer, die Existenz einer natürlichen Lichtquelle zu vermuten.

Van Gogh sollte man in größeren Mengen betrachten, nicht nur in einzelnen Werken; mir ist das bis zur jüngsten Ausstellung in Rom niemals gelungen. Jetzt weiß ich, daß er der größte Maler der Moderne war. Seine Größe ist nicht nach »technischen« oder »formalen« Kriterien zu bestimmen. Ich bewundere Künstler, für die Kunst der unentwegte Versuch ist, an das andere Ufer zu kommen. Fest in der Wirklichkeit und in der Natur verankert, reißen sie sich eigensinnig los zu einem Erahnten, Unbekannten. In van Goghs Augen ist alles mit dem flüchtigen Schatten des Geheimnisses behaftet: das menschliche Gesicht, die Landschaft, Wurzeln und ausgerissene Bäume, Sonnenblumen, ein Stuhl. Albert Aurier, der Verfasser des *einzigen* Artikels über ihn, der zu Lebzeiten erschien, schrieb von van Goghs »Verwegenheit«. In seiner Malerei bemerkte Aurier das »Übermaß«: ein Übermaß an Kraft, an »feinfühliger Reizbarkeit«, an »Heftigkeit im Ausdruck«. Van Gogh war für ihn ein »trunkener Riese«, »ein brodelndes Hirn«, »ein schreckliches, halbtolles Genie«, ein Visionär am Rande der Pathologie, der die Welt um sich herum »mit außerordentlicher, vielleicht schmerzlicher Intensität« wahrnimmt. Der so charakterisierte Maler beantwortete den Artikel mit einem Brief an den Autor, in dem er sich für Gauguin einsetzte und »den Anteil, der mir gebührt oder gebühren wird auch in Zukunft«, als einen »sehr nebensächlichen« bezeichnete.

Während seines einjährigen Aufenthaltes in der Nervenheilanstalt in Saint-Remy schaute er keck der Sonne ins Gesicht. Sieht man auch in der glühenden Landschaft *Feld mit Schnitter* einen Abglanz »nächtlicher Farben«? Er war überzeugt, daß sich der Schmerz als kräftiger erweisen werde als der Wahn. Der Schmerz? Ja, der Schmerz, das unbezwingliche Gefühl der Verflechtung der blendenden Sonne mit nächtlichem Glanz. Das in der Sonne gemalte *Bildnis eines alten Bauern* beinhaltete für ihn selbst etwas Ewiges, etwas, das einstmals durch den Heiligenschein symbolisiert wurde. Die abendliche Szene der bäuerlichen *Kartoffelesser*, um einen Tisch gruppiert, über dem eine Petroleumlampe von der Decke hängt, erinnert an

Bilder Rembrandts: Auch diese Gesichter haben etwas Ewiges, als seien sie von innen beleuchtet. Höhepunkt aber ist sein kurz vor dem Tod gemaltes Selbstporträt: Mit strengem Blick sieht uns der Maler und einstige Wanderprediger an, verbissen, im Schmerz erstarrt, ewige Ruhe wünschend nach Jahren zwischen heller Dunkelheit und dunkler Helligkeit.

20. Februar 1988

In Polen bat mich jemand, der an einer Auswahl meiner Essays interessiert ist, um den Beitrag *Wiek rewolucji* (*Das Jahrhundert der Revolution*), der 1952 erschien und in keines meiner Bücher aufgenommen wurde. Zwischen alten Papieren fand ich die Skizze und las sie nach so vielen Jahren wieder. Sie verdient es, entstaubt und mit einigen Worten bedacht zu werden.

Ausgangspunkt für *Das Jahrhundert der Revolution* waren die damals gerade in London erschienenen Bücher von D. W. Brogan, Alex Weissberg, E.H. Carr, Bertrand Russell und E. M. Forster. Beim ersten und den beiden letzten werde ich kurz verweilen. Brogans *The Price of Revolution* wird von einem Zweizeiler Samuel Johnsons eröffnet: »Von allen Schicksalsschlägen, die Menschen widerfahren / gibt es nur wenige, die Könige oder Gesetze hervorrufen oder lindern können.« Brogans Kommentar: »Er irrte sich; die Fähigkeit der Regierungen, Böses hervorzubringen, ist ungeheuer groß und wächst von Tag zu Tag, aber er hatte zumindest teilweise recht, wenn er am wohltätigen Vorgehen der Regierungen zweifelte; auf jeden Fall ist sein Skeptizismus ein gutes Gegengift für Täuschungen, von denen sich die revolutionäre Tradition in Frankreich und der ganzen Welt nährte.« Und wie liest sich Johnsons Zweizeiler heute? Aus dem »Jahrhundert der Revolution« ist im »Land der siegreichen Revolution«, in der Umklammerung der »an die Macht gelangten Utopie« die Sekte der *prawosaschtschitnikow*[50] hervorgegangen. Sie sind keine Verteidiger der »verratenen Revolution«, keine Fürsprecher der »reinen entehrten Ideale«, sondern bescheidene Beschützer der Rechte, der tagtäglich vergewaltigten und mit Füßen getretenen elementaren Rechte.

Der optimistische Rationalist Russell erinnert an die Gestalten Eliots', die »sich ständig bemühen, den inneren und äußeren Dunkelheiten zu entfliehen und von vollkommenen Systemen träumen, in denen niemand gut werde sein müssen«. In der Überzeugung Russells ist der »zeitgenössische Mensch Herr und Gebieter seines Schicksals und wenn er leidet, dann deshalb, weil er dumm und niederträchtig ist, und nicht, weil ihm die Natur ein solches Schicksal zugedacht hat«. Den »Herrn und Gebieter seines Schicksals« betrachtet der Romanschriftsteller Forster etwas nüchterner. Dort, wo zutiefst menschliche Fragen auf dem Spiel stehen, ist der einzelne zur Einsamkeit verurteilt; in allen anderen Bereichen kann man vom Menschen höchstens konventionelle Anständigkeit in konventionellen Lebenssituationen erwarten, nicht aber Edelmut im Namen abstrakter Dinge wie Gesellschaft, Proletariat, Nation oder Staat. Bei Forster gefällt mir die Stelle: »Die Welt braucht Liebe! – von Zeit zu Zeit springen wir mit diesem donnernden Ausruf auf, und setzen uns dann wieder nieder, die Welt nimmt aber unverändert ihren Lauf. Des Pudels Kern liegt darin, daß wir nur das lieben können, was wir kennen, und wir sind nicht in der Lage, allzu viel zu kennen. Was jedoch die Güte betrifft, so ist es dem Menschen bisher nicht gelungen, und es wird ihm auch niemals gelingen, diese zu *organisieren*; jeder Versuch in diese Richtung ist ein Akt von Hochmut.«

Forster hat seinem Buch den Titel gegeben *Two Cheers for Democracy*, also »zweimal (und nicht das traditionelle dreimal) ein Hoch auf die Demokratie«. Meinetwegen, da alles andere schlechter ist, aber auch dieses zweimalige Hoch sei mit Vorsicht ausgebracht, ohne Euphorie und ohne das Glas vollständig zu leeren, damit uns der Trinkspruch ja nicht zu Kopfe steigt.

(Dem *Jahrhundert der Revolution* würde ich die Reflexionen Herzens hinzufügen, die Isaiah Berlin kürzlich wieder in Erinnerung rief. Herzen bemerkte in seinem einzigartigen Nachruf auf die Revolution von 1848, daß sich eine neue Form des Menschenopfers entwickelt habe, das auf dem Altar der Nation, der Kirche, der Partei, der Klasse, des Fortschritts und der Kräfte der Geschichte dargebracht werde. Was stellt denn jener Moloch Fortschritt dar, ein Ziel in ferner Zukunft, zu dem die

Menschenmassen mit dem Ausruf *morituri te salutant* pilgern sollen? Ein unendlich weit entferntes Ziel hört auf, ein Ziel zu sein und wird zur Falle. Berlin ergänzt Herzen: In der Suche nach Vollkommenheit stecke ein wirkungsvolles »Rezept zum Blutvergießen«, auch dann, wenn es sich bei den Suchern um aufrichtigste Idealisten mit reinsten Herzen handelt. Auch ein so strenger Moralist wie Kant mußte zugeben, daß noch keiner jemals aus dem krummen und knorrigen Menschenstamm etwas Gerades und Ebenes geschnitzt hätte.)

Maisons-Laffitte, 7. März 1988

Die Leningraderin Kotschyna, eine über dreißigjährige Lehrerin, Frau eines Ingenieurs und Mutter eines mehrere Monate alten Babys, führte von Juni 1941 bis April 1942 ein *Tagebuch aus der Zeit der Blockade*. Diese knappen, sachlichen Aufzeichnungen haben überdauert und sind eine Art »Bericht aus der belagerten Stadt«. Ein ergreifender, ehrlicher Bericht, der Daniel Defoes *Bericht vom Pest-Jahr* nahekommt. »Die Toten werden nicht zum Friedhof gebracht, sondern man schichtet sie zu Stößen neben die Eingangstore. Tag für Tag wachsen diese Stöße vor fast jedem Mietshaus. Von Zeit zu Zeit fahren Wagen durch die Straßen und sammeln die Stöße auf.« Eine Passage, die fast wörtlich aus dem Buch des großen englischen Schriftstellers entnommen sein könnte! Das von Kotschyna verwendete ironisch-philosophische Motto Georg Christoph Lichtenbergs könnte ebensogut zum *Bericht vom Pest-Jahr* passen: »Es geht freilich sonderbar zu unter uns Erdreichern.« Noch ein Buch fällt mir bei der Lektüre des *Tagebuchs aus der Zeit der Blockade* ein: In *Der Wall*, einem Roman über das Warschauer Ghetto, bedient sich John Hersey eines literarischen Kunstgriffs – er veröffentlichte nämlich scheinbar ein in den Ruinen des Ghettos »ausgegrabenes« »Archiv Lewinsons«, die Chronik eines belagerten »isolierten Stadtteils«. Als ich vor vielen Jahren den *Wall* besprach, verglich ich ihn ebenfalls mit dem *Bericht vom Pest-Jahr* und schrieb: »Mit der einzigen bescheidenen *persönlichen* Bemerkung, die in dem ganzen Buch zu finden ist, über ›die Ausdauer der menschlichen Natur‹, beendet Defoe sein Tagebuch; sie ertönt vor dem Hintergrund des *unpersönlichen* Berichts wie ein mächtiger Akkord und steigert sich bis zu den Ausmaßen des Finales einer mittelalterlichen Moralität; einen ähnlichen Klang haben die letzten Aufzeichnungen aus Lewinsons Chronik.«

Die Zahl der Opfer der Blockade Leningrads – der an Hunger und Krankheit verstorbenen – wird auf ungefähr zwei Millionen geschätzt. Julia Łajuk, die Übersetzerin des *Tagebuchs aus der Zeit der Blockade* ins Polnische, hat den Band mit ein paar Informationen versehen. Es genügen zwei, die hintereinanderstehen. »Die Menschen schnitten aus ihren Toten Koteletts heraus, um sie auf dem Markt gegen Brot zu tauschen; es kamen Fälle von bewußtem Kannibalismus vor, zu diesem Zweck raubte man kleine Kinder.« »Die wenigen orthodoxen Kirchen, die die Revolution überstanden, waren Tag und Nacht überfüllt; niemand behinderte die religiösen Praktiken.« Eine unglaubliche Konzentration menschlichen Schicksals in einer Grenzsituation.

Kotschyna spricht nicht von der »Ausdauer der menschlichen Natur«, in ihrem Tagebuch wird die Moral der »belagerten Stadt« so ausgedrückt: »Es existiert – anscheinend – eine Grenze des physisch Erträglichen, nach deren Überschreiten der Mensch unempfindlich wird gegenüber allem, außer dem eigenen Leiden. Nur von einem Satten oder nur kurze Zeit Hungernden kann man Heroismus, Opferbereitschaft und gute Taten erwarten. Wir aber haben einen Hunger kennengelernt, der uns demütigte, zermalmte und in Vieh verwandelte. Ihr, die ihr nach uns kommt und vielleicht diese Worte lesen werdet, habt Verständnis für uns!«

Primo Levi hat seinem Auschwitz-Bericht den Titel gegeben *Ist das ein Mensch?*. »Humanistischen« Täuschungen zum Trotz ist *auch* das ein Mensch. In meiner *Welt ohne Erbarmen* ist von der Schwierigkeit die Rede, einen Menschen danach zu beurteilen, wie er unter unmenschlichen Bedingungen handelt. Es ist schwer zu urteilen, aber man muß wenigstens darüber Bescheid wissen und darf es für keinen einzigen Augenblick vergessen. »Es geht freilich« – in der Tat – »sonderbar zu unter uns Erdreichern.«

18. März 1988

Dem mir bekannten französischen Verleger verdanke ich es, daß ich das Manuskript der englischen Übersetzung von Irina Ratuschinskajas[51] Erinnerungen *Grey is the Colour of Hope* lesen konnte. Sie werden in England und in den Vereinigten Staaten von Amerika gegen Ende des Jahres erscheinen; die französische Ausgabe folgt Anfang nächsten Jahres. In Vorbereitung ist wahrscheinlich auch eine russische Edition.

Die junge russische Lyrikerin polnischer Abstammung, auf die ich bereits aufmerksam wurde, als ich einige ihrer aus dem Gefängnis herausgeschmuggelten Gedichte in *Russkaja Mysl* (Russischer Gedanke) las, wurde im Herbst 1982 verhaftet, zu sieben Jahren Lagerhaft und weiteren fünf Jahren Verbannung verurteilt und im Herbst 1986 vorzeitig entlassen. Kurz nach der Entlassung erlaubte man ihr mit ihrem Mann die Ausreise in den Westen. Woroszylski stellte ihre Gedichte in polnischer Übertragung vor zwei Jahren in *Kultura* vor, und nun vor kurzem in dem Bändchen *Mój ty kraju znienawidzony* (Du mein verhaßtes Land), das der Verlag *Aneks* herausbrachte.

Die »Kleine Zone« des Frauenlagers in Mordwinien, Karzer, Gefängnisse. Eine Gefangenengruppe: zwei Litauerinnen, zwei Ukrainerinnen und drei Russinnen (darunter Irina). Die wohl unvermeidliche Gleichförmigkeit der Erinnerungen wird durch Irina Ratuschinskajas hervorragende Beobachtungsgabe und ihr poetisches Gedächtnis, das von einer Vorliebe für das Detail geprägt ist, belebt. Ihre Aufzeichnungen sind locker geschrieben, mit einem nie erlahmenden Gefühl innerer Freiheit, als ob Gitter und Stacheldraht ihre alte Rolle nicht mehr erfüllen könnten. Sicherlich, »Grau ist die Farbe der Hoffnung« in »meinem verhaßten Land«, aber die Hoffnung ist dennoch wieder auferstanden. In Ratuschinskajas Buch ist mir ein ungewöhnlicher Kontrast aufgefallen: Bei den Gefängniswärtern sind Schwäche, Wankelmütigkeit, manchmal auch Furcht zu spüren; dagegen sind die bewachten Gefängnisinsassinnen von der Sekte der *prawosaschtschitnikow*, der Rechtsschützer, frei von Angst, ihrer Menschenwürde bewußt, unnachgiebig. Die »Realisten«, die sich über »die kleinen Gruppen der Spinner und Narren« zu amüsieren pflegen (die einst in Polen die »verrückten KOR-Leute«[52] verhöhnten), haben nun allen Grund, in sich zu gehen. Ebenso all jene, die sich ein für allemal den »Sowjetmenschen« zum Muster genommen haben.

Vor zwanzig Jahren versammelte sich eine andere russische Lyrikerin, eine Seelenverwandte von Irina Ratuschinskaja, mit einer Gruppe von Freunden auf dem Roten Platz in Moskau, um gegen den Einmarsch in der Tschechoslowakei zu protestieren. Natalja Gorbaniewskajas[53] *Mittags*, ein Zeugnis dieser Demonstration, könnte in der Tat den Eindruck eines schwarzen, hoffnungslosen Mutes hinterlassen. Heute hat die Hoffnung immerhin die Farbe Grau, und zwar nicht wegen der von oben befohlenen *Perestrojka*, sondern deswegen, weil Menschen vom Schlag der Gorbaniewskaja und Ratuschinskaja heranwachsen und unerschrocken ihren Kopf erheben.

Parma

April 1988

Die Stadt. Italiens »mittlere« oder sogar »kleine« Städte. Sie werden, wie überall, »Provinz« genannt, aber ohne den üblichen Beigeschmack von Überlegenheit und Mißachtung. Aus verschiedenerlei Gründen. Sie sind oft Schatzkammern voller wunderbarer Architektur- und Kunstdenkmäler. Manche sonnten sich einst in Ruhm und Ehre und haben einen Teil des alten Glanzes, wenn auch etwas verblaßt, doch nicht völlig verblichen, in unsere Zeit gerettet. Sie leben ruhiger als die »Metropolen«, aber für den genauen Beobachter dennoch intensiv und nach menschlichen Maßstäben. Wer also manchmal (sehr selten) von einer *provincia addormentata*, einer »verschlafenen Provinz« spricht, weiß ganz einfach nicht, was es mit diesem schönen reichen Traum auf sich hat. Im Vergleich dazu ist der großstädtische »Wachzustand« oft ein chaotischer und ermüdender Alptraum. »Nach menschlichen Maßstäben« – was bedeutet das? Die brodelnde, trübe Wirklichkeit mit dem klaren, hellen Traum von ihr zu verbinden.

Parma ist so klein, so unverhältnismäßig klein angesichts seiner berühmten Vergangenheit, bis hin zur Rolle als Hauptstadt des Fürstentums Parma, daß eine halbe Stunde genügt, um es gemächlichen Schrittes, wie es sich für einen Touristen ziemt, von Stadttor zu Stadttor zu durchmessen. Eben diese Miniaturhaftigkeit zog den Autor der *Kartause von Parma* an (darüber später). Klingt angesichts dessen der Titel des Stadtführers *Parma Monumentale* nicht ein wenig drollig? Nein, Parma ist klein und monumental, was auch immer man im ersten Augenblick über diese Verbindung denken mag. Nach einem Tag Aufenthalt ist man versucht zu sagen: je kleiner, desto größer. Die Bewohner muß dieses Paradoxon unbewußt mit Stolz erfüllen, denn sie stellen sich mit außergewöhnlichem Nachdruck vor: wir, die Bewohner von Parma. So als gäbe es kaum eine Welt außerhalb seiner Mauern, oder als wäre diese allzu weit entfernt und fremd, um sich darüber weitere Gedanken zu machen.

Von oben und ferne betrachtet, erscheint es wie eine in die Ebene gesetzte befestigte Stadt oder eine groß und mächtig ausgebaute Burg. Umflossen wird es von einem Fluß, der im Stadtplan bescheiden als »Bach« bezeichnet wird. Das Herz von Parma ist der Dom.

Duomo. In den Beschreibungen des Doms findet sich häufig das Wort »Anthologie«: eine Anthologie der Epochen, der Stilrichtungen in Malerei und Skulptur, der architektonischen Auswüchse und Ergänzungen, der individuellen Künstler. Anthologie läßt jedoch an das Bild eines ausgebreiteten Fächers denken, wohingegen der Dom zu Parma ein Glanzstück organischen Wachsens ist. Er wuchs im Laufe der Jahrhunderte, wie geologische Schichten, die sich nach und nach übereinanderlagern. Manchmal ist man unsinnigerweise geneigt zu glauben, daß die ersten Bauherren schon ahnten, was die nächsten Jahrhunderte bringen würden. Vom Beginn des 10. bis zur Mitte des 16. Jahrhunderts entwickelte sich und reifte – ungeachtet aller Plünderungen, Zerstörungen, Feuersbrünste und mehrfachen Wiederaufbaus – die *Idee* des Domes. Es ist dabei, wiederum paradoxerweise, gelungen, Leichtigkeit mit Schwere, romanische Sparsamkeit mit dem Luxus der Renaissance zu verbinden. Wenn man die Fassade betrachtet, die an eine inkrustierte Orgel erinnert, kann man den sich dahinter verbergenden Ausbruch an architektonischen Formen nicht vermuten. Man betrachtet den eher kleinen Domplatz, der durch die Domfront, den hohen *Campanile* und das fünfstöckige Baptisterium abgeschlossen und scheinbar von dessen Schwere erdrückt wird, und kommt aus dem Staunen nicht mehr heraus, daß das alles so ungezwungen und wie selbstverständlich gen Himmel strebt.

In der Geschichte des Doms sind zwei deutliche Zäsuren zu verzeichnen. Der Name der ersten an der Wende vom 12. zum 13. Jahrhundert lautet Magister Benedictus, also Benedetto Antelami. Die zweite an der Schwelle des 16. Jahrhunderts heißt Antonio Allegri, oder anders gesagt Correggio. Die erste ist das Synonym für strenge Einfachheit, die zweite – für Phantasie und Grazie.

Antelami, vor Pisano der bedeutendste italienische Bildhauer, war auch Baumeister: Er hat den Umbau des Domes angeregt, den Bau des Baptisteriums entworfen und überwacht. Er war zu romanischer Zeit ein Meister irdischer Harmonie und evangelischen Glaubens, der sich aus dem Geist der Steintafeln speiste. Correggio krönte den Dom zwei Jahrhunderte später durch seine Kuppel mit dem *Himmelfahrts-Fresko* und richtete sie triumphal nach oben. In dem Fresko wirbeln und kreisen eine Schar ineinander verflochtener Leiber, Maria entschwindet auf Wolken in der Ferne, als würde sie von einem himmlischen Sturmwind getragen oder aufgesogen. Erst jetzt, wenn man den Dom verläßt, bemerkt man hoch oben auf dem *Campanile* die Figur eines goldenen Engels, des *Angiol d'Or*. Dieser besiegelt von außen die *Himmelfahrt* in Correggios krönender Kuppel.

Antelami. Ich werde versuchen, seine *Kreuzabnahme* zu beschreiben, ein Flachrelief auf einer länglichen Marmorplatte.

Sie ist ein Meisterwerk der Komposition, des Gleichgewichts der in Stein gehauenen Szenen und Gestalten, der Dichte und zugleich der Fülle des Erzählstoffes. Antelami hatte wohl, als er das Kompositionsprinzip durchdachte, eine Waage vor Augen. Das Kreuz, von dem der Gekreuzigte gerade abgenommen wird, bildet die Achse. Christi rechter Arm, der schon frei ist, beugt sich in Richtung auf die linke Waagschale. Seine rechte Hand, die der Erzengel Gabriel stützt, berührt den Kopf der Mutter, die im Zentrum der Gruppe auf der linken Schale steht: dem heiligen Johannes und den drei weinenden Marien. Die linke Hand ist noch ans Kreuz geschlagen, auf einer Leiter steigt einer zu ihr hoch und ein anderer umfaßt den Körper des Gekreuzigten. Die Gruppe der römischen Soldaten auf der rechten Schale führt der beinahe bekehrte Zenturio an. Unter den Armen des Kreuzes und des Gekreuzigten, vor den beiden Gruppen, plazierte Antelami zwei niedrige Figuren: Die auf der linken Schale verkörpert laut Inschrift die *Ecclesia exaltatur*; die auf der rechten Schale stellt die *Sinagoga deponitur* dar. Der Erzengel Gabriel drückt mit seiner Hand den Kopf der Synagoge nach unten, aber die Bewegung ist nicht eindeutig und kann ebensogut Aufforderung zur Unterwerfung wie Ermunterung zur Bekehrung bedeuten(zumal hinter dem Rücken dieser Figur der fast schon bekehrte Zenturio mit seinem Schild schreitet). Beide Erzengel sind in waagrechter Flugposition dargestellt. In der oberen linken Ecke ein Kopf in einem geschmückten Ring, ein Sonnenmedaillon; in der oberen rechten Ecke ebenfalls ein Kopf in einem geschmückten Ring, ein Mondmedaillon.

Eine in ein Flachrelief gemeißelte Erzählung in Worte fassen zu wollen, welch ein Wahnwitz! Und dennoch scheint mir, daß ein wenig von Antelamis Meisterschaft sogar hier eingeflossen ist, und sei es nur ein flüchtiger Schatten seines unglaublich präzisen Rhythmus, seines Sinns für Symmetrie, seiner Kunst, mit dem Meißel die Quintessenz der Erzählung abzumessen, in der nichts überflüssig ist und nichts fehlt. In diese Sprache der Gleichnisse kleideten religiöse Lehrer ihre Worte, so schrieben noch manche der mittelalterlichen Chronisten.

Frate Salimbene. Fünf Jahre sind vergangen, seit Antelami das Baptisterium beendete, als in dem Haus am Rande des Domplatzes Frate Salimbene de Adam, der größte (wie die Gedenktafel verkündet) lateinische Chronist des Mittelalters, Verfasser der *Cronica*, das Licht der Welt erblickte. Möglicherweise hat der alte Magister Benedictus das Kind manchmal auf den Schoß genommen und ihm vorsichtig die schwere Hand aufs Köpfchen gelegt. Sicher ist, daß der heranwachsende Jüngling die *Kreuzabnahme* oft und genau betrachtete.

Ganze Partien der *Chronik* sind übersät mit Bibelzitaten, als müßte man jedes der beschriebenen historischen Ereignisse im Spiegel der Heiligen Schrift besehen. Doch der Ton ist nicht feierlich und salbungsvoll. Salimbene sucht nach der elementaren Nacktheit des Satzes, die der Prosa seiner *Chronik* den Charakter sprachlicher Radierkunst verleiht.

Nicht selten geschieht es, daß eine wahre Begebenheit unter der Feder des Chronisten einem Gleichnis nahekommt. Salimbene beschäftigt sich zum Beispiel mit den »Sonderbarkeiten Kaiser Friedrichs II., von denen es sieben gab«. Die zweite dieser »Sonderbarkeiten« bestand darin, daß der Kaiser überprüfen wollte, in welcher Sprache Kinder, die nach ihrer Geburt zunächst kein menschliches Wort vernähmen, sprechen würden. Er befahl also den Ammen, die Säuglinge zu füttern, zu baden, zu wickeln, anzuziehen und schlafen zu legen, dabei aber völlig stumm zu bleiben. Auf diese Weise wollte er jene Wahrheit ans Licht bringen: Würden sie von sich aus in hebräischer Sprache, die die erste war, zu reden beginnen, auf griechisch, lateinisch, arabisch oder auch in der Zunge ihrer Eltern? Die Mühe war umsonst, denn die Kinder begannen der Reihe nach zu sterben und schließlich waren alle tot. »Denn die Wahrheit ist die, daß die Kinder ohne Worte, Zärtlichkeiten und Liebkosungen ihrer Ammen nicht leben konnten.« Das menschliche Leben ist ein Leben des Wortes und im Wort.

Correggio. Neben der Kuppel des Domes malte Correggio in Parma auch die Kuppel der Kirche *San Giovanni Evangelista* und die in der Kammer des heiligen Paulus aus. Alle drei zusammen haben den Erforschern seiner Malerei die Formel »vom Menschlichen zum Himmlischen« in den Mund gelegt. Bezogen auf Correggios berühmte Gemälde würde ich sie umdrehen, aber zu den Kuppeln paßt sie recht gut. Ausgehend vom »menschlichen«, realistischen, äußerst mannigfaltigen dramatischen Ausdruck der Gesichter und Gestalten (insbesondere bei der Darstellung der Apostel um Christus in der Kirche San Giovanni Evangelista) erreichte er eine neue Qualität des Raumes, der sich dank der ungewöhnlichen Magie des Lichtes in die Unendlichkeit flüchtet. Es ist nicht allein die Kraft, sondern ihre Vergeistigung in dem Drang nach oben, eine bewußt in *statu nascendi* belassene Transformation, die malerisch verkündet wird (wenn man das so sagen kann). Correggio war kein Visionär, eher ein Dichter der ewigen Bewegung zwischen Himmel und Erde. Wahrscheinlich hatte er deshalb eine Schwäche für Kuppeln, die man anders betrachtet als Wandfresken: Man nimmt teil an der Bewegung und erhebt sich auf dem vom Künstler geöffneten Weg, dabei fast den Boden unter den Füßen verlierend.

Stendhal hat ihn hochgepriesen und nannte ihn *divin*. Bekannt ist der Text, den Stendhal für seinen eigenen Grabstein entwarf: »Hier ruht Arrigo Beyle, Mailänder, er lebte, schrieb, liebte, er starb im Jahre 18.., er verehrte Cimarosa, Shakespeare, Mozart und Correggio.« Der einzige Maler unter so vielen, die er kannte und bewunderte, über die er schrieb. In der Tat: Bei Correggio ist es schwer, sich allein mit der Bewunderung zufriedenzugeben, er bringt weit intimere Saiten des Gemüts zum Schwingen.

Ich vermute jedoch, daß Stendhal vor allem den Correggio liebte, der sich »vom himmlischen zum menschlichen« verwandelte, den Schöpfer von Gemälden wie der *Madonna mit dem heiligen Hieronimus* oder der *Madonna mit der Schale*. In Begeisterung, ja in Entzücken versetzte ihn die *Krönung der Allerheiligsten Jungfrau Maria*. Das ist der Correggio, der in den Heiligen menschliche Gestalten sah und die Gefahren hagiographischer »Süße«, die meist eher steif und bewegungslos ist, umging. Er malte die Madonna als schöne, lebendige und bezaubernde Frau, in Gedanken versunken, das Gesicht von einem zarten, manchmal auch ein wenig koketten Lächeln umspielt. In den dramatischen Gemälden, im *Martyrium der vier Heiligen* und der *Kreuzabnahme*, verstand er es, das menschliche Drama darzustellen, ohne ihm die Größe und die Eigenschaften einer religiösen Botschaft zu nehmen. Das *Sacrum* und das

Profanum koexistieren hier in wundervoller Natürlichkeit und Unbefangenheit, sie begegnen sich, eines ergibt sich aus dem anderen. Vielleicht ist es gar nicht sinnvoll, sich der Formeln »vom menschlichen zum himmlischen« und »vom himmlischen zum menschlichen« zu bedienen. Der irdische Correggio und der Stendhalsche Correggio *divin* durchdringen einander in einer Symbiose, die jeder großen Kunst zugrunde liegt.

Stendhals Parma. Es ist mythisch, ganz und gar erfunden, wie dies der herausragende italienische Stendhal-Forscher Luigi Foscolo Benedetto in seinem dicken Wälzer *La Parma di Stendhal* mit einer Pedanterie dargelegt hat, daß es einem den Atem verschlägt.

Stendhal verlegte eine politisch-amouröse Intrige am päpstlichen Hof des ausgehenden 15. und beginnenden 16. Jahrhunderts in das postnapoleonische Parma. Er war bekanntlich ein großer Liebhaber handschriftlicher, anonymer »italienischer Geschichten«, die in verschiedenen Archiven und Bibliotheken aufbewahrt werden. Von Kopisten ließ er sie abschreiben und fertigte dann eine »Bearbeitung« oder »Umarbeitung« an – eine französische Fassung, in der sich die Arbeit des Übersetzers mit der Phantasie des Schriftstellers verband. In der *Revue des deux Mondes* veröffentlichte er drei dieser »Geschichten« und machte sich, gestützt auf die anonyme Handschrift vom *Ursprung der ruhmreichen Familie Farnese*, an die Vorbereitung der vierten. Fast war er damit schon fertig, als er innehielt: *Traduit jusqu'ici.* In seinen persönlichen Aufzeichnungen findet sich plötzlich die Absicht, das Material für einen »kleinen Roman« zu verwenden (wobei er die italienische Verkleinerungsform *romanzetto* benutzt). Dieser »kleine Roman« sollte die zweibändige *Kartause von Parma* werden.

Das Manuskript vom *Ursprung der ruhmreichen Familie Farnese* stammt aus einer Epoche, die den beschriebenen Ereignissen noch nahe war, und es war eine »italienische Geschichte« an der Grenze zur Schmähschrift, voller Ungenauigkeiten, absichtlicher Entstellungen und Irrtümer. Aber es enthielt einen wahren Kern.

Der junge Alessandro Farnese, für die kirchliche Laufbahn

bestimmt, war in Rom als Verführer, Springinsfeld und Abenteurer zu Ruhm gekommen. Seine Schwester *Giulia la Bella*, die schöne Giulia, hatte im Alter von fünfzehn Jahren den Sohn einer Cousine Kardinal Rodrigo Borgias geheiratet. Zwei Jahre später wird sie die Geliebte des sechzigjährigen Kardinals, der bald darauf als Alexander VI. den päpstlichen Thron besteigt. Der neue Papst zögert nicht, den fünfundzwanzigjährigen, leicht entflammbaren und ausschweifenden Bischof Alessandro Farnese auf die Liste der neuernannten Kardinäle zu setzen; zweifelsohne geschah dies unter dem Einfluß der Schwester, seiner Favoritin. Als Paul III. zum Papst gewählt, wechselt Alessandro Farnese von äußerster Zügellosigkeit zu äußerster Sittenstrenge, was ihn jedoch nicht daran hindert, in aller Heimlichkeit einer Frau namens Cleria (die ihm angeblich mehrere Kinder schenkte) liebevoll zugetan zu sein. 1545 gliederte er Parma aus den päpstlichen Dominien aus und verlieh ihm den Rang eines Herzogtums. Von da an herrschte dort fast zwei Jahrhunderte lang das Geschlecht der Farnese.

Alessandro Farnese – Fabrizio del Dongo; Giulia Farnese – Fürstin Sanseverina; Rodrigo Borgia – Graf Mosca; die geheimnisvolle Cleria – Clelia Conti. Wenn Stendhal die Handlung nicht am päpstlichen Hof der Renaissance, sondern an einem italienischen Fürstenhof nach dem Wiener Kongreß ansiedelt, dann folgt er einer verständlichen Intuition, die ihn zur Vorsicht mahnte: sich lieber nicht mit der Macht der Kirche anzulegen. Warum aber gerade Parma? Zwei Hypothesen werden am häufigsten aufgestellt. Parma war als Lehen lange in der Hand der Farnese, und Papst Paul III. hatte in jungen Jahren einige Zeit im *Vescovado* gegenüber dem Dom zu Parma amtiert. Dem Verfasser der *Kartause von Parma*, der »nur einen einzigen Menschen schätzte: Napoleon«, kam es auf eine verzerrte Darstellung Italiens in der Metternich-Epoche an, und dazu eignete sich besonders das Herzogtum Parma, das damals von Marie Louise, der zweiten Gattin Napoleons, die Stendhal unsympathisch war, regiert wurde. Keiner der Stendhal-Forscher erwähnt aber jenes Motiv, das meiner Meinung nach auch eine gewisse Rolle bei der Wahl Parmas gespielt haben dürfte; es war weniger eine Stadt als vielmehr ein kleiner Fürstenhof mit Nebengebäuden, eine Miniatur, die dem Rahmen des ursprünglich geplanten *romanzetto* entsprach.

Stendhal unterbrach seine italienischen Reisen manchmal für einen – stets sehr kurzen – Aufenthalt in Parma. Und stets hatte er das eine Ziel: *to see the divin Correggio.*

Badessa Giovanna. Die Kammer des heiligen Paulus ist Teil eines Klosters aus dem 16. Jahrhundert und gehört zu den Privatgemächern der Äbtissin. Das Amt hatte Giovanna Piacenza inne, eine Grand Dame in Klostertracht mit einer Vorliebe für Geselligkeit und lange Gespräche mit gelehrten Humanisten. Sie bestellt bei Corregio die Kuppel und stand dem Künstler zu einem trapezförmigen Porträt über dem Kamin Modell. Dem Namen nach stellt dieses Porträt Diana im Wagen dar, mit Pfeil und Bogen in einem Köcher auf dem Rücken und einem Halbmond im Haar. In der Tat tragen Reproduktionen dieses Bildnisses in Correggio-Alben meistens den Titel *La Badessa Giovanna Piacenza.* Nach Giovannas Tod bezogen die Nonnen, die wohl an ihrem Lebensstil Anstoß nahmen, die Kammer des heiligen Paulus in die Klausur ein. Die Erinnerung an den Renaissance-Salon der Äbtissin verflog rasch. Im 18. Jahrhundert wurde die Kammer des heiligen Paulus wiederentdeckt und zur Freude aller Bewunderer Correggios, die nach Parma pilgerten, aus der Klausur herausgenommen. Das Porträt über dem Kamin müßte meiner Meinung nach als *La Duchessa Gina Sanseverina* bezeichnet werden.

Maisons-Laffitte, 17. September 1988

Von einem zweitägigen Symposion des Polonistenkreises an der Katholischen Universität in Lublin, das meinem Werk gewidmet war, habe ich nur einen Text vor mir: eine Analyse meiner Erzählungen (in Verbindung mit dem Tagebuch) von Włodzimierz Bolecki. Nach Meinung von Bolecki sind sie »ein Versuch, das Schweigen zu notieren«. Eine treffende, subtile Bezeichnung, die von der Behauptung begleitet wird, daß »jenes Schweigen gegen die ›Wortflut‹ der Literatur gerichtet, daß es eine Kritik der darin enthaltenen Versuchung zum Expressionismus ist, die dazu führt, daß der Wortschwall nicht mit der Reflexion zu Fragen von grundsätzlichem moralischem, philosophischem oder politischem Gewicht einhergeht«. Boleckis Text führte mir erneut vor Augen, in welchem Maße die Feinfühligkeit eines Kritikers dem Schriftsteller die ihm selbst nicht voll bewußten Merkmale seines literarischen Schaffens enthüllt. Plötzlich fügt sich alles zu einem Muster zusammen, kleine Steinchen fallen an den für sie vorgesehenen Platz und das, was Ergebnis einer unklaren Intuition, einer undeutlichen Einflüsterung war, wird nun Teil einer festumrissenen, vom Schriftsteller lediglich erahnten (und zwar recht nebelhaft erahnten) Zeichnung. Bolecki weist meiner Dichtung einen Platz als »Antipode dreier Traditionen zu, die bis heute die gegenwärtige polnische Literatur stark beeinflussen: der expressionistischen Tradition, da ihr nach Meinung des Autors ein apokalyptischer Manierismus droht; der lyrischen, da sie zu einem rührseligen Sentimentalismus führen kann; der plauderhaften, da sie sich leicht in unkontrollierte Schwatzhaftigkeit verwandelt«.

Leszek Szarugas Skizze in *Kontakt*[54] über mein Schaffen ist ebenso subtil und (für mich) reich an Entdeckungen. Durch die Verbindung meiner Erzählungen mit dem Tagebuch und der *Welt ohne Erbarmen* rundet Szaruga sehr eindringlich Boleckis Bemerkungen über die Abkehr von den drei Traditionen der polnischen Gegenwartsliteratur gleichsam ab: »Dieses literarische Schaffen stellt dem Bild einer totalitären *Welt ohne Erbarmen* ein Wertesystem entgegen, das als Antwort auf Dostojewskis Ausruf ›Falls es Gott nicht gibt, ist alles erlaubt‹ der Wirklichkeit einen Sinn zu geben vermag. Diese Antwort könnte auf den ersten Blick paradox erscheinen: Die Formel der klassizistischen Literatur stellt in diesem Werk die Negation der totalitären Haltung dar.«

22. September 1988

Ich traf Jarosław Iwaszkiewicz[55] persönlich auf einem der PEN-Club-Kongresse in der ersten Hälfte der fünfziger Jahre, als die »Epoche des Personenkults« im Abklingen war. Während der Sitzung sprach er im Ton eines »klugen und erfahrenen Europäers« glatte Dummheiten. Ich reagierte darauf nicht öffentlich, da es mir nicht zustand, das Wort zu ergreifen (ich war dort in der Rolle eines Rundfunkkorrespondenten und nicht als Delegierter), hielt sie ihm aber nach der Sitzung bei einem Gespräch am Rande vor. Er wurde purpurrot und warnte voller Wut die umstehenden Mitglieder der Warschauer Delegation, mit mir Kontakt aufzunehmen oder Gespräche zu führen. Warnungen gehörten offensichtlich zu seinen Spezialitäten, denn er wiederholte diese bei einer Begegnung von Redakteuren großer »westlicher« und »östlicher« Monatsschriften in der Schweiz. Iwaszkiewicz repräsentierte die Zeitschrift *Twórczość* (Das Kunstschaffen), aus Moskau kam Tschakowskij und als Vertreter »westlicher« Monatszeitschriften nahmen die Redakteure von *Tempo Presente*, Ignazio Silone und Nicola Chiaromonte, an dem Treffen teil. Iwaszkiewicz warnte sie in aller Öffentlichkeit vor mir als einem »parteiischen«, »unglaubwürdigen« Kommentator polnischer Verhältnisse in italienischen Monatsschriften. Als Antwort auf diesen, wohl heftigen Auftritt stellte ihm Silone die Seiten von *Tempo Presente* zur Verfügung, um meine »unglaubwürdigen« und »tendenziösen« Kommentare, wenn er wolle, zu korrigieren oder zu widerlegen. Iwaszkiewicz machte von dem Angebot keinen Gebrauch, sondern gab zu verstehen, daß jegliche Polemik gegen mich seinem schriftstellerischen Rang nicht entspräche. Einige Jahre waren verstrichen, das »Tauwetter« voll im Gang. Immer wenn ich mich damals für einige Tage von Neapel nach Rom begab, logierte ich bei Rena Jeleńska, die in ihrer Wohnung auf der anderen Seite des Tiber zwei Zimmer frei hatte. Eines Tages kam ich ohne Ankündigung, und es stellte sich heraus, daß sich in dem einen Zimmer das soeben aus Warschau angereiste Ehepaar Iwaszkiewicz einquartiert hatte. Ich bezog das andere Zimmer und begab mich eilends in die Stadt, um meine Sachen zu erledigen. Rena, die seit ewigen Zeiten mit dem Ehepaar Iwaszkiewicz befreundet war, flüsterte mir am nächsten Morgen zu, daß sie mich »auf Wunsch, ja sogar auf Drängen Jarosławs« zum Nachmittagstee mit dem Ehepaar Iwaszkiewicz einlade, wobei sie mich inständig bat, nicht abzulehnen. Als ich am Nachmittag mit einer kleinen Verspätung zum Tee kam und Renas Zimmer betrat, erhob sich Iwaszkiewicz freudestrahlend, breitete seine Arme aus und sagte: »Ich wollte Sie so gerne kennenlernen, ich bin ein aufmerksamer Leser Ihrer Werke.« Es änderte nichts, ihn daran zu erinnern, daß wir uns ja bereits auf dem Kongreß des PEN-Clubs kennengelernt hätten. »Aber woher, Sie haben mich mit jemandem verwechselt«, als ob man einen Schriftsteller dieses Ranges mit jemandem verwechseln könnte ... Dieser krasse Fall von Amnesie gab mir später oft und viel zu denken als wohl unvermeidliches Produkt psychischer Störungen eines totalitären Systems.

Gerade jetzt gibt es mir wieder zu denken, da sich Ziemowit Fedecki in der Mai-Ausgabe von *Twórczość* gegen mich wendet, mich beschimpft, weil ich ihn in einem in *Przegląd Powszechny* (Allgemeine Rundschau) erschienenen Gespräch mit Beata Chmiel beschuldigte, die Ausgabe des *Doktor Schiwago* in Polen verhindert zu haben, zu einer Zeit, als nach dem *Oktober* die Warschauer Verlage weitgehende Freiheiten genossen. Demnach hat offenbar einer von uns beiden unser Gespräch über Pasternaks Roman in Neapel falsch in Erinnerung. Wer? Fedecki oder ich? Nach Fedeckis Meinung ich, der ich nun angeklagt werde, »einen Streit vom Zaun zu brechen« und zu »denunzieren«. Aber man kann wohl schwerlich ein Gespräch *meiner* Amnesie zur Last legen, bei dem aus dem Munde des Warschauer Kenners russischer Literatur, eines Freundes von Pasternak, das Wort »Schmarren« fällt, während *Doktor Schiwago* in aller Welt (mit Ausnahme der Heimat seines Verfassers und seiner volksrepublikanischer Anhängsel) höchste Triumphe feierte. »Und Ihnen gefällt dieser Schmarren?« – wunderte sich Fedecki – »Kaum zu glauben, kaum zu glauben«. Wer Genaueres über den Verlauf unseres neapolitanischen Gesprächs erfahren möchte, den verweise ich auf den 1. Band meiner Tagebücher (Eintragung vom 27. März 1971). Aber hören wir, was uns in diesem Amnesie-Streit ein maßgeblicher Unparteiischer zu sagen hat: »Nachricht, daß der Nobelpreis an Pasternak geht, an Boris natürlich. Selbstverständlich ist diese ganze Geschichte ausschließlich als politisches Spektakel zusammenmontiert worden. Ich erinnerte mich daran, daß das Manuskript vor einem Jahr in Polen vorlag; ein dem Autor sehr wohlgesinnter Mann hatte es in Händen. Er hätte das Buch herausgeben können, tat es aber nicht, weil er es langweilig fand, und hat sogar dem Autor irgend etwas in der Art gesagt. Lediglich einen Ausschnitt hat er veröffentlicht.« Das ist ein Zitat aus den Erinnerungen von Putrament[56], die unter dem Titel *Heca z Pasternakiem* (Spektakel um Pasternak) in *Miesięcznik Literacki* (Literarisches Monatsheft) vom März 1971 erschienen sind. An wen mochte wohl Putrament gedacht haben, als er von einem »dem Autor sehr wohlgesinnten Mann« sprach?

29. September 1988

Als Agnieszka Holland einen Film über *Kultura* drehte, fragte sie mich in einer Pause, ob ich damit einverstanden wäre, wenn meine »Krimi-Novelle« *Die sieben Tode des Maxim Gorki* für das Fernsehen verfilmt würden. Selbstverständlich hatte ich nichts dagegen einzuwenden, aber offensichtlich nahmen andere Projekte die Regisseurin viel zu sehr in Anspruch, denn sie kam nicht mehr darauf zurück. Außerdem fiel ihr Vorschlag, einen Fernsehfilm über Gorkis Tod zu machen, noch in die Zeit vor der *Glasnost-Ära*, so daß ich meine Zweifel habe, ob er in irgendeiner der westlichen Fernsehanstalten Befürworter gefunden hätte. Heute sieht das anders aus. Ich bin überzeugt – falls nicht die Gegner Gorbatschows siegreich zum Rückzug blasen –, daß das Geheimnis um Gorkis Tod in Moskau schließlich doch noch aufgeklärt werden wird. Es ist eine fruchtbare Zeit angebrochen für Adepten der Kreml-Kriminalistik aus den Bereichen Geschichte, Literatur, Theater und Film. So hat beispielsweise die Geschichte des Films über Iwan den Schrecklichen von Eisenstein den Beigeschmack eines »Thrillers«. Das wird aus der sonderbaren Stenogrammnotiz deutlich, die in *Moskowskije Nowosti* (Moskauer Neuigkeiten) veröffentlicht wurde.

Am 25. Februar 1947 um elf Uhr nachts führte Poskrebyschew, der Sekretär des Generalsekretärs, den Regisseur zusammen mit dem Hauptdarsteller des Films, Tscherkasow, in den Kremlsaal. Am Tisch sitzen Stalin, Molotow und Schdanow. Es beginnt eine Szene wie aus Bulgakows *Meister und Margarita.* An dieser Stelle muß angemerkt werden, daß der erste Teil des Films *Iwan der Schreckliche* Stalin gefallen und Eisenstein den Stalin-Preis eingebracht hat. Das Drehbuch zum zweiten Teil rief bei Stalin bedrohliche Stirnfalten hervor. Eisensteins Brief, der dem Drehbuch beigelegt war, beantwortete er nicht und wollte die Angelegenheit lieber *viva voce* »durchdiskutieren«.

Stalin beginnt: »Genosse Eisenstein, ihr habt die *Opritschnina*[57] auf ungebührliche Weise dargestellt. Die *Opritschnina* war eine Armee des Zaren, ein reguläres, fortschrittliches Heer. In eurem Film aber erinnert sie an den Ku-Klux-Klan.« Eisenstein wagt zu unterbrechen: »Die Mitglieder des Ku-Klux-Klan tragen weiße Kapuzen, in meinem Film treten die *Opritschniki* in schwarzen Kapuzen auf.« Schdanow wirft mit Recht ein: »Ein Unterschied, der kaum ins Gewicht fällt.« Stalin: »Euer Zar, Genosse Eisenstein, ist unentschlossen, er läßt an Hamlet denken. Iwan der Schreckliche war aber ein großer und kluger Herrscher, er übertraf Ludwig XI. um ein vielfaches. Er verstand es, die nationalen Belange im Auge zu behalten, hat keine Ausländer nach Rußland hereingelassen und das Land vor dem Eindringen fremder Einflüsse bewahrt. Peter I. war auch ein großer Zar, aber er war gegenüber Ausländern viel zu liberal und ließ die Germanisierung Rußlands zu. Katharina ging noch viel weiter und der Hof Alexanders I. und Nikolaus' I. – war er überhaupt noch ein russischer Hof? Nein. Es waren deutsche Höfe. Außerdem hat sich Iwan der Schreckliche noch ein weiteres großes Verdienst erworben: Er hat als erster das Außenhandelsmonopol eingeführt. Er war der erste, Lenin der zweite.«

Liebhaber künstlerischer Bearbeitungen des Themas »Herrscher und Regisseur« sollten noch auf einige andere Elemente dieser Begegnung im Kreml achten. Stalin: »Iwan der Schreckliche war außerordentlich grausam. Man kann in dem Film zeigen, daß er grausam war. Aber man muß dem Zuschauer bewußt machen, warum er grausam sein mußte. Einer der Fehler Iwan des Schrecklichen war es, die fünf großen Bojarengeschlechter nicht restlos ausgerottet zu haben. Er mordete, dann betete er und schlug sich lange voller Reue an die Brust. Gott behinderte ihn bei seinem Werk. Er hätte weit standhafter sein sollen.« Molotow mahnt eine »historisch gerechte Darstellungsweise« an: »Man darf über die Taufe Rußlands nicht spotten, die in jener fernen Zeit ein fortschrittliches Ereignis war.« Hier wirft Stalin ein: »Natürlich sind wir keine allzu vorbildlichen Christen. Es läßt sich aber in einer bestimmten historischen Phase die fortschrittliche Rolle des Christentums nicht leugnen.« Das ändert nichts an der Tatsache, fügt Schdanow ein, daß sich der Regisseur mit maßloser Freude in die religiösen Riten hineinsteigerte. Was – ergänzte Molotow – dem Film einen übertrieben mystischen Akzent verleiht. Kehren wir zu dem wichtigen Problem der *Opritschnina* zurück. Stalin: »Wenn die *Opritschniki* tanzen, dann ähneln sie Menschenfressern, erinnern an Phönizier oder Babylonier.« Der berühmte Schauspieler Tscherkasow meldet sich zu Wort: »In unserem Drehbuch ist eine Szene, in der Maluta Skuratow den Metropoliten Philipp erdrosselt. Soll sie beibehalten werden?« Stalin: »Ja, sie ist historisch exakt und richtig.« Molotow ergänzt: »Überhaupt kann und soll man Repressionen zeigen, aber man muß dabei betonen, in wessen Namen sie geschahen und weshalb sie sich als notwendig erwiesen. Man muß also die kluge Leitung der Staatsgeschäfte hervorheben.« Schdanow nimmt Maluta Skuratow in Schutz: »In eurem Film ist er ein Hampelmann, das ist unzulässig.« Und er weist den Regisseur zurecht: »Ihr habt, Genosse Eisenstein, eine allzu starke Vorliebe für Schatten, lenkt die Aufmerksamkeit des Publikums durch den Bart des Zaren von der Handlung des Films ab. Iwan der Schreckliche hebt viel zu oft den Kopf, so daß man seinen Bart besser sehen kann.« Eisenstein: »Ich werde dem Zaren seinen Bart stutzen.« Stalin: »Gott schütze Sie.«

Das Drehbuch zum zweiten Teil des Films ist niemals geändert worden. Eisenstein starb ein Jahr nach jenem Gespräch im Kreml. Der Film kam nach dem XX. Parteitag in die Kinos.

Neapel, 7. Oktober 1988

Gestern las ich im *Corriere* die Zusammenfassung einer einstündigen Fernsehdiskussion, bei der vier französische Journalisten mit Kardinal Lustiger über Martin Scorseses Film *Die letzte Versuchung Christi* diskutierten. Aus dieser Diskussion ist zu ersehen, daß sich der kluge Kardinal endlich entschlossen hat, den Film anzusehen, was glücklicherweise den unangenehmen Eindruck seiner ersten Verurteilung »ohne Ansehen« wettmacht. Das Anathema besteht weiterhin, unerschüttert und streng, aber es stützt sich nun wenigstens auf die Kenntnis des kontroversen Gegenstandes. Als die Diskussionsteilnehmer Kardinal Lustiger darauf hinwiesen, daß Scorsese die Inspiration zu dem Film nicht aus dem Evangelium schöpfte und dies in der Einleitung deutlich zum Ausdruck komme, antwortete dieser: »Ich weiß, doch darum geht es nicht. Im 16. Jahrhundert berief man sich bei der Illustrierung und Erklärung der zeitgenössischen Kultur auf die antike Mythologie. In unserer Zeit versuchte Freud, die Geheimnisse der menschlichen Seele mit Hilfe des Ödipus-Komplexes zu ergründen. Christus aber und das Evangelium sind kein Teil der Mythologie. Indem Scorsese das *Sacrum* überschritt, verletzte er die Gefühle von Millionen Gläubigen.« Auf die Frage, ob den Kardinal der Anblick einer sexualisierten Gestalt Christi in *Der letzten Versuchung* schockiert habe, lautete die Antwort: »Die katholische Kirche wendet sich gegen Scorseses Film nicht wegen der Sexualität Christi. Uns kränkt in diesem Lebensbild Christi der mangelnde Respekt für die Offenbarung.«

Ich sah Scorseses Film vor zehn Tagen in London. Meiner Meinung nach ist bei der Beurteilung von Werken, die versteckt oder direkt ins Gesicht Christi sehen und sich mit den Quellen des Christentums beschäftigen, allein der Grad ihrer *Ernsthaftigkeit* ein sinnvolles und wesentliches Kriterium. Von der Bildfläche verschwinden, Abfall gleich, nur sensationsgierige Provokationen von gotteslästerlich-kirchenschänderischem Charakter auf der einen Seite und rosarot-süßliche Hagiographien auf der anderen Seite. Ernsthafte Werke bewegen sich stets in einem *Grenzbereich*, sie versuchen, Christus und das

Christentum zu reflektieren und ihre Vorstellungskraft daran zu messen und können sich also nicht ganz von der »Mythologie« entfernen. Im Bereich des Films bereitete der große Dreyer, nachdem er *Blätter aus Satans Buch* gedreht hatte, kurz vor seinem Tod noch ein Werk über Jesus vor. Pasolini präsentierte seine eigene Version des *Evangeliums nach Matthäus*. In der Literatur finden wir ein breites Spektrum an Sichtweisen vor, angefangen bei solchen, die »im Geiste der Aufklärung« auftreten, (und die mir recht leer und öde erscheinen, wenngleich sie manchmal geistreich und scharfsinnig sind), bis zu den Kämpfen und Qualen »religiöser Seelen«. Eine »aufgeklärte« Variante für die Geburt des Christentums schlugen Anatole France und Roger Caillois in ihren Novellen über Pontius Pilatus vor. Die »poetische Legende« des Iwan Karamasow, der *Großinquisitor*, war der religiöse Aufschrei aus dem Herzen Dostojewskis. D. H. Lawrence, der Verfasser von *Lady Chatterley*, verlegte in seiner Polemik gegen den *Großinquisitor* Christentum und Christus auf die Ebene fröhlicher »Erdverbundenheit« und »Körperlichkeit«. Etwas Ähnliches tat Rozanow. Ein moralisch-existenzielles Symbol ist Jeschua Hanozri aus *Der Meister und Margarita* von Bulgakow. Die Position der »religiösen Seele«, die unvermeidlich die »Mythologie« streift, kommt in meiner *Zweiten Wiederkehr* zu Wort (falls man sich unbescheidenermaßen auch auf eine eigene Erzählung berufen darf).

Scorseses Film ist – wie der Rezensent der *New York Review of Books* treffend meint – von dem Ehrgeiz durchdrungen, »die Transzendenz des Leidens neu zu überdenken«. Es gibt darin suggestive, sogar wunderschöne Szenen, und es gibt kitschige Szenen. Aber man tut dem amerikanisch-italienischen Regisseur in kleinmütiger Weise unrecht, wenn man seine Ernsthaftigkeit und die anhaltende religiöse Anspannung nicht anerkennt.

10. Oktober 1988

Wie schade, daß ich Leszek Kołakowskis neues Buch *Metaphysical Horror* nicht kannte, als ich meinen kurzen Text über den Stein der Weisen und die Abenteuer des Grafen Cagliostro schrieb. Das Buch beginnt mit dem Satz: »Ein moderner Philosoph, der nie das Gefühl gehabt hat, ein Scharlatan zu sein, ist dermaßen seicht, daß es wahrscheinlich nicht lohnt, seine Werke zu lesen.« Kann man sich ein besseres Motto für eine Skizze über den nach Meinung vieler Historiker größten philosophischen Scharlatan der Neuzeit ausdenken?

Obwohl ich keine philosophische Ausbildung besitze, Philosophen selten lese und schnell vergesse, genieße ich die Lektüre von Kołakowski jedesmal aufs neue. Die Klarheit und Präzision der Ausführungen, die Eleganz des Stils, der hin und wieder eingestreute erlösende Humor und die ungewöhnliche Fähigkeit, die Dinge »von innen heraus« zu analysieren und zugleich »leicht distanziert« zu betrachten. Der Philosoph philosophiert und hört nicht einen Augenblick auf, kritisch über das Philosophieren nachzudenken. Auf den knapp 120 Seiten seines neuesten Buches führt Kołakowski den Leser in das Dickicht des »metaphysischen Horrors« ein und führt ihm die Schwierigkeiten mit der Philosophie vor Augen. Zu Beginn stellt er die Meinung von Jaspers vor, der die Liebe der Philosophen zur Weisheit als »nicht konsumierbar« betrachtete und deren scheinbare »Konsumierung« als Illusion ansah. Wozu also suchen, wozu der »absoluten Wahrheit« vergeblich hinterherrennen? Weil nur das Suchen selbst wichtig ist; auch wenn es erfolglos bleibt, verändert es unser Leben grundlegend. Wir können das Geheimnis nicht durchdringen, lassen uns täuschen, daß es in Wissen umzuwandeln sei, aber wesentlich ist das Bewußtsein von der Existenz des Geheimnisses. Auch wenn wir den Schleier nicht von der endgültigen Wirklichkeit heben können, sollten wir wissen, daß es diesen Schleier gibt.

Gegen Ende seines Buches kehrt Kołakowski zu diesem Motiv zurück. Wir werden uns niemals von der Versuchung frei machen können, das Universum als Geheimschrift zu betrachten und hartnäckig nach einem passenden Schlüssel zu suchen. Gesegnete Versuchung, der lebendige Quell aller Zivilisationen. Aber in der Natur dieser göttlichen Geheimschrift liegt ihre allen unentwegten Bemühungen und Versuchen zum Trotz unentzifferbare Hieroglyphenhaftigkeit.

Ein belebender Hauch auf den Ruinen der »abgeschlossenen philosophischen Systeme«, der mir so nahesteht und der den Überzeugungen, Gedanken und Eingebungen meiner Lieblingsschriftsteller so sehr ähnelt.

18. November 1988

In *Kultura* vom März 1971 erschien zusammen mit meiner Antwort ein an mich gerichteter Brief, den ein anonymer Korrespondent aus Polen geschrieben hatte. Er bezog sich auf die Situation in Polen und polnische »Nationalsünden«, aber im Zusammenhang dieser Tagebucheintragung werde ich einen Ausschnitt aus meiner Antwort zitieren, der Italien betrifft.

»Seit über fünfzehn Jahren lebe ich in Italien und habe schnell tiefe Menschlichkeit, Intelligenz, Nüchternheit, Skeptizismus und Abscheu vor Fanatismus bei den Italienern lieben und schätzen gelernt, ohne dabei meine Augen vor Dutzenden ihrer Fehler und Laster zu verschließen. Über den Faschismus wußte ich nur das, was ich aus Büchern und Erzählungen *viva voce* herausklauben konnte. Eines Tages – es war wohl ein Jahr vergangen, seit ich mich in Neapel niedergelassen hatte – ging ich ins Kino, um mir den Dokumentarfilm *All' armi siam fascisti* anzusehen. Es war ein abendfüllender Film, der sehr geschickt aus Filmchroniken jener zwanzig Jahre zusammengeschnitten war und dessen Titel nicht ohne einen Anflug von Ironie das wichtigste Schlagwort der ›Schwarzhemden‹ aufgriff: *An die Waffen, wir sind Faschisten.* Ich saß zwei Stunden lang in der Dunkelheit des kleinen Kinosaals am Stadtrand, rot vor Scham und Demütigung. So waren also *damals* meine menschlichen, intelligenten, nüchternen, skeptischen und jeglichem Fanatismus abholden Italiener gewesen? So sahen also die Hunderttausende aus, die brüllten, johlten, in die Luft sprangen, ausspuckten, Beifall klatschten, vor Freude aufstampften und mit verzücktem Blick die Zirkusnummer des zehntrangigen Schmierenschauspielers und Komödianten auf dem Balkon des *Palazzo Venezia* anstarrten? Ja, auf die Frage dieses Epileptikers *A chi l'Impero?* antworteten sie mit einem Gebrüll, wie aus einer Brust: *A noi, a noi!?* Ich gestehe, daß dies ein echter Schock für mich war, der einige Zeit anhielt.«

Die Wahrheit sah so aus, daß der Faschismus während der zwanzig Jahre zwischen beiden Weltkriegen der Mehrheit der Italiener gefallen hatte; daß die Mehrheit der Italiener Mussolini bewunderte, ihm vertraute und an ihn glaubte, an seinen »politischen Genius« und »imperialen Schwung«; daß das von Mussolini gerühmte *popolo di dieci millioni di bajonette* erst mit der Hand im Nachttopf als *popolo di dieci millioni di biciclette* erwachte, als es an eigener Haut spürte, was es heißt, die Kosten des »triumphalen imperialen Marsches« und des »heiligen Volkskrieges« an der Seite des Dritten Reiches für eine »neue Ordnung in Europa« zu tragen; und daß sich die Antifaschisten in einer beschämenden Minderheit befanden (so haben sich zum Beispiel nur zwölf Professoren geweigert, den Treueeid gegenüber dem Regime zu leisten, der als Voraussetzung galt, um den Universitätslehrstuhl zu behalten). Es fehlt natürlich nicht an italienischen Historikern, die diese beschämende Wirklichkeit in allen Einzelheiten beschreiben und belegen. Aber dies dringt nicht durch bis in die Reden der Politiker, sowohl von der Regierungsseite als auch von der Opposition, sowohl im Parlament als auch bei Kundgebungen – mit einem Wort überall dort, wo man um das Wohlwollen »der breiten Wählermassen« kämpft. Denn die »breiten Massen«, die Völker, lieben es nicht, in den Spiegel zu schauen.

Ich führe dies an als eine Art Einleitung zu dem »Skandal«, den Bundestagspräsident Philipp Jenninger provozierte. Ich las den vollständigen Text seiner Rede im Deutschen Bundestag anläßlich des fünfzigsten Jahrestages der *Kristallnacht**. Bevor der Text in seinem vollen Wortlaut veröffentlicht wurde, präsentierten die Medien Jenningers Auftritt in Auszügen, die aus dem Kontext gerissen waren, und riefen damit Entsetzen hervor. Ein Teil der Abgeordneten verließ den Plenarsaal während der Rede. Vieles schien darauf hinzudeuten, daß sich ein hochgestellter deutscher Christdemokrat als verkappter Nazi »entlarvt« hat (ähnlich wie man nach Solschenizyns *Offenem Brief an die sowjetische Führung* in den Warschauer Cafés munkelte, der große Schriftsteller habe sich nun als Russe »entlarvt«). Jennin-

* im Original deutsch

ger erklärte, daß er »falsch verstanden worden sei«, trat aber sofort von seinem Amt zurück. Simon Wiesenthal gab ihm recht, er sei »in der Tat falsch verstanden worden«, und nannte seinen Rücktritt eine »große Tragödie«.

Der vollständige Text der Rede belegt eindeutig, daß es sich um eine gewissenhafte, mutige historische Rekonstruktion des »Seelenzustands« der Deutschen während der Triumphe Hitlers und des Nationalsozialismus handelt, eines »Seelenzustands«, den Thomas Mann als »kämpferischen Servilismus« bezeichnet hatte. Die meisten Deutschen waren aus Gründen, die Jenninger anführt und analysiert, vom Programm der Nationalsozialisten und dem Aufbau des tausendjährigen Reiches begeistert; so wie die meisten Italiener vom Faschismus begeistert waren und aus vollem Halse brüllten: *A noi l'Impero!* Heute ist es unbequem, daran zu denken. Völker, die (nach der Niederlage) ihre nationale Orientierung änderten, lieben es nicht, in den Spiegel zu sehen. Daher Vorsicht mit dem Spiegel, der der *nationalen Fratze* nicht vorgehalten werden darf.

Ich machte mir Gedanken, weshalb Jenninger während seines Vortrages den Passus seiner Rede ausließ, in dem er die Frage stellt, warum sich niemand dem Völkermord widersetzt habe. Schließlich sei es den Machthabern des Dritten Reiches nicht gelungen, das geplante Euthanasieprogramm durchzuführen, weil es auf Widerstand bei den Familien der Opfer und bei den Kirchen stieß. Die Juden dagegen seien letztlich allein gelassen worden. Ihr Schicksal sei auf Blindheit und Herzenskälte gestoßen. Etwas Analoges ist schon einmal von Adenauer gesagt worden, wobei er seinen Hauptangriff an die Adresse der Kirchen in Deutschland richtete.

Willy Brandt gab vor Journalisten zu, daß er nach Jenningers Rede, »dem schwärzesten Tag in der deutschen Nachkriegsgeschichte«, »die ganze Nacht kein Auge zugemacht habe«. Auch er, ein Gegner des Nationalsozialismus und Emigrant, hat aus politischen Beweggründen und Erfordernissen einen Schlag gegen den Spiegel geführt. Das Wesen dieses »Skandals« hat wohl der hervorragende italienische Historiker Giovanni Spadolini, mein ehemaliger Chef beim *Corriere della Sera*, später Regierungschef und mehrmaliger Minister, heute Senatspräsident, am lapidarsten erfaßt: »Das Parlament ist keine Universitätsaula.« Jenninger wurde das Opfer eines Phänomens, das ich als das diskrete *doublethink* der Demokratie bezeichnen würde.

20. November 1988

E., meine deutsche Freundin, brachte mir am Morgen einen Zeitungsausschnitt aus Der *Zeit* vorbei: einen Artikel von Christoph Bertram über die »Affäre Jenninger«. Ein hervorragender Artikel, der aber – wie mir scheint – dem (sehr schwachen) Grundsatz *audiatur et altera pars* folgend veröffentlicht wurde, inmitten einer Flut »heiliger Entrüstung«. Bertram sagt fast dasselbe, was ich vorgestern schrieb. Jenninger habe die Schuld der *Deutschen* (Bertrams Hervorhebung) dargestellt, die abstoßende Fratze all jener enthüllt, die an der Schwelle des tausendjährigen Reiches schwiegen. Die harte Tatsache, daß die meisten Deutschen dem Verbrechen mit Zustimmung zusahen oder zumindest nichts dagegen einzuwenden hatten, läßt sich nicht leugnen. Jenninger hat es gewagt, das furchtbarste Problem der deutschen Geschichte zu berühren, zumindest für diejenigen, die nach dem Ende des Nationalsozialismus geboren wurden. Verbrecher kann man isolieren, verurteilen, aus dem Gedächtnis verbannen, aber wie soll man mit dem Bewußtsein zurechtkommen, daß ein bedeutender Teil des Volkes dies billigte, keinen Widerstand leistete und die Opfer für nicht ganz unschuldig hielt. Genau so hatte man den fünfzigsten Jahrestag der *Kristallnacht** ins Gedächtnis rufen sollen: nicht mit feierlich-ernstem Gesichtsausdruck, Bach-Kantaten und Tannen voller Trauerflor um das Podium für berufsmäßige Gelegenheitsredner, sondern eben dadurch, daß der Stachel, der im Körper Deutschlands steckt, tiefer hineingedrückt wurde. Wer wird es nach Jenninger wagen, im Weihrauch von Feierstunden und Gedenkveranstaltungen Schuld in Geschichte zu verwandeln?

* im Original deutsch

22. November 1988

Die Schuldfrage – Karl Jaspers schrieb nach dem Krieg einen Essay unter diesem Titel. Was heißt es heute, »ein Deutscher zu sein«? Was kann es heute bedeuten, »sich als Deutscher zu fühlen«, ohne gründliche Gewissenserforschung?

In seiner 1953 geschriebenen *Philosophischen Autobiographie* verhehlt Jaspers nicht, daß er sich – als einer der wenigen – insgeheim eine Niederlage seines eigenen Landes wünschte, während die Mehrheit seiner Landsleute ihre Seele als Gegenwert für die deutsche Machtposition dem Teufel verkaufte. Im Schlußteil des *Doktor Faustus* stellt Serenus Zeitblom ähnliche Reflexionen an. Der Teufel in Gestalt Doktor Goebbels' hinterläßt auf den letzten Seiten seines Tagebuchs eine Notiz, in der es sinngemäß heißt, daß ›wir um jeden Preis siegen müssen, wenn wir nicht für alles, was wir getan haben, zahlen wollen‹.

Der Historiker Golo Mann, Sohn von Thomas Mann, schätzt, daß 90% der deutschen Bevölkerung Hitler blind ergeben waren. Vor dem Verkauf seiner deutschen Seele an den Teufel als Gegenwert für die deutsche Machtposition mag ihn als jungen Mann vielleicht »die rassisch unreine Abstammung« seiner Mutter bewahrt haben. Aber sogar das reichte nicht immer aus. Ich erinnere mich an eine Begebenheit in Palästina. Unser Regiment war in der Nähe des Dorfes Gedera stationiert. Wenn ich dienstfrei hatte, besuchte ich dort einen jungen, gebildeten Rechtsanwalt aus Lübeck, einen Verehrer Rilkes und Stefan Georges. Er war mit einer »Arierin« verheiratet (sie hatte zwei Brüder bei der Luftwaffe), war Vater von drei hübschen Kindern, arbeitete in der Landwirtschaft und lebte im palästinensischen Exil in Gedanken an … Ja, woran? Nein, wie sich herausstellte, nicht daran, was Jaspers erwartet und gewünscht hatte. An einem Samstagnachmittag blätterten wir zu zweit im Atlas. Es war zur Zeit der Rommel-Offensive in Afrika. Er zeigte mir die Stellungen des *Afrika-Corps**, ließ den Finger weiter über die Landkarte gleiten und rief plötzlich unvermittelt aus: »Noch einige kräftige Vorstöße und *wir haben*

* im Original deutsch

den Weg frei nach Indien!« Nach einer Weile kam er zur Besinnung, sah mich mit Verzweiflung (nicht aber Scham) in den Augen an und lief aus dem Zimmer. Seine Frau, die mit den Kindern und den Blumen im Garten beschäftigt war, begleitete mich mit erstauntem, wie verängstigtem Blick bis zum Tor.

Und Jenninger wird beschuldigt, »zu übertreiben«, den Deutschen »mit harter Hand« einen Spiegel vorzuhalten.

13. Dezember 1988

Koestlers *Darkness at Noon* hat sich bis in die Heimat des Verfassers durchgeschlagen – der Roman ist nun in Budapest offiziell erschienen. Wie ich höre, gab es positive Kritiken in der Parteipresse; Koestler wurde für seine eindringliche Interpretation der Moskauer Prozesse gelobt: Selbstbezichtigung als »letzter Dienst an der Partei«, die historische Überlegenheit des »modernen Dialektikers« Gletkin gegenüber der »sentimentalen, veralteten« revolutionären Haltung eines Rubaschow.

Was wurde einst darüber diskutiert! Die Bewunderer (zu denen ich mich zähle) dieses intelligent *erdachten* und wunderbar geschriebenen Romans von Koestler warnten davor, daß man den stalinistischen Säuberungen auf diese Weise eine düstere Würde zukommen lasse, die sie niemals besaßen. Koestler wehrte sich und gebrauchte dabei Argumente wie »die Logik des eigenen Glaubens«, »die Degradierung des menschlichen Geistes durch ein falsch verstandenes, aber edles Gefühl von Pflicht und Selbstaufopferung«. Die Kritiker antworteten: »Unsinn, die Angeklagten wurden nicht durch Dialektik oder die Ausnutzung ihrer edlen Beweggründe zur Selbstbezichtigung gezwungen, sondern durch Folter, Versprechungen und die erpresserische Androhung von Konsequenzen für die Angehörigen.« Mittelbar gab Chruschtschows »Geheimbericht« den Kritikern recht. In der Epoche von *Glasnost* wissen wir nun über diese Dinge ausreichend Bescheid, um bei allem Respekt, der *Darkness at Noon* gebührt, ein für allemal die Helligkeit zu Mittag zu verkünden.

Nun aber plötzlich die Lobpreisungen in ungarischen Parteizeitschriften. Auslöser ist, wie ich vermute, die angeblich lebendige Legende von der ungarischen Variante der *Darkness at Noon*. Kadar sei nämlich dem Vernehmen nach Gletkin, der Rajk-Rubaschow von der Notwendigkeit überzeugte, Vergehen zu bekennen, die er nicht begangen hatte. Die Legende bringt Kadar keinen Ruhm ein, aber von zwei Übeln ist es besser, ein »Dialektiker« zu sein als ein gewöhnlicher Henker. Leider war alles umsonst – der ganze Koestler! Gleichzeitig wurde nämlich in einer parteiunabhängigen Zeitschrift ein Artikel von Farkas, Sohn des berüchtigten stalinistischen Ministers, veröffentlicht. Daraus ergibt sich, daß Rajk unter dem Druck der Folter nicht begangene Vergehen gestand und nicht unter dem Einfluß eines gegen Kadar verlorenen »dialektischen« Duells (daß Rajks Frau gefoltert wurde, erzählte sie selbst nach ihrer Entlassung aus dem Gefängnis im Jahre 1956). Er wurde sofort nach dem Prozeß und der Urteilsverkündung im Jahr 1949 hingerichtet, später »rehabilitiert«, wobei in der Begründung darauf angespielt wurde, daß er sich für das Wohl der Partei »geopfert« habe. Helligkeit zu Mittag, Helligkeit zu Mittag – das ist alles, was man von den »hochverdienten Revolutionsrentnern« noch erwarten und fordern kann.

19. Dezember 1988

Ein Brief von L. aus Warschau, den er jemandem mitgegeben hatte. »Ich war eine Woche lang in Moskau und bin gestern nach Hause zurückgekehrt. Ich muß Dir unbedingt sofort erzählen, was ich dort zu sehen bekam. Wenigstens kurz, in einigen Worten. Eben Dir, der Du *Glasnost* mit Vorsicht, einem gewissen Mißtrauen oder Skepsis begegnest. Ich sah nämlich in einer Moskauer Kinothek einen Film über den Gulag. Vielleicht wirst auch Du ihn sehen, denn es hieß, daß sich westliche Fernsehanstalten um die Rechte bemühen. Es ist noch unklar, ob er auch in große Kinos kommen wird, vorerst wird er nur in Clubs gezeigt, die aber nicht völlig hermetisch sind; angeblich haben ihn schon Zigtausende gesehen. Das ist eine Bombe, eine absolute Bombe! Solschenizyns *Archipel* im Kleinformat, nichts bleibt bestehen, eine Anklageschrift ohne weiße Flecken und Unklarheiten, die ganze oder fast die ganze Wahrheit. Thema oder vielmehr Ausgangspunkt ist der Inselarchipel von Solowezkij. Das eigentliche Thema ist das konsequent auf Sklaverei aufgebaute System. Bei der Gelegenheit wurde auch das unantastbare Denkmal Lenins beschädigt. Abuladzes *Buße* wirkt angesichts dieses Films blaß, wie eine unschuldige, metaphorische Anspielung. Sollten sie endlich verstanden haben, daß man sich auf lange Sicht nicht mit armseligen Wahrheitskrümeln durchschmuggeln kann? Sollten sie sich in der Tat entschlossen haben, alles oder fast alles zu sagen? O mein Gott, wie sehr möchte ich, daß Du den Film siehst!«

(Hinzugefügt in Neapel, am 15. Januar 1989. Gestern nacht hat das italienische Fernsehen diesen Film gesendet, und ich war wirklich verblüfft, als ich ihn sah. Maryna Goldowska drehte diesen Film, der eine Stunde dauert und *Wlast solowjezkaja*[58] heißt. Allein schon der Titel ist eine Herausforderung, die formal schwer zu erschüttern ist. Aber im stillen verbindet sich die »solowezkische Herrschaft« so sehr mit der »sowjetischen Herrschaft«, daß die Zuschauer wohl in ihrem ersten Spracheindruck die bisherige, geheiligte Bezeichnung durch die von nun an entweihte ersetzen werden. Die Entweihung beschränkt sich nicht nur auf das Wortspiel im Titel. Der Film ist ein ehrlicher, offener, empfindsam und umsichtig gemachter Bericht darüber, wie »sich die solowezkische Herrschaft festigte«. Zu Beginn steht als Motto eine Losung aus dem Jahre 1918: »Wir werden Euch mit eiserner Hand zu Eurem Glück zwingen«, die gut zur *Utopie an der Macht* passen würde. Beginnend mit der Gründung der Lager im Inselarchipel von Solowezkij im Jahr 1923 (zu Lebzeiten Lenins), also mit den Anfängen des Krebsgeschwürs, wird in präzisen dokumentarischen Sequenzen die Entwicklung der Krankheit mit ihren sich rasch ausbreitenden Metastasen der »solowezkischen Herrschaft« über das ganze Gebiet der »sowjetischen Herrschaft« dargestellt. Solschenizyn ist in dem Film ständig anwesend und wird einmal auch genannt. Der Archipel weitet sich aus, gewinnt an Stärke, wird zum System. Überraschend ist der Mut, mit dem die Häftlinge, denen das Schicksal erlaubte, zu überleben und ein hohes Alter zu erreichen, über ihre Erfahrungen im Archipel von Solowezkij erzählen: über die Folterungen, das Geschlagen-Werden, die mörderische und bewußt todbringende Arbeit, die massenhaften Erschießungen ohne Gerichtsurteil, den Sadismus der Wärter. Gorkis Besuch in Solowezkij, der die »Erziehungslager« »ideologisch und moralisch« aufwerten sollte, wird in dem Film als düstere und schamlose Farce dargestellt; der berühmte Schriftsteller, der »Erwecker und Beherrscher der Gewissen«, spielte darin bewußt die ihm in diesem Drehbuch zugedachte Rolle. Goldowska faßte ihren Film in den zeitlichen Rahmen der Jahre 1923-1939. Warum 1939? Es kann sich hier nicht um eine durch den Krieg hervorgerufene Zäsur handeln, da der Krieg für die Sowjetunion erst im Jahr 1941 ausbrach. Worum geht es also dann? Eine Erklärung dafür findet sich in den aus einer alten Filmchronik entnommenen Schlußbildern: der Ankunft Ribbentrops in Moskau. Das klingt wie das Vermächtnis eines natürlichen Bündnisses zweier verwandter Systeme.)

1989

Viterbo, 12. Juli 1989

Ich sitze auf dem Platz des heiligen Laurentius und blättere in einem Buch über Viterbo, »die antike Residenz der Päpste«. Vor mir der Dom, rechts davon der päpstliche Palast mit einer schönen, zierlichen, spitzengleichen Loggia, deren Säulen auf einigen länglichen Ansichtskarten die Landschaft am Horizont einrahmen.

Der päpstliche Palast ging als Schauplatz erfolgreicher »gesellschaftlicher Druckausübung«, die aus einer wachsenden »gesellschaftlichen Ungeduld« erwuchs, in die Geschichte ein. Errichtet wurde er 1267 auf Befehl des »Volkskapitäns« Raniero Gatti, um der Vorliebe der Päpste zu häufigen Aufenthalten in Viterbo einen würdigen architektonischen Rahmen zu geben. Klemens IV. bewohnte diesen Palast als erster und starb dortselbst ein Jahr nach seiner Ankunft. Das heilige Kardinalskollegium beschloß, seinen Nachfolger in Viterbo, eben in diesem päpstlichen Palast zu wählen. Zwei Lager standen sich gegenüber: die Anhänger Anjous, die den französischen Kandidaten bevorzugten, und die Kaiserlichen, die sich um den italienischen Kandidaten sammelten. »Standen sich gegenüber« ist nicht ganz präzise ausgedrückt, denn die Mitglieder des heiligen Kollegiums nahmen an einem »Runden Tisch« Platz, um die Gegensätze zwischen den feindlichen Lagern abzumildern. Scheinbar gemildert, vertieften sie sich in Wahrheit von Tag zu Tag immer mehr und machten den »Runden Tisch« zu einem Schauplatz heftiger Gefechte. Es verging ein Jahr, es vergingen zwei Jahre, und immer noch sah man in dem langen, dunklen Tunnel der *sede vacante* kein Licht des *habemus papam*. Viterbos Bewohner murrten verärgert; da kam der »Volkskapitän« auf die Idee, die sich angiftenden Wahlmänner unter Druck zu setzen. Er gab die Anweisung, den päpstlichen Palast mit einem Schlüssel abzuschließen (*cum clave*, daher die spätere Bezeichnung *conclave*) und die Lebensmittelversorgung auf Wasser und Brot zu beschränken, um die Kardinäle durch Hunger zur Besinnung zu bringen. Als auch das nicht half, die heilige Verbohrtheit zu beheben, nutzte er das Nahen der Regenzeit und schickte Arbeiter, um das Dach des päpstlichen Palastes abzudecken. Prasselnder Regen aus einem gnadenlosen Himmel erreichte das Ziel – er kühlte und ernüchterte sogleich die um den »Runden Tisch« versammelten Hitzköpfe. An der Schwelle zum dritten Beratungsjahr wählte das heilige Kollegium Gregor X. (Teobaldo Visconti) zum Papst.

Die Entfernung des Daches richtete nicht nur großen Schaden im Innern des Palastes an (wahrscheinlich zerfiel der »runde Tisch«), sondern griff auch die Mauern an. Im Jahre 1277 stürzte das päpstliche Schlafgemach ein und begrub den einzigen portugiesischen Papst, Johannes XXI., unter seinen Trümmern.

Neapel, 15. Juli 1989

Wie kann man sich aus den Fängen des Kommunismus lösen? Diese Frage hört man in letzter Zeit andauernd; Zeitungen und Zeitschriften überbieten einander in wachsender, fast schon nervöser Aufdringlichkeit. Es könnte der Eindruck entstehen, als hätte diese, schließlich doch wünschenswerte Loslösung aus den Fängen des Kommunismus gleichsam den Charakter eines beunruhigenden Sprungs ins Ungewisse.

Claude Roy erinnert in seiner interessanten Reportage aus der Sowjetunion (»eine Reise unter Menschen, die sich nicht mehr fürchten«) an Toqueville: *Il n'y a qu'un grand génie qui puisse sauver un prince qui entreprend de soulager ses sujets après une oppression longue.* Den Fürsten retten heißt hier natürlich Gorbatschow retten.

Garton Ash erwähnt die während einer Pause bei den Beratungen am »Runden Tisch« gemachte Bemerkung »eines der intelligentesten Anführer der polnischen Kommunisten«: »In allen Handbüchern ist zu finden, wie schwierig es sei, die Macht zu erlangen; keines sagt, wie schwierig es ist, die Macht loszuwerden.«

Mille mots zum Thema *Sortir du communisme* haben Garton Ash, Janos Kis und Adam Michnik gemeinsam zusammengestellt.

Aus ihrem Text scheint hervorzugehen, daß uns der kapitalistische Westen die Fahrkarte für eine sichere Ausreise aus dem Kommunismus (mit Bremsvorrichtung) in Dollarwährung spendieren solle.

Revel hat drei Möglichkeiten eines »Ausstiegs aus dem in Agonie befindlichen System« vorgestellt. Die erste Möglichkeit demonstrierten die Chinesen auf dem Platz des Himmlischen Friedens. Es ist die einfachste Methode, denn sie beruht darauf, daß man überhaupt nicht aussteigt, sondern – ganz im Gegenteil – zu Maos altem Grundsatz zurückkehrt, daß »die Macht im Gewehrlauf ruht«, und zu Brechts berühmter Formel aus dem Jahr 1953, in der es heißt, »daß das Volk / Das Vertrauen der Regierung verscherzt habe / Und es nur durch verdoppelte Arbeit / Zurückerobern könne. Wäre es da / Nicht doch einfacher, die Regierung / Löste das Volk auf und / Wählte ein anderes?« Dieses Vorhaben ist nicht undurchführbar: Man muß nur so lange heftig und blindlings schießen, bis die Macht endlich aus dem Gewehrlauf springt und aus dem Leichenberg ein »neues Volk« hervorkriecht, das festen Grund unter den Füßen gewinnt.

Die zweite Möglichkeit betrifft die Länder, in denen das totalitäre System weder vermochte, die zum Zeitpunkt der kommunistischen Machtübernahme vorgefundenen Kräfte zu zerstören, noch die späteren gesellschaftlichen Bewegungen und Bestrebungen nach Unabhängigkeit und Autonomie aufzuhalten. Das demokratisch-pluralistische Modell blieb in diesen Ländern so weit lebendig, daß ein friedlicher und evolutionärer Ausstieg aus dem Kommunismus theoretisch möglich erschien. Im Augenblick geht es bei diesem Prozeß um Polen und Ungarn. Beide Länder reifen allmählich mal langsamer, mal auch schneller, zu Demokratie und politischem Pluralismus ohne Epitheta heran.

Die von Gorbatschow in der Sowjetunion in Angriff genommene Operation stellt nach Revel die dritte Möglichkeit dar. *Glasnost* soll hier der Motor für *Perestrojka* sein. Der Motor arbeitet mit hoher Umdrehungszahl und wirkt manchmal sogar gefährlich überhitzt, aber die konkrete gesellschaftliche, politische und wirtschaftliche Umgestaltung kommt nicht voran; im Gegenteil, der schwere blockierte, verrostete Zug der

Perestrojka droht die dampfende Lokomotive der *Glasnost* rückwärts zu ziehen. Es läßt sich deshalb im Extremfall die Anwendung der chinesischen Lösung nicht völlig ausschließen.

Ist die zweite, die polnisch-ungarische Lösung realistisch? Kann man sich auf dem Weg zu Demokratie und Pluralismus stufenweise, evolutionär, Schritt für Schritt vorwärtsbewegen? Man kann, wie die Ergebnisse der Sejm- und Senatswahlen in Polen bewiesen haben; unerwartet gute Ergebnisse (die den Oppositionsführern – wie es scheint – sogar peinlich sind). Aber nur unter gewissen Voraussetzungen. Die Opposition muß auf diesem Weg selbständig marschieren und dabei ihre Identität wie ihren Augapfel hüten; sie darf das den Polen in Zeiten »nationaler Not« so liebgewordene Schlagwort »gemeinsam, meine Herren« nicht gelten lassen, sondern muß sich die Erlangung völliger Unabhängigkeit und irgendwann die Übernahme der ganzen Macht von den Usurpatoren zum Ziel setzen, zumal die »Herren« (bzw. Genossen) von der Regierung diese anscheinend so gern loswerden wollen (und nicht recht wissen, wie sie das anstellen sollen). Auf dem Weg zu Demokratie und Pluralismus muß die Oppositionsführung auch mit dem kabinetts- und konventikelmäßigen Stil einer »Verständigung der Eliten« brechen sowie mit der Festlegung wesentlicher Vorrechte für den Führer und seine Leibgarde. *Last but not least:* dem Führer und seiner Leibgarde stünde Vorsicht beim Umgang mit jenen lächerlichen Ideen vom Großen Spiel und den Großen Spielern gut an sowie größere Zurückhaltung bei der Lancierung einer »positiv veränderten Meinung über General Jaruzelski« (allein schon aus Achtung vor der unveränderten Meinung der »*Solidarność*-Basis« und wahrscheinlich auch der überwiegenden Mehrheit der Wähler vom Juni).

Albori, 4. August 1989

Geremek[59] bezeichnet die Früchte des »Runden Tisches« und die Wahlergebnisse als »halbherzigen Pluralismus«. Halbherzig ist die Regierung und ebenso halbherzig die Opposition. Wie lange kann eine solch allgemeine Halbherzigkeit andauern und wohin kann sie führen (Sacharow hält sie für die tödliche

Krankheit der *Perestrojka*)? Der Korrespondent einer italienischen Tageszeitung schreibt von der gegenwärtig in Warschau lancierten Forderung nach »einer neuen Form des Dialogs« im bereits bestehenden Dialog, ohne leider näher zu erklären, was diese chinesische Schatulle bedeutet und in der Praxis verspricht.

Ob wir uns nicht wohl eher auf eine moderne Form des »Dachabdeckens« durch das ungeduldig gewordene Volk unter der Führung seines »Volkskapitäns« zubewegen?

7. August 1989

Albori ist ein ganz kleines, auf einem Hügel über dem Meer gelegenes Dorf, von dem aus der Golf von Salerno und, am Horizont eingetaucht, Salerno selbst zu sehen sind. In Albori kann man die italienische, insbesondere süditalienische, Gabe, Wohnraum auszunutzen, bestens würdigen. Es gibt keine Gärten, keine Freiräume und Durchbrüche zwischen den Häusern, nur ein stets weiterwachsendes und in die Tiefe dringendes Geflecht von Mauern mit derart schmalen Gängen, daß es schwerfällt, diese auch nur als Gäßchen anzusehen. Von der tiefer gelegenen Zufahrtsstraße wirkt das Dorf wie ein verzweigtes, dichtgedrängtes, am Hang festgekralltes Gewirr von steinernen Vogelnestern.

Die Jungen schwärmen am frühen Morgen zur Arbeit in Vietri und Salerno aus. Die Zurückgebliebenen verlassen nur selten und kurz ihre Nester, das Leben findet hier nicht draußen statt, tagsüber ist es von der übrigen Welt abgegrenzt, eingemauert. Erst abends versammelt sich auf den Kirchenstufen, die in Albori den Platz vertreten, eine Gruppe alter Männer. Sie sprechen und unterhalten sich mit normaler, gedämpfter Stimme, aber die Enge der Häuser bewirkt, daß sie so gut zu hören sind, als säßen sie an meinem Tisch und tränken Wein mit mir. Vor den sich bis Mitternacht hinziehenden Gesprächen und Erzählungen auf den Kirchenstufen gibt es in Albori kein Entrinnen.

Übrigens verspüre ich bis jetzt kein Fluchtverlangen; ganz im Gegenteil, ich höre mit Interesse zu. Gestern – es war Sonntag – unterhielt man sich über Religion. Es überwogen Erzählungen über Prozessionen und wunderbare Heilungen. Einer der Erzählenden – sein leicht spöttischer Tonfall verriet sogleich den »Zweifler« – erinnerte an den Fall eines schwerkranken Mannes aus dem Nachbardorf, der während einer Prozession, bereits nahe dem hoch in den Bergen gelegenen Sanktuarium der Fürsprecherin, auf dem steilen Pfad stolperte und in eine Felsspalte stürzte und dabei mit dem Hinterkopf gegen einen spitzen Stein schlug. »Tot lag er da, in einer Blutlache, wie vom Kreuz abgenommen.« Das höhnische Glucksen blieb dem Erzähler bald im Hals stecken; offenbar war es mit unwilligen Blicken quittiert worden. Später sagte mein Bekannter, ein Maurer, der partiell gelähmt ist, langsam und mit Nachdruck: *Già, anche il Nostro Signore Gesù Cristo è stato crocefisso.* »Eben, auch unser Herr Jesus Christus ist gekreuzigt worden.«

»Eben«, »auch«. Ich lese gerade das Kriegstagebuch *Uwagi 1940-1942* von Karol Ludwik Koniński[60], mit dem ich vor dem Krieg einen Briefwechsel begann, weil mich seine *Pisarze ludowi* faszinierten. Koniński quälte sich, war hin- und hergerissen zwischen seinem Glauben und den Versuchungen des Atheismus, zwischen laizistischem Humanismus und der Liebe zu Gott, zwischen Verstand und »Illogismus«, zwischen Katholizismus und Protestantismus. Erschüttert notiert er an einer Stelle: »Furchtbare Qual des Glaubens, der sich mit bloßen Fingern an das Geheimnis klammert, wie ein Bergsteiger, der abzustürzen droht, an die Felswand. Mein Gott, wenn Du bist, erbarme Dich seiner!« Als Ergebnis dieses ganzen Ringens bleibt im Grunde genommen nur eines: »Die Wahrheit über den Menschen liegt darin, daß er ständig über die Wahrheit stolpert; deshalb ist für ihn der gekreuzigte Gerechte ein Spiegel, in dem er sein Bild ohne Beschönigung erblicken kann. Aber das Kreuz offenbart nicht nur den Menschen, es offenbart auch Gott. Gott ist so beschaffen, daß er sich bis in die letzten Tiefen mit dem Menschen identifiziert und ihn, da er ihn richtet, rettet. In der Tiefe des menschlichen Falls offenbart sich die unergründliche Tiefe der Liebe Gottes.«

Bronisław Mamoń, Kurator des Koniński-Hauses, erinnert

in seiner Einleitung an Simone Weil, die in den Entstehungsjahren der »Bemerkungen« noch unbekannt war. Er hat recht. Den Wortlaut, insbesondere eines Bekenntnisses, von Simone Weil weiß ich nicht mehr, ich weiß nur noch, daß die Kreuzigung, das göttlich-menschliche oder menschlich-göttliche Mitleiden, für sie das Wesen des Christentums darstellte – »wenn es nicht so wäre, würde ich mich nicht als Christin fühlen«. Und wenn es nicht so wäre, würde sich sicherlich der alte Maurer aus Albori nicht als Christ und religiöser Mensch fühlen.

Neapel, 23. August 1989

»Zu früh«, meint Leszek Kołakowski im heutigen *Corriere*, zu früh habe die *Solidarność* nach der Macht gegriffen. Diese Feststellung erinnert ein wenig an die im Westen herrschende Furcht, ob die Polen nicht »zu weit« gingen. Kołakowski fügt, Gott sei Dank, sogleich hinzu: »Nach dieser Behauptung ist es angebracht festzustellen, daß die *Solidarność* gar nicht anders konnte, als diese Chance im Flug zu ergreifen.«

Die Situation ist derart fließend, undurchsichtig, voller unbekannter Größen, daß die »Chance« zu einem der wichtigsten Handlungskriterien wird und solche Warnungen wie »zu weit«, »zu früh« fast absurd klingen: so als ob es irgendwo einen idealen, von der Geschichte beispielhaft vorbereiteten Fahrplan gäbe. Niemand kann den Lauf der Ereignisse in der Sowjetunion vorhersehen. Wenn Gorbatschow fällt, leben rückwärtsgewandte Tendenzen wieder auf. Die *Moskowskaja Prawda*[61] deutete kürzlich die Gefahr von Staatsstreich und Bürgerkrieg an. Wie auch immer sich aber die Zukunft entwickeln mag (»die sich« – nach Kołakowski – »entweder als wunderschön oder als furchtbar erweisen kann«), irgend etwas von der besser oder schlechter genutzten »Chance« wird dennoch übrigbleiben. Das Problem besteht also in jenem »besser« oder »schlechter«.

Schlechter – das bedeutet, übertriebenen Befürchtungen zu erliegen, der »Durchtriebenheit« gegenüber dem Großen Spiel zu sehr zu vertrauen und vor radikalen Schritten, die – bis zu einem vernünftigen, aber mutigen Maximum – ein Ausbrechen aus der mörderischen Halbheit ermöglichten, zurückzuschrecken. Besser – das bedeutet, aus der Halbheit auszubrechen, den Kommunisten auf Grund höherer, unbezweifelbarer Notwendigkeit das Verteidigungs- und das Innenministerium zu überlassen (drei Generäle genügen, um unsere geopolitische Lage zu bewachen), sie in die offene unzweideutige Opposition abzudrängen und eine *glaubwürdige Solidarność-Regierung* zu bilden. Mazowiecki kündigt an, er werde kein Premierminister »auf dem Papier« sein. Hoffentlich, das sollte man ihm aus ganzem Herzen wünschen. Leider wird er es, wenn er sich die Rolle eines nur teilweisen Premierministers aufzwingen läßt, des Chefs einer verhüllten »großen Koalition«.

In den Augen der Allgemeinheit ist die Frage der Glaubwürdigkeit im Moment eine psychologische Überlebensfrage. Entbehrungen, Opfer, »Arbeitsdisziplin«, ein Engerschnallen des Gürtels darf man nur dann fordern, wenn den harten Jahren, die bevorstehen, um Niedergang und Ruin zu überwinden, ein volles, authentisches, durch keine Zweifel und Verdächtigungen getrübtes Vertrauen zu der endlich eigenen Regierung gegenübersteht.

29. August 1989

Nowyi Mir[62] hat mit dem Abdruck von Solschenizyns *Archipel Gulag* als Fortsetzungsroman begonnen. In den ersten Septembertagen soll bei *Czytelnik*[63] meine *Welt ohne Erbarmen* in sehr hoher Auflage erscheinen. Ein wichtiges, für mich sogar symbolträchtiges, zeitliches Zusammentreffen.

Im November vorigen Jahres habe ich ein kurzes Vorwort zu dieser Warschauer Ausgabe der *Welt ohne Erbarmen* geschrieben. Es enthält folgende Sätze: »In diesen Tagen erscheint in London die *Welt ohne Erbarmen* auf russisch in der Übersetzung von Natalia Gorbaniewskaja. Wer weiß, ob sie nicht einmal auch in der Heimat der Übersetzerin ans Tageslicht treten wird. Schließlich folgte in Twardowskijs Monatsschrift *Nowyi Mir* den drei Seiten aus *Doktor Schiwago*, die dem in der *Welt ohne Erbarmen* beschriebenen Thema gewidmet sind und die einst einen solchen Skandal in der Heimat des großen Dichters hervorriefen, kurze Zeit später *Ein Tag im Leben des Iwan Denissowitsch*. Heute wird in Moskau in aller Öffentlichkeit ein Abend zu Ehren von Warlam Schalamow, dem Verfasser der *Geschichten aus Kolyma* veranstaltet, und man spricht immer häufiger davon, daß *Archipel Gulag* schließlich ganz offen und in Großauflage seine natürlichen Adressaten erreichen wird.«

Er begann früher, sie zu erreichen, als ich es damals erwartet hatte. Wieder einmal bestätigt sich die kluge Bemerkung des »gemächlichen Wanderers« Hostowiec vom »schnelleren Rhythmus unserer Geschichte«.

18. Oktober 1989

In Isaiah Berlins *Personal Impressions* ist ein umfangreiches Kapitel seinen Begegnungen mit Boris Pasternak und Anna Achmatowa gewidmet. Berlin bemerkt zu Recht, daß das ganze Leben der Anna Achmatowa eine einzige Anklage gegen die russische Wirklichkeit gewesen sei (so bezeichnete einstmals Herzen die russische Literatur). Wenn er von der Legende der Achmatowa spricht, von der Legende ihres Lebens und ihres unerschrockenen passiven Widerstandes gegen die Nichtswürdigkeit in ihrer eigenen Heimat, fügt er hinzu, sie sei nicht nur zu einer *Gestalt* der russischen Literatur, sondern sogar der russischen Geschichte unseres Jahrhunderts geworden, so wie es Herzen, nach der berühmten Definition von Belinskij[64], im vorigen Jahrhundert geworden ist.

Diese Gestalt also nennt Joseph Brodsky in seinem wunderschönen Essayband *Śpiew wahadła* (von den *Zeszyty Literackie*[65] herausgegeben) eine klagende Muse. Eine hervorragende Bezeichnung, die mit absoluter Genauigkeit zur Verfasserin des *Requiems* paßt. Niemand hat bisher eine derart eindringliche, kluge Skizze über Anna Achmatowa geschrieben, obgleich sich ja schon viele mit ihr beschäftigten. Brodsky hat die Gabe, mit einem einzigen Pfeil, gleichsam als Meisterschütze, mitten ins Schwarze zu treffen. Die alte Nadjeschda Mandelstam »sah aus wie das Überbleibsel eines großen Feuers, wie ein verglühendes kleines Stück Holz, das aufflammt, wenn man es berührt«. Über das *Requiem* der Achmatowa schreibt er: »Die Stärke des

Requiems liegt darin, daß ihre Biographie nur allzu alltäglich war. Dieses Requiem betrauert die Trauernden: Mütter, die ihre Söhne verloren, Frauen, die zu Witwen wurden, manchmal beides, wie im Fall der Autorin. Es ist eine Tragödie, in der der Chor eher als der Held zugrunde geht.«

Die klagende Muse erstarrt in ihrem *Stabat mater*, verwandelt sich in ein lebendiges Denkmal der revolutionären und postrevolutionären Geschichte Rußlands. Im Laufe der Zeit ergriff das Bewußtsein des Denkmalhaften, des Außergewöhnlichen der »Tragödie«, in der »der Chor eher als der Held zugrunde geht«, so sehr von ihr Besitz, daß sie die Repressionen und Schikanen, denen sie nach der Begegnung mit Berlin in Leningrad 1945 ausgesetzt war (der zweiten Begegnung mit »einem von dort« seit dem Ersten Weltkrieg; die erste war ein Treffen mit Czapski in Taschkent während des Zweiten Weltkriegs), in einem Gespräch mit Berlin 1965 in Oxford als den Beginn des Kalten Krieges und einen Wendepunkt in der Menschheitsgeschichte darstellte. »Genau so« (sagt Berlin), »die Achmatowa war voll und ganz davon überzeugt. Sie sah sich und mich als zwei Gestalten der Weltgeschichte, die durch das Schicksal auserwählt worden waren, um einen Kosmischen Konflikt zu beginnen. Ich war nicht in der Lage einzuwenden, daß sie vielleicht den Einfluß unserer Begegnung auf das Schicksal der Welt überschätzt: Mein Widerspruch würde ihr als Beleidigung ihres Selbstbildes erschienen sein, des tragischen Selbstbildes einer neuen Kassandra, und der historisch-metaphysischen Vision, die einen großen Teil ihrer Lyrik durchdrang. Ich brachte kein einziges Wort hervor.«

Klagende Muse und neue Kassandra in einer Person. Brodsky und Berlin zeichnen gemeinsam wohl das wahrheitsgetreueste Bildnis der Anna Achmatowa.

Neapel, 19. Oktober 1989

Die Agenturmeldung aus Long Beach beginnt mit den Worten: »Im Jahr 1975 sah ich, wie mein Mann und meine drei Söhne zur Erschießung abgeholt wurden. Vier Jahre lang habe ich sie tagtäglich beweint, dann hörte ich auf zu sehen.« Das sagt eine Frau in einem kalifornischen Lager für kambodschanische Flüchtlinge. 150 Mütter und Ehefrauen im Alter zwischen vierzig und siebzig Jahren, Opfer der Roten Khmer, sind erblindet. Nach Meinung der Augenärzte haben sie völlig gesunde Augen, und dennoch sehen sie nicht. Sie leiden an Blindheit oder an Halluzinationen.

Psychologen erklären diese Blindheit als das Ergebnis historischer und psychosomatischer Prozesse. Vier Jahre lang sahen sie Tag für Tag und Nacht für Nacht die zerstörerische Orgie der Soldaten Pol Pots – Morde, Vergewaltigungen, Feuersbrünste. Ihr Sehvermögen verminderte sich allmählich, bis es schließlich ganz erlosch, als ob es sich weigerte, diese Welt anzuschauen. Eine der Diagnosen der Psychologen, die zur Untersuchung herangezogen wurden, bedient sich der poetischen Wendung von der »Verdunkelung des Seelenfensters«, die insofern vielleicht zutreffend sein mag, als der endgültigen Blindheit Symptome vorangingen, die das Bild der Umgebung verfinstert und matt erscheinen ließen.

Psychologen sind in ihren Ansichten nur selten völlig einmütig; so hat denn auch eine konkurrierende Psychologenschule eine gegenteilige Hypothese aufgestellt: die erblindeten kambodschanischen Frauen hätten »ihre Seelenfenster« vorsätzlich verdunkelt, um immerfort ausschließlich nur das zu sehen, was sie in der Zeit des von den Roten Khmer durchgeführten Völkermordes sahen. Damit, anders gesagt, in dem tief verletzten Gedächtnis, das in dem Strom von Bildern einer normalen Wirklichkeit einer Reinigung und Heilung ausgesetzt wäre, nichts verlorengehe, sich nichts verwische. Die Anhänger dieser These verlassen ebenfalls die Strenge der wissenschaftlichen Sprache zugunsten der Poesie und flüchten sich zu Ausdrücken wie »die blinden Prophetinnen und Priesterinnen am heiligen Feuer von Schmerz und Haß«.

25. Oktober 1989

1963 schrieb ich eine Skizze über Hannah Arendts Buch *Eichmann in Jerusalem* und gab ihr den Titel *Dämon unserer Zeiten*, um eine der Hauptthesen der Autorin, die im Untertitel des

Buches *Ein Bericht von der Banalität des Bösen* zum Ausdruck kommt, noch stärker hervorzuheben: Banalität des Bösen?

Der Dämon unserer Zeiten, gewissenhafter und penibler Vollzieher der »Endlösung«, beispielhafter Bürokrat des genau geplanten Verbrechens, entdämonisiert? Damals wußte ich nicht, daß in der wahnwitzigen Kampagne gegen Hannah Arendt, die sich in Amerika und in Israel abspielte und in der sie fast des »Antisemitismus« geziehen wurde, das Hauptgewicht eben auf jener angeblich »skandalösen« »Banalität des Bösen« lag. Ich erfahre davon jetzt aus der Edition des Briefwechsels zwischen Hannah Arendt und Karl Jaspers. Gideon Hausner, der Oberstaatsanwalt im Jerusalemer Prozeß, beschuldigte die Verfasserin von *Eichmann in Jerusalem* geradewegs, »sie nähme den Kriegsverbrecher in Schutz«. Denn ist es nicht eine Verteidigung dieses monströsen Verbrechens, wenn man es in den Bereich einer »Banalität des Bösen« abdrängt, anstatt es in die Regionen einer »Dämonie des Bösen« zu erheben? Hannah Arendts entrüstete Kritiker, offensichtlich nur schwache Kenner der Intelligenz und der Erfindungsgabe des Bösen, waren sich dessen nicht bewußt, daß die Banalität des Bösen weit gefährlicher und hinterlistiger ist als seine Dämonie. Der *Dämon unserer Zeiten* versuchte die Jerusalemer Richter und die ganze Welt zu überzeugen, daß er lediglich ein musterhafter BEAMTER (und zwar groß geschrieben) gewesen sei, dem man die Operation der Massenvernichtung von Millionen Menschen, die beim Aufbau der »neuen Ordnung« »überflüssig« waren, auftrug. Der Schlüsselsatz im *Bericht von der Banalität des Bösen* lautet deshalb: »Und die konkreten Gründe, die für die Möglichkeit einer Wiederholung der von den Nazis begangenen Verbrechen sprechen, sind sogar noch einleuchtender.« Das ist wohl weit furchtbarer als die Ergreifung, Verhaftung und Erhängung des echten Teufels in der Verkleidung eines deutschen Offiziers.

Ähnliche Reflexionen könnte man über die Versuchung zur Dämonisierung Stalins und des Stalinismus anstellen und sie mit dem verborgenen oder auch offenen Bedürfnis erklären, nach dem Sieg über den sowjetischen Teufel und die Heerscharen seiner teuflischen Helfer, wenngleich ohne die Genugtuung, sie am Galgen zu sehen, die Pforten der Hölle zu-

zuschlagen und fest zu verriegeln. Für diese Tendenz, die übrigens (im Augenblick?) in der Heimat der Dämonen Dostojewskis recht schwach entwickelt ist, gibt es in unserer Literatur einen gewissen Präzedenzfall.

Dämonisierende Neigungen lassen sich bei Aleksander Wat[66] erkennen. Einmal hat ihn sogar, soweit ich mich recht erinnere, das Geklapper von »Bocksfüßen« auf dem Gefängnisdach geweckt. Ein andermal wiederum bemühte er sich in *Mój wiek*, Miłosz klarzumachen, Stalin habe Hitler von seinen friedlichen Absichten überzeugen wollen, indem er Tuchatschewskij und andere sowjetische Generäle erschießen ließ. Dies sei eine, wie man aus der Dämonologie weiß, unter Dämonen höchster Rangstufe in Fragen von außergewöhnlichem Gewicht manchmal gern angewandte Methode der Verständigung.

1990

1. Februar 1990

Seit einiger Zeit versetzten mich Zeitungs- und Fernsehmeldungen über heftige Kämpfe innerhalb der Kommunistischen Partei Italiens Tag für Tag in eine immer bessere Laune: Soll man den Namen ändern oder dem bisherigen die Treue halten? Zwei Drittel (unter Führung des Generalsekretärs) sind für eine Namensänderung, ein Drittel verteidigt die alten Fahnen. Ist dieser italienische Streit am Grab des Kommunismus nicht amüsant für jemanden, der wie ich jahrelang Prahlerei und Selbstsicherheit der italienischen Kommunisten beobachtet (und manchmal am eigenen Leib erfahren hat), die zutiefst überzeugt waren, immer noch in der »Avantgarde der Geschichte« zu marschieren, obwohl sich (nach Meinung von Berlinguer) der ursprüngliche Impuls der Oktoberrevolution bereits erschöpft hatte?

In diesem Streit bin ich auf seiten der Befürworter des alten Namens. Hauptsächlich aus einem Grund: Gänsehaut überkommt mich bei dem Gedanken an die Alternative, da sich die reformatorische Mehrheit natürlich in »Sozialdemokraten« umbenennen möchte, ohne daran zu denken, diese einstmals »Sozialverräter« genannt und mit weiteren Beschimpfungen nicht gespart zu haben. Lassen wir aber die italienischen Politspielereien, in denen es im wesentlichen um die Frage geht, ob die zu »Sozialdemokraten« umgemalten Kommunisten den wachsenden Mitgliederschwund in der Partei aufhalten und bei den Wählern eine zahlenmäßig kräftige Konkurrenz für Sozialisten und traditionelle Sozialdemokraten aufbauen können.

Unvergleichlich ernster stellt sich die Sachlage in den ehemaligen »Volksrepubliken« dar, in denen der Zusammenbruch des Kommunismus die Besitzer der einst so wertvollen Parteibücher ebenfalls dazu veranlaßt (oder schon veranlaßt hat), sich demütig vor der heutigen heiligen Kuh der »Sozialdemokratie« zu verbeugen. In jeder der »Volksrepubliken« hat der

Lauf der Ereignisse seine eigene spezifische Schattierung. In Rumänien und Bulgarien spürt man bei den ehemaligen Kommunisten, die sich wieder am Altar der Macht befinden, die Ehrerbietung vor dem sizilianischen Grundsatz des Fürsten Lampedusa, daß man »alles ändern müsse, damit alles beim alten bleibe«. In Ungarn sind die ehemaligen Kommunisten recht intelligent und relativ anständig vorgegangen, aber das Manöver ist ziemlich mißlungen, und von daher wissen sie wohl schon, daß man langsam alles wird ändern müssen (falls in der Sowjetunion nicht eine mächtige Kehrtwende stattfindet). In der Tschechoslowakei hat dasselbe Parlament, das vor mehreren Monaten zu hundert Prozent überzeugt war, Havels Platz sei entweder im Gefängnis oder in der Verbannung, Havel einstimmig gewählt; das bedeutet, daß es »momentan nicht anders geht, und was später sein wird, werden wir sehen«. In der DDR dominiert die Perspektive der Vereinigung mit den Sozialdemokraten der Bundesrepublik, die bereit sind, die wunderbarerweise bekehrten Brüder im Osten an ihre Brust zu drücken.

Und in Polen? Meiner Meinung nach sollte die »Sozialdemokratie« der Republik Polen zu lebenslänglicher Opposition verurteilt werden, so wie ich auch der Meinung war, daß sich die *Solidarność* bei den Präsidentschaftswahlen einen schweren Fehler zuschulden kommen ließ, als sie das Verbrechen des »Kriegszustandes« tilgte, ja sogar nobilitierte. Sollten die Sozialdemokraten aus den Reihen der *Solidarność* eines Tages ihre Hand zur »Sozialdemokratie der Republik Polen« ausstrecken, wäre das das Ende jeder authentischen, glaubwürdigen Linken in Polen. Lediglich ein kleines Museum der Sozialistischen Partei Polens unter Leitung des edlen Kustos Jan Józef Lipski bliebe übrig.

4. Februar 1990

Da der Winter dieses Jahr in Neapel eher ein vorgezogener Frühling ist, wurden mir bei der Entlassung aus dem Krankenhaus nach dem Herzinfarkt vom November möglichst häufige Morgenspaziergänge empfohlen. Die Wegstrecke habe ich mir selber ausgesucht. Der Arzt stellte nur eine Bedingung: Sie sollte flach sein, ohne irgendwelche Steigungen. Ideal schien mir (und auch dem Arzt) ein Abstieg durch den Stadtpark ans Meer und dann ein langer Marsch entlang der Seepromenade bis zum kleinen Fischerhafen Mergellina, von dort die Rückkehr mit dem Bus nach Hause (den Berg hinauf).

So konnte ich mich noch einmal, diesmal aber viel nachhaltiger, von der Richtigkeit der Worte Camus' überzeugen, daß eine Landschaft heilende Eigenschaften habe. Was ich jedoch nicht wußte, und was vielleicht auch Camus nicht wußte, war der Umstand, daß eine wirkliche Krankheit (und nicht nur eine »Krankheit der Seele«) die Empfänglichkeit für eine Landschaft schärft, als ob dadurch das Auge freier und der Blick klarer würde. Schließlich kenne ich die Strecke ausgezeichnet, sie gehörte in freien Augenblicken bei schönem Wetter stets zu meinen neapolitanischen Lieblingsspazierwegen. Und dennoch schaue ich jetzt etwas anders auf das Meer mit den sich fortwährend wandelnden Farbschattierungen, die kein Maler zu erfassen vermag, den Wald der Schiffsmasten im Hafen, die Fischer neben ihren Booten, die Netze, die auf den Felsen zum Trocknen ausgelegt sind, den Felsvorsprung, der voll von Möwen ist wie ein Fliegenfänger, die Kapelle des Schutzheiligen der Fischer, das wunderschöne Fischerkirchlein, das Liebespaar, das sich inmitten der Strandfelsen küßt. Es ist ein Winkel, der wunderbarerweise von dem allgemeinen und unaufhaltsamen Verfall der Stadt verschont geblieben, der heiter ist, lächelt und zum Leben einlädt. Eben. Ich betrachte diese Landschaft, bleibe stehen und verharre lange an der niedrigen Promenadenmauer, einerseits mit einem Gefühl der Freude, andererseits aber auch der Trauer (was sicherlich Einfluß hat auf die neue Qualität des Schauens bei meinen Gesundheitsspaziergängen). Die melancholische Schönheit der Welt, die sich schon vor mir verschließen sollte und sich mir plötzlich wie gereinigt zeigt, ist erfüllt von Morgenlicht, wie es manchmal in einem flüchtigen, aber inhaltsschweren Traum kurz vor dem Erwachen geschieht.

11. Februar 1990

Die amerikanische Kunsthistorikerin Svetlana Alpers (die sich hauptsächlich auf niederländische Malerei spezialisiert) enthüllt in ihrem Buch *Rembrandt's Enterpise* das »theatralische Modell« in der Malerei Rembrandts, seiner Schüler und Helfer. Rembrandts Atelier war eine Art Forschungsinstitut für szenische Expressionen. Van Hoogstraten, ein Schüler Rembrandts und später ein berühmter Maler, verfaßte ein Traktat über die Malerei auf Grund seiner Erfahrungen in der Kunstwerkstatt des Meisters. Darin spielte der Spiegel eine zentrale Rolle. Wer lernen möchte, menschliche Leidenschaften mit dem Pinsel darzustellen, sollte dies nie ohne Spiegel tun, um »gleichzeitig Akteur und Zuschauer zu sein«. Rembrandts Werkstatt nahm manchmal die Gestalt eines Theaters mit spontan improvisierten schauspielerischen Auftritten an. Svetlana Alpers behauptet, Rembrandt sei sich von Beginn seiner künstlerischen Karriere an der Falschheit bewußt gewesen, die den Gesten der Menschen innewohnt; oder vielmehr, daß er an der falschen Theaterhaftigkeit der Gesten interessiert gewesen sei, nicht an ihrer Falschheit *tout court*.

Ich möchte mich nicht in das Meritum dieser Entdeckung der amerikanischen Kennerin niederländischer Malerei vertiefen, zumal ich die Entdeckung für nicht übermäßig originell halte. Ohne Schwierigkeiten läßt sie sich auf folgende Banalität reduzieren: Rembrandt wußte natürlich, daß die Menschen im Leben Rollen spielen und sich häufig die zu jenen Rollen passenden Masken und Mienen aufsetzen. »Reine«, »echte«, von jeder Falschheit freie Gesten (und Gesichter) sind selten. Es ist keine neue Erkenntnis, daß Rembrandt in seinen zahlreichen Selbstbildnissen vor dem Spiegel versuchte, seinem Gesicht und seinen Gesten einen in der Art von Schauspielern geplanten Ausdruck zu verleihen. Neu und erstaunlich ist dagegen, was die von ihrer Entdeckung ergriffene Svetlana Alpers nicht zu bemerken scheint, der fortwährende Mißerfolg dieser »Theaterhaftigkeit«. Ein gesegneter Mißerfolg! Rembrandt dringt durch alle beabsichtigten und falschen Dekorationen zur Wahrheit über sich selbst vor. Das *Selbstbildnis mit Stock*, *Selbstbildnis mit Hand vor der Brust*, *Selbstbildnis mit Saskia*, *Selbst-*

bildnis mit Palette – es gibt nur wenige Maler, die in der Lage sind, sich selbst so wunderbar, so tief und so ehrlich ohne die Hüllen einer »gespielten Rolle« zu sehen. Der Akteur fällt irgendwo unterwegs ab, und es bleibt nur noch der leidenschaftslose, durchdringliche und manchmal auch mitleidlose Zuschauer.

14. Februar 1990

Jerzy Stempowskis erster Brief an mich – gleich nach Kriegsende, noch vor unserem ersten Treffen in Lausanne – kreiste um den Satz: »Wir (d. h. wir Schriftsteller) müssen in den Abgrund unter unseren Füßen schauen.« Stempowski schien damals die in Paris aufkommende Mode der »Schwarzseherei« wiederzugeben oder gar vorwegzunehmen. Er hat sich davon schnell erholt und polemisierte bald (meist ungerecht) mit dem »Literaturklima«, das seiner Meinung nach im krassen, oft manieristischen Gegensatz zum »Lebensgefühl« stand. Das »Literaturklima« bezeichnete er als Ergebnis chronischer Verdauungsstörungen und starrsinniger Nabelschau. So kamen wir also vom Abgrund zur Nabelschau.

Die »Schwarzseherei« ist eine besondere schriftstellerische Richtung (um nicht zu sagen »Philosophie«), der zahlreiche hervorragende Vertreter angehören, aber auch zweitrangige Nachahmer, die modische apokalyptische Grimassen schneiden. Ich habe nicht vor, hier viele Namen zu nennen, denn ich steuere geradewegs auf den Meister dieser Gattung zu, dem ich zur Illustration nur einen Schriftsteller gegenüberstelle.

Meister dieser Gattung ist natürlich der rumänische Schriftsteller E. M. Cioran, den Kenner des Faches wegen seines schönen und eleganten Französisch über alles loben. Während ich *Écartèlement* erneut las, diese große Parade unter dem Zeichen der *delectatio morosa*, fühlte ich mich – ganz im Einklang mit den Intentionen des Autors – »gevierteilt«. Einige aphoristische Proben: »Der Mensch ist *unannehmbar.*« (Hervorhebung Ciorans.) »Den ganzen Vormittag über habe ich nur wiederholt: ›Der Mensch ist ein Abgrund, der Mensch ist ein Abgrund.‹ – Leider war es mir unmöglich, Besseres zu finden!« »Der Tod ist ein Zustand der Vollkommenheit, der einzige, der für einen Sterblichen erreichbar ist.« »Glücklich die vor der Wissenschaft (vermutlich: der Medizin) Geborenen, denen es vergönnt war, gleich an ihrer ersten Krankheit zu sterben!« »Nach so vielen Eroberungen und Leistungen jeder Art beginnt der Mensch, aus der Mode zu kommen. Er ist nur noch in dem Maße des Interesses wert, in dem er gehetzt und in die Enge getrieben ist, in dem er immer mehr versackt. Wenn er weitermacht, so deshalb, weil er nicht die Kraft hat, zu kapitulieren, (...) weil er einen Automatismus im Verfall erworben hat.« »Da die Katastrophe die einzige Lösung ist und die Nach-Geschichte, in der Annahme, daß sie darauf folgen kann, der einzige Ausweg, die einzige Chance – ist es gerechtfertigt, sich zu fragen, ob es nicht im Interesse der Menschheit, wie sie ist, wäre, sich jetzt auszulöschen, anstatt sich mit Warten zu erschöpfen und zu erschlaffen, indem sie sich einer langwierigen Agonie aussetzt, in der sie jeden Ehrgeiz verlieren könnte, sogar denjenigen, zu verschwinden.« Als Motto zu Ciorans Buch dient ein Satz von Cyril Connolly: »In den Gärten des Abendlandes hat die Schlußstunde geschlagen.«

Der Meister im Orden der »Schwarzseher« schätzt lediglich jene Epochen, in denen »metaphysische Interpellationen« eingebracht wurden. Das bedeutet, daß man in unserer Zeit aufgehört habe, solche einzubringen. Unsinn, der nicht einmal eine Antwort verdient. Jeder Mensch, der im Gebet vertieft ist, bringt solche ein. Jeder Mensch, der zu völliger Einsamkeit gezwungen ist, bringt solche ein. Was ist unsere Welt nach Ciorans Meinung? Eine Wüste (nun riskiere auch ich einen Aphorismus), die dem Menschen das einzige, das er verdient, zur Verfügung stellt: einen langen Schatten. Wie kann man einen Schatten »vierteilen«, ohne an Wahnwitz zu grenzen?

Ciorans »Schwarzseherei« entsteht aus einem Übermaß an Haß. Es gibt eine andere »Schwarzseherei«: Sie hat ihren Ursprung in einem Übermaß an Liebe. Ihr war der sizilianische Schriftsteller Leonardo Sciascia, der Verfasser des Büchleins *Nero su nero,* bis an sein Lebensende treu. Viel »schwarz auf schwarz« findet sich auch in meinem *Tagebuch bei Nacht geschrieben* und hat (so hoffe ich) einen ähnlichen Ursprung.

15. Februar 1990

In Zbigniew Brzezińskis *Gescheitertem Experiment* lese ich folgende Bemerkung: »Man hatte den Eindruck, daß sein Vorbild zunächst das fortschrittliche Ostdeutschland war. Gorbatschow erkannte bald – zweifellos zu seinem Kummer –, daß die Russen keine Preußen sind, daß seine Vision von der Sowjetunion als einem Ostdeutschland in großem Maßstab unerfüllbar war.« Dies wurde 1986 geschrieben, und damit kann man Brzeziński entschuldigen, wenngleich es schwerfällt, ein belustigtes Lächeln beim Anblick der Purzelbäume zu unterdrücken, die von der Politologie im allgemeinen und von der Sowjetologie im besonderen vollführt werden. Sie ist verwirklicht worden. Gorbatschows Vision ist verwirklicht worden, und es gibt keinen Grund mehr zu großem Bedauern; die Russen holen die Preußen immer deutlicher ein im … Zerfall. Der Kommunismus, der sich im letzten Stadium der Bestattungsvorbereitungen befindet (was wir eben jetzt erleben), wird zu Moder; Deutschland unter der Herrschaft Honeckers unterschied sich hauptsächlich dadurch von den anderen Ländern im sowjetischen Machtbereich, daß man das Wirken der Borkenkäfer und Termiten nicht sah, daß alles so wohlgeordnet und »preußisch« wirkte, um dann beim ersten stärkeren Stoß ganz einfach zu zerfallen. Mögen die der politisch-sowjetologischen Schrift Kundigen nicht allzusehr der Anzahl und den Kolonnen von Menschen vertrauen, die musterhaft in Reih und Glied mit Flaggen und Porträts der Führer marschieren. Gorbatschow muß jetzt die stufenweise »Verwirklichung« der in Blitzeseile dekomponierten »preußischen Vision« in der Sowjetunion viel zu denken geben.

Wichtig ist eines, und Brzeziński erwähnt es richtigerweise in seinem Buch, wobei er den geistreichen Marquis de Custine zitiert: »Wenn die geknebelte russische Nation endlich die Freiheit der Sprache zurückerhält, werden wir so viele Auseinandersetzungen vernehmen, daß die verblüffte Welt glauben wird, die Zeit des Turmbaus von Babel sei wieder angebrochen.« Woher dieser Turm von Babel, diese ca. 30 000 »informellen Gruppen« in einem Land, das im Laufe von 70 Jahren angeblich eine neue biologisch-politische Gattung herangezüchtet hat: den Sowjetmenschen *homo sovieticus*? Vielleicht sollte man dem unvorhergesehenen, unberechenbaren menschlichen Faktor bei den Analysen der geschlossenen Gesellschaft größere Beachtung schenken.

18. Februar 1990

Einem Bekannten aus Triest, der in Neapel zu Besuch weilt, erzählte ich heute, wie Leonor Fini reagiert, wenn sich jemand mit den Worten an sie wendet: »Sie als Italienerin ...« Mit zornfunkelnden Augen unterbricht sie: »Ich bin keine Italienerin, ich komme aus Triest.« Mein Bekannter nickte feierlich: »Sie hat recht, ganz und gar recht, Triest, das ist nicht Italien.«

Was ist Triest? Ein Stück Mitteleuropa, das an Italien angehängt ist. Sooft ich mit Leonor spreche oder ihren Erzählungen über ihre Kindheit in Triest und die familiären österreichisch-slowenischen Verbindungen lausche, verstehe ich Kot Jeleński, der das »Mitteleuropäische« seiner Lebensgefährtin als das wesentliche Element der Harmonie in ihrer Beziehung ansah. »Eine im Rahmen der Weltgewandtheit und des Kosmopolitismus ähnliche Wellenlänge im Geistigen, Kulturell-Nationalen und Sittlichen«, fügte er hinzu und lachte so laut und ansteckend, wie nur er zu lachen verstand. Und Leonor bestätigte es. *Sono una triestina, non un'italiana.* In der Deklaration ihrer Zugehörigkeit und Identität habe ich niemals den falschen Ton eines gequälten Bemühens um Originalität oder einer Pose herausgehört.

In erster Linie Triester war der große Schriftsteller Italo Svevo, der angeblich Italienisch schlechter schrieb und sprach als Deutsch. Aber darum geht es gar nicht. Es geht um die mitteleuropäische Atmosphäre seines Romans. In *Senilità*, seinem Meisterwerk, gibt es Szenen, die vor meinem inneren Auge »heimatliche« Reminiszenzen hervorrufen. Ebenso bei der Lektüre des einzigen Romans des hervorragenden Triester Dichters Umberto Saba. Der berühmte Roberto Bazlen, der oberste literarische Prüfer (er las alles – sagte man ihm nach –, sogar das, was noch nicht geschrieben worden war), ebenfalls Triester, legte mir einmal seine Überzeugung dar, daß Joyces wandernde »Verwurzelung« in Triest am tiefsten verankert gewesen sei, daß er sich dort nicht nur wegen des regelmäßigen Gehalts bei Berlitz am wohlsten gefühlt habe. Es war auch Joyce, der die Größe Svevos als erster erkannte, vielleicht dank der »sonderlichen« Atmosphäre seines Romans, die für den durchschnittlichen Italiener ungenießbar und unfaßbar ist (erst später hat Montale den Verfasser von *Senilità* »entdeckt«). Bazlen ging noch weiter: Er ernannte den Prager Mitarbeiter der Filiale der Triester *Assicurazioni Generali*, Franz Kafka, zum Triester *honoris causa*. Und im nahe gelegenen Gorizia wurde Carlo Michelstaedter geboren, ein genialer Mathematiker, Gräzist, Philosoph und Dichter, der sich 1910, im Alter von 23 Jahren, das Leben nahm. Dieser »intellektuelle« Selbstmord war nicht italienisch, er gehörte meiner Meinung nach ebenfalls zum mitteleuropäischen Charakter von Triest und seiner Umgebung.

Ich war nur einmal, vor sehr langer Zeit, und nur einen Tag in Triest. Dieser eine Tag genügt mir jedoch, um das Bild, den Geschmack und den Geruch von Triest für immer in Erinnerung zu behalten, einer Stadt, die wahrlich nicht italienisch ist. Ich schlenderte durch die Gassen mit dem stetigen Gefühl der Vertrautheit. Die Straßen, die Menschen auf den Straßen, die Cafés, die in den Cafés belauschten Gespräche, die Architektur der Wohnhäuser, der Gottesdienst in *San Giusto*, die vor den billigen Restaurants aufgehängten Tafeln mit der Aufschrift »Heute Kutteln«. Am Abend kehrte ich nach Venedig zurück, als käme ich aus dem Ausland.

23. April 1990

Krzysztof Kąkolewski, der aus Suchedniów stammt, hat mir eine Photographie unseres Teiches, unseres Dunklen Teiches aus dem Jahre 1918 zugeschickt, die er in seinem Familienarchiv gefunden hatte. Seit einer Woche betrachte ich sie täglich morgens und abends. Den Teich gibt es heute nicht mehr. Nach dem letzten Krieg wurde er trockengelegt und überpflügt, während des Krieges hatten die Deutschen befohlen, die am Teich stehenden Erlen zu fällen. Aber nicht nur das verleiht der alten, in der Konvention jener Zeit überaus »poetischen« Photographie, einen mythischen Beigeschmack. In der Kindheit und frühen Jugend hatte der Dunkle Teich für mich etwas von »Verzückung« und »Verzauberung«, was in dem Alter üblich ist. Eigentlich behielt er auch später, ja bis vor kurzem diese Eigenschaft, als der einzige deutliche Punkt in einer immer nebulöser werdenden Nostalgie. Man sehnt sich nach der Quelle der ersten Gemütsbewegungen, Bezauberungen und Einweihungen, nach der Szenerie der ersten Liebe, auch wenn man weiß, daß die Quelle und die Szenerie seit vielen Jahren zugeschüttet und zertreten sind. Nach einer gewissen Zeit wird die Sehnsucht bereits zu einer ungeprüften Gewohnheit – zu einer von vielen Gewohnheiten. Sie wird also alltäglich, durch Ausbluten verfärbt und blaß; sie nimmt den Charakter einer Pflanze im Herbarium an oder eines im Schaukasten aufgespießten Schmetterlings. Sie besteht und bröckelt, die Zeit nagt an ihr und beschützt sie zugleich in einer eigenartigen Weise. Die innere Stimme flüstert einem zu: »Du hast etwas eigenes, einen Wurzelrest.« Bis der Augenblick der Konfrontation kommt. Wie diese Photographie, die nicht das Bild einer immer noch lebendigen Vergangenheit ist, sondern das einer unabwendbar verblichenen Vorvergangenheit. Wenn ich ehrlich bin, habe ich erst jetzt, dank der mir von K.K. zugeschickten Photographie, den Dunklen Teich begraben.

8. Mai 1990

Meine Erzählung *Das Auge der Vorsehung,* die vor zwei Jahren in *Kultura* veröffentlicht wurde, ist nun auf englisch in der *Partisan Review* erschienen, so daß sie mein anglo-italienischer Freund lesen konnte. Der novellistische Passus über die Verbindungen der Mafia mit der Freimaurerei und einem Diener der Kirche in Trapani auf Sizilien hat ihn ungeheuer erstaunt. Er war deshalb so verblüfft (murmelte sogar etwas von »prophetisch«), weil die Wirklichkeit im vorigen Jahr meine fiktive Geschichte bestätigt hatte; in Trapani wurde nämlich eine »Schattenregierung« aus Mafia, Klerus und Freimaurerei entdeckt, die die Bürger der Stadt (und deren Brieftaschen) fest im Griff hatte. Ob das Wort »entdeckt« präzise ist? – fragte mein Freund lachend.

Sagen wir eher (fügte er hinzu), daß man aus irgendwelchen Gründen die den Notabeln der Stadt wohlbekannte Tatsache nicht länger verheimlichen konnte. Mein Freund blinzelte bedeutungsvoll mit den Augen, als verdächtige er mich, in Trapani eine vertrauliche Informationsquelle zu haben. »Ich war niemals dort und kenne dort niemanden. Was ich für meine Erzählung brauchte, habe ich mir ausgedacht, und die Fiktion erwies sich ganz einfach deshalb als Spiegel der Wahrheit, weil ich seit Jahren einen fortwährenden Aufstieg des gesellschaftlichen Mafia-Modells beobachte, und zwar nicht nur in Italien; und ich betone: des gesellschaftlichen oder gesellschaftlich-politischen Modells, nicht der kriminellen Organisation. Die Mafia ersetzt allmählich das, was wir einst Ideologie nannten.« Mein Freund blickte mich mißtrauisch an und wechselte das Thema. Wahrscheinlich kam er zu dem Schluß, daß ich im Begriff sei, einem harmlosen Wahn zu erliegen.

In der Vergangenheit habe ich wiederholt auf die mafiosen Eigenschaften des Sowjetsystems (oder überhaupt des kommunistischen Systems) hingewiesen, wobei ich den verschiedenen »wissenschaftlichen« Theorien und Interpretationen der »Sowjetologen« mit Argwohn begegnete. Heute ist eine solche Meinung unter den Aussagen der Fahnenträger der *Glasnosti* keine Seltenheit. Das Problem liegt darin, ob das Mafia-Modell ansteckend ist oder nicht. In Italien ist es meiner Meinung nach in allen Bereichen des öffentlichen Lebens ansteckend. Und wie verhält es sich in den Ländern des »realen Sozialismus« in seiner Agonie oder »Umwandlung«? Hat das Mafiose der alten kommunistischen Macht unbemerkt die neue demokratische, aus der Opposition hervorgegangene Macht angesteckt? Mit anderen Worten: Hat nach 45 Jahren Mafia-Herrschaft in der Volksrepublik Polen eine vollständige, wenngleich langsame Rekonvaleszenz in der Republik Polen begonnen, oder treten periodische Rückfälle dieser Krankheit auf (in Gestalt einer pluralistischen Mafiahaftigkeit, um den Geboten der Demokratie Rechnung zu tragen)?

15. Mai 1990

Im Castel *Sant'Elmo* aus der Zeit der Anjous sah ich vorgestern die Ausstellung *All'ombra del Vesuvio*, 300 Gemälde europäischer Maler vom 15. bis zum 19. Jahrhundert, die »im Schatten des Vesuv« entstanden. Der Name der Ausstellung ist gut, wenngleich ein Rückgriff auf den Titel von Malcolm Lowrys Roman *Unter dem Vulkan* vielleicht treffender gewesen wäre. Denn bei uns gibt es keinen »Schatten«, wir leben nicht »im Schatten«, wir leben »unter«. Unter dem Regiment eines Gebieters, der gnädig oder seit einiger Zeit relativ gnädig gesonnen ist (der letzte sanfte und eher theatralische Ausbruch, den ich im März 1944 sah, richtete nur geringe Schäden an), eines unberechenbaren und schrecklichen Tyrannen, eines donnergewaltigen Herrschers über fünfzig Eruptionen – so ist es im Unterbewußtsein der Bewohner Neapels und der mehr oder weniger flüchtigen Durchreisenden verankert. *Sterminator Vesuvio* nannte ihn Leopardi. Ich las einmal die Bemerkung eines Kenners der Stadt und der Psychologie seiner Bewohner, daß das Gespenst der »letzten Tage von Pompei« immer noch, nach zweitausend Jahren, im Unterbewußtsein eines durchschnittlichen Neapolitaners herumgeistert. Das am Abhang des Vulkans gelegene *Osservatorio Vesuviano*, das mit allen möglichen Meßinstrumenten ausgestattet ist, gibt offen zu, daß es nur sehr wenig *vorhersehen* kann. In der Vorstellungswelt des Volkes ist die Lava sicherlich ein *Drache,* der in undurchdringlicher Dunkelheit auf der Lauer liegt. Manchmal, wie im Jahre 1944, sieht man das Blitzen seiner Augen; seine Anwesenheit spürt man täglich durch die Wand des Schlafes hindurch.

Diejenigen, die von auswärts hierherkamen, verspüren seine Anwesenheit stärker und heftiger als die Hiesigen (der Atavismus wirkt lindernd). Ich selbst bin ein Beispiel hierfür. Tomasz Burek[67] hat wohl recht, wenn er in einer Bemerkung über mein literarisches Schaffen schreibt: »Man hat Lust, dieses Schaffen im übertragenen wie auch im ganz konkreten Sinn als Notizen Unter dem Vulkan zu bezeichnen.«

Neben der todbringenden Ader des Vulkans verläuft in Neapel die lebensspendende Ader einer »instinktiven, geradezu abgöttischen Lebensfreude«, »einer Menschenmenge, die ganz einfach aus der Tatsache heraus, daß sie lebt, glücklich sein kann«. So beschreibt Pawel Muratow Neapel in seinen *Italienischen Bildern*. Und er fügt hinzu: »Niemand außer dem Neapolitaner liebt die Welt mit einer so starken, hartnäckigen, tierischen Liebe.« Muratow schrieb sein zweibändiges Werk vor dem Ersten Weltkrieg; und mit Sicherheit würde er das heutige Neapel nicht wiedererkennen, so wie es viele der früheren Reisenden, die in ihrer Suche nach einem »Paradies auf Erden« hierher gelockt wurden, nicht wiedererkennen würden. Und dennoch ist, trotz allem, auch heute noch die Formel von den »zwei Adern« gültig. Um wieviel mehr in der fernen Vergangenheit, in den Jahrhunderten, die die Ausstellung *Im Schatten des Vesuv* umfaßt!

Eröffnet wird sie von Jan Breughel dem Älteren: *Christus während des Sturmes auf dem Galiläischen Meer.* Wie kommt das Galiläische Meer zur Bucht von Neapel? Wieso steht Christus (mit den Aposteln) »im Schatten des Vesuv«? Ganz einfach deshalb, weil Breughel unsere Bucht »unter dem Vulkan« vor Augen hatte. Er hat sie als ein Synonym für Sturm und Grauen behandelt. Ähnlich war es, als er *Die Ansicht des Hafens* und *Abreise des heiligen Paulus aus Cäsarea* malte. Es ist durchaus möglich, daß Neapel im 15. und 16. Jahrhundert bei den ausländischen Malern das Gefühl hervorrief, als berührten sie tief verborgene Weltschichten an der Grenze von Mythologie und Natur.

Später erfolgte eine Inflation der Vulkanbildnisse ohne metaphorische Verwicklungen. Lang ist die Liste der Vesuvporträts, sei es mit einer dichten, aufgewirbelten Rauchfahne oder mit einem lässig um den Gipfel gelegten Schal aus Rauchschwaden, im nächtlichen Feuerschein glühender Lava, wolkenverhangen oder mit einem dünnen Rauchstreifen, wie aus einer vor sich hin gepafften Pfeife. Allmählich weichen die am gegenüberliegenden Ufer abgehaltenen Bittprozessionen idyllischen Szenen: So als hätten die Neapolitaner der »zweiten Ader« den Ausbruch nicht bemerkt, oder als würden sie in einem überschwenglichen Lebensrausch die Augen von dem tödlichen Feuersturm abwenden. Die Verflechtung der »zwei Adern« dominierte im 17. und 18. Jahrhundert, und sie hat wahrscheinlich die Kunsthistoriker zum Begriff vom »existentiellen Barock« verleitet. Die Franzosen (Didier, Barra, Vernet, der Lieblingsmaler Diderots), Spanier, Niederländer, Engländer (Turners suggestive, etwas pastellfarbene *Bucht von Neapel*), Deutsche und Italiener schwelgten in einer Verbindung von Dramatik und bukolischer Landschaft.

Corots kleines Bild *Vesuv* halte ich für das schönste. Seit Jahren hängt es als Reproduktion an der Wand meines Zimmers: Es drückt dies alles in ungewöhnlich reiner und diskreter Form durch die Zusammenstellung des schwarzen und toten Vulkans mit einem einsamen, weißen Segelschiff aus. Im 19. Jahrhundert zieht sich der Vesuv zurück oder wird vielmehr allmählich in den Schatten gedrängt. Er wird immer seltener, wächst immer mehr in das hinein, was *vedutismo* genannt wird, »Postkartenlandschaft«, beruhigt, geschleckt, oft süßlich. Die Neapolitaner sehen sich das gern an. Aber sie wissen, daß der *Sterminator Vesuvio*, all dessen ungeachtet, wie immer auf sie herabsieht.

Maisons-Laffitte, 20. September 1990

Jan Józef Szczepańskis nützliche *Maleńka encyklopedia totalizmu*[68] würde durch die Aufnahme des Begriffs »Angst«, und zwar an herausgehobener Position, viel gewinnen. Angst ist eine der Grundfesten des Totalitarismus, unabhängig davon, welcher Farbschattierung dieser angehört, die für das ganze Gefüge so wesentlich ist, daß bei ihrem Fehlen sogleich ein Knirschen vernehmbar wird. Ein Kunstgriff, den die Machthaber von Machiavelli gelernt haben. Die Stalin zugeschriebene Antwort auf die Frage, ob ihm Menschen lieber seien, die ihm aus ideologischen Gründen gehorchen, oder solche, die es aus Angst täten, klingt wie ein Satz aus dem *Fürsten*: »Aus Angst, denn ideologische Gründe vergehen, Angst aber bleibt ewig.« Sogar bei Totalitaristen geringeren Ranges, wie Mussolini und Franco, stellt die Verbreitung von Angst eine grundlegende Maßnahme dar. Und zwar einer besonderen Form von Angst, die allzu fühlbar ist und zugleich unfaßbar, »kapriziös« und dadurch lähmend. Mit dem italienischen Faschismus verbindet sich *La*

Grande Paura, die Große Angst, die Stryjkowski[69] im Titel seines Romans über Lemberg unter sowjetischer Herrschaft verwendete (übrigens ein schlechter Roman, der schwächste im Gesamtwerk dieses Schriftstellers, als fürchte er sich immer noch, nach so vielen Jahren, offen über die Angst zu schreiben). Ich erinnere mich an eine kleine und scheinbar bedeutungslose Episode in Spanien zu Zeiten des *Caudillo*. Kurz vor der Abreise nach Spanien las ich in der Presse eine Notiz über den Tod des spanischen Kommunisten Grimau, der im Gefängnis in der Nähe von Burgos Selbstmord verübt hatte oder ermordet worden war. Ich beschloß, dieses Gefängnis zu besichtigen. Kein Taxi wollte mich dorthin bringen. Schließlich ließ sich ein Fahrer durch gute Bezahlung verlocken, aber unter der Bedingung, daß von ihm nicht verlangt werde, vor dem Gefängnis anzuhalten, sondern daß er auf dem Platz davor lediglich eine Runde drehen und sofort in die Stadt zurückkehren könne.

Angst ist ein erniedrigendes Gefühl; deshalb ziehen es Verschreckte und Eingeschüchterte vor, sie mit verschiedenem »philosophischen« Rankenwerk zu verzieren. Aber dies bringt nur geringe und flüchtige Vorteile – Angst hat eine Vorliebe für schamlose Nacktheit.

25. September 1990

Solschenizyns *Offener Brief* an die sowjetische Führung vom 5. September 1973 (er erschien in den größten europäischen und amerikanischen Zeitschriften) wurde im Westen mit einem leisen Lächeln gelesen. Aber warum? Es ist mir nie gelungen, eindeutig festzustellen, warum. Wahrscheinlich war es ein Lächeln, in dem sich Sympathie (manchmal auch Bewunderung) mit Ironie und einer Prise Mitleid verbanden. Obwohl schon damals offensichtlich war, welches Format Solschenizyn als Mensch und Schriftsteller hat, erschienen die von ihm dem Kreml erteilten Ratschläge vielen als größenwahnsinnig: als ob ein moderner David, ein wehrloser Prophet, einen mächtigen, in eine schwere Rüstung gesteckten Goliath zu überzeugen suchte. Schnell wurde Solschenizyn nach Veröffentlichung seines *Briefes*, vor allem in den Kreisen auch der gemäßigten Linken, das Etikett eines altväterlichen Reaktionärs, russischen Nationalisten und Kirchenpredigers angehängt.

Die große römische Wochenschrift *L'Espresso* lud mich damals zur Teilnahme an einer Diskussion, oder vielmehr an einem Dialog über den *Brief* ein. Mein Gesprächspartner war Lucio Colletti, Professor für Philosophie an der Universität Rom, Hegel-Spezialist, intelligenter Kenner des Marxismus und der kommunistischen Problematik, ein brillanter Kopf. Auch bei ihm bemerkte ich dieses sonderbare Lächeln. Bei aller Hochachtung für Solschenizyn und einem äußerst kritischen Verhältnis zur Sowjetunion und zum Kommunismus schien er in dem *Brief* eine Donquichotterie zu sehen, »inadäquat« im Vergleich zu der Macht des angegriffenen Systems.

17 Jahre sind vergangen, seit der Brief geschrieben und veröffentlicht wurde. Die Reaktion im Westen machte mir bewußt, wie wenig man hier über die Sowjetunion wußte, über die dort schwelende Krise, wie sehr man (unabhängig von eigenen politischen Ansichten) an die Stabilität des Sowjetsystems glaubte, an die endgültige Gestaltung des Sowjetmenschen, des *homo sovieticus*. Sacharow polemisierte zwar – meiner Meinung nach großenteils zutreffend – gegen den *Brief*, aber er hatte keine Zweifel daran, daß Solschenizyn gut Bescheid weiß über das Krebsgeschwür, das den Staat Lenins und Stalins zerfrißt. Sacharow warf Solschenizyn vor, die Rolle der Ideologie in der Sowjetunion zu überschätzen (er schrieb, daß »die gegenwärtige sowjetische Gesellschaft von ideologischer Indifferenz und einer pragmatischen Ausnutzung der Ideologie als bequemer Fassade beherrscht wird«) und der unaufhaltsamen Industrialisierung und Urbanisierung allzu starken Widerstand zu leisten. Er unterstrich das »Utopische« in Solschenizyns Plan zur Krebsbehandlung. In seiner Antwort darauf konnte sich Solschenizyn des Ausrufs nicht erwehren: »Soll man denn in unserer ausweglosen Situation nicht manchmal auch eine Utopie versuchen?«

Die im Juli 1990 geschriebene und dieser Tage herausgegebenen Broschüre Solschenizyns, die ebenfalls sogleich in viele Sprachen übersetzt wurde und den Titel *Kak nam obustroit*

Rossiju?[70] trägt, ist ein aktuelles Gegenstück zu jenem *Brief* vor 17 Jahren, wenngleich sie sich nicht an die gegenwärtigen Machthaber in der Sowjetunion wendet. Solschenizyns Aufgabe ist heute einfacher: Er spricht zu Menschen, die überzeugt sind – das leicht ironische Lächeln in den Gesichtern seiner westlichen Zuhörer ist einem Ausdruck des Grauens gewichen; endlich sieht jeder, wie der Gaul beschaffen ist (d. h. die Sowjetunion); was wird (eine besonders häufig im Westen gestellte Frage), wenn das letzte Imperium entweder in einem Prozeß allmählicher Auflösung zusammenbricht oder aber noch in Todeszuckungen mit Hilfe eines Militärputsches eine aggressive, waghalsige Diktatur hervorbringt?

Es ist paradox, daß der russische David jetzt den wankenden, sich kaum auf den Beinen haltenden sowjetischen Goliath stützen möchte. Aus Angst vor Anarchie, vor einer Wiederholung des Jahres 1917, »sollte man im Augenblick ein wenig vom gegenwärtigen Staatssystem beibehalten, ganz einfach deshalb, weil es schon besteht«. Aber selbstverständlich muß mehr über Bord geworfen als »beibehalten« werden. Solschenizyn empfiehlt im Rahmen seiner Forderung nach »Selbstbeschränkung« das Abstoßen von elf Sowjetrepubliken; er appelliert, aber er appelliert nur, an die Ukraine und Weißrußland, in einer Union mit Rußland zu bleiben. Er meidet keine politische Einflußnahme, tritt aber vor allem als Moralist auf. »Das politische Leben ist bei weitem nicht die wichtigste Lebensäußerung des Menschen, Politik ist für die meisten Menschen durchaus keine ersehnte Beschäftigung. Je mehr das politische Leben in einem Land ausgebaut ist, desto größere Verluste verzeichnet das geistige Leben. Die Politik sollte die geistigen Kräfte und den schöpferischen Atem eines Volkes nicht ersticken.«

Wahrscheinlich werden Berufspolitiker an dieser Stelle mit den Achseln zucken und die Hände ringen wegen Solschenizyns »Naivität«. Meiner Meinung nach sind in der Broschüre Solschenizyns moralische Erwägungen am wertvollsten. Möglicherweise ist es in der modernen industriellen Massengesellschaft bereits zu spät für diese Art von Empfindsamkeit und Weisheit, aber wir sollten wenigstens wissen, wohin wir gehen und was uns droht, um zu versuchen, die Würde des Gemeinschaftslebens zu retten. Solschenizyn spricht überaus treffend das Lob einer »Demokratie der kleinen Räume« aus, mißt den Provinzen und Selbstverwaltungen der untersten Stufe richtigerweise sehr großes Gewicht bei und versteht den erzieherischen Wert einer unmittelbaren Beteiligung des Menschen in der Entwicklung kleinerer, gesellschaftlich und moralisch geschlossener Gemeinschaften. Er beruft sich dabei auf alte russische Muster, verbirgt aber gleichzeitig nicht, wieviel ihm der Aufenthalt in der Schweiz, im Kanton Appenzell, gegeben hat. Bezeichnend ist, daß sich bei Silone der Widerwille (um nicht mehr zu sagen) gegenüber maßlos aufgeblasenen, von Anonymität gekennzeichneten gesellschaftlichen Organismen und Parteiapparaten eben während des Exils in der Schweiz verfestigt hatte, und zwar zugunsten einer wirklichen Teilnahme des Bürgers an lebendiger, authentischer, nicht nur auf die Fahnen geschriebener, auf eine parlamentarische (oft nur formale) Vertretung reduzierter Demokratie.

27. September 1990

Alberto Moravia ist im Alter von 82 Jahren gestorben, ohne den Nobelpreis erhalten zu haben. Das bedeutet nicht, daß er darauf gewartet hätte, obgleich er seit langem alljährlich unter den aussichtsreichsten Kandidaten genannt wurde. Eher machte er sich über die Nobelpreisträger lustig und schien sein Abgeordnetenmandat im Europäischen Parlament als höhere Ehre zu empfinden. Das Schreiben behandelte er geradezu wie Büroarbeit – Tag für Tag saß er vom frühen Morgen bis Mittag an der Schreibmaschine, auch wenn die schöpferische Ader nur schwach pulsierte; und Jahr für Jahr gab es ein neues Buch, die Arbeit für die Presse nicht eingerechnet. Er reiste gern und seine Berichte und Reisebriefe waren manchmal interessanter als seine Romane und Erzählungen. Allseitig belesen, im privaten Leben unersättlich, in seinen politischen Ansichten ziemlich zynisch (wie die meisten Italiener), wollte er ständig im Licht der Öffentlichkeit stehen und ertrug keine Pausen im Schatten. Kürzlich machte er – was zum Teil schwer zu ertragen war – aus dem Metasex das Alpha und Omega des Kosmos; ich vermute, daß er auf diese Weise mit der Jugend Schritt halten und sich nicht von der »Modernität« ausschließen lassen wollte. Seine erste Frau Elsa Morante, die Verfasserin des wunderbaren Romans *Arturos Insel*, entwickelte sich zu einer viel größeren Schriftstellerin als er.

War er ein hervorragender oder zumindest bedeutender Schriftsteller? Ich bin mir dessen nicht sicher. Sein ungeheuer umfangreiches Werk sicherte ihm den meiner Meinung nach nicht ganz verdienten Ruhm des tonangebenden Schriftstellers im gegenwärtigen Italien. Im Laufe der Jahre vervollkommnete er sein *métier*, was für einen Schriftsteller gefährlich ist, wenn es sich hierbei *nur* um eine technische Fertigkeit handelt. Man hat sich angewöhnt zu sagen: »Moravia schreibt gut« – ein doppeldeutiges Lob. Mir scheint, daß später, wenn der nötige Abstand gewonnen ist, von der langen Liste seiner Bücher nur zwei wirklich Bestand haben werden: das erste, der präexistentialistische Roman *Gli indifferenti*, den er im Alter von 20 Jahren niederschrieb, von Kinderlähmung ans Bett gefesselt – ein ausgezeichnetes Bild des reichen römischen Bürgertums in den Jahren des Faschismus; und das zweite wäre *Agostino*, der kurze Roman über die Liebe eines Jungen zu seiner eigenen Mutter, der sich während der Ferien am Meer seiner Männlichkeit bewußt wird. Beide haben einen deutlich autobiographischen Hintergrund.

Gerechterweise muß man zugeben, daß er Rom wie kaum ein anderer Schriftsteller »fühlte«, obwohl er es nicht liebte. Seine *Römischen Erzählungen* fielen nicht immer durch Ideenreichtum, die Zeichnung der Gestalten und Silhouetten auf – im Gegenteil, oft war die Banalität bei einem so gebildeten und erfahrenen Schriftsteller erstaunlich –, aber sie brachten stets Momentaufnahmen von Rom, die mit unvergleichlicher Kenntnis und kristallener Klarheit beobachtet waren: Die römischen Sitten, die römische Mentalität, die Schattierungen der römischen Gesellschaft, die Stadtlandschaft, die sich verändernden Farben der Luft, des Himmels und der Häuser, das schmutzige Rinnsal des Tiber, die Atmosphäre der »eleganten« Plätze, Straßen und Gärten, die üppige Vielfalt menschlichen Daseins in den ärmlichen Gassen. *La romana*, der Roman über eine römische Prostituierte, verdankt allein diesen Elementen seine suggestive Kraft.

Die Filmfassungen seiner Romane, die alles, was bei ihm flach war, noch mehr verflachten, und alles, was bei ihm flüchtig war, noch mehr verflüchtigten, fügten Moravia großen Schaden zu. Lediglich *La ciociara*, eine Kriegsgeschichte aus der von marokkanischen Einheiten heimgesuchten und geplünderten Gegend um Monte Cassino, erschüttert bei der Lektüre ebenso wie auf der Leinwand.

Angenehm an Moravia war, daß er seinen Ruhm nicht zur Schau stellte, sich nicht als »Papst« gerierte; ihn erfüllte eine unerschöpfliche Neugierde auf die Welt, das Leben, die Menschen, er konnte mit einem Augenzwinkern selbst über seine Schwächen lachen und die literarischen Leistungen seiner jüngeren Kollegen neidlos bewundern. Er gehörte untrennbar zu Rom, mit seinem charakteristischen Gang, den langen Schritten mit dem nach vorn geworfenen kraftlosen Bein.

1. Oktober 1990

Nun da sich die Emigration auf einmal aus dem »Abfallhaufen der Geschichte« herausgegraben hat und mitten hineingesprungen ist in den breiten Strom der revolutionären (oder konterrevolutionären) Veränderungen, da sich die Emigranten von Bankrotteuren und *bywschych ludjej*[71] in würdige Partner verwandelt haben, da die Werke der einst verbannten Emigrationsschriftsteller in ihren Herkunftsländern häufig und mit allen Ehren publiziert werden, überkommt einen die Lust, einen Blick zurück auf »Glanz und Elend« (wie es Józef Wittlin bezeichnete) oder die »Vor- und Nachteile« (wie E. M. Cioran sagte) des Exils zu werfen.

Ciorans Text erschien 1952 in *Kultura* und war mit einem Kommentar von Gombrowicz versehen. »Aus Ciorans Worten« – schrieb Gombrowicz – »dringt Modergeruch und die Kühle von Kellergewölben, aber sie sind allzu kleinlich.« Genau so ist es. Der rumänische Schriftsteller verspritzte eine Portion Schwärze, die er stets zur Hand hat, malte vor allem die Nachteile des Exils aus und skizzierte das Porträt eines verkrachten Emigranten. Auf drei Seiten – ein Rekord an Kürze im Vergleich zum Thema – wimmelt es von sadomasochistischen Redewendungen. »Wer seine Sprache zugunsten einer anderen aufgibt, verändert seine Persönlichkeit, vollbringt einen heroischen Verrat« (in nur ganz wenigen Fällen gaben Exilschriftsteller ihre Muttersprache auf). »Das schmerzhafte Umsichschlagen in der Leere.« »Die Verbannung ist eine Schule des Wahns.« »Verbannung? Das ist die Hauptstadt des Nichts, das verkehrte Vaterland.« Nochmals vollführt Cioran in einer Sache, die ihn unmittelbar berührt, ein verzweifeltes, wenngleich gedämpftes, gleichsam kammermusikalisches und stilistisch vollkommenes Wehklagen in der Wüste.

Gombrowiczs Kommentar nagelt Ciorans desperate Kleinlichkeit mit Intelligenz und Scharfsinn meisterhaft fest. »Die Kunst steckt voller Elemente der Einsamkeit und Selbstgenügsamkeit ... Vaterland? Schließlich war jeder, der herausragend war, ganz einfach wegen seiner Außergewöhnlichkeit sogar im eigenen Haus ein Fremder.« »In der Tat ist es ziemlich gleichgültig, an welchem Ort der Erde sich Schriftsteller quälen, die nicht genügend Schriftsteller sind, um wirklich Schriftsteller zu sein. Und vielleicht ist es heilsamer, daß sie der Beihilfen des Beifalls und der kleinen Schmeicheleien beraubt worden sind, die ihnen in guten Zeiten der Staat und die Gesellschaft im Rahmen der Unterstützung des heimischen Kunstschaffens zukommen ließen.« »Cioran erzählt, wie der Schriftsteller, der von seiner Gesellschaft isoliert ist, zugrunde geht. Aber dieser Schriftsteller hat niemals wirklich existiert; es ist der Embryo eines Schriftstellers. Theoretisch gesehen und ohne die materiellen Schwierigkeiten zu berücksichtigen, glaube ich eher, daß jenes Sich-Einlassen auf die Welt, das die Emigration darstellt, für die Literatur einen ungeheuren Anreiz ausmachen sollte.« »Der Verlust der Heimat wird nur den nicht in Anarchie stürzen, der tiefer sehen kann, über den Bereich seiner Heimat hinaus, für den Heimat nur eine der Erscheinungen des ewigen universellen Lebens ist. Der Verlust der Heimat wird die innere Ordnung nur derjenigen nicht stören, deren Heimat die Welt ist.«

Dieser Kommentar ist ein Meisterwerk, durchaus, aber mit

Lücken. »Ein Sich-Einlassen auf die Welt als Anreiz für die Literatur«, Schriftsteller, für die »die Heimat die Welt ist«, das alles erscheint mir vernünftig und richtig und bildet ein Antidot gegen Cioran, aber es wäre vollständiger und wahrhaftiger, »die Welt« mit dem Herkunftsland der Schriftsteller zu kreuzen. Gombrowicz selbst hätte sich, wäre er des Polentums völlig beraubt, mit »einer veränderten Persönlichkeit«, niemals zu diesen Höhen literarischen Schaffens aufgeschwungen. Eine solche Kreuzung trägt reiche Früchte, wenngleich sie übrigens mit bloßem Auge nicht unbedingt sichtbar, untergründig, zwischen den Zeilen versteckt ist, für jeden empfindsamen Leser aber bemerkbar. »Deutschland ist dort, wo ich bin«, soll Thomas Mann gesagt haben und sagte damit einen dünkelhaften, hochtrabenden Unsinn. Deutschland, das literarisch mit der Welt vermählt war, begleitete ihn in die Verbannnung, so wie Polen, das literarisch mit der Welt vermählt war, Gombrowicz mit solcher Hartnäckigkeit folgte, daß er die ersten Anzeichen des sich anschleichenden Todes bei einem Spaziergang im Berliner Tiergarten bemerkte, als er plötzlich einen Strom von Gerüchen aus Małoszyce und Bodzechów verspürte. Meiner Meinung nach ist unsere Literatur dank des Beitrags der Exilschriftsteller schöner und ernsthafter geworden, wovon sich die Leser in Polen erst jetzt überzeugen können. Jerzy Stempowski träumte nicht grundlos zu Beginn unserer Verbannung von einer Anthologie der Exilschriftsteller von Ovid bis zu den Emigranten des 20. Jahrhunderts.

6. Oktober 1990

Im neuen Heft der französischen Quartalsschrift *Gulliver* wurde der Schlagabtausch zwischen Kundera und Havel von der Jahreswende 1968-1969 ausgegraben und das Dossier ergänzt durch einen Ausschnitt aus Havels *Fernverhör*, der ebenfalls der Polemik gegen Kundera gewidmet ist. Es lohnt sich, den Text zu lesen, nicht weil er besonders sensationell ist. Er ist ganz einfach lehrreich, denn in den »Volksrepubliken« wimmelte es einst von Intellektuellen wie Kundera, dagegen traf man seltener auf Menschen, die redlich und vernünftig waren wie Havel.

Worum ging es am Tag nach dem Prager Frühling? Zunächst muß man in Erinnerung rufen, daß Kundera in den fünfziger Jahren zu den literarischen Nesthäkchen des Regimes gehörte: Manchmal kam es zu kurzen Auseinandersetzungen, aber im allgemeinen schätzten die Regierenden den jungen Schriftsteller, setzen auf ihn, behandelten ihn bevorzugt und zeichneten ihn mit Preisen aus. In der redaktionellen Einführung des *Gulliver* vergleicht man seine Situation in Prag mit der Jewtuschenkos in Moskau. Zur selben Zeit nahm Havel zwar am offiziellen tschechischen Literaturleben teil, erwähnt aber in *Fernverhör* seine *malaise*, sobald er sich in die Organisationsarbeit des Schriftstellerverbandes einspannen ließ.

Das *Tschechische Schicksal* von Kundera, das er im Dezember 1968 schrieb, ist ein Lob des Prager Frühlings. Ein völlig natürlicher Sachverhalt, wenn nicht die Tatsache wäre, daß in dem Text vom Dezember Bezüge zu den Augustereignissen fast völlig fehlen. Kundera scheint zu glauben, daß der in aller Welt bewunderte Prozeß einer »Erneuerung des Sozialismus in der Tschechoslowakei« trotz der Invasion fortdauert. Mehr noch: »Ich würde mich sogar zu der Behauptung hinreißen lassen, daß das Gewicht des tschechischen Herbstes möglicherweise dasjenige unseres Frühlings übertrifft.« Es bleibt unverständlich warum, so wie es unverständlich bleibt, was Kundera damals zu den bitteren Worten an die Adresse derjenigen seiner Landsleute bewogen haben mag, die sich nach dem August entschlossen, aus der Tschechoslowakei auszureisen oder zu flüchten (Kundera selbst folgte ihnen erst 1975 ...). Weshalb also? Ich finde nur eine Erklärung: unerschöpflich waren einst Illusionen und Hirngespinste einiger »Revisionisten«. Kunderas *Tschechisches Schicksal* erinnerte mich an die um die Wende 1970-1971 in Paris geführten Gespräche mit Kazimierz Brandys.[72] Anfangs verliefen sie harmonisch; das änderte sich radikal, als sich nach dem Massaker in den Küstenstädten und dem Fall Gomułkas der frische »Erneuerer« Gierek an eine »Reform des Sozialismus« machte.

Illusionen und falsche Überlegungen werden oft, wenn sich herausstellt, daß sie im luftleeren Raum stehen, von einer Art Schluckauf begleitet. Kundera gab Jahre später, als er bereits in

Paris war, in seinem bekannten Essay zu, daß die sowjetischen Panzer in den Straßen Prags seine Bewunderung für … Dostojewski erschütterten. Dieser tschechische Sprung von der traditionellen Russenfreundlichkeit zum Paroxysmus der Russenfeindlichkeit war übrigens nach 1968 ziemlich weit verbreitet; Kundera bemühte sich nur, diesen in seiner eigenen »intellektuellen« Küche zu »vertiefen« und zu »rationalisieren«. Seine Ungereimtheiten wurden von Brodsky gnadenlos verspottet.

Bei dem Schlagabtausch Kundera – Havel, der in den Spalten des *Gulliver* rekonstruiert wurde, übergehe ich Havels Aussagen in dieser Polemik. Sie sind ruhig, bescheiden, ausgewogen, ein wenig spöttisch und enthüllen den ganzen intellektuellen Flitter Kunderas. Ein sonderbares Phänomen: Wenn man mit Menschen vom Schlag eines Sacharow oder Havel zu tun hat, verspürt man gewisse Hemmungen, ihre Bemerkungen zu zitieren, so offensichtlich sind sie und nehmen einem – wie man so sagt – »das Wort aus dem Mund«.

8. Oktober 1990

In der von Paweł Hertz[73] redigierten Serie *Reisen* erschienen vor kurzem die zweibändigen *Wanderjahre in Italien* von Gregorovius. Ich erhielt sie in den letzten Tagen und stürzte mich zunächst auf das Kapitel *Lucera*. Warum fasziniert mich die apulische Stadt so sehr, hat mich schon immer fasziniert, seit ich sie vor Jahren gesehen und dann zweimal besucht habe? Es ist nicht einmal die Stadt, sondern das Schloß hinter der Stadt, eigentlich die armseligen Überreste einer Burg, die Friedrich II. im Jahre 1233 erbaute, einer sarazenischen Festung, die den Hohenstaufern – Friedrich, Manfred und Konradin – die Herrschaft in Süditalien sichern sollte, und Friedrich zu den Träumen von einem Kaisertum des Ostens und des Westens anregte.

Gregorovius gibt die »Anziehungskraft der Historie«, die auf der Burg bei Lucera zu spüren ist, hervorragend wieder, obgleich »der ganze große Bau schon seit vier Jahrhunderten (geschrieben im Jahr 1874) als Hürde für Schafe und Ziegen dient«. Heute dient er nicht mehr als solche. Er steht leer, der mächtige Turm ragt gen Himmel wie ein zerbrochener Stummel, in Bodennähe umgeben von den Zacken der Festungsmauer. Einstmals, als sie zur sarazenischen Festung wurde und es darin von sizilianischen Arabern, die nach dem Willen Friedrichs hierher umgesiedelt worden waren, wimmelte, erhoben sich auf den Plätzen zwischen den Arsenalen und den Kasernen Moscheen für die Krieger, außerhalb der Mauern aber ließ sich die arabische Zivilbevölkerung nieder und vermehrte sich schnell. Manfred, der Sohn Friedrichs, wurde von seinen Gegnern im Lager des Papstes und der Anjous als Sultan von Lucera bezeichnet.

»Blickt man von den Mauern dieser Burg rings um sich in die schöne Landschaft Apuliens, über welcher ein blauer Äther glanzvoll schwebt, so hat man in Wahrheit ein unvergleichliches Theater von Ereignissen um sich her, welches die Geschichte Süditaliens wie in einem Spiegel zurückstrahlt. Römer, Karthager – denn tief unten sieht man die Gefilde der Hannibalschlacht von Cannae – Goten, Langobarden, Sarazenen, Byzantiner und Normannen, die Kreuzfahrer, welche zuerst von jenen Küsten ihren Lauf nahmen, die Hohenstaufer, die Anjou, die Aragonier, die Spanier und Franzosen: alle diese Erscheinungen ziehen hier am Blick vorüber.«

Die »Anziehungskraft der Historie«, aber auch ihre Sterblichkeit, ihre ausgetrocknete, durch die Sonne verbrannte Leblosigkeit, das Bewußtsein, das sonst wohl nirgends außerhalb dieser Burg bei Lucera so scharf zu Tage tritt, daß Zivilisationen und historische Konstruktionen nahezu spurlos untergehen und lediglich Prozessionen der Schatten Leben spenden. Wo sonst auf der Welt gibt es eine solche Prozession der Schatten, wo eine so mit Vergangenheit getränkte Leere wie an dieser Mauer neben dem runden Turm, mit Augen, die in die grenzenlose Tatarische Wüste des Überdauerns oder auch der Erwartung starren?

Neapel, 12. November 1990

Gestern (es war ein sonniger, fast frühlingshafter Tag) stand ich während der von Johannes Paul II. zelebrierten Messe im Gedränge auf der *Piazza Plebiscito*. Der fünftägige, also sehr lange

Pastoralbesuch des Papstes in einer einzigen italienischen Stadt, in Neapel, ist ein Ereignis ohnegleichen. Wahrscheinlich war er als eine Therapie *in extremis* gedacht, die bei dem schwerkranken Krebspatienten mit Metastasen in nahezu allen Organen angewendet wird (denn das ist die Situation, in der sich Neapel befindet). Vor dem Eintreffen des Papstes auf dem Platz rief irgendein Priester in der Rolle des Zeremonienmeisters ohne Unterlaß durch den Lautsprecher das Wort *speranza*, und forderte die Menschenmenge vergeblich dazu auf, die intonierten Kirchenlieder aufzugreifen. Ich schaute mir die um mich herum stehenden Menschen an: Ihre Gesichter waren müde, grau, ohne einen Anflug von Feierlichkeit oder religiösem Eifer, es waren dies Gesichter, zu denen gerade *speranza* am wenigsten paßte. Sie belebten sich ein wenig, als der Papst im Glaskäfig auf den Platz einfuhr. Ein Beifallssturm kam auf und verebbte rasch. Als Johannes Paul II. zu sprechen begann und feierliche Worte fielen – Rechtsstaatlichkeit, Würde, Verantwortung, Mut, Solidarität, Liebe – erloschen und ergrauten die Gesichter um mich herum wieder. Nein, in ihnen war keine Spur von »Hoffnung«. Das Wunder, das Neapel erwecken, es aus den Fängen der Krebskrankheit befreien, das einer heilsamen Medizin gleich von dem Papstbesuch in einer Stadt, die seit Jahrhunderten in der Erwartung von Wundern geübt ist, hervorgerufen werden sollte, dieses Wunder schwirrte kurz durch die Lüfte und platzte wie ein bunter Luftballon. Darin liegt der Grund der unaufhaltsamen Degradierung Neapels in den letzten Jahren: Es hat aufgehört, an Wunder zu glauben. Seit einiger Zeit zweifle ich daran, ob es irgendwelche Spritzen gibt, die in der Lage wären, in seine Adern zumindest die Illusion einer Genesung einzuträufeln.

13. November 1990

Eine kleine Anthologie des *Nebels* oder des *Dranges nach Unbekanntem.*

Das Jahr 1989, *Annus Mirabilis*, ist vergangen. Welche Perspektiven hat es eröffnet? Ralf Dahrendorf schrieb ein schönes Büchlein und entlieh den Titel von Edmund Burke. Burke veröffentlichte 1790 die *Betrachtungen über die Französische Revolution in Form eines ursprünglich für einen Herrn in Paris bestimmten Briefes.* Dahrendorfs Buch über das Jahr 1989 heißt *Betrachtungen über die Revolution in Europa in einem Brief, der an einen Herrn in Warschau gerichtet ist.* Vieles gefällt mir bei Dahrendorf. Er spottet über den amerikanisch-japanischen Weisen Francis Fukuyama, der nach den Ereignissen von 1989 das »Ende der GESCHICHTE« verkündete. Der Verehrer Hegels (so bezeichnet er sich selbst) hätte vielleicht »das Ende der Geschichte im Hegelschen Sinn« (sowie ihrer verschiedenen »Bisse«) proklamieren können, aber über die kleingeschriebene Geschichte ist es vernünftiger, in Anlehnung an Stempowski zu sagen, sie habe sich schon vor recht langer Zeit von der Kette losgerissen und renne seitdem mit heraushängender Zunge weiter. *Annus Mirabilis* vermittelte uns eine Vorstellung von der schwindelerregenden und gesegneten Geschwindigkeit ihres Laufs. Nun aber haben sich ihr Nebelschwaden in den Weg gelegt, und die von der Kette losgerissene Geschichte rennt ins Unbekannte; wollen wir hoffen, daß sie sich unterwegs, wenn sie sich herumirrend im Kreise dreht, keine Tollwut holt. Vorsichtig erwähnt der Enthusiast des *Annus Mirabilis* die verschiedenen Gefahren für unseren Teil Europas: die »Balkanisierung«, die sich aus dem allzu großen Gewicht, das man »nationaler Selbstbestimmung« beimißt, ergibt; den Verlust des eigentlichen Sinns der »Revolution«, der in der Rettung vor dem vernichtenden Wirken des Kommunismus einen so kostbaren Wert besaß, wie auch in dem Gefühl einer freien Teilnahme an der »bürgerlichen Gesellschaft«; die allmählich fortschreitende Verwässerung der feindlichen Einstellung gegenüber jeglichen »Systemen«. Dahrendorf zeigt Hayeks konstitutionellen (selbstverständlich kapitalistischen) Doktrinarismus überzeugend auf und rät mit Recht zu Poppers »offener Gesellschaft«, in der sowohl für den Kapitalismus als auch für die Sozialdemokratie Platz ist. Wer wagt es heute, in einer Atmosphäre des unbezweifelt toten Sozialismus als »System«, Dahrendorfs Bemerkung in aller Ruhe zu wiederholen: »Die Sozialdemokratie hat eine eigentümliche Nähe zum Staat. Weit davon entfernt, diesen als ›einen Ausschuß, der die gemeinschaftlichen Geschäfte der ganzen Bourgeoisklasse verwaltet‹ (wie es bei Marx heißt), zu bekämpfen, haben Sozialdemokraten den Staat benutzt, um die schlimmsten Ungerechtigkeiten des Kapitalismus zu beheben. John Maynard Keynes und William Beveridge waren beide Mitglieder der kritischen liberalen Partei, aber Keynessche Wirtschaftspolitik und Sozialpolitik à la Beveridge wurden überall (und unter verschiedenen Namen) zu Kennzeichen der Sozialdemokratie.«

Mein italienischer Bekannter, Sergio Romano, von 1985 bis 1989 Botschafter in Moskau, hat sein Land nicht lange am Hofe Gorbatschows repräsentiert. Da er sich skeptisch gegenüber den Chancen der *Perestrojka* verhielt und dies nicht verbarg, wurde er mit vereinten sowjetisch-italienischen Kräften aus Moskau hinausgedrängt. Sein diplomatisches Abenteuer ist höchst bemerkenswert, denn es macht die Ausmaße des westlichen Gorbatschow-Kultes deutlich: Der Sowjetunion in ihrer liberalen Version nur geringen Kredit einzuräumen grenzt auf staatlicher Ebene (und weitgehend auch in den Massenmedien) an ein Sakrileg oder an Häresie. Ich traf mich mit dem (damals schon ehemaligen) Botschafter kurz nach seiner Rückkehr nach Rom zu einem Mittagessen. Auch wenn westliche Botschafter wie Sergio Romano in Moskau sehr selten sind, so gibt es sie doch, was Alain Besançon wahrscheinlich in Erstaunen versetzen würde. Unser Gespräch fand im April 1989 statt. Wäre es festgehalten und heute, eineinhalb Jahre später, erneut abgehört oder gelesen worden, hätte es meinem Gesprächspartner für seine Weitsicht und Intelligenz alle Ehre gemacht.

Ein Botschafter im Ruhestand schreibt für gewöhnlich Memoiren. Ein Botschafter in den besten Jahren, der »nach Hause verbannt« wurde, schreibt politische Bücher. Thema des Buches von Sergio Romano ist die »Abenddämmerung der Sowjetunion als Weltmacht«; »und ihre Konsequenzen«, fügt der Verfasser noch im Untertitel hinzu. Wir können uns eine Analyse jener »Abenddämmerung« schenken, wenngleich die Knappheit und Schärfe der guten (nicht mehr geheimen) diplomatischen Berichte auffällt. Wichtig sind »die Konsequenzen« insbesondere diejenige, die im Schlußkapitel als Frage formuliert ist: *Ein halbes Jahrhundert Bürgerkrieg?* Romano erinnert an Goethes berühmten Ausspruch nach der Schlacht bei Valmy 1792: »Von hier und heute geht eine neue Epoche der Weltgeschichte aus«. Bei Valmy erblickte nach Goethe die auf Bajonette gestützte Idee das Licht der Welt. Das *Annus Mirabilis* 1989 verlief größtenteils ohne Blutvergießen, aber es entstand an Stelle der zweifach begrabenen »Idee« – durch den Zusammenbruch des Kommunismus und die Abenddämmerung der Sowjetunion als Weltmacht – eine gewaltige Leere, die irgend jemand früher oder später wird ausfüllen wollen oder müssen. Die einzige »Idee«, die über die Voraussetzungen verfügt, um diese erfolgreich auszufüllen, ist leider der Nationalismus. Erwartet uns, bevor der Nationalismus seine ganze Beschränktheit und Illusionshaftigkeit enthüllt, nach einem halben Jahrhundert des Kalten Kriegs nun ein halbes Jahrhundert der Bürgerkriege?

Ich schließe meine kleine Anthologie des *Nebels* oder des *Dranges nach Unbekanntem* mit dem neuen Buch von Michel Heller über »Gorbatschows Höhen und Tiefen«. Wie fast stets bei diesem Kenner des Königreichs »der Utopie an der Macht«, stützt sich der *Siebte Generalsekretär* auf eine solide Dokumentation und Argumentation. Und die Schlußfolgerung? »Auf die Frage, warum Gorbatschow die Perestrojka initiiert hatte, gibt es nur eine Antwort: um den Fall des sowjetischen Systems möglichst hinauszuzögern.«

Garton Ash kreierte den Begriff »Refolution«, indem er phantasievoll die Worte »Reform« und »Revolution« miteinander verband. Er paßte nicht schlecht zum wunderbaren Jahr 1989 und zur ersten Hälfte des darauffolgenden Jahres. Nun läßt sich die entfesselte Geschichte erschöpft schnaubend nieder, versucht, sich im Nebel mit Hilfe des Geruchssinns zu orientieren und so ihre durch weiße Schwaden vor den Augen beeinträchtigte Sicht zu ersetzen, und wischt dabei den sich vor dem Maul sammelnden Schaum am Rücken ab. Fukuyama ist überzeugt, daß sie vom Tod gezeichnet ist, daß sie gleich verenden wird. Nein, nein, sie reißt sich sofort wieder hoch, um sich im Kreise zu drehen, zu drehen, zu drehen …

Maisons-Laffitte, 3. Dezember 1990

Angeblich kann ein amerikanischer Student keine Prüfung in russischer Literatur bestehen, wenn er ihre drei wichtigsten Werke nicht gut kennt. Diese drei grundlegenden Werke sind *Krieg und Frieden, Verbrechen und Strafe* sowie Jerofejews *Die Reise nach Petuschki. Non è vero, ma è ben trovato.*

In meinem Tagebuch habe ich 1977 eine kurze Notiz über Jerofejews Miniroman (oder vielmehr das »Poem«, wie ihn der Verfasser selbst bezeichnet), der in Israel in der russischen Zeitschrift *Ami* veröffentlicht wurde, geschrieben und ihm den Rang eines »kleinen Meisterwerks« zuerkannt. Ohne falsche Bescheidenheit gebe ich zu, daß von allen mir bekannten Besprechungen (und es gab deren viele, weil das »Poem« schnell internationale Karriere machte) meine Notiz am tiefsten ging, obwohl sie auf zwei Tagebuchseiten zusammengedrängt ist. Der vor kurzem verstorbene »Wenitschka Jerofejtschyk« hat eines der Werke geschrieben, die in der Literatur ein neues Kapitel eröffnen. Im vorigen Jahrhundert spielten Dostojewskis *Aufzeichnungen aus einem Kellerloch* eine solche entscheidende Rolle sowohl in der russischen Literatur als auch – was sich erst später erwies – in der Weltliteratur. In der *Reise nach Petuschki* habe ich vor dreizehn Jahren Ansätze zu einem analogen Umschwung gesehen, aber es ist (zumindest bis jetzt) nichts geschehen. Jerofejews »Poem« tauchte aus dem russischen Wodka-Meer auf und versank wieder darin, versehen mit dem Etikett »genial«, ohne Nachkommen zu hinterlassen, abgesehen von oberflächlichen und vulgären Nachahmern, die versuchten, »Wenitschka« nachzuäffen. Es reizt mich die Frage: Warum? Wahrscheinlich liegt das daran, daß die metaphysische Tragik dieses Romans, die absichtlich und mit großem Talent von einer versoffenen »Aufspielerei« verdeckt wird, nicht voll erkannt wurde. Jerofejew ist überhaupt ein scheinbar fast narrenhafter »Possenreißer« *mit tiefer Bedeutung*. Das letzte Interview mit Jerofejew vor seinem Tod, das im Pariser *Kontinent* erschien, endet so:

»Wenitschka, welches der Mitglieder der bolschewistischen Regierung würdest du nicht eigenhändig erdrosseln?«

»Wahrscheinlich Andropow.«

»Den Bezwinger der Dissidenten?«

»Nein, nein, Andropow war ein anständiger Mensch.«

»Erscheint dir das nicht sonderbar, daß im Laufe von siebzig Jahren (sowjetischer Herrschaft) der einzige anständige Mensch Polizeichef war?«

»Darin ist nichts Sonderbares. Im Gegenteil. Ein guter Mensch. Für mich war er glaubwürdig. Er hat den Wodka-Preis auf vier siebzig gesenkt. Die Panzer in Afghanistan ...«

»Die Panzer hat Breschnew geschickt.«

»Pfeif darauf, wer sie geschickt hat und wohin. Kein Mensch weiß das mehr. Aber daß der Wodka billiger wurde ...«

Diesen Dialog empfehle ich professionellen »Sowjetologen«.

5. Dezember 1990

Der junge, aus Kaunas stammende Bernard Berenson, der später berühmte Kunsthistoriker und Sachverständige, der Kaufwillige beim Erwerb von Gemälden beriet, verbrachte im vorigen Jahrhundert als Student der Harvard-Universität alljährlich die Sommerferien in Italien und wanderte entlang der Adriaküste auf einem Eselchen von Kirche zu Kirche. Mit seinem schon damals genialen Blick verstand er es, unter der schwarzen Schmutzschicht (die Italiener nennen sie *la crosta*) Meisterwerke der Renaissancemalerei, verschollene Bilder großer Künstler zu entdecken. Berenson kaufte sie für Pfennigbeträge auf; jeden Dorfpfarrer plagten ständig Geldsorgen, denn er brauchte Mittel für die Reparatur des Daches, einer Kirchenwand, des Pfarrhauses oder für den Erhalt der kleinen, von der Kirche geführten Schule. Aus diesen Gemälden entstand im Laufe vieler Jahre eine wunderbare Sammlung in Berensons Villa in Fiesole bei Florenz. Sie wurde testamentarisch der Harvard-Universität vermacht und dient bis heute amerikanischen Stipendiaten der kunsthistorischen Fachrichtung als Unterkunft.

Ich weiß nicht, ob diese Geschichte wahr ist oder ob sie von Berenson-Verehrern (zu denen ich mich nicht zähle) erdacht wurde, um die *Villa Tatti* in Fiesole in eine solche effektvolle Legende einzuhüllen. Ich erwähne sie hier nur deshalb, weil sie zum Verständnis dessen beiträgt, was mir E., eine Restauratorin alter Fresken, vor meiner Abreise aus Neapel erzählte und was mich tief beeindruckte.

In einem kleinen, weit entlegenen Dorf in Umbrien wurde in einem Kirchlein ein wertvolles Fresko entdeckt. Es war so stark mit einer schwarzen »Kruste« bedeckt, daß durch die jahrhundertealte Schmutzschicht nur nebulös und fragmentarisch Umrisse irgendeiner heiligen Szene hindurchschimmerten. Das Amt für Denkmalpflege in Rom schickte E. mit zwei Assistenten dorthin. Es wurde ein Gerüst aufgestellt und die Arbeit begann. Während der Gottesdienste beobachteten die Gläubigen deren Fortschreiten voller Mißtrauen, Argwohn und Widerwillen. Nach drei Monaten brach die Helligkeit durch, und das Fresko begann allmählich die Gestalt anzunehmen, in der es die Vorfahren der heutigen Dorfbewohner nach seiner Fertigstellung im 17. Jahrhundert durch einen unbekannten umbrisch-toskanischen Meister betrachteten. E. war stolz auf die ersten Ergebnisse der Restaurierung, aber sie spürte sofort die Feindschaft der Kirchenbesucher, als hätte sie sich des Verbrechens schuldig gemacht, etwas, das seit langem tief in ihrem Leben verwurzelt war, verfälscht zu haben. Diese Feindschaft beschränkte sich nicht nur auf böse Blicke; den drei Restauratoren setzte man von Tag zu Tag mehr zu und machte ihnen, trotz aller Beschwörungen des Pfarrers, das Leben schwer. Schließlich kehrten sie nach Rom zurück, ohne ihren Auftrag beendet zu haben. Als E. einige Zeit später auf dem Weg nach Perugia durch das Dorf fuhr, wurde sie nicht in die Kirche gelassen. Vom Pfarrer erfuhr sie, daß das Fresko mit dunklen Gazetüchern verdeckt wurde.

Ein faszinierendes Thema für eine Erzählung. Sie könnte den Titel haben: *Das alte Fresko.*

Neapel, 27. Dezember 1990

Der italienische »Kafkaist« Gaspare Giudice hat ein Buch über die Träume seines Lieblingsschriftstellers vorgelegt: *Frank Kafka. Sogni.* Ich las es mit gemischten Gefühlen. Die Frage ist nämlich, was war für Kafka ein echter Traum. Natürlich hatte er gewöhnlich Träume, wie jeder, die mit der vergangenen oder künftigen Wirklichkeit verknüpft waren (manchmal sogar prophetisch). Er schrieb sie gewissenhaft in seinem Tagebuch oder in Briefen an seine Freunde auf. Eben diese, oft unwichtigen oder banalen Träume, hat Giudice gesammelt. Aber nicht sie spielten eine Hauptrolle in Kafkas Schaffen; sie waren der Schaum, der durch den geheimnisvollen Strom der Tagträume an den Rand der Wirklichkeit geschoben wurde. »Neben mir schlafe ich förmlich, während ich selbst mit Träumen mich herumschlagen muß.« »Nun, ich werde ja auch nicht schlafen, sondern nur träumen.« »Ich kann nicht schlafen. Nur Träume, kein Schlaf.« Solche Träume vermischen sich – laut Kafka – nicht mit dem Wirklichen und behalten dadurch ihre »unberührte Einmaligkeit«. Sie lassen sich nicht mitteilen, weil sie nicht faßbar sind, aber eben »aus demselben Grunde drängt es sie zur Mitteilung«. Walter Benjamin schrieb, Kafkas (aus den Träumen abgeleitete) Phantasie habe die Geschichte durchdrungen und sei gewissermaßen der Kultur und Gesellschaft voraus gewesen. Für Milena Jesenská, eine bezaubernde und kluge Frau, war Kafka ein Mensch, der bar war jeden natürlichen Schutzes, der sich nirgends verkriechen konnte, der nackt zu sein schien unter Bekleideten. Milenas Bemerkung würde ich damit ergänzen, daß seine Empfindlichkeit nicht auf einen dünnhäutigen Menschen schließen ließ, sondern auf einen, der jeglicher Haut beraubt war.

Es hat also keinen besonderen Sinn, aus dem Tagebuch und der Korrespondenz die echten Träume Kafkas herauszufischen; die Träume, mit denen er sich in seiner Schlaflosigkeit »herumschlug«, sind in seine Romane und Erzählungen eingeflossen. Die erstaunliche, wunderbare Poesie von Kafkas Werken, angesichts der die Lyrik der Dichter sentimentalen Zuckungen gleicht, ist aus dem Stoff von Träumen gebaut, die an der Grenze zwischen dem Sein und den Zeichen oder Signalen liegen, die aus einem unbekannten Bereich des Nichtseins herausdringen.

1991

Neapel, 20. Februar 1991

Für die Idee und die Durchführung einer Begegnung polnischer und russischer Schriftsteller in Radziejowice im April vorigen Jahres gebührt Wiktor Woroszylski[74] ein Lob. *Więź*[75] veröffentlichte ein Stenogramm dieser Begegnung unter dem Titel *Auf der Suche nach einer gemeinsamen Sprache*. Bei der sehr aufmerksamen (auch mühsamen, denn der Dialog in Radziejowice zeichnete sich nicht gerade durch Klarheit aus) Lektüre der Aussagen unserer und der russischen Schriftsteller fand ich mich bestätigt in meiner alten Überzeugung, daß sich »die Suche nach einer gemeinsamen Sprache« vorerst und noch für längere Zeit von historischen und geschichtsphilosophischen Erwägungen fernhalten muß. Was im Augenblick in erster Linie notwendig ist, wäre die Vertiefung eines Gefühls von Schicksalsgemeinschaft. Vor über einem Vierteljahrhundert schrieb ich im Vorwort zu *Welt ohne Erbarmen*: »Wenn es irgend etwas gibt, das die Polen und die Russen einander näherbringen kann, dann ist es das Unrecht, über das laut gesprochen werden muß, und das Bewußtsein gemeinsamen Leidens. Aus dem gemeinsamen Leiden entsteht gemeinsame Hoffnung.« Diese Worte wiederholte ich in der Einleitung zu der in London erschienenen russischen Ausgabe des Buches und zu der noch für dieses Jahr geplanten Moskauer Ausgabe. Trotz *Perestrojka* und *Glasnost* sind sie immer noch wichtig. In Radziejowice fanden sich ähnliche Akzente in den Aussagen der beiden russischen Schriftsteller Wjatscheslaw Pjecuch und Anatolij Pristawkin.

Bei Pjecuch kommt noch ein zusätzliches Motiv zu Wort, das mich nicht verwundert, denn es tauchte wiederholt bei meinen Gesprächen mit Maximow, Gorbanjewskaja und Nekrasow auf: »Wir schreiben im Grunde genommen alle – ich denke hierbei an die jüngste Literaturwelle – darüber, daß es eben das russische Volk selbst ist, das am meisten unter Rußland gelitten hat, und wenn die Polen verstehen würden, daß niemand so sehr unter Rußland gelitten hat wie das russische Volk, dann würden vielleicht manche unserer Gespräche einfacher sein.«

Ich bin mir dessen sicher; der polnische Egoismus (und oft sogar eine Art Leidensmonopol) erschwert die Aufnahme eines dauerhaften und tiefen Kontaktes mit den Russen (wie auch mit den Ukrainern, Weißrussen etc.) ungeheuer. Polen wie Czapski gibt es nur wenige. Aber es gibt sie. Bewegt und ergriffen hat mich Agnieszka Magdziak-Miszewskis hervorragender Artikel im nächstfolgenden Heft der *Więź* über die Menschenrechts-Konferenz in Leningrad, die Zofia und Zbigniew Romaszewski[76] organisiert hatten. Um wie vieles einfacher wäre »die Suche nach einer gemeinsamen Sprache« in Radziejowice gewesen, hätten die Versammelten dieses ungewöhnliche Fragment aus Magdziak-Miszewskis Bericht gekannt: »Die polnische Erfahrung des Kommunismus ist ganz und gar nicht vergleichbar mit der Erfahrung aller der Nationen, die die Sowjetunion bilden. Unsere Leiden waren in der Tat geringer im Vergleich zu dem, was die Bewohner des Imperiums erfahren haben. Das müssen wir endlich verstehen, und wir dürfen das nicht vergessen. Die Verbrechen des Kommunismus gegenüber Polen sind nicht zu leugnen, ebenso wie die früheren des Großen Rußland. Ich möchte jedoch, daß wenigstens diejenigen, die an der Leningrader Konferenz teilnahmen, verstehen, wie lächerlich und unhaltbar es einfach ist, in der Rolle des alleinigen Opfers aufzutreten. Selbstverständlich verlangen Katyń, Starobielsk, Ostaszków, die Deportationen, Lager und Gefängnisse nach Strafe oder zumindest nach Genugtuung. Aber wenn wir wirklich gehört werden wollen, wenn wir verstanden werden wollen, dürfen wir keinen Augenblick lang vergessen, daß das, was uns zuteil geworden ist, nur ein Teil – und wahrlich nicht der schlimmste – eines weit größeren Verbrechens war.«

23. Februar 1991

Vor einer Woche erhielt ich vom Rektor der Adam-Mickiewicz-Universität in Posen die Nachricht, daß mir der Titel eines Doktors *honoris causa* zuerkannt wurde. Die feierliche

Verleihung der Ehrendoktorwürde soll im Mai stattfinden. Seit gestern versuche ich, den Text meiner Dankesrede zu skizzieren.

Ihrem Wesen nach ist diese hohe Ehre ein weiterer Beweis – neben meinen gegenwärtig in Polen erscheinenden Büchern –, daß ich aufgehört habe, ein Exilschriftsteller zu sein. Ich habe die Einteilung unserer Literatur in eine Literatur im Lande und eine im Exil immer für Unsinn gehalten; jedes Exemplar eines in der Fremde geschriebenen Buches, das nach Polen geschmuggelt wurde und unter die Leser gelangte – auch wenn dies nur in einem ganz kleinen Kreis geschah –, brachte dieses künstliche Schema von den zwei Literaturen zum Einsturz. Grundlegendes Kriterium war natürlich die Sprache, in der das Buch geschrieben wurde; ein zusätzliches Kriterium war der Leser, der es – gleichgültig wo – in die Hand nahm. Sogar in den schwierigsten Zeiten gab es also nur eine polnische Literatur, in der Heimat und in der Fremde, die erstere weitgehend durch die Zensur geknebelt, die letztere völlig frei. Aber bis vor kurzem war die Bezeichnung »Exilschriftsteller« rechtskräftig. Bis vor kurzem. Heute dürfen ich und meine Emigrationskollegen von der schreibenden Zunft über uns sagen: ein polnischer Schriftsteller, wohnhaft in Italien, in Frankreich, in den Vereinigten Staaten, in England, in Kanada. Schriftsteller, die außerhalb ihrer Herkunftsländer leben, sind dazu entweder durch politische Umstände gezwungen, oder sie treffen eine freie bzw. relativ freie Wahl. An der Fassade eines der Wohnhäuser in der *Via Sistina* in Rom zieht eine Tafel den Blick auf sich, von der zu erfahren ist, daß Gogol hier innerhalb von vier Jahren seine *Toten Seelen* schrieb. Seit einiger Zeit findet sich ganz in der Nähe eine kleine Tafel, die an den kurzen Aufenthalt Norwids[77] im Nachbarhaus erinnert. Zwei verschiedene Tafeln, zwei verschiedene Schriftstellersituationen.

Wenn ich also aufgehört habe, ein Exilschriftsteller zu sein, was unter anderem der heutige Festakt belegt, sollte ich vielleicht kurz meine Erfahrungen und Beobachtungen bis zum Augenblick des großen Umbruchs zusammenfassen.

Vor mir liegt ein 1946 in Rom erschienenes Büchlein, dessen Umschlag der Erstausgabe von 1832 nachempfunden ist:

Księgi narodu polskiego i pielgrzymstwa polskiego[78] mit einem Vorwort von mir. Herausgeber war der römische Verlag *Instytut Literacki*[79], der kurze Zeit später nach Paris übersiedelte. An dieser Stelle sei eine Abschweifung erlaubt, die etwas mehr ist als eine Abschweifung. Gründer des Instituts und Redakteur der bald darauf gegründeten Monatsschrift *Kultura*, der Buchreihe und später auch der Quartalsschrift *Zeszyty Historyczne* war Jerzy Giedroyc. Über seine Rolle sage ich nur soviel: Sie war ungeheuer groß, von einem Ausmaß, wie es mir in keiner anderen Emigration bekannt ist. Es war sein Verdienst, ich würde sogar sagen sein Werk, daß die in der Fremde weilenden Schriftsteller – sowohl die bereits vor dem Krieg bekannten als auch die Debütanten der Nachkriegszeit – nicht zerstreut und verloren in der Leere des Exils lebten, sondern sich entwickeln und ihrer Sprache treu bleiben konnten. Dostojewski meinte einst: »Wir alle kommen von Gogols *Mantel* her.« Ich hätte Lust umzuformulieren: »In der Emigration kommen wir alle von Giedroycs *Kultura* her.« Die Liste der Namen ist beeindrukkend: Miłosz, Gombrowicz, Wittlin, Wierzyński, Stempowski, Straszewicz, Jeleński, Bobkowski, Odojewski, Mackiewicz, Czapski, Haupt – dabei nenne ich sie aufs Geratewohl, ohne mich um eine vollständige Zusammenstellung zu bemühen.

Mickiewiczs *Bücher* waren der Anfang. Am wichtigsten war darin die Idee der »Pilgerschaft für die Freiheit«. Eine Idee, die allen Emigrationen zu allen Zeiten zugrunde liegt. Ob sie in einem von Kommunisten beherrschten Polen sogleich auf Verständnis stieß? Wohl kaum, wenngleich ich Verallgemeinerungen jeder Art fürchte und zu vermeiden suche. In einem Land mit einer diesbezüglich so reichen Tradition ist es den Kommunisten für eine gewisse Zeit gelungen, den Emigranten als Agenten, Verräter, Deserteur oder Bankrotteur darzustellen, als einen – in Anlehnung an das Russische – »ehemaligen Menschen«, der zu Lebzeiten begraben ist. Den Schriftstellern drohte man, fern der Quelle zum Austrocknen verurteilt zu sein. Als Miłosz in Paris seinen ersten Gedichtband publizierte, beklagte der Warschauer Kritiker lauthals »das rasche Absterben seiner Sprache«. Der kommunistische Überfluß an »lebenden Leichen« in der Emigration hielt bis zum Jahre 1955 an.

1955 ließ ich mich in Neapel nieder. Der erste Text, den ich dort schrieb, war die lange Erzählung *Der standhafte Fürst* – sie wurde in die beiden 1988 und 1990 in Polen im Verlag der Dominikanerpadres *W drodze* (Unterwegs) erschienenen Bände aufgenommen. Über der Erzählung schwebten die Terzinen aus Dantes XVII. Gesang vom Paradies:

> *Tu lascerai ogni cosa diletta ...*
> Von dem, was du geliebt hast, mußt du vieles,
> Das Liebste lassen! dies der erste Pfeil,
> den abschnellt einst der Bogen des Exils!
> Der Fremde bittres Brot wird dir zuteil,
> Und spüren wirst du einst, wie fremde Stiegen
> Dem, der sie auf und ab steigt, scheinen steil!

Aber im Schatten der Terzinen Dantes nahm im *Standhaften Fürsten* ein Phänomen Gestalt an, das auch für uns nach 1956 immer sichtbarer wurde: das Phänomen der Gegenüberstellung der äußeren und der sogenannten inneren Emigration als jeweils unterschiedlichen Kampfinstrumenten; eine Gegenüberstellung, die sich im Laufe der Jahre in ein mehr oder weniger einmütiges Zusammenwirken verwandelte. Mickiewiczs »Pilgerschaft für die Freiheit« war Losung, instinktive Regung, aber sie erfaßte selbstverständlich nicht die ganze komplizierte Problematik des Verhältnisses von äußerer Emigration zum Heimatland. In meiner Erzählung bringe ich die Problematik der italienischen antifaschistischen Emigration und des – übrigens sehr schwachen – antifaschistischen Widerstandes in Italien selbst zur Sprache. Etwas Ähnliches konnte man sicherlich in allen Emigrationsgruppen entdecken, von denen es in unserem Jahrhundert wimmelte – zunächst wegen des deutsch-italienisch-spanischen Hammers, dann als Ergebnis der sowjetischen Walze. Die Emigranten und die ehemaligen Emigranten finden rasch eine gemeinsame Sprache: ich war mit italienischen, spanischen, deutschen, russischen, tschechischen, estnischen und ukrainischen Exilschriftstellern befreundet: Diese leicht gefundene gemeinsame Sprache bedeutet jedoch nicht, daß es nicht verschiedene Sichtweisen der Exilschriftsteller bezüglich ihrer eigenen Lage und ihrer schriftstellerischen Berufung gäbe.

Unter den polnischen Exilschriftstellern fanden sich zahlreiche Schattierungen in der Einschätzung der eigenen Lage und Berufung. Am stärksten von der Emigration geprägt – und zugleich unermüdlich in seinen Anstrengungen, Kollegen in Polen zu suchen und Kontakt mit ihnen aufzunehmen – war vielleicht Paweł Hostowiec, d. h. Jerzy Stempowski; er träumte sogar davon, eine Anthologie der Exilschriftsteller aller Epochen, beginnend mit Ovid, zusammenzustellen. Klagelieder eines Emigranten – jene berühmte »in einer Baumhöhle versteckte Handschrift«! – tauchten bei Miłosz auf; vorübergehend natürlich. Józef Wittlin, der von Natur aus geneigt war, eine lamentierende Haltung einzunehmen, ließ in seiner Skizze *Glanz und Elend des Exils* das Elend die wenigen Glanzpunkte dominieren. Gombrowicz war Optimist. Als Antwort auf das Stöhnen des rumänischen Exilschriftstellers Cioran, der Personifizierung der Apokalypse für den Eigengebrauch, schrieb er: »Das Sich-Einlassen auf die Welt, das die Emigration darstellt, sollte für die Literatur einen ungeheuren Anreiz ausmachen … Der Verlust der Heimat wird nur den nicht in Anarchie stürzen, der tiefer sehen kann, über den Bereich seiner Heimat hinaus, für den Heimat nur eine der Erscheinungen des ewigen universellen Lebens ist. Der Verlust der Heimat wird die innere Ordnung nur derjenigen nicht stören, deren Heimat die Welt ist.« Gombrowicz hatte im Grunde genommen recht. Heute sieht man deutlich, wie sehr das Werk der Exilschriftsteller die polnische Literatur bereichert hat. Unter Verwendung des von Andrzej Bobkowski geprägten Begriffs vom »Kosmo-Polen« könnte man nur noch hinzufügen, daß der Autor des *Kosmos* wohl dem zweiten Teil dieses Begriffes mehr verdankt als dem ersten. Aber er war ein Pole, der sich in ständigem Streit mit den Anmaßungen, Irrwegen und Torheiten des sogenannten »Polentums« befand.

1961, vor genau dreißig Jahren, initiierte Jerzy Stempowski in *Kultura* eine Diskussion über »die Sprachprobleme der Exilschriftsteller«. Dieses eigenwillige »Symposion der Polyglotten« eröffnete er selbst mit einer kurzen Feststellung: »Ich schreibe fast ausschließlich polnisch.« In bewegender Weise schloß Kot Jeleński sein Bekenntnis: »Warum entschließt sich der mehrsprachige Schriftsteller im Exil nicht generell zur endgültigen Umstellung auf eine Literatursprache? Manchmal kommt es vor – und die Ergebnisse sind oft hervorragend: der englische Pietrkiewicz, der französische Cioran oder Ionesco. In meinem Fall, dem eines Kritikers und Publizisten, stellt sich die Sachlage etwas anders dar. Die größte Genugtuung bereitet mir das Schreiben für *Kultura*, ganz einfach deshalb, weil meine Artikel einen gewissen Widerhall in dem übrigens recht kleinen Kreis meiner Freunde hervorrufen ... Möglicherweise habe ich mehr französische Leser, aber für sie bin ich einer von Tausenden anonymen Schreiberlingen.«

Meine Rede werde ich mit einem Ausschnitt aus meinem eigenen Beitrag zu Stempowskis Symposion beenden: »Ein Schriftsteller läßt sich metaphorisch mit einem Bildhauer vergleichen: Wenn es ihm gelungen ist, aus dem Heimatland einen rohen Sprachblock auszuführen, kann er ihn ein Leben lang erfolgreich auch in der Fremde behauen. Häufig ist diese Loslösung dabei von Vorteil: Mit sensiblen Fingern entdeckt er im eigenen Sprachmaterial Gestalten und Formen, zu denen er vielleicht nie vorgedrungen wäre, lebte er unter dem ständigen Druck der lebendigen Sprache; mit geschärftem Blick und wachsamerem Ohr bemerkt er das Kolorit der Worte und die Kadenz der Sätze, die möglicherweise allein in Isolation und Stille zu erfassen sind: Alles weitere ist Sache der Phantasie, der intellektuellen Sensibilität, Intelligenz, Beobachtungsgabe, der Reflexionen, Träume und der Suche nach dem Stil; es sind dies also literaturimmanente Fragen und nicht solche der Sprache. Seit dem vergangenen Jahr muß ich von mir sagen, bereits mehr Zeit meines Lebens außerhalb als innerhalb Polens verbracht zu haben. Dennoch stoße ich beim Schreiben nur auf Schwierigkeiten literarischer Art, für die der Kontakt mit der lebendigen Sprache im Land selbst wohl keine wirksame Hilfe wäre. Seit fünf Jahren wohne ich in Neapel, sogar fern von größeren polnischen Emigrationszentren. Polnisch spreche ich nur gelegentlich, und es gibt manchmal Zeiten, in denen ich weder von Polen besucht werde noch selbst an einen Ort fahre, wo ich welche treffen könnte. Das Italienische ist die erste Fremdsprache, die ich bei meiner Wanderung durch die Welt antraf, zu der ich ein persönlicheres Verhältnis habe, das sich nicht nur auf gute und korrekte Kenntnis stützt, sondern auch auf ein gewisses tieferes Einfühlungsvermögen. Es ist eine Sprache, die auf mich einen großen und von Tag zu Tag größeren Zauber ausübt. Manchmal schreibe ich für italienische Zeitschriften kleine Texte, und sie erfordern, wie ich sehe, keine bedeutenden Verbesserungen, ehe sie zum Druck gehen. Und dennoch habe ich, wenn ich dann und wann des Einkommens wegen auf italienisch schreibe, das Gefühl, als berührte ich diese Sprache durch einen dicken Handschuh und nicht – wie im Falle der eigenen Sprache – unmittelbar, mit der dünnen, empfindlichen Haut der bloßen Hände.«

Ich hoffe, es ist mir gelungen, die dünne, empfindliche Haut der bloßen Hände bis zu dem Augenblick zu bewahren, in dem ich aufhörte, ein Exilschriftsteller zu sein, und ein in Neapel wohnhafter polnischer Schriftsteller wurde.

3. März 1991

Angelockt durch den Namen des Verfassers kaufte ich einmal einen Roman Mircea Eliades, des großen Religionswissenschaftlers und Religionskritikers. In der italienischen Übersetzung hieß er *Der alte Mann und der Funktionär*, im rumänischen Originaltitel fand sich die Bezeichnung einer Straße in Bukarest (oder vielleicht in der Provinz?). Ich las das Buch schnell und stellte es dann voller Trauer ins Regal. Eliades Erzähltalent strahlt offensichtlich nur in bescheidenem, gedämpftem Licht.

Der italienischen Ausgabe des Romans ist der Ausschnitt eines Gesprächs mit dem rumänischen Gelehrten vorangestellt, das ein französischer Kritiker führte und das in Buchform erschien. Darin geht es eben um *Der alte Mann und der Funktionär.* »Fassen wir zusammen« – sagt der Franzose –, »unter der Romanschicht haben wir es mit dem Mythos zu tun und unterhalb des Mythos mit der Erinnerung an die Quellen.« »Richtig« – antwortet Eliade –, »Sie haben den Kern der Sache berührt.« Mir wurde klar, daß dieser Roman (der im stalinistischen Rumänien spielt) einen Aspekt von Eliades ungeheurem Wissen über Mythen illustrieren sollte. Das ist nicht nur mißlungen, es klingt sogar ein wenig kläglich. Ein Roman ist nicht zum »Illustrieren« da. Er wird in solchen Fällen von einem im voraus festgelegten Zweck erschlagen.

Dem Tagebuch Eliades, das in der Bibliothek *Puls* erschien, entnehme ich, daß der (nach Meinung von Sachkennern) geniale Gelehrte in die Idee vernarrt war, neben seiner wissenschaftlichen Tätigkeit Romane zu schreiben. Einmal gibt er das sogar selber zu: »Ich muß meine *unglückseligen* wissenschaftlichen Bücher beenden.« An anderer Stelle macht er sich ungewollt lächerlich: »Spaltmann (mein deutscher Übersetzer) sagt, daß ich mich von nun an der Literatur widmen solle. Mit der Wissenschaft hätte ich mich schon lange genug beschäftigt. Nach der Untersuchung meiner Handlinien fügt er hinzu: Sie sollten sich beeilen. Wenn es mir in den nächsten Jahren nicht gelingt, die in meinem Unterbewußtsein gesponnenen Fäden miteinander zu verbinden, gerate ich in Gefahr, die Gabe der Vorstellungskraft endgültig zu verlieren. Ich bleibe nüchtern, kritisch, werde bis an mein Lebensende ein Philosoph sein.«

Glücklicherweise verlor er die Gabe der belletristischen Vorstellungskraft endgültig und blieb ein Philosoph bis an sein Lebensende.

Sein Tagebuch ist im ersten Teil (ungefähr ein Drittel des Ganzen) einfach langweilig. Die Italiener nennen eine solche Art von Tagebuch *diario di lavoro*. Aus Neugier blättere ich solche Tagebücher herausragender Persönlichkeiten durch, die in Italien in geringen, ausschließlich für Forscher und Historiker bestimmten Auflagen von maximal 500 Exemplaren erscheinen und für gewöhnliche Leser unverdaulich sind. »Ich habe zu schreiben begonnen«, »ich schreibe«, »ich habe das Schreiben beendet«, »ich habe das Angebot abgelehnt« usw., usw. Warum dieser Teil des Tagebuches einen polnischen Leser interessieren sollte, ist mir ein Rätsel.

Letztlich wird die Geduld doch noch belohnt, und es beginnt Eliades religionswissenschaftliches Tagebuch, das nicht so sehr aus täglichen Aufzeichnungen besteht, sondern vielmehr aus losen, datierten Notizen. Sie sind manchmal höchst spannend. Hier haben wir den Historiker, Religionswissenschaftler, Philosophen, Reisenden, der die Wichtigkeit der »sakralen Dimension des Lebens« früher und tiefer begriffen hat als die ihn heute ratlos nachäffenden Stümper, die unser Zeitalter entweder zu dümmlich-»exotischen« Extravaganzen oder zum herumirrenden Ertasten der Welt mit dem Blindenstock verurteilt hat.

Fasziniert hat mich vor allem Eliades Gespräch mit Teilhard de Chardin. Eliade fragte Teilhard, was für ihn die Unsterblichkeit der Seele bedeute. Antwort: Alles, was übermittelt und *mitgeteilt* werden kann (Liebe, Natur, Politik usw.), »gelangt nicht ins Jenseits«, sondern verschwinde mit dem Tod des einzelnen. Es bleibe jedoch ein »nicht reduzierbarer Kern«, der nicht übermittelt werden könne. Man kann ihn nicht ausdrücken, anderen mitteilen. Und eben dieser geheimnisvolle, keiner Reduktion unterliegende Kern »geht an das andere Ufer hinüber«, bestehe auch dann fort, wenn der Körper stirbt.

Mit diesem unzerstörbaren, unsterblichen »harten Kern« des menschlichen Wesens hat sich Kafka in seinem gesamten Werk beschäftigt. Er wußte, daß er ihn anderen nicht mitteilen kann. Er umkreiste ihn unentwegt und war sich bewußt, daß er unbezeichenbar ist. Er hätte es gar nicht gewagt, ihn zu benennen, um den heiligen Namen nicht zu verunehren.

Eliade zitiert eine Bemerkung von Simone Weil: »In uns ist Chaos. So werden wir geboren. Dieses Chaos ordnen zu wollen, bedeutet das Geschaffene in uns zu zerstören.« Und er verbirgt nicht sein »Erstaunen« darüber, in moderner, authentischer religiöser Erfahrung ein »archaisches Muster« zu finden: die Rückkehr zur ursprünglichen Fülle im »Übergang vom Geschaffenen zum Vorstadium des Geschaffenen«.

Dank Tomlin, dem Verfasser eines Buches über Simone Weil, entdeckt Eliade die Umstände ihres Todes: In Wirklichkeit hat sie Selbstmord begangen, hungerte sich zu Tode, denn sie hatte beschlossen, sich im Sanatorium in Ashford ausschließlich nach den im besetzten Frankreich geltenden Lebensmittelnormen zu ernähren. Tomlin wollte in seinem Buch nicht darüber schreiben (»er hatte nicht den Mut dazu«, sagte Eliade).

4. März 1991

Ich mußte meinen gestrigen Eintrag unterbrechen.

Professor David McLellan hat »den Mut«, in dem eben erschienenen Buch *Utopian Pessimist*, das ich dieser Tage erhalten müßte, über Simone Weils Selbstmord zu schreiben. Die Lokalzeitung in Ashford quittierte ihren Tod mit einem Artikel unter dem Titel *Das sonderbare Opfer einer französischen Lehrerin*.

Da ich das Buch von McLellan noch nicht habe, stütze ich mich auf die umfangreiche Besprechung des hervorragenden englischen Schriftstellers Anthony Burgess. Eine ganze Reihe mir bis dahin unbekannter Einzelheiten. Johannes XXIII. bewunderte Simone Weil, achtete aber ihren Wunsch, »auf der Schwelle zur Kirche zu verharren«. Paul VI. reihte sie in den Dreiklang derer ein, die einen besonders starken Einfluß auf sein Denken hatten: Pascal, Bernanos, Simone Weil.

Sie war eine Mystikerin, löste sich aber im Gegensatz zu den Mystikern niemals von der Realität. Den ihr oft zugesprochenen Beinamen einer »Heiligen« lehnte sie ab, hatte jedoch ihr eigenes Ideal von Heiligkeit: Es war Lawrence von Arabien, der Verfasser von *Seven Pillars of Wisdom*. Die Erfahrung als Arbeiterin in drei Fabriken, Quelle ihres Buches *La condition ouvrière*, hat ihr (wie sie selbst bekennt) für immer »das Brandmal der Knechtschaft« aufgedrückt. Sie schloß die *École Normale* ab und machte dabei den siebten Platz (Sartre den ersten, Lévi-Strauss den dritten), aber wegen ihrer jüdischen Abstammung wurde ihr die Stelle als Lehrerin im Lyzeum verweigert. Aus diesem Grund schrieb sie an den Kultusminister einen Brief, der unbeantwortet blieb. Wir betreten hier das Terrain von *Douce France*, das Bobkowski in seinen *Szkice piórkiem*[80] bisweilen kurz enthüllt und das in Büchern und Filmen über Vichy vollständig offengelegt wird.

10. März 1991

Tzvetan Todorov, ein bekannter französischer Kritiker und Essayist bulgarischer Abstammung, hat mir sein neues Buch *Face à l'extrême* mit einer liebevollen Widmung zugeschickt. Ich kenne ihn nicht persönlich und war deshalb über die Widmung sehr erstaunt. Wie sich herausstellte, ist das Buch eine sehr gute, gewissenhaft-eindringliche Zusammenfassung über das Zeitalter des deutsch-sowjetischen »Konzentrationslager-Kosmos« (Todorov verwendet den Begriff »totalitäre Lager«); unter den vielen darin analysierten Zeugnissen spielt meine *Welt ohne Erbarmen* eine wichtige Rolle.

Ein solches Resümee mußte kommen, ich warte schon lange darauf. Es ist ein Glück, daß ein Mann von solcher Intelligenz, Sensibilität und Gelehrsamkeit wie Todorov sich als erster daran wagte. Seine Fähigkeit zur Synthese findet meine volle Bewunderung, aber die von ihm entwickelten »Lektionen für die Zukunft« überzeugen mich nicht ganz.

Todorov unterstreicht zu Recht das »Anwachsen des Bösen« im 20. Jahrhundert, das mit früheren Epochen nicht zu vergleichen ist. Wir haben das absolute Apogäum erreicht – wer an Teufel glaubt, hätte guten Grund sich vorzustellen, wie sie vor Freude ihre zottigen Pfoten reiben. Zu Recht geht er in seinem Buch, das den Titel trägt *Angesichts des Äußersten*, auf die beiden Hauptursachen für das »Anwachsen des Bösen« ein: die Fragmentarisierung der Welt und die Entpersonalisierung der zwischenmenschlichen Beziehungen. Da aber die Entwicklung der »technologischen Mentalität« unaufhaltsam ist, darf man sich (ja, sollte sich sogar) darüber Gedanken machen, ob diese Flut, das »Anwachsen des Bösen«, die vorübergehend abgeflaut ist, ihre teuflische Saat zurückgelassen hat, die unter für sie günstigen Umständen rasch keimen und die Grundlage für einen neuen Dschungel schaffen könnte, oder aber ob der Untergang des Nationalsozialismus und des Kommunismus erlaubt, mit einer gewissen Zuversicht in die Zukunft zu blicken. Die erste Ansicht vertritt Hannah Arendt, die Verfasserin des *Berichts von der Banalität des Bösen* (über den Eichmann-Prozeß). Todorov verwendet in seinen »Lektionen für die Vergangenheit« polemisch den Begriff von der »Banalität des Guten« und zeigt, daß in den »totalitären Lagern« nicht alle edlen menschlichen Regungen zerstört wurden. Er ist also in gewisser Weise Optimist im Geiste Rousseaus und dessen Aussage von der Humanisierung der menschlichen Bestie durch das Gefühl des Mitleids (auch Dostojewski betonte seinerzeit, man könne ohne

Mitleid nicht leben!). Er beruft sich dabei übrigens auf meine Bemerkung in *Welt ohne Erbarmen*, daß man über Taten eines Menschen, die dieser unter unmenschlichen Bedingungen begangen hat, nicht urteilen solle. Ohne jedoch die Augen vor dem schwachen Lichtschein im Dunkel der »totalitären Lager« verschließen zu wollen, bin ich dennoch auf der Seite von Hannah Arendt. Meine eigenen Erfahrungen erlauben mir, Hoffnung im ständigen Kampf um mich selbst zu haben, sie erlauben mir aber nicht, einen optimistischen Ton anzuschlagen (und das ist nicht dasselbe). Die Banalität des Bösen ist und bleibt wahrscheinlich stärker als die Banalität des Guten.

Todorov berücksichtigt in seiner Arbeit über die sowjetischen Lager Schalamow zu wenig, wenngleich er dessen Aussage, daß »die Lager eine große Prüfung der moralischen Kräfte waren, die 99% der Gefangenen nicht bestanden«, anführt (leider übergeht er den zweiten Teil des Satzes, in dem es bei Schalamow heißt, daß in diesem einen Prozent gläubige Menschen eindeutig in der Mehrzahl waren). Die Lektüre von *Face à l'extrême* hat mich dagegen überzeugt, daß Schalamow (und nicht Solschenizyn) auf der sowjetischen, Primo Levi (nicht aber Borowski) auf der nationalsozialistischen Seite am meisten über die »totalitären Lager« wußten. Schalamow starb in einer »Anstalt für unheilbar psychisch Kranke«, in die er aus einem Alters- und Invalidenheim verlegt wurde. Primo Levi beging vor einigen Jahren Selbstmord. In *Die Untergegangenen und die Geretteten*, seinem letzten Buch, schrieb er: »Uns umgab das Meer vergangener und gegenwärtiger Leiden, und sein Spiegel ist Jahr um Jahr angestiegen, so daß wir beinahe ertrunken wären.« Beinahe …

Maisons-Laffitte, 3. Oktober 1991

In Conrads *Herz der Finsternis* findet sich ein bemerkenswertes Zitat: »Ich habe teuflische Gewalt, teuflische Habgier, teuflische Wollust erlebt, aber, verflucht und zugenäht, das waren immer kräftige, herzhafte, blutvolle Teufel, die Männern im Nacken saßen – Männern, sage ich! Doch wie ich hier an diesem Abhang stand, sah ich voraus, daß ich in diesem Land der blendenden Sonne eine neue Art von Teufel kennenlernen würde, einen schwabbeligen, scheinheiligen, trübsichtigen Teufel, den Teufel einer unersättlichen, erbarmungslosen Dummheit.« Im *Herz der Finsternis* lauert das Böse. Conrad schildert es in Gestalt eines Wahns, der durch die Schrecken der Tropen und die Vereinsamung in der Wildnis hervorgerufen wird. Unser hochzivilisiertes Jahrhundert hat eine moderne Konzeption der »Banalität des Bösen« eingeführt. Wir verdanken sie Hannah Arendt, die während des Eichmann-Prozesses keinen plumpen, verlogenen, blaßäugigen Teufel, keinen Vormund eines blutrünstigen und mitleidlosen Wahns gesehen hatte, sondern einen bürokratisierten Teufel, der in einer Weise vom blutrünstigen und mitleidlosen Wahn besessen war, als gelte es, eine große, leistungsstarke Fabrik zu verwalten, die verpflichtet ist, termingerecht ein von den Planern festgelegtes Sortiment an Leichen zu liefern.

Glücklicherweise gibt es auch eine Banalität des Guten. So nannte Enrico Desaglio sein Buch, *La banalità del bene*, und verbarg dabei nicht, daß es als bescheidenes Gegengewicht zu Hannah Arendts Bericht gedacht war. Sein Held ist Giorgio Perlasca, ein italienischer Kaufmann und – was interessant ist – ein Spanienkämpfer auf seiten General Francos, wenngleich schwer zu sagen ist, ob er dies freiwillig war. Im Zivilleben betreibt er Viehhandel und fährt deswegen häufig nach Ungarn. So befindet er sich in der Schlußphase der »Endlösung der Judenfrage« in Budapest, als Eichmann gegen Produktionsende die Leistungskraft seiner Todesfabrik steigert, und Raul Wallenberg versucht, einen Teil der für die Gaskammern Bestimmten zu retten. Perlasca, der aus dem spanischen Bürgerkrieg gute Spanischkenntnisse und ein Empfehlungsschreiben seiner francotreuen Vorgesetzten mitbringt, schwindelt sich in das spanische Konsulat in Budapest und nimmt nach der Abreise des Konsuls mit Einwilligung des Personals dessen Stelle ein. In der Rolle des falschen Konsuls beginnt er, den Budapester Juden »Garantiebriefe« auszustellen (unter dem Vorwand, Spanien beabsichtige, sie im Rahmen der »Familienzusammenführung« aufzunehmen), die von den ungarischen Behörden, dem Nachfolger Admiral Horthys und sogar von den Untergebenen Eichmanns als Geleitbrief anerkannt werden. Auf diese Weise rettet er 5000 Juden vor dem sicheren Tod. Nach dem Krieg kehrt er nach Italien zurück, siedelt sich in Padua an und führt das Leben eines gewöhnlichen Rentners. Von seinen Budapester Taten erzählt er niemandem (außer seiner Frau). Doch nach langer Suche spüren ihn die Geretteten schließlich auf. Eine Flut hoher Auszeichnungen, Reisen und Ehrungen ergießt sich über ihn. Perlasca ist wie betäubt und scheint ein wenig verlegen; vielleicht ist er nicht allzu erfreut, daß man sein stilles, ruhiges und geregeltes Alter stört. »Jeder hätte an meiner Stelle so gehandelt«, beteuert er. Man darf dies bezweifeln, aber wie erfrischend wirkt dieses ungewöhnliche Beispiel der »Banalität des Guten«! Die Orwellsche Entsprechung der »Banalität des Guten« war die *ordinary human decency*.

Neapel, 29. Oktober 1991

Bei der Beurteilung der polnischen Wahlkatastrophe[81] (einer Katastrophe, die im Westen nicht nur die Frage aufwirft: Was wollen diese Polen eigentlich? – Sie kämpften jahrelang für freie Parlamentswahlen, und jetzt bleiben sie zu 60% zu Hause –, sondern die auch noch zu allem Überfluß die westlichen Investoren verschreckt, die sich nun ein Engagement sehr genau überlegen werden und es in den meisten Fällen wohl vorziehen, Abstand davon zu nehmen), bei der Beurteilung also spielt die geringe Wahlbeteiligung natürlich eine erstrangige Rolle. Sie ist es, die »die polnische friedliche Revolution« überhaupt in Frage stellt und die Parteien oder vielmehr Parteichen, die als Steinchen zum Bau eines Schwalbennestes für diese gerupfte und rachitische polnische Demokratie dienen sollen, marginalisiert, weil sie ja doch bedeutungslos sind. Werden sie sich in *articulo mortis* einigen oder sich in althergebrachter Weise an die Gurgel springen? Wird eine Regierung parteiloser »Techniker« gebildet, die um Zustimmung für jeden ihrer Schritte bei den Abgeordneten und Senatoren wird betteln müssen? Wird der Präsident zusätzlich den Sessel des Premierministers einnehmen, um dem »beschleunigten Lauf über Abkürzungen« und »der starken Hand mit der Axt« Genüge zu tun? Eine so hohe Ablehnung der Wähler ist meiner Meinung nach kein Mißerfolg mehr, es ist eine Niederlage. Und man hat nicht einmal mehr Lust, die letzten beiden Jahre zu analysieren, um nach den Ursachen zu suchen. Alles oder fast alles ist dem gesunden Menschenverstand zuwidergelaufen, und zwar sowohl in der »Präsidentenfestung« als auch unter den politischen Freischützen und Freischärlern zu ihren Füßen.

*

Gestern rief mich der bekannte römische Journalist Nello Ajello an, von Geburt an Neapolitaner; vor vielen Jahren, zu Beginn meines Aufenthalts in Neapel, sahen wir uns häufig. Er ist und war niemals Kommunist; ganz im Gegenteil. Nun rührte er sich plötzlich, weil sein junger Sohn, auch ein (angehender) Journalist, der angeblich seit langem zu meinen treuen Lesern zählt, ein Interview mit mir führen möchte.

»Für welche Zeitschrift?«

»Für die *Unità*.«

»Für die *Unità*? Ein Interview mit *mir*?«

»Sie haben die *Unità* in letzter Zeit nicht gelesen.«

»Ich lese sie nicht und habe sie nie gelesen.«

»Schade. Auf jeden Fall kann ich Ihnen versichern, falls Sie sich bereit erklären, meinem Sohn ein Interview zu geben, daß niemand wagen wird, darin auch nur ein Wort zu ändern.«

»Na gut, schließlich ist mein Buch eben in Moskau erschienen. Aber ich behalte mir eine vorherige Autorisierung vor.«

Der heutige Besuch des jungen Mannes war für mich sehr lehrreich. Vor allem habe ich mich davon überzeugt, daß die junge Generation der italienischen »Neo-Kommunisten« (PDS) eine verschwommene, nebulöse Vorstellung von der Vergangenheit hat. Wir begannen unser Gespräch, noch vor dem eigentlichen Interview, mit einem Problem, das im Augenblick die öffentliche Meinung Italiens stark bewegt, und zwar die von Moskau enthüllte langjährige Finanzierung der Partei. »Hören Sie zu« – sagte ich. »Insbesondere in den Erklärungen eurer Parteiführung spricht und schreibt man darüber mit einem Anflug von Heuchelei, wie über etwas Skandalöses, Überraschendes und schwer zu Fassendes. In der zweiten Hälfte der fünfziger Jahre freundete ich mich mit Eugenio Reale an, einst Anführer der neapolitanischen Kommunisten, Botschafter in Warschau und Vizeminister für Auswärtige Angelegenheiten in der ersten italienischen Koalitionsregierung (seitens der Partei) sowie italienischer Delegierter bei der Kominformsitzung in Szklarska Poręba. Unsere Freundschaft fiel natürlich in die Zeit, als er nach 1956 mit der Partei gebrochen hatte; anders wäre sie ganz einfach unmöglich gewesen. Als Ex-Kommunist erzählte mir Reale ausführlich, wie ihm als Schatzmeister der Partei die Sorge für den Empfang der Gelder aus Moskau und Warschau oblag, der meistens über gemischte Import-Export-Handelsgesellschaften getätigt wurde. Die französische Partei erhielt die Gelder aus Moskau über die Tschechoslowakei. Jetzt aber sehen wir eine Komödie der Unwissenheit, der Verleugnungen und Entrüstung an.« Mein Gesprächspartner schaute mich ungläubig mit aufgerissenen Augen an. Ebenso großes Erstaunen spiegelte sich in seinem Gesicht, als ich ihm erzählte, wie ich jahrelang durch die italienischen Kommunisten und deren »Weggefährten« (in Italien nannte man sie »die nützlichen Idioten«, *utili idioti*) »bekämpft« wurde.

Im Interview legte ich das Schwergewicht auf eine Frage, die mit den Wahlen in Polen und der allgemeinen Lage in den postkommunistischen Ländern zusammenhing. Kurz gesagt: Der Kommunismus war eine schwere, tödliche Krankheit, die sich in der Sowjetunion über 70, bei uns über 40 Jahre hinzog; die Patienten wurden *in extremis* gerettet, aber es wäre ein Wahnsinn zu glauben, daß die Rekonvaleszenz schnell vonstatten gehen würde; das wird ein langer, schwieriger Prozeß, bei dem wohlüberlegtes und ausdauerndes Handeln weit wichtiger sind als blitzschnelle Improvisationen, die meistens nicht nur effekthascherisch, sondern in ihren Auswirkungen auch gefährlich sind. Ein frisches Beispiel hierfür sind die Wahlergebnisse in Polen, die Frucht politischen Irrsinns auf den Höhen der Macht.

(Hinzugefügt am 31. Oktober. Nach der Autorisierung ist das Interview heute in unveränderter Form in *Unità* erschienen).

»Der Stil ist es, mit dem wir unsere Eroberungen machen, der Stil! Ich könnte eine Erzählung über das Waschen schreiben, die wie die Prosa von Julius Caesar klingt. Alles hängt von der Sprache und dem Stil ab, aber des Pudels Kern liegt im hervorragenden Material, im hochwertigen Rohstoff ...

22 Überarbeitungen einer einzigen Erzählung, welche Übertreibung! Und dabei bin ich gar nicht sicher, ob die letzte schon zum Druck geeignet ist. Vielleicht ließe sich noch größere Dichte erreichen.«

Das ist Babel.[82] Sein *Tagebuch 1920* (das Jerzy Pomianowski übersetzte) zeigt den Novellisten, der das »hervorragende Material, den hochwertigen Rohstoff« zusammenträgt. Er stürmt in den Reihen der Reiterarmee, sammelt, wie einstmals ein jüdischer Lumpensammler, alles, was ihm unter die Finger kommt (oder vielmehr ins Auge fällt), und wirft es in einen großen Sack. Darunter ist viel Ramsch, aber es läßt sich nicht abschätzen, ob sich nicht sogar dieser Ramsch in seinen Händen, den Händen eines großen stilistischen Bildhauers, als ein »Rohstoff« mit Goldadern erweisen werde. Die Lektüre des *Tagebuchs 1920* hinterläßt den Eindruck eines Rotierens bis an die Grenzen des Erträglichen, eines soldatischen Gleichgültigwerdens, und dennoch haben wir stets Babels Aussage über die Erfahrungen in Budjonnys Reiterarmee im Gedächtnis: »Die Chronik so vieler alltäglicher Verbrechen erstickt mich und schnürt mir, einem Herzfehler gleich, die Luft ab.« Und eben deshalb, weil er für einen »Kosaken« ungeeignet war, konnte er aus der Geschichte der Reiterarmee die Tragik des »verhaßten Krieges« und des »Lebens inmitten von Grausamkeit« hervorholen (was Budjonny so irritierte und zusätzlich zum Tod des Schriftstellers in den Verliesen des Butyrki-Gefängnisses beitrug).

Dieser Sack voller Ramsch enthält einige bereits fertige Ansätze zu Erzählungen. In der hervorragenden Erzählung *Der Jude Gedali* (aus *Budjonnys Reiterarmee*) versucht Babel den Titelhelden, einen klugen und skeptischen Menschen, von der Revolution zu überzeugen. Im *Tagebuch 1920* sieht ein ähnliches Motiv etwas anders aus (in den privaten Aufzeichnungen entfällt die Furcht vor der Zensur). Babel bemüht sich, einer jüdischen Familie in Dubno den Glauben an eine glänzende Zukunft einzuflößen. »Ich sage ihnen, daß wir künftig frei atmen werden und alles besser sein wird – so gehe ich immer vor –, daß in Rußland wunderbare Veränderungen vor sich gehen – Eilzüge, kostenlose Mahlzeiten für die Kinder, Theater, die Internationale. Sie hören voller Begeisterung und Zweifel zu. Ich aber denke mir – ihr werdet noch euren ganz in Diamanten getauchten Himmel haben (frei nach Tschechow), alles wird auf den Kopf gestellt und gewendet werden, alle werden umgedreht, und zum wievielten Mal tut es mir leid.« Oder jene beiden Aufzeichnungen: »Ein furchtbares Feld, übersät mit Erschlagenen, unmenschliche Brutalität, unglaubliche Wunden, zersplitterte Schädel, junge, weiße, nackte Leiber glänzen in der Sonne, zerstreute Notizbücher, Zettel, Soldbüchlein. Das Evangelium, Leichen im Kornfeld.« Eine erstaunliche, meisterhafte Schärfe des raschen Erfassens, noch weiter gesteigert in der Beschreibung der Feuersbrunst. »Feuer im Dorf. Es brennt die Scheune des Pfarrers, zwei Pferde, die aus aller Kraft um sich schlugen, sind verbrannt. Bei einem Feuer läßt sich ein Pferd nicht herausführen. Zwei Kühe haben sich losgerissen, einer ist die Haut an mehreren Stellen geplatzt und die Wunden bluten erbärmlich. Rauchschwaden hüllen die ganze Siedlung ein, ein greller Feuerschein, schwarzer, dicker Rauch, ein Holzstoß, die Wangen glühen, aus dem Haus des Popen und der Kirche wird alles auf die Erde geworfen. Apanasenko in rotem Kaftan und schwarzem, ärmellosem, weitem Mantel, das Gesicht glatt rasiert – ein furchtbarer Anblick, der Ataman.«

Witalij Schentalinskij hat sich vor kurzem an die »Literatur-Archive« des KGB gemacht (mit einer Erlaubnis der »neo-liberalen« Polizisten). Unter anderem untersuchte er »die Akte« Babel. Vor allem muß man die These von Babels Tod im Lager im Jahre 1941 in das Reich der Märchen verbannen. Er wurde am 27. Januar 1940 nach einem zwanzigminütigen »Prozeß« im Butyrki-Gefängnis (verurteilt durch »die Drei«[83], die in Berias Arbeitszimmer beratschlagten) erschossen (mit einer Kugel in den Hinterkopf). Dramatisch waren die Verhöre, die dem Prozeß und der Urteilsverkündung vorangingen, und ich glaube, Pomianowski, der beste polnische »Babelist«, sollte sich ihrer annehmen und sie (für das Theater oder für eine Erzählung) bearbeiten. Voller Mißachtung beantwortete Babel anfangs die Fragen der Untersuchungsrichter, warf mit Namen seiner Freunde und Bekannten um sich (meist bekannten Namen), als ob er sich dessen nicht bewußt gewesen sei, was ihm drohte, als hätte er die Anklage (»Trotzkismus« und »Verunglimpfung« der Reiterarmee) lächerlich machen und verspotten wollen. Als er endlich verstanden hatte, daß er die Kugel nicht würde vermeiden können, daß er sich leichtsinnigerweise selbst an die Wand der unterirdischen Zelle gestellt hatte, ergriff ihn Entsetzen bei dem Gedanken an die Menschen, die er in seinen »Fall« verwickelt hatte. Sein ganzer Kampf in den Tagen vor der Hinrichtung, seine ständigen Forderungen nach *doprosow*[84] galten nur einem einzigen Ziel: alle anderen auszuschließen, zur Seite zu schieben, einsam dem ihm zugedachten Schicksal ins Auge zu sehen. Ins Auge sehen? Er war so kurzsichtig, daß er ohne seine Brille nur verschwommen sah; und so sah er seine eigene Exekution ohne den angeborenen Scharfblick. Babels »Sonnenfinsternis« wäre weit von der Legende, die Koestler um Rubaschow-Bucharin schuf, entfernt.

14. November 1991

Nach meiner imaginären Reise nach Prag 1976 träume ich in letzter Zeit immer öfter von einer realen Reise dorthin. Prag sehen, Prag sehen! Wie viele verschiedene Aspekte verbergen sich hinter diesem Wunsch! Möglicherweise läßt er sich im Frühjahr nächsten Jahres verwirklichen, falls mein Gesundheitszustand nicht meine Pläne durchkreuzt.

Vorerst erstand ich den nach vielen Jahren wiederaufgelegten Band von Angelo Maria Ripellino, *Praga magica* (André Breton bezeichnete als erster Prag als »magisch«), in dem sich ungeheure Gelehrsamkeit mit großem poetischen Talent verbindet. Ich habe die ersten drei Kapitel gelesen. Nietzsche sagt in *Ecce Homo*, daß er, wenn er nach einem anderen Wort für »Musik« suche, stets und ausschließlich auf den Begriff »Venedig« stoße. Ripellino aber, wenn er das Wort »geheimnisvoll« ersetzen möchte, verwendet unwiderruflich den Begriff »Prag«.

In Apollinaires Erzählung erklärt eine alte Zigeunerin aus Bosnien, sie sei aus Böhmen, einem wunderbaren Land, gekommen, in das es sich lohne zu fahren, in dem man aber nicht wohnen sollte wegen der Gefahr von Verhexung und Zauberei. Und Kafka? Er fühlte sich offensichtlich als Gefangener Prags, als er 1902 an Oskar Pollak schrieb: »Prag läßt nicht los ... Uns beide nicht. Dieses Mütterchen hat Krallen. Da muß man sich fügen oder –. An zwei Seiten müßten wir es anzünden, am Vyšehrad und am Hradschin, dann wäre es möglich, daß wir loskommen. Vielleicht überlegst Du es Dir bis zum Karneval.«

Begeistert (»verhext, verzaubert«?) lese ich das Buch und meine Gedanken wandern zu seinem Autor. Uns verband ja eine enge Bekanntschaft. Ich lernte ihn kurz nach Kriegsende kennen, als er, damals ein blutjunger Mann, wahrscheinlich ein frischgebackener Abiturient, aus dem heimatlichen Sizilien nach Rom gewandert kam, um uns – d. h. der von der Armee in italienischer Sprache herausgegebenen Zeitschrift *Iridion*[85] – zehn Gedichte von Norwid, die er übertragen hatte, zu bringen. Norwid galt seine Verehrung; sein Slawistikstudium begann er mit Polnisch. Jahre später gab er mir diese zehn Gedichte Norwids, nachdem er sie überarbeitet hatte, für *Tempo Presente*. Ich liebe es – sagte er –, Worte zu schleifen, sie wie harte Steine zu bearbeiten. Ich auch.

Später wechselte er von der Polonistik zur Russizistik und wurde noch in jungen Jahren ordentlicher Professor an der Universität in Rom. Überhaupt stürmte er in Siebenmeilenstiefeln vorwärts, als sei er sich dessen bewußt (vielleicht war er sich wirklich dessen bewußt?), nur ein kurzes Leben vor sich zu haben. Er schrieb und edierte viel, fügte der Russizistik die Bohemistik hinzu (er war mit einer Tschechin verheiratet). Als Professor für Russizistik reiste er häufig nach Moskau in Archive und Bibliotheken und machte auf dem Rückweg stets Station in Warschau, wo er viele Freunde hatte. Nach jeder dieser Reisen rief er bei mir an, um mir zu erzählen, was sich so tut, »woher der Wind pfeift« (diese umgangssprachliche Redewendung liebte er sehr). Politisch stand er mir nahe, aber seinen Reisen nach Moskau zuliebe hielt er sich verständlicherweise zurück. Bis die Bombe platzte. Wie alle Jahre verbrachte er die Sommerferien mit seiner Frau und den Kindern in der Tschechoslowakei. Den August 1968 erlebte er in Prag. Aufgewühlt kehrte er nach Rom zurück, ließ alle Vorsicht fahren und schrieb für die Wochenschrift *L'Espresso* eine Serie ungewöhnlich scharfer Artikel über die Invasion. Auf seine wissenschaftlichen Expeditionen nach Moskau mußte er von nun an bis an sein Lebensende verzichten. Er starb 1978 im Alter von 55 Jahren.

Jedesmal, wenn ich an Ripellino denke, fällt mir die Beschreibung seines Besuches bei Pasternak ein, und ich lächle gerührt bei der Erinnerung an diese Szene. Ripellino hatte eine Reihe von Gedichten Pasternaks übersetzt und sie in einem dicken Band, lange vor dem Nobelpreis, herausgegeben. Er fuhr nach Pjeredelkin, um dem Dichter persönlich ein Exemplar zu überreichen. Pasternak lud ihn zum Essen ein, bei dem es nicht an Hochprozentigem fehlte; bei Tisch saßen zahlreiche Gäste. Während des Essens bat er den Übersetzer, wenigstens ein Gedicht auf italienisch vorzutragen. Ripellino war sofort einverstanden. Bei Tisch bediente die alte Amme, die seit undenklichen Zeiten mit der Familie Pasternak verbunden war. Als Ripellino zu lesen begann, blieb sie mit einer leeren Platte im Türrahmen stehen und legte eine Hand ans Ohr, um sich kein Wort entgehen zu lassen. *Wy slyschytje, Anastasja Fjodorowna* – wandte sich der Dichter strahlend an sie – *kak ja prekasno zwutschaju po italjanski*? Das alte Mütterchen schüttelte den Kopf – *Slawa Bogu, Boris Leonidowitsch, wy jeschtsche lutschsche, prekasno do wostroga, zwutschajetje na naschym rodnom jazykje.*[86]

1992

Neapel, 2. Februar 1992

Anfang 1943 hing das Leben von 70 000 italienischen Kriegsgefangenen in der Sowjetunion, die dem Expeditionskorps angehört hatten, am seidenen Faden. An Kälte und Hunger starben sie wie die Fliegen. Vincenzo Bianco, der italienische Delegierte bei der Kommunistischen Internationale, bat Togliatti um eine Intervention bei Stalin. In den Moskauer Archiven ist kürzlich Togliattis Antwort aufgefunden worden: »Unsere prinzipielle Einstellung zu den Armeen, die in die Sowjetunion eingedrungen sind, ist vom Genossen Stalin formuliert worden. In der Praxis jedoch werde ich nichts dagegen einzuwenden haben, wenn eine große Anzahl der Kriegsgefangenen unter den schweren Lebensbedingungen stirbt, mehr noch – die Tatsache, daß Mussolinis Krieg und insbesondere die Expedition gegen Rußland für Tausende von italienischen Familien mit einer Tragödie und in Trauer enden werden, diese Tatsache wird das beste Antidot (gegen den Faschismus) darstellen. In dem unabwendbaren Tod vieler italienischer Kriegsgefangener sehe ich eine konkrete Mission jener Gerechtigkeit, die der göttliche (in einer späteren, genaueren Version heißt es: alte) Hegel als den immanenten Teil der Geschichte ansah.«

Divino o vecchio Hegel, der göttliche oder der alte Hegel! Den toten Togliatti darf man als jemanden ansehen, den der deutsche Philosoph besonders heftig »gebissen« hat und dessen noch lebende Opfer heute vor Schmerz und Scham versinken.

Vor einigen Jahren habe ich meinem Bekannten, einem hervorragenden italienischen Historiker und während des Krieges Anführer der (nichtkommunistischen) Widerstandsbewegung, gesagt, daß meiner Meinung nach Togliatti die Bezeichnung *mascalzone*, Lump, voll und ganz verdiene. Er sah mich vorwurfsvoll an und fauchte nur kurz: »Ein großer Staatsmann.« In der Tat wird meine »impulsive Reaktion« bei jedem »Politologen« nur mitleidiges Lächeln hervorrufen: Sie haben keine

Ahnung von Politik. Habe ich nicht, das stimmt, von einer solchen Politik, die noch dazu mit Philosophie vermischt ist, habe ich keine Ahnung und will auch keine haben. Harold Macmillan befahl, die Soldaten einer antikommunistischen Kosakeneinheit mit Gewalt in die Sowjetunion abzuschieben, obwohl er genau wußte, was sie dort erwarten würde. Wie soll man ihn nennen? Einen großen Staatsmann? *Scoundrel?* Welcher der »göttlichen oder alten« Philosophen hat Macmillan »gebissen«?

14. Februar 1992

Nietzsche wurde – wie Professor Ernst Nolte, ein deutscher, gerade für Aufsehen sorgender Historiker sagt – beschuldigt, die philosophischen Prämissen formuliert zu haben, die in vulgarisierter Form von Hitler und Mussolini aufgegriffen und ausgenutzt wurden. Er war also kein Wegbereiter des Nationalsozialismus und Faschismus, lieferte aber die »philosophische Präfiguration«, impfte ihnen (an der Schwelle des Wahns) »die Denkrichtung« ein. Das ist etwas anderes, bemerkt Nolte. Mag sein. Tatsache ist, daß (wie Nolte behauptet) sowohl Marx als auch Nietzsche die »Hauptideologen des europäischen Bürgerkrieges 1917-1945« waren. Für unser Jahrhundert hat Nietzsche den großen ideologischen Bürgerkrieg prophezeit, dem sich die nationalen und sozialen Kriege unterordnen würden. Die letzten Aufzeichnungen des Philosophen aus dem Jahr 1898 sind von dieser Prophezeiung geprägt, wobei sich der ideologische Bürgerkrieg in einen »Kampf um die Befreiung des Lebens« (unter Führung der von Nietzsche persönlich geleiteten Partei) verwandeln und mit der Vernichtung »der ganzen Menschheitsentwicklung seit dem klassischen Altertum« enden sollte. Wenn man (fügt Nolte hinzu) die »Vernichtung« wörtlich zu verstehen hätte, dann würde das Massaker, das der Philosoph vorsieht, Hitlers »Endlösung« auf mikroskopische Ausmaße reduzieren. Eine in der Tat sonderbare »philosophische Präfiguration«. Auf die Frage nach Nietzsches Verhältnis zu den Juden, zitiert Nolte eine Aussage des Philosophen, daß die Juden das moralische Genie unter den Völkern darstellten, was in seinem Mund beileibe kein Lob bedeutete, sondern im

Gegenteil, eine scharfe Kritik. In einem Brief an seine Schwester aus dem Jahr 1886 bezeichnete er sich zwar als »unverbesserlichen Europäer und Anti-Antisemiten«, doch dürfe man laut Nolte nicht vergessen, daß er den Sozialismus, die Juden und das Christentum mit einem gemeinsamen Bann belegte; einem Bann, der die »ideologische Plattform« für den Nationalsozialismus werden sollte. Noch einmal zerbreche ich mir den Kopf, worauf Nolte seine Unterscheidung zwischen »Wegbereitung« und »philosophischer Präfiguration« stützt.

In einem Gespräch, das 1988 in *Aneks*[87] erschien, erwähnt Renata Gorczyńska[88] meine Aussage vom »Dämon unserer Zeiten, den die historische Notwendigkeit in den Händen übermächtiger Organisationen und im Dienst hoher Ziele darstellt«. Und sie fragte: »Halten Sie Hegel für unmittelbar verantwortlich? Wie beurteilen Sie überhaupt die Verantwortung der Philosophen und Denker für die Gestaltung der Welt?« Ich antwortete, sie sei groß und schwerwiegend, man müsse die Philosophen natürlich lesen, dürfe sie aber nicht übermäßig ernst nehmen. Gorczyńska erinnerte an meine Erzählung *Ugolone da Todi*, die sich gegen die Philosophen richtet. Diese Gestalt, erklärte ich, hat kein spezielles Vorbild. In unserem Gespräch vergaß ich ein amüsantes Detail: eine Zeitlang erkannten Leser in meinem Ugolone gleich verschiedene zeitgenössische (nicht nur italienische) Philosophen.

23. Februar 1992

Churchill berichtet in seinen Memoiren von seiner Begegnung mit Stalin im August 1942. Er fragte ihn, ob der jetzige Krieg mit Deutschland für ihn schwieriger sei als die Zwangskollektivierung, also der Krieg mit den Bauern. »O nein« – antwortete Stalin –, »die Kollektivierung hat uns einen viel schrecklicheren Krieg aufgezwungen. Wir hatten zehn Millionen Bauern gegen uns. Das war ein furchtbarer Krieg, er dauerte vier Jahre.«

Der Genauigkeit halber sei gesagt, daß »jener« Krieg gegen 22 Millionen Bauernfamilien geführt wurde, was Ende der 20er Jahre ungefähr 80% der sowjetischen Bevölkerung entsprach.

Die Schrecken der blutigen Zwangskollektivierung sind sowohl auf Grund wissenschaftlicher Arbeiten als auch aus der Literatur (beispielsweise aus dem Roman von Wasilij Grossman, *Alles fließt*) bereits recht gut bekannt. Dennoch provoziert das kleine Büchlein *Lettere de Kharkov*, in dem der italienische Forscher Andrea Graziosi die in den Archiven des italienischen Außenministeriums gefundenen Berichte der Konsulatsmitarbeiter aus Charkow und Noworossijsk sowie der Beamten aus der italienischen Botschaft in Moskau gesammelt hat, Erstaunen und Entsetzen. Die Berichte umfassen den Zeitraum von 1930-1933 und beziehen sich auf die Ukraine und den nördlichen Kaukasus. Ihr Informationsgehalt und der Wert ihrer Analysen sind enorm; Mussolini schickte offensichtlich seine besten Diplomaten in die Sowjetunion. Dem Leser werden in knappen, sachlichen Beschreibungen staatlich geknechtete Bauern, Epidemien, Banditentum, Kannibalismus, Sklavenmärkte, verlassene Kinder, Bauernmassen auf der Flucht, von selbstherrlichen Machthabern regierte Regionen, Dörfer in den Krallen kleiner Despoten, Überfälle auf Bäckereien, Todesbaracken, mit Peitschen bewaffnete Reiterpatrouillen, Kämpfe auf Leben und Tod um eine Handvoll Getreide und gnadenlos niedergeschlagene Aufstände vor Augen geführt. Über allen Berichten schwebt nur Hunger, Hunger, Hunger, Hunger. In der Tat, ein bedrohlicherer Krieg als der Überfall Hitlers. Einer dieser Berichte aus Charkow vom Februar 1932 zitiert einen Appell, der im Briefkasten des polnischen Konsulats gefunden worden war. »Wir sind in einem Sack, den wir nicht alleine aufknüpfen können. Wir sind bereit, mit jedem zu gehen, der unser Befreier sein will. Wir sind bereit, sich ihm zu Füßen zu werfen, er mag uns treten, über unsere Leichen gehen, wenn er nur unsere Kinder rettet ... Wenn aber dieser Appell in eure Hände gerät, ›Wächter im Land der Freiheit‹, seid verflucht, Henker des zerschlagenen Rußland, Vernichter unserer Familien, Mörder unserer Söhne und Töchter.« Die Verfasser dieses Appells bezeichnen sich als eine Gruppe von Dorflehrern, Arbeiten und Bauern. Über die Wahl des polnischen Konsulats entschied wahrscheinlich, unbewußt, die Erinnerung an Piłsudskis Vormarsch nach Kiew. Ich vermute jedoch, daß ähnliche Appelle auch in die Briefkästen der deutschen Konsulate eingeworfen wurden.

Graziosi behauptet, die italienischen, deutschen und polnischen Konsulate hätten die Hungersnot in der Ukraine am genauesten beobachtet und seien am besten informiert gewesen. Frankreich und England verfügten über kein konsularisches Netz in der Ukraine und im nördlichen Kaukasus. Warum? Wollten sie lieber nichts wissen? Wahrscheinlich. Im Sommer 1933, auf dem Höhepunkt der Hungersnot, besuchte Edouard Herriot, der damalige französische Außenminister, die Ukraine. Er fuhr durch die Straßen der Städte, in denen die Bäckereien ihre Schaufenster mit Broten dekoriert hatten, die aus bemaltem Gips hergestellt waren. Der alte parlamentarische Fuchs (und zugleich Esel) hatte wahrscheinlich einen ungewöhnlich ausgeprägten Geruchssinn, da er den Journalisten nach seiner Rückkehr nach Paris vom »wunderbaren Geruch frischgebackenen Brotes in den Städten der berückend schönen und fruchtbaren Ukraine« vorschwärmte.

14. April 1992

Im Alter von 90 Jahren gehört Sir Karl Popper zu den weisesten Menschen der Welt. Und zwar insofern, als er die Schlauberger, die Masse der Neunmalklugen, die zu jedem Thema etwas zu sagen haben nach der Devise »sag erst schnell etwas und denk später nach«, überragt. Jedesmal, wenn sich Popper zu Wort meldet, ist seinen Worten die reine, einfache und klare Denkkonstruktion anzusehen. *Die offene Gesellschaft* war einstmals eine Lektüre für wenige. Heute, auf den ausgebrannten Ruinen der »ideologischen Systeme«, ist sie das Evangelium des gemeinschaftlichen Lebens – oder sollte es zumindest sein.

Im Gespräch mit einem Journalisten der Turiner *La Stampa* schrieb der Papst Popper die Meinung zu, der marxistische Totalitarismus sei vor allem aus materiellen, wirtschaftlichen Gründen zusammengebrochen. In derselben Tageszeitung stellt Popper diese Behauptung in einem Gespräch mit Barbara Spinelli richtig. Er habe niemals etwas Derartiges gesagt, sondern die Krise des Kommunismus stets als eine tödliche Krankheit des Geistes betrachtet. Dagegen würde er die *Perestrojka* nicht (wie der Papst) als »geistige Bekehrung« bezeichnen, die im Osten alles ins Rollen gebracht habe. Auch wäre er nicht bereit, Gorbatschow so hoch einzuschätzen und ihm so hohe Verdienste zuzuschreiben (wie der Papst). Die *Perestrojka* war ein leeres Wort, und sie hat nie irgend etwas »umgebaut«. In die Geschichte dauerhaft eingetragen hat sich Gorbatschow mit seiner Losung von *Glasnost*, nicht aber mit dem messianischen Geplapper über die *Perestrojka*. Ich sah das stets genauso; was für eine Genugtuung, ähnliches von Popper zu hören. Johannes Paul II. hat sich allzu leichtsinnig, »auf den ersten Blick«, in Gorbatschow verliebt und impfte diese Liebe unnötigerweise seinen heimatlichen Zöglingen ein. Ich teile Poppers Meinung, daß eine radikale Eliminierung des Staates und eine radikale Durchführung der vollen Privatisierung in den postkommunistischen Gesellschaften ins Nirgendwo, und zwar in ein dramatisches Nirgendwo mit vielen gefährlichen Unbekannten führen. Jene Großmäuler, die Reden schwingen über »Beschleunigung« und »einen Weg querfeldein oder über Abkürzungen«, machten auf mich von Anfang an den Eindruck hoffnungsloser Dummköpfe oder bewußter Schädlinge. Wir werden (falls überhaupt) langsam, schrittweise, ohne Wunder an der Weichsel gesunden. Am wichtigsten ist für Popper, auch vom wirtschaftlichen Standpunkt aus gesehen, die Schaffung solider rechtlicher Rahmenbedingungen in den durch die kommunistische Rechtlosigkeit verwüsteten Ländern. Der Durchschnittsbürger in Polen spürt das sehr wohl und unterstützt in Umfragen Ewa Łętowska[89] (ungeachtet dessen, daß sie in kirchlichen Kreisen nicht sehr geschätzt wird). Solide rechtliche Rahmenbedingungen tragen vielleicht dazu bei, diesen Dschungel, der sich in Polen auf den wilden Feldern des Kommunismus ausgebreitet hat, zu roden: ein Dschungel, der eine Mischung ist aus Aufsteigertum, Kleinlichkeit im »politischen« Hintergehen und Ränke-Schmieden, Profilierungssucht der »machiavellistischen« Mikroorganismen, Parteien genannt, Korruption, einem ungenierten, schamlosen Abnagen des mageren Knochens, den die Kommunisten übrigließen, bombastischen Phrasen im Stile von Moczulski oder Macierewicz, dem »großen Spiel« von Kaczyński[90] und präsidialem leeren Gerede. Heiliger Karl Popper, beten wir gemeinsam mit Dir zu einer besonnenen Offenen Gesellschaft.

17. April 1992

General Dubynin, der Kommandeur des Heeres der ehemaligen Sowjetunion in Polen, hat sich offensichtlich daran gewöhnt, die Polen wie eine Schafherde zu behandeln. Stalin pflegte über den Westen zu sagen: *wsjo proglotjat*, sie werden alles schlucken. Dubynin hat scheinbar eine ähnliche Vorstellung von den Polen. Er täuscht sich wohl nicht allzu sehr, wenn seine (vor einem Monat) in der *Gazeta Wyborcza* erschienenen *Enthüllungen* nach Meinung von Warschauer Korrespondenten westlicher Presseorgane jene Sejmabgeordneten, die Anfang des Jahres den Antrag einbrachten, General Jaruzelski und die übrigen Architekten des Kriegsrechts vor ein Tribunal zu stellen, in »eine mißliche Lage« bringen sollten.

Die *Enthüllungen* lauten folgendermaßen. »Nur durch Einführung des Kriegsrechts, wohl am 13. Dezember (dem General spielt sein Gedächtnis Streiche!), wurde eine militärische Intervention der Sowjetunion in Polen aufgehalten. Ich bin der Meinung, daß General Jaruzelski richtig gehandelt hat. Hätte er das nicht getan, wären unsere Divisionen am 4. Dezember in das polnische Territorium einmarschiert. Alles war bereit.« Die Journalisten fragen: »Wann begannen die Vorbereitungen?« Der General antwortet: »Ein oder eineinhalb Monate vor dem 13. Dezember« (dem General spielt sein Gedächtnis weiterhin Streiche!). Es folgt eine Beschreibung der militärischen Übermacht der Sowjetunion und der Machtlosigkeit der Polen, woraufhin Dubynin den Rat erteilt, »Jaruzelski zu danken, denn er hat die Situation gerettet«. Jaruzelski reichte in einem kommentarähnlichen Radiointerview sofort die Hand zum Kuß, und ich bin mir nicht sicher, ob sie (auf lange Sicht) nicht auch ergriffen werden wird.

Der sowjetische Tölpel in Generalsuniform hat nicht nur ein schwaches Gedächtnis, sondern auch eine schwache Kombinationsgabe. Wenn die Vorbereitungen zur Invasion »einen oder eineinhalb Monate« (ein unwesentlicher Unterschied für den Divisionskommandeur in Weißrußland ...) dauerten, dann wußte natürlich Jaruzelski davon. Auf was wartete er also mit seinem Kriegszustand, zu dem nach Meinung von Fachleuten ungefähr seit einem halben Jahr die Vorbereitungen laufen mußten? Auf das genaue Datum des Invasionsbefehls. Davon erfuhr er, sagen wir, am 10. Dezember. Mit Sicherheit nicht früher, denn so schwerwiegende Befehle erteilt man nicht zu früh. Er hatte die Nerven, bis fünf vor zwölf zu warten. Erst dann setzte er seine Kriegsrechtsmaschinerie in Bewegung. Und wenn diese Maschinerie plötzlich ins Stocken geraten wäre? Die Invasionstruppen wären laut ursprünglichem Plan im Morgengrauen des 14. Dezembers in Polen einmarschiert. Und die Angreifer hätten, überzeugt, daß Jaruzelski »nicht richtig gehandelt hat« und »die Situation nicht retten« konnte, ihn um seinen Generalskopf kürzer gemacht.

Nur schwerlich kann man General Dudnik, der in den *Moskowskje Nowosti* an die Aussage Dubynins anknüpft, als soldatischen Dummkopf betrachten. Seine Version der Ereignisse ist subtiler, und sie sollte Jaruzelski veranlassen, seine zum Kuß ausgestreckte Hand zurückzuziehen. Erstens, Ziel der fortwährenden sowjetischen Manöver war es, »an der polnischen Grenze ordentlich mit dem Säbel zu rasseln«. Das will ich gerne glauben, jenes »Säbelrasseln« sollte alle Interessierten nervös machen, das Weiße Haus (mit Brzeziński) nicht ausgenommen. Und es machte nervös. Aber (nach Meinung von Dudnik) »täuscht sich General Dubynin, wenn er meint, mit den Vorbereitungen zur Invasion in Polen sei ein oder eineinhalb Monate vor dem 13. Dezember begonnen worden; damit wurde spätestens im Frühjahr begonnen; bereits im Sommer aber erhielten wir von Moskau die Direktive, eine Division in voller Kampfbereitschaft zu halten sowie die Marschroute zur Grenze zu erkunden«. Eine Division! Na, na, allzu hoch hat man die Möglichkeiten Polens, Widerstand zu leisten, nicht eingeschätzt, aber zum (etwas lauteren) »Säbelrasseln« hat es gereicht. Gegen Ende November waren die Planungen in Moskau abgeschlossen. In der Nacht vom 1. zum 2. Dezember fanden gemeinsame sowjetisch-polnische Übungen statt. Ein gewisser polnischer Oberst, Kommandant einer Panzerdivision, »schluchzte«: »Genossen Generäle! Wir werden alles tun, damit unsere Soldaten nicht schießen! Aber es wäre dennoch besser, wenn ihr nicht einmarschiert! Wir werden es schon allein schaffen!« Dudnik quittiert das »Schluchzen« des polnischen Obersten: »Dank Euch, polnische Brüder. Ihr werdet es allein schaffen. Und ihr habt uns dadurch vor einer weiteren Todsünde internationaler Hilfe bewahrt.« Auf ähnliche Weise, mit der knappen Formel »Jaruzelski hat es an unserer Stelle getan« und Komplimenten an die Adresse unseres Konrad Wallenrod[91], reagierte Molotow, obgleich er mit Sicherheit dic »internationale Hilfe« nicht als »Todsünde« ansah. Besonders aufschlußreich ist in der Darstellung von General Dudnik folgendes Zitat: »Wojciech Jaruzelski hat durchaus nicht deshalb am 13. Dezember sechs Divisionen in Warschau einmarschieren lassen und den Kriegszustand proklamiert, um dem Einmarsch der verbündeten Armeen am 14. Dezember zuvorzukommen. Sein Ziel war es, der für den 17. Dezember in Warschau geplanten Protestaktion entgegenzuwirken. Das war – wie er später selbst sagte – ein heilsamer Schock, in dem sich beide Seiten (*sic!*) von extremistischen Elementen befreiten.«

Hier nähern wir uns der Wahrheit. Ich habe schon immer hartnäckig behauptet, daß Jaruzelski am 13. Dezember nicht den Versuch unternahm, Polen vor den Armeen des Warschauer Paktes zu bewahren, sondern die kommunistische Herrschaft vor der *Solidarność* zu retten (unter der irreführenden Begleitmusik des sowjetischen »Säbelrasselns«).

In den *Zeszyty Historyczne* zitiert Andrzej Albrecht[92] aus seinem Gespräch mit General Juliusz Hibner[93] vom August 1981. Albrecht: »Glauben Sie, daß die Russen kommen?« Hibner: »Das nehme ich nicht an. Kein verantwortlicher sowjetischer Befehlshaber wird so etwas wie einen Sprung vom Trampolin ins leere Becken riskieren. Das würde ja eine Verwicklung in kriegerische Auseinandersetzungen auf unbestimmte Zeit bedeuten. Sie kommen doch mit Afghanistan immer noch nicht zurecht und werden alles tun, damit diese Aufgabe in polnischen Händen bleibt.«

Die Aufgabe blieb in polnischen Händen, was Molotow, der nach dem Vorbild seines Meisters nicht allzu geneigt zu Lobesäußerungen war, sehr erfreute. Das ist durchaus natürlich und verständlich. Weniger verständlich ist, um es vorsichtig auszudrücken, die »Reinwaschung« Jaruzelskis durch die Vorkämpfer der *Solidarność*. In polen findet meiner Meinung nach eine systematische Zerstörung der moralischen, psychischen und politischen Grundlagen der »unblutigen Revolution« statt. Einer jener Vorkämpfer rühmt sich des Bruderkusses mit Jaruzelski, ein anderer »entschuldigt sich« im Wettrennen um »Originalität« öffentlich »für die *Solidarność*« (zugunsten der »elitären« Warschauer Salons), ein dritter lauscht andächtig der »Stimme der Wahrheit« bei Kiszczak[94]. In Polen, also nirgendwo … Das Gefühl, daß sich mit jedem Tag dieses »Nirgendwo« erweitert, ist schrecklich.

(Hinzugefügt am 20. April. Im *Corriere* wurde ein Kapitel aus Jaruzelskis Buch, das in Paris erschien, veröffentlicht. Roter Faden ist der Kriegszustand, der als Instrument zur »Verteidigung und Rettung des Sozialismus« dargestellt wird.)

7. Juni 1992

Kafkas Erzählungen werden eingeteilt in zu Lebzeiten erschienene und postum veröffentlichte. Im ersten Band ragen *Das Urteil, Die Verwandlung* und *In der Strafkolonie* heraus. Im zweiten Band *Beim Bau der Chinesischen Mauer, Forschungen eines Hundes* und *Der Bau*. Von Feltrinelli eingeladen, ein Vorwort zu dem Band mit Erzählungen aus dem Nachlaß zu schreiben, warf ich einen Blick auf den Essay, der meine Auseinandersetzung mit Kafkas Werk eröffnete.

Er entstand 1957 und hat den Titel *Das jüngste Gericht*, mit dem Untertitel *Camus und Kafka*. Camus' damals gerade erschienener, etwas kafkaesker Fall regte mich unmittelbar dazu an, wenngleich ich Camus' Skizze *Die Hoffnung und das Absurde* im Werk von Franz Kafka mehr in den Mittelpunkt rückte. Im Gegensatz zu *Der Fall*, der im Lauf der Jahre an Aktualität verlor und mit *Der Fremde* und *Die Pest* sowie einigen Novellen und Dramen von Camus nicht Schritt hält, hat die Skizze über

Kafka ihren scharfsinnigen, neuartigen Charakter beibehalten und überragt noch immer ganz entschieden die enorme »kafkaologische« Literatur.

Und sie ist weiterhin ein hilfreicher Schlüssel zu Kafkas »zwei Welten«. Bei Kafka bestünden – schrieb Camus – diese beiden Welten einerseits aus der Welt des Alltagslebens, andererseits der Welt der transzendentalen Unruhe. Im menschlichen Schicksal wohnen das Absurde und das Erhabene nah beieinander. Um sich von dieser Absurdität eine Vorstellung zu machen, müsse man ihr in einer Reihe paralleler Kontraste Leben einflößen. Kafka drücke also die Tragödie durch das Alltägliche aus und das Absurde durch die Logik. *Das Schloß* bezeichnete Camus als einen Roman, in dem nichts zum Abschluß komme und alles immer wieder von vorne beginne, als einen Roman, der die Abenteuer der Seele auf der Suche nach Gnade beschreibe. Kierkegaard behauptete, der Mensch müsse die irdische Hoffnung abtöten, denn allein dann könne er durch die wahre Hoffnung erlöst werden. Im *Schloß* betreten wir also eine neue Dimension der – wie Max Brod zu Recht betont – Unvereinbarkeit irdischer und religiöser Ziele. In den *Betrachtungen über Sünde, Leid, Hoffnung und den wahren Weg*, die nach dem *Prozeß* und einige Jahre vor dem *Schloß* geschrieben wurden, versichert Kafka, es gäbe ein Ziel, aber keinen Weg; im *Schloß* entdeckte er, daß der Weg selbst Ziel ist und schon allein deshalb auch zu einem Ziel führen muß. In den *Betrachtungen* ist jedoch ein anderer Gedanke wichtig, den man sich stets in Erinnerung rufen soll, vor allem bei der Lektüre der letzten Erzählungen Kafkas, der *Forschungen eines Hundes* und des *Baus*: ohne beharrliches Vertrauen in etwas Unzerstörbares in sich selbst kann der Mensch nicht leben, wenngleich ihm oft sein Leben lang dieser unzerstörbare Kern unbewußt bleibt und der Glaube an Gott eine der Formen dieses fortwährenden Unbewußtseins ist.

⋆

Noch eine, diesmal zufällige Lektüre ist meiner Arbeit am Vorwort zu Kafkas postumen Erzählungen vorangegangen. Es waren die *Aufzeichnungen aus einem Kellerloch*, die *Puls* kürzlich unter dem Titel *Notatki z podziemia*[95] neu herausgegeben hat. Kafka war Dostojewskis Buch mit Sicherheit bekannt, das zu Recht als Erzählung angesehen wird, die ein neues Kapitel im Schaffen des russischen Schriftstellers einleitete und einen Wendepunkt in der ganzen modernen Prosa. Dostojewski bediente sich als erster des Begriffes des »unschuldig Schuldigen«, der in Kafkas Werk stets präsent ist. Als erster stellte er dem »normalen« Menschen einen Menschen gegenüber, der über ein »erhöhtes Bewußtsein« verfügt und den er zu einem ständigen, manchmal listenreich angespannten Suchen nach etwas Größerem, als er selbst es ist, nach etwas Undurchdringlichem verurteilt. Kafka war hin- und hergerissen zwischen der Welt des Alltagslebens und der Welt der transzendentalen Unruhe. Bei Dostojewski wird der »Mystiker aus dem Kellerloch« (wie er sich selbst, mit einer Vorliebe für das Leiden, nennt) in der Qual seiner Einsamkeit dazu gebracht, »den Menschen mit erhöhtem Bewußtsein für eine Maus und nicht für einen Menschen zu halten«. Es ist gut, daran zu denken, wenn man das unterirdische Leben des Maulwurfs in Kafkas *Bau* verfolgt. Ich kann mir vorstellen, mit welcher Ergriffenheit Kafka die *Aufzeichnungen aus einem Kellerloch* gelesen hat, wie nah ihm der Autor war, der ohne Unterlaß (in den *Aufzeichnungen* absichtlich karikiert) das Problem der bewußten Religiosität umkreist.

⋆

In *Beim Bau der Chinesischen Mauer* fällt ein Ausschnitt auf, dem Kafka offensichtlich besonderes Gewicht beimaß, denn er hat ihn im selben Jahr 1917 unverändert herausgenommen und ihm als kurzem eigenständigen Text den Titel *Eine kaiserliche Botschaft* gegeben. In *Beim Bau der Chinesischen Mauer* ist von einer »Legende« die Rede, im eigenständigen Text genügt die Wendung »so heißt es«. Es heißt nämlich, der Kaiser (ein Synonym für Gottheit) habe auf seinem Todeslager einen Boten zu sich gerufen und ihm eine Botschaft für Dich, »den jämmerlichen Untertanen, den winzig vor der kaiserlichen Sonne in die fernste Ferne geflüchteten Schatten« ins Ohr geflüstert, »gerade Dir hat der Kaiser von seinem Sterbebett aus eine Botschaft gesendet«. »So sehr war ihm an ihr gelegen, daß er sich sie noch ins Ohr wiedersagen ließ«, um erst dann bestätigend mit dem Kopf zu nicken und dem Boten ein Zeichen zu geben, daß er sich nun auf den Weg machen könne. Sehr lange war der Bote im Labyrinth des Palastes unterwegs, überwand mit Mühe zahlreiche Hindernisse. Nach Jahrtausenden endlich sollte er sich von dem Palast losreißen und an den Mauern der Residenzstadt, die als »Mitte der Welt« bezeichnet wird, zum Stehen kommen. Aber in die Residenzstadt werden nur Boten eingelassen, die Kunde von Toten haben (und war der Kaiser schon verstorben? scheint die Legende zu fragen). Du aber, »jämmerlicher Untertan und winziger Schatten«, sitzt an Deinem Fenster und wartest und träumst jeden Abend von der Ankunft des Boten, der Dir die ausschließlich an Dich gerichtete kaiserliche Botschaft überbringt.

Kafkas chinesische Legende ist natürlich eng verbunden mit seiner Parabel *Vor dem Gesetz* (1914). Vor dem Gesetz steht ein Türhüter, ein Mann kommt zu ihm und bittet um Eintritt. Aber der Türhüter kann ihn vorerst nicht einlassen. Und später? Später werde man sehen, aber im Augenblick nicht. Jahre vergehen, der Mann wartet und verflucht sein Schicksal. Kurz vor seinem Tod fragt er den Türhüter, wieso in den vielen Jahren nur er allein um Einlaß gebeten habe, obwohl alle nach dem Gesetz streben. Der Türhüter antwortet: »Hier konnte niemand sonst Einlaß erhalten, denn dieser Eingang war nur für dich bestimmt. Ich gehe jetzt und schließe ihn.«

Wichtig sind sowohl in der chinesischen Legende als auch in der Parabel die Worte »nur für dich«. Kafkas Prosa hat die Eigenschaften eines narrativen Rituals. Das Gefühl der Teilnahme an einer hartnäckigen und verzweifelten Suche nach Gott, dessen Name niemals laut ausgesprochen wird, steigert sich von Episode zu Episode, von Beschreibung zu Beschreibung, von Dialog zu Dialog. Dieses Ritual erweist sich als vergeblich, aber es ist unausweichlich und wird sich stets wiederholen, solange der Mensch in die Welt geworfen ist, so wie in der chinesischen Legende in *Eine kaiserliche Botschaft* und wie in der Parabel *Vor dem Gesetz*. Kafka suchte nahezu wortwörtlich eine Begegnung mit Gott »nur für sich allein«, seine (aus Mangel an einer besseren Bezeichnung) Religiosität war extrem individualistisch, man möchte fast sagen: privat bis an die Grenzen einer eifrig gehüteten Intimität. Diesen durch und durch metaphysischen, manchmal sogar mystischen Schriftsteller in die Kategorie der »konsequenten Atheisten« einzureihen (wie dies Kołakowski tat), ist ein unverzeihlicher Unsinn.

⋆

Warum hält der Bewohner des Kellerlochs »den Menschen mit erhöhtem Bewußtsein für eine Maus und nicht für einen Menschen«? Ist dies die boshafte, masochistische Grimasse eines Misanthropen, eines Spötters, der sich über die »Glaspaläste« lustig macht? Nein, das glaube ich nicht. Jedenfalls nicht nur. Die Reduktion des Menschen auf eine Maus ist bei Dostojewski – ebenso wie die Reduktion des Menschen auf einen Käfer, Hund oder Maulwurf bei Kafka – ein metaphysisches Bild, das auf die Einsamkeit des Menschen im Kosmos und seine Schwäche angesichts der nicht benannten höheren Kräfte hinweist. Wenn er sich seines »harten, unzerstörbaren Kerns« bewußt ist, sucht er das, was sein Schicksal beherrscht, ohne auf den Namen jener Kraft zu achten, sondern vielmehr zu flüchten vor der Versuchung, diese zu benennen. Wenn er sich jenes »harten Kerns« nicht bewußt ist, ihm aber unbewußt vertraut, findet er im Glauben an Gott einen dauerhaften Halt.

Kafkas *Verwandlung* treibt die Einsamkeit des Menschen in seiner nächsten (familiären) Umgebung in absurder Weise auf die Spitze, in Wirklichkeit ist sie eine Hypostase der Trennung von der Welt; einer derart radikalen Trennung, daß in dem ungeheuren Ungeziefer allmählich alle frühen Eigenschaften des Menschseins schwinden. Bezeichnend (und meistens übersehen) ist seine Anstrengung oder vielmehr sein vergeblicher Versuch, zwischen den Möbeln an der Wand zur Decke hochzukriechen: Er fällt auf den Rücken und kann nicht mehr in seine normale Position zurückkehren. Kafka wollte auf diese Weise sicherlich das endgültige Urteil verdeutlichen. In dieser grauenvollen Erzählung gibt es keinerlei Hoffnung. Welche Grausamkeit steckt in dem Spaziergang, den die Familie Samsa unternimmt, nachdem der tote Käfer entfernt wurde.

Hat Gregor, der Ernährer der Familie, irgendwann existiert? Nein, er hat niemals existiert. *Die Verwandlung* ist reine, dunkle, hermetische Absurdität, ohne irgendeinen und sei es auch den kleinsten Lichtschimmer.

Zu Anfang habe ich angemerkt, daß unter Kafkas postumen Erzählungen drei herausragen: *Beim Bau der Chinesischen Mauer, Forschungen eines Hundes* und *Der Bau.* Ein Jahr vor seinem Tod (1923) schrieb er die *Forschungen eines Hundes* und im Todesjahr (1924) den *Bau.* Man kann sie also als eine Art letzte Worte der »schuldlos Schuldigen« ansehen. Und die Berührung, die Begegnung mit Gott (dessen Name weiterhin nicht genannt wird) ist so deutlich wie in keinem seiner bisherigen Werke. Im *Bau* verkriecht sich der Maulwurf auf seiner Flucht vor der Welt (nach der er sich dennoch sehnt) in der Erde, um plötzlich festzustellen, daß ihn seine vollständige Abschottung vor den Feinden nicht schützt; er hört, wie sie herankommen, sich durch die unterirdischen Gänge in seinen Bau vorarbeiten. Vielleicht hätte er eine Höhle in der Höhle bauen, sich noch tiefer verstecken, in einer völlig unerreichbaren Dunkelheit versinken sollen. Wovon träumt er? »Mit Entzücken, etwas, was mir jetzt völlig entgeht: das Rauschen der Stille auf dem Burgplatz« zu belauschen. Ich habe keinerlei Zweifel, daß Kafka, ein philosophisch-theologischer Maulwurf, in jenes »Rauschen der Stille« die Träume von seinem Einzigen Erlöser einwob. Ebenso sicher bin ich, daß der vom metaphysischen Fieber seiner Forschungen ergriffene Hund eines Tages vor dem Großen Hund zu stehen kommt, der einen *ausschließlich* für ihn bestimmten göttlichen Gesang anstimmt. So hat Kafka, der bis zum Schluß nicht den Mut hatte, das *Sacrum* beim Namen zu nennen, die für einen Augenblick geschaute Offenbarung beschrieben.

Ich möchte glauben, daß er, als er schließlich, in gewisser Weise glücklich (denn zum ersten Mal liebte er eine Frau, Dora Diamant, wirklich; das war Liebe und nicht nur eine Faszination wie im Fall Milena Jesenská), im Sterben lag, als er den Arzt bat, nicht wegzugehen, und dessen Antwort: »Ich gehe nicht weg«, hörte, als er die letzten Worte sprach: »Aber ich gehe« –

ich möchte glauben, daß er in diesem Augenblick des Scheidens den ausschließlich an ihn gerichteten göttlichen Gesang hörte, worauf ihn das immer schon ersehnte »Rauschen der Stille« auf ewig umfing.

13. Juli 1992

André Gide mag ich nicht. *Die Verliese des Vatikan* sind ein hervorragender Roman, aber das ist zu wenig, um Gide zu den großen Schriftstellern unseres Jahrhunderts zu zählen. Er war ein klassischer Literat, ein französischer Literat, ideenreich, geschickt, in Maßen witzig, fleißig, sehr gebildet und belesen, ein erstklassiger »Handwerker«, der mit der Feder umzugehen verstand, ohne besonderen Esprit und mit recht beschränkter Phantasie. Nur hin und wieder überwand er die angeborene Unempfindlichkeit, als ob die Kälte seines Herzens für einen Augenblick einer Welle bis dahin zurückgehaltener Emotionen wiche. *La porte étroite*, eine wunderschöne Erzählung, um wieviel schöner als *L'immoraliste*, dieses rationale »Manifest«, das Jahre später zu *Corydon* führen sollte. Seine Vorliebe für psychologisch-intellektuelle Spiele kam in den *Falschmünzern* voll zum Tragen, die zwar brillant, aber wüst und leer sind.

Das berühmte, allgemein gelobte *Tagebuch*, eine eigentümliche Kreuzung aus Selbstgefälligkeit und falscher Offenheit, schätze ich überhaupt nicht. Gide träumte von Offenheit, so wie Papst Paul VI. (das Beispiel ist nicht zufällig) von der Gabe träumte, Sympathie bei den Menschen zu wecken. Das eine wie das andere war vergebens; es gibt Menschen, die gewisse angeborene Charakterzüge nicht überwinden können. Gide bemüht sich also in seinem *Tagebuch*, den Leser mit seiner Offenheit außer Gefecht zu setzen, aber diese Anstrengungen begleitet stets ein kaltes, falsches Lächeln. Er kann es nicht loswerden, manchmal verbirgt er den Mund beim Schreiben, aber auch das hilft nichts. Es ist mir unverständlich, warum dieses riesengroße Tagebuch (eine Million Worte, laut Berechnungen von Gide-Forschern) bei Gombrowicz Respekt (und vielleicht auch mehr) hervorrief.

Das vor kurzem in Italien erschienene Bändchen *Montaigne,*

Texte ausgewählt von André Gide war für mich eine Überraschung. Demnach hat Gide dieses Bändchen 1938 für einen amerikanischen Verleger vorbereitet und es später auch in Frankreich veröffentlicht. Der Auswahl aus der *Essais* ist eine umfangreiche und (für mich) lesenswerte Skizze Gides vorangestellt.

Gides einleitende Skizze erscheint mir gerade angesichts seiner (kompensierenden, wenn ich so sagen darf) Liebe zu Montaigne interessant und in gewisser Weise auch fesselnd. Er unterstreicht, daß Selbsterkenntnis (oder das fortwährende Bemühen, sich selbst zu erkennen) für den Autor der *Essais* zu den Kardinaltugenden gehört, wobei er von der Annahme ausgeht, daß sich alles andere der Erkenntnis nur verfremdet unterwirft. Hieraus erklärt sich Gides Begeisterung: Montaigne ist aufrichtig, ehrlich, er hätte geradezu das Recht, frei nach Christus auf die Frage des Pilatus »Was ist Wahrheit?« die göttliche Antwort »Ich bin die Wahrheit« zu geben. Montaignes Aufforderung, den Menschen und den Dingen die Masken herunterzureißen, ruft bei Gide höchste Bewunderung hervor. Beim Zusammenbruch jeglicher Gewißheit verstärkt sich, nach Meinung Gides, in Montaignes Seele die einzige Gewißheit: daß ihm nämlich niemand in der Kenntnis seiner selbst gleichkomme, da niemand mit einer solchen Genauigkeit und Treue in die Tiefe seiner Natur blicke.

Es ist nicht einfach, sich des Verdachts zu erwehren, daß Gide eigene, unerfüllte Wünsche auf Montaigne projiziert. Erstens war sich Montaigne sehr wohl dessen bewußt, sich, je mehr er sich mit sich beschäftigte und sich kennenlernte, desto weniger in sich zurechtzufinden. Zweitens warnte er in Anlehnung an Cicero: Das Falsche ist dem Wahren so nah, daß sich der Weise nicht an diesen Abgrund begeben sollte. Drittens schließlich stieß ihn nichts mehr ab als eine gekünstelte und mühsam konstruierte Persönlichkeit (was, meiner Meinung nach, bei Gide der Fall war). Montaigne wurde von seiner Aufrichtigkeit und Ehrlichkeit bis an die Grenze geführt, die Gide instinktiv mit Furcht erfüllte und ihn erschauern ließ: Montaigne riß sich wirklich bei jedem Blick in den Spiegel die Maske vom Gesicht.

20. September 1992

Fast wollte ich meinen Augen nicht trauen, als mir ein befreundeter Verleger aus Bologna die italienische Übersetzung von Stephen Spenders Autobiographie *World Within World* zuschickte. Weshalb hat er das »poetische und politische Tagebuch« aus den Jahren 1928-1939 jetzt herausgegeben? Spender ist ein recht mittelmäßiger Dichter, verdient es nicht, daß alles, was er jemals schrieb, von den verstaubten Regalen geholt wird. Seinem »politischen Tagebuch« aber entströmt nach den Ereignissen des vergangenen halben Jahrhunderts Modergeruch. Spenders Autobiographie erschien 1951 in London, vor Stalins Tod und der folgenden Kettenreaktion im Bereich der sogenannten »kommunistischen Ideologie«. Damals schrieb ich darüber einen Artikel unter dem Titel *Beichte eines Kindes dieses Jahrhunderts*. Kann eine solche Beichte, die bis zum Ausbruch des Zweiten Weltkrieges reicht, heute noch jemanden interessieren, abgesehen natürlich von den Geschichtsschreibern (als kleingedruckte Anmerkung im Kapitel über die Brutstätte ideeller Kommunisten, Sympathisanten, also *fellow-travellers* oder ganz einfach gewöhnliche Agenten in Oxford und Cambridge)?

Und dennoch, als ich das Buch nun nach 40 Jahren in der italienischen Übersetzung erneut durchblätterte (und nachdem ich meinen damaligen Artikel durchgelesen hatte), kam ich zu dem Schluß, daß es in der Epoche der post-kommunistischen »Intellektuellenjagd« (wie die Krakauer *Arka* ihre Umfrage betitelte) sinnvoll ist, sich den jungen Spender und seine Zeitgenossen näher anzusehen. Christopher Isherwood, ein Freund Spenders und ein besserer Schriftsteller als dieser, nannte seine Autobiographie im Untertitel *An Education in the Twenties*, wobei er durch die französische Bezeichnung deutlich machte, daß es um *l'éducation neurotique* ging. Auden war der dritte Musketier, wohingegen sich Orwell instinktiv von den dreien absetzte. Die Burschen, die in den Jahren 1914-1918 noch nicht fähig waren, Waffen zu tragen, durchlebten den Komplex des »Ausgeschlossenseins aus der Geschichte«. Spender war in einer traditionell liberalen Familie aufgewachsen und litt unter der »Lauheit« des Liberalismus; seine Gefährten ebenso. Zuerst erfolgte die Flucht vor der Religion individueller Freiheit zum

Freudianismus; die geheimnisvollen Kräfte des Unterbewußtseins waren anziehend. Die Faszination war nicht von langer Dauer: dem mitleidlosen Kreuzfeuer psychoanalytischer Fragen ausgesetzt, begannen die jungen Verfechter des Individualismus rasch Rettung in der Religion der Gemeinschaft zu suchen, die den Menschen von der Last der Verantwortung für sich selbst befreit. Also eine Kehrtwendung hin zum Kommunismus. »Die Gesellschaft« – erinnert sich Spender –, »wie sie sich in der Gestalt des Kommunismus darstellt, schien mir einen Ausweg aus meinen Dilemmata aufzuzeigen. Sie legte mir nämlich den Gedanken nahe, daß ich ja letztlich nicht ich selbst bin. Ich bin ganz einfach das Produkt meiner bourgeoisen Umgebung. Wenn ich mich auf die Seite des Proletariats begebe und in andere Beziehungen eintrete, kann ich eine andere Ausprägung gesellschaftlicher Projektion werden.« Das Dreigespann Spender-Auden-Isherwood begab sich also auf die Seite des Proletariats und der Geschichte. Auden, der zweifellos einen beherrschenden Einfluß auf seine beiden Kommilitonen hatte, war ein etwas dämonischer Kaplan der poetischen Neuerung; er verkündete die Notwendigkeit einer Anpassung der Kunst an die technischen und industriellen Veränderungen des Jahrhunderts, wodurch er den Beitritt eines bedeutenden Teils der literarischen Jugend jener Zeit zum gesellschaftlichen Radikalismus initiierte. Aber im Grunde genommen konnten zumindest Spender und Auden schon damals mit den Worten Stendhals aus *Henri Brulard* über sich sagen: »Ich würde alles für das Glück des Volkes tun, aber ich möchte, glaube ich, lieber jeden Monat vierzehn Tage im Gefängnis verbringen, als mit den Bewohnern der Krambuden zusammenleben.« In England war Orwell der einzige authentisch linke Schriftsteller dieser Generation. »Orwell war *wirklich* das, was Hunderte anderer nur vorgaben zu sein« – gibt Spender selbst zu.

Für die jungen Burschen, die insgeheim darunter litten, daß sie es in den Jahren 1914-1918 nicht geschafft hatten, die Feuertaufe ihrer Männlichkeit im Kampf zu erfahren, wurde der Bürgerkrieg in Spanien zum ersehnten und seit langem erwarteten Augenblick der »großen Prüfung«. Barcelona und Madrid verwandelten sich blitzartig zu Zentren des revolutionären Tourismus und Heilbädern neurotischer Therapien. In den Propagandaämtern, Rundfunkstationen und auf Kongressen zur Verteidigung der Kultur wimmelte es von gelangweilten und enttäuschten Individualisten, denen der Gedanke an ihr erstes Erlebnis in einem »echten Krieg« und mit einem »kämpfenden Volk« einen ebensolchen Schauer der Gefühle verursachte wie einer ältlichen Jungfrau der Gedanke an ein erstes Beisammensein mit einem Mann. Während aber an der echten Front echte Revolutionäre vom Schlag eines Malraux und Orwell kämpften und fielen, trieben sich linke Touristen wie Spender auf der Suche nach dem »großen Abenteuer« im Hinterland herum. Irgend etwas wirkt abstoßend in Spenders Erzählung, wie er seinen blutjungen Freund Jimmy Younger zuerst in die kommunistischen Kampfverbände steckte und später zweifelte, ob er trotz dessen verzweifelten Drängens und Bittens das Recht habe, ihn während des Kampfgetümmels aus Spaniens roten Reihen herauszuholen; er selbst aber streift zur gleichen Zeit als Handlungsreisender in Sachen Antifaschismus im Hinterland umher, und als er bei einem der Pressebesuche in den Schützengräben aufgefordert wird, einen symbolischen Schuß abzugeben – zieht er am Abzug und betet im stillen, daß die Kugel nicht zufällig einen der Mauren General Francos streifen möge.

Einige Jahre sind vergangen, es naht die entscheidende Auseinandersetzung mit Nationalsozialismus und Faschismus, man müßte also meinen, eine Zeit der »höchsten Prüfung« für diejenigen, die sie wünschten, Auden und Isherwood packten buchstäblich am Tag vor Ausbruch des Zweiten Weltkrieges ihre Siebensachen und fuhren nach Amerika, Spender machte sich zwar in den Reihen des Londoner Brandschutzes verdient, aber in seinem Tagebuch erkennt er voller Ironie, daß *Battle of Britain* etwas anderes war als der individualistische Antifaschismus der dreißiger Jahre.

Sicher, *Battle of Britain* war »prosaisch« im Gegensatz zum »poetischen« Bürgerkrieg in Spanien, über den Auden in seinem Gedicht *Spain 1937* schreibt:

Heute absichtsvolle Steigerung der Todeschancen
Bewußte Schuld des unerläßlichen Mordens
Dann wiederum wenden sich die Kräfte
Dem Flugblatt zu, dem nichtssagenden und vergänglichen,
Und den monotonen Kundgebungen.

Orwell kommentierte Audens Gedicht so: »Diese Strophe soll wohl so etwas wie eine rasche Kohleskizze aus dem Leben eines braven Parteimitgliedes sein. Am Morgen einige politische Morde, eine zehnminütige Pause um bourgeoise Skrupel zu unterdrücken, ein schnelles Mittagessen, nachmittags und abends das Beschmieren von Mauern mit Parolen und das Verteilen von Flugblättern. Sehr erbaulich. Aber ich bitte die Wendung ›unerläßliches Morden‹ zu beachten. Das konnte nur jemand schreiben, für den Mord höchstens ein *Wort* ist. Audens Form des Amoralismus ist nur dann möglich, wenn man ein Mensch ist, der sich niemals dort befindet, wo Schüsse fallen. Ein solches linkes Denken ist eine Art Spiel mit dem Feuer, das Menschen betreiben, die nicht einmal wissen, daß Feuer heiß ist.«

Audens Gedichtstrophe und Orwells Kommentar entnahm ich der 1957 erschienenen Broschüre *Socialism and the Intellectuals* von Kingsley Amis (Amis ist Verfasser des sehr guten Romans *Lucky Jim*).

30. September 1992

Kurz ist nur – wenn man überhaupt diese Gnade erlangt – das Interludium zwischen Schlafen und Wachen. Aus dem Schlaf aufzutauchen ähnelt in gewisser Weise dem Emporsteigen aus der Meerestiefe an die Wasseroberfläche. Ein Schwall grellen, intensiven Lichts schlägt einem ins Gesicht, aber das Dunkel des Wassers und der Nacht zieht noch nach und läßt sich nicht so schnell durch die ersten Sonnenstrahlen verscheuchen. In dieser Zwischenzeit, wenn der frühe Morgen die Gedanken, Erinnerungen und Bilder, die vor den Augen oder unter den Lidern tanzen, von den Resten des Schlafes reinwäscht, genau an der Grenze von Traumwelt und Wirklichkeit, arbeiten Verstand und Scharfblick mit doppelter Kraft und vollbringen Wunder.

Was für Wunder? Wohl der Frische und Sensibilität, mit der im Gedächtnis verschollene Gedichte, Prosafragmente, Gemälde und Skulpturen plötzlich wieder in Erinnerung gerufen werden. Dies währt (wie gesagt) nur kurz, aber mit einer Intensität, die die Flüchtigkeit kompensiert. Seit einigen Wochen erfüllt Malerei und Skulptur nostalgisch mein Interludium, zum Schaden der Literatur (die übrigens in letzter Zeit der Erinnerung nicht wert ist); ich vermute, es liegt daran, daß ich fast aufgehört habe zu reisen, und das bedeutet: Ich habe aufgehört, meine Lieblingsorte aufzusuchen, wo ich unmittelbar aus der Quelle trinken konnte, ohne auf die Vermittlung von Reproduktionen zurückgreifen zu müssen.

Rätselhaft bleibt, warum ich, zwischen Traum und Wirklichkeit schwebend, gerade zwei Werke mit einer ungewöhnlichen Genauigkeit und Ausgiebigkeit vor mir sehe: die *Cappella delli Scrovegni* von Giotto in Padua und das Baptisterium in Florenz mit den Flachreliefs von Ghiberti. Möglicherweise habe ich, obwohl ich mich nicht recht entsinnen kann, bei meinen früheren Reisen durch Italien die Route so gewählt, daß Padua und Florenz miteinander verbunden waren.

Der reichste Bürger Paduas, Enrico Scrovegni, erwarb das Grundstück für den Bau einer Familienkapelle im Jahr 1300. Er erbaute sie 1303, um die Sünden seines Vaters, eines Wucherers (den Dante in die Hölle verbannte), abzubüßen. Die Chroniken scheinen darauf hinzuweisen, daß Giotto zusammen mit seinen Schülern 1305, also zwei Jahre nach Vollendung der *Franziskuslegende* in der Oberkirche zu Assisi, alle Wände mit Fresken bedeckt hat. Kunsthistoriker unterscheiden in der Kapelle von Padua »zwei Stile«. Eine wahrscheinliche Erklärung ist in der Tatsache zu suchen, daß Giotto in Assisi einen Schritt nach vorne getan hatte, während seine Schüler das, was sie früher von ihrem Meister gelernt hatten, ohne Änderungen wiederholten.

In meinen morgendlichen Betrachtungen an der Grenze zwischen Traum und Wirklichkeit verstehe ich (oder glaube zu verstehen), worauf »Giottos Schritt nach vorn« beruht. Er hatte schon immer die Gabe, mit Hilfe der Malerei eine Geschichte zu veranschaulichen, aber in Assisi wirkte er als ein eher realistischer Erzähler, und er versuchte sogar, legendäre, mystische Motive real zu verankern. In Padua löste er sich völlig von seinem Realismus und tauchte seine Fresken in eine märchenhafte Atmosphäre. Das verzaubert, und vor lauter Begeisterung stockt einem der Atem; ich habe (und schäme mich dessen nicht) feuchte Augen, wenn ich mir die *Anbetung der heiligen drei Könige, Die Flucht nach Ägypten, Das Abendmahl, Die Dornenkrone, Das Jüngste Gericht* vergegenwärtige. Märchen ist hier jedoch nicht ein Zeichen von Naivität. Es ist eine unglaubliche Verbindung von Einfachheit und Raffinesse, einer überirdischen, engelgleichen Raffinesse. Unbewußt widerstand Giotto der Versuchung einer Dramatisierung, es gelang ihm, z. B. die Szene der *Grablegung* durch eine fast weihnachtliche Tongebung zu lindern. Der Glaube war für ihn der reine, frohe Gesang eines Vogels. Seine Fresken in der Scrovegni-Kapelle kann man auch als einen seltenen Beweis dessen sehen, daß es einmal einen solchen Glauben gab.

1. Oktober 1992

Lorenzo Ghiberti war zuerst Steinmetz, dann Goldschmied (hervorragend und unvergleichlich lobte ihn Benvenuto Cellini), schließlich Bildhauer. An der Schwelle des 15. Jahrhunderts gewann er den Wettbewerb für das erste und zweite Portal der Kirche des heiligen Johannes des Täufers (des späteren Baptisteriums); beide sollten aus Bronzeflachreliefs bestehen, so wie das bereits fertige dritte Portal, ein Werk des großen Pisano. Ghiberti arbeitete langsam, sehr langsam, sein Lebenswerk hat ihn ein halbes Jahrhundert beschäftigt. Der damals herrschende Medici (Cosimo) drängte ihn nicht. »Irgendwann wird man mich aus Florenz vertreiben« – sagte er –, »aber das, was unter meiner Herrschaft gebaut wurde, wird bleiben.« Ghiberti arbeitete nicht allein, es halfen ihm junge Künstler, deren Namen später Bedeutung erlangen sollten: Donatello, Paolo Uccello, Benozzo Gozzoli, Pollaiuolo, Luca della Robbia. Das erste Portal setzt sich aus 28 Reliefs mit Darstellungen aus dem Neuen

Testament zusammen; das zweite aus zehn Szenen des Alten Testaments. Michelangelo nannte jenes zweite die Paradiesespforte. Am treffendsten beschrieb Hippolyte Taine Ghibertis Werk: Die Flachreliefs, die Niccoló Pisano bereits der Malerei angenähert hatte, *wurden* in Ghibertis Ausführung zu Malerei. Er ersetzte Linie und Form durch Licht und Schatten, erlangte eine bis dahin unerreichte Tiefe des Raumes und belebte Kleinigkeiten auf erstaunliche Weise. Beim Umrunden des Baptisteriums bleibt man vor Gemälden in Bronze stehen.

Tief bewegt erinnere ich mich an das zweite Portal. *Moses auf dem Berge Sinai, Josua belagert Jericho, Das Verlassen der Arche Noah, David und Goliath, David kehrt mit dem Haupt Goliaths nach Jerusalem zurück, Die Königin von Saba im Tempel von Jerusalem.* Ghiberti übertrug das Alte Testament fehlerfrei in die Sprache der malerischen Skulptur. Nicht die kleinste Einzelheit des Textes ist ihm entgangen. Der Schöpfer des zweiten Portals ehrte die biblische Sprache durch die bildhauerische Form des *Wortes*.

Wenn ich dies in meinem Interludium zwischen Traum und Erwachen so deutlich vor mir sehe, kommt mir in den Sinn, daß das wiederkehrende Bild, das Giottos Kapelle und Ghibertis Paradiesespforte miteinander verbindet, nicht nur das Ergebnis der Verknüpfung von Padua und Florenz auf meinen früheren Reiserouten ist. Ludwig Goldscheider, der eine Ghiberti-Monographie verfaßt hat, bemerkte sehr richtig: »Ghibertis alttestamentarische Fachreliefs dürften wir nicht als religiöse Legenden behandeln, sondern als Novellen, *novelle* (die florentinische Literatur erlebte eine ähnliche Transformation von Jacopone da Todi und Dante zu Boccacio). Florenz zeigte sich der Religion gegenüber niemals besonders enthusiastisch, beteiligte sich niemals an Flagellantenprozessionen und Kreuzzügen. Cosimo da Medici soll einmal gesagt haben, daß Gott nicht als Gläubiger in Kassenbüchern vorkommt oder vorkommen wird.«

Eine Schwäche für die malerische oder malerisch-bildhauerische *Erzählung* verband in meinen Träumereien Giotto und Ghiberti miteinander.

Mrożek.[96] Wir sind seit vielen Jahren befreundet. Noch sehr jung machte er, von Wiktor Weintraub[97] überredet, auf dem Rückweg von den Vereinigten Staaten nach Polen einen Abstecher nach Neapel. Sogleich fiel mir sein »Blick« auf, der ungemein scharf und durchdringend insbesondere auf die polnische Wirklichkeit unter der kommunistischen Herrschaft sensibilisiert ist. Kluges Daherreden war ihm fremd, und »philosophische«, in eine »fortschrittliche« Soße getauchte Dispute zuwider; er traf sofort den Kern der Sache, mit einer knappen, fast aphoristischen Bemerkung, die in intellektuellen Salons wahrscheinlich als »vereinfachend«, wenn nicht gar als »plump« angesehen würde. Aber er wußte sehr wohl, daß man sich unter der Herrschaft von Gaunern, umgeben von Wahnwitzigen, eine gewisse mentale und psychische Gesundheit einzig und allein nur dann bewahren kann, wenn man die »fortschrittlichen« intellektuellen Salons, die sich im Verdummen üben, wie die Pest meidet.

Nach unserer ersten Begegnung war ich sicher, daß wir leicht und schnell Freundschaft schließen werden. Sein längerer Aufenthalt in Italien zusammen mit seiner (bezaubernden) Frau Mara kam dem sehr entgegen. Wir sahen uns manchmal in Neapel, dann wieder in Rom oder in Chiavari an der ligurischen Küste, wo er sich niederließ. Dort wohnten auch Maria und Bohdan Paczkowski (Bohdan war sein Kollege aus der Zeit des Architekturstudiums in Krakau). Damals fuhr ich mit dem Zug in die Redaktion der *Kultura*; auf dem Rückweg machte ich bei Sławek[98] und seiner Frau Station und blieb über Nacht, um ein wenig zu verschnaufen. Die langen Gespräche mit den vier in Chiavari lebenden Polen hatten für mich eine große Bedeutung.

Mrożek, das war eine blitzschnelle und elementare Beobachtungsgabe, die in ihrer Unerbittlichkeit und herausfordernden Nüchternheit bis an die Grenzen des Absurden geht, von Natur aus zerstritten mit jeglichem »ideologischen« Geschwätz. Dies kam im Gespräch mit ihm ebenso deutlich zum Ausdruck wie in seinen Bühnenwerken und Erzählungen. Man bediente sich der verkürzenden Redewendung »das ist aus Mrożek«

oder »wie bei Mrożek«, um gefahrlos unter seiner leicht metaphorisierten Vermittlung die manipulierte, verlogene Wirklichkeit zu bezeichnen. In Chiavari frage ich ihn, woher er die Kenntnis des alltäglichen, prosaischen Polen nehme, da er schon seit Jahren im Ausland lebe. Ohne zu zögern antwortete er: »Aus der Lektüre von Machejek«.[99] Er machte keinen Scherz. Im kommunistischen Klima war Machejek, der in seinem sonderbaren und ungelenken Polnisch trotz allem Authentisches, wenngleich Groteskes über die gesellschaftliche und politische Wetterlage ausdrückte, ein einzigartiges Barometer.

Im Jahr 1968, nach der Invasion in der Tschechoslowakei, wählte Mrożek in Paris das Schicksal der Emigranten. Ich fragte mich manchmal, ob er auf langer Sicht und bei seinem schriftstellerischen Schwung nicht den Mangel polnischen »Rohstoffs« spüren werde, insbesondere da er von seinen späteren kurzen Reisen in Familienangelegenheiten nach Polen im wahrsten Sinne des Wortes krank zurückkehrte; während seiner Aufenthalte in Polen bemühte er sich, überhaupt nicht aus dem Haus zu gehen. Sein Abscheu vor dem Kommunismus war absolut, ohne irgendeine, noch so schmale Ausnahme. Zum Glück aber wurde sie nicht so sehr im Licht eigener Unbeflecktheit zur Schau gestellt wie bei Tyrmand.[100]

Vorgestern erhielt ich einen Brief von ihm, der im September in Mexiko abgeschickt und kurz nach der Rückkehr von einem fünfwöchigen Besuch in Krakau geschrieben worden war. Es war dies sein zweiter Besuch nach dem Krakauer »Mrożek-Festival« und nach seiner schweren Krankheit in Mexiko. Der Brief enthält einige kluge Bemerkungen, die ich aufführe in dem Wissen, daß Sławek Berichte von seinen Reisen nicht zu publizieren pflegt.

»Die Polen benehmen sich so, als hätte sie vor kurzem eine erneute, wiederum unerhörte Katastrophe ereilt. Sie sind so sehr an die Rolle des Opfers gewöhnt, daß sie keine andere mehr spielen können. Sie klagen maßlos. Dabei ist die Situation in Polen gar nicht so schlecht, wie man aus ihren Erzählungen glauben könnte. Natürlich mit Ausnahme von Regierung, Verwaltung und Selbstverwaltung, deren Zustand bedauernswert ist und bald gefährlich werden kann.

Die heutigen Polen wollen alles, sofort und umsonst haben ... Dabei sind sie von der Geschichte in letzter Zeit nicht mit großem Unglück, sondern mit großen Chancen bedacht worden. Sie aber sind dafür völlig blind. Es mag sein, daß dies nicht aus angeborener Tolpatschigkeit, Beschränktheit oder Rückständigkeit resultiert, sondern aus der kommunistischen Vergiftung ...

Die Teilungen waren gesünder als der Kommunismus. Die Verfolgung der polnischen Sprache hat den Polen weniger Schaden zugefügt als die Aneignung dieser Sprache durch den Kommunismus und ihre 40 Jahre dauernde Verhunzung. Während der Teilungen hatten die Polen keinerlei Zweifel, sich unter Fremdherrschaft zu befinden; und als ihnen die Unabhängigkeit in den Schoß fiel, waren sie sich der Kostbarkeit des Geschenks bewußt und verstanden es, dem Himmel dankbar zu sein ... Heute übersehen die Polen, trotz hochtrabender Äußerungen und Beteuerungen, daß es zu einer grundlegenden Zäsur gekommen ist, daß etwas geschehen ist, was ihre Situation völlig verändert. Deshalb können sie sich nicht in diese veränderte Situation finden. Wahrscheinlich auch deswegen, weil ein großer Teil von ihnen die alten Gegebenheiten noch in sich trägt, obwohl sie historisch, von außen gesehen, nicht mehr bestehen. Die alte, die ältere und die nicht mehr ganz junge Generation müssen sterben, bevor dieser Astigmatismus verschwindet. Sogar Vierzigjährige sind in gewisser Weise durch das, was war, angeschlagen und verkrümmt. Ganz zu schweigen von meiner Generation. Die einzigen, mit denen ich mich frei fühlte, mit denen ich Umgang pflegen konnte, ohne zu befürchten, auf Hühneraugen zu treten, waren die etwas über Zwanzigjährigen.«

10. Oktober 1992

Im Frühjahr 1990 kamen Alain Besançon und Michel Heller zu einem »sowjetologischen« Kongreß nach Neapel. Am Abend gingen wir zusammen essen. Im Laufe des Gesprächs wandte sich Besançon mit der Frage an mich: »Warum zieht man in Polen Personen, die sich während der kommunistischen Herrschaft des Machtmißbrauchs schuldig gemacht haben (um es äußerst euphemistisch auszudrücken), nicht zur Rechenschaft?« Ich antwortete: »Wie stellen Sie sich das in einem Land vor, in dem der Fall des Kommunismus und die Wiedererlangung der Unabhängigkeit durch die Wahl des ehemaligen ersten Parteisekretärs in das hohe Amt des Präsidenten der Republik besiegelt worden ist? Und das unter Mitwirkung einer Gruppe von Abgeordneten der *Solidarność*« Besançon nickte, Heller brummte in den Bart: »Na eben.« Es hatte keinen Sinn, an den Wurzeln zu graben, eine Analyse der Ereignisse vorzunehmen, zurückzugehen bis zum »Runden Tisch« (der – das stimmt – unvermeidbar war, um Blutvergießen zu vermeiden, der aber im Zeichen zitternder Knie auf seiten der weltlichen wie geistlichen Opposition und gespielter Stärke auf seiten der Machthaber stand), zur Philosophie des »dicken Schlußstrichs« (die dumm und schädlich war). Wichtig war allein die Tatsache, die wir alle drei schon damals begriffen: daß nämlich die Ereignisse den gesellschaftlich und politisch notwendigen Prozeß der Dekommunisierung übersprungen hatten – notwendig, um das Gefühl zu verfestigen, daß in Polen tatsächlich eine tiefe Veränderung vor sich gegangen war, ähnlich wie die »Epuration«, die Reinigung nach dem Fall des Faschismus, für die Italiener ein sichtbares Zeichen für den Beginn eines neuen Kapitels ihrer Geschichte war. Die Dekommunisierung erwies sich sofort als Blindgänger. Wenn Krzysztof Kozłowski, Innenminister in der Regierung Mazowiecki, der des »dicken Schlußstrichs«, einen ehemaligen Oberst des Sicherheitsdienstes, von dem man wußte, daß er Oppositionelle mißhandelt hatte, in seinem Ressort behielt, dann können wir ihn (d.h. Kozłowski) als Verfechter der Devise Dengs bezeichnen, daß es nicht wichtig sei, ob die Katze weiß oder schwarz sei, wenn sie nur schnell und geschickt Mäuse fange. Die für einen Polizeiminister durchaus verständliche Devise konnte bei den ehemaligen Opfern des Oberst keinen Enthusiasmus hervorrufen, und eben da liegt der Hund begraben. Nebenbei gesagt hat sich jene sicherheitsdienstliche Mäusefängerkatze, mal schwarz, mal weiß, auch in die Gunst des späteren Polizeiministers Macierewicz einzuschleichen gewußt, womit bewiesen wäre, daß

Macierewicz (der *große Lustrator* im Gegensatz zu Kozłowski) den »dicken Schlußstrich« nicht allzusehr ablehnte, wenn es nötig war.

Die Dekommunisierung war also zunächst ein Blindgänger, wodurch der vielleicht einzig richtige Zeitpunkt dafür (wobei auch die Spitzen des Systems vor dem Staatstribunal zur Rechenschaft gezogen worden wären) vergeudet wurde. Dann ging sie unvermittelt los; sie erwies sich als Spätzünder. Und sogleich wurde sie das, was sie niemals hätte werden sollen: ein politisches Schlachtfeld, auf dem alle versuchten, sich gleichzeitig an die Gurgel zu springen und die Augen auszukratzen, mit einem Wort, ein Wettkampf, bei dem es weniger um die gesellschaftliche und politische Forderung ging, sich von dem früheren System zu distanzieren, als vielmehr um den Kampf von Aasgeiern und Raben, die wütend aufeinander einhacken und sich gegenseitig mit viel Geschrei die Reste wegschnappen. Eine *solche* Dekommunisierung konnte – abgesehen davon, daß sie zu spät erfolgte – nur Schaden statt Nutzen bringen.

Ich erwähnte die italienische »Epuration« nach dem Ende des Faschismus. In Rom beobachtete ich sie eine Zeitlang. Die Lage in Italien unterschied sich von der in Polen und war insofern schwieriger und weit brandgefährdeter, als die Agonie des Faschismus alle Eigenschaften eines Bürgerkrieges besaß (erst jetzt nennen die Historiker den Sachverhalt beim Namen: genau vor einem Jahr erschien ein imposanter und hervorragend dokumentierter Band von Claudio Pavone, *Una Guerra Civile 1943-1945*; beispielhalber genügt es zu erwähnen, daß Gentile, der Philosoph des Faschismus, in Florenz aus dem Hinterhalt erschossen wurde). Und dennoch hat sich, trotz der Anspannung und unvergleichlich breiteren Beteiligung der Italiener am Faschismus als der Polen am Kommunismus, die italienische »Epuration« an zwei, für ihren Erfolg und Nutzen *unerläßliche* Regeln gehalten: Sie fand ohne Aufsehen, ohne Trommelschlagen der Sieger in besonderen Verifikationsämtern statt; sie wahrte ihre parteipolitische Unabhängigkeit. Sie hatte meiner Meinung nach eine maßgebliche erzieherische Bedeutung, obgleich sie in der Praxis für einen großen Teil der »Epurierten« eine Art kürzere oder längere Quarantäne bedeutete. Die Spitzen des Systems warteten nicht auf ein Staatstribunal, sondern flohen über Spanien und Portugal nach Südamerika.

Rom, 8. November 1992

Jedesmal wenn ich nach Rom kam, zog es mich, als handle es sich um ein unantastbares Ritual, an zwei Orte: zum Spanischen Platz mit der *Trinità dei Monti* und der Straße Gogols (*Sistina*) oben, sowie zur *Piazza Navona*, dem *Campo dei Fiori* und der *Piazza Farnese* mit dem Geflecht wunderbarer Straßen des alten Rom. Bisher aber hatte ich einen Weg dorthin zu machen, während ich in anderen Stadtteilen wohnte; diesmal jedoch hielt ich mich zwei Tage lang in der neuen Wohnung meines amerikanischen Freundes und Übersetzers Ronald Strom auf, die zwischen der *Piazza Navona* und dem *Campo dei Fiori* liegt. Ein unbeschreibliches Vergnügen. Das alte Rom hat hier seine Patina erhalten, sogar die Menschen bewegen sich in den engen Gassen anders (obgleich das wohl eine Täuschung ist). Die Straßen tragen die Bezeichnungen ehemaliger Zünfte, und der tägliche Markt auf dem *Campo dei Fiori* hat dem ganzen Viertel den Stempel breughelschen Überflusses aufgedrückt. Er läßt die Stände und kleinen Lädchen überquellen, ergießt sich über die großen Geschäfte. Giordano Bruno, in seine Kapuze gehüllt (nach Galileo der nächste Kandidat für eine »Rehabilitation«), versinkt im Meer der feilgebotenen Güter. Manchmal verschwindet er, läßt sich widerstandslos verschlingen, wird auf diesem Platz der *großen Gefräßigkeit* von riesigen Schlünden verschluckt. Dieser Kontrast ist unauslöschlich. Treffend beendeten die Initiatoren dieses Denkmals die Inschrift mit den Worten: »wo sein Scheiterhaufen brannte«. Er brannte inmitten der Stöße von Fleischwaren, Würsten, Käse, Früchten und Konfitüren, inmitten riesiger Platten mit Kaldaunen und geschickt aufgeschichteter Pyramiden aus Wein- und Ölflaschen. So ist der Lauf der Welt: Flammen und Speisen.

Einmal schloß ich eine Skizze über die Malerei Caravaggios mit dem Bild des Malers, der auf dem *Campo dei Fiori* bei einem Becher Wein in das Feuer starrte, das den Häretiker verzehrte.

Während meines heutigen sonntäglichen Spaziergangs wurde mir die Quelle dieses Bildes bewußt. Ich schaute beim heiligen Ludwig, der französischen Kirche, vorbei, wo Caravaggio eine ganze Nische gewidmet ist. Das Bild entnahm ich unbewußt der *Berufung des heiligen Matthäus*, auf der eine Gruppe zu sehen ist, die sich zusammen mit dem eben berufenen Heiligen am Tisch einer Taverne auf dem (dessen bin ich mir sicher) *Campo dei Fiori* niederläßt.

Neapel, 19. November 1992

Vor Jahren schrieb ich zu Mary McCarthys Essayband eine scharfe Kritik; dazu veranlaßt hat mich ein verantwortungsloser Essay über Orwell (bei der Lektüre wurde mir schwarz vor Augen), in dem bedauert wird, daß der Verfasser der *Farm der Tiere* »zu wenig links« sei. Der Titel der Besprechung war recht boshaft: *Tollwut der Linken*; aber abgesehen von aller Bosheit gab er die linke Denkungsart im Westen gut wieder – je weiter links, desto radikaler die Wundermittel gegen alle Sorgen und Gebrechen unserer Zeit. Orwell paßte natürlich nicht zu einem solchen wahnwitzigen Rezept.

Die Besprechung erschien in *Kultura*; Mary McCarthy erfuhr dies von polnischen Freunden. Kot Jeleński, der Mary verehrte, weigerte sich entschieden, den polnischen Text (mündlich) ins Englische zu übersetzen. Jemand anders hat dies dann getan, allem Anschein nach der Sohn der Schriftstellerin aus ihrer ersten Ehe mit Edmund Wilson, der in Amerika Polonistik studiert. Die Autorin zweier hervorragender Bücher, *Das Tagebuch einer katholischen Kindheit* und *Die Clique*, beantwortete seitdem, wo immer wir uns sahen, meinen Gruß sehr kühl.

Diese Geschichte fiel mir ein, weil in dem Brief, den ich auf Bitten der Warschauer PPS[101] für den Festakt zu Ehren ihres 100jährigen Bestehens schreibe, der Begriff von der »Tollwut der Rechten« eine zentrale Stelle einnimmt. Wir haben es dabei mit einer unangenehmen, manchmal sogar gefährlichen Krankheit der politischen Elite Polens (falls es überhaupt so etwas gibt) zu tun. »Die Rechte wird schon alles richten«, frei nach dem Vorkriegsschlager »Die Liebe wird schon alles verzeihen«. Man kann jedoch nur eine Partei, die neu entstandene »Polnische Konvention« von Hall[102] nennen, die Chancen hat, eine natürliche, sinnvolle und notwendige Rechte in Polen zu schaffen (plus KLD und UD[103] im Zentrum). Der Rest drischt nur Phrasen und übt sich in Schmeicheleien an die Adresse der Kirche (hauptsächlich des niederen Klerus), der westlichen Kapitalisten und der verwaisten Wähler Tymińskis[104] (alles gleichzeitig!).

Wenn jedoch eine Rechte in Polen heute natürlich, sinnvoll und notwendig ist (Hauptsache, sie ist intelligent, autonom, »weder klerikal noch antiklerikal«, wie Hall sagt), dann kann man sich nur schwerlich ein optimal funktionierendes demokratisches System ohne deren linkes Gegengewicht, die Sozialdemokratie, vorstellen. Einsichtige Menschen sind sich dessen bewußt: Eben erhielt ich vom Redakteur der *Arka*, einer (nach eigener Einschätzung) »Zeitschrift konservativer Ausrichtung«, einen Brief mit der Bitte um Beantwortung einer Umfrage: »Welche Linke braucht Polen – nach 45 Jahren realem Kommunismus, dreijährigen Versuchen, ein neues politisches und wirtschaftliches System aufzubauen, und angesichts der zivilisatorischen Herausforderungen des zu Ende gehenden Jahrhunderts?«

Ich antwortete, ohne einen Augenblick zu zögern: »Die Polen brauchen eine ehrliche, saubere Sozialdemokratie, die sich niemals mit den Kommunisten verbündet hat und nie verbünden wird, weder in deren alter noch in der gegenwärtigen (durch eine andere Bezeichnung maskierten) Verkörperung.« Ein Freund aus Genf, ein politisch erfahrener Mann (mit christdemokratischen Ansichten), schreibt mir: »Eben bin ich aus Polen zurückgekehrt. Das Schicksal mehrerer Millionen (man spricht von sechs bis acht Millionen!) alter Menschen ist weiterhin sehr schwer. Wenn man aber in einem postkommunistischen Land davon spricht, daß eine so große Gruppe von Menschen unterhalb des Sozialminimums lebt, dann bedeutet das in der Verständnisskala normaler Staaten schlichtweg krasse Armut. Nötig wäre eine gesunde freiheitliche, diesem Land treu ergebene sozialdemokratische Partei, aber nach dem vorzeitigen Tod von Jan Józef Lipski habe ich aufgehört, an eine solche Möglichkeit zu glauben.« Ein noch weit trüberes Bild der Situation jener Menschen, die von den Systemveränderungen betroffen sind, zeichnet Aleksander Małachowski[105] in seinem Artikel, dem er den vielsagenden Titel *Brazauskas … wie klingt das auf polnisch?*[106] gegeben hat. Wer nimmt sich dieser Menschen an, wo werden sie ihre politischen Vertreter suchen? Auf der Rechten, unter den raffgierigen kapitalistischen Neureichen! Kürzlich las ich ein Interview mit Professor Wilczyński, einem Wirtschaftswissenschaftler, der an keinen sogenannten »dritten Weg« glaubt. Dieser wäre (erklärt er) »nichts anderes als eine Verletzung der Spielregeln, ein Abgehen von der Logik des Systems, das ich in den führenden Ländern bewährt hat; der dritte Weg bedeutet die Wahl eines verkrüppelten, innerlich widersprüchlichen, zur Erfolglosigkeit verurteilen Systems«. Der Genauigkeit halber wäre vielleicht hinzuzufügen, daß es in den führenden Ländern zwar keinen »dritten Weg« gibt, aber dafür eine ständige sozialdemokratische Korrektur der »Spielregeln« oder der »Logik des Systems« (oft in Form einer Koalition) oder sogar eine in der Luft hängende reale sozialdemokratische Alternative (durch Wahlen) zu Regierungen, die sich nicht allzusehr um das Schicksal der »Benachteiligten und aus eigener Schuld in Not Geratenen« kümmern. So sieht die Physiologie bzw. die Anständigkeit der Demokratie (bei allen ihren natürlichen Gebrechen) aus. Deren Geringschätzung führt zu blinden revolutionären Ausbrüchen oder zu einem absoluten, apathischen Ausschluß der »sozialen Unterschicht« aus dem öffentlichen Leben. Wenn in Polen eine starke, authentische Sozialdemokratie entsteht, wird sie nicht nur ein natürliches, notwendiges Gegengewicht zur Rechten darstellen, sondern auch den Postkommunisten genau den Status zuweisen, den seit Kriegsende die Postfaschisten (die meist Neofaschisten genannt werden) im italienischen Parlament einnehmen: einer Partei, die im Rahmen demokratischer Grundsätze (unter der geänderten Bezeichnung *Movimento Sociale Italiano*) besteht, durchschnittlich über 30 bis 40 Abgeordnete verfügt, sich mit der Donnerstimme ewiger Opposition zu Wort meldet, an parlamentarischen Kommissionen teilnimmt, politisch aber keinerlei Bedeutung hat: Sie wird bei Koalitionsverhandlungen zur

Regierungsbildung nicht berücksichtigt, ihre Stimmen werden der parlamentarischen Mehrheit nicht zugerechnet, wenn es zur Abstimmung über das Vertrauensvotum für eine neue Regierung kommt.

23. November 1992

Als im Rahmen der *Bibliothek der Kultura* die Reihe *Das Revolutionsarchiv* ins Leben gerufen wurde, gelang es mir, Silone zu überreden, einen kurzen Text für den rückwärtigen Buchdekkel eines jeden Bandes zu schreiben. Er beginnt mit einer Reihe von Fragen, die die Möglichkeit, künftig (nach dem Fall des kommunistischen Regimes) in sowjetischen Archiven an Materialien und Beweise für verschiedene Verbrechen zu gelangen, in Zweifel ziehen. Unter den zahlreichen Fragen bezieht sich eine auf Katyń: »Wird sich irgendwann einmal ein Papierfetzen mit dem Befehl finden, in Katyń die Gefangenen aus Kozielsk zu ermorden?« Silone erklärt im folgenden den Grund seiner Skepsis. »Das sind naive Fragen – bekannte Togliatti einmal seinem ehemaligen Genossen –, wenn man bedenkt, daß Beschlüsse von gewissem Gewicht niemals protokolliert und entsprechende Befehle niemals schriftlich gegeben werden.« Dieser »ehemalige Genosse« war Silone selbst, der mir damals, als er den Text für *Kultura* schrieb, in allen Einzelheiten erzählte, unter welchen Umständen Togliatti seine »beruhigende Versicherung« abgab. Silone beschloß 1930 während seiner Emigration in der Schweiz, mit der Partei zu brechen. Beunruhigt (wenn nicht mehr) kam Togliatti von Moskau nach Zürich, um den Genossen von diesem Schritt abzuhalten. Gegen Ende des die ganze Nacht dauernden Gespräches brachte Silone ein Argument in die Diskussion, das (seiner damaligen Überzeugung nach) nicht unbedeutend war: »Eines Tages werden sich die sowjetischen Archive öffnen, und die ganze Wahrheit über die stalinistische Niedertracht wird ans Licht kommen; wir werden dafür mitverantwortlich sein als italienische Genossen, die sich, statt zu protestieren, durch schweigende Einwilligung damit abfanden.« Daraufhin versuchte Togliatti mit dem ihm eigenen Zynismus eines ausländischen Apparatschiks Moskaus die Bedenken seines Gesprächspartners durch die oben erwähnte Versicherung zu zerstreuen.

Glaubte er wirklich an deren Stichhaltigkeit oder hatte er ganz einfach die Hoffnung und rechnete selbst damit, daß die sowjetischen Genossen keine belastenden Spuren in den Archiven zurücklassen werden? Ich denke, es war das letztere. Wenn er noch lebte, wäre er überrascht, wie viele der »protokollierten Beschlüsse von gewissem Gewicht« und »der entsprechenden, schriftlich gegebenen Befehle« in den Archivregalen aufbewahrt wurden. Der Aussagegehalt von »Chruschtschows Bericht« hat ihn durchaus nicht erschüttert. In rasende Wut, die er gar nicht besonders zu verbergen suchte, versetzte ihn Chruschtschows Entschluß, die ganze Kette »historisch notwendiger Gewalttaten, die von den Tätern niemals laut zugegeben werden dürften, zu enthüllen.

Ich habe mir selbst (und den Lesern) versprochen aufzuhören, mich in meinem Tagebuch mit dem »Problem Jaruzelski« zu beschäftigen, treu der seit Jahren vertretenen Hypothese (nur einer Hypothese), daß der General im Dezember 1981 den Kriegszustand nicht ausrief, um Polen vor einer sowjetisch-volksrepublikanischen bewaffneten Intervention zu schützen, sondern um die Macht der Partei und seine eigene vor der *Solidarność* zu retten. Diese Hypothese wird heute zu einer halbkategorischen Behauptung. Der russische Hauptarchivar Rudolf Pichoja sagt: »In den Dokumenten des Politbüros des ZK der KPdSU, die ich genau durchgesehen habe, ist nirgends von einer eventuellen militärischen Intervention der Sowjetunion in Polen im Jahr 1980 oder 1981 die Rede.« In den Archiven wurden Dokumente zur Militärintervention in Ungarn, der Tschechoslowakei und Afghanistan gefunden. »Wir haben jedoch« (führt Pichoja weiter aus) »nichts gefunden, was auf ähnliche Pläne gegenüber Polen schließen lassen könnte. Unsere Militärs waren im Dezember 1979 in einem blutigen Krieg gegen Afghanistan engagiert, und es konnte niemandem in den Sinn kommen, sich auf ein solches Abenteuer in Polen einzulassen« (nebenbei gesagt, dies ist genau die These von General Juliusz Hibner, die er in seinem Gespräch mit Andrzej Albrecht in den *Zeszyty Historyczne* vertritt). »Wir haben euch viel Leid zugefügt« (schließt der russische Archivar), »aber man kann nicht alles auf den Nachbarn abwälzen.«

In den Archiven liegen noch einige versiegelte Aktenmappen, weswegen ich die Behauptung Pichojas vorsichtig als »halbkategorisch« bezeichnete.

Es würde mich interessieren, ob Jaruzelski – ähnlich wie sein Parteigenosse Togliatti – glaubte, daß »protokollierte Beschlüsse von gewissem Gewicht« und »die entsprechenden, schriftlich gegebenen Befehle« in sowjetischen Archiven nicht aufbewahrt werden. Im Gegensatz zu Togliatti wäre ein solcher Glaube für ihn verhängnisvoll, wenngleich er vielleicht durch die Hoffnung bestärkt wäre, daß die sowjetischen Archive überhaupt für ewige Zeit verschlossen bleiben. Wenn er damit rechnete, dann hat er sich einfach verrechnet. Beide haben sich verrechnet. Togliatti und Jaruzelski, jeder auf eine andere Weise. Im Falle des Generals, der verzweifelt nach einem würdigen Grund für die Ausrufung des Kriegsrechtes sucht, bedeutet diese archivalische Widerlegung der Legende »vom Erlöser der tödlich bedrohten Heimat« einen halbwegs (immer nur halb) todbringenden Schlag. Dies müßte für Johannes Paul II. in Augenblicken frei von universellen Sorgen Gegenstand tiefer Reflexion sein.

(Am 30. November hinzugefügt.) Jerzy Giedroyc im Gespräch mit einem Abgesandten der *Tygodnik Solidarność*[107] in der Nummer vom 20. November: »Aus den uns kürzlich zugänglich gemachten sowjetischen Dokumenten ergibt sich eindeutig, daß eine bewaffnete Intervention überhaupt nicht in Betracht gezogen worden war. Die ganze Legende, die Jaruzelski so mühsam aufgebaut hat – und der ein Großteil der Bevölkerung Glauben schenkte – ist also zerschlagen.«

1. Dezember 1992

1990 erwähnte ich in einem, von Zdzisław Kudelski geführten und *Alte Meister* betitelten Interview für den mittlerweile nicht mehr existierenden *Tygodnik Literacki*[108], meine »Verbundenheit mit den großen Meistern der Prosa des 19. oder auch noch früherer Jahrhunderte«. Diese Verbundenheit sollte man oft überprüfen. Ich tue das, insbesondere da mich die modernen Prosaisten nicht allzu viel Zeit kosten.

Ist der soeben erneut gelesene *Vater Goriot* ein Meisterwerk, der am besten komponierte Roman der *Menschlichen Komödie* (wie Henry James behauptete)? Zweimal ja und zweimal nein. Ja, weil den Roman ein schwindelerregendes Tempo treibt, so daß er gleichsam in einem Atemzug geschrieben scheint, ohne erzählerische »Löcher«, mit einer unglaublichen (wenn man an Balzacs schöpferische Schnelligkeit denkt) Beherrschung des Ereignisflusses. Ebenfalls deshalb ja, weil man hier einen Schriftsteller am Werk sieht, den Lukács als absoluten Meister des »realistischen Romans« ansah, obgleich er diese Siegespalme mit schwachen Argumenten aus der »Schatzkammer des Marxismus« und der »Dialektik des Klassenkampfes« versah. In einer »klassenlosen Gesellschaft«, die Lukács mit Blick auf die Zukunft stets im Auge hatte, hätte Balzac nicht leben können, und zwar nicht deshalb, weil er ein der privilegierten Klasse verbundener Royalist gewesen wäre, sondern weil allein die Existenz und der Kampf der Klassen für ihn die Quelle des Lebens war, das aus unaufhörlichen Konflikten besteht. Er betrachtete diese Fragen nicht unter sozialen, sondern unter philosophisch-künstlerischen Gesichtspunkten. Für Balzac war das Leben ein ständiger Kampf der Menschen untereinander. Er studierte diesen durch die Lektüre der Romane von James Fenimore Cooper wie an den Gesetzen des Dschungels. Hätte er in anderen Zeiten gelebt, wäre er, der Schöpfer der *Menschlichen Komödie*, sicherlich Autor von Ritterromanen oder Abenteuergeschichten gewesen. Denn im Grunde genommen war er der Walter Scott der französischen Aristokratie und ihres verlöschenden Glanzes sowie der heroisch-piratenhaften Epoche der französischen Bourgeoisie.

Nein aus Gründen, die manchmal klar und deutlich auf der Hand liegen, manchmal aber auch im Gefühl allgemeiner Bewunderung verschwimmen. Balzac war in der Charakterisierung seiner Gestalten sehr ungleich. Er verstand es, einen hervorragenden Rastignac zu kreieren, aber er konnte auch Goriot – immerhin die Titelfigur – schändlich überzeichnen; Goriot ist stellenweise schlicht unerträglich in seinen Manifestationen der

Bewunderung, der fast abgöttischen Verehrung und des Grolls gegenüber seinen Töchtern (gegen allen Anschein ist dieser Pariser König Lear in einer Art anämisch, flach und schematisch, die wahrlich eines Balzac nicht würdig ist). Das zweite Nein, weil mir bei der erneuten Lektüre des *Vater Goriot* auffiel, daß er im Gegensatz zu Stendhal bei der Beschreibung der Liebe unbeholfen, fast ratlos war. Er hatte in seiner Palette nur zwei Farben: zuckersüße, klebrige Gefühlsseligkeit oder dunkle, grobe Eroberungsgier. Im einen wie im anderen Fall ist kein Platz für die berühmten Stendhalschen »Nuancen«.

4. Dezember 1992

Einige Jahre nach dem Krieg fuhr ich, von Ciołkosz überredet und von Retinger eingeladen, nach Lausanne zum Kulturkongreß der Europäischen Bewegung. Dieses internationale Treffen war von Retinger organisiert (Jusuf, wie ihn ein alter Bekannter, der zweite Pole, der eingeladen war, Jerzy Stempowski, nannte; der dritte war Professor Folkierski). Damals wurde mir so richtig bewußt, in welcher Soße sich die sogenannten Intellektuellen am wohlsten fühlen. Sie lieben jede Art von *Debating Society*, einer Diskussionsgesellschaft, in der große Reden geschwungen und endlose Debatten geführt werden, aber zu Fakten (insbesondere den unangenehmen) größtmögliche Distanz gewahrt wird, um sich dafür mit möglichst eloquenter und gelehrter Verstandesgymnastik zu vergnügen. Ich weiß noch gut, daß ich mich, angestachelt von Stempowski, der den kleinen Kreis bevorzugte und sich auf solchen Großveranstaltungen eher zurückhielt, zu Wort meldete und bat, die Sorgen der Kultur im (»abgeschriebenen«) Osten Europas zu beachten, auf Kosten der lebhaft diskutierten Frage der Versorgung Afrikas mit Schreibmaterial. Ich wurde vom Vorsitzenden, einem liberalen Abgeordneten des Unterhauses, stengstens abgekanzelt, und in der Pause sparte ein polnischer Sekretär oder auch Bote Retingers nicht an Vorwürfen in dem Sinne, daß »solche Auftritte im vorhinein abgestimmt werden sollten«. Seitdem mache ich um Kongresse, Symposien, Kolloquien und ähnliche Diskussionsturniere meist einen großen Bogen.

In Italien erschienen als Buch die Stimmen dreier Personen und eines Moderators, ein kleiner runder Tisch, *La democrazia in Europa*. Die drei Stimmen – das ist der französische Historiker Furet, der deutsch-britische Soziologe Dahrendorf und Geremek. Das Buch habe ich nicht gelesen, dafür aber mit großem Vergnügen den Artikel von Barbara Spinelli. Hier geht es eben um den Kult, der sogar unter den ernsthaftesten Intellektuellen um das Debattieren und Diskutieren getrieben wird. Die Verfasserin des Artikels zitiert Geremeks Antwort auf die Frage des Moderators, wie er seine kommunistische Vergangenheit erkläre. Man will es kaum glauben, und dennoch klingt das so: »Ich wollte, indem ich Kommunist wurde, an den intellektuellen Debatten der europäischen Linken teilnehmen. Zu der Zeit las ich westliche Literatur, europäische Zeitungen und Zeitschriften von der Art der *Lettres Françaises*. Bei der Beobachtung der großen westlichen Kulturdebatten fühlte ich mich am richtigen Platz.« Vielleicht hat der vielbeschäftigte Geremek einen Doppelgänger, der an seiner Stelle zu verschiedenen, großen und kleinen runden Tischen im Westen fährt und nur daran denkt, sich stets »am richtigen Platz« zu fühlen?

Gegenstand der *großen Debatte* ist heute Europa, das vereinigte Europa. Es geschieht selten, daß die Diskussionsteilnehmer, die sich selbst und die anderen mit ihrer Eloquenz betören, an die im Fernsehen gezeigten Bilder aus Jugoslawien denken oder an das Auftreten der Skins (nicht nur in Deutschland). Wenn aber, dann nur als Thema für die nächste Debatte.

Die Vereinigung Europas erscheint mir verfrüht, ihre Architekten müssen noch lange daran arbeiten. In diesem Sinne habe ich auf die Umfrage einer großen Londoner Tageszeitung geantwortet, obwohl mich die Lektüre des faszinierenden Buches *Europa und seine Nationen* von Krzysztof Pomian mehrere Abende beschäftigte.

31. Dezember 1992

Ein passendes Thema für die Neujahrsnacht. Während ich schreibe, erhellen explodierende Raketen immer wieder den Himmel, Knallfrösche und Feuerwerkskörper lassen die Scheiben erzittern. Im Theater kündigt eine solche Kulisse einen heraufziehenden Sturm an.

Im April 1991 beschließt in einem wohlhabenden Städtchen bei Verona ein zwanzigjähriger, freundlicher und wohlerzogener junger Mann, der in Autos vernarrt ist und sich nach dem *dolce vita* sehnt, schneller an eine bedeutende Erbschaft heranzukommen.

Zusammen mit drei Kollegen plant er die Ermordung seiner Eltern, zweier Schwestern und des Schwagers; er will gründlich aufräumen, um als einziger Erbe übrigzubleiben. Mit den Schwestern und dem Schwager ist es schwieriger, weil sie nicht im Häuschen der Eltern wohnen. Vorerst richtet er sein Augenmerk auf die Eltern: Er wohnt mit ihnen zusammen, so daß das Vorhaben auf den ersten Blick einfach erscheint, in der Praxis erweist es sich aber als recht kompliziert. Schließlich gelingt es, unter Umständen, die ich lieber nicht beschreiben möchte. Der Mörder wird zusammen mit den drei Kollegen gefaßt, das Gericht verurteilt ihn zu dreißig Jahren Haft. Der junge Mann zeigt keinerlei Reue, er ist ruhig, glaubt daran, vorzeitig entlassen zu werden, weist voller Verachtung die im Städtchen kursierende Bezeichnung eines »Ungeheuers« von sich und denkt in der Einsamkeit seiner Gefängniszelle oft an Heirat und zahlreiche Nachkommenschaft. Die ganze Geschichte hat Gianfranco Bettin in seinem rechtzeitig für den »Gabentisch« erschienenen Buch *L'erede* genau beschrieben.

Kaum war das Buch an alle Buchhandlungen ausgeliefert (ein Erfolg ist dem Verleger sicher!), brachten die Zeitungen die Nachricht von einem identischen Mord in Cerveteri, einem ebenfalls wohlhabenden Städtchen unweit von Rom. Der einzige Sohn, ein fröhlicher, umgänglicher Bursche, erschoß seine schlafenden Eltern, Besitzer eines gutgehenden Restaurants, in der Nacht. Er selbst hatte auch ein Restaurant und verdiente nicht schlecht, aber am Horizont war eine rothaarige Schönheit mit hohen Ansprüchen aufgetaucht. Eine frühe Erbschaft war die Lösung. Und wieder nicht ein Schatten von Reue; gefaßt und gleichgültig interessierte den Vater- und Muttermörder nur, wie die Beerdigung verlaufen war, ob die Tanten aus den anderen Ortschaften gekommen waren, wie zahlreich das

Trauergefolge war und ob die Kränze und Blumengebinde beide Gräber bedeckten.

Berechnungen zufolge haben sich seit 1975 fast 100 solche oder sehr ähnliche Morde ereignet. Man kann also von einem *Phänomen* sprechen, was natürlich für Psychologen und Soziologen eine Warnung darstellt. Die Ratlosigkeit dieser beiden respektablen Professionen wird in solchen Fällen besonders deutlich: ein trockener Wissenschaftsjargon, aus dem sich nichts, buchstäblich nichts ergibt, außer Redewendungen wie »moralisches Elend« und »Zusammenbruch der Werte«, die sich jedem selbst ohne Hilfe akademischer »Sachverständiger« aufdrängen.

Ich sah nach, was ich in meinem Dialog mit Gombrowicz über Raskolnikows Gewissen gesagt habe. Es war ein Dialog *sui generis*; Gombrowicz lebte nicht mehr, als ich in meinem Tagebuch auf eine alte Notiz in seinem Tagebuch über Raskolnikows Gewissen reagierte. In der größtmöglichen Kürze. Gombrowicz: »Ich persönlich neige zu der Annahme, daß Raskolnikows Gewissen sich nur in einem äußert: daß er sich diesem künstlichen, zwischenmenschlichen Spiegelgewissen unterwirft, als wäre es sein rechtmäßiges Gewissen. Darin liegt die ganze Moral: Denn wer einen Menschen getötet hat, übertritt nur ein Gebot, das aus menschlicher Gemeinschaft erwachsen ist. Und fragt nicht, ob es gerecht sei.« Ich: »Nach Gombrowiczs Sichtweise wäre *Verbrechen und Strafe* lediglich ein Roman über die Normen des gesellschaftlichen Zusammenlebens, die Geschichte der Anpassung eines Verbrechers an gesellschaftliche Verhaltenskodizes. Das ist natürlich nicht so. Raskolnikow, der erniedrigte ›Übermensch‹, reift allmählich dazu heran, sich mit den Augen Gottes zu betrachten Dabei geht es hier nicht einmal um die wörtliche Bekehrung, die Dostojewski in knapp drei Sätzen skizziert, sondern um das bewußte Verlangen, sein eigenes ›Ich‹ (über dem ›Abgrund‹) an etwas Höheres zu binden. An was? An die ›zwischenmenschliche Kirche‹, würde Gombrowicz sagen. An Gott, sagt Dostojewski, also an einen absoluten und unveränderlichen Wert.«

Angesichts des von mir oben beschriebenen *Phänomens* sind Überlegungen über das Gewissen gegenstandslos. Unabhängig davon, was man über *Verbrechen und Strafe* denkt, ob man meine oder Gombrowiczs Meinung teilt, existierte zu Zeiten Raskolnikows die Stimme des Gewissens und es existierte ein Sinn für das Böse. Heute ist das eine wie das andere im Verschwinden, oder es versinkt vielmehr in Banalität. »Die zwischenmenschliche Kirche«, eine Erfindung Gombrowiczs, auf die er stolz war, kann man getrost auf den Abfall werfen. Oder sollte man sie lieber in das Gombrowicz-Museum geben, als ein einstmals modernes, heute aber altertümliches Ausstellungsstück? Reste von Hoffnung hängen ausschließlich von zwei Faktoren ab. Von der Armut des Laiengewissens (im Falle der Ungläubigen) und von der Übergabe des eigenen »Ich« in Gottes Hände (im Fall der Gläubigen).

Neujahr, Neujahr. Und eine *neue Epoche* im Blitzgewitter des in Brand gesteckten Himmels.

1993

Neapel, 18. März 1993

In meiner Erzählung *Der standhafte Fürst* (1956) gibt es folgende Episode: »Nach Admiral Cagnis Rückkehr vom Nordpol wurde in Turin ein Festbankett zu seinen Ehren gegeben, bei dem man in der Mitte des Tisches eine Trophäe aus Eis aufgestellt hatte. Als Cagni dies sah, sagte er: ›Wenn ihr das nicht sofort abräumt, rühre ich nichts an. Ein ganzes Jahr lang habe ich nur Eis gesehen und mit dem Eis gekämpft.‹«

In letzter Zeit habe ich nicht selten Lust, den Admiral in etwa so zu paraphrasieren: »Wenn ihr nicht aufhört, mich in Gespräche und Diskussionen über den Kommunismus hineinzuziehen, gehe ich sofort und schlage die Türe hinter mir zu. Über ein halbes Jahrhundert lang habe ich den Kommunismus gesehen und mit ihm gekämpft, so gut ich konnte. Das ist genug.«

Dann kommt ein Moment der Reflexion oder vielmehr der Besinnung. Er ist bezwungen worden, liegt in Trümmern, aber ist es schon Zeit für ein (triumphales) »Festbankett«, darf man ihn mit einem heißen Eisen aus der Erinnerung und den Gedanken herausbrennen? Ich weiß sehr wohl, daß man es nicht darf. Scheinbar ist er verendet, und doch gibt er Lebenszeichen, wie Stalin in jener finsteren Anekdote, in er es heißt, als man ihn schon in die Galauniform kleiden und in den Sarg legen wollte, habe er plötzlich ein Auge geöffnet und es bedrohlich gerollt. Der Kommunismus ist etwas mehr als ein Gesellschaftssystem, das einem Drachen gleicht, den die Lanze des heiligen Georg endlich durchstoßen hat. Er ist in gewisser Weise unsterblich, ist ein Drache (um bei dem Vergleich zu bleiben), dem der abgehackte Schwanz ständig nachwächst.

Jarosław Gowin, Redakteur des Krakauer *Znak*[109] hat mich zur Teilnahme an einer Umfrage eingeladen, deren Thema er folgendermaßen umriß: »Wir möchten zum Problem des Kommunismus zurückkehren, aber nicht aus historischer, politologischer oder soziologischer Sicht; wir möchten den Kommunismus als eine Erfahrung betrachten, die (mit einem Fragezeichen versehen) Licht auf das Phänomen des Menschen wirft; mit anderen Worten – es geht uns um eine Reflexion zu dem Thema, was trägt der Kommunismus zum Wissen über den Menschen bei.«

Dieses »Fragezeichen« beim »Kommunismus als einer Erfahrung, die Licht auf das Phänomen des Menschen wirft«, ist völlig berechtigt. Der Kommunismus (und ganz allgemein der Totalitarismus) haben lediglich all das aus den geheimen, tief verborgenen Winkeln des Menschen ans Tageslicht befördert, was ihn unter Umständen niederträchtig und grausam machen kann; »er trägt also zu unserem Wissen über den Menschen« nur das Bewußtsein bei, daß ein solcher Bereich existiert, daß die Zerschlagung aller moralischen Hemmungen vorstellbar ist, wenn die in der menschlichen Seele verborgenen Kräfte des Bösen im »ideologischen« Heiligenschein neuer »Gesetze« zu Wort kommen. Es ist bezeichnend, daß Kataklysmen uns am meisten über den »anderen Menschen« lehren. Defoe beschrieb die degradierte Gesellschaft zur Zeit der Pest in London 1665; Camus bediente sich der Pest als einer Metapher des menschlichen Verfalls, gegen den zwei Religionen zu kämpfen versuchen: die christliche und die laizistische; als ich die Erzählung *Pest in Neapel* schrieb, hatte ich nicht das ferne Jahr 1656 vor Augen, sondern den Kriegszustand in Polen. Der Kommunismus ist Frucht und Ausdruck einer gesellschaftlichen, politischen und geistigen Pest.

Bertrand Russell fuhr 1920 für knapp einen Monat nach Rußland, aber sein kleines Büchlein, das er gleich nach seiner Rückkehr verfaßte, *The Practice and Theory of Bolshevism*, wird bis heute ohne Striche oder Ergänzungen immer wieder neu herausgegeben. Was hat er während eines Monats im Gegensatz zu der ständig wachsenden Zahl der »Enthusiasten«, die sich mit ihren Pilgerfahrten in das »Vaterland der Revolution und des Weltproletariats« zu übertrumpfen suchten, beobachtet? Er erkannte früh und schnell das Wesentliche. »Das Übel des Bolschewismus beruht darauf, daß seine Quellen im menschlichen Unglück liegen.« Seit 1917 haben wir so viele neunmalkluge »Sowjetologen«, aber keiner von ihnen hätte sich dazu durchringen können, diesen »banalen Satz« zu sagen, ehe das (ebenfalls imperiale) System, das sie »wissenschaftlich« beschrieben, plötzlich auseinanderzubrechen begann, in Übereinstimmung mit Russells Voraussage von der unvermeidlichen »Niederlage des kommunistischen Experiments«.

Was trägt der »Kommunismus darüber hinaus noch zu unserem Wissen über den Menschen bei«? Die traurige, sehr traurige, wenngleich durchaus nicht neue Wahrheit, daß man keines Menschen sicher sein kann; daß sowohl die Tapferkeit als auch die Niedertracht des Menschen unergründlich sind; mehr noch, daß sie manchmal wie ein unzertrennliches Paar zusammen auftreten.

Die postkommunistische »Linke« rühmt sich für gewöhnlich zweier kommunistischer Anführer, um zu beweisen, daß der Kommunismus manchmal »reformierbar« und »offen« sein könne. Die beiden Anführer – Alexander Dubček und Imre Nagy. Dubček mochte ich nie, er erschien mir stets als eine Kreuzung schlauer Biederkeit mit Feigheit. Mein tragischer Held war Nagy, mit seinem ehrlichen Gesicht, den freundlichen Augen hinter altertümlichen Binokeln, dem heiteren Lächeln und der schnurrbärtigen Gutmütigkeit. Kürzlich kamen furchtbare Dokumente ans Tageslicht (ihre Richtigkeit hat Gorbatschow bestätigt). 1930 unterschrieb Nagy in Moskau eine Verpflichtung zur Zusammenarbeit mit der sowjetischen Polizei. 1933 wurde er von seinen Vorgesetzten für musterhaften und ergiebigen Dienst belobigt. Er war elf Jahre lang Agent und Denunziant, verschuldete die »Liquidierung« vieler Menschen, ungarischer kommunistischer Emigranten und sowjetischer Bürger. Krjutschkow vom KGB nennt ihn *heute* einen »starrköpfigen Stalinisten«. 1956 hätte niemand den jetzt frisch veröffentlichten Dokumenten Glauben geschenkt; im übrigen hätte die Bezeichnung »Stalinist« in den Augen der sowjetischen Eindringlinge damals nicht den Charakter einer Anschuldigung gehabt. Die jetzigen ungarischen Postkommunisten (Grosz und Genossen) kannten die Vergangenheit des Revolutionshelden von 1956; sie schwiegen aus Furcht vor »der Zerstörung eines Nationaldenkmals in den Herzen der Ungarn«.

22. März 1993

Das größte Verbrechen des Kommunismus am Menschen ist es, ihn seiner Würde zu berauben. Genauer gesagt, ihn zu zwingen, sich selbst durch eine Doppeloperation der Würde zu entledigen: durch eine pseudoreligiöse Rauchvergiftung und eine durchtriebene Erniedrigung.

Aus dem Füllhorn der sowjetischen Archive fiel Bucharins letzter Brief an Stalin, den er am 10. Dezember 1937, kurz vor seinem Prozeß schrieb. Er beginnt mit der einzig richtigen Feststellung: »Am Rande des Abgrunds und ohne eine Möglichkeit zur Umkehr gebe ich dir im Angesicht des Todes mein Ehrenwort: Ich habe kein einziges der Verbrechen begangen, die ich während der Vernehmungen zugegeben und durch Unterschrift bestätigt. habe.« Es folgt die pseudoreligiöse Rauchvergiftung, die Bucharin ein wenig in die Nähe von Rubashow, der Gestalt aus Koestlers Roman bringt. Es kam mir, lieber Koba, in den Sinn, daß du der Vollstrecker einer »gigantischen und mutigen Idee allgemeiner Säuberung« bist. Diese Säuberung wird Schuldige, Verdächtige und potentielle Missetäter treffen. Ich habe erkannt, daß ich zu den potentiellen Missetätern gehöre. Und wenn es so ist, dann wäre es kleinlich, die eigene Person und das eigene Schicksal höher zu stellen als »die globalen Aufgaben der Geschichte«. Ich fürchte jedoch, lieber Koba, daß du wirklich an meine angeblichen Verbrechen *glaubst*. Ich aber habe nur ein einziges begangen: Als ich dir 1928 unter Ehrenwort (es ist charakteristisch, wie oft sich Bucharin auf sein »Ehrenwort« beruft) versicherte, zu Intrigen unfähig zu sein, lief ich einige Tage später zu Kamjenjew. »Ich bin kein Christ ... aber diese Tatsache könnte meine Erbsünde des Judas sein.« Ach, Koba! »Wenn du irgendein Instrument besäßest, das dir erlaubte, in meine gequälte und blutende Seele zu schauen, dann würdest du sehen, wie sehr ich dich liebe. Nun, aber das ist Psychologie, entschuldige. Es gibt keinen Engel, der das über meinem Kopf schwebende Schwert Abrahams aufhalten könnte.«

Und nun zur Sache: sich keiner Erniedrigung schämen, bitten, flehen, Hauptsache, es geschieht durchtrieben. Ich flehe dich an, Koba, wenn ich zum Tode verurteilt werde, das Erschießen durch Vergiften zu ersetzen, am besten gebt ihr mir einen Kelch mit Morphium. Erlaubt mir, meine Angehörigen *vor* dem Prozeß zu sehen. Es liegt mir an einem Besuch *vor* dem Prozeß, denn *danach* könnten sie meinen Geständnissen Glauben schenken und sich das Leben nehmen; ich muß sie also vorbereiten. Sollte ich aber durch irgendein Wunder mit dem Leben davonkommen, möchte ich nach Amerika fahren: Dort werde ich, Koba, dein treuer Diener sein und mich voller Enthusiasmus der Bekämpfung des Trotzkismus widmen; ich bin sogar bereit, »Trotzki den Schädel einzuschlagen«. Teilt mir zur Sicherheit einen Tschekisten zu und behaltet Frau und Kind für einige Zeit in der Sowjetunion. Wenn ihr mich aber zu 25 Jahren an der Petschora oder auf Kolyma verurteilt, so verspreche ich, in diesen Lagern einen Universitätskurs, ein Museum, eine Kunstgalerie, eine Zeitung oder Zeitschrift zu gründen. Mit einem Wort, ich verspreche, dort mit meiner Familie zu leben und bis an das Ende meiner Tage fruchtbringend zu arbeiten.

Lenins »Parteiliebling« in der Rolle eines Jammerlappens. Natürlich erhielt er auf seinen Brief keine Antwort (im Briefkopf vermerkte er: »Ohne Erlaubnis von J. W. Stalin darf dies niemand lesen«). Enttäuscht versuchte er während des Prozesses 1938 den Kopf wenigstens ein ganz klein wenig zu heben.

23. März 1993

Nach all dem, was geschehen ist, könnte vielleicht die erneute Lektüre von *The God That Failed – Six Studies in Communism*, eines Buches, das 1950 erschien und (wie ich mich aus meiner Londoner Zeit erinnere) sehr großes Interesse hervorrief, lehrreich sein. Die Beichte der sechs »Ehemaligen« – Koestler, Silone, Gide, Wright, Fischer und Spender – sollte für den Leser zum Anschauungsunterricht werden, warum die Größen der Literatur (die der Labourabgeordnete Crossman im Beichtstuhl auswählte) in die Reihen der Kommunisten eintraten und warum sie sie wieder verließen. Vor über 40 Jahren las ich *The God That Failed* als Anthologie des »Verrats von Intellektuellen im Elfenbeinturm«, wobei ich größeres Gewicht auf die Gemeinsamkeiten der sechs »Ehemaligen« legte als auf die trennenden

Unterschiede. Aus der Distanz von beinahe einem halben Jahrhundert treten die Unterschiede deutlicher hervor. Auch wenn man die Beweggründe für den Beitritt zum Kommunismus schwerlich voll individualisieren kann, so läßt sich die Gruppe der sechs zur Not in drei bis vier Kategorien aufteilen.

Zur ersten gehören Koestler und Fischer. Koestler nannte einmal seinen Beitritt zum Kommunismus (und dabei imitierte er Picasso) eine Berührung der heißen, ausgetrockneten Lippen mit der Quelle frischen, klaren Wassers. Dieses poetische Bild ist eine etwas großgeratene Erklärung. Koestler und Fischer näherten sich aus zwei eher prosaischen Gründen der Partei: Der Marxismus erschien ihnen logisch und in sich geschlossen; sie trauten den »bourgeoisen Demokratien« die Fähigkeit und den Willen zum Widerstand angesichts der wachsenden Gefahr des Faschismus und Nationalsozialismus nicht zu. Koestler verhielt sich gegenüber dem Schicksal »einfacher Menschen« gleichgültig und unaufmerksam, was aus seinen späteren Memoiren, in denen er seinen einjährigen Aufenthalt in der Sowjetunion beschreibt, leicht ersichtlich ist. Ihn zog, ähnlich wie Fischer, vor allem die »eiserne antifaschistische Doktrin« an. Beide brachen mit der Partei, als sie vom Ribbentrop-Molotow-Pakt erfuhren.

Einst glaubte ich, sowohl bei Silone als auch bei Gide hätten religiöse Impulse den Beitritt zum Kommunismus hervorgerufen. Silone war sicherlich ein christlicher Kommunist. »Die Lebensbedingungen waren in den heimatlichen Abruzzen immer sehr schwer; Leid galt dort als eines der grundlegenden Naturgesetze, wobei man darin das Symbol des Kreuzes verehrte und freudig annahm. Franziskanismus und Anarchismus waren die einzigen Formen des Aufruhrs. Die Asche des Skeptizismus hatte in den Herzen derer, die am meisten litten, die uralte Hoffnung auf ein Reich Gottes auf Erden und die Erwartung, daß schließlich die Barmherzigkeit die Stelle des Rechts einnehmen werde, niemals verschüttet.« Die Kindheitserfahrungen in einer abruzzischen Bauernfamilie führten Silone an die Partei heran. Nach dem in *Auswahl der Genossen* wunderbar beschriebenen Bruch blieb ihm die berühmte Formel, die ich so sehr liebe: »Ich bin ein Christ ohne Kirche und ein Sozialist ohne Partei.« Und Gide? Man könnte meinen, daß auch er, der die Heilige Schrift seit seiner Kindheit stets zur Hand hatte und Claudel vorwarf, daß die Katholiken das Evangelium nicht kennen, eine neue Laienreligion entdeckte und, wer weiß, vielleicht auch den Wunsch verspürte, ihr Oberpriester im Westen (mit Zustimmung Moskaus) zu werden. Nach seinem *Zurück aus der Sowjetunion* ließ er den Gedanken an ein kommunistisches Priestertum so weitgehend fallen, daß er in seinem Tagebuch Hitlers Invasion im Juni 1941 mit einer Eintragung über »die Schönheit der Blumen, Bäume und der jungen Körper« quittierte.

Silone stand der schwarze Schriftsteller Wright näher, ein Zögling der Slums von Chicago, der im Schatten »des kommunistischen Gottes aller Menschen aller Hautfarben« einen Ausweg aus der Rassendiskriminierung suchte. Aber es war eben Wright, der den Kommunismus wie ein Kind die Erstkommunion auf natürliche, naiv-aufrichtige Weise empfing, ihn aber gleich voller Ekel wieder ausspuckte, als er den bitteren Geschmack geistiger Unfreiheit auf der Zunge spürte.

Den letzten aus der Gruppe der sechs »Ehemaligen«, Spender, würde ich zu dem spezifischen Kreis aus Oxford und Cambridge zählen, der intellektuelle snobistische »Volksverbundenheit« und Überdruß gegenüber dem Liberalismus mit dem Kult um »die aufsteigende sowjetische Kraft und Macht« verband; und der nebenbei die Welt mit einer Galerie englischer Sowjetagenten in den Personen von Kim Philby, Maclean, Burgess sowie Sir Anthony Blunt beschenkte.

Das eben erschienene Buch *French Intellectuals 1944-1956* des amerikanischen Professors Tony Judt enthüllt den französischen »Intellektuellen«-Sumpf auf der Linken. Für die Gruppe der Gide-Nachfolger, Sartre und Genossen, erwies sich der kommunistische Gott weniger als falsch, sondern ganz schlicht als langweilig. Sie verließen ihn, ohne die Notwendigkeit zu sehen, eine Erklärung dafür zu geben.

24. März 1993

Dank der Freundlichkeit des italienischen Verlegers lese ich das polnische Manuskript von Ryszard Kapuścińskis neustem Buch *Imperium*. Ich bin in der Mitte angelangt und sehe schon, daß aus Kapuścińskis langen sowjetischen Wanderungen ein hervorragendes Buch entstanden ist. Wie ein Tiefentaucher hat er sich in die Nähe der Grundschichten des Imperiums begeben, jener Grundschichten, in denen (wie er sagt) »der Vulkan zu brodeln beginnt«. Der Vergleich des Imperiums mit einem See gefällt mir: »Auf der ruhigen, glatten Oberfläche erscheinen Blasen. Mit der Zeit werden es immer mehr. Verschiedentlich fängt das Wasser an zu kochen. In der Tiefe hört man gedämpftes Grollen.«

Kapuściński zitiert das Buch das Historikers Ejdelman *Die Revolution von Oben in Rußland*. Nach der Meinung Ejdelmans fand in Rußlands Geschichte alles – Reformen, Revolutionen, Erschütterungen und Umbrüche – von oben statt; stets hat sich die Energie des russischen Volkes nicht in selbständigen Initiativen von unten entladen, sondern in der Erfüllung des Willens der Regierenden. Nirgends ist die Trennung der Gesellschaft in Regierte und Regierende so scharf – und scheinbar so unumstößlich – wie im Imperium.

In diesen Tagen sind die Zeitungen voll von Meldungen und Artikeln über die »Herausforderung Jelzins«. Wird er sich durchsetzen oder einen Bürgerkrieg entfachen? Das ist eine oberflächliche Frage. Eigentlich sollte man fragen (und darin stimme ich mit den in der großen, analytischen Reportage von Kapuściński geäußerten Meinungen überein), ob der langsame Prozeß des Reifens und Heranwachsens der Regierten nicht plötzlich durch die Regierenden zugunsten der Rückkehr zur alten, »sicheren« Trennung unterbrochen wird. Wenn Jelzin das versteht, wenn es ihm gelingt, trotz des einen oder anderen Fehlers, den Reifungsprozeß der Regierten zu verteidigen, dann werde ich auf seiner Seite sein, so wie Solschenizyn auf seiner Seite ist, obgleich mit großen Vorbehalten. Rußland ist heute durch bornierte Apparatschiks bedroht, gewöhnliche Gauner aus der alten Nomenklatura und effektvolle »leninistische« Seiltänzer von der Art Gorbatschows. Jelzin scheint aus einem anderen Holz geschnitzt zu sein. Und mir scheint (vielleicht irrtümlich), daß er die – übrigens nicht nur in Rußland, sondern auch in den ehemaligen »Volksrepubliken« – heute so wichtigen Faktoren der Geduld und der allmählichen Abkehr von sklavischer Akzeptanz einer immer von oben geregelten Gesellschaft angemessen zu würdigen weiß.

25. März 1993

Jerzy Pomianowski hat mir Leonid Martynows Gedicht *Die Kette* zugeschickt. Es ist meisterhaft übersetzt. Die Mühe hat sich gelohnt; Martynow schrieb das wohl schönste und klügste Gedicht aus der Zeit der *Perestrojka*. Er verfaßte es 1986, kurz vor seinem Tod. Lange Jahre hatte er als Häftling im Gulag verbracht und kehrte während Chruschtschows »Tauwetter« nach Moskau zurück.

Von den Lügen, Verheimlichungen und Winkelzügen
wird es nicht leicht sein, sich zu befreien.
Mächtige Fesseln haben wir uns geflochten,
die Ketten schleifen wir immer hinter uns her.
An den Händen spürt der Mensch sie nicht mehr
Und hat sie auch nicht wieder griffbereit.
Der menschlichen Zunge auferlegen sie keinen Zwang
und rasseln dennoch bei eines jeden Wortes Klang.
Von den Füßen verschwinden die Spuren der Bande,
und es denkt der Mensch, es sei nun gewesen,
aber es knarrt etwas bei jedem Schritt
und knirscht und klirrt von Tritt zu Tritt.
Belanglos soll dies alles sein
wenngleich der Ketten harte Pein
zu des Vergessens Staub zerreiben
allein der Rost, der geduldge Rost vermag.

Die Kette ist eine präzise Illustration dessen, was ich gestern im Tagebuch notierte. Das Gedicht könnte auch den Titel *Rost* tragen, denn er, der »geduldige Rost«, ist eben das Synonym der *echten* Veränderung im postkommunistischen Imperium, der Rost, der sich über Jahre, wenn nicht Generationen durch die Ketten fressen wird, die im *stranie gospod, w stranie rabow*[110] den Staat, die Gesellschaft und den Menschen fesseln; die Ketten sind es, die die Regierten und die Regierenden in einem System der Knechtschaft, nicht des freien Gemeinschaftslebens miteinander verbinden. Und wenn diese Ketten, vom Rost durchfressen, endlich brechen? Es lassen sich warnende Drohungen vernehmen: wilde Revolutionsausbrüche, ein Meer von Blut, Mandelstams nächstes »Wolfsjahrhundert«. Ich glaube nicht an diese Drohungen. Die Gespenster der Revolution sind ausgetrieben; es ist ein wenig wie in Spanien, wo der Bürgerkrieg mit seiner Million an Opfern die Wiederholungsgefahr gebannt hat. Ich glaube eher an eine Zeit der mehr oder weniger unblutigen *smuta*[111], die das Werk des »geduldgen Rostes« anarchisch durchzucken wird.

In Martynows Gedicht höre ich die tiefe, ernste Stimme Norwids heraus. Warum höre ich sie in keinem der zeitgenössischen polnischen Gedichte? Ich spreche natürlich nicht von der jetzt schon fernen »sozrealistischen« Epoche einer lakaienhaften, »konstruktiven« Poesie.

28. März 1993

Ja, Kapuścińskis Buch *Imperium* ist hervorragend. In den Schulen sollte es zur Pflichtlektüre werden, denn wir neigen dazu, wie hypnotisierte Kaninchen auf den Westen fixiert immer wieder zu vergessen, daß unsere Zukunft mit den Überresten des russischen Imperiums, mit der Ukraine, Weißrußland und den baltischen Staaten verbunden ist (sogar mehr als mit dem »Dreieck von Wyschehrad«). Es gibt in Polen einige Autoren, die mit Kennerschaft über die »östliche Domäne« schreiben (Przebinda, Zajączkowski, Kowalczyk, Romanowski, Drawicz, Podgórzec), aber dies ist zu wenig, um eine notwendige kulturelle und politische Orientierung entstehen zu lassen, die die alten, amtlichen »Freundschaftsvereine« durch echte, lebendige Beziehungen ersetzen könnte. Kapuścińskis *Imperium* könnte hier eine bedeutende Rolle spielen. Ich hoffe, daß es bald ins Russische übersetzt wird.

Es enthält, glücklicherweise, keine »Enthüllungen« – eine Modeerscheinung westlicher Reporter, die sich in die regelmäßig in der Turiner *La Stampa* (ein lukrativer Vertrag!) veröffentlichten und in der ganzen Welt nachgedruckten Banalitäten Gorbatschows vertiefen. Im Tonfall erinnert es an Tschechows *Sachalin* – ein ruhiger, sachlicher, kluger Bericht, dessen Ehrlichkeit (eben wie bei Tschechow) auf der Illustrierung stets risikoreicher Verallgemeinerungen und »Synthesen« durch konkrete Beispiele »von unten« (manche tragen den Keim einer Novelle in sich) beruht. Ähnlich wie in *Sachalin* ziehen in *Imperium* menschliche Schicksale und Gesichter unaufhörlich an uns vorbei. Kapuściński besitzt darüber hinaus die Tschechowsche Gabe melancholischer Klugheit, Anständigkeit und Geradlinigkeit, die im modernen Rußland eine der Haupttugenden Sacharows war. Solschenizyn ist aus anderem Holz; er kann im »reichen und blühenden« Land des zaristischen Rußland schwelgen, was Tschechow niemals tat (wieviel Bitterkeit war in seinen Stücken, Novellen und Briefen!) und was Sacharow niemals tun würde.

Zu Recht schreibt Kapuściński über den Kampf der Integrations- und Desintegrationskräfte, über den Konflikt des Christentums und des Islam, über wachsendes Divergieren der materiellen Lebensbedingungen in der sowjetischen Gesellschaft (die Reichen werden immer reicher, die Armen immer ärmer, wie in Polen, wo der gefräßige, rücksichtslose und aggressive Kapitalismus das Hauptattribut »rechter Tollwut« darstellt), über die drei Plagen, den Nationalismus, Rassismus und religiösen Fundamentalismus, über die schwindelerregende Entwicklung der kriminellen Mafia (hier fehlt mir eine Analyse des Mafiosen im politischen Leben der Sowjetunion, gestern wie heute), über die Rückkehr der zuvor »verdammten« Probleme und Dilemmata auf den Ruinen des Sowjetismus. Das Buch endet neben einem optimistischen Akzent (»große Völker verfügen über eine große innere Kraft«) mit der Tolstojschen Abwandlung des Gogolschen Dreiklangs: Wir fahren, Gott weiß, wohin, und Gott weiß, was mit uns geschieht! Ich möchte fast sagen: endet selbstverständlich. Denn niemand außer den berufsmäßigen »Sowjetologen« wird es wagen, in Einklang mit seinem Gewissen und der vielgestaltigen Wirklichkeit, das »postimperiale Morgen« der 70jährigen Regentschaft einer »Utopie an der Macht«, und sei es auch nur in Umrissen, zu skizzieren.

1. April 1993

Jan Józef Szczepański: »Die Tatsache, daß Staatsanwälte und Richter, die verdiente, heldenhafte Menschen zum Tode verurteilten, daß Henkersknechte, die sie folterten, heute in Ruhe leben und Pensionen mit Sonderzulagen bekommen, ist für meine Begriffe ein Skandal und spottet jeder Gerechtigkeit. Das muß endlich in Ordnung gebracht werden.«

Ich unterschreibe jedes Wort dieser Aussage Szczepańskis, die er Ende März machte. Ebenso solidarisierte ich mich mit jedem Wort des Briefes der Neunundzwanzig *über Gerechtigkeit und Wahrheit* von Ende Januar. Auf diesen Brief antwortete Stefan Bratkowski[112] mit zwei Artikeln: *Zur nationalen Klugheit der Polen* und *Rache ist das Vergnügen der Götter, aber nicht die Klugheit der Völker.* Den Titel des ersten Artikels würde ich ändern in *Zur nationalen Dummheit der Polen*, denn es ist ein Aufruf zur Dummheit, wenn man »Barmherzigkeit« und »Vergebung« über Recht und Gerechtigkeit stellt. Es ist ein Versuch, die Polen in die Sackgasse von Unrecht und Mißachtung der elementaren Grundsätze eines normalen Lebens von Gesellschaft und Nation zu treiben. Warum die »Rache als ein (unmenschliches) Vergnügen der Götter« in banalen Worten verdammen, wenn es gar nicht um Rache geht, sondern darum, die Polen davon zu überzeugen, daß sie endlich in einem Rechtsstaat leben? Woher kommt diese Mode, im fremden Namen der Opfer von Gewalt und Verfolgung »Barmherzigkeit« und »Vergebung« zu üben (so wie es einstmals Mode war, wegen der eigenen Sünden an die fremde Brust zu schlagen)?

In einer der vergangenen Eintragungen zitierte ich Silones Erinnerungen, in denen er erwähnt, in früheren Zeiten habe in seiner Heimat »die Asche des Skeptizismus in den Herzen derer, die am meisten litten, niemals die uralte Hoffnung auf ein Reich Gottes auf Erden und die Erwartung, daß schließlich die Barmherzigkeit die Stelle des Rechts einnehmen werde, verschüttet«. Eine wunderschöne Hoffnung, aber solange das Reich Gottes auf Erden nicht besteht, solange ist es besser und klüger, dem Recht zu vertrauen und seinen Stellenwert in unserem Leben zu verteidigen. Die engelhaften Fürsprecher der »nationalen Klugheit der Polen« sollten daran denken.

20. April 1993

Bei dem griechischen Lyriker Archilochos heißt es: »Viel weiß der Fuchs, doch eins der Igel, das genügt«. Isaiah Berlin bedient sich in seinem Essay *Der Igel und der Fuchs* (dessen polnische Übersetzung wir dem Pavo-Verlag verdanken) dieses Verses von Archilochos, um die Schriftsteller und Denker in zwei Kategorien einzuteilen: Es bestehe eine tiefe Kluft zwischen den Vertretern einer zentralen Vision, eines in sich geschlossenen Systems, eines allgemeingültigen Grundsatzes (Igel) und den passionierten Springern zwischen vielen Ebenen, den Erfassern wesentlicher Elemente verschiedener Erfahrungen und Dinge (Füchse). Dante ist ein Igel, Shakespeare ein Fuchs. Igel sind Dostojewski, Hegel, Proust, Füchse Montaigne, Balzac, Joyce. Und Tolstoj? Berlin analysiert in seinem Essay dessen Sicht der Geschichte und kommt zu dem Schluß, daß er von Natur aus ein Fuchs war, sich jedoch für einen Igel hielt. Nicola Chiaromonte, der seine Skizze *Tolstoj und das Paradoxon der Geschichte* größtenteils auf das Büchlein von Berlin stützt, setzt den Punkt auf das i. Als Tolstoj 1861 Proudhon in Brüssel besuchte, arbeitete der französische Philosoph an seinem Buch *La guerre et la paix*. Tolstoj entlehnte von ihm den Titel zu seinem Meisterwerk und (wahrscheinlich) die »igelhafte« Form des »Göttlichen« als der die Geschichte inspirierenden Kraft. Aber in seiner Beobachtung der Welt war er ein Fuchs. Bei Berlin heißt es, Tolstoj habe die Wirklichkeit in ihrer ganzen Vielfalt als eine Ansammlung einzelner, real existierender Dinge betrachtet und alles, was um sie und in ihnen geschah, mit einer Klarheit und Eindringlichkeit wahrgenommen, wie dies sonst wohl niemand je vermochte – dennoch glaubte er an eine große, einheitliche Ganzheit. Dies war eine »einheitliche

Ganzheit« im Sinne einer unsichtbaren Kraft, die von oben herab über all die Ereignisse wacht, die wir nur als chaotische und grundlose Ereignisse bemerken können. Proudhons »Göttlichkeit« hatte keinen religiösen Beigeschmack, war vielleicht das, was Shakespeare, der Oberfuchs, als verborgenen Mechanismus scheinbar souveräner menschlicher Handlungen ansah.

In einem Gespräch mit Paul Boyer gab Tolstoj im Jahr 1901 zu, alles, was er über den Krieg wisse, aus der Beschreibung der Schlacht von Waterloo in der *Kartause von Parma* gelernt zu haben, wo Fabrice del Dongo über das Schlachtfeld wandert und »nichts versteht«. Diese Konzeption eines Krieges – »ohne *panache*« und »Verschönerungen« – verifizierte er später auf eigene Rechnung im Krimkrieg. Ich füge hier meine persönliche Verifikation hinzu: Meine Erinnerungen an die Schlacht am Monte Cassino begann ich am 25jährigen Gedenktag mit der Stendhalschen Beschreibung; bis heute, also nach einem halben Jahrhundert, halte ich an der Weisheit der *Kartause von Parma* fest und lege in den bruchstückhaften, ungeordneten Reminiszenzen das Schwergewicht auf Fabrices Worte »ich verstehe nichts« (was nicht nur einfache Soldaten wie mich betrifft – in der Nacht vor dem Sieg wußte Anders nicht, ob die Schlacht gewonnen oder verloren sei).

Heute aber stellt sich eine andere Frage. Hatte ich – ähnlich wie Stendhal und Tolstoj – das Gefühl übergeordneter Ganzheit, einer eigentümlichen, unbemerkbaren »Göttlichkeit« im Hintergrund, in dem Geflecht der Ereignisse und Menschen? Ja, ich hatte es. Und der französische Bonapartist Stendhal hatte es, ebenso wie der Verleumder Napoleons und Verehrer Kutuzows, der große Tolstoj. Dies, so scheint mir, endet in unserer gegenwärtigen Epoche. Der Igel geht ein, der Fuchs kreist tollwütig mit Schaum vor dem Maul umher. »Die Göttlichkeit« der Geschichte wird sogar in der areligiösen Bedeutung Proudhons und Tolstojs zu einem höhnischen, jeden Inhalts beraubten Gespenst.

10. Mai 1993

Nach Meinung der Kunsthistoriker steht der von Pfeilen durchbohrte heilige Sebastian auf dem Meisterwerk von Antonello da Messina (ein Schmuckstück der Dresdner Galerie) auf einem frei erfundenen Platz, der der Phantasie oder der verallgemeinernden Gestaltungskraft des nach Venedig verpflanzten sizilianischen Meisters entsprang. Leonardo Sciascia stimmt dem zu, wendet aber ein, Antonello habe in dieser verallgemeinernden Ansicht die meisten Züge dem heimatlichen Messina entnommen.

Die ganze Atmosphäre des Bildes scheint zu belegen, daß wir es mit einem sizilianischen Platz in der heißen Mittagszeit zu tun haben, wenn der *scirocco* vom Meer her weht, das scharfe Licht der Sonne die gekräuselten Wolken am Himmel verwischt und eine träge Gleichgültigkeit in der Luft hängt.

Die Gleichgültigkeit ist in diesem Bild der Schlüsseleindruck. Antonello hat, um dem Betrachter eine Aura der Gleichgültigkeit aufzudrängen, den Vordergrund mit dem Hintergrund entsprechend abgestimmt. Er, der in seinen *Ecce Homo* den Ausdruck des Schmerzes, sogar Tränen im Gesicht Christi betonte, malte hier einen Sebastian, gegen alle Wunden unempfindlich, sanft, mit leicht erhobenem Blick, als ob der Heilige die Pfeile in seinem nackten Körper überhaupt nicht spürte. Der Hintergrund harmoniert mit dem im Zentrum stehenden Sebastian: Auf den Balkonen unterhalten sich Frauen, im Schatten des Portikus ist eine Mutter mit ihrem Säugling zu sehen, neben der Treppe schläft ein Mann und entlang der Hauptachse haben wir drei Paare – Ritter oder Wachposten, Kaufleute und Damen. Alle sind gleichgültig, einschließlich der zentralen (und größten) Gestalt auf dem Platz, dem Märtyrer. Die Personen aus dem Hintergrund scheinen sie überhaupt nicht zu bemerken.

Ich bin überzeugt, daß Sciascia das »Sizilianische« in Antonellos Platz eben an diesen Gleichgültigen erkannte, die scheinbar nichts sehen und sich auch den Anschein geben, als würden sie nichts wissen, nichts fühlen. In diesem Sinne kann man das Meisterwerk aus der Dresdner Galerie als Metapher für Italien ansehen, die heute unter täglichen Schlägen zu Staub zerfällt. Die gleichgültigen Italiener sind plötzlich aufgewacht, wollen alles sehen und wissen; sie haben genug von einem Land, in dem alles im geheimen geschah (vor allem Diebstahl und Korruption) und wo man in gewissen Zeitabständen auf dem »sizilianischen Platz« einen Toten in einer Blutlache vorfand, das Werk der Mafia, die durch Tausende Fäden mit der Politik und nicht nur der Politik verbunden ist. (In meiner Erzählung *Auge der Vorsehung* bin ich – und an dieser Stelle sei es mir erlaubt, mich selbst zu loben – in meiner Phantasie den Fakten vorausgeeilt: Die Verbindung der Mafia mit der Freimaurerei und der Diözese von Trapani habe ich lange vor ihrer Entdeckung durch die Untersuchungsorgane beschrieben.) Wird die Ernüchterung lange anhalten? Ich bin mir dessen nicht sicher. In Italien ist das, was ich das Syndrom des Loreto-Platzes nenne, stark ausgeprägt (des Mailänder Platzes, auf den die erschossenen Leichen von Mussolini, den die Massen einst verehrten, und seiner Geliebten geschleppt wurden). Andreotti wirft man jetzt ohne Pardon Dinge vor, die noch vor kurzem allgemeine Bewunderung hervorriefen: daß er es über Jahrzehnte verstand, mit wenig reinen Händen zu agieren (ein Euphemismus), ohne einmal irgendwo Fingerabdrücke zu hinterlassen.

17. Mai 1993

Seit ich in Italien, insbesondere in Neapel, nach fast 40jähriger Internierung im »reaktionären« Leprosorium, in dem ich auf Wunsch oder durch das Urteil des »fortschrittlichen Lagers« zu weilen hatte, »entdeckt« wurde, schickt mir die größte Tageszeitung Süditaliens, der neapolitanische *Mattino*, zweimal monatlich eine intelligente Journalistin zu einem Gespräch über Themen, die ich selbst auswähle. Gestern wählte ich Orwell. In diesem Jahr wäre er 90 Jahre alt geworden.

Im Jahre 1984 (was ich seinerzeit in meinem Tagebuch erwähnte) entschloß sich das kommunistische Organ *Unità* zu einer »liberalen« Geste, um zu zeigen, daß die Kommunisten keine Hinterwäldler seien, und widmete die kulturelle Wochenbeilage dem Buch, das bisher in der Sowjetunion und den dazugehörigen Gebieten ebenso verbannt war wie in den westlichen Enklaven der Herrschaft des Großen Bruders, also der Orwellschen Vision von *1984*, die 1948 geschrieben wurde. Der Chor der Geladenen (Berlinguer, Roy Medwjedjew, irgendein englischer Entdecker des Großen Bruders in der Person Winston Churchills, irgendein Theologe links vom gesunden Menschenverstand) erkannte, dem Beispiel des toten Deutscher folgend, einstimmig, daß Orwell »im Grunde genommen« das künftige Amerika beschrieben habe. Heute rufen solche Witzchen aus den vergangenen Jahren kommunistischer Blüte nicht einmal mehr Irritationen oder belustigtes Lächeln hervor. Heute kann eher die Frage interessieren, welche Bedeutung *1984* nach dem Zusammenbruch des Kommunismus und dem Zerfall der Sowjetunion hat. Wird es weiterhin mit dem Gefühl gelesen, daß wir gewarnt wurden (ich erinnere mich an die eine ganze Nacht lang dauernde Lektüre des Buches in London), oder werden wir zu dem Schluß kommen, daß Orwells Apokalypse auf natürliche Weise und unwiederbringlich im Feuer der Ereignisse ausgebrannt ist?

Es fiel mir eine Skizze von Bronisław Baczko in die Hände, *Sich dem Totalitarismus widersetzen – Orwell und Solschenizyn*, die in den italienischen Band *Per una definizione dell'Utopia* aufgenommen wurde. Baczko stellt *1984* und *Archipel Gulag* einander gegenüber und schreibt, daß beide Werke jetzt ein neues Leben beginnen, in eine neue Epoche eintreten und im Lichte des zusammengebrochenen Kommunismus anders gelesen werden. Paradoxerweise wird *1984*, die Antiutopie, die in einer imaginären Zukunft spielt, ein Roman über die Vergangenheit, über ein bereits nicht mehr existierendes System. Ähnlich verhält es sich mit dem *Archipel Gulag*. Wichtig ist jedoch, in welchem Maße Orwell und Solschenizyn weiterhin ihre doppelte Aufgabe erfüllen werden: »das kollektive Gedächtnis aufrechtzuerhalten und die gesellschaftliche Vorstellungskraft freizusetzen«.

Orwell verfügte über ein Höchstmaß an gesellschaftlicher und politischer Vorstellungskraft: die erste bildete er bewußt in den Jahren des Vagabundierens und der Not in Paris und London aus (»bevor er zu einem Experten des Totalitarismus geworden war, war er ein Experte der Not« – sagt Skalmowski treffend); die zweite entwickelte er im Eilverfahren auf den Schlachtfeldern des spanischen Bürgerkrieges, wo ihn Abscheu zur Politik erfaßte. Bis ans Ende seines kurzen Lebens beobachtete er diese mit größter Aufmerksamkeit, betrachtete sie aber nicht als Gegenstand persönlichen Engagements, auch wenn er »den demokratischen Sozialismus, so wie ich ihn verstehe«, niemals verriet.

Inspirationsquelle für *1984* war jedoch vor allem die moralische und erst in zweiter Linie die gesellschaftliche und politische Vorstellungskraft. Dies unterstreicht Skalmowski mit großem, wohlbegründetem Nachdruck in seinem hervorragenden Essay über Orwell. Die Vision des Totalitarismus entstand in *1984* aus dem Gefühl der um sich greifenden ethischen Desorientierung, die (was wichtig ist) mit Angst gemischt war. Es entstand eine moralische Leere, die traditionelle Werteskala, die auf der christlichen Vorstellung von Gut und Böse aufgebaut war, war zusammengebrochen. Orwell war kein gläubiger Mensch, und er sehnte sich nicht nach der Rückkehr zur Religion, aber er war sich sehr wohl dessen bewußt, was der Glaube an die Unsterblichkeit der menschlichen Seele bedeutet (dies verband ihn mit Solschenizyn, Schalamow und anderen russischen Schriftstellern, für die »die Seele« zum einzigen Widerstandspunkt unter der Herrschaft des Totalitarismus geworden war).

Wenn wir also darüber nachdenken, ob *1984* nach dem Zusammenbruch des Kommunismus tatsächlich ein Roman über eine unwiederbringliche Vergangenheit ist, dann sollten wir uns ein Urteil darüber bilden, in welchem Ausmaß Erscheinungen einer (mit Angst gemischten) ethischen Desorientierung und moralischen Leere verschwunden sind. Sie sind überhaupt nicht verschwunden, ich würde sogar sagen, daß sie sich verschärft haben, obwohl sie nicht so kraß zu Tage treten wie während der Herrschaft des Kommunismus, weil sie durch die Verbesserung der alltäglichen Lebensbedingungen in einer Atmosphäre der Freiheit überdeckt werden. Solange aber der Mensch auf moralische Leere, auf ethische (mit Angst gemischte) Desorientierung, auf Verhöhnung und bestenfalls Ignorierung der unsterblichen Seele baut, so lange bleibt der Totalitarismus eine Zukunftsvariante: eine schlafende zwar, aber im gegebenen Moment zum Erwachen bereite. Ist denn die jugoslawische Infamie, vor der sich die demokratische und postkommunistische Welt mit jedem Tag mehr fürchtet, kein totalitärer Krieg, kein Erwachen des Totalitarismus?

27. August 1993

Amalrik[113] ist völlig vergessen, was einen großen Verlust für das Bild der demokratischen Bewegung in der Sowjetunion bedeutet. 1976 landete er aus Moskau kommend in Holland; im Grunde genommen wurde er vom KGB als *tunjejadec*, »Schmarotzer«, vertrieben, ein würdiger Fortsetzer von Brodskys »Verbrechen«.

In der Herzen-Stiftung in Amsterdam sind 1970 zwei seiner Bücher erschienen: der nicht allzu umfangreiche Essay *Kann die Sowjetunion das Jahr 1984 erleben?* und eine Beschreibung seiner Verbannung *Unfreiwillige Reise nach Sibirien*, die seit der Revolution wohl genaueste Darstellung eines russischen Dorfes. Seiner Ausbildung nach Historiker, schien er ein Stern ersten Ranges unter den russischen Emigranten zu werden. Leider kam er, kurz nachdem er sich in Holland niedergelassen hatte, bei einem Autounfall ums Leben. Er war Vorreiter bei der Diagnose vom Bankrott des Sowjetsystems (in seinem Essay) und ein hervorragender Kenner der sowjetischen Wirklichkeit (in seinem Buch und in Interviews für die westliche Presse). Wenn der Tod nicht so tragisch und so früh seinem Leben ein Ende gesetzt hätte, würde er neben Sacharow und Solschenizyn gestellt werden; näher am ersten von beiden.

Mit Sacharow verband ihn der Versuch einer rationalistischen Sicht der Welt und seiner Heimat. Dagegen zeigte er keinerlei Neigung zu apokalyptischen Tönen bei der Bewertung des Westens, wie Solschenizyn. Ich weiß nicht, ob sich Solschenizyn dessen bewußt ist, wie gefährlich (wenngleich in vielen Punkten zutreffend) diese apokalyptische Bewertung des Westens ist. Solschenizyns Rede in Harvard (und deren zahlreiche Fortsetzungen) kann man mit dem Auftritt Johannes Pauls II. vor kurzem in Denver vergleichen. Beide haben vielfach recht, und dennoch ... Und dennoch scheinen sie nicht zu bemerken, daß das in schwarzen Farben gemalte Bild schwerer geistiger Krankheit des Westens, der sich ziemlich gedankenlos im materiellen Wohlstand treiben läßt, *bei uns* zu zwei fatalen, von seinen Ärzten verschuldeten Erscheinungen führen könnte. Erstens kann dies in unserem, dem östlichen Teil Europas den Eindruck erwecken, trotz allem besser zu sein; was ganz einfach Unsinn ist, sogar Heuchelei, wenn wir nur den einen Unterschied berücksichtigen, und zwar die Tatsache, daß die materiellen Ursachen unserer geistigen Desorientierung und Degradierung, unserer Krise der Werte im Augenblick viel armseliger sind als im reichen Westen. Was wir uns im Meer der Probleme und Sorgen wahrlich nicht wünschen sollten, ist eine hochgetriebene nationale Megalomanie: Die apokalyptische Darstellung des russischen Propheten und des polnischen Papstes muß dies berücksichtigen. Zweitens können wir uns missionarische Neigungen nicht leisten (und erst recht können sie sich Solschenizyns Landsleute nicht leisten). Sacharow, der übrigens Johannes Paul II. und Solschenizyn hoch verehrte, war weit davon entfernt. Eine ähnliche Mentalität spürt man in dem, was der junge russische Historiker Andrej Amalrik zu schreiben vermochte. Ich lernte ihn in Paris kennen, kurz nachdem er nach Amsterdam gekommen war. Das einstündige Gespräch hinterließ in meinem Gedächtnis den Eindruck eines – sehr natürlichen! – Geflechts aus Nüchternheit und Phantasie. Ja, Phantasie, von der man bei den Erben der kommunistischen »Diktatur der Dummköpfe« nicht einmal ein Quentchen vorfinden kann.

8. September 1993

Zygmunt Kubiak zitiert einen Ausschnitt aus den Briefen Keats' an seinen Bruder. »Das Leben eines wertvollen Menschen ist eine ständige Allegorie.« Und weiter: »Shakespeare lebte ein allegorisches Leben: seine Werke sind der Kommentar dazu ...«

Es geht jedoch darum, mit der Allegorie nicht zu übertreiben, sie nicht (so wie Keats) sogar dort zu suchen, wo sie nur ein Phantasieprodukt ist, und die Wirklichkeit nicht in die

Rolle eines Vorwandes für die allmächtige Metapher zu zwingen. Zum Beispiel Giorgione. Ein wunderbarer Maler, der als »Allegoriker« *par excellence* gilt. Sein *Gewitter* ist von den »allegorischen« Kommentatoren bis auf die blanken Knochen abgenagt. Seit vielen Jahren hängt in meiner Malernische eine ausgezeichnete Reproduktion dieses Bildes an der Wand, so daß ich es während meiner gewohnheitsmäßigen »Rundreisen im eigenen Zimmer« (nach dem Vorbild von François-Xavier De Maistre) oft betrachte und dabei murmle: »Was für eine Allegorie!« Wer *Das Gewitter* in einer Reproduktion oder in der venezianischen Akademie gesehen hat, erinnert sich an die von Giorgione gemalte Szene: Links steht ein Soldat, der sich an eine hohe Stange oder Lanze lehnt, rechts sitzt eine nackte Zigeunerin mit einem Säugling an der Brust; der Soldat steht vor einer zerbrochenen Säule, die Zigeunerin sitzt unter einem Baum; ein Gewitter hängt in der Luft (aus den Wolken fährt bereits ein Blitz), hinter der Brücke über den Fluß oder Bach sind Gebäude zu sehen – Türme und eine Kuppel. Das ist alles, natürlich verkürzt. Giorgione hat die dunkelgrüne Tönung der Farben vor einem Gewitter glänzend erfaßt.

Der bedeutende Kunsthistoriker Edgar Wind hat dem *Gewitter* eine essayistische Analyse gewidmet. Er unterstreicht (zu Recht) die »geheimnisvolle Harmonie zwischen der Landschaft und den Figuren« und präsentiert gleichzeitig eine kleine Galerie der Symbole, derer man sich zur Zeit der Renaissance bediente. Die gebrochene Säule bedeutete Macht (die der etwas kümmerliche Soldat mit schmalem Gesicht nur schwach repräsentiert), das Gewitter (auch das zerstörerische Gewitter) sah man als Fortuna an, die Figuren stellen *Virtus* und *Amor* dar. Winds Skizze endet jedoch mit dem melancholischen Satz: »Giorgione, der uns das Gewitter, die Zigeunerin und den Soldaten zeigt, kreiert damit weniger eine Erzählung als vielmehr eine Scharade.«

Vielleicht aber ist es gar keine »allegorische Scharade«, sondern eben doch eine Erzählung? Vielleicht hat ein anderer bekannter Kunsthistoriker, Kenneth Clark, recht, der Giorgiones *Gewitter* als »reine Phantasie« ansieht und daran erinnert, daß dieses Bild zu Lebzeiten des Malers ganz einfach *Soldat und*

Zigeunerin hieß? Vorsicht mit dem Mißbrauch von »Allegorien«. Der aufrecht stehende Soldat ist stolz auf seine Geliebte (die wirklich wunderschön ist) und sein Kind, beide warten auf das heranziehende Gewitter, wie man stets auf die Reinigung des Glücks durch Wasserströme gewartet hat und weiterhin wartet.

13. September 1993

Wäre ich »Vatikanist« wie Dominik Morawski[114] würde ich dem Verfassen eines faszinierenden und lehrreichen Buches (im Stil eines »Thrillers«) über Johannes Paul I. viel Zeit widmen: über seine Wahl, sein 33tägiges Pontifikat, sein flüchtig angedeutetes und recht ungewöhnliches Bild eines Heiligen Vaters, seinen unerwarteten und ziemlich rätselhaften Tod; Albino Luciani, der Patriarch von Venedig (wie vor ihm Roncalli, also Johannes XXIII.), war auf dem vatikanischen Firmament ein Meteor, der, kaum aufgeleuchtet, schon verglühte. Es wimmelt hier an Widersprüchen, Unklarheiten, dunklen Stellen und Lücken, so wie es eben in einem »Thriller« sein sollte. Zum 15. Jahrestag der Wahl (26. August 1978), der Inthronisation und des blitzartig-kurzen Pontifikats finde ich in der rührigen katholischen Wochenschrift *Sabato* recht viel interessantes Material. Es erweitert, bestätigt und kompliziert alles, was schon teilweise bekannt war: In der Phantasie des römischen Volkes tauchten vom ersten Augenblick an Vermutungen über einen (vorsichtig ausgedrückt) unnatürlichen Tod auf, die schwarze Aristokratie hob heuchlerisch und bedeutungsvoll die Augen zum Himmel, und in der römischen Kurie wurde jede allzu direkte Frage mit zornigem Fauchen abgetan.

Kurz nach dem Tod Johannes Pauls I. lernte ich den hochgeschätzten Arzt Professor De B. kennen, der einmal, noch vor der Papstwahl, zu einem ärztlichen Konsilium nach Venedig gerufen worden war. Natürlich wollte er in einem Gespräch (zu Recht) keine Einzelheiten nennen, aber einen Satz sagte er langsam und leise: »Ich habe noch nie einen so kranken Menschen gesehen; ich wunderte mich, daß er noch lebt.« Demgegenüber meinte der Bruder des verstorbenen Papstes, Eduardo Luciani, im *Sabato*, dieser habe eine »eiserne Gesundheit«

besessen, wenngleich er hinzufügte, daß Albino nach einem Gespräch mit der einzigen »Hellseherin aus Fatima«, der Schwester Lucia, (Juli 1977) seinen nahen Tod vorausgeahnt habe. Im *Conclave* errang seine Kandidatur schnell und ohne Schwierigkeiten die Mehrheit, aber man muß sich vergegenwärtigen, daß Kardinal Benelli sie unterstützte, der ehemalige vatikanische Innenminister, der ein Jahr zuvor aus der römischen Kurie herausgeekelt worden war. Denn im Grunde erfreute sich Johannes Paul I. in der Kurie keiner besonderen Sympathie. Man nahm ihm die »übertriebene (also echte) Demut« übel, seine ausschließliche Vorliebe für die Hirtenrolle und seine soziale Radikalität (er war Sohn eines Arbeiters und Sozialisten), insbesondere aber irritierte die kurialen Würdenträger ganz außerordentlich seine beharrlich gepflegte Gewohnheit, sich an die Gläubigen mit den Worten zu wenden: »Betet für diesen armen Christus.« An seinem Todestag empfing er den afrikanischen Kardinal Gantin, der gleich nach der Audienz die Abschiedsworte des Papstes wiederholte: »Wir sollten der Welt ständig Jesus Christus vor Augen halten, außer Ihm haben wir nicht allzu viele Argumente in der Hand.«

Es ist fast sicher, daß es noch vor der Wahl mehrmals zu Streit zwischen dem Patriarchen von Venedig und Marcinkus kam. Vieles deutet darauf hin, daß er kein Gegner der Zulassung von Verhütungsmitteln (vor allem der Pille) war, obgleich er es nicht wagte, die Enzyklika *Humanae vitae* zu kritisieren.

Der Tod. Er liegt im Bett und liest im matten Licht der Nachttischlampe. Im Kommuniqué von Radio Vatikan wurde gesagt, es sei das Buch *Die Nachfolge Christi* gewesen. Aber in einem Interview, das der damalige Radiodirektor, der Jesuit Farusi, *Sabato* gab, wurde diese erhabene Version mit dem Wort »Unsinn« quittiert. »Ich erhielt diese Nachricht vom Sekretär des Papstes, sendete sie und mußte sie am Tag darauf dementieren. Er hatte irgendwelche Papiere in der Hand, fragen sie mich aber bitte nicht, welche. Für mich ist das bis heute ein Geheimnis geblieben.«

17. September 1993

Der Reichtum sowjetischer Archive erfüllt mich mit immer größerer Bewunderung (und Erstaunen). Von Silone habe ich gelernt (der es wiederum von Togliatti hatte), daß wichtige und »delikate« Angelegenheiten bei den Kremlherrschern keine schriftlichen Spuren hinterlassen, und so lebte ich jahrelang in der tiefen Überzeugung, daß sich am epochalen Tag des Zusammenbruchs der Sowjetunion in den Archiven nur gähnende Leere finden werde. Nun aber zeigt sich, daß sie voll sind und ihre Dokumente erstaunlich detailliert.

1974 diskutiert die komplette sowjetische *wjerchuschka*[115] stundenlang ein Problem von erstrangiger Bedeutung für das Staatswesen: Soll man Solschenizyn wegen des *Archipels Gulag* verhaften oder ausweisen (Brandt ist bereit, ihn aufzunehmen)? Breschnew, Andropow, Suslow, Kossygin, Gromyko, Podgorny, Kirilenko, das ganze ehrwürdige Gremium seniler Tölpel, der Stadträte aus Saltykov-Schtschedrins Glupov[116], berät über alle Nuancen, Vor- und Nachteile dieser Entscheidung, die von historischem Gewicht sein wird. Verhaften und ins Gefängnis werfen? Mit einem Tritt in den verlotterten Westen befördern? Einen Tritt geben und raus, nach einer kurzen Zeit der Sensation werden sie ihn im Westen vergessen und er wird in der Emigrationswüste elend krepieren. Nachdem dies beschlossen ist, bleibt nichts anderes übrig, als das umfangreiche *Dossier* der Glupover Beratungen ins Archiv zu befördern, zusammen mit drei Photographien, die Solschenizyn bei der Beerdigung Twardowskijs[117] zeigen (und die Agenten des KGB von einem Versteck aus gemacht haben).

Solschenizyn beschreibt seine Händel mit der sowjetischen Staatsmacht in dem Buch *Ein Kalb rennt gegen die Eiche an*. Gegen die Eiche? Das ist doch bereits ein morscher Stamm, der schon unter den Stößen eines widerspenstigen Kalbes langsam zerfällt. Es konnte Jaruzelskis Aufmerksamkeit nicht entgangen sein, daß er es mit Moder zu tun hat; er fuhr häufig nach Moskau, hing am Telephon zum Kreml, drückte seine Lippen leidenschaftlich auf die greisen Mündchen der sowjetischen Führer, warum also überkam ihn im Augenblick seiner »historischen Prüfung« das große Zittern? Suslows Papiere, die Jelzin kürzlich als Geschenk nach Warschau brachte, sind eine gute Illustration für den redseligen, zahnlosen Moder, der nicht mehr in der Lage war, die *geroitscheskich podwigow*[118] aus Ungarn und der Tschechoslowakei zu wiederholen.

13. Oktober 1993

An einem Wintertag, es war wohl Anfang 1957, machte ich mich auf den Weg nach Rom und besuchte wie immer Silone. Ich fand ihn in »schwarzer Stimmung« vor, und es war schwer zu enträtseln, weshalb; von Natur aus wortkarg, liebte er es nicht, sich zu offenbaren, mehr noch – er betrachtete Bekenntnisse mit einer Mischung aus Verachtung und Abscheu. Schließlich murmelte er unwillig, wobei er die Wand über meinem Kopf anstarrte, er habe gestern am frühen Abend beschlossen, die Räumlichkeiten verschiedener Parteien in verschiedenen Stadtteilen zu besuchen. Er sei über ihr Aussehen entsetzt gewesen, das unabhängig von politischen Tendenzen einander glich. »Luxuriöse Vergnügungslokale mit Billardtischen, Musikschränken, Bars, Tischen, an denen man essen oder Karten spielen kann, Tanzflächen. Die dort Versammelten unterhielten sich nicht über Politik, deren formelle Anwesenheit sich nur in den Portraits der Parteivorsitzenden an den Wänden manifestierte.« Er unterbrach und fügte mit unverhohlener Erregung hinzu: »Das alles wird einmal ein schlimmes Ende nehmen.«

Was meinte er, was für ein »alles«? Ich entsinne mich heute dieses Besuches bei Silone, weil seine weiteren Erläuterungen etwas Prophetisches hatten und eine tiefe (nach Meinung mancher: tödliche) Krise der demokratischen politischen Parteien ankündigten. »In meiner Jugend« – fuhr Silone fort – »lebten die Parteien von ihren Mitgliedsbeiträgen, hatten eine gewissenhafte Buchhaltung, in den Parteilokalen besprach man die dringendsten Probleme und trank bei der Diskussion höchstens mal ein Glas Wein. In den modernen Massengesellschaften sind die Parteien zu Giganten geworden, die oft Hunderte, wenn nicht Tausende bezahlter Funktionäre beschäftigen; sie haben einen ständig steigenden finanziellen Bedarf, den die staatlichen Zuschüsse nicht decken können, die im Vergleich zu den Ausgaben für den Mitgliederkauf (denn wie soll man das anders nennen?), vor allem aber den Wählerkauf in Zeiten des Wahlkampfes lächerlich sind. In Zukunft bleibt nichts anderes übrig, als zu stehlen, überwiegend in Form von Lösegeld von Unternehmen und Industriekonzernen, die dafür als Gegenleistung politische Bevorzugung und Erleichterungen in sogenannten Geschäften erhalten. Korruption gab es schon immer, aber die künftige wird eine Massenerscheinung sein, so wie die Gesellschaften, in denen sie sich entwickelt. Ja, das alles wird einmal ein schlimmes Ende nehmen.«

In den letzten zwei bis drei Jahren hat es nun ein solches schlimmes Ende genommen, wobei es beispielsweise in Italien (aber nicht nur) tiefsten Widerwillen gegenüber dem demokratischen Mehrparteiensystem weckte. Und was soll an seine Stelle treten? Verschiedene Ligen, Blöcke, Zusammenschlüsse und Vereinigungen, also genau dasselbe unter einer anderen Bezeichnung. Ich sehe nur eine Arznei gegen diese schwere Krankheit: den Kampf mit den politischen »Apparaten«, dessen Anzeichen man bereits in Italien beobachten kann.

11. Dezember 1993

Michał Komars Buch *Die Bitte um einen guten Tod* ist faszinierend, gut dokumentiert und intelligent. Es ist eine Fortsetzung seines vorangegangenen Buches, *Hexen und andere*, die wohl den Schlußpunkt setzt. Komar ist zu einem (engelgleichen?) Doktor der Dämonologie und Stregonologie (vom italienischen *strega* – die Hexe – und *stregone* – der Zauberer) geworden; seine historische Kennerschaft dieses Gegenstandes weitet er auf unsere Epoche aus und legt dem Leser eine wichtige Frage nahe: Haben die alten Hexen endlich ihren schändlichen Geist aufgegeben, sind die lodernden Scheiterhaufen verglüht, schaukelt der emeritierte Teufel mit dem abgehackten Schwanz, den gestutzten Hörnern und den Bocksfüßen nach der morgendlichen Pediküre, eine Zigarre im Mund, parfümiert und kahl im Schaukelstuhl, wobei er sich mit ironischem Lächeln in die Lektüre von Goethe, Dostojewski, Thomas Mann oder Bulgakow vertieft? Ich würde diese Frage so beantworten: Der literarische, symbolische Teufel lebt und wird ewig leben, weil er ein Synonym für das ewig Böse ist, deshalb soll er euch mit seinem Rentneraussehen nicht irreführen, mehr noch – er hat sein Wirken in anderen, der Gegenwart besser angepaßten Gestalten, ohne die traditionellen Requisiten, wie Bocksfüße oder Hörner, verstärkt; Komars historischer Teufel dagegen, vor dem Hintergrund brennender Scheiterhaufen von Hexen umgeben, unterliegt, je nach den geschichtlichen Gegebenheiten, einer Modernisierung. Sein Vordringen aus scheinbar längst vergangenen in unsere Zeiten zeigt Komar hervorragend auf.

Wichtig ist in Kołakowskis Einleitung zur polnischen Ausgabe von Michelets *Hexe* das prägnant formulierte Hauptanliegen des französischen Historikers: »Nicht der Teufel ist der Anstifter menschlicher Unglücksfälle, sondern die menschlichen Unglücksfälle sind die Quelle des Teufels.« Kołakowski sagt: »Eine schlichte und unprätentiöse Feststellung, zu Michelets Zeiten – zumindest dem Anschein nach – nicht mehr originell.«

Mit Sicherheit steht Michelets Gedanke Komar nahe. Man muß nur den Begriff »menschliche Unglücksfälle« stark ausweiten, um in Einklang mit Michelet einen Schlüssel zu Komars gelehrten Nachforschungen zu finden. Zu den »menschlichen Unglücksfällen« gehören nicht nur psychische Störungen einzelner, sexuelle Qualen der Nonnen und Priester, Epidemien, Plagen und Religionskriege, sondern auch verschiedene Formen des Despotismus. Und eben deshalb springt Komar leichtfüßig und ohne irgendwelche Bedenken von den alten Dokumenten zum Thema Hexensabbat über zu dessen nationalsozialistischer und stalinistischer Imitation (manchmal schlicht Kopie).

Hin und wieder fällt es schwer zu glauben, in welchem Maße sich dämonologische Episoden früherer Jahrhunderte zu unseren Lebzeiten wiederholen. Als ich Jacob Marcuses Buch *The Jews in the Medieval World* durchlas, notierte ich daraus die Geschichte Agimets und die der Elvira del Campo in mein Tagebuch. Agimet, ein Genfer Jude, wurde während der Pest des Jahres 1348 wegen der Anschuldigung gefoltert, ein Teufel zu sein, der auf Reisen Giftbeutel (oder Pesterreger) in die

Brunnen wirft. Es ging – ein klarer Fall – um die damaligen Kartoffelkäfer (um sich der dämonologischen Phantasie der polnischen Kommunisten zu bedienen[119]). 1568 wurde Elvira del Campo aus Toledo, die mütterlicherseits aus einer *marranos*-Familie stammte, väterlicherseits aber eine »reine« Christin war und auch einen »rein« christlichen Mann hatte, angeblich bei der heimlichen Ausübung »jüdischer Praktiken« ertappt. Sie wurde gefoltert und zu drei Jahren Haft im gelben *sambenito* sowie zur Konfiskation ihres Vermögens verurteilt. Sie stand wegen »Heuchelei einer Hexe« vor Gericht. Gegen Ende der kommunistischen Herrschaft in Polen warf unser heimischer Inquisitor, der Priester (heute Bischof) Alojzy Orszulik, den Anführern des KOR »teuflische Heuchelei« vor, da sie seiner Meinung nach in Wirklichkeit Trotzkisten seien, die sich als polnische Patrioten ausgäben. Und er verlangte die Ausweisung von Kuroń und Michnik[120] aus Polen (leider hatten sie kein Hab und Gut zur Konfiskation).

25. Dezember 1993

Herzen, einer der größten russischen Schriftsteller. Isaiah Berlin stellt *Byloje i dumy*[121] neben *Krieg und Frieden* von Tolstoj. Dostojewski sah Herzen vor allem als Dichter. Meist überschattet die Publizistik und der *Kolokol*[122] das wundervolle literarische Werk Herzens. In einer Hinsicht übertrumpfte er die zeitgenössischen Meister der Prosa: Er war ein sehr kluger Schriftsteller (nicht so sehr ein Denker als vielmehr ein kluger Schriftsteller); Berlin zögert nicht, von seinem »philosophischen Genius« zu sprechen, obwohl er kein Philosoph war und die berühmten philosophischen Werke mit Reserviertheit und einem Anflug von Ironie betrachtete. Wie sehr bräuchte Rußland heute einen neuen Herzen! Solschenizyn ist zu wenig. Rußland braucht einen weitsichtigen Schriftsteller, der es versteht, die Grenzen der immer toller werdenden Scharmützel auf dem postkommunistischen »Friedhof der Ideen« (eine Formulierung von Broniewski vor seinem *Słowo o Stalinie*[123] zu überschreiten.

Bei Herzen fällt eben seine Weitsichtigkeit auf. In seinem

Band *Vom anderen Ufer*, einem Buch, das er in der Widmung für seinen Sohn als seine höchste Errungenschaft bezeichnete, sind Reflexionen von einem anderen »Friedhof der Ideen« – nach dem Jahr 1848 – enthalten, die alle »Ismen«, die zeitgenössischen, späteren und die künftigen durchkreuzen. Wenn man Herzen liest, versteht man besser, wie ein kluger Schriftsteller, der frei von den Versuchungen der Prinzipienreiterei und der Abstraktion ist, die heraufziehenden Epochen fühlt und sieht, wie er deren Ansätze aus der ihn umgebenden Wirklichkeit herauszieht, einer Wirklichkeit, die er mit erstaunlicher Durchdringlichkeit zu erkennen und zu beurteilen versteht. Getrieben von der Beredsamkeit des Scharfsichtigen, ja sogar des Hellsehers, entsagt er nicht einer an Bildern reichen Expression und eilt bereits in *unsere* Zeit voraus, als sei es ihm möglich, die Fesseln der Geschichte zu sprengen.

Vor fast eineinhalb Jahrhunderten griff Herzen, nachdem er die – übrigens nur schwach ausgeprägten – Anflüge von Romantik abgeschüttelt hatte, mit aller Heftigkeit das Dogma der europäischen Linken (und Rechten) an, das auf dem Altar kollektiver Ideale – der Nation, der Demokratie, der Gleichheit, der Menschheit, des Fortschritts – die Darbringung von Opfern forderte, und zwar auf Kosten individualistischer »Vorurteile«. Es gibt keine abstrakte Freiheit (versicherte er), es gibt nur freie Menschen; diejenigen, die ihn als kraftlosen Spielball der Natur darstellen oder als winziges Rad in großen historischen Prozessen – dem Hegelschen »Schlachthaus der Geschichte« –, das im Namen der Zukunft, im Namen nebelhafter künftiger Ziele geopfert wird, die ein Massaker an Tausenden für die Beglückung künftiger Millionen zulassen, die begehen einen großen Fehler. Der Mensch (»Monade«) kann frei, für seine Taten verantwortlich, schöpferisch und seiner Moral verpflichtet sein, wenn er seine Individualität angesichts gieriger und wilder »Massen« bewahrt, die gefährliche Illusion von den »fernen Zielen« von sich weist und bis zum Äußersten seine eigene Würde verteidigt. Herzen, der seine Sympathien für den Sozialismus nicht verbarg, rief seine russischen Freunde dazu auf, sich bewußt zu machen, daß die »Jakobinermütze« oder die Rote Fahne dasselbe seien wie das mit »Blut befleckte«

Schwert der herrschenden Klasse. Im romantischen Pessimismus sah er den Gärstoff für den Nihilismus (und fügen wir hinzu: den künftigen Faschismus); er wußte auch, daß sich die kommunistische Massenrevolte in ein furchtbares Blutbad verwandeln würde. Die »unterdrückten Massen« liebte er nicht, dachte voller Furcht an sie, aber gleichzeitig gebot ihm moralische Entrüstung, Gerechtigkeit zu fordern. Vor der blendenden Wirkung von »Generallösungen« warnte er (»Ideale, theoretische Konstruktionen lassen sich niemals so verwirklichen, wie sie in unserem Kopf erdacht worden sind«) und behauptete, daß ausschließlich spezifische und partikuläre Lösungen einen Sinn haben. Er haßte Fragen von der Art: »Was ist das Lebensziel?« Und hier scheint mir der kluge Herzen, den ich mehr als bewundere, für metaphysische Probleme übertrieben und schlichtweg programmatisch verschlossen zu sein, als ob er auch für nur schwach auftretende religiöse Gefühle unzugänglich wäre.

In dem *Omnia mea mecum porto* betitelten Kapitel fand ich einen Gedanken, der in dem vom Kommunismus befreiten Europa des Jahres 1989 ungewöhnlich aktuell ist: »Das Absterben der modernen Formen der staatsbürgerlichen Ordnung muß das Herz eher erfreuen als bedrücken. Furchtbar ist nur, daß die abtretende Welt keinen Erben, sondern eine schwangere Witwe hinterläßt. Zwischen dem Tod der alten und der Geburt der neuen Welt wird viel Wasser ins Meer fließen, wird eine lange Nacht von Chaos und Verwüstungen über uns hinweggehen.« Dies ist uns im ausklingenden Jahr 1993 ebenso bewußt, wie es ihm im Jahr 1849 klar war.

30. Dezember 1993

Schwer schnaufend fuhr der Zug mit 45stündiger Verspätung in den Bahnhof ein und zog zwei gelbe Rauchwolken hinter sich her, die unter den Rädern hervorquollen. Der Tag war frostig, aber nach den feuchten, grauverhangenen Wochen endlich sonnig. Die Waggontüren waren verriegelt, zunächst galt es, den Waggon zu leeren, den man unterwegs in ein Krankenhaus verwandelt hatte. Man trug aus ihm die Leichen von vier alten

Menschen heraus und brachte sie in die Bahnhofskapelle; außerdem half man zahlreichen kranken Frauen und Kindern heraus; sie fanden Aufnahme in der Bahnhofsambulanz. Die Passagiere drängten sich in den Gängen, an den Waggontüren und an den verschlossenen Fenstern. Der Anblick von kleinen Wasserfontänen auf dem Bahnsteig und von Imbißwagen mit heißen Getränken machte sie kribbelig; Durst und Kälte in den wegen eines Schadens unbeheizten Waggons erreichten ihren Höhepunkt. Die Mütter zogen rasch ihre eingemummten Kinder um, die Männer entledigten sich ihrer zusätzlichen Jacken und Socken. Plötzlich erscholl aus einem Lautsprecher, der am Fenster einer über den Gleisen und Bahnsteigen befindlichen Kabine befestigt war, eine Stimme: »Hier spricht der Bahnhofsvorsteher. Wir BITTEN alle Passagiere, die während der Reise Unannehmlichkeiten erfahren haben, um VERZEIHUNG. Aus Gründen, die nicht bekanntgegeben werden können, waren wir gezwungen, den Zug im freien Feld und nicht an den auf der Strecke liegenden Stationen zum Halten zu bringen. Wir BITTEN deshalb um VERZEIHUNG für die ungeheure Verspätung, die zur Erschöpfung der Lebensmittel- und Getränkevorräte in den Zugbuffets führte sowie zur Beschädigung der Wärmeleitungen. Wir bitten die Passagiere, keine Beschwerden einzulegen und keine Rückerstattung des Fahrgeldes zu fordern, ganz zu schweigen von Entschädigungen und anderen Formen von Genugtuung. Wenn Ihnen Unrecht und unbeabsichtigte Beleidigungen von seiten der Staatsbahnen widerfahren sind, so mögen sie diese als Opfer für unser ewig bedrohtes Vaterland ansehen. Einer der Reisenden ist der allen bekannte Publizist und ehemalige Parlamentsabgeordnete … Ich bitte ihn für ein kurzes Gespräch zu mir.«

In der Tat verließ der Herr Abgeordnete den Salonwagen und begab sich raschen Schrittes zum Aufzug, der ihn in die Kabine des Bahnhofsvorstehers bringen sollte. Schon von der Schwelle zur Kabine rief er: »Bravo, Herr Bahnhofsvorsteher, Sie haben die Passagiere wunderschön und zu Herzen gehend um Entschuldigung gebeten«, woraufhin er ihn laut auf beide Wangen küßte. Nach einem kurzen Gespräch fuhren beide, in freundschaftlicher Umarmung, auf den Bahnsteig hinunter. Die

Masse der Passagiere, die endlich aus den Waggons herausgelassen worden war, empfing sie mit einem Beifallssturm. Lächelnd beobachtete der Bahnhofsvorsteher diese Szene. Aber in seinem Lächeln spiegelte sich nicht nur Genugtuung, sondern auch eine Mischung aus Ironie und Zynismus. Die deutsche Sprache war ihm recht geläufig; auf einmal fiel ihm der Begriff *Narrenschiff** ein. Er brummte in den Bart: »Anscheinend gibt es auch einen *Narrenzug**.«

* im Original deutsch

1994

Ein tiefer Schatten

Januar 1994

Ich bin ein tiefer Schatten; hört auf, mich zu quälen.
Giordano Bruno zum Inquisitionstribunal (vor der Urteilsverkündung)
Vielleicht hattet ihr größere Furcht, da ihr euer Urteil verkündetet, als ich, da ich es hörte.
Giordano Bruno zum Inquisitionstribunal (nach der Urteilsverkündung)

Geboren ist er in der kleinen Stadt Nola in der Nähe von Neapel, so daß man seinen Familiennamen häufig durch den Beinamen Nolano ersetzte, der Nolaner. 1548 erblickte er das Licht der Welt als Sohn eines Söldners und einer Bäuerin. Laut Überlieferung erlangte Nola erstmals historischen Ruhm durch den (nach seinem Tod heiliggesprochenen) Bischof Paolino, der an der Wende vom 4. zum 5. Jahrhundert die Glocken erfand. Nola vermehrte seinen Ruhm über zehn Jahrhunderte später, als Filippo Bruno in ihren Mauern zur Welt kam. Er nahm beim Eintritt in den Dominikanerorden in Neapel den Namen Giordano an. Vom Tribunal der Heiligen Inquisition verurteilt, hauchte er im Jahre 1600 auf dem römischen *Campo dei Fiori* seinen sündigen Geist auf dem Scheiterhaufen aus. Er starb in den Flammen unter Trauergeläut der Glocken in den benachbarten Kirchen. Auf diese Weise verband Nola die beiden Ursachen seines Ruhmes miteinander: der Erfinder der Glocken entschwebte im Heiligenschein zur paradiesischen Glückseligkeit, der Abtrünnige und Häretiker wurde beim Klang der Glocken in ewige Höllenqualen (an die er übrigens nicht glaubte) hinabgestoßen.

I.

Er wurde im Mai 1592 in Venedig verhaftet und in die Gefängniszelle in *San Domenico di Castello* geworfen.

In den Prozeßakten ist er als »klein und schmächtig, mit einem dünnen Bart« beschrieben. Sein bester Biograph meint: »Es ist schwer zu sagen, wer er wirklich war. Niemand, der bei Sinnen ist, wird in Abrede stellen wollen, daß er ein großer Philosoph und hervorragender Schriftsteller gewesen sei.« Es geht jedoch nicht allein um seine über jeden Zweifel erhabenen geistigen Fähigkeiten und Talente, sondern um seine menschliche Silhouette, die rätselhaft und deshalb so reizvoll ist. Mal ist er ein aggressiver, jähzorniger und selbstsicherer Gewaltmensch, ein verwegener Ironiker, dann wieder ein schweigsamer Einsiedler in selbstgewählter Isolierung, empfindsam und stets bereit, sich für längere Zeit in den Schatten zurückzuziehen. Acht Jahre dauerte sein Prozeß. Die Richter des Inquisitionstribunals hatten es nicht eilig – ganz im Gegenteil, sie wollten ihn durch die Folter der verrinnenden Zeit brechen; ihm aber platzte die Geduld, die auf eine harte Probe gestellt worden war. Wenn er in der Zelle aus seinem Schatten heraustrat, erging er sich in Flüchen, Beleidigungen und Prahlereien. Angeblich besaß er mehr Frauen als Salomo, dem die Bibel tausend zuschreibt. Christus und die Gottesmutter beschimpfte er in gotteslästerlicher Weise, die nicht wiederzugeben ist. Das war jedoch nur die äußere Schale – das Ergebnis langer Jahre voller Not, Erniedrigung und Mißerfolg, des Vagabundendaseins und ständiger Flucht. In der letzten Prozeßphase verstand er es, sich zu den Gipfeln seines Wissens und philosophischen Denkens aufzuschwingen.

Als er an jenem Maimorgen des Jahres 1592 die Schwelle seiner Gefängniszelle überschritt, schlug er um sich und wütete, trommelte mit den Händen gegen die Wand, schleuderte Hunderte verknäulter Worte aus sich heraus, in denen der Name des venezianischen Patriziers Mocenigo am häufigsten auftauchte. Dabei entging ihm sogar, daß er in der Zelle nicht alleine war. Auf dem zweiten Strohlager saß ein Mönch in der Kutte eines Kapuziners, blaß, mit flammenden Augen, der gierig dem Wortschwall des neuen Gefangenen lauschte. Erst in der Abenddämmerung, nach dem Essen, blieb Giordano Bruno vor ihm stehen, blickte ihn scharf an und erhob unwillkürlich seine Hand. »Ich bin Bruder Cölestinus aus Verona, schlag mich nicht, es hat keinen Sinn, ich werde ohnehin dem baldigen Tod nicht entrinnen können.« Bruno ließ seine Hand fallen, aber in seinen Augen, die Cölestinus weiter anstarrten, keimte Furcht, die immer größer wurde. Er war auf Grund einer Anzeige des venezianischen Patriziers ins Gefängnis geworfen worden, aber er wußte sehr wohl, daß sich die Inquisition an die Richtlinie »ein Zeuge ist kein Zeuge« hielt. Cölestinus konnte neben Mocenigo der zweite Zeuge sein. Und er war es. Der Prozeß nahm (aus Sicht des Inquisitionstribunals) sogleich den richtigen Lauf. Bruno konnte bis zum Ende seines Aufenthaltes in der venezianischen Gefängniszelle, die er mit Cölestinus aus Verona teilte, seine herausfordernde Eloquenz nicht bändigen. Cölestinus aber, der einige Monate später nach Rom überstellt wurde, denunzierte zuerst seinen Zellengenossen, dann sich selbst. Seine Selbstanzeige war eine Form von Selbstmord, die er in einem Anfall von Wahn erstattete. In fortwährend wiederholten Beichten belastete er sich so furchtbar (»Unser Herr Jesus Christus hat die Menschheit nicht erlöst«, heißt es in einer davon), daß Papst Klemens VIII. befahl, ihn unverzüglich in die Hände der weltlichen Gerichtsbarkeit zu überstellen, damit ihm das Siegel des Todes den Mund auf ewig verschließe. Die weltliche Gerichtsbarkeit zögerte jedoch aus unerfindlichen Gründen sechs Jahre lang. Im September 1599 band man ihn nachts an den Pfahl in der Mitte des Scheiterhaufens am *Campo dei Fiori*; sofort wurde der Scheiterhaufen entzündet. Nachts, denn der französische Gesandte wollte sich in seinem Palast an eben diesem Platz durch dicke Vorhänge vor den Fenstern von dem »düsteren Schauspiel« abschirmen. Im Februar 1600 folgte Bruno Cölestinus aus Verona nach.

Aber wir nehmen allzu viel vorweg.

II.

Allgemein heißt es, daß kurz vor dem Tod das ganze Leben vor den Augen des Sterbenden in schwindelerregendem Tempo nochmals abläuft. Inwiefern diese Überzeugung zutrifft, ist schwer zu sagen. Mit absoluter, durch zahlreiche Beispiele bezeugter Sicherheit kann man dagegen den gewissen evokativen Impuls eines Gefängnisaufenthaltes feststellen. Nach dem ersten Schock über den Freiheitsverlust folgt früher oder später der Augenblick des langsamen Eintauchens in die Vergangenheit. Fast jeder Gefangene verfällt plötzlich in Schweigen, hört auf, mit seinen Mitgefangenen oder sich selbst zu sprechen (wenn außer ihm niemand in der Zelle ist), löst sich von der Gegenwart und zwingt sein Gedächtnis mit fest in sein Lager gedrücktem Kopf und geschlossenen Augen, Bilder aus vergangenen Tagen zurückzurufen und zu beleben. Für manche Gefangene ist dies eine Quelle der Hoffnung, daß der Geschmack der Freiheit, der in den Erinnerungen erfahren wird, ihnen diese selbst bald wiederbringt. Die Gefangenen sind in zwei Kategorien einzuteilen: jene, deren Erinnerungen chaotisch verlaufen, die von Ereignis zu Ereignis springen, ohne deren Reihenfolge zu beachten oder diese gar absichtlich stören; und jene, die von einem ausgewählten Punkt ihres Lebens aus dessen Verlauf ordnungsgemäß wiedergeben, als ob sie in Gedanken ihre Biographie schrieben. Giordano Bruno, ein Meister und Lehrer der Mnemotechnik, gehörte zur zweiten Kategorie.

In seinen Erinnerungen bildete der Eintritt in den Dominikanerorden den Ausgangspunkt. Er fühlte in sich keine Berufung; der Orden war für ihn, den Sohn armer Eltern, die einzige Chance auf das ersehnte Studium. Schon seit Kindertagen drängte es ihn, den leidenschaftlichen, wenngleich chaotischen Leser, dazu. Beim Eintritt ins Noviziat zeigte man ihm auf dem Platz des heiligen Dominikus den an der Außenmauer des Klosters befindlichen Balkon, von dem aus Thomas von Aquin gepredigt und gelehrt hatte. Mit jugendlichem Ungestüm und Eifer betrachtete er immer wieder wie verzaubert diesen Balkon, Gegenstand seiner Sehnsüchte und Hoffnungen.

1572 erhielt er die Priesterweihe, drei Jahre später wurde er Doktor der Theologie. Kaum hatte er sein Doktordiplom in Händen, das ihn mit Selbstsicherheit (wenngleich nicht mit Hochmut) erfüllte, schon wurde gegen ihn auf Grund einiger öffentlicher Auftritte ein Prozeß wegen Häresie angestrengt. Er floh nach Rom, wo er sich (aus angeborener Starrsinnigkeit?) in einen weiteren Häresieprozeß verwickeln ließ und – was schlimmer war – den Verdacht auf Mittäterschaft an der Ermordung eines Klosterbruders erweckte. Eine Schuld wurde ihm niemals nachgewiesen. Dennoch mußte er sich durch Flucht aus Rom retten. Von da an betrat er den dornenreichen Weg eines verdächtigten und verfolgten Vagabunden. Er legte die Ordenstracht ab und wanderte eine Zeitlang in Norditalien von Stadt zu Stadt: Turin, Padua, Brescia, Bergamo, Mailand. Geschickt entkam er seinen Verfolgern, aber er mußte sich dessen bewußt sein, daß er sich in der Heimat nicht lange würde halten können. Mit welcher Bitterkeit und Wut schlug er sich nach Genf durch! Sogar später nach Jahren schnürte es ihm in seinen Erinnerungen den Hals zu, als wolle ihn eine unsichtbare Hand vor dem Abstieg von den Bergen zu den sich am Horizont abzeichnenden Konturen von Calvins Königreich erdrosseln. Nein, nein! Noch war er nicht ein aus der Art geschlagener Sohn der Mutter Kirche!

Wer weiß, vielleicht war es gerade diese Wut des Gehetzten, die ihn zusammen mit seinem aufbrausenden Charakter dazu verleitete, sich in Genf vom Katholizismus abzuwenden und zum Calvinismus überzutreten. Der Honigmonat (wie er es selbst nannte) fand nach einer scharfen Polemik gegen den calvinistischen Haupttheologen abrupt ein Ende. In aller Eile verurteilt, mußte er wieder weiterfliehen. Halt machte er in Toulouse, wo er noch eine philosophische Dissertation über Aristoteles' *De anima* schrieb und seine Thesen verteidigte. Er erhielt einen Lehrstuhl, aber seine kritische Einstellung zur aristotelischen Philosophie brachte seine Zuhörer bald in Rage. So sagte er sich: In Paris werde ich sicherer sein. In der Tat ist er in Paris etwas länger geblieben. Er errang die Gunst des Botschafters De Castelnau und sogar die Heinrichs III. selbst, dem er seine mnemonische (oder mnemotechnische) Abhandlung *De umbris idearum, Über die Schatten der Ideen,* widmete. De Castelnau, zum Botschafter am Hof Elisabeths ernannt, nahm ihn nach London mit. Der zweijährige Aufenthalt in England (1583-1585) war zweifelsohne die glücklichste und schaffensreichste Zeit seines Lebens. In den gebildeten Kreisen Londons, die sich damals lebhaft für die italienische Renaissance interessierten, trug man ihn auf Händen. Alle seine italienischen Dialoge publizierte er in London und lehrte einige Zeit in Oxford. Schließlich stolperte er über *Cena delle Ceneri*, das *Aschermittwochsmahl*, insbesondere dessen satirische Partien über die englische Gesellschaft und die Ausfälle gegen die traditionelle Philosophie. Er kehrte zurück nach Frankreich. Der zweite Aufenthalt in Paris endete nach einer öffentlichen Diskussion mit einem französischen Bewunderer des Aristoteles in einer Katastrophe. Ein Wohlgesinnter riet ihm, sich nach Deutschland zu begeben. Es folgt eine Kette von Fürstenhöfen und Universitäten: Mainz, Marburg, Wittenberg, Prag, Helmstedt (wo er sich zum Luthertum bekehrte, seinem neuen Glauben aber bald wieder abschwor), Frankfurt. An jedem seiner Aufenthaltsorte gab er sich mit Vergnügen der »fornicatio« hin, die er nicht als etwas Sündhaftes ansah, sondern als Werk Gottes.

Von Nostalgie geplagt und erschöpft, spürte er immer schmerzhafter den Wunsch nach Erholung und der Einkehr in einen ruhigeren Hafen. Der sehr wohlhabende venezianische Patrizier Giovanni Mocenigo, ein eifriger, wenngleich erst mit den Grundlagen vertrauter Adept der Magie und Mnemotechnik (und auf beiden Gebieten erfreute sich Giordano Bruno eines verdienten Ruhmes) lud ihn zu sich ein. Welch ein Wahnsinn ritt ihn, als er diese Einladung annahm! Nachdem er sich etwas erholt hatte, beschäftigte er sich stärker mit seinen Plänen, Venedig bald zu verlassen, als der versprochenen Unterweisung. Mocenigo ließ sich nichts anmerken, sann aber auf Rache. Er war es, der mit seiner Denunziation beim venezianischen Inquisitionstribunal dem Ketzer und Apostaten den achtjährigen Weg zum *Campo dei Fiori* eröffnete.

III.

Beide Anzeigen, die des venezianischen Patriziers Mocenigo und die des Cölestinus aus Verona, stimmten in drei Punkten überein, was für das Inquisitionstribunal wegen jenes unumstößlichen Grundsatzes, daß mindestens zwei Zeugen nötig sind, von wesentlicher Bedeutung war. Der Ketzer und Apostat hatte demnach behauptet, daß (erstens) Christus nicht gekreuzigt worden sei, sondern an einem Galgen, der aus einem sich gabelnden Ast gezimmert worden war, erhängt wurde; daß es (zweitens) mehrere Welten gäbe; alle Sterne seien ewige Welten, und zu behaupten, daß nur unsere Welt existiere, sei ein Zeichen von Ignoranz; daß (drittens) die Seelen nach dem körperlichen Tod eine Wanderung von Welt zu Welt begännen, vom toten Körper zu einem lebendigen.

Die drei in beiden Anzeigen wiederholten Beschuldigungen bildeten lediglich die Rechtsgrundlage zur Eröffnung des Prozesses und ermöglichten es, weitere Anschuldigungen vorzubringen. Das *Sommario* des Tribunals verwandelte sich in eine lange Liste häretischer Ansichten. Christus habe gesündigt, indem er Gott bat, den bitteren Kelch an ihm vorübergehen zu lassen – seine angeblich göttliche Natur müßte im Widerstreit stehen mit einer solchen Bitte; es fehle an Grundlagen, die den Glauben an die Hölle rechtfertigen; es sei nicht sicher, ob Abel Kain überlegen war; Moses sei einzig und allein ein Magier, ein großer Zauberer gewesen; die Gabe der Prophezeiung dürfe angezweifelt werden, ebenso die Kirchendogmen; die Heiligenverehrung sei ein Fehler, das Brevier mißachtenswert. In den beiden letzten Positionen des *Sommario* werden dem Apostaten gotteslästerliche Neigungen und schändliche Absichten gegenüber seinem Mutterkloster, falls er gezwungen sein sollte, dorthin zurückzukehren, vorgeworfen.

Das *Sommario* ist als Frucht des Reduktionismus zu Beginn der Ermittlungen des venezianischen Inquisitionstribunals in seiner Art ein Meisterstück. Der beste Beweis hierfür ist die Andeutung einer möglichen Rückkehr in das Mutterkloster, also einer Vergebung nach Sündenbekenntnis und tiefer Reue. Bei den venezianischen Verhören wandte Giordano Bruno deshalb – wenn es keinen besseren Ausweg gab – die Taktik des Sich-an-die-Brust-Schlagens an oder aber eines vorsichtigen, geschickten Infragestellens weniger schwerer und gefährlicher Anschuldigungen.

Das Schwelgen in Erinnerungen auf der Lagerstatt der Gefängniszelle erfüllte in der Tat sein ganzes Wesen mit einem stetig wachsenden Freiheitswunsch; dieser war so mächtig und dominierend, daß Bruno manchmal wie ein Blinder, der eine Spalte in der Mauer sucht, gegen die Wände rannte. Oft lag er auch stundenlang auf dem Rücken und starrte die im Gewölbe hervorstehenden Steine an, als wäre er in kataleptischen Schlaf versunken. Fliehen, entkommen, um jeden Preis! War das Vagabundendasein zu seiner zweiten Natur geworden oder verspürte er erst jetzt den Geschmack seiner Wanderungen, der Schnippchen, die er seinen Verfolgern schlug, des Atems in der weiten Brust, der Spannkraft des Körpers und der Klarheit der Gedanken? Jetzt, da sein Körper im Gefängnis von Tag zu Tag schlaffer wurde und die Klarheit der Gedanken sich allmählich trübte (aber glücklicherweise nicht soweit, seine Fähigkeit zum Widerstand gegen die venezianischen Inquisitoren zu verlieren)? In Anflügen von Verzweiflung richtete er seinen Blick auf das kleine, vergitterte Fenster, das sich knapp unterhalb der Wölbung befand. Tagsüber sah er nur ein Stückchen klaren oder auch grauen Himmels. Nachts aber verschaffte ihm bei gutem Wetter der Anblick flimmernder Sterne, die er ja als unendliche, ewige Welten ansah, Linderung.

Nach seiner Auslieferung, die das römische Inquisitionstribunal verlangt hatte, erinnerte er sich an die venezianische Zeit seines Prozesses wie an Ferien. In Rom stand er vor Richtern, die die Kunst der Ermittlungen und Verhöre unvergleichlich besser beherrschten als ihre venezianischen Kollegen; die lange Erfahrung und inquisitorischen Kenntnisse jener stellten für den Doktor der Theologie und Philosophie eine Herausforderung dar. Der größere Druck führte zu geschickteren Reaktionen. Einem aus der Höhle gelockten und gereizten Raubtier gleich war Bruno stets zu Sprung und Kampf bereit.

IV.

Auffallend ist im römischen Prozeß die Logik, und zwar sowohl der Ermittlungen als auch der Verhöre und Beschuldigungen. Da, wo in Venedig ein Herumtappen im Finsteren mit halbverbundenen Augen und ausgestreckten Armen vorherrschte und dem Beschuldigten zahlreiche Gelegenheiten zu Ausflüchten und taktischen Manövern geboten wurden, waren in Rom beide Seiten zu möglichst klarer Beschreibung der eigenen Position in einer langwierigen und langsamen Auseinandersetzung gezwungen. Vor allem sorgte das Tribunal dafür, daß der I-Punkt gesetzt wurde. Wenn Bruno die göttliche Natur Christi, des Gottessohnes, anzweifelte, wenn er in ihm lediglich den wunderbarsten und reinsten Menschen der ganzen Menschheitsgeschichte – der vergangenen, gegenwärtigen und künftigen – sah; wenn er nicht an die unbefleckte Empfängnis glaubte; wenn er schließlich den Heiligen Geist durch den Begriff einer Weltseele, *anima mundi*, ersetzte, in der als von ihr untrennbare Teilchen unsere individuellen Seelen leben – dann konnte er folgerichtig das Dogma von der heiligen Dreieinigkeit nicht anerkennen. Und so war es auch in der Tat. Dennoch versicherte er bei der Verteidigung seiner Ansichten, daß sich seine Philosophie bei genauerer Betrachtung in völligem Einklang mit der Religion befände und daß sie keinerlei häretische Gedanken enthalte. Giordano Bruno und das Inquisitionstribunal machten den Eindruck von Widersachern, die beim Armdrücken ihre Kräfte messen. In diesem Ringen ineinander verschlungener Hände zog einmal die eine, dann die andere Seite den Arm des Gegners herüber oder mußte dem Druck nachgeben.

Häresie! Keine Häresie, ich glaube ganz einfach anders an Gott, aber mein Glaube ist nicht geringer als der Glaube der Mitglieder des Tribunals. Und wer behauptet, daß die heilige Messe überflüssig sei? Wer nennt die Priester Esel? Ich, aber meine Religion kommt ohne Messe und Priester aus. Und was ist das, »meine Religion«? Die Religion der Unendlichkeit dieser Welt und aller Sternenwelten. Der Unendlichkeit und Ewigkeit. Wer also hat die Welt erschaffen? Die Bibel sagt, daß Gott es war, aber die Welt ist ebenso ewig wie Gott. Daraufhin folgten Ausführungen über das kopernikanische System, denn Bruno war ein Anhänger der Theorien des Thorner Kanonikus.

Wieder in der Zelle wird sich der Angeklagte nach jedem Verhör seiner sich fortwährend steigernden Verhärtung bewußt, so ganz anders als die Ausflüchte oder Bekenntnisse aus der Zeit in Venedig, als er nur im Gefängniskäfig lebte. Nun aber ist er sich, zunächst unbewußt, dann aber mit von Tag zu

Tag wachsender Einsicht, darüber im klaren, daß es ihm nicht mehr gelingen werde, sich lebend aus den Krallen der Inquisition zu befreien, *non uscirò mai più dalle grinfie dell' Inquisizione*. Und diese Sicherheit führt dazu, daß er immer härter wird und mit immer ausgeprägterer, kühler Entschlossenheit seine einst vagabundierenden Gedanken ordnet. Mein Körper wird (sagt er sich immer wieder) auf dem Scheiterhaufen verbrennen, mein tiefer Schatten aber nicht. Er weiß genau, wann und wie dieser Satz in seinem Kopf geboren wurde: nach dem ersten Verhör durch Kardinal Bellarmino, dessen Teilnahme und Vorsitz bei der Verhandlung dem Inquisitionstribunal außerordentlichen Glanz und besonderes Gewicht verlieh.

V.

In seiner Skizze über Fürst Galeazzo Caracciolo, den neapolitanischen Calvinisten, der mit dem katholischen Glauben auch seine Familie verließ und sich nach Genf begab, schrieb Benedetto Croce: »Galeazzo Caracciolo und Giordano Bruno, zwei Neapolitaner, die sich in Genf trafen; der erste entkam den Fängen des heiligen Offiziums, mied Kerkerverliese und Scheiterhaufen, der zweite aber kehrte nach langer Wanderschaft wie verzaubert, von seinem unabwendbaren Schicksal fasziniert nach Italien zurück.«

Sicherlich war es so, und die Worte »verzaubert, fasziniert« verwendete der Historiker und Philosoph nicht umsonst, nicht eines Effektes wegen. Wer das Leben des Nolaners (in gewisser Weise ebenso verzaubert und fasziniert) betrachtet, muß dies schließlich erkennen. Darin liegt die Dramatik und (bis zu einem gewissen Grade wenigstens) die Rätselhaftigkeit seines Schicksals.

Im venezianischen Gefängnis träumte er nur von der Freiheit. Auch im Gefängnis in Rom hörte er nicht auf, davon zu träumen; aber diese Träume waren begleitet von einer »Verhärtung« (wie ich es nannte), einem Anstoß und Bedürfnis zum Schlagabtausch mit der heiligen Inquisition. Scheinbar gab er nach, war schon nahe daran, sich von der Häresie loszusagen und die Fehler zu widerrufen, um sich gleich darauf vom Lossagen loszusagen und seinen Widerruf zu widerrufen. Irgendwo tief in seinem Inneren sträubte sich alles dagegen, er war sich seiner Sache sicher und haßte das Tribunal. Mehr noch, er war überzeugt, eine Mission erfüllen zu müssen, daß Gott ihm aufgetragen habe, diese Mission zu erfüllen, auch wenn er sie mit seinem Leben bezahlen sollte.

Das Erscheinen Kardinal Bellarminos im Vorsitz des Tribunals fügte seinen Empfindungen eine neue Nuance hinzu. Vor allem verlor sich schlagartig sein alter Haß gegenüber den Richtern. Er verschwand nicht völlig, aber schwächte sich so weit ab, daß er dem berühmten Kardinal mit Vertrauen und Respekt begegnete. Es ging hier nicht um die Autorität der Kardinalswürde – schließlich kam zu den Sitzungen des Tribunals manchmal Papst Klemens VIII. selbst, der in dem »Apostaten und Häretiker Giordano Bruno« fast schon wie besessen »ein giftiges Unkraut im wunderbaren Garten der Kirche« sah. In den Augen des Kardinals nahm Bruno ein kaum faßbares Flämmchen von Sympathie und Verständnis wahr.

Roberto Bellarmino hatte ein heiteres Gemüt und war den Menschen wohlgesinnt. In seinem asketischen Leben frönte er nur einer edlen Leidenschaft: der Armenfürsorge. Er selbst starb in so großer Armut (sein ganzes Eigentum hatte er den Notleidenden vermacht), daß seine Beerdigung in ihrer Schlichtheit nicht zu seinem hohen Amt paßte. Die Kirche, die seine Fähigkeiten, sein breites Wissen und sein heiligmäßiges Leben hoch schätzte, erhob ihn in unserem Jahrhundert, im Jahr 1930, zur Ehre der Altäre.

Als Theologe, »Peitsche gegen Häretiker« und Wächter über die weltliche Macht der Kirche verband er in sich Strenge mit Nachsicht. Seine Polemik gegen die Gegner der weltlichen Macht der Kirche konnte Papst Sixtus V., den Nachfolger von Klemens VIII., nicht befriedigen. Sein Verhältnis zu Galileo war herzlich, voller Interesse und sogar Bewunderung, so daß nichts auf das spätere Urteil des Inquisitionstribunals schließen ließ (das wegen Widerrufs des Verurteilten nicht vollstreckt wurde). Er hielt es für angebracht, die Theorien von Kopernikus als Hypothesen zu betrachten, die die Zukunft überprüfen und wissenschaftlich bestätigen sollte.

Somit konnte Bruno mit einem Disput auf höchster Ebene

rechnen, bei dem der ehrwürdige Gegner, ohne die Umstände und die übrigen Mitglieder des Tribunals zu beachten, eher als Gesprächspartner auftrat, der mit dem Angeklagten eine Auseinandersetzung wie unter Gleichen führte, und nicht als inquisitorischer Verfolger von Häresie.

Er hatte sich nicht allzu sehr getäuscht, aber es war nicht mehr der »venezianische« Bruno, mit taktischen Ausflüchten beschäftigt und stets die sich öffnende Spalte in der Gefängnistür im Blick. Bellarmino schlug ihm eine Aufteilung vor: mit dem Philosophen war er bereit, zu diskutieren wie unter Gleichgestellten; den Häretiker und Apostaten hoffte er an die Wand drängen, zum Widerruf der falschen und sündigen Ansichten zwingen und ihn mit einem relativ milden Gefängnisurteil vor dem Scheiterhaufen bewahren zu können. Wäre dies noch in Venedig kurz nach der Verhaftung geschehen! Wer weiß, Bruno hätte vielleicht sogar mit Tränen der Dankbarkeit in den Augen den Ring des Kardinals und Großinquisitors geküßt. Nun aber war soviel Zeit verstrichen, das Mißtrauen hatte im Herzen des Nolaners so tiefe Wurzeln geschlagen, er hatte jegliche Hoffnung auf Rettung verloren. Außerdem erfüllte ihn – und das ist vielleicht das wichtigste – die Aussicht, sich mit einem würdigen Gegner zu messen, und zwar in aller Schärfe und Todesverachtung, mit Stolz, wenn nicht gar Hochmut.

VI.

Was für eine Weltvorstellung hatte der Häretiker aus dem Dominikanerorden in seinen Betrachtungen und Visionen? Seine Welt ist unendlich und ewig, ebenso wie Gott (der sie also, wie wir bereits gehört haben, nicht geschaffen haben konnte). Sie ist in Bewegung, gemäß den Behauptungen (und nicht Hypothesen) des gelehrten Kanonikus aus Thorn. Sie ist von ewigen und unendlichen Sternenwelten umgeben. Sind aber die verglühenden Sterne nicht Beweis für die Unbeständigkeit der Materie in dieser Struktur? Nein. Indem sie entstehen, vergehen und wiederauferstehen, sind diese Sternenwelten – wie Bruno versicherte – vorübergehende Gebilde einer unveränderlichen kosmischen Substanz. Einer unveränderlichen und ewigen. Die Kosmogonie des Nolaners stützt sich mit unerschütterlicher Macht auf die drei Säulen – Unendlichkeit, Ewigkeit, Unveränderlichkeit. Alle drei bilden zusammen die Weltseele, *anima mundi*, deren Ausdruck und Hypostase Gott ist. Nicht Gottvater und nicht Gottes Sohn, sondern der unpersönliche Gott, der der kosmischen Substanz Leben gab und die Weltseele in individuelle Seelen aufsplitterte; diese aber sind es, die in ständiger Wanderschaft und einem fortwährenden Kreislauf die Verstorbenen verlassen, um sich in Lebenden einzunisten – nicht unbedingt in Menschen, auch in Tieren. Obgleich Gott die Welt nicht erschuf, erfüllt er sie mit dem, was wesentlich ist, verlieh ihr den Hauch des Seins und verwandelte uns Menschen in tiefe Schatten der Weltseele. *Umbra profunda sumus.*

Ob sich Giordano Bruno an Dantes Terzine aus dem XIX. Gesang des *Paradieses* erinnerte? Ob sie in seinen Gedanken und seiner Vorstellung wie eine unterirdische Quelle immerfort sprudelte?

> Lume non è, se non viene dal sereno,
> Che non si turba mai; anzi è tenebra,
> Od ombra della carne, o suo veleno.
>
> Nur aus dem Glanz, der niemals sich umnachtet,
> Ist alles Licht; sonst wird's als Finsternis,
> Als Fleisches Schatten oder Gift geachtet.

Als Fleisches Schatten oder Gift geachtet … Er wußte, daß Licht selten ist, die Frucht ungetrübten Glanzes. In der Finsternis aber muß man wählen: entweder den Schatten, den tiefen Schatten, oder das Gift in den Adern, den raschen Todesschritt.

VII.

Bellarmino beobachtete ihn aufmerksam. Bis zur Urteilsverkündung durfte Bruno sein geflicktes Dominikanerhabit mit Kapuze tragen. Die Verhöre und der Prozeß fanden in einem hellen, geräumigen Saal eines vierstöckigen Palastes statt, der dem Apostolischen Stuhl gehörte. Ein großes Fenster ging zur *Piazza Navona* hinaus, das zweite, viel kleinere, ein Eckfenster, ließ nur den Dämmerschein von der Gasse herein. Im hellen Teil des Saales stand schräg ein großer Tisch für das Tribunal und dahinter waren, an die Wand gelehnt, die Instrumente für »peinliche Fragen« – wie man die Folterwerkzeuge umschrieb – aufgereiht. Die unvollständigen Protokolle der Verhöre und des Prozesses erlauben es nicht mit absoluter Sicherheit zu sagen, ob Bruno bisweilen solchen »peinlichen Fragen« unterzogen worden ist. Falls dies der Fall gewesen sein sollte, dann wahrscheinlich nur selten, denn die Mitglieder des Tribunals hatten keinen Grund, über seine mangelnde Redefreudigkeit zu klagen. Durch das große Fenster drang sogar dann, wenn römische Regenschauer über den Platz fegten, ein breiter Lichtstrom in den Saal. An heiteren Tagen aber war es darin sehr warm, manchmal sogar heiß. Dennoch lehnte es Bruno mit einer Hartnäckigkeit, die den Kardinal anfangs irritierte, ab, seine Kapuze zurückzuschieben. Schließlich fand sich Bellarmino nicht nur mit dem tief verhüllten Angeklagten ab, sondern begann auch, dessen Hartnäckigkeit zu verstehen. Das Gesicht des Apostaten, von lebhafter Mimik geprägt, blieb stets im Schatten, als wolle es an Brunos Bild vom Menschen als tiefem Schatten anknüpfen. Insgeheim gab Bellarmino zu, trotz allen Widerstands der Suggestivität dieses Bildes von Tag zu Tag mehr zu verfallen. Verbarg sich im tiefen Schatten vielleicht wirklich der einzige menschliche Reflex des göttlichen, ewigen Lichtes, wie der Nolaner stets leidenschaftlich behauptete? Sollte der Häretiker etwa wirklich als Dichter-Philosoph betrachtet werden? Eine solche Sichtweise kam dem Kardinal gelegen: Ohne vor sich selbst leugnen zu wollen, daß Bruno in ihm gewisse Sympathie weckte, beabsichtigte er von Anfang an, die dichterische und philosophische Freiheit von religiöser Häresie zu trennen und den Angeklagten durch seinen freiwilligen Verzicht auf Äußerungen zur katholischen Dogmatik allmählich zum *atto di abiura* zu führen. In der Tat hätte der Inquisitor den Angeklagten am liebsten für die wahrlich strafwürdigen Handlungen während seiner Wanderschaft quer durch Europa verurteilt und ihn später, nach einigen Jahren im Verlies, wieder ins neapolitanische Kloster entlassen, mit der Empfehlung, dessen philosophisch-poetische Neigungen mit

Nachsicht zu betrachten. Im Zeitalter rücksichtsloser Strenge der Inquisition konnte man sich nur schwerlich größere Edelmütigkeit vorstellen.

Im März 1598 erfolgte eine lange, acht Monate währende Unterbrechung der Arbeit des Inquisitionstribunals. Zwei Monate zuvor hatte Klemens VIII. auf Grund des Vertrages von Faenza Ferrara wiedererlangt. In Rom feierte man diesen Erfolg und beging lautstark und freudig den päpstlichen Triumph; Karnevalsatmosphäre hing in der Luft. Am 13. April brach Klemens VIII. mit großem Gefolge, in dem Kardinal Bellarmino und andere Mitglieder des Tribunals nicht fehlen konnten, nach Ferrara auf. Da dieser häufig den Vorsitz im Prozeß führte, wurde notgedrungen eine Verhandlungspause eingelegt. Bruno erhielt neben einem Brevier des Dominikanerordens Schreibpapier und verpflichtete sich, seine Verteidigung schwarz auf weiß festzuhalten.

Im Dezember kehrte Klemens VIII. nach Rom zurück und befahl die Wiederaufnahme des Prozesses. Kaum hatte Bellarmino die entsprechenden Anordnungen erlassen, ließen heftige und langandauernde Regenfälle den Tiber über die Ufer treten und führten zu einer Überschwemmung, wie es sie schon seit Menschengedenken nicht mehr gegeben hatte. Die Straßen verwandelten sich in reißende Flüsse, auf den Plätzen bildeten sich kleine Seen. Überschwemmungen bedeuten in Rom die massenhafte Flucht von Ratten aus allen möglichen Kellerlöchern. Man sah sie in den in eine Fluß- und Seenlandschaft verwandelten Straßen und Plätzen. Manche blieben jedoch in ihren unterirdischen Verstecken. Für die Gefangenen in den Verliesen war dies eine schwere und grausame Zeit voller Verzweiflung. Ich kann mir vorstellen, wie Bruno – von Schlaflosigkeit gequält – die Tage und Nächte an die Mauer gedrückt verbrachte. Seine zeitweise »Verhärtung«, die dank der Gespräche mit dem Kardinal von Entspannungsphasen unterbrochen worden waren, verwandelten sich nun in ungezügelte Wut. Er spürte, wie Haß gegen das Inquisitionstribunal in ihm hochstieg und – was weit schlimmer war – wie all das, weswegen man ihn der Häresie und Apostasie beschuldigte, wie schlecht verheilte Wunden wieder aufbrach, und zwar mit doppelter Kraft. An die Wand gelehnt, bis an die Knöchel im Wasser und von Zeit zu Zeit die heranschwimmenden Ratten mit Fußtritten vertreibend, verzweifelte Blicke auf das in der Fensterluke sichtbare Gesims der Kirche werfend, fluchte und schmähte er hemmungslos, als seien die scheinbar längst eingefrorenen Erinnerungen an seine Wanderschaft durch Europa wieder aufgetaut. Oft zitterte die Feder in seinen klammen Fingern, dann wieder ergriff er sie kräftig wie einen Dolch und durchlöcherte bei der Niederschrift seiner Verteidigung nicht selten das Papier. Weder Bellarmino noch die Richter des Tribunals täuschten sich in der Wahrnehmung, daß zwei Tage vor Heiligabend ein anderer Bruno schweigend vor ihnen stand.

Dieses Datum war nach dem Willen des Kardinals nicht zufällig gewählt worden. Er erwartete immer noch, das *atto di abiura* zu hören, und verdrängte das Gespenst des Scheiterhaufens, in der geheimen Hoffnung, den Nolaner zu retten (gleichwohl ohne dies vor sich selbst zuzugeben). Und so hoffte er, daß das herannahende Weihnachtsfest, dessen Klänge und Düfte über dem nach der Überschwemmung wieder sonnigen und heiteren Rom lagen und durch das leicht geöffnete Fenster drangen, das Herz des Ketzers erweichen würde. Der andere Bruno mit dem verbissenen Gesicht in der dunklen Umrahmung seiner Kapuze machte diese Hoffnung nach einstündigem Verhör mit einem Schlag zunichte.

Das *Sommario* der Anklageschrift, das ursprünglich aus einem guten Dutzend Punkten bestand, wurde in der Schlußphase des Prozesses auf drei elementare Punkte reduziert. Der erste enthielt Verfehlungen von geringerem Gewicht, wenngleich sie in den Augen der rigorosen Inquisitoren (zu denen Bellarmino nicht gehörte, die sich aber der Gunst Klemens' VIII. erfreuten) bedeutend waren. Hierzu zählten der Libertinismus des Angeklagten, sein fehlender Respekt gegenüber der Kirche, Verletzungen der Disziplin, »umstürzlerische« Absichten während seiner Klosterjahre (er hatte sogar geplant, dieses anzuzünden), Beleidigungen kirchlicher Würdenträger und Klosterbrüder (die er als »Esel« bezeichnete), allgemeiner Unwille gegenüber jeder Form von Dogmatismus, Verhöhnung der Heiligen, der Reliquien und der vom Volk Gottes verehrten heiligen Bilder, die scharfe Kritik am Brevier, seine Nachgiebigkeit gegenüber den Schwächen des Leibes, sein Hang zum Fluchen und zum Aberglauben. Diese Anschuldigungen entbehrten zwar nicht dogmatischer Implikationen, wurden aber vom heiligen Offizium als *suspicio* einer Häresie behandelt, nicht als Häresie selbst. Hierfür drohte eine relativ milde Strafe, insbesondere wenn der Beschuldigte Reue zeigte und das Fehlen einer häretischen *intentio* versicherte und die Richter des Tribunals seinen Versicherungen Glauben schenkten. Diesen Punkt hatte Bruno bereits hinter sich, nicht ohne maßgebliche Hilfe des Kardinals.

Schlüsselfunktion hatte der zweite, streng theologische Punkt, und hier konnte den Ketzer nur ein vollständiges *atto di abiura* vor dem Scheiterhaufen retten, das nicht den geringsten Zweifel zuließ, keinen Halbschatten in der Wortwahl, keinen im freien Raum hängenden Zwischenton in der Stimme. Glaubte er an das Dogma von der allerheiligsten Dreifaltigkeit? Um daran wirklich glauben zu können, mußte er sich von der *anima mundi* lossagen und dem Heiligen Geist zuwenden, mußte er sich von der allzu starken Betonung der menschlichen Natur Christi, den er (ähnlich wie Moses) als einen Zauberer ansah, der sich darüber hinaus kurz vor seinem Tod am Kreuz versündigt habe, abwenden, und schließlich mußte er sich vor der Transsubstantiation, der Jungfräulichkeit Mariens sowie ihrer unbefleckten Empfängnis, verneigen. Wenn sich Bruno von der Apostasie nicht vollständig lossagte und dem Tribunal unterwarf, dann wäre er (nach Meinung eines zeitgenössischen Historikers) Anhänger einer Kirche gewesen, die zwar ähnliche Strukturen wie die römische besessen hätte, bewunderungswürdige Riten und ein unangetastetes hierarchisches System, die aber gleichzeitig jegliche dogmatische Lehre entbehrt hätte. Mit anderen Worten (folgert der Historiker), er wäre jemand gewesen, der von einem Katholizismus träumte, der aller christlichen Elemente beraubt sei.

Der dritte Anklagepunkt befaßte sich mit den philosophisch-wissenschaftlichen Spekulationen und Doktrinen des Nolaners, die dieser selbst als naturgegebene und rationale Wahrheiten ansah, das Tribunal aber als Thesen, die eindeutig in den Bereich der festgelegten Glaubenswahrheiten eindrangen. Es ging um das unendliche und ewige Universum, die Rotation der Erde, die Seelenwanderung und darüber hinaus um die Negation einer dauerhaften Existenz der Hölle. Die *anima mundi* wies der individuellen Seele des Menschen in der Metaphysik der »nolanischen Philosophie« die Rolle eines »Steuermanns« zu. Für die meisten Mitglieder des Tribunals trieb in diesem dritten Anklagepunkt die Häresie ihr grenzen- und maßloses Unwesen; Bellarmino hoffte diesen Anklagepunkt entschärfen oder zumindest abmildern zu können, indem er Behauptungen, die einer wissenschaftlichen Überprüfung bedurft hätten, durch gewöhnliche Hypothesen ersetzte. Er rechnete also damit, daß Bruno in diesem Punkt lediglich »verwarnt« würde, mit der (möglicherweise strengen) Auflage größerer Zurückhaltung. Der Rauch des Scheiterhaufens lag über dem zweiten Anklagepunkt.

VIII.

Mit Sicherheit hatten das vorweihnachtliche Treiben, die Rufe und Gesänge, die vom Platz her in die unterirdische Zelle drangen, bis zu einem gewissen Grad die vom Kardinal vorhergesehene Wirkung. Vergeblich versuchte Bruno, sich auf seinem Lager die Ohren zuzuhalten. Je stärker er sie zuhielt und je krampfhafter er die wegen des Dämmerlichts schmerzenden Augen zukniff, desto wehrloser fühlte er sich angesichts der Erinnerungen, die in seine Einsamkeit einsickerten wie jene Rinnsale kürzlich in den Tagen der Überschwemmung. Es gibt wohl keine Evokation, die lebhafter und faßbarer ist als Kindheitserinnerungen. Vor seinem inneren Auge lebte der kleine Junge wieder auf, den die Eltern festlich gekleidet an die Hand nahmen und in die Kathedrale führten. Zugleich lebte Nola wieder auf, klar und voller Licht wie sonst nie im Lauf des Jahres. Weinte er vor Glück? Beugte sich die Mutter über ihn und küßte seine nassen Wangen? Ach, hier herauskommen, um jeden Preis herauskommen und auf dem strahlenden Platz die Winterluft tief einatmen!

Nicht länger als eine Stunde beherrschte ihn dieses Gefühl, als man ihm befahl, sich auf den schmalen Schemel vor dem

Podium des Tribunals niederzusetzen. Und da war er, durch den unmerklich lächelnden Kardinal zum Antworten ermuntert, zu weitgehenden Zugeständnissen bereit. Dann aber gewann in dem demütigen Angeklagten jener andere Bruno bedrohlich die Überhand.

Nein, er wird nicht nachgeben, wird nichts widerrufen, nichts ableugnen! Als er dies stehend, mit einer den Richtern bis dahin unbekannten Verbissenheit und einer plötzlich tieferen Stimme, mehrmals wiederholte und dabei die rechte Hand auf das Herz legte wie zum Schwur oder Gelübde, schien seine kleine und schmächtige Gestalt an Größe und Kraft zu gewinnen, und er wirkte wahrlich bedrohlich. Alle seine Ängste, Wünsche und fortwährenden Bedenken verschmolzen zu einer Euphorie innerer seelischer Souveränität, auch wenn er sich irren sollte, zu einer sonderbaren, heiteren Zufriedenheit, weil er seinen Ideen und Vorstellungen treu geblieben war. »Das ist Freiheit, eine viel größere Freiheit, als wenn man mir verziehen und mich mit Segenswünschen vor die Tür des Gefängnisses gesetzt hätte.« So dachte er, so flüsterte er in Gedanken zu sich selbst im Ton eines Gebetes. Und darin eingeflochten war der Satz: »Ich bin ein tiefer Schatten«, den er jetzt viel besser verstand. Jeder Mensch ist ein tiefer Schatten und hat in seinem Leben nur einen kurzen Augenblick, an dem er in den Lichtkreis treten kann. Endlich ist sein Augenblick gekommen und er wird bis zum Märtyrertod fortdauern.

Wie auf ein gegebenes Zeichen veränderte sich Bellarminos Einstellung: Sein bis dahin freundlicher Blick wurde kalt, durchdringend und verächtlich. Er beugte sich zu seinem Nachbarn und flüsterte ihm etwas ins Ohr, woraufhin dieser aufstand und den Wächtern befahl, den Gefangenen in die Zelle zurückzubringen. Das Verfahren gegen den verstockten Häretiker, *reo confesso indurito*, wurde auf den 8. Februar festgelegt. Das Tribunal wird ein letztes Mal zusammentreten.

In der Tat ist es unter der Leitung von Klemens VIII. zum letzten Mal zusammengetreten. Der Angeklagte wurde lediglich gefragt, ob er seine schändliche Deklaration vom 22. Dezember aufrechterhalte. Mit klarer Stimme antwortete er: »Ja, aber meiner Meinung nach ist sie nicht schändlich.« Der Papst, leicht erblaßt, schlug mit der Faust auf den Tisch und schrie: *»Basta, in ginocchio!«* Gemäß dem im Tribunal der heiligen Inquisition herrschenden Ritual mußte der angeklagte Geistliche während der Urteilsverkündung mit gesenktem Kopf niederknien; er durfte es nicht wagen, sich zu erheben, auch wenn die Verlesung lange dauern sollte. Giordano Bruno fiel auf die Knie, senkte sein mit der Kapuze bedecktes Haupt auf die Brust, aber ohne seine Hände andächtig zu falten, wie es das Ritual empfahl (nicht befahl). Das Urteil, das der Kardinal vorlas, war wohl das kürzeste, das jemals ein Inquisitionstribunal verkündet hatte. *Colpevole dell' eresia grave, condannato al rogo.* Schuldig der schweren Häresie, zum Tod auf dem Scheiterhaufen verurteilt.

IX.

Das Urteil schloß mit der üblichen Formel: *Si consegna il condannato al braccio secolare*, der Verurteilte wird der weltlichen Macht übergeben. Tags darauf führte ihn die weltliche Macht in Gestalt von vier bewaffneten Wächtern aus den Verliesen an der *Piazza Navona* in das am Tiber gelegene Gefängnis für Verurteilte *Tor di Nona*. Er wurde rasch, auf dem kürzesten Weg über die engen Gassen geleitet, um einen Auflauf von Schaulustigen zu vermeiden.

Die Bestimmung zum Scheiterhaufen zerstreute alle Befürchtungen, daß der Verurteilte versuchen werde, Kontakt mit der Außenwelt aufzunehmen, und milderte eindeutig die Sicherheitsvorkehrungen. Bruno verdankte diesem Umstand eine Zelle im zweiten Stock mit Blick auf den Tiber. Stundenlang saß er vor dem vergitterten Fenster; das langsam dahinfließende Wasser erfüllte ihn mit Ruhe. Mit Ruhe, aber auch mit wachsender Entschlossenheit. Das gleichmäßige Flußufer und der nach der Überschwemmung immer noch viel Wasser führende Tiber schien mit seinen Fluten gleichsam eine kühlende und reinigende Wirkung auf das Klemens VIII. und dem Tribunal entgegengeschleuderte »Nein« zu haben.

Abends flackerten an den Anlegestellen schwache Lichter, und auf den Boulevards tauchten die Umrisse eiliger Gestalten auf. Eher waren es Schatten, nicht Gestalten, was dem Verurteilten gut tat. Er wollte ihnen gar nicht ins Gesicht sehen, wie dies meist bei Gefangenen der Fall ist. Mit seinem bis tief in die Nacht unbeweglichen Schatten hinter den Gittern schloß er sich den Eiligen an und achtete noch in Gedanken darauf, daß seine Kapuze den Kopf bedeckte.

In den frühen Morgenstunden des 17. Februar fuhr ein Karren mit zwei großen Rädern, von zwei Ochsen gezogen, vor dem Gefängnis vor. Bruno wurde mit gefesselten Händen von den Wächtern, die ihn stießen (aber nicht schleppten), auf den Karren neben ein Reisigbündel zum Entzünden plaziert (ein aus entsprechend aufgeschichteten Holzscheiten auf dem *Campo dei Fiori* errichteter Scheiterhafen war schon seit dem vorangegangenen Abend fertig). Der recht breite Karren, vor allem aber das ausladende Geschirr erlaubten es nicht, durch enge Gassen zu huschen, sondern zwangen zu einer Fahrt durch zu dieser Stunde bereits belebte Straßen; sogleich sammelte sich eine Menschenmenge, die dem Karren folgte, dem Verurteilten mit Fäusten drohte, ihn beschrie und bespuckte. Bruno verbarg sein Gesicht noch tiefer in der Kapuze und schloß die Augen. Im Gegensatz zu Christus, dem wunderbaren, aber schwachen Menschen, wird er Gott nicht darum bitten, den bitteren Kelch an ihm vorübergehen zu lassen. Vielleicht aber ist er ein neuer Christus? Vielleicht setzt er den Anfang eines neuen Glaubens?

Die Menschengruppen, die auf dem *Campo dei Fiori* den Scheiterhaufen umstanden, hatten nicht Beschimpfungen im Sinn, ganz im Gegenteil – sie waren auf einmal von Sprachlosigkeit ergriffen. Es nieselte leicht. Der völlig entkleidete Bruno beschritt, fröstelnd und zitternd, allein den Holzstoß; die Öffnung wurde hinter ihm sogleich verschlossen. Totenglocken erschollen. Schnell entzündete sich das Reisig, aber es züngelte erfolglos an den nassen Scheiten. Kein Wort der Klage war zu hören. Lange sah man sein verrußtes, bewegungsloses Gesicht. Schließlich loderten die Flammen auf und bald begruben die glühenden Holzscheite den schwindenden Körper des Apostaten unter sich.

In einer Taverne an der Straßenecke zur *Piazza Farnese* stürzte Caravaggio den Rotwein becherweise hinunter, als läge ihm daran, sich rasch zu berauschen. Der Meister von Licht und Schatten in der Malerei starrte mit trübem, vielleicht auch tränenverhangenem Blick auf das Feuer, das die Überreste des *Tiefen Schattens* verzehrte.

X.

Seit den frühen Morgenstunden kann man den *Campo dei Fiori* auf zweierlei Weise betrachten. Das Patronat über die bereits zu Tagesanbruch aufgestellten Stände, die sich unter der Last verschiedenartiger Speisen biegen, über Pyramiden aus Obst, Körbe mit Gemüsen, Wannen voller Fische, auf Haken aufgespießte Fleischstücke, Öl- und Weinflaschen übt Meister Rabelais aus. Um die Mittagszeit erinnert der *Campo dei Fiori* an einen riesengroßen menschlichen Bienenstock, und zwar sowohl wegen seines Aussehens als auch wegen des Summens. Nachmittags machen sich die Händler daran, ihre Marktstände wieder abzubauen und ihre Waren auf Lieferwagen zu laden, wobei sie Abfallberge hinterlassen, die später von der städtischen Müllabfuhr wieder beseitigt werden. Auf dem Platz wird es still, und er erlangt wieder seine natürliche Perspektive und Räumlichkeit. Meister Rabelais kehrt zurück, woher er kam. Jetzt erst taucht aus der Leere die bis dahin im Gedränge versunkene Steinstatue des Nolaners mit Kapuze auf, dort errichtet, wo »sein Scheiterhaufen brannte«. Ettore Ferrari hat die Statue 1889 geschaffen und dabei zu Recht den Hauptakzent des Denkmals auf die Kapuze gelegt. Diese ist so geformt, daß man das in ihrem Schatten versteckte Gesicht nicht sehen kann. Die Flachreliefs auf dem Sockel des Monuments rufen noch andere, aus der Geschichte bekannte Fälle religiöser Intoleranz und Verfolgung Andersgläubiger in Erinnerung. Dieses Denkmal war, wie man weiß, vom römischen Stadtrat als polemischer Akzent gegenüber dem Apostolischen Stuhl geplant.

Auf der Kapuze des Häretikers sitzen den ganzen Tag Tauben, die mit viel Geflatter auffliegen, um gleich darauf wieder ihren alten Platz einzunehmen. Während der Marktzeit bemerkt man sie aber nicht, so wie auch das Denkmal selbst der Aufmerksamkeit entgeht. Erst in der Dämmerung und am frühen Abend lebt die aus Stein gehauene Kapuze, auf der sich die Tauben drängen, auf und beherrscht in der anbrechenden Dunkelheit den *Campo dei Fiori*, der sich zu Ruhe und Schlaf begibt. Von Zeit zu Zeit fliegt insbesondere eine Taube, eine schwarz-weiße, auf und erhebt sich hoch in den Himmel wie ein Geschoß, verschwindet für einige Zeit, fällt schließlich wieder herab und krallt sich an der Spitze der Kapuze fest. Es ist dies natürlich die Seele des Nolaners, die tagtäglich versucht, für immer in der dunklen *anima mundi* zu versinken.

Neapel, 10. Februar 1994

Der Kongreß der Polen in Amerika[124] hat einen Brief an den Vorsitzenden der Auslandskommission des Amerikanischen Kongresses gerichtet, da er beunruhigt sei wegen der »fehlenden Reaktionen der amerikanischen Administration auf die imperialistische Rhetorik Jelzins, Kosyrjews und anderer Mitglieder des Moskauer Regierungsapparates«. Dem Schreiben beigefügt waren: a) eine Auswahl von Pressezitaten und Reden über die »neoimperialistischen Ambitionen Rußlands«, b) eine Liste von Fragen, die »helfen könnten, unsere (polnischen) Bedenken bei der Überwachung der Exekutive durch den Kongreß zu klären«. Die musterhafte Bearbeitung des Ganzen läßt sogleich die erfahrene Hand von Jan Nowak[125] erkennen.

Stellen wir uns vor, diese Dokumentation hinterließe einen gewaltigen Eindruck und die Bittsteller aus Ostmitteleuropa, die im Warteraum mit der Aufschrift »Partnerschaft für den Frieden« plaziert sind, würden auf Wunsch Amerikas sofort in den Salon der NATO als neue, vollberechtigte Mitglieder des Bündnisses eingeladen. Stellen wir uns weiter vor, daß Jelzin kurz darauf sterbe und Schirinowski seinen Platz einnehme. Heller fragt in der *Russkaja Mysl*: »Wollen die Russen einen Krieg?« Und antwortet: Die Wahlen scheinen darauf hinzuweisen, daß ein Viertel der Wähler, indem sie Schirinowski ihre Stimme gaben, damit sein Kriegsprogramm unterstützt. Der russische Polit-Hooligan hat zwar zuvor (in seinem Buch) Appetit auf einen Zugang zum Indischen Ozean gezeigt, aber nach der Übernahme des Präsidentenamtes käme er zu dem Schluß, daß dies zu riskant sei, und richtete vorübergehend die »neoimperialistischen Ambitionen Rußlands« auf die neuen NATO-Mitglieder aus Ostmitteleuropa. Über den neuen NATO-Mitgliedern müßte sich der gewaltige Schutzschirm automatisch öffnen. Er öffnete sich ein wenig, klemmte aber sogleich. Die Machthaber des Westens appellierten an uns und die uns Nahestehenden nach der seit der Münchner Konferenz erprobten Methode, »im Namen der Friedensrettung Besonnenheit« zu bewahren. Hier hält meine Phantasie inne, der das kranke Herz Vorsicht gebietet.

Man muß gar nicht allzu weit zurückgreifen, um ein solches Szenario glaubhaft zu machen. Tag für Tag sind wir Zuschauer der Tragödie »Bosnien und der Westen«. Wir beobachten voller Verzweiflung und Wut, was geschieht, entsinnen uns der bitteren Lehre, daß man sich über nichts wundern dürfe (neben München und natürlich Jalta drängt sich nur noch eine Analogie auf, und zwar das Buch des amerikanischen Pastors David Wyman *The Abandonment of the Jews*, also *America and the Holocaust*), und sind machtlos gegenüber der bereits unheilbaren Impotenz des Westens, eines Kolosses, der sich von Zeit zu Zeit kraftvoll gebärdet, aber zugleich wie Espenlaub zittert, der sehr wohl seine »vitalen Interessen« (die Standhaftigkeit und Kampfgeist angezeigt erscheinen lassen) von »fremden Interessen, die möglicherweise berechtigt, aber zweitrangig sind«, zu unterscheiden weiß, der heute beim Anblick von Milošević und Karadžić erblaßt, der auf dem jugoslawischen Schachbrett über eine für ihn typische Figur verfügt, nämlich die eines Läufers mit dem Titel eines Lords, wohl eines Enkels oder Urenkels von Neville Chamberlain.

Meine Landsleute werden sich bestimmt über mich entrüsten, wenn ich offen bekenne: Ein Stuhl in der NATO ist nicht so wichtig, und es hat keinen Sinn, sich so geschäftig darum zu bemühen; wichtiger als die nationale Begeisterung für Mackiewiczs »exotische Bündnisse«[126], ist eine Konzentrierung aller Kräfte auf einen Zusammenschluß mit der Gruppe von Vyšehrad (die bereits jetzt schon bedroht ist wegen Klaus' musterschülerhaften Schmeicheleien gegenüber der legendenumwobenen NATO), den baltischen Staaten, Weißrußland und – vor allem – der Ukraine. Sollte es Moskau gelingen, die Herrschaft über Kiew wiederzuerlangen, dann würde dies für Warschau eine reale Gefahr bedeuten.

13. Februar 1994

Einem Freund aus Krakau las ich den Eintrag vor, der das vergangene Jahr in meinem Tagebuch abschloß, eine Parabel voller Anspielungen, über einen verspäteten Zug und einen Bahnhofsvorsteher, der sich bei den Passagieren für die Verspätung »entschuldigt«; die anfangs erbosten, hungrigen, durstigen und frierenden Passagiere empfangen nach der »Entschuldigung« den Bahnhofsvorsteher, den ein ehemaliger Parlamentsabgeordneter begleitet, mit stürmischem Applaus.

»Es geht dir natürlich um Kwaśniewskis aufsehenerregende ›Entschuldigung‹« – sagte mein Freund –, »aber du bist ungerecht. In den Jahren des Kommunismus war Kwaśniewski zu jung, um seine Hände bis zum Ellbogen in die schmutzige und blutverschmierte Arbeit von Partei und Staatssicherheit zu stecken.«

Der Genauigkeit halber fügte ich noch eine Ergänzung ein, der mein Freund durch Kopfnicken zustimmte, dabei in den Bart brummend: »Daran habe ich nicht mehr gedacht.« Kwaśniewski »entschuldigte« sich von der Rednertribüne des Parlaments nicht im eigenen Namen, da er sich als junger Mann um den relativ unschuldigen »Sportsektor« gekümmert hatte. Er bat die Opfer von »Unrecht und Verbrechen, die ihnen vor 1989 *Staat und System* zufügten«, um »Verzeihung«. Das aber verändert die Sachlage. Eine solche »Entschuldigung« ist, zumindest nach meiner Meinung, eine Schande. Man entschuldigt sich für den Ausfall einer Vorstellung im Theater, für einen Druckfehler, für eine verletzende Verleumdung, für einen Zusammenstoß im Bus oder bei der Tanzpartnerin, der man auf die Füße getreten ist, aber nicht für ein Verbrechen. Für Verbrechen erleidet man Strafe. Kwaśniewski aber möchte sich wohl lieber an seine ebenso unverschämte wie zynische Wahlformel halten, wonach »die Volksrepublik Polen die *ganze* Gesellschaft darstelle«; dies erlaubt ihm, die wenigen einzelnen, denen in der monolithischen volksrepublikanischen Gesellschaft

Unrecht geschehen ist, um »Verzeihung« zu bitten. Und seine »Entschuldigung« wurde – was dabei vielleicht am meisten verblüfft – mit Lob und Beifall begrüßt, wie in meiner Parabel. Soll man sich jedoch, genaugenommen, wirklich wundern? Schließlich wurde das Wahlergebnis vom 19. September – mit Ausnahme von Jerzy Turowicz und Aleksander Smolar im *Tygodnik Powszechny* – mit einem Schulterzucken zur Kenntnis genommen, als sei nichts Besonderes passiert, nur eine ganz gewöhnliche demokratische *alternance*.

Das heute in Polen wohl am häufigsten gebrauchte Wort ist »Identität«. Haben wir unsere »Identität« bewahrt? Oder sind wir dabei, sie zu verlieren, wie den Freischuß der *Solidarność* in den durch den »Runden Tisch« in Bewegung gesetzten Prozessen und der allmählichen Wiedererlangung der staatlichen Souveränität? Allein das Aufkommen solcher Fragen erlaubt es, zumindest von einer Identitätskrise zu sprechen. Sie wurde meiner Meinung nach dadurch hervorgerufen, daß (angefangen mit dem unvermeidlichen, wenngleich ungeschickt und ängstlich durchgeführten »Runden Tisch«) der Übergang von der Volksrepublik zur Dritten Republik verwischt wurde (mit Jaruzelski in der Rolle des Präsidenten[127]). Ich war damals und bin noch heute der Meinung, daß nach dem Fall des Kommunismus eine deutliche Zäsur nötig war, wie in Italien nach dem Fall des Faschismus; sie sollte mit einer Art Reinigung einhergehen, die natürlich im Rahmen der Rechtsstaatlichkeit und nicht eines politischen Abenteurertums zu geschehen hätte. Der Antifaschismus bildete nach der Volksabstimmung die Basis für das neue Italien. Die unter einem anderen Namen wiedererstandene neofaschistische Partei (MSI, der Vorläufer unserer SLD) entwickelte sich im Parlament zu einer toten Kraft, die bei Abstimmungen und Koalitionsverhandlungen zur Regierungsbildung nicht berücksichtigt wird. Trotz des kläglichen Endes der Ersten Republik halte ich die in Italien durchgeführte Zäsur nach der Zeit des Faschismus für berechtigt und wichtig. Bei uns jedoch hat man jeden Gedanken an eine ähnliche Zäsur nach dem Kommunismus von vornherein abgelehnt und es darüber hinaus sogar für unmöglich erklärt, die tschechische Gesetzgebung, die keineswegs die Dekommunisierung anstrebt, sondern lediglich die Zeit des Kommunismus verurteilt und brandmarkt, zu kopieren (und so sind wir bis zum 19. September 1993 in Nebel und Chaos getappt). Aleksander Małachowski, ein, wie es schien, kluger und intelligenter Mann (ich lernte ihn 1991 in Warschau kennen), fand dafür die einfache Formel: »Das tschechische Gesetz war bei uns offensichtlich nicht durchführbar, weil es nicht eingebracht worden ist.« Dies mag vielleicht von den Höhen des Amtes eines stellvertretenden Parlamentspräsidenten so aussehen. Derselbe Małachowski fügt (im Januarheft der *Kultura*) hinzu: »Suchen wir nach dem, was uns verbindet, und nicht nach dem, was uns trennt.« Dieser hehre Sinnspruch galt auch im Polen der Zwischenkriegszeit und führte zur Geburt des BBWR[128] (eine identische Formation regte Wałęsa einer analogen »Philosophie« folgend an). Bei seiner Rückbesinnung auf die Zwischenkriegszeit sollte Małachowski nun auch noch an eine andere hehre Losung von damals denken: »Erlaubt ist nur konstruktive Kritik.« Kurz vor Kriegsausbruch vergaß jemand in der *Gazeta Polska*[129] diese Losung, und tags darauf wurden die Leser zu ihrer Verblüffung mit einem großen weißen Fleck auf der ersten Seite des Regierungsorgans konfrontiert. Lec aber kommentierte dies mit einem Spottgedicht: »Der Zensor hat so lange zugebissen, bis er sich in die eigene Zunge gebissen.«

16. Februar 1994

Bei Feltrinelli ist ein Band mit Kafkas postumen Erzählungen und einem Vorwort von mir erschienen. Aus diesem Grund nahm ich heute telefonisch an einem Rundfunkgespräch über dieses Buch teil, das für mich eine erstaunliche Neuigkeit enthält. Dem Brief mit der Bitte um ein Vorwort war eine Liste der postumen Erzählungen beigelegt; selbstverständlich waren mir diese gut bekannt. Nicht gewußt habe ich jedoch – und das ist eben die erstaunliche Neuigkeit dieses Bandes –, daß man Kafkas postume Erzählungen aus seinen Heften herausgeklaubt hat. Eine venezianische Germanistin übersetzte sie ins Italienische und bearbeitete sie philologisch auf der Grundlage der neuesten deutschen Gesamteditionen.

Kafka hat also neben dem eigentlichen Tagebuch eine »Filiale« seines Tagebuchs in Gestalt jener Hefte geführt, in denen er entweder ein ihm eigenes Spiel trieb oder auf natürliche, unwillkürliche Weise kurze Aufzeichnungen mit Umrissen von Erzählungen vermischte. »Vermischte« ist nicht ganz präzise. Die Erzählungsskizzen *erwuchsen* aus den Aufzeichnungen. Diese Entdeckung hat mich in Aufregung versetzt und (ich will es nicht verschweigen) erfreut: Schließlich tue ich seit Jahren etwas sehr ähnliches in meinem Tagebuch, ohne zu wissen, daß der von mir bewunderte Schriftsteller ebenso vorging.

18. Februar 1994

Der amerikanisch-italienisch-französische Photograph Arthur (Arturo) Patten, ein leidenschaftlicher Porträtist, hat mich zu seiner Ausstellung mit dem amüsanten, recht originellen Titel *Paristocrats* im Französischen Institut in Neapel mitgenommen. Über dreißig Porträts (anonymer) Pariser Aristokraten in verschiedenen Konstellationen: nur Männer, nur Frauen oder Paare. Zunächst ging ich – sonderbar bewegt – raschen Schrittes durch die Ausstellung. Der zweite Rundgang war langsam und bedächtig, mit längeren Pausen vor den einzelnen Porträts, von denen jedes Neugierde hervorrief, manche auch Bewunderung. Pattens hervorragende Technik (wie die unseres Bohdan Paczowski) lasse ich beiseite. Allzu gern hätte ich etwas über die Modelle erfahren (leider war der Künstler zur Diskretion verpflichtet), ein Verlangen, das ich bisher auf Photoausstellungen nie verspürte. Schließlich sagte ich zu Patten: »Diese Serie schreit nach einer begleitenden Erzählung – so viele Kapitel wie Porträts.« Zugleich konnte ich sicher sein, daß mein Eindruck nicht mit der »aristokratischen Vornehmheit« der Porträtierten zusammenhing, mit den schön geschnittenen Gesichtern, der Ausdruckskraft der Augen, den edlen Zügen. Vor dem Ausstellungsbesuch hatte mir Patten sein Rom-Album geschenkt, in dem im zweiten Teil ausschließlich plebejische Bewohner vom anderen Tiberufer abgebildet waren, und der Eindruck war identisch mit dem Unterschied, daß der Photograph, den hier kein Diskretionsversprechen band, offen über seine Modelle erzählte.

Als ich abends noch einmal in Pattens Rom-Album blätterte und mir die Ausstellung *Paristocrats* in Erinnerung rief, entdeckte ich schließlich das Geheimnis des Porträtisten: Es ist ihm gelungen, ein *offenes* Porträtphoto zu schaffen, d. h. ein Porträt, das dem Betrachter den Weg zur Persönlichkeit des Abgebildeten öffnet, wohingegen die meisten Porträtphotos nicht mehr sind als eine »Studie mit Ähnlichkeitswert plus Landschaft« (eine wunderbare, ideenreiche oder eine recht alltägliche). Und wie ist es mit gemalten Porträts? Sie sind *geschlossen*, aber nicht in dem Sinn, daß sie die Persönlichkeit der Dargestellten vor uns verschlössen; sie verleihen ihnen lediglich eine Unabhängigkeit anderer Art und – warum nicht? – einer anderen Dimension.

19. Februar 1994

Brief von Zbigniew Florczak. Er gibt ein Buch heraus, dessen Kern die seit 1968 unter dem Pseudonym Pelikan aus Warschau an die *Kultura* geschickten »Kassiber« sein werden, und bittet um ein Vorwort. Dabei erinnert er an die Anfänge unseres Briefkontaktes: 1947 habe ich ihm aus Rom eine Einladung zur Zusammenarbeit mit der eben erst gegründeten *Kultura* geschickt (ähnliche Briefe sandte ich an zwei Bekannte aus der Vorkriegszeit in Warschau, an Gombrowicz und Straszewicz; Jahre später erzählte mir Straszewicz, daß diese Einladung für ihn sehr schmerzlich gewesen sei – sie traf in eine Zeit absoluter schöpferischer Ohnmacht). Florczak kannte ich damals von seinen ungewöhnlich anregenden, nonkonformistischen Artikeln in *Wiadomości*[130]. Er nahm die Einladung an und erregte mit einigen Skizzen in der *Kultura* Aufsehen sowie mit seiner, meiner Meinung nach nicht allzu glücklichen, Idee eines Klubs des Dritten Ortes, die sich übrigens mit seinem einnehmenden Wesen sogleich Wańkowicz unter den Nagel riß. Später verließ Florczak Brüssel und kehrte nach Warschau zurück. 1968 erhielt Jerzy Giedroyc zum ersten Mal einen Text von Pelikan. Die Texte (echte Kassiber) wurden auf verschiedenerlei Wegen herausgeschmuggelt. Zu Recht war Giedroyc von ihnen begeistert und zerbrach sich den Kopf, wer sich dahinter verberge. In den Beziehungen der *Kultura* zu ihren Schriftstellern in Polen war dies wohl der einzige Fall einer derart undurchdringlichen und erfolgreichen Sicherung des Pseudonyms. Die meisten Autoren, die heimlich mit der *Kultura* und ihrem Buchverlag zusammenarbeiteten, ertrugen nicht das schwere Joch eines Pseudonyms und förderten früher oder später selbst durch Anspielungen und Zwischenbemerkungen die Dechiffrierung. Als Aleksander Wat (vor Angst zitternd) unter Pseudonym ein langes Vorwort zur polnischen Ausgabe von Terc geschrieben hatte, verschickte er eine Menge Briefe an Freunde mit der Frage, was sie von Stefan Bergholz, dem aufkommenden Star der polnischen Essayistik, hielten. Stefan Kisielewski verstreute unzweideutige Anspielungen in bezug auf Tomasz Staliński und lächelte säuerlich, als ich ihm erzählte, daß Putrament (auf Grund meiner Einflüsterungen) verdächtigt werde, den Roman *Widziane z góry*[131] geschrieben zu haben, und daß in seinem Haus während seines sommerlichen Angelausfluges an die Masurischen Seen eine Durchsuchung stattgefunden habe. Jerzy Pomianowski, der unter einem Pseudonym hervorragend Solschenizyn übersetzt hatte, »litt unsäglich«, wenn er Komplimente an die Adresse des neuen, völlig unbekannten Übersetzers Michał Kaniowski hörte. »Angst beherrscht uns«, pflegte Straszewicz zu sagen. Man sollte hinzufügen: und Eitelkeit.

Mit Sicherheit hat sie aber Pelikan nicht beherrscht. Florczak schreibt mir in seinem Brief: »Mein Pseudonym habe ich 1984 in einem Brief an Giedroyc gelüftet; er war überrascht und erstaunt.« Das ist nicht verwunderlich. Jedesmal, wenn Pelikan angeflogen kam, nahm in Maisons-Laffitte das Raten, Mutmaßen und Hypothesenaufstellen kein Ende; dabei war niemals der Name von Florczak gefallen.

Vor allem aus einem Grund gefiel er mir sehr. Bei meinem allergischen Verhältnis zum »Verführten Denken« stand mir ein Schriftsteller nah, der von Natur aus von jedem falschen Spiel und jeder Doppelzüngigkeit weit entfernt war, der die Wunderpillen des »neuen Glaubens« verachtete, unabhängig und klug.

Manchmal versuchte ich, ihn mir vorzustellen. Dabei hatte er meist Aussehen und Lebensart von Jerzy Stempowski, des auf seinen Spaziergängen gedankenversunken gemächlichen Wanderers, der sich vor dem »siegreichen Zug der Geschichte«, den politischen Versammlungen, Salons, den literarischen Cliquen und allen Formen des Kaffeehaustratsches ekelt. Er verließ abends das Haus, ging, ganz beschäftigt mit der Analyse dessen, was er tagsüber bemerkt, gelesen und überdacht hatte, langsam an den Häusern entlang die Straße hinunter. Nachts bereitete er sich auf den Flug des *freien Vogels* nach Maisons-Laffitte vor, im Gegensatz zu seinen Schriftstellerkollegen, die von snobistischen Pilgerfahrten nach Paris träumten, um ihr »Verführtes Denken« im Glanz verschiedener berühmter »je klügerer, desto dümmerer« Sartroiden baden und stärken zu können.

20. Februar 1994

Nachmittags besuchte mich Schiwago. Nein, nicht der Geist des Doktors, der lebendige Schiwago.

Um die Frage »Woher ein Schiwago in Neapel?« beantworten zu können, muß ich die Geschichte der Familie Dohrn skizzieren. Anton Dohrn, deutscher Biologe und Ahnherr des neapolitanischen Zweiges der Familie (Theodor Heuss schrieb ein Buch über ihn), Begründer des Aquariums in Neapel, das zu den bedeutendsten auf der Welt gehört, lernte im vorigen Jahrhundert in Sizilien Fräulein Baranowska kennen und heiratete sie. Fräulein Baranowskas Vater war seiner Abstammung nach Pole, jedoch fast russifiziert, Gouverneur von Rjasan, vom Zar seines Amtes enthoben, wurde ihm eine Ausreise ins Ausland nahegelegt; schuld daran war seine Schwester, die sich plötzlich (und voller Eifer) zum Polentum bekehrt hatte. Fräulein Baranowska verliebte sich in den jungen deutschen Wissenschaftler, und ihrem Vater blieb nichts anderes übrig, als diese Verbindung zu akzeptieren und durch eine hohe Mitgift zu segnen. Mit dieser Mitgift errichtete Anton das Aquarium in Neapel. Auch Frau Dohrn-Baranowska entdeckte eines Tages ihre Liebe zum Polentum und übersetzte das Werk von Kalinka, was – nebenbei gesagt – ihren deutschen Mann eher irritierte. Ihr Sohn Rinaldo (ein Freund von Stanisław Vincenz) wurde darauf vorbereitet, die Leitung des Aquariums von seinem Vater zu übernehmen. In irgendeinem deutschen Kurort lernte sein Vater eine junge Russin kennen, die er in Gedanken zur Frau für seinen Sohn bestimmte. Sie hieß Tatjana Romanowna Schiwago. Es kam schließlich zur Hochzeit, und das junge Paar ließ sich in Neapel nieder. Wir besuchten sie manchmal in ihrem Haus, und wie mir scheint, habe ich in meinem Tagebuch einmal ein Abendessen beschrieben, dessen festlicher Charakter durch ein Quartett hochgelehrter Nobelpreisträger unterstrichen wurde; diese spielten weniger auf ihren Instrumenten als auf den Nerven der Zuhörer. Das war jedoch schon nach dem Tod von Tatjana Romanowna und kurz vor dem Tod Rinaldos. Beider Tochter lebt weiterhin in Neapel und hat nun einen jungen Mann aus der Familie ihrer Mutter aus Moskau eingeladen.

Nikolaj Alexandrowitsch Schiwago nähert sich der Fünfzig, ist seiner Ausbildung nach Romanist und Anglist, als Übersetzer italienischer Bücher und Dolmetscher bei italienisch-russischen Symposien tätig. Seine Liebe gilt dem Geigenspiel. Er ist auf zwei Moskauer Hochschulen Dozent für Italienisch, gehört (als Übersetzer) dem Moskauer Schriftstellerverband an und war »sprachlicher Berater« Lubimows an dessen Theater in Taganka. Russische Orchester und Opernensembles begleitet er meistens bei ihren Reisen nach Italien, und in Moskau betreut er gewöhnlich italienische Musiker und Sänger. Mit einem Wort, ein sagenhafter Fund für mich: Seit langem schon wollte ich mich mit einem jüngeren Vertreter der russischen Intelligenz unterhalten.

Hauptsächlich über Politik. Es stellte sich heraus, daß wir ziemlich ähnliche Anschauungen haben. Seine Ruhe hat mich stark beeindruckt; unwillkürlich ruft das bei mir Vertrauen hervor. Gorbatschow? Eine Goldmedaille für die *Glasnost*, aber die *Perestrojka* ist niemals über das Stadium von Verwirrung und Improvisation hinausgelangt. Zweifellos habe er beim Augustputsch mitgemischt. Jelzin? *Leider* ist niemand besserer in Sicht, jede Alternative wäre schlechter. Schirinowski? Ein Hampelmann, der jedoch in einer Situation enormer Unzufriedenheit unter den materiell Benachteiligten gefährlich ist (wie in Polen werden die Armen immer ärmer und die Reichen immer reicher), die den kriegerischen Plänen ihres Anführers kein Gewicht beimessen (Michel Heller wäre da sicherlich anderer Meinung). Die Sowjetunion wurde zu rasch aufgelöst, aber hätte man dies langsam, stufenweise machen können? Grundlage für alles ist Geduld; von einem Lauf querfeldein, einem Dreisprung vom Kommunismus zur Demokratie kann keine Rede sein. Die Gefahr eines Ausbruchs? Nur dann, wenn Zwangsmaßnahmen gegenüber Arbeitern und Kolchosebauern angewandt werden sollten, die an den (auch auf russisch bekannten) Grundsatz gewöhnt sind: »Die tun so, als bezahlten sie uns, wir tun so, als arbeiteten wir.« Insgesamt also ein seit Jahrzehnten bewegungsloser Tümpel, in dem plötzlich die Schleusen geöffnet wurden: Schwarzes, schmutziges, verschlammtes Wasser rinnt heraus und erst nächste Generationen werden saubere Schichten zu sehen bekommen.

Schiwago erzählte auch – ich weiß nicht, inwiefern begründet – von einer großen Anzahl hochbegabter und opferbereiter Jugendlicher, neben massenweisem jugendlichen Rowdytum. Und von russischen Schriftstellern, die beschlossen haben, im Ausland zu bleiben und nur von Zeit zu Zeit die Heimat kurz zu besuchen. Sein Vorbild ist Solschenizyn: Er wartete, bis sich die Möglichkeit ergab, und kehrt nun für immer zurück. Scharf äußerte er sich über Sinjawskij und (was mir leid tat) über Maximow: Es sei kein Kunststück, von Paris aus alles und alle zu kritisieren. Dafür wird die *Russkaja Mysl* gern gelesen und ist sogar populär.

21. Februar 1994

Gestern hat die Turiner *La Stampa* mein Vorwort zur italienischen Neuausgabe meiner *Welt ohne Erbarmen* (Feltrinelli) abgedruckt. Heute widmete die *Unità*, das ehemalige Organ der ehemaligen Kommunistischen Partei, dem Buch eine ganze Seite. Goffredo Fofi hat die Besprechung geschrieben und das Gespräch mit mir geführt. Über ihn möchte ich einige Worte sagen, denn er ist mein bester italienischer Freund (natürlich neben Francesco Cataluccio). In diesem wunderschönen, freundlichen und politisch zugleich schrecklichen Land – der Superchristdemokrat Andreotti, der einst nahezu Kammerdiener eines jeden Papstes war, galt in Italien als der populärste Politiker und wurde bewundert, weil es niemandem gelang, ihn auf frischer Tat zu ertappen, obwohl man von seinen »Taten« wohl wußte; nach der Aufdeckung der Schmiergeldaffären und der Korruption, der *tangentopoli*, bei der sich die raffgierigen und unersättlichen Christdemokraten und Sozialisten sowie die viel schlaueren Exkommunisten als die Hauptprotagonisten erwiesen, hat sich die Stimmung um 180 Grad gedreht, und Andreotti zu bespucken ist ein Volkssport geworden – in diesem wunderschönen, freundlichen und (politisch) zugleich schrecklichen Land hatte ich das Glück, kluge, edle und saubere Freunde zu finden. Zuerst Chiaromonte und Silone. Nach deren Tod Cataluccio (schon recht lange), ein hervorragender Polonist und Essayist, der künftige Autor des besten Buches über Gombrowicz; und Fofi (seit relativ kurzer Zeit), ein Kenner der Literatur, des Theaters und des Films, ein unglaublicher Bücherwurm, Redakteur der Mailänder Monatsschrift *Linea d'ombra* (Conrads »Schattenlinie«) und der Neapolitanischen *Zazà*, ein unermüdlicher Reisender, der die meiste Zeit seines Lebens in Zügen verbringt und dabei Italien der Länge und Breite nach durchquert, ständig auf der Suche nach unaufschiebbaren sozialen Grundfragen und kulturellen Initiativen, stets so opferbereit und uneigennützig, daß man kaum glauben mag, er sei Italiener (er ist im wunderschönen umbrischen Gubbio geboren). Als italienischer *rara avis* erinnert er manchmal an Jerzy Giedroyc; dieselbe Vorliebe für das Wörtchen »muß«, dieselbe Beweglichkeit, Vielseitigkeit und Handlungsfreudigkeit ohne Rücksicht auf die eigenen Kräfte. Er ist viel jünger als Giedroyc, also fällt ihm alles leichter.

Aus diesem Interview zitiere ich meine letzte Antwort auf die Frage nach der Emigration. Hätten wir jemals erwarten können, daß so etwas in den Spalten der *Unità* erscheinen wird?

»Was die polnische Emigration im Nachkriegseuropa betrifft, so war dies eine außerordentliche und sehr schwierige Erfahrung, denn das Leben eines Emigranten ist schwierig. So ist es nicht nur erstaunlich, sondern grenzt fast an ein Wunder, was unsere Pariser Monatsschrift *Kultura* und der Buchverlag *Kultura* zustande gebracht haben. Der Einfluß der *Kultura* war in Polen enorm; als es zum Umbruch gekommen war, traf man jüngere Leute aus Polen, die sagten: ›Uns hat die *Kultura* geprägt.‹ Die Zeitschrift erscheint weiterhin in Paris, weil die Situation in Polen derart verworren ist, daß die Existenz einer Zeitschrift *außerhalb* dieses Chaos geraten erscheint. Deshalb kann ich mit Miłosz, der hier später aufgetaucht ist, kein Gespräch über das Exil, über das Leiden des Emigranten führen. Ich glaubte an den Sinn und die Notwendigkeit der Emigration. Nur an eines habe ich ganz und gar nicht geglaubt: daß ich den Untergang des kommunistischen Regimes mit eigenen Augen sehen werde.«

Neapel, 22. Februar 1994

Die Fernsehberichte aus Bosnien haben mich veranlaßt, abends Goyas *Los Desastros de la Guerra* anzusehen. Der Strudel an Kriegsgrausamkeit in Spanien ist vom Maler so angelegt (bzw. zur Entfaltung gebracht), daß den Menschen das Menschsein bis zum letzten Blutstropfen ausgepreßt ist und ihnen lediglich die gequälten, mißhandelten und gefolterten Leiber bleiben, ohne auch nur die geringsten Lichtstrahlen einer Seele. In dieser Entmenschlichung, Bestialisierung hat Goya seine ganze Meisterschaft bewiesen, gleichsam als knete er mit seinen Händen die bereits gestaltlose Materie, die heiße Kriegslava, die alles, was sie unterwegs antrifft, verschlingt.

Am bekanntesten ist die Zeichnung, die einen Toten zeigt, der sich mit bereits verwesten Beinen aus dem Grab erhebt und, den Kopf abwendend, auf ein Blatt Papier das Wort *nada*, nichts, schreibt. Im Hintergrund ein Getümmel gräßlich verzerrter Gesichter, links eine Frau mit der Waage der Gerechtigkeit. Der Maler gab dem Blatt die Überschrift: *Nichts, sagt er.* Da sie wie eine gottlose Behauptung wirkte, als würde sich auf der anderen Seite des Lebens ein »Nichts« ausbreiten, wurde sie geändert in: *Nichts, wird er sagen*, was eine Anspielung auf den grausamen, nutzlosen und furchtbaren Krieg sein sollte (aber ob sie dies war?). Ein Fixpunkt ist in der Zeichnung die Waage der Gerechtigkeit, die – wie ein gelehrter Kommentator erklärt – »verdeckt ist von den Spukgestalten des Obskurantismus und der Gewalt«. Ich wage zu bezweifeln, ob es Goya darum ging. Für mich stellt dieses *nada* den furchtbaren Schrei des Kriegsnihilismus dar.

Den Zyklus schließt eine Zeichnung, die der Maler mit *Fiero monstruo!* betitelte, schreckliches Ungeheuer; die Kriegsbestie spuckt ihre Opfer aus. Vielleicht befinden wir uns jetzt im Stadium des bosnischen Gemetzels …

25. Februar 1994

Vaclav Havel hat in einem Vortrag an einer amerikanischen Universität folgendes Beispiel für den »Alptraum Kommunismus« gegeben: Wenn er von der politischen Polizei überwacht oder nach einer Verurteilung aus dem Gefängnis entlassen wurde, wichen ihm Freunde oder Bekannte auf der Straße aus, wandten den Kopf ab und versuchten, eine »problematische oder unbequeme« Begegnung mit ihm zu vermeiden, da sie polizeiliche Schikanen befürchteten. Der »Alptraum des Postkommunismus« beruht, nach Havel, auf einer ähnlichen Haltung der demokratischen Staaten gegenüber den Ländern Ostmitteleuropas; diese sind »problematisch«, »unbequem« und es ist besser, den Kopf abzuwenden und auf die andere Straßenseite zu gehen.

In einem offenen Brief in *The New York Review of Books* hat Brodsky dem Präsidenten der Tschechischen Republik geantwortet. In seiner Antwort sind tiefgründige und treffende Reflexionen mit Naivität verflochten. Erstens sei es gar nicht sicher, daß sich Havels Freunde und Bekannte aus Angst um die eigene Haut von ihm abwandten; es sei wahrscheinlich, daß sie in ihm ein Wundertier sahen, einen kranken Menschen in einer gesunden und stabilen Gesellschaft. Es sei besser, den »Kommunismus« und alle »-ismen« endlich ruhen zu lassen, um der Wahrheit ins Auge zu sehen. Wahr sei aber, daß es in unserer Welt im gegenwärtigen Jahrhundert zu einem ungewöhnlichen anthropologischen Rückschritt gekommen sei, unabhängig davon, wer oder was diesen hervorgerufen habe. Im menschlichen Herzen habe sich plötzlich ein Abgrund aufgetan, und dieser sei es, der Ehrlichkeit, Mitleid, Bürgersinn und Gerechtigkeit in sich aufgesogen habe. Vor unseren Augen habe sich eine nahezu allgemeine »Vulgarität des Herzens« breitgemacht. Möglicherweise gäbe es einen proportionalen Zusammenhang zwischen der Güte des Menschen und der Fehlerhaftigkeit seiner Institutionen. Falls dies nicht so sei, dann müsse man erkennen, daß der Mensch eben nicht so gut sei, wie man im Zeitalter von Rousseau, Fourier und Proudhon annahm. Klüger wäre es, sich der Erbsünde zu entsinnen und sich bewußt zu sein, daß »der Mensch gefährlich ist«, statt der Täuschung zu erliegen, daß der Kommunismus und die anderen »-ismen« unser Jahrhundert vergiftet hätten. Wenn aber der Mensch eher schlecht sei und nicht gut, nach welchem Heilmittel solle man dann greifen? Mit Hilfe großer Literatur könne man einen positiven Effekt erzielen. Präsident Havel solle – sei es auf dem Weg einer Parlamentsabstimmung oder durch Sonderdekret – die tschechischen Zeitungen dazu verpflichten, täglich Proust, Kafka, Faulkner, Platonow, Camus und Joyce in Ausschnitten abzudrucken. Ähnliches kennen wir aus Brodskys Nobelpreisrede. Poesie als Wundersalbe gegen die teuflischen Vorlieben dieser zweibeinigen Kreatur, die es wagt, in der engelsgleichen Bezeichnung vom *homo sapiens* zu paradieren.

Havels Antwort auf Brodskys Brief ist ein Muster an Klarheit und bescheidener (zum Glück) intellektueller Besonnenheit. Wenngleich kurz, ist sie dafür um so gehaltvoller.

Die persönlichen Erfahrungen beider Briefeschreiber waren einander sehr ähnlich, aber ihre Heimatländer unterschieden sich ganz wesentlich voneinander. Seit 1968 galten in der Tschechoslowakei engagierte Menschen von der Art Havels nicht als Kranke in einer gesunden und stabilen Gesellschaft; das Gros der Gesellschaft war zwar eingeschüchtert, aber in der gesellschaftlichen »Grauzone« (ein Ausdruck Havels) sehnte es sich im tiefsten Herzen nach denselben Idealen. Es hat nämlich über mehrere Generationen zurückreichende Wurzeln in die demokratischen *Institutionen* der österreichisch-ungarischen Monarchie und der Ersten Republik Masaryks. So hatte es etwas, wonach es sich sehnen konnte. In Brodskys Heimat fehlte dagegen eine solche Tradition, und infolgedessen nahmen die Aktivitäten einer Handvoll »Dissidenten« die Gestalt einer Pioniertat in einer Atmosphäre allgemeiner Fügsamkeit oder Gleichgültigkeit an. Deshalb ist es durchaus möglich, daß die allgemeine »Vulgarität der Herzen« die seltenen Pioniere zu den Kranken zählte. Wenn man nicht, und sei es auch nur nostalgisch, auf die Errungenschaft gesellschaftlicher Institutionen und rechtsstaatlicher Regierungen zurückblicken kann, dann hat es keinen Sinn, eine Erklärung für den Totalitarismus (von gestern) und das Chaos, die Desorientierung und die Fülle an Extremismen (heute) in einer Verseuchung des menschlichen Herzens durch die Erbsünde zu suchen. Der lange Prozeß *gesellschaftlicher* »Zähmung« (ein passendes Wort) »des schlechten und gefährlichen Menschen« gleicht ein wenig der Pflege eines englischen Rasens, der nach Jahren des Mähens und Besprengens dicht und flauschig ist wie ein Teppich.

3. März 1994

Viele werfen mir vor, den Faktor der Angst im kommunistischen Herrschaftssystem zu überschätzen. Dies trifft insbesondere im Falle gebildeter, intelligenter Menschen zu, der sogenannten »Intellektuellen«, bei denen Motive des Glaubens (des neuen Glaubens oder auch nicht) oder der Irreführung der Tyrannen eine größere Rolle spielen, als stumpfe, einfältige Angst. Eben gerade die »einfältige«, denn die Vorwürfe, die man mir machte, endeten stets mit dem Satz: »Du vereinfachst mit schwerer Hand äußerst vielschichtige Gefühle, die Subtilität der Analyse verlangen.«

Auf diese Einwände antwortete ich früher und auch heute folgendermaßen, wobei ich immer mehr Bestätigungen für meine Ansicht finde: Die Angst im kommunistischen Herrschaftssystem war nicht die gewöhnliche Angst, wie sie durch konkrete Bedrohungen hervorgerufen wird; es war eine schleichende Angst, allgegenwärtig, die sich durch alle »Spalten des Seins« (um sich einer Bezeichnung von Jolanta Brach-Czaina zu bedienen) hindurchzwängte, oft unfaßbar und deshalb schwer zu beherrschen, die aus einer Mücke einen Elefanten machte, anders gesagt – eine Angst, die sich auf den Grundsatz stützte, daß »sich alles als verdächtig erweisen könne und nicht festzumachen sei, was wirklich verdächtig ist«. In der vergifteten Atmosphäre der Unsicherheit, der Kleinigkeiten, die plötzlich Riesenausmaße annehmen, der Wörtchen, die zu WÖRTERN werden, muß es allmählich zu einem »permanenten Zittern der Persönlichkeit« kommen (eine Bezeichnung von mir). Das ist das Wesen der Angst, die der Kommunismus an der Macht in die menschliche Seele und die Gesellschaft träufelt. Der Kampf gegen die Angst erscheint wie ein Kampf gegen Schatten oder Gespenster, bis zu dem Augenblick, wo der Schatten oder das Gespenst unerwartet die Gestalt eines gefährlichen Verfolgers annimmt. Weswegen verurteilt? wurden in sowjetischen Gefängnissen die neu hinzugekommenen Häftlinge in den Zellen gefragt. Eine typische Antwort lautete: wegen eines Wortes.

Aus den sich immer weiter öffnenden sowjetischen Archiven wurde das Tagebüchlein von Togliattis Moskauer Sekretärin hervorgeholt (1941-1944). Nina Delnowa Botschenina, die Frau eines Offiziers der Roten Armee, war bescheiden, recht hübsch und sehr sentimental. Täglich kam sie zu ihrem Chef, der im berühmten Hotel *Lux* wohnte und arbeitete. Natürlich war es ausgeschlossen, daß sie mit der Polizei nicht zusammenarbeitete. Aber sie hatte sich in Togliatti verliebt, »vergötterte« ihn, und er litt unter seiner männlichen Einsamkeit. Und so sitzen die beiden drei Jahre lang, Tag für Tag, im Hotelzimmer einander gegenüber, wie gelähmt: Selbstverständlich arbeiten sie, aber sie wissen, daß sich jedes Steinchen eines unvorsichtigen Wortes oder einer Geste in einen Felsbrocken von Beschuldigungen verwandeln kann. Sowohl Togliatti als auch Nina müssen von Zeit zu Zeit vor dem Komintern-NKWD beichten, da führt kein Weg vorbei, ganz zu schweigen von den »Rosinen« in Gestalt von Mikrophonen in den Zimmerwänden. Ein kleines und relativ sanftes Beispiel für kommunistische Angst.

Ein großes Beispiel hierfür ist das *Lux*, das mittlerweile abgerissene fünfstöckige Hotel für ausländische kommunistische

Aktivisten in Moskau. Enzo Bettiza, ein hervorragender italienischer Journalist und Publizist, der im Laufe seiner Karriere mehrere Jahre in Moskau als Reporter des *Corriere* verbrachte (in den fünfziger Jahren, als das *Lux* noch existierte) und mit dem ich aus der Zeit des *Tempo Presente* befreundet bin (aus Moskau schickte er regelmäßig sehr interessante Ausschnitte aus seinem *Diario di Mosca*, dem Moskauer Tagebuch), schenkte mir kürzlich seinen faszinierenden Roman *I fatasmi di Mosca* (Die Moskauer Gespenster). Zweitausend Seiten in einem Band, Held des Romans ist das *Lux* im Jahre 1936, nach dem ersten Moskauer Prozeß. Hunderte von Mietern aller Nationalitäten (darunter Dimitrow und Togliatti), ein dramatisches Spinnennetz, in das sich von Zeit zu Zeit die ausgewählten Opfer verfangen. Das ganze *Lux* bestand aus Angst, aus Angst in komprimierter Form. Man erzählte mir – in Bettizas Roman kommt es nicht vor –, daß der deutsche Kommunist Wilhelm Pieck (der spätere erste Staatspräsident der DDR) »Totengräber« genannt wurde: Wenn er jemanden auf dem Gang nicht mehr grüßte oder bei einem Anruf auf dem Zimmertelefon wortlos den Hörer auflegte, bedeutete das untrüglich, daß er mit einem Mitbewohner des *Lux*, der ins Grab »befördert« werden sollte, nichts zu tun haben wollte.

Die zweite Reise nach Polen, Neapel, 3. Mai 1994

Während der Reisevorbereitungen der Ausschnitt aus einem Interview mit Kołakowski in *Rzeczpospolita*[132]: »Wenn ich einen Panoramablick auf die letzten fünf Jahre werfe, dann bin ich trotz allem, was hier geschieht – der häßlichen Streitigkeiten, der Korruption und Gaunerei, der Armut und Arbeitslosigkeit –, eher erbaut. Erstens deshalb, weil der Prozeß dieses unheimlich schwierigen Übergangs in ein anderes System ohne extreme Erschütterungen vor sich geht. Zweitens deshalb, weil Polen letztendlich nicht unter die Herrschaft dunkler Grobiane geriet. Natürlich war ich wegen der letzten Wahlergebnisse nicht beglückt. Dennoch halte ich sie nicht für eine Katastrophe. Es eröffnen sich schließlich weder Chancen noch gibt es den Wunsch, den Kommunismus wieder einzuführen.

Diese Leute, die sogenannte postkommunistische Formation, haben ja nicht die Absicht, uns den Kommunismus zu offerieren. Sie sind sicher selbst an Geschäften interessiert. Sie bedienen sich keiner Ideologie, die auch nur entfernt an den Kommunismus erinnern würde. Die Leninsche Ideologie können und wollen sie nicht wiederaufleben lassen. Ich glaube auch nicht, daß sie tollkühn sind. Ihr Freiheitsspielraum ist nicht groß. So sehe ich es nicht als Katastrophe an, daß sie an die Macht gekommen sind, auch wenn ich darüber natürlich nicht begeistert war.«

Die sorglose Diagnose des Verfassers von *Die Gegenwärtigkeit des Mythos* sollte nicht allzusehr in Erstaunen setzen, wenn man bedenkt, daß sogar die hervorragendsten Philosophen in den Pausen ihres titanengleichen Ringens um das Denken manchmal ganz gern aus der Vogelperspektive, in sanften Runden über der Erde dahinsegelnd, auf die »kreischende« Wirklichkeit blicken. Was verwundert und Kołakowski unerwarteterweise oberflächlich erscheinen läßt, ist die Tatsache, daß der Verfasser der ausgezeichneten *Gegenwärtigkeit des Mythos* die plötzliche Abwesenheit des Mythos, seinen gleichzeitig mit dem Fall des Kommunismus erfolgten Zusammenbruch nicht bemerkt hat. Sicherlich war das rasche Zerbröckeln der *Solidarność* historisch bedingt (keine gesellschaftliche Bewegung von solchen Ausmaßen ist in der Lage, als Organisation lange zu überdauern), aber man durfte damit rechnen, daß der Mythos der *Solidarność* nicht zugleich untergeht, in die Erde gestampft wird. Die Existenz solcher Mythen (der jahrelange Mythos der Heimatarmee in Polen unter den zwei Besatzungen, der Mythos der *Résistance* als des antinationalsozialistischen Widerstandes in Frankreich und der der antifaschistischen *Resistenza* in Italien) ist, was Kołakowski weiß oder auf jeden Fall wissen sollte, die Grundlage für den Wiederaufbau der zunächst bezwungenen und dann befreiten Länder. Im »postkommunistischen« Polen endete das wohltätige Wirken dieses Fundaments fast sofort, nachdem der Urheber des Kriegsrechts zum ersten Präsidenten der Republik Polen gewählt worden war. Was Kołakowski »eher erbaut«, bleibt sein süßes Geheimnis. Ist es das Loch, das nach dem Fall des »*Solidarność*-Mythos« entstanden ist und das die volksrepublikanische Koalition nun ausfüllt? Sind es die »politischen« Scharmützel und Spielereien der »Geschäftsleute« aller Farbschattierungen, »Linker und Rechter«, an diesem Loch? Ist es das Waschen schmutziger Wäsche (nach dem Vorbild der Geldwäsche) des vorausgegangenen Systems durch wunderbarerweise vermehrte Scharen von wunderbarerweise bekehrten Wallenrods?

Zum Glück gibt es neben dem »eher erbauten« Kołakowski auch noch andere: Turowicz, Smolar, Borusewicz und vor allem Jacek Żakowski, den Verfasser des außergewöhnlichen Textes *Coś w Polsce pękło, coś się skończyło*[133], des wohl besten publizistischen Textes der Dritten Republik. Es tut nichts zur Sache, daß ihn feierliche und hochgestellte Winkeladvokaten nach dem Grundsatz »es hat nicht anders sein können«, so wie es beim Runden Tisch und allem, was dazugehört, »nicht anders hatte sein können«, niederschrien. Ebenso tut es nichts zur Sache, daß sich Zauberkünstler, die sich des Paradoxons mit der Hochspannungstafel »Vorsicht, Ethosfalle« bedienen, auf ihn stürzten. Żakowski schreibt: »Nach Jahren des Kommunismus und ohne ›Solidarność‹ sind wir alle in ein großes schwarzes Loch gefallen, das jeder Grundsatz füllen konnte: Schamlosigkeit, nackte Gewalt, Macht des Geldes. Und in gewisser Weise ist es auch so geschehen. Macht verdirbt die Menschen, die sie ausüben, und es bedarf großer Stärke, um ihr nicht zu erliegen. Übel gesonnene Macht verdirbt doppelt. Spröde Macht ohne politischen Mut kann einen Staat zerstören, weil sie einen Rigorismus der Worte mit Permissivität der Taten verbindet. Ist Wałęsas Axt nicht in der Versenkung und die Prinzipientreue der Demokratischen Union nicht im Schweigen über die Prämienzahlungen verschwunden?«

In dieses schwarze Loch wird ein gestaltloses Magma mal der einen, mal der anderen Couleur hinein-, dann wieder heraus- und erneut hineinfließen; ein Magma – gestaltlos und unfähig, irgendeine Form anzunehmen. Der Große Magier und Elektriker wird uns täglich mit neuen, genialen Ideen blenden, der Große General und Wallenrodische Schmierenkomödiant *in patribus infidelium* wird sich weiterhin in Begleitung eines zivilen Adjutanten oder Knappen von der *Solidar-*

ność auf den Weg machen, um die heidnischen Zweifler von seiner schneeweißen Weste eines Vaterlandserretters zu überzeugen.

Kürzlich las ich in *Sole 24 Ore*, dem italienischen Pendant zur *Financial Times*, einen sehr intelligenten Korrespondentenbeitrag aus Warschau, der in etwa zu folgendem Schluß gelangt: Polen mache zweifellos wirtschaftliche Fortschritte und werde sich möglicherweise sogar an die erste Stelle unter den ehemaligen Volksdemokratien emporschwingen, aber die wirtschaftliche Entwicklung sei von politischem Byzantinismus begleitet. Was meinte der Korrespondent mit jenem rätselhaften Begriff »Byzantinismus«? Wahrscheinlich dachte er an die Ausdruckslosigkeit und Gesichtslosigkeit in der polnischen Priesterkaste, der »Elite« des *schwarzen Loches*.

Warschau, 5.-11. Mai 1994

Auf dem inzwischen schönen, funktionellen Flughafen meine Schwester im Kreis der Freunde: Julia Hartwig und Artur Międzyrzecki, Irena und Jerzy Morawski, Michał Komar, Beata Chmiel, Alina Kowalczykowa, Piotr Brożyna, Czesław Apiecionek, Zdzisław Kudelski (morgen wird Włodzimierz Bolecki kommen; er und Kudelski werden mir bei meiner Reise durch Polen Gesellschaft leisten).

Ja, sogar auf der Autofahrt vom Flughafen Okęcie in den Warschauer Stadtteil Bemowo (und später auf der Rückfahrt Boernerowo) lassen sich schon auf den ersten Blick Änderungen hin zum Besseren erkennen: lebhafte Bautätigkeit, viele Autos (als *novum* lange Staus), viele Firmenschilder und kleine private Betriebe. Schweigend höre ich die Erzählungen über die andere Seite der Medaille an: Mafiaunwesen, Banden, Korruption, Kriminalität, Einbrüche, »alle nehmen, nur die Fische nicht«. Kein Wort über Politik, als ob sich das politische Leben auf einem anderen Stern abspielte – sollen DIE sich damit beschäftigen, wenn sie unbedingt wollen, WIR haben andere, wichtigere Dinge zu tun. Fünf Jahre nach Wiedererlangung der Unabhängigkeit ...

Die Abendnachrichten im Fernsehen sind ein Beispiel für

Undurchsichtigkeit in der politischen Information. Es wird nicht versucht, irgend etwas zu erklären, sondern man bietet eine Anhäufung persönlicher (etwas geschönter) Deklarationen an, die denen, die sie verkünden, zu irgend etwas dienlich sind, aber von den Zuhörern schlicht als leeres Strohdreschen empfunden werden. »Genrehafte« Kurzberichte vor dem Hintergrund kleiner Palais und Einfamilienhäuschen am Busen der Natur zeigen die Rückkehr der Nomenklatura und die Habgier der Würdenträger deutlich. Sicher soll das wie früher das Vertrauen der Regierten zu den Regierenden wecken; aber es weckt (wenn man von den Reaktionen der Fernsehzuschauer ausgeht) etwas völlig Gegenteiliges. Die Dummheit der Politiker ist unheilbar und unabhängig vom herrschenden System.

Auf dem Flughafen fragte mich einer der Journalisten, was ich auf der Reise aus Rom gelesen hätte, vielleicht in der Erwartung, daß ich irgendein erbauliches Werk der patriotisch-nostalgischen Literatur nennen würde. Ich hatte aber im *Corriere* einen Artikel über das Schweigen Pius' XII. gelesen, die Zusammenfassung einer Sendung des französischen Fernsehens, die sich auf die Erzählung von Jan Karski stützte. Der heldenhafte Kurier hat lange mit seinem Bekenntnis gewartet, aber es ist gut, daß er sich schließlich dazu durchgerungen hat. (Vielleicht habe ich es jedoch in *Story of a Secret State* übersehen?) Karski hatte aus dem Warschauer Ghetto einen an Sikorski gerichteten Brief mitgebracht, den dieser durch den Botschafter Papée dem Papst überreichen ließ. Pius XII. reagierte ungehalten: Offensichtlich hat euer General meine letzte Rede nicht aufmerksam studiert. Sie enthielt einen 15 Sekunden langen, allgemeinen Einschub über »die Leiden der Menschen« ohne jede Spezifierung.

⋆

Die zweite Reise hat den Schmerz der ersten von 1991 nicht gemildert, einen Schmerz des Sich-nicht-Findens, der Verlorenheit in der Stadt meiner Universitätsstudien. Nur in einigen erhaltenen oder getreu wiederaufgebauten Stadtteilen fühle ich mich nicht fremd. Nur dort – in der Altstadt, auf dem

Schloßplatz, in der Krakauer Vorstadt, in der Umgebung des Parlaments, im Łazienki-Park und bis zu einem gewissen Grad in der Straße der Neuen Welt und in den Alleen – schlägt die Saite der Erinnerung an, manchmal kräftig, manchmal kaum hörbar. Die Żelazna-Straße, in der ich wohnte, ist für mich nur noch ein Straßenschild an der Mauer. Als ich vor drei Jahren beim Ehepaar Bielecki, zum Essen eingeladen, ans Fenster trat, sah ich einen Hof, einen authentischen Warschauer Hof, wie ich ihn in der Fremde nur manchmal in alten Münchner Mietshäusern in den ärmeren Stadtvierteln gesehen hatte. Ich war so ergriffen und wahrscheinlich blaß, daß der Hausherr mich besorgt fragte, ob ich mich nicht für einen Augenblick hinlegen möchte (das Herz!). Und alles weitere? Alles weitere ist – wenn man die nicht existierende Stadtgrenze des geretteten oder treu wieder aufgebauten Warschau überschreitet – eine Steppenstadt. Breite Straßen, auf denen selten eine Gruppe von Fußgängern zu sehen ist, in der Ferne Buden oder Baracken, abends völlige Leere; es ist keiner da, den man nach dem Weg fragen könnte. Außerdem könnte es gefährlich sein zu fragen, denn wer garantiert, daß der wunderbarerweise Angetroffene nicht gerade auf einen leichtsinnigen Frager wartet. Das wird noch lange, sehr lange unverändert bleiben. Die Steppenhaftigkeit wird den jungen Leuten, die keinerlei Erinnerung an das alte Warschau haben, ins Blut übergehen. Manchmal drängt sich die Frage auf, ob sich das heutige Warschau mit seinem »elitären« Kern, der von *wilder Steppe* eingefaßt ist, überhaupt zur Hauptstadt eignet. Die Auswirkungen der Hauptstadt auf ihre Einwohner müssen einigermaßen gerecht und gleichmäßig verteilt sein. Andernfalls erwächst an Stelle einer Hauptstadt ein administrativer Zwitter mit den Eigenschaften eines Scheusals. Aber eigentlich wollte ich gar nicht darüber schreiben. Ich wollte schlicht und einfach in dem für jeden ehemaligen Emigranten überaus traurigen Augenblick der Konfrontation mit dem Vergangenheitsverlust leise aufstöhnen.

⋆

Drei Veranstaltungen hintereinander: Signieren der Bücher in der Czytelnik-Buchhandlung (die Apiecionek leitet), Lesung im PEN-Club, Vorstellung des ersten Bandes der zehnbändigen *Gesammelten Werke* und des Buches von Bolecki über die *Welt ohne Erbarmen* im Verlagshaus Czytelnik.

Das Signieren ließ Gutes erwarten – es zog sich vom Morgen bis zur Mittagspause hin. (Bereits gegen Ende meines Aufenthaltes bestätigte sich dieses günstige Vorzeichen, als mir Henryk Chłystowski mitteilte, daß die Anfangsauflage des Bandes in Höhe von 10 000 Exemplaren innerhalb von zwei Wochen ausverkauft war.)

Bei der zweiten und dritten Veranstaltung dominierten, nach einer kurzen Lesung von *Bogen der Gerechtigkeit*, Fragen und Antworten. Dabei ist mir das Bedürfnis nach Gesprächen über »heikle« Dinge aufgefallen. Die Fragen waren hart und es ließ sich darin meistens ein Nachhall meiner Tagebücher vernehmen; die Antworten waren ebenso hart. Woher kommt dieser übermächtige Drang, die kaum vernarbten Wunden aufzureißen? Mit Sicherheit wird darüber im Familienkreis und unter Freunden gesprochen, die Presse ist frei, und dennoch … Ich vermute (aber das ist nur eine Hypothese), daß der Wunsch nach *öffentlicher* Auseinandersetzung über diese Stimmungen im Dialog mit jemandem, dem man (schmeichelte ich mir?) in gewissem Maß vertraut, die Ursache ist. Meiner Meinung nach ist es nicht wahr, daß das neue politische Kräfteverhältnis nach den Wahlen vom 19. September nicht als Katastrophe empfunden wurde. Es wurde, wenngleich nicht sofort, und im ersten Augenblick nicht eindeutig genug. Unser hervorragender Philosoph Jaruzelski hat dem Volk die »Philosophie des kleineren Übels« eingetrichtert. Die der Volksrepublik entstammenden Formationen erschienen vielen Menschen plötzlich als das kleinere Übel im Vergleich zu den vier ungeschickten Regierungen nach dem Fall des Kommunismus. Dann erfolgte die Ernüchterung und das Gefühl, daß es »bereits zu spät« sei. Auf einer komischen Karte, die aus dem Auditorium heraufgereicht wurde, erscheint Pawlak in der Rolle eines dümmlichen »Fronvogts« und Kwaśniewski in der des »neuen Gutsherrn«, der bei dem Gedanken, daß ihm der Fronvogt nach Bauernart davonläuft und sich unter die Vormundschaft der Kirche stellt, erzittert. Eindeutige Spuren hat meine Diatribe aus dem Tagebuch im Zusammenhang mit Kwaśniewskis berühmter »Entschuldigung« hinterlassen. Meine Ausführungen über die Notwendigkeit einer klaren Zäsur zwischen dem kommunistischen System, das zerfallen ist, und seinem neuen demokratischen Nachfolger wurden aufmerksam und – wie mir schien – mit Zustimmung angehört. Dieses Argument gewann angesichts der hysterischen Kampagne der *Gazeta Wyborcza* gegen ein Aufleben »neofaschistischer« Strömungen in Italien an besonderem Gewicht, einer Kampagne, die mit den »fortschrittlichen« Kreisen des Westens abgesprochen war, für die die wirklichen Neokommunisten vier Jahre nach dem Fall des Kommunismus voll *salonfähig** sind, wohingegen die angeblichen Neofaschisten nach einem halben Jahrhundert politischer Quarantäne dies nicht sind.

(Später hinzugefügt. Von ähnlichem Charakter waren Fragen und Antworten in Lublin, Breslau, Gleiwitz und Krakau. In der großen Aula der Lubliner Maria-Curie-Skłodowska-Universität, jener einst »roten Hochschule«, erwartete ich Widerspruch – ehrlich gesagt, wünschte ich ihn mir sogar –, aber ich wurde sowohl von den Studenten als auch von den Professoren und den außeruniversitären Zuhörern wohlwollend aufgenommen. Deshalb rechne ich zunächst mit einem Anstieg der politischen Gleichgültigkeit – wahrscheinlich werden bei den Wahlen zu den Selbstverwaltungsorganen bedeutend weniger Wähler zu den Urnen gehen – später aber mit einer allmählichen politischen Reorientierung, die das gegenwärtige Bild der volksrepublikanischen Republik Polen verändern wird.)

⋆

Jerzy Morawski von *Życie Warszawy* erzählte mir, daß man in Krakau ein dickes Konvolut mit »vertraulichen«, »geheimen« und »streng geheimen« Dokumenten aus den Jahren 1980-1982 gefunden hat, die durch ein Wunder oder aus Versehen dem Amoklauf parteitreuer Pyromanen entgangen sind. Als Buchausgabe würde es drei dicke Bände füllen (der *Czytelnik*-

* im Original deutsch

Verlag erwägt dies bereits). Einstweilen werden aber aus diesem Füllhorn an Geheimnissen die Journalisten des *Życie* schöpfen mit Morawski an der Spitze.

Die Dokumente stammen hauptsächlich aus den Archiven des Nationalen Sicherheitsrates, des Verteidigungsministeriums und des Innenministeriums. Unbestreitbar ergibt sich daraus, daß man eine gewaltsame Auseinandersetzung mit der *Solidarność* seit August 1980 vorzubereiten begann. Demnach entstand – wie ich stets behauptete, ohne Beweise dafür zu haben – der Plan, »die bedrohte Ordnung wiederherzustellen«, nicht fünf Minuten vor zwölf angesichts der an die Schläfe des Generals gehaltenen sowjetischen Pistole, sondern am Tag nach Unterzeichnung der Danziger Vereinbarungen. Es ging nicht um die Rettung des Landes durch die Wahl des »kleineren Übels«, sondern um den Versuch, die kommunistische Herrschaft und die kommunistischen Herrscher vor dem Untergang zu bewahren. Die Bezeichnung »Kriegszustand« tauchte schon 1980 auf. Die gefundenen Dokumente bestätigen die Aussagen Kuklińskis[134] in dem in der *Kultura* publizierten Interview voll und ganz. Um so mehr muß man Distanz halten zu einem Land, in dem eben in den Meinungsumfragen und der rechtlichen Dialektik eines Ministers Wiatr die Rehabilitierung Jaruzelskis und Kiszczaks vor sich geht. Lügen und Winkelzüge werden »wallenrodisch« nobilitiert und von publizistischem Geschwätz begleitet.

Bezeichnend ist, daß die Krakauer Dokumente die durchschnittlichen Leser völlig kaltlassen. Wieder gewinnt die Gleichgültigkeit angesichts der »akrobatischen Kunststücke« in der Politik, die allein für die politische »Elite« relevant sind, die Oberhand. »Sollen die sich vergnügen, wenn es ihnen Spaß macht.« Dieselben Leute aber, die *scheinbar* gleichgültig und teilnahmslos sind, entwickeln sich in öffentlichen Veranstaltungen zu leidenschaftlichen Diskussionsteilnehmern, wenn der Referent eine empfindliche Saite zum Klingen bringt.

Die »Elite« nützt die scheinbare Gleichgültigkeit aus. Im Fernsehen sah ich einen »Runden Tisch« zum Thema Lustration. Lauter neunmalkluge große Geister mit bekannten Namen, aber aus dem Bildschirm ergoß sich nur Geplapper … Worüber? Nicht über den Rechtsstaat; über ein weiteres politisches Ränkespiel.

Der Schein trügt, er trügt sogar sehr. Ich bin der Meinung, daß eine schlechte, feige, verlogene, bestenfalls ausweichende Behandlung der Frage der Abrechnung mit dem vergangenen System irgendwo tief verborgen wie ein eitriges Geschwür anschwillt, das schließlich doch platzen wird. Es sei denn, die Polen schleichen sich aus der »Ethosfalle« stillschweigend heraus, nur der Form halber unterwegs gestikulierend – was man nicht ausschließen darf.

Lublin, 12.-15. Mai 1994

Mit Włodek Bolecki und Janek Lebenstein nach Lublin. Dort bei dem netten und gastfreundlichen Ehepaar Kudelski.

Abends in die Altstadt, eine Altstadt, wie es heute nur noch wenige gibt, mit Kopfsteinpflaster. Am nächsten Morgen die Lubliner Oberstadt mit dem Schloß, der Dreifaltigkeitskapelle und dem Museum (Makowski, Gierymski, Boznańska). Die Kapelle gefällt mir jetzt noch mehr als vor drei Jahren: erdverbundene Kirchlichkeit und sonderbare Leichtigkeit trotz der Schwere des Baus. Lublin ist für mich eine bezaubernde Stadt, die nach ihrem Maßstab lebt, was man heute von vielen Städten nicht sagen kann. Ein ruhiger, gleichmäßiger Rhythmus und der östliche Untergrund, der von religiöser und nationaler Toleranz geprägt ist – dies ist der ideale Ort für solche Vorhaben wie *Kresy*[135] oder die Tätigkeit von Jerzy Kłoczowski. Je mehr Menschen ich hier kennenlerne (die Redakteure der *Kresy*, Schauspieler, Journalisten, junge Lubliner Wissenschaftler), um so deutlicher verspüre ich meine Zuneigung, und es schnürt mir die Kehle zu, ähnlich wie damals, als ich mich in Krakau verliebte (auf den ersten Blick während meiner ersten Reise). Unvergessen der Mittagsspaziergang im größeren Kreis zwischen alten Lubliner Kirchen bis zur Anhöhe mit einer Aussicht ins Leere: einer *Aussicht* auf das nicht mehr existierende Judenviertel.

Im überfüllten Osterwa-Theater sollte ich eine der *Kultura* gewidmete Tagung formell abschließen. Ich tat dies (darüber später), aber der Abend verwandelte sich in eine Feier »anläßlich meines 75. Geburtstags«, die die Lubliner Sektion des polnischen Schauspielerverbandes veranstaltet hat. Ich erhielt eine »Ehrenmedaille zum 75jährigen Bestehen des Verbandes« (wir sind also gleichaltrig) mit einem wunderschönen Diplom, in dem aus meinem Tagebuch ein für mich sehr wichtiger Ausschnitt aus einem Brief Tschechows zitiert wird: »Ein Künstler sollte sich nicht zum Richter seiner Gestalten und dessen, was sie sagen, machen, sondern nur ein unparteiischer Zeuge sein. Diejenigen, die schreiben, müssen, insbesondere wenn sie Künstler sind, zugeben, daß diese Welt unfaßbar ist. Die Menschen glauben, daß sie alles wüßten. Je dümmer sie sind, desto breiter ihr Horizont. Wenn es aber ein Künstler, dem die Menschen vertrauen, wagt zu bekennen, daß er von dem, was er sieht, überhaupt nichts versteht, dann wird dies ein großer Schritt nach vorne sein.«

Einer der Lubliner Schauspieler liest jeden Tag (und zwar hervorragend!) aus meinem *Venezianischen Porträt* im Rundfunk.

Als ich die der *Kultura* gewidmete Tagung schloß, wollte ich von der üblichen Praxis der Beweihräucherung (»Uns alle hat die *Kultura* geprägt, von Michnik bis Wałęsa« – mit, ehrlich gesagt, ärmlichen Ergebnissen) abweichen. Ich beschränkte mich auf einige Worte über Jerzy Giedroyc, den *großen Gärtner der polnischen Literatur.* Als Beispiel nannte ich seine kürzlich erschienene Korrespondenz mit Gombrowicz. Nur der *große Gärtner* konnte sich 20 Jahre lang mit engelsgleicher Geduld dem Gießen, Zuschneiden, Düngen und Okulieren eines *solchen* Gewächses widmen: eines Ungeheuers an Egozentrismus, eines irritierenden und antipathischen Megalomanen, der durch die Laune des Schicksals oder Gottes mit dem Geist und den Gaben eines Künstlers bedacht worden war.

Der Rektor der Universität mußte im letzten Augenblick wegen des großen Andrangs die Veranstaltung aus der mittleren in die große Aula verlegen. Nie in meinem Leben hatte ich vor einem wohl über tausendköpfigen Auditorium gestanden (überwiegend junge Leute). Die Fragen waren klarer und scheinbar schärfer formuliert als bei den vorangegangenen Begegnungen, als ob die darin enthaltenen Probleme im Laufe der wenigen Tage gereift wären; und als ob die Fragenden plötzlich beschlossen hätten, die Gelegenheit zu nutzen und gewisse Lücken, Ausweichungen, Vernachlässigungen oder Versehen in der ja schließlich freien Presse aufzufüllen. Der Austausch von Fragen und Antworten ist dichter geworden und nahm stellenweise einen etwas dramatischen Ton an. Etwas dramatisch war beispielsweise die mir nicht erstmals, sondern seit Beginn meiner Reise wiederholt gestellte Frage: »Ich fühle mich als Leser ihrer Bücher betrogen, und zwar wegen ihrer Unterstützung für die Union der Arbeit.« Meine nahezu gleichlautende Antwort darauf war: »Ich habe einen Fehler begangen, den ich nicht wiederholen werde. Die Union der Arbeit hielt ich für eine ordentliche, gemäßigte und unabhängige sozialdemokratische Partei, die sich in der Geschichte, Tradition und Haltung der PPS zu verwurzeln sucht und keinen Gedanken an eine Annäherung an die Exkommunisten und deren Koalitionspartner zuläßt. Polen braucht eine solche Partei. Es hat sich gezeigt, daß die Union der Arbeit nicht geeignet ist, eine solche Rolle zu übernehmen. Dadurch aber, daß sie der privaten (?!) Regierungsbeteiligung von Minister Pol zustimmte, hat sie sich auf ein Komödchen nach dem Motto ›Ich möchte gern und trau mich nicht‹ eingelassen.« (Nach dem 19. Juni hinzugefügt. Die Niederlage der Union der Arbeit bei den Wahlen zu den Selbstverwaltungsorganen beweist, daß ein Drittel der Wahlberechtigten manchmal auch etwas zu sagen hat.)

Rückkehr nach Warschau mit Janek Lebenstein und Włodek Bolecki. Wald, Wald, soviel Wald sieht man in Italien nicht. Plötzlich wurde es dunkel, und heftiger Regen prasselte nieder, eigentlich schon ein Wolkenbruch. Langsam fuhren wir über die in einen Fluß verwandelte Landstraße. Warschau ist weiterhin für mich schwer faßbar, aber wenigstens reingewaschen, schön und sauber.

Warschau, 16.-17. Mai 1994

Die Herzschmerzen gestern früh waren ein Warnsignal. Im Eifer des Gefechtes habe ich die Krankheit vergessen. Zwei Tage Verschnaufpause.

Zu Hause ein Brief von Józef Oleksy, dem Parlamentspräsidenten: »Ihr schriftstellerisches und publizistisches Werk fand trotz aller Barrieren in der Heimat Beachtung und drückte dem kulturellen Leben seinen Stempel auf. Der Blick aus der Ferne erleichtert oft eine tiefere und umfassendere Beurteilung der historischen Mäander.« Ich ruhte mich im Sessel aus und überlegte, was wohl Sławek Mrożek dazu sagen würde. Wahrscheinlich würde er ein Minimärchen komponieren: »Zwerge haben nachts Barrieren aufgestellt und dann in die Milch gepinkelt, damit sie schneller sauer wird.«

Breslau, 18.-21. Mai 1994

Flug nach Breslau zusammen mit Bolecki und Kudelski. Auf dem Flughafen der Bürgermeister der Stadt, Olgierd Zdrojewski, die beiden Lyrikerinnen Urszula Kozioł und Wisława Szymborska, Karol Modzelewski und der Redakteur der *Odra*, Mieczysław Orski.

Bürgermeister Zdrojewski ist ein ausgezeichneter Kenner der Stadt, der in Erstaunen versetzt, so daß in seiner Gesellschaft und mit seinen Erklärungen sogar eine kurze Rundfahrt tiefe Einblicke erlaubt. Sonderbar ist die Stadt und auf eigentümliche Art anziehend, aus einem anderen Zivilisationskreis, nicht so sehr »wiedererlangt« als vielmehr Tag für Tag »neugewonnen«, auch im architektonischen Sinn. Auf jedem Schritt Reminiszenzen an München, in einem Stadtviertel lebte Schwabing regelrecht auf (einschließlich meines damaligen nächtlichen Herumstreichens). An einem schönen, sonnigen Tag überwältigt überall der Eindruck von Grün und Jugend.

Wir logierten in einem freundlichen kleinen Hotel mit dem in meinen Ohren wohlklingenden Namen *Zaułek* (Winkel). Es ist mit der Universität verbunden und beherbergt Gäste der Hochschule, hauptsächlich Ausländer.

Abends zum Essen bei Urszula Kozioł und ihrem Mann Feliks Przybylak (einem Germanisten) in deren Wohnung, wo der Boden übersät ist mit Büchern, als wäre es die Bleibe von ewigen Studenten. Es war auch Wisława Szymborska da, die aus Krakau für einige Tage nach Breslau gekommen ist. Diese beiden ausgezeichneten, reizenden Lyrikerinnen, denen es dabei nicht an beschützendem Instinkt fehlt, sollten sich unser während des Aufenthalts in Breslau annehmen.

Am nächsten Morgen holte uns bei regnerischem Wetter Adolf Juzwenko, der Direktor des Ossolineums[136] ab. Natürlich ist es eine große Freude, die Schätze der Bibliothek zu sehen: das Manuskript von *Pan Tadeusz*, die Handschriften von Sienkiewicz und Żeromski, vor allem aber Orzeszkowas wunderbar, meisterhaft komponiertes Herbarium (in der Tat kann ein Herbarium ein Kunstwerk sein). Der eigentliche Schatz des Ossolineums ist aber ohne Übertreibung seine Atmosphäre; die von opferbereiter, engagierter und hingebungsvoller, schlechtbezahlter Arbeit; die Atmosphäre einer längst vergangenen Zeit. Warum – fragt Direktor Juzwenko – will man uns in Lemberg die vollständigen Jahrgänge der polnischen Zeitungen und Zeitschriften aus der Zwischenkriegszeit nicht zurückgeben? Ja, warum eigentlich?

Signieren in der Buchhandlung des Niederschlesischen Verlags, danach Mittagessen beim Wojewoden. Vor ungefähr fünf Jahren sah ich im italienischen Fernsehen eine Reportage aus Breslau, die recht beunruhigend war, um nicht mehr zu sagen; die älteren Bewohner sprachen nach so vielen Jahren ihre Befürchtungen offen aus: Vielleicht aber werden wir hier eines Tages vertrieben werden? Der Wojewode versicherte, daß die Ängste der Umsiedler bereits der Vergangenheit angehören; die Jüngeren und die ganz Jungen sind in der Stadt verwurzelt und solche Gedanken kommen ihnen gar nicht in den Sinn. Mein Nachbar zur Rechten, Karol Modzelewski, nickte eifrig.

Abends in der wunderschönen *Aula Leopoldina* der Universität die bereits traditionelle Begegnung mit Lesern. Wieder ist es voll, und wieder überwiegen junge Gesichter. Ich hatte den Eindruck – aber vielleicht war es eine Täuschung –, daß die Diskussion hitziger wurde, als ob wir in eine neue Dimension unbegrenzter Offenheit treten würden. Eine Täuschung, mit Sicherheit eine Täuschung, aber ich gebe zu, daß ich meine Freude daran hatte.

*

Am 20. Mai 1991, an meinem 72. Geburtstag, erhielt ich die Ehrendoktorwürde der Universität Posen. Genau drei Jahre später, am 20. Mai 1994, an meinem »runden« 75. Geburtstag, überreichte man mir im Senatssaal der Universität Breslau den Preis der *Odra* und die goldene Medaille der Universität. Es sprachen der Redakteur Orski und der Rektor Wrzeziński, Bolecki hielt die »Laudatio«.

In meiner Danksagung unterstrich ich die besondere Genugtuung, die ich gerade beim Preis der *Odra* empfinde. Die Breslauer Monatsschrift verstand es sogar in den schwersten Jahren, eine Atmosphäre relativer (etwas anderes war nicht möglich) Unabhängigkeit und Sauberkeit zu bewahren. Sollte hierbei der kulturelle *humus* Breslaus zum Tragen gekommen sein? Schließlich sind eben hier, wenngleich nur kurz, die *Zeszyty Wrocławskie*[137] unter der Redaktion von Anna Kowalska und Tadeusz Mikulski erschienen. Im London der Nachkriegszeit zog ich sie immer als erste aus dem Zeitschriftenstoß heraus, den mir Grydzewski zusandte, um die in Polen erscheinende Presse zu besprechen. Da dies aber in eine Zeit der Zweifel fiel, ob es den Schriftstellern in der Fremde gelingen werde, ihre Muttersprache lange zu kultivieren, habe ich gegenüber den *Zeszyty Wrocławskie* eine persönliche Dankesschuld abzutragen: Hier las ich nämlich einen Text darüber, wie Conrad mit untrüglicher Intuition Leon Piwiński Verbesserungen in der polnischen Übersetzung seiner Novelle *Il Conte* (die übrigens in Neapel spielt!) vorschlug ...

Während des Mittagessens, das Jan Stolarczyk, der Leiter des *Niederschlesischen Verlags*, gab, saß ich zwischen Wisława Szymborska und dem Breslauer Polonisten Czesław Hernas. Ich lernte ihn damals kennen, obwohl uns – wie es sich im Laufe des Gespräches herausstellte – in den Jahren der Allmacht der »volksrepublikanischen« Zensoren gewisse verborgene Gemeinsamkeiten verbunden hatten.

Am nächsten Tag fuhr ich auf Bitten von Direktor Janusz Hermansdorfer ins Nationalmuseum und las im kleinen Lebenstein-Saal den kurzen, ihm gewidmeten Text *Jan Lebensteins ewige Grenzregion*. (Aus Anlaß der Vorstellung einer neuen Mappe seiner Gouachen trug ich diesen Text eine Woche später in der Warschauer Galerie *Kordegarda* ebenfalls vor, und zwar als Einleitung zu einem Dialog mit dem neben mir sitzenden Maler und Freund.)

Gleiwitz, 22. Mai 1994

Jan Mazurkiewicz, der jahrelang Emigrationsbücher nach Polen geschmuggelt hat, nahm uns nach Gleiwitz mit. Er hat dort auf einem zentral gelegenen Platz ein großes Kellercafé gegründet. Wenn sich eine Gelegenheit bietet, veranstaltet er darin Literaturlesungen mit durchreisenden Schriftstellern.

Mein Tagebuchheft wird von nun an recht spärlich. Lakonische Sätze in der Art wie »ein gutes Treffen mit etwa 200 Lesern«, »später Nachmittag auf dem Marktplatz in Gleiwitz, sonnig, mild«, schließlich ein aus dem Zusammenhang herausgerissenes Wort »Amnesie«. Ich glaube, wir sprachen unter anderem über Gedächtnisschwund, und ich erinnerte an eine Stelle aus dem Buch *Źle urodzeni*[138] von Jerzy Jedlicki. Darin ist mir ein Zitat aufgefallen: »Das Ideal der historischen Amnesie scheint mir für den Gebrauch der unschuldigen Jugend nicht gerade propagierungswürdig. Die Geschichte der Menschheit ist eine grauenvolle Reihe kollektiver, *institutioneller* Verbrechen, und vielleicht sollte man nicht allzu großzügig eine Sammelabsolution erteilen ... Die Leichtigkeit der Geschichte erscheint mir weniger unerträglich als ihre manchmal gespenstische Schwere.« Möglicherweise sprach ich über die »Schwere der Geschichte«, die heute munter in leichtes Kleingeld umgetauscht wird, mit Zustimmung der betörten Gesellschaft, die, von den neuen Machthabern der »demokratischen Linken« entsprechend dressiert, leise murmelt: »Die Verantwortlichen sind tot, nicht mehr unter uns, also lassen wir es gut sein, so als ob nichts gewesen wäre« (auch dies Jedlicki, der sehr empfindlich reagiert, wenn man aus der Geschichte einen nationalen Abfallkorb macht).

Krakau, 23.-26. Mai 1994

Aus Gleiwitz fuhren wir nach Krakau über Zabrze, Chorzów und Kattowitz. Erstaunlich viele Wälder. In Krakau kamen wir vor der Abenddämmerung an, und die Sonne wärmte noch kräftig. Wie schön Krakau ist. Aus der Ferne die Krone der Wawelburg, unten das blaue Band der Weichsel, freundliche Straßen, Wohnhäuser voller häuslicher Wärme (sonderbar, wie sehr man dies an den Fenstern sehen kann).

In die Dietla-Allee zu Żuk Opalski, seiner Schwester Aleksandra und Frau Maria. Schon vor drei Jahren gefiel mir deren Wohnung – eine Verbindung aus Żuks Musikzimmer und einem eigentümlichen Antiquitätenkabinett in den übrigen Räumen – ausgesprochen gut; jetzt aber hat sie, vielleicht auf Grund der Müdigkeit, mein Herz voll und ganz erobert. In einer solchen Wohnung in Krakau leben!

In einer Stadt, die in ihrem Alltagsleben mit allen Fasern ihres Seins die Geschichte spüren läßt, in der in den alten Mauern das Leben unentwegt vibriert, die aber gleichzeitig der Zurückgezogenheit zugetan ist, wenn der Wunsch danach besteht oder es sich als notwendig erweist. (Später hinzugefügt. Im Juni war für mich Lucca eine Quelle ähnlicher Gemütsbewegungen.)

An diesen drei Tagen ging ich vormittags spazieren. Ich schlenderte planlos umher, warf einen Blick in die Kirchen, saß in den Grünanlagen, sah von oben herab auf den Fluß. Klare, harmonische Delektierung.

Grau und drückend war das Wetter an dem Tag, an dem ich Kazimierz besichtigen wollte. Irgendwie stand dies im Einklang mit der Atmosphäre des ehemaligen Judenviertels, das die Nissenbaum-Stiftung nun mit ungewöhnlicher Schnelligkeit und Sorgfalt wieder aufbaut. Besonders beeindruckend ist die in ein Museum verwandelte Synagoge.

Warschau, 27. Mai - 4. Juni

Czesław Bielecki[139] ist mit seiner Familie nach Bartoszówka bei Warschau umgezogen. Er hat sich dort ein originelles, bequemes Haus gebaut, ein großes Stück Land gekauft und pendelt zwischen dem dörflichen Wohnsitz und seinem Architekturbüro in Warschau. Zum Essen fahren wir zusammen mit Bolecki zu ihm. Er brilliert wie immer (die Schulung »von Zelle zu Zelle« war nicht unnütz) und hört auch am Steuer nicht auf zu erzählen, aber jede seiner treffenden Bemerkungen bestärkt mich in der Meinung, daß er zu der lahmen und trägen Art, wie in Polen Politik betrieben wird, nicht paßt.

Zum Nachmittagskaffee hat die Schwester seiner Frau ihren Onkel, den Geistlichen Jan Twardowski aus Warschau mitgebracht. Dieser außergewöhnliche Dichter und Aphoristiker, der ein ironisches Lächeln mit der Heiterkeit tiefen Glaubens zu verbinden weiß, war während meines vorigen Aufenthaltes in Warschau krank, und deshalb mußte ich zu meinem aufrichtigen Bedauern auf die Wiederaufnahme unserer Vorkriegsbekanntschaft verzichten. Wiederaufnahme der Bekanntschaft ist zuviel gesagt, denn ich kannte ihn nur vom Lesen. In der Jugendzeitschrift *Kuźnia Młodych*[140] leitete er bereits als Student den Literaturratgeber. Ich war wohl 15 Jahre alt, als ich mich entschloß, die erste Novelle, die ich je geschrieben hatte, an Jan Twardowskis Ratgeber zu schicken. Die Antwort weiß ich bis heute – solche Dinge vergißt man nicht: »Die Komposition ist tadellos; aber der Inhalt schwach und banal.« Nach 60 Jahren tröstete mich Jan Twardowski, indem er mit einem gutmütigen Lächeln sagte, daß jene Antwort wie ein Becher war, der für ihn halbvoll, für mich halbleer war. Als Gegenleistung für die beiden letzten, mit einer Widmung versehenen Bändchen, schrieb ich ihm die Widmung: »Pfarrer Jan Twardowski, der mich in die Literatur eingeführt hat.«

Neapel, 12. September 1994

Zum 50. Jahrestag des Warschauer Aufstandes hat mein Freund Francesco Cataluccio, der beste Polenkenner in Italien, in der bekannten Monatsschrift *Leggere* einen umfangreichen Artikel publiziert. Gleich zu Beginn schreibt er: »In der polnischen Hauptstadt fand die erste Aktion einer Massenvernichtung in unserer Epoche statt, das erste Sarajewo. Damals wie heute spielten sich die Ereignisse vor den Augen einer gleichgültigen

Welt ab, begleitet von heuchlerischen Winkelzügen der Großmächte, die zu nichts führten.« Diese beiden Sätze bedeuten für mich mehr als die Reden, die die von Wałęsa eingeladenen Ehrengäste aus West und Ost gehalten haben. Hätten sie überhaupt eingeladen werden sollen? Ich war, bin und bleibe der Meinung, daß dies überflüssig war. Das aufständische Warschau war völlig verlassen und verraten und hätte deshalb nach einem halben Jahrhundert seinen tragischen Jahrestag in gänzlicher Einsamkeit verbringen sollen, ähnlich wie man der Jahrestage von Familientragödien in Zurückgezogenheit, im Kreise der nächsten Angehörigen gedenkt, wobei es ein Zeichen würdevoller Trauer ist, Unbeteiligte auszuschließen.

Aber das Weinen Antigones
Die ihren Bruder sucht,
Ist wahrlich über das Maß
Des Erträglichen. Das Herz
Ist ein Stein, in dem
Die dunkle Liebe zum Land des äußersten Unglücks
Verschlossen ist wie ein Insekt.

(Czesław Miłosz)

Ich höre, daß die Veranstalter vom präsidialen Hof diese Einladung als einen Beweis unserer »Weltläufigkeit«, unseres Herauskommens aus der Provinzialität ansahen. In Wirklichkeit aber zeigte sich darin fehlende Ehrerbietung gegenüber den Ruinen der Stadt, gegenüber den gefallenen Bewohnern Warschaus und den Aufständischen.

Cataluccio zitiert am Ende seiner Skizze meine Ansicht, daß der Warschauer Aufstand von Anfang an in die Geschichte der Heimatarmee eingewoben war, so wie die Schlacht von Monte Cassino von Anfang an unausweichlich zur Geschichte des Zweiten Korps gehörte. Eine andere Entscheidung hätte sicherlich in beiden Fällen zur geistigen Kapitulation auf Jahre hinaus geführt. Ich glaube weiter daran, was ich (vor sehr langer Zeit) geschrieben habe, nur bereitet mir diese Überzeugung im Alter einen immer größeren Schmerz.

18. September 1994

Karl Popper ist gestorben. Seine *Offene Gesellschaft und ihre Feinde* ist eines der wichtigsten Bücher unseres Jahrhunderts. Es sollte sowohl in den demokratischen Ländern als auch in denen, die sich aus der »Volksdemokratie« gelöst und auf den Weg einer Demokratie begeben haben, Pflichtlektüre sein. Popper verehre ich auch deshalb, weil er Hegels Philosophie als »den größten intellektuellen Betrug aller Zeiten« betrachtete und die sogenannten »Intellektuellen« »Esel« nannte.

Kurz vor seinem Tod diktierte er dem Redakteur der italienischen Zeitschrift *Reset* ein kurzes Essay über das Fernsehen. Gegen Ende seines Lebens hat ihn »das Fernsehen, dieser schlechte Lehrmeister«, immerfort beschäftigt und Ängste hervorgerufen, die an Besessenheit und Panik grenzten. Das Essay aber ist nach Art Poppers geschrieben – ruhig, sachlich, klug, ohne Übertreibung oder exaltierte Rhetorik. Vor dem Gift des Fernsehens, der »Schule der Gewalt«, wollte er vor allem die Kinder bewahren (man darf nicht vergessen, daß er von 1918 bis 1937 in Wien als Pädagoge tätig war und mit Alfred Adler zusammenarbeitete). Er dachte jedoch auch an die Erwachsenen. »Es ist immer dieselbe, die Kantische Idee: Die Freiheit eines jeden Menschen maximal auszuweiten, bis zu den Grenzen, die die Freiheit der anderen auferlegt. Wenn sich dagegen die gegenwärtige Entwicklungstendenz fortsetzt, dann werden wir uns bald in einer Gesellschaft wiederfinden, in der Totschlag zum Alltag gehört.«

Was schlug er vor? Er erarbeitete Richtlinien, die jeden Fernsehmitarbeiter dazu verpflichten sollten, sich einer strengen Prüfung zu unterziehen, nach deren Ablegung er ein Patent, eine Lizenz erhielte (oder auch nicht). Seine Forderung erläuterte er im Schlußteil seines Essays: »Demokratie beruht auf einer ständigen Kontrolle der politischen Macht. In einer wirklichen Demokratie ist eine nicht kontrollierte politische Instanz undenkbar. Das Fernsehen verfügt jedoch heute über alle Eigenschaften einer enormen politischen Macht, der potentiell wichtigsten sogar, als ob Gott selbst vom Bildschirm sprechen würde. Und so wird es auch bleiben, oder es wird noch schlimmer kommen, wenn wir dem Mißbrauch dieser politischen Macht nicht Einhalt gebieten. Das Fernsehen belastet die Demokratie.«

Das alles wäre schön und gut, wenn es *saubere* Kontrollmechanismen gäbe. Gerät die Kontrolle in falsche Hände, dann weiß man zwar, wie und wo sie beginnt, aber man weiß nicht, welches Ziel sie verfolgt und wo sie endet. Am 15. September verabschiedete der Sejm mit den Stimmen der Postkommunisten und der Bauernpartei das Gesetz über den Schutz des Staatsgeheimnisses. Die Reichweite des Staats- und Dienstgeheimnisses sollen die Mitglieder der Regierung und der Staatsverwaltung festlegen. Ich habe keinerlei Zweifel, worum es bei einer solchen Kontrolle geht: Das Staatsgeheimnis soll die allzu brutale Schere des Zensors ersetzen. Der kluge Popper, der hauptsächlich an offene Gesellschaften in den westlichen Demokratien dachte, ignoriert die halboffenen Gesellschaften in den auf den Ruinen des Kommunismus erst wachsenden (oder dahinkümmernden) Demokratien.

26. November 1994

Beim Krakauer Treffen mit den Redakteuren des *Tygodnik Powszechny* drückte mir Bronisław Mamoń ein »kleines Überraschungsgeschenk« in die Hand. Seit langem beschäftigt sich Mamoń mit Karol Ludwik Koniński[141] und fand, als er dessen Archiv ordnete, einige meiner Briefe, die ich als 20jähriger Student im Mai, Juni und Juli 1939 an diesen geschrieben hatte. Koniński nahm mit mir Kontakt auf (er hat mir als erster aus Lanckorona geschrieben), nachdem er meine Skizze über seine *Schriftsteller aus dem Volk* in Kołonieckis *Pion* gelesen hatte. Der letzte meiner vier Briefe ist vom 27. Juli 1939 und beginnt folgendermaßen: »Es ist mir überaus peinlich, daß ich Ihre Karte erst heute beantworte. In der Zwischenzeit ist es mir jedoch gelungen, für drei Wochen an die Seen in der Umgebung von Augustów zu fahren, und ich konnte Sie nicht mehr rechtzeitig benachrichtigen. Nach Suchedniów kam ich vor einigen Tagen und begann sogleich mit der Arbeit an meiner Studie über die Volksliteratur. Laut Vertrag soll ich diese Studie am 15. August dem Redakteur von *Wiedza i życie*[142] übersenden.

Da ich auf der Durchfahrt in Warschau war und mit Ludwik Fryde sprach, der mir von Ihrem Brief erzählte, beeile ich mich, Ihnen zu versichern, daß meine Arbeit über die Volksliteratur nichts mit seinem Artikel über die *Schriftsteller aus dem Volk* zu tun hat und erst nach Erscheinen dieses Artikels in *Wiedza i życie* in Auftrag gegeben wurde. Es fällt mir schwer, jetzt genau zu sagen, bis wann ich meine Studie abschließen werde. Der Ausflug nach Augustów hat mich viel Zeit gekostet.«

Der Ausflug nach Augustów! Drei Wochen im Zelt mit Janek Strzelecki und Krysia Broniatowska (heute Griffith-Jones). Seit dem tragischen Tod von Janek denke ich öfter an unsere Gespräche zu dritt und das Baden im Białe-See (zu Krysias Entsetzen, die am Ufer saß, durchschwamm ich damals den See der Breite nach). Und auch an meine Auseinandersetzungen mit Janek nach dem Krieg, die oft scharf und schmerzhaft waren, aber angesichts unserer Jugendfreundschaft unwichtig erscheinen. Manchmal frage ich mich, was er getan hätte, wenn er die Unabhängigkeit erlebt hätte. Wahrscheinlich hätte er sich mit Jan Józef Lipski zusammengetan und später mit Karol Modzelewski. Außerdem würde er mit dem *Tygodnik Powszechny* zusammenarbeiten (und natürlich mit wissenschaftlichen Zeitschriften).

Aber zurück zu Koniński, dessen Größe als Schriftsteller und Denker erst nach Erscheinen seines Tagebuches gerecht beurteilt wurde. In meinen Erinnerungen an Koniński (in dem Londoner Sammelband *Straty kultury polskiej* und meinem Debütbändchen *Żywi i umarli*[143], lese ich, daß ich meine Studie über die bäuerliche Kultur am 20. August abschloß und die Reinschrift an *Wiedza i życie* abschickte. Das Konzept sandte ich Koniński mit der Bitte um Rücksendung zu, da ich im September auf der Polonisten-Tagung in Krzemieniec darüber referieren sollte. Am 31. August erhielt ich eine schwer lesbare Ansichtskarte aus Lanckorona (Koniński war seit Jahren bettlägrig und schrieb im Liegen): »Ich glaube, es hat nun die Stunde geschlagen, um die Feder zur Seite zu legen in diesen stürmischen Zeiten.« Tags darauf fielen die ersten Bomben auf das nahe gelegene Skarżysko.

1995

Neapel, 8. Februar 1995

In der Turiner *La Stampa* erschien heute auf der ersten Seite als einer der Aufmacher meine Notiz *Rehabilitiert mich nicht.* Da diese auch für den polnischen Leser interessant sein könnte, sei sie in das Tagebuch eingetragen.

»Ich weiß nicht mehr, ob sich die hervorragende Barbara Spinelli vor einigen Tagen des Begriffes ›Rehabilitation‹ bedient hat, als sie in *La Stampa* von den Mitgliedern der PDS (der Partei der demokratischen Linken, also der Postkommunisten) verlangte, sie sollten zugeben, daß ›auch der Antikommunismus ein Wert der italienischen liberalen Kultur ist; vielleicht nicht der ganze Antikommunismus, aber mit Sicherheit der, der in Verbindung gebracht wird mit solchen Namen wie Ignazio Silone, Nicola Chiaromonte, Raymond Aron, Hannah Arendt sowie den Namen zahlreicher anderer Demokraten, die die Linke lange Zeit verachtet oder schlicht ignoriert hat‹. Der Begriff ›Rehabilitation‹ erscheint dagegen im Titel des gestrigen Artikels von Pierluigi Battista. Ich bin ihm nicht nur dafür dankbar, daß er unter den Kandidaten für eine ›Rehabilitation‹ nun auch meinen Namen nannte, sondern vor allem dafür, daß er das schreckliche Wort ›Rehabilitation‹ in Anführungszeichen setzte: *Die Postkommunisten ›rehabilitieren‹ die liberalen Antikommunisten.* Ein wahrlich schreckliches Wort sowjetischer Abstammung, fast *Made in Soviet Union.* Nach dem XX. Parteitag und Chruschtschows Bericht erhielten die Familien der Stalin-Opfer eine Kompensation in Gestalt kurzer Briefe, in denen ihnen mitgeteilt wurde, daß ihr Angehöriger grundlos verurteilt und hingerichtet wurde und nun ›rehabilitiert‹ worden ist. Natürlich handelte es sich um eine postume ›Rehabilitation‹.

Der Genauigkeit halber sei hinzugefügt, daß das Wort ›Rehabilitation‹ auch von der Kirche verwendet wird. Galileo Galilei ist ›rehabilitiert‹ worden, vielleicht (das weiß man noch nicht) wird es auch Giordano Bruno. Auf jeden Fall handelt es sich auch bei den vier Antikommunisten, die Barbara Spinelli nennt, um ›postume Rehabilitation‹. Wie schade! So wird unsere Neugierde nicht befriedigt, ob die ›Rehabilitierten‹ ihrerseits bereit wären, sich für ihre ›Rehabilitation‹ mit einem Akt der ›Rehabilitation‹ des gegenwärtigen Anführers der PDS oder in der Vergangenheit beispielsweise von Togliatti zu revanchieren. Was mich betrifft – da ja Pierluigi Battista meinen Namen in seine Liste aufgenommen hat –, so wäre ich dazu nicht bereit.

Silone sagte mir einmal mit bedrückter Miene, er fühle sich nach seinem Bruch mit dem Kommunismus wie ein suspendierter Priester (auf italienisch: *prete spretato*). Nach dem XX. Parteitag und Chruschtschows Bericht, nach dem Skandal, den diese beiden historischen Ereignisse hervorriefen, erhielt Giancarlo Pajetta (ein wichtiger kommunistischer Anführer) von der Partei den Auftrag, sich der Presse zu stellen. ›Was wollt ihr‹ – versuchte er die aufgeregten und aggressiven Journalisten zu beruhigen –, ›schließlich war es unser Genosse Silone, der als erster die Verbrechen Stalins offenlegte.‹ Silone, der von Natur aus nicht gerade zur Heiterkeit neigte, erzählte mir dies laut lachend. Und mir scheint, daß ein schallendes Lachen die einzig richtige Antwort auf die ›Rehabilitation‹ durch die heutigen Postkommunisten ist.«

6. April 1995

Das, was in meiner Eintragung vom 14. November 1991 lediglich ein Traum war – eine Reise nach Prag – nimmt nun konkrete Gestalt an: in der ersten Maiwoche, mit Frau und Kindern, als Gäste des Polnischen Instituts. Eine Woche, eine knappe Woche, das ist zu wenig, aber mehr geht nicht. Besser das als gar nichts, um sich das Bild der nie gesehenen und stets so sehr erträumten Stadt zu vergegenwärtigen und ins Gedächtnis einzuprägen. »Du freust dich wie ein kleiner Junge, der endlich das langersehnte Fahrrad geschenkt bekommt«, sagte B. Genau so ist es.

Meine Eintragung vom 14. November 1991 ist dem Buch *Praga magica* des früh verstorbenen Bohemisten, Russisten und

Polonisten Angelo Maria Ripellino gewidmet sowie der Person ihres Autors, eines großen Gelehrten, ausgezeichneten Übersetzers und Dichters. *Magisches Prag* konnte nur ein Gelehrter und Dichter schreiben, der beide Eigenschaften im schöpferischen Vorhaben zu verbinden weiß. Jedes Kapitel steckt voller Informationen, »professorenhafter Verweise und Anmerkungen«, entzückt und bewegt jedoch gleichzeitig durch seine leichte Prosa, die klar und bilderreich ist, als wäre sie mit Goldfäden durchwirkt. Wie sehr liebte er sein »magisches« Prag! Stellenweise verwandelt sich die Beschreibung eines kleinen Gäßchens, eher eines Winkels, in ein Gedicht, benetzt mit Tränen des Glücks, meisterhaft ziseliert in der Hervorhebung von Einzelheiten. Wird es auch mir gelingen, einen solchen, wenn auch nur kurzen Blick auf Prag zu werfen?

Die Bezeichnung »magisch« ist nicht allein eine Idee von André Breton. Prag entwickelte sich seit der Wende des 16. zum 17. Jahrhundert, also seit der Herrschaft des überempfindlichen, verschlossenen, mißtrauischen und melancholischen Rudolf II. in einen Ort der Zauberei und Chiromantie, der Wahrsager und Alchimisten, einen Schmelztiegel der Mystik und der Schwarzen Magie, ein Eldorado der Beschwörungskundigen und Hexenmeister. Sie kamen aus allen Himmelsrichtungen (darunter auch der polnische Zauberkünstler Michał Sędziwój-Sendigovius), vor allem aus England, fanden am königlichen Hof Gehör und reichlich Lohn, Verständnis und zunftmäßige esoterische Bindungen unter den Eingeweihten aus Böhmen. Ripellino zitiert zwei zeitgenössische Dichter, Nezval und den Nobelpreisträger Seifert. Der erste: »Auf Hradschins Goldenem Gäßchen, / da steht die Zeit still, / willst Du 500 Jahre leben, / dann wirf alles hin und widme Dich der Alchimie.« Der zweite: »Alchimisten, braut euer Gift, / murmelt die dunkle Formel, / benutzt die Geheimschrift, / um den teuflischen Dienst zu gewinnen und zu unterwerfen.« Ein Kapitel für sich war die Zaubermagie der gelehrten Rabbiner hinter den Mauern des Prager Ghettos. Rabbi Löw erschuf den Golem, den der Prager Schriftsteller Gustav Meyrink Jahrhunderte später wiederauferstehen ließ. Der Golem lebt, wie wir sehen werden, unter verschiedenerlei Gestalt bis auf den heutigen Tag.

Dem »magischen« Prag verdankt, wie mir scheint, die Atmosphäre der Gegenwartsliteratur, die ihre Lebenssäfte aus Böhmens Boden sog, sehr viel. Allein Kafka. Liegt im *Prozeß*, im *Schloß* und in vielen seiner Erzählungen nicht eine geheimnisvolle Beschwörung in der Luft? Hätte die *Verwandlung* außerhalb des »magischen« Prag entstehen können? Kafka war sich dessen wohl bewußt; er war ein Gefangener der Prager Magie, aber ein Gefangener, der sich nach Befreiung sehnte. Schließlich dachte er daran, Prag anzuzünden, Prag, das nicht losläßt – »dieses Mütterchen hat Krallen«.

Aus den Zeitungen erfahre ich, daß vor kurzem die wohlhabendsten Prager Kapitalisten einen exklusiven Verein unter dem Namen »Golem« gegründet haben. Während der Herrschaft des »real existierenden Sozialismus« hätten die Mitglieder der Politbüros einen ähnlichen Verein gründen können. So hätte jeder Antisemit die Möglichkeit, begründeterweise zu behaupten, der Kapitalismus wie der Kommunismus seien ein Werk des Prager Rabbi Löw, eine jüdische Erfindung …

25. April 1995

Weiterhin Vorbereitungen zur Pragreise. Ich las die Erinnerungen *Hope Dies Last* von Alexander Dubček (angeblich soll in Kürze eine polnische Version in Warschau erscheinen).

Er war für einen Spitzenpolitiker ein sympathischer, redlicher, wahrheitsliebender und aufrichtiger Mann. Der Herausgeber des Bandes hat recht, wenn er ihn als einen »Anhänger des Fabianismus« bezeichnet, »einen Sozialisten, der ohne Schwierigkeiten seine Anschauungen mit den Grundsätzen der lutheranischen Ethik seines Elternhauses verband«. So gehörte er zur zahlenmäßig kleinen Kategorie von Kommunisten, die der Geschmack der Macht (der in Ladislav Mnačkos Roman beschrieben ist) nicht verdarb, die die Regeln schlichter menschlicher Anständigkeit in ihrem sehr ernst genommenen Sozialismus, der weit entfernt war von der gierigen Zügellosigkeit der Nomenklatura, beachteten. Es gab solche, sie waren in der Minderheit, aber es gab sie. Sie nahmen den Begriff vom »menschlichen Antlitz« wörtlich. Keiner von ihnen wäre in

Moskau mit lobendem Unterton als *zubastyj bolschewik*[144] betitelt worden. Sie waren zahnlos, oder sie hatten vielmehr auch im reifen Alter immer noch Milchzähne. Früher oder später erwartete sie eine Niederlage, wenngleich ihr manchmal (wie zur Zeit des Prager Frühlings) eine Euphorie über die »unblutige Revolution« und einen neuen »Aktionsplan« voranging.

Sie hatten eine für den »Fabianismus« typische Eigenschaft, die bereits das Ehepaar Webb auszeichnete und die sich durch die verschiedenen Verkörperungen der *Fabian Society* zog: die Naivität. Dubčeks Naivität hielt lange an; ihn haben erst die Erfahrungen nach der sowjetischen Invasion im August 1968 »endgültig überzeugt«, daß die ihm einst nahestehenden sowjetischen Genossen, mit denen er es zu tun hatte, »eine Räuberbande« sind. Klassisch mutet sein Satz an: »Ich gebe zu, daß mein Denken naiv war, aber es hatte seinen Ursprung in meinem guten Willen und meinem Glauben an die Grundsätze der Anständigkeit.«

Bezeichnenderweise verschweigt Dubček in seinen Erinnerungen zwei Episoden, die intime Kenner des Prager Frühlings nicht in Zweifel stellen. Die erste Episode ist Titos Besuch in Prag am 9. August, kurz vor der Invasion. Nach Dubček »drückte Tito seine volle Unterstützung für unsere Vorgehensweise aus«. In Wirklichkeit fragte er sogleich nach der Ankunft im ersten Gespräch mit Dubček, wann die allgemeine Mobilmachung verkündet werde. Dubčeks Gesicht drückte eine so große Verblüffung und Entrüstung aus, daß Tito seinen Abflug nach Belgrad vorverlegte und dies gegenüber den Mitgliedern seiner Delegation mit den Worten begründete: »Hier haben wir nichts mehr zu tun.«

Auf dem Bahnhof in Čierna nad Tisou kam es während des letzten Treffens der Unterhändler aus Moskau und Prag im Eisenbahnerklub zu einem scharfen Wortgefecht zwischen Breschnew und Dubček. Dubček versuchte, die angespannte Situation durch die Worte zu beruhigen: »Auf jeden Fall werden wir, Genosse Breschnew, nicht auf die Soldaten der Roten Armee schießen.« Es ist nur allzu wahrscheinlich, daß sich in dem Augenblick in Breschnews Kopf die Einsicht durchsetzte: »Man kann einmarschieren.«

»Dubček hat (an seinem Lebensabend)« – wie der Herausgeber des Bandes schreibt – »darunter gelitten, daß ein bedeutender Teil der Gesellschaft, insbesondere in der Tschechoslowakei, diejenigen, die jahrelang offen gegen das damalige Regime aufgetreten waren, während die meisten in Passivität verharrt oder kollaboriert hatten, kaum wahrnimmt oder ihnen gar Anerkennung zukommen läßt. Er war der Meinung, daß die Veteranen des Prager Frühlings weit mehr Ehrerbietung und Dankbarkeit verdient hätten.«

Dies ist eines der in Prag zu überprüfenden Themen.

(Nach der Rückkehr aus Prag hinzugefügt.) Mein Gespräch mit einem tschechischen Diplomsoziologen und leidenschaftlichen »Politologen« wirft ein wenig Licht auf diese Geschichte. Seiner Meinung nach prägt sich für gewöhnlich der Kampf, der mit Risiko verbunden ist und Opfer kostet, im Gedächtnis der Völker ein, nicht aber taktische Manöver voller Anschleichversuche und Schachzüge, mit einem Schritt nach vorne und wieder einem zurück; mit zum Teil recht gewagten Aktionen, die aber von Anfang an die Möglichkeit von Zugeständnissen, Rückziehern und Kompromissen nicht ausschließen. Das jedoch war der Prager Frühling. Man hielt sich an den Grundsatz: niemals zu weit gehen, keinen offenen Konflikt zulassen, kein Blutvergießen.

Dubček und seiner Equipe kann man Geschicklichkeit und guten Glauben in dieser Taktik nicht absprechen, dennoch hätten sie nur im Fall eines endgültigen Sieges die Gesellschaft für sich einnehmen können. Unterbewußt quälte die Tschechen und Slowaken der Kapitulationskomplex. Die sowjetischen Machthaber drängten die Anführer des »neuen Kurses« ganz bewußt in die Kapitulation, insbesondere nachdem sie sich vergewissert hatten, daß es keinen Widerstand geben werde. Dies nahmen die jungen tschechoslowakischen Offiziere ihren Vorgesetzten, mit dem senilen General Svoboda an der Spitze, übel. Als es schließlich zur Kapitulation kam, geschah dies auf eine ausgesprochen erniedrigende Weise. Lassen wir die Einzelheiten, die alle kennen. Nur Kriegel weigerte sich, die Kapitulationsurkunde zu unterzeichnen, aber dieser »galizische Jude« (wie ihn Kossygin nannte) war bedeutungslos und wurde im

Kreml rasch von den übrigen Genossen getrennt. Erst auf dem Flughafen bemerkte die nach Prag zurückkehrende Delegation seine Abwesenheit und verlangte in einem rudimentären Reflex von Würde seine Freisetzung von den Moskauer Gastgebern. Als einzige Bedingung *sine qua non* war dies kein hoher Preis, so daß Kriegel zum Flughafen gebracht wurde. Man erlaubte ihm die Rückkehr nach Prag unter der Auflage (wie sich herausstellte), sich von der Politik abzuwenden und in seinen alten Beruf als Arzt zurückzukehren. In Prag kam es niemandem in den Sinn, diese Klausel zu ignorieren. Gipfel der Kapitulationserniedrigung war die von Dubček angenommene Nominierung zum Botschafter in der Türkei. Das diplomatische Zwischenspiel in Ankara war nur kurz, aber lang genug, um ein gefundenes Fressen für die Zeitungsreporter aus aller Welt abzugeben. Mutig begann er den Prager Frühling und beendete ihn in der Rolle eines Vorzeigegaranten für die »Normalisierung«.

Mein Gesprächspartner hielt inne, schwieg eine Weile und fragte, was davon die Chance hätte haben können, in eine von Gefühlen der »Ehrerbietung« und »Dankbarkeit« erfüllte Tradition und Legende überzugehen. Wenig, sehr wenig. Und die »samtene Revolution«? Er lachte auf. Das ist etwas anderes. Die überwiegend jungen Leute ohne »ideologische« Belastungen, vom »Sozialismus mit menschlichem Antlitz« geheilt, verjagten die lokale Filiale der »Räuberbande«, als die Räuberzentrale nicht mehr in der Lage war, brüderliche Hilfe zu leisten. »Dubček wurde aus dem Schrank geholt, das Mottenpulver abgeschüttelt und uns als falsches Glied in der Kette zwischen Charta 77 und Prager Frühling vorgesetzt.«

Kurze Reise nach Prag, 30. April - 7. Mai 1995

Auf dem Flughafen der Botschafter der Republik Polen, Jacek Baluch, Zbigniew Machej, ein interessanter Dichter aus Teschen und Leiter des Polnischen Instituts in Prag, die ausgezeichnete Übersetzerin (auch meiner Bücher) Helena Stachová sowie Stoilow, ein Tscheche bulgarischer Abstammung, Inhaber und Chef des Verlages *Torst* mit den Autorenexemplaren meines

Tagebuchs bei Nacht geschrieben (die *Welt ohne Erbarmen* wurde bereits zuvor von der Zeitschrift *Střední Evropa* veröffentlicht).

Außenminister Skubiszewski hat in Ermangelung eines entsprechenden Stabes von Berufsdiplomaten sehr lange unter den Kennern der jeweiligen Bestimmungsländer nach Botschaftern gesucht. Die Botschaft in Rom übernahm beispielsweise Bronisław Michałek, die Botschaft in Wien fiel an Władysław Bartoszewski (dem eigentlich Bonn gebührt hätte, aber die spätere Nominierung zum Außenminister machte dies wieder wett). Nach Prag kam Jacek Baluch, ein Bohemist von der Universität Krakau und einst Student der Karls-Universität; schnell errang er eine hohe Stellung innerhalb des diplomatischen Corps. Seinen Erklärungen über alle möglichen »tschechischen Themen« zu lauschen, war für mich eine riesengroße Freude, vom Nutzen ganz zu schweigen. Leider wird er, wie es scheint, sein »diplomatisches Abenteuer« in Kürze beenden und an die Jagellonen-Universität zurückkehren.

Das Gepäck ließen wir in der Wohnung, die uns das Polnische Institut für den einwöchigen Aufenthalt in Prag freundlicherweise zur Verfügung gestellt hatte, und fuhren zum Hradschin, der Prager Burg. Dieser gewaltige Architekturkomplex (manche vergleichen ihn mit dem Louvre), der wundervoll und organisch gewachsen ist, machte auf mich sogleich einen sonderbaren Eindruck: daß er aus der Stadt ausgeschlossen und zugleich nicht ausgeschlossen ist, daß er einen ihrer »souveränen« Stadtteile bildet und gleichzeitig ihre herrliche Krönung ist. Es war ein warmer Sonntagnachmittag, nicht allzu viele Spaziergänger in Gruppen, von Zeit zu Zeit passierten Abteilungen der Schloßwache in Uniformen, die ein Freund Havels entworfen hatte. Mir kam das Königsschloß in Kopenhagen in den Sinn, ein Bild institutioneller Ordnung und Ruhe, die hier erst vor nicht allzu langer Zeit wieder eingezogen und dennoch, wenigstens dem Augenschein nach, solide verwurzelt ist.

Das Goldene Gäßchen – der ehemalige Sitz der Alchimisten, Chiromanten und Zauberer –, ein wenig märchenhaft im Farbenspiel der bemalten Häuschen, ist gleich zu Anfang mit einer Informationstafel versehen, daß hier Kafkas Schwester einige

Monate lang gearbeitet und ihr Bruder sie gern besucht habe. (Es beginnt die Prager Kafkomanie für den Touristengebrauch, die künstlich aufgebauscht ist, wenn man von der Einsamkeit des Schriftstellers in seiner Heimatstadt weiß, von der Gleichgültigkeit der Tschechen gegenüber einem Autor, der – o Graus! – deutsch schrieb.) Aber die »Märchenhaftigkeit« des Goldenen Gäßchens muß ich in Erinnerung behalten.

Bevor es dämmerte, gingen wir zur Karlsbrücke, auf der ein Gedränge herrscht und die in ihrer Rolle und ihrer Gestaltung dem *Ponte Vecchio* in Florenz ähnelt. Wir spazierten über die Kampa-Insel und am Ufer der Moldau entlang, und dabei hatte ich immer wieder das Gefühl, als begegne ich den Bürgern von Kielce bei ihrem sonntäglichen Flanieren im Stadtpark am runden Teich und in den dunklen Alleen. So lebendig und frisch ist immerfort unsere »proustsche« Erinnerung.

Später, im grauen Dämmerlicht, fuhr uns Botschafter Baluch an die Stelle, an der in der Zeit des »Personenkultes« eine mehrere Stockwerke hohe Statue des »Lehrmeisters der Völker« stand, die so plaziert war, daß Genosse Stalin das *große Auge* an jede Fensterscheibe in Prag drücken konnte. Geblieben ist ein Gerüst; das Denkmal ist 1962 abgerissen worden. Zu zweit, der Botschafter und ich, umrundeten wir es und unterhielten uns über die Situation in Polen; es war mir eine Freude zu hören, daß seine Ansichten und Bewertungen den meinen ähneln.

★

Ein regnerischer und trüber 1. Mai, nicht gerade einladend zu Ausflügen, und dennoch machten wir uns mit dem Botschafter auf den Weg in die Umgebung der Stadt. Im morgendlichen Prag war es leer (»man solle feiern ...«), leer auch auf den Straßen und in den Städtchen und Dörfern, durch die wir fuhren, als ob sich die Menschen in ihren Häusern verkrochen hätten (teilweise »Hütten«, die den hauptstädtischen Liebhabern einer in der Natur verbrachten Freizeit gehören). Zunächst Lana, ein Dorf, in dem sich die der Erholung dienende Residenz des Präsidenten befindet. Ein Dorffriedhof, darin das große Familiengrab Masaryks, ohne irgendwelche Grabsteine, mit hohem Gras bewachsen; hier ruhen gemeinsam Tomaš und seine Frau sowie Jan und dessen Schwester. Diese Schlichtheit ist bewegend. Nur schwerlich kann man sich ein ähnliches Grab unseres Staatsoberhauptes vorstellen. Ist es wahr – frage ich den Botschafter –, daß der berühmt-berüchtigte Pfarrer Cybula, der zusammen mit Wałęsa hier war, zögerte, ob er am Grab der Familie Masaryk für deren ewige Ruhe beten könne, ohne sicher zu sein, ob diese »wirkliche Christen« waren? Der Botschafter überhörte ganz offensichtlich meine Frage und da das Nieseln sich in Regen verwandelte, gingen wir rasch zum Auto.

Zwei Schlösser, Křivoklát und Karlstein. Beide sind am Feiertag des 1. Mai geschlossen. Karlstein, hoch oben gelegen, ermunterte geradewegs dazu, ihm zu Füßen eine Touristensiedlung zu errichten, in deren Straßen und Schuppen, die zu Läden und Basaren umgebaut sind, sich heute Tschechen und Ausländer drängen. Vielleicht aber ist Karlstein das Urbild für Kafkas »Schloß«, von unten erscheint es so fern und unerreichbar, so befestigt und somit taubstumm, rätselhaft? Vielleicht war der heutige Basar darunter einstmals das Dorf mit dem Wirtshaus? Am nächsten Tag, wieder in Prag, erwähnte ich dies im Gespräch mit Helena Stachová. »Nein« – antwortete sie entschieden –, »Karlstein ist ein Märchenschloß.« In mir aber kommt es zu einer recht sonderbaren Entwicklung. Einerseits erscheint mir Kafka oft, je tiefer ich in Prag eindringe, weniger abstrakt, gewinnt konkretere Züge – an einem der darauffolgenden Tage fand ich sogar den Weg heraus, auf dem Josef K. aus dem *Prozeß* von den beiden Wächtern in Zylindern zur Exekution über die Karlsbrücke in Richtung Strahov geführt wird; andererseits wiederum erscheinen mir Kafkas Ideen plötzlich, ich weiß nicht warum, einem Märchenstoff entnommen (übrigens las er gerne Märchen). Diese ungewöhnliche realistisch-märchenhafte Melange ist sicherlich eines der Geheimnisse seiner Kunst; sie ist die Flamme, die mal aufleuchtet, dann wieder erlischt, und die für einen kurzen Augenblick eine andere Dimension ins Licht rückt.

Das Wetter wurde am Nachmittag wieder freundlicher. Am Altstädter Ring mit dem Rathaus und der gotischen Teynkirche erfaßte ich die wohl wichtigste Eigenschaft dieser wunderbaren, bezaubernden Stadt. Ich denke dabei an den Gleichklang architektonischer Stile, die gewachsene Nachbarschaft von Gebäuden aus verschiedenen Jahrhunderten (was man in mittleren Städten Italiens antreffen kann). Dem Altstädter Ring mit seinen Menschenmassen (den Fußgängern und denen, die sich auf Bänken und Stühlen in der Nähe des Hus-Denkmals ausruhen) verleiht dies manchmal den Charakter einer Bühne, die sich in ständiger Bewegung befindet, eines Platzes, auf dem sich das Leben ganz Prags wie in einer Linse konzentriert. Jener Gleichklang der Stile aber unterstreicht die organische Entwicklung der Stadt (zumindest im Zentrum).

Bevor wir nach Hause zurückkehrten, betrachteten wir Prag von oben, vom Hradschin. Wer das nächtlich beleuchtete Paris sah, weiß, was eine einfallsreiche Beleuchtung bei Nacht für eine Stadt bedeutet.

⋆

Während meiner wochenlangen Pariser Aufenthalte in der *Kultura* schaute ich manchmal in der Redaktion der *Svedectvi* vorbei, einer Zeitschrift, die als das bescheidenere tschechische Gegenstück der polnischen Monatsschrift galt. Hin und wieder traf ich den Redakteur Pavel Tigrid auch bei Maximow. An die Besuche in der Redaktion der *Svedectvi* kann ich mich gut erinnern: eine kleine, enge Wohnung, die Frau des Redakteurs in der Küche, wo sie aber nicht mit dem Kochen, sondern mit dem Vervielfältigungsgerät beschäftigt war, Tigrid selbst, der stets vor Humor und Optimismus sprühte. Bei unserem letzten Treffen in der drangvollen Enge jenes Zimmerchens gedachten wir des Journalisten Lederer.

Tigrid lud uns zu einem festlichen Essen in einem Restaurant auf der Kampa-Insel, direkt an der Moldau neben der alten Mühle ein. Zu den Eingeladenen gehörten u. a. der Botschafter Baluch, Helena Stachová und Zbigniew Machej. Sein Trinkspruch hat mich tief bewegt. »Hätte ich mir in meinen kühnsten Emigrantenträumen vorstellen können, meinen Freund von der *Kultura* in Prag einzuladen?« »Und noch dazu als Minister für Kultur in einer tschechischen Regierung«, fügte ich hinzu. Der Rührung folgte ein befreites Lachen. Es fiele auch schwer, sich Tigrid ohne Fröhlichkeit und heitere Späße vorzustellen.

Ernst wurde er, sobald er offensichtlich einen Lieblingsgedanken wiederholte: »Die Kenntnis der Geschichte ist nicht mit historischer Gerechtigkeit gleichzusetzen, aber sie ist die Grundbedingung für ein normales Leben von Volk und Gesellschaft.« Mir war klar, daß er an die tschechische Form der »Lustration« denkt, die sicherlich ihre Schwächen hat, aber sogar in der Gestalt des etwas blassen Gesetzes vom Juli 1993 wichtig ist. Wichtig, wie die »Säuberungsgesetze« in Italien nach dem Fall des Faschismus, die den Nachgeborenen jenes Regimes eine politische Quarantäne auferlegten (die ein halbes Jahrhundert dauerte), ohne ihnen eine Teilnahme im Parlament zu verbieten. Und wie wir sie in Polen nicht hatten und wahrscheinlich nie haben werden, wo aus dem Postkommunismus ein schwindlerischer politischer Markt, eine kompaßlose Schifffahrt gemacht wurde.

Zbigniew Machej, der die tschechischen Verhältnisse gut kennt, versuchte meinen Enthusiasmus etwas abzukühlen. Möglicherweise hat er weitgehend recht, dennoch ändere ich meine positive Einstellung zur tschechischen Art des Übergangs vom Kommunismus zur Demokratie nicht – eines Übergangs mit einer Verfassung, einem Gesetz über das gestürzte System, einem klugen Präsidenten, einer schwachen Linksfront (den tschechischen Postkommunisten) und ohne die Heuchelei einer *alternance démocratique*. Während meiner Begegnung mit Lesern im Polnischen Institut soll einer der tschechischen Zuhörer nach meinem entsprechenden Ausspruch seinem polnischen Nachbarn zugeflüstert haben: »Träumer!« Über *mein* Land weiß ich aber mehr als er, und deshalb schwebt meine »Träumerei« nicht im luftleeren Raum.

Nur selten hört man von der Gruppe von Vyšehrad, als ob sie in der öffentlichen Meinung nicht existiere. Ich vermute, daß sie deshalb ins Leben gerufen wurde, damit jeder Teilnehmer davon ausgehen könne, daß gerade er wegen seiner guten Lernergebnisse zum Musterschüler gekürt werde … Meine Vermutung trifft mit Sicherheit auf Klaus zu.

Ich vergaß in Klammern anzufügen, daß sich das Polnische Institut im Gebäude der ehemaligen Prager Filiale der Triester *Assicurazioni Generali* befindet, in der Kafka fast ein Jahr lang arbeitete. Vielleicht las ich also meine kurze Erzählung dort, wo er einst seine amtlichen Formulare ausfüllte.

*

Josefstadt, das ehemalige jüdische Stadtviertel. Hier befinden sich das Staatliche Jüdische Museum, vier Synagogen und der Alte Jüdische Friedhof, auf dem seit 300 Jahren wegen Platzmangels keine Bestattungen mehr stattfinden. Rein musealen Charakter hat eine der Synagogen, die derjenigen von Kazimierz in Krakau ähnelt und in der an den Steinwänden die Namen der ermordeten Juden eingemeißelt sind. Der Alte Friedhof! Die Grabmäler neigen sich einander zu, als würden sie aus der Tiefe der Erde gestoßen; darüber das unentwegte unheilverkündende Krächzen der Raben und Krähen. Sie scheinen die Mauern des Friedhofs nicht zu verlassen und kreisen, von heiseren Rufen begleitet, nur über den Gräbern. Alle Besucher verharren einen Augenblick am Grab des Rabbi Löw, der den Golem erschuf.

Die Sagengestalt aus dem Prag des 16. Jahrhunderts ist in der Tat eine Prophezeiung, deren wahrer Sinn immer noch nicht voll erfaßt ist. Der Golem, den Rabbi Löw in Gestalt eines Menschen aus Lehm formte und der die Prager in Schrecken versetzen sollte, damit sie die Ghettobewohner in Ruhe ließen, wurde im Lauf der Zeit zur Symbolfigur einer Epoche, in der die unter die Zunge der Puppe gelegte magische Formel in der Lage ist, nackte, blinde und zerstörerische Gewalt zu entfesseln und in Gang zu setzen. Heutzutage wird die magische Formel mit den zeitgenössischen »Ideologien« in Verbindung gebracht. Dabei kann man aber nun, im 20. Jahrhundert, das Lehmungeheuer nicht mehr so leicht außer Gefecht setzen und in Staub verwandeln, indem man ihm die magische Formel entreißt, wie dies der jüdische Wundertäter im 17. Jahrhundert zu tun verstand. Der Golem unserer Zeiten hat lange Schrecken verbreitet und Millionen Menschen den Tod gebracht, ehe es schließlich gelang, ihn tödlich zu treffen und in einen form-

und leblosen Haufen zu verwandeln. Wer weiß aber, ob er für immer leblos bleibt.

Über den prophetischen Aspekt des Golems schweigen die Broschüren, die im Kiosk am Friedhof verkauft werden.

*

Mittagessen in der prächtigen französischen Botschaft auf Einladung des Botschafters und seiner italienischen Frau (einer Nichte meiner Frau). Botschafter Baluch und Helena Stachová waren ebenfalls eingeladen.

In den Gesprächen bei Tisch und anschließend auf der Terrasse wurde mit nur wenigen Bemerkungen der nahe Papstbesuch erörtert. Die Bewunderung für Johannes Paul II. hinderte die Kenner der tschechischen Verhältnisse nicht daran, gewisse verborgene Befürchtungen zu äußern. Wird sich das Stadion in Strahov, das 200 000 Menschen Platz bietet, nicht als zu groß erweisen, wird es während der Begrüßung nicht mit leeren Bänken glänzen? Das Problem liegt in der wachsenden religiösen Indifferenz der Tschechen, die sich (nach Meinung Machejs) darin ausdrückt, daß nur knapp 6% der Bevölkerung Prags an den sonntäglichen Gottesdiensten teilnehmen. Wird die Heiligsprechung des seligen Jan Sarkander, eines eifrigen gegenreformatorischen Geistlichen, den tschechische Protestanten während des Dreißigjährigen Krieges ermordeten, nicht als »heikle«, »unglückliche« Idee aufgefaßt werden, wie dies bereits in Polen der Bischof der Evangelisch-Lutherischen Kirche Szarek angekündigt hat?

Nach dem Mittagessen fuhren wir zum Königspalast, wo wir die Erlaubnis hatten, einen Blick in die Säle zu werfen, die im allgemeinen für Touristen unzugänglich sind. Bei unserem Rundgang (welch ein Blick auf Prag aus dem Fenster des Fenstersturzes!), bei dem wir insbesondere den Vladislav-Saal bewunderten, der wirklich wunderschön und in seinen Ausmaßen den Reiterturnieren angepaßt ist, fanden wir uns in der Nähe der Präsidentenräume. Frau Fijalkova, die früher tschechische Botschafterin in Warschau war und nun Havels Sekretärin ist, deutete leise an, daß eine Begegnung mit ihm nicht ausgeschlossen sei (es hieß, er habe mein Tagebuch auf tschechisch gelesen oder lese es gerade). Ein langer Zug von Delegationen zum Präsidenten am Jahrestag des Prager Aufstandes (5. Mai) verhinderte ein Treffen. Dafür lud uns die nette Frau Fijalkova zum Kaffee an das »historische« runde Tischchen ein, an dem Havel mit Wałęsa und Antall beriet, als der Warschauer Pakt aufgelöst wurde.

(Am 21. Mai hinzugefügt.) Die in der französischen Botschaft in Prag geäußerten Befürchtungen haben sich bestätigt. Es genügt, einen Blick auf die Titel der großen Tageszeitungen zu werfen. *Prag ignoriert den Papst. Papstbesuch – Prag zeigt sich gleichgültig. Heiligsprechung entfacht Boykott. Krieg der Protestanten gegen den Papst.* Eine makabre Reportage aus Olmütz – ein Duell mit Folterwerkzeugen. In der katholischen Kirche wurden Folterwerkzeuge aufgestellt, mit denen Jan Sarkander gequält worden war. Die protestantische Kirche antwortete mit der Ausstellung von Gerätschaften, mit denen Katholiken Protestanten gefoltert hatten. Wahrscheinlich eine Erfindung der Journalisten, wenngleich eine recht bezeichnende. Man möchte fast ausrufen: *se non è vero …*

Johannes Paul II. bat die tschechischen Protestanten in unmißverständlicher Art um »Verzeihung für das in der Vergangenheit erlittene Unrecht«. Ausdrucksstärker wäre diese Aussage zur Eröffnung der Reise gewesen und nicht als deren Abschluß.

*

Meine Reiseerfahrungen haben mich gelehrt, daß jede schöne Stadt über einen Winkel verfügt, der gleichsam ihre Synthese darstellt, ein kleines Spiegelbild. In Prag denkt man in erster Linie an den Hradschin, die Karlsbrücke, das Goldene Gäßchen oder den Altstädter Ring. Ihre Außergewöhnlichkeit und Berühmtheit steht aber im Weg. Ein »Winkel« muß Schönheit und Schlichtheit in sich vereinigen, muß ein Splitter am Rand sein. Am 6. Mai, dem Vortag der Abreise nach Rom, hatte ich bereits alle Hoffnung verloren, einen solchen zu finden. Ich hatte jedoch Glück. Dem Rat unserer Tochter folgend, fuhren wir am Vormittag in das Agneskloster.

Agnes, eine Schwester König Wenzels I., hat das Klarissinnenkloster gegründet. In der ersten Hälfte des 13. Jahrhunderts wurde es in gotischem Stil errichtet. Nach Aufhebung des Klosters im 18. Jahrhundert verfiel es und drohte, völlig zu zerfallen. Rettung kam in unserer Zeit dank einer meisterhaften Restaurierung. Die Kapelle ist unberührt, Gänge mit den Grabplatten des Königs und der Heiligen, an den Wänden erstaunliche Flachreliefs, im ersten Stock eine Gemäldegalerie, mittendrin das Quadrat des Innenhofs mit Garten. Agnes wurde erst 1989, kurz vor der Samtenen Revolution, heiliggesprochen.

Das Kloster selbst würde für einen »Lieblingswinkel« nicht ausreichen, die Nachbargäßchen sind Quelle der Faszination. Eng, malerisch, still, voller Leben trotz der Stille, von Sonnenstrahlen vergoldet, schweben sie zwischen *sacrum* und *profanum*. Eines Tages werden hier Maler mit ihren Staffeleien auftauchen, und die heilige Agnes verwandelt sich in ein Prager Montmartre.

Zwanzigtausend junge Amerikaner und Amerikanerinnen wohnen ständig in Prag. Sie leben auf gut Glück, ergänzen ihre kleinen Zufallseinkünfte mit Überweisungen aus den Vereinigten Staaten. Man kann sie (tagsüber) ganz leicht an den Mineralwasserflaschen, die sie unter dem Arm tragen, erkennen. Ihre Gesichter strahlen Fröhlichkeit und Zufriedenheit aus. Sollte es möglich sein, daß Prag die Rolle übernommen hat, die Paris für die Amerikaner nach dem Ersten Weltkrieg spielte, ein von Hemingway beschriebener »beweglicher Festtag«? Wir werden es an den Büchern und Gemälden der heutigen Vagabunden erkennen können. Aufregend ist aber allein schon die Annahme, daß innerhalb dieser Gruppe amerikanischer Eindringlinge (denn sie bewegen sich meistens in Gruppen) ein Prager Scott Fitzgerald heranwächst.

Im gleißenden Licht der Mittagssonne stieg ich vom Klosterhügel herab und fragte mich seufzend im stillen: »Werde ich jemals nach Prag zurückkehren?«

Dragonea, Juli 1995

Um Mitternacht bellen die Hofhunde, zerren und suchen sich loszureißen, sogar aus der Ferne scheint in ihrem Gekläff das Klirren der Ketten vernehmbar; sie verbellen verspätete Fußgänger oder den Mond, der jeden Augenblick droht, mitten auf den Hof zwischen Haus und Hundehütte herunterzufallen. Vor dem Morgengrauen nimmt das Bellen den Klang eines kläglichen, oft unterbrochenen Jaulens an, zwar laut, aber angsterfüllt. Die von der aufgehenden Sonne vertriebene Nacht weckt scheinbar die Geister, die still wie Schatten durch Hundeträume huschten.

Während des ersten Sommers in Dragonea brachten mir die Hunde meine Kindertage in Erinnerung. Als hätten sie sich plötzlich nach so vielen Jahren wieder gemeldet, um mich anzufeuern und zu einem raschen Marsch durch den Wald zur Bahnstation in Suchedniów anzutreiben, zum einzigen Zug, der es erlaubte, mit dem Acht-Uhr-Gongschlag völlig außer Atem in die Schule in Kielce zu stürmen.

Diese dragoneische »Madeleine« führte dazu, daß ich mich damals sofort in dem frisch erworbenen Häuschen, das abseits liegt, aber im Dorf (Städtchen?) unter der Bezeichnung *Casa Rossa* bekannt ist, heimisch fühlte. Die zeitweiligen sommerlichen Besuche meiner Schwester und ihres Mannes aus Warschau in Dragonea vertieften noch diese Verwurzelung. Für zwei Monate verwandelte sich das *Rote Haus* in ein polnisches Haus; nächtliche Gespräche auf der Terrasse, heimische Küche, fröhliches Lachen und das fortwährende Echo der Erinnerungen (im Fall von uns dreien war es das Spiel des »Echos aus dem Wald«). Diesen Besuchen hat das Schicksal dann ein Ende gesetzt. Nach dem Tod meiner Schwester hielt ich die glückliche dragoneische Zeit für endgültig abgeschlossen, obwohl der einmonatige Aufenthalt von Irena und Jerzy Morawski im Jahr zuvor (also noch zu Lebzeiten meiner Schwester) als Versuch erschien, das Ende aufzuschieben. Dieses Jahr kamen Włodzimierz Bolecki und seine Frau Anna für drei Wochen. Und wieder lebte das *Rote Haus* auf.

Włodzimierz Bolecki ist ein großartiger Literaturkritiker, der beste – meiner Meinung nach – heute in Polen, der sich mit meinem Lehrmeister Ludwik Fryde und meinem nie genug beweinten Freund Kot Jeleński messen kann. Anna Bolecka hat einen wunderschönen Roman *Biały kamień*[145] geschrieben und scheint mir eine Zierde der Prosaisten ihrer Generation zu sein.

Das Kommen der beiden war nicht nur ein touristisches Unterfangen und der Besuch eines Freundes. Bereits vor längerer Zeit hatte ich mit Bolecki ausgemacht, uns zu einer Reihe von Gesprächen zusammenzusetzen, aus denen dann ein Buch entstehen soll, wie es Jan Chodakowski, der Leiter des *Puls*-Verlages angeregt hatte. Es geht dabei nicht um die seit kurzem in Mode gekommenen und (zu Recht) gern gelesenen »vierhändigen« autobiographischen Berichte. Der Verfasser zweier Bücher über mein Werk – *Ciemny staw*[146] und einer Studie über *Die Welt ohne Erbarmen* – plante, in einem Dialog mit mir all das, was in den weiteren Bänden der *Gesammelten Werke* erscheint, die *Czytelnik* seit vorigem Jahr (in der Bearbeitung von Zdzisław Kudelski) herausgibt, zu analysieren und durchzudiskutieren.

Jeden Vormittag hatten wir drei Stunden für unser Gespräch vorgesehen, das wir auf Band aufnahmen. Von Tag zu Tag wuchs meine Bewunderung für die Intelligenz, das Wissen, die Beobachtungsgabe und das feine Gehör meines Gesprächspartners. Oft fühlte ich mich an Kot Jeleński erinnert, der Texte »im Flug« (wie Gombrowicz sagte) erfaßte, empfindsam war für feine Anspielungen, schöpferisch in der ständigen Zusammenfassung und Beachtung einer größeren Perspektive. So wuchs nicht nur meine Bewunderung, sondern auch das Vergnügen. In jedem Werk ist der zwar unsichtbare, aber für den Leser sehr wohl spürbare Grundsatz der Komposition verborgen, das Spiel der Phantasie und der Gedankenarbeit. Nur der erfahrene und kluge Kritiker legt schon zu Beginn seine Karten auf den Tisch und erwartet vom Autor eine partnerschaftliche Gegenleistung.

⋆

Ausflüge in die nähere und weitere Umgebung haben wir nicht vernachlässigt. Zum wievielten Mal war ich schon in Paestum? Vor 40 Jahren kreiste eine Schar Raben über den Tempeln, als ob sie die malariaverseuchte Luft der Ausgrabungsstätten und den Drang ausländischer Touristen zu Selbstmorden in romantischen Dekorationen aus dem vorigen in unser Jahrhundert getragen hätten. Ich weiß nicht mehr, wann die Raben spurlos verschwanden. Seitdem wird Paestum ganz und gar von Grillen beherrscht (natürlich im Sommer) und von Eidechsen in den Rillen der griechischen Säulen. Manche der Heiligtümer sind eingerüstet, von den Tympanons lösen sich Steine. Sollte das bedeuten, daß Paestum in ähnlicher Weise bedroht ist wie Venedig? Auf Turners wunderschönem Aquarell *Gewitter über Paestum* erhellt Licht die düstere Landschaft; eine göttliche Kraft (schreiben Kritiker) habe den der Gefahr des Sturmes und der Meeresflut ausgesetzten Schatz aus dem zehnten vorchristlichen Jahrhundert geschützt. Meine krächzende Katastrophenstimmung läßt mich jetzt eher an eine Rückkehr der Raben denken.

In Amalfi wartete ich in einem Café zu Füßen der hohen, mir verbotenen Treppen zur Kathedrale auf das Ehepaar Bolecki. Wieder wuchsen Befürchtungen in mir, die mich an recht aberwitzige Katastrophen denken ließen. Vielleicht lag es daran, daß mir Amalfis Hauptstraße, die vom Domplatz zum Hafen führt, eine Stelle in Dubrownik in Erinnerung rief, der sie täuschend ähnlich sah. Und was geschieht, wenn dieses Meisterwerk einer inkrustierten Front und der Campanile vor dem Hintergrund der Berge neue Barbaren anzieht in einem morschen, ängstlich zitternden Europa, das jedes Schamgefühl verloren hat?

Anmerkungen

1 (S. 9) Bronisław Baczko, Philosoph, Historiker, Professor an der Universität Warschau. 1968 des Revisionismus beschuldigt, aus der Partei ausgeschlossen und mit Berufsverbot belegt. Sah sich gezwungen, ähnlich wie Leszek Kołakowski und viele andere, Polen zu verlassen. Lebt seitdem im westlichen Ausland.

2 (S. 10) Alexander Weissberg-Cybulski (1901-1964), Physiker, von der kommunistischen Idee begeistert, ging er 1931 nach Charkow und arbeitete dort als Ingenieur und Wissenschaftler. 1937 während der Großen Säuberung verhaftet, wurde er nach verschiedenen Gefängnisaufenthalten der Gestapo übergeben. Schließlich wurde er nach Krakau überstellt. Dort gelang ihm die Flucht aus dem Ghetto. Erneut verhaftet, konnte er wieder fliehen. 1946 setzte er sich nach Schweden ab. Über die Große Säuberung schrieb er in *Hexensabbat*, Frankfurt 1951.

3 (S. 14) K. – Krystyna, geb. Stojanowska, primo voto Domańska, Herlings erste Frau, Malerin. Sie starb 1952.

4 (S. 16) Nach dem deutschen Angriff auf die Sowjetunion kam es am 14. 8. 1941 zu einem polnisch-sowjetischen Militärabkommen über die Bildung polnischer Truppeneinheiten in der Sowjetunion unter Oberbefehl von General Władysław Anders. Eine gleichzeitig erlassene »Amnestie« für gefangene polnische Soldaten ermöglichte es diesen, im Laufe der nächsten Monate aus den Lagern freizukommen. Sie mußten sich nach Mittelasien zu den Sammelstellen der sog. Anders-Armee durchschlagen. Stalin war zwar auf die Hilfe Großbritanniens und Amerikas angewiesen, was ihn zu dem kurzzeitigen Wandel in seiner Polenpolitik veranlaßte, verfolgte aber langfristig ganz andere Pläne in bezug auf Polen und ließ die Aktion behindern. Angesichts einer versorgungsmäßig verzweifelten Lage setzte Anders die Evakuierung in den Iran durch. Im März und August 1942 gelangten ca. 115 000 Armeeangehörige (sowie Frauen und Kinder) in den Iran. Zunächst im Nahen Osten stationiert, kämpften sie später als II. Korps an der Seite der Alliierten in Nordafrika und in Italien, darunter auch im Mai 1944 am Monte Cassino.

5 (S. 17) Memoiren von General Władysław Anders (1892-1970), Originaltitel: *Bez ostatniego rozdziału.*

6 (S. 19) Gemeint ist die unter General Stefan Grot-Rowecki (1895 bis 1944) gebildete Untergrundarmee im besetzten Polen. General Grot-Rowecki wurde am 30. 6. 1943 verhaftet und am 30. 6. 1944 im KZ Sachsenhausen hingerichtet. General Tadeusz Bór-Komorowski (1895-1966) übernahm nach der Verhaftung Roweckis das Kommando und führte den Warschauer Aufstand (1. 8.-2. 10. 1944). Das Vorgehen der Heimatarmee wurde mit der polnischen Exilregierung in London abgestimmt.

7 (S. 19) Als nach Kriegsende die Anders-Armee aufgelöst und deren Angehörige möglichst nach Polen zurückkehren, alle anderen nach England evakuiert werden sollten, kam es in der 5. Division zu einer kleinen Revolte, um zu signalisieren, daß man die Ergebnisse von Jalta nicht widerspruchslos hinnehmen wolle. Diese Revolte war also eigentlich gegen die Alliierten gerichtet, von denen man sich im Kampf um ein freies Polen verraten fühlte.

8 (S. 20) Maria Dąbrowska (1889-1965), Schriftstellerin, spielte im Kulturleben Polens eine bedeutende Rolle. Hauptwerk ist der dreibändige Romanzyklus *Noce i dnie* (*Nächte und Tage*, deutsch von Leo Lasinski, Berlin 1955-57, zuletzt Berlin 1976). In ihren Werken schildert sie das Leben im Polen des ausgehenden 19. Jahrhunderts, aber auch die großen gesellschaftlichen Veränderungen der Gegenwart.

9 (S. 20) Anna Kowalska (1903-1969), Schriftstellerin, Freundin von M. Dąbrowska. Verwendet in ihrer Prosa häufig Motive aus der Antike und dem polnischen Mittelalter.

10 (S. 20) Romuald Traugutt (1826-1864), einer der Anführer des Aufstandes von 1863 gegen die russische Teilungsmacht. Wurde am 11. 4. 1864 verhaftet und kurz darauf hingerichtet.

11 (S. 23) Jerzy Stempowski (1893-1969), Pseudonym Paweł Hostowiec, Essayist und Kenner der Antike, lebte seit 1940 in Bern. Publizierte nach dem Krieg hauptsächlich in der in Paris erscheinenden Monatsschrift *Kultura* (vgl. Anm. 17). In seinen Essays beschäftigte er sich mit Erscheinungen des zeitgenössischen kulturellen und politischen Lebens, die er in den historischen Kontext der abendländischen wie auch multikultureller und multikonfessioneller Erfahrungen seiner Heimat in den Ostkarpaten zu stellen verstand. Schrieb u.a. eine Geschichte der Stadt Bern *La terre bernoise* (1954).

12 (S. 25) Wiesław Myśliwski (geb. 1932), Schriftsteller. Beschäftigt sich in seinen Romanen mit dem dörflichen Leben und seinen sozialen Veränderungen.

13 (S. 25) Kot J. – Konstanty Aleksander Jeleński (1922-1987), im Freundeskreis Kot genannt, Literatur- und Kunstkritiker, Essayist und Übersetzer, schrieb für verschiedene französische, englische und deutsche Zeitschriften, darunter *Le Monde*, *Arts* (New York), *Der Monat* und *Merkur*. War enger Mitarbeiter der *Kultura* (vgl. Anm. 17) und mit Herling befreundet.

14 (S. 25) Karol Modzelewski (geb. 1937), Historiker, 1957-1964 Parteimitglied; nach Veröffentlichung des kritischen *Offenen Briefes an die Mitglieder der Polnischen Vereinigten Arbeiterpartei* zusammen mit Jacek Kuroń aus der Partei ausgeschlossen. Mehrmals verhaftet (1965-67, 1968-71, 1981–82 interniert, anschließend ohne Anklageerhebung bis 1984 in Haft). Aktiv in der *Solidarność* tätig. Verfasser zahlreicher Bücher und wissenschaftlicher Beiträge zur Sozialgeschichte des Mittelalters.

15 (S. 26) Gemeint ist der Gedichtband *Raport z oblężonego miasta*, Paris

1983, deutsch: *Bericht aus einer belagerten Stadt und andere Gedichte*, übertragen von Oskar Jan Tauschinski, Frankfurt/M. 1985.

16 (S. 27) Krzysztof Pomian (geb. 1934), Philosoph und Historiker, verlor aus politischen Gründen seine Stelle an der Warschauer Universität, fand dann in der Handschriftenabteilung der Nationalbibliothek in Warschau ein Unterkommen. Lebt seit 1973 in Paris.

17 (S. 27) *Kultura*, politisch-literarische Monatsschrift, von Jerzy Giedroyc 1947 in Rom gegründet, erscheint seit 1948 in Maisons-Laffitte bei Paris (626 Hefte bis November 1999). Im *Institut Littéraire*, wie das von Giedroyc gegründete Verlagshaus heißt, erscheinen außerdem Bücher aus den Bereichen Geschichte, Politik und Belletristik sowie seit 1962 die *Historischen Hefte*. Herling war Mitbegründer der *Kultura*.

18 (S. 42) Grzegorz Piotrowski, Funktionär im Innenministerium. Am 19.10.1984 entführte er zusammen mit zwei Helfern Pfarrer Jerzy Popiełuszko auf seiner Heimfahrt von einem Gottesdienst in Bromberg und ermordete ihn grausam.

19 (S. 42) Waldemar Chrostowski, Chauffeur und Begleiter von Popiełuszko auf dieser verhängnisvollen Fahrt. Ihm gelang es zu entkommen.

20 (S. 55) *Arka* (Arche), unabhängige, außerhalb der Zensur erscheinende literarische Kulturzeitschrift; gegründet 1983.

21 (S. 56) Jan Józef Lipski (1926-1991), Literaturhistoriker und Kritiker. Nahm innerhalb der Heimatarmee am Warschauer Aufstand von 1944 teil. Nach dem Krieg eine der führenden Persönlichkeiten der Opposition, Vertreter sozialdemokratischer Ansichten. Mitbegründer des Komitees zur Verteidigung der Arbeiter KOR (vgl. Anm. 52), aktiv in der *Solidarność*. Nach dem Umbruch 1989 zum Senator gewählt. Der hier erwähnte Essay erschien deutsch in: *Kontinent*, Heft 22/1982.

22 (S. 80) Jan Karski (geb. 1914), Diplomat und Historiker, während des Zweiten Weltkriegs Mitglied des polnischen Untergrundes. 1942 erhielt er von der Untergrundführung den Auftrag, die Alliierten über Hitlers Pläne zur Judenvernichtung zu informieren. Es gelang ihm, in London und Washington mit führenden Politikern, Journalisten und Intellektuellen zu sprechen, seine Berichte stießen trotz erdrückender Beweise jedoch meist auf Unglauben. Karski ist an der »Straße der Gerechten« in Yad Vashem ein Baum gewidmet.

23 (S. 81) Astolphe Louis Léonor de Custine (1790-1857). Seine Eindrücke von einer dreimonatigen Reise hielt er in Briefen an einen fiktiven Adressaten fest, die 1843 in Brüssel erschienen. Die deutsche Ausgabe *Russische Schatten – Prophetische Briefe aus dem Jahre 1839*, Nördlingen 1985, ist eine Auswahl von 23 der insgesamt 36 Briefe.

24 (S. 86) *Przegląd Powszechny* (Allgemeine Rundschau), von den Jesuiten in Warschau herausgegebene Monatsschrift, die sich mit religiösen, kulturellen und gesellschaftlichen Fragen befaßt; gegründet 1884.

25 (S. 89) 13. Dezember 1981, Verhängung des Kriegszustandes in Polen durch General Jaruzelski.

26 (S. 93) Jacek Trznadel (geb. 1930), Literaturhistoriker, Kritiker, Dichter und Übersetzer. In dem hier erwähnten Buch, das 1986 im *Institut Littéraire* in Paris erschien, führt Trznadel Gespräche mit 12 Schriftstellern über Totalitarismus, Stalinismus und die Rolle der Literatur.

27 (S. 93) Jan Józef Szczepański (geb. 1919), Prosaist und Übersetzer. In seinen Werken setzt er sich mit dem Heldentum und der Treue zu ethischen Werten angesichts der Greuel des Krieges auseinander, wobei er heroische Legendenbildung zu entlarven sucht. Szczepański war von 1980 bis 1983 Vorsitzender des Schriftstellerverbandes, bis zu dessen Auflösung durch die Machthaber. 1982 erhielt er in Wien den Herder-Preis.

28 (S. 93) *Puls*, Literaturzeitschrift, die im Herbst 1977 im polnischen Untergrund gegründet wurde. Zunächst nur zum Teil in London nachgedruckt, erschien sie ab Nr. 14/1982 bis Dezember 1993 (Nr. 64-65) nur noch in London.

29 (S. 95) Tadeusz Konwicki (geb. 1926), Prosaist und Filmregisseur.

30 (S. 97) Polnische Bibliothek in Paris, gegründet 1838 durch Vertreter der sog. Großen Emigration nach dem Aufstand von 1830-1831. Gegenwärtig beherbergt sie über 200 000 Bände sowie ein wertvolles Archiv. Der Bibliothek angeschlossen ist das Adam-Mickiewicz-Museum.

31 (S. 104) Andrzej Kijowski (1928-1985), Literaturkritiker, Prosaist, Essayist.

32 (S. 114) Zofia Nałkowska (1884-1954), Verfasserin von Romanen und Erzählungen. In den 1946 unter dem Titel *Medaliony* (Medaillons) erschienenen acht Erzählungen, die auf Berichten Überlebender beruhen, hat sie das Grauen der Konzentrationslager festgehalten. In einfacher, unpathetischer Sprache schildert sie die Opfer wie auch die Handlanger des Nationalsozialismus. Der Band wurde wiederholt aufgelegt und in verschiedene Sprachen übersetzt, darunter auch von Henryk Bereska ins Deutsche (Berlin Ost 1956; Frankfurt/M. 1968).

33 (S. 114) Tadeusz Borowski (1922-1951), Lyriker und Prosaist, debütierte mit dem 1942 im Untergrund herausgegebenen Band *Gdziekolwiek ziemia* (Wo auch immer die Erde). 1943 wurde er verhaftet und nach Auschwitz deportiert, im August 1944 nach Natzweiler verlegt und schließlich nach Dachau, wo ihn die Amerikaner befreiten. Im Juni 1946 kehrte er nach Polen zurück. In seinem Werk setzt er sich mit dem Grauen und der Tragik des Krieges auseinander. Unter der Last der Erinnerungen beging er am 3. 7. 1951 Selbstmord.

34 (S. 115) Leonor Fini (1909-1996), Malerin, in Buenos Aires geboren, in Triest in der weltoffenen und künstlerisch aufgeschlossenen Atmosphäre eines großbürgerlichen Hauses aufgewachsen, lebte sie seit den 30er Jahren in Paris. Sie stand dem Kreis der Surrealisten nahe, entwickelte aber einen eige-

nen individuellen Stil. Leonor Fini war die Lebensgefährtin von Konstanty Jeleński (vgl. Anm. 13).

35 (S. 117) Paweł Hostowiec ist das Pseudonym von Jerzy Stempowski (vgl. Anm. 11).

36 (S. 117) Zitat aus einem Essay von J. Stempowski mit dem Titel *Monsieur Chlewaski* (*Kultura*, Nr. 38, Dezember 1950, S. 45-50). Couriers Briefpartner hieß eigentlich Klewański und war der illegitime Sohn des Fürsten Czartoryski, der ihm eine gründliche und umfassende Bildung angedeihen ließ. Dies erklärt das große Wissen Klewańskis, der stets größten Wert auf Diskretion legte und – da er eine Publikation der Briefe Couriers nicht verhindern konnte – eine Verfremdung seines Namens veranlaßte.

37 (S. 117) Rena ist Jeleńskis Mutter Teresa, geb. Skarżyńska. *Über das Schwärzen von Papier* ist der Titel eines Essays von Jerzy Stempowski, in dem er sich skeptisch und mit leiser Ironie über das Schreiben äußert.

38 (S. 122) Józef Wittlin (1896-1976), Dichter, Essayist, Übersetzer und Kritiker; in seinem Roman *Das Salz der Erde* behandelt er die Sinnlosigkeit des Krieges aus der Sicht eines geduldigen Infanteristen der K.u.k.-Armee, ein Gegenstück zu Hašeks Schwejk. Die Erfahrung der Emigration und des Zusammenpralls der europäischen mit der amerikanischen Kultur (Wittlin lebte seit 1941 in New York) verarbeitete er in dem Band *Orfeusz w piekle 20 wieku* (Orpheus in der Hölle des 20. Jahrhunderts), aus dem der Essay *Glanz und Elend des Exils* deutsch erschienen ist, in: Autoren im Exil, hrsg. von Karl Corino, Frankfurt/M. 1981.

39 (S. 128) Józef Czapski (1896-1993), Maler und Schriftsteller; 1939 geriet er in sowjetische Kriegsgefangenschaft und wurde in das Lager Starobielsk verbracht. Czapski war einer der wenigen Lagerinsassen, die nicht erschossen, sondern in das Lager Grjasowjetz verlegt wurden. 1941 infolge der Amnestie befreit, wurde er von General Anders mit der Aufgabe betraut, 15000 verschollene polnische Kriegsgefangene – überwiegend Offiziere und Unteroffiziere – ausfindig zu machen. Seine vergeblichen Versuche (erst nach der Entdeckung der Gräber von Katyń bestand Klarheit über ihr Schicksal) sowie eigene Lagererfahrungen beschrieb er in den *Wspomnienia starobielskie* (Erinnerungen aus Starobielsk) und in *Na nieludzkiej ziemi* (deutsch: *Unmenschliche Erde*, übersetzt von W. Gromek, Berlin-Köln 1967). Nach dem Krieg gehörte er zum engen Kreis der Mitarbeiter von *Kultura* (vgl. Anm. 17) und lebte bis zu seinem Tod in Maisons-Laffitte.

40 (S. 128) *Krasnyj ugolok* ist die Vortragsecke eines Gemeinschaftsraums. Das Lager in Grjasowjetz befand sich in einem ehemaligen, teilweise zerstörten Kloster.

41 (S. 129) Stanisław Świaniewicz (1899-1997), Wirtschaftswissenschaftler, Professor an der Universität Wilna. Geriet 1939 in sowjetische Kriegsgefangenschaft und war im Lager Kozielsk inhaftiert. Bereits auf dem Weg in den Wald von Katyń wurde er aus der Gruppe der Gefangenen ausgesondert und

in das NKWD-Gefängnis in Smolensk überführt, kam nach Moskau und wurde schließlich zu Lagerhaft verurteilt. 1941 auf Grund der Amnestie freigekommen, schloß er sich der Anders-Armee (vgl. Anm. 4) an. Nach dem Krieg widmete er sich wieder der wissenschaftlichen Arbeit und lehrte an Universitäten in Großbritannien, Kanada und USA. Hier Bezug auf sein Buch *W cieniu Katynia* (Im Schatten von Katyń), Paris 1976.

42 (S. 130) vgl. Anm. 26.

43 (S. 130) »Ein Gedicht für Erwachsene« von Adam Ważyk (1905-1982), ein 1956 in der Zeit des sog. »Tauwetters« erschienener Lyrikband, dessen Titelgedicht als einer der wichtigsten literarischen Beiträge zur Entstalinisierung in Polen angesehen wird.

44 (S. 143) Mieczysław Jastrun (1903-1983), Dichter, Essayist und Übersetzer.

45 (S. 149) Nikolaj Jeschow (1895-1940), enger Mitarbeiter Stalins, führte Ende der zwanziger Jahre auf besonders brutale Weise die Kollektivierung sowie 1933 umfangreiche Säuberungsaktionen innerhalb der Partei durch. Ab 1936 war er Vorsitzender des Volkskommissariats für Innere Angelegenheiten und damit Chef des NKWD. Auf Geheiß Stalins organisierte er den Massenterror, der 1937 seinen Höhepunkt erreichte und später nach ihm als »Jeschowschtschina« bezeichnet wurde. Vom Ehrgeiz getrieben, eignete er sich eine Machtfülle an, die ihm zum Verhängnis wurde. Stalin setzte ihn ab. Jeschow wurde verhaftet, zum Tode verurteilt und hingerichtet.

46 (S. 154) *Russkaja Mysl* (Russischer Gedanke), seit 1947 in Paris erscheinende wichtigste Wochenschrift der russischen Emigration.

47 (S. 154) Andrzej Drawicz (1932-1997), Literaturwissenschaftler und Übersetzer, profunder Kenner der russischen Literatur und Kultur, verband große Hoffnungen mit *Glasnost.*

48 (S. 155) *zapisnyje knischki* – Notizbücher.

49 (S. 158) *scippo* – Diebstahl.

50 (S. 178) *prawosaschtschitnikow* – Rechtsschützer.

51 (S. 182) Irina Ratuschinskaja (geb. 1954 in Kiew), Physikerin; ihr im Samisdat verbreiteter Gedichtband sowie die Mitgliedschaft in der unabhängigen Gewerkschaftsbewegung SMOT führten zu ihrer Verhaftung. Die erwähnten Erinnerungen sind 1988 in München in deutscher Übersetzung unter dem Titel *Grau ist die Farbe der Hoffnung* erschienen.

52 (S. 183) *KOR – Komitet Obrony Robotników* (Komitee zur Verteidigung der Arbeiter), gegründet am 23.9.1976 mit dem Ziel, den nach den Streiks und Demonstrationen vom Juni 1976 verhafteten Arbeitern und ihren Familien juristische und materielle Hilfe zu leisten sowie die Weltöffentlichkeit über Repressionen zu informieren. KOR weitete im September 1977 seine Tätigkeit aus und bekämpfte jede Form von Repression, sei es aus politischen, weltanschaulichen, religiösen oder rassistischen Gründen, setzte sich für Rechtsstaatlichkeit und Menschenrechte ein. Später ging KOR in der *Solidarność* auf.

53 (S. 183) Natalja Gorbaniewskaja (geb. 1936 in Moskau), Dichterin und Publizistin. Sie wurde auf Grund ihres Berichts über die Demonstration vom 25. 8. 1968 auf dem Roten Platz 1969 in die Gefängnispsychiatrie von Kasan eingewiesen. Zeitweise war sie Redakteurin der »Chronik der laufenden Ereignisse« der sowjetischen Bürgerrechtsbewegung. Im Dezember 1975 verließ sie die Sowjetunion und lebt seitdem in Paris, wo sie Chefredakteurin der russischen Ausgabe von *Kontinent* war.

54 (S. 192) *Kontakt*, Monatsschrift, die ab April 1982 in Paris erschien und von Mitgliedern der Gewerkschaft *Solidarność*, die nach Ausrufung des Kriegszustandes im Westen geblieben waren, herausgegeben wurde.

55 (S. 192) Jarosław Iwaszkiewicz (1894-1980), Dichter, Prosaist, Essayist und Übersetzer. War auch politisch tätig als Abgeordneter im Sejm seit 1952 sowie als langjähriger Vorsitzender des Schriftstellerverbandes. Ab 1955 war er Chefredakteur der bedeutenden, in Warschau erscheinenden Literatur-Monatsschrift *Twórczość* (Das Kunstschaffen).

56 (S. 195) Jerzy Putrament (1910-1986), Prosaist und Publizist. War neben seiner schriftstellerischen Tätigkeit auch politisch aktiv: von 1945 bis 1950 im diplomatischen Dienst und von 1952-1956 als Sejm-Abgeordneter; gehörte von 1964 bis 1981 dem ZK der Partei an.

57 (S. 196) *Opritschnina*, russisch, nach der ursprünglichen Wortbedeutung der für die Witwe abgetrennte Teil des Erbes. Iwan IV., der Schreckliche, der krankhaft mißtrauisch überall Verrat witterte, vertrieb 1565 die Bojaren aus dem zu seiner unbeschränkten Verfügung erklärten »Sondergebiet« um Moskau herum und überließ diese Ländereien z. T. den *Opritschniki* als Dienstgüter. Diese zeichneten sich durch blinden Gehorsam aus und bildeten eine – bald berüchtigte – Spezialtruppe, deren Hauptaufgabe in der Terrorisierung und physischen Liquidierung des Adels bestand.

58 (S. 208) *wlast solowjezkaja* – Solowezkische Herrschaft.

59 (S. 216) Bronisław Geremek (geb. 1932), Historiker, auf seiten der *Solidarność* beteiligt an den Beratungen am Runden Tisch, seit 1989 Sejm-Abgeordneter, seit Oktober 1997 Außenminister der Republik Polen.

60 (S. 218) Karol Ludwik Koniński (1891-1943), Schriftsteller, Publizist und Literaturkritiker. *Uwagi 1940-1942* (Bemerkungen 1940-1942); *Pisarze ludowi* (Schriftsteller aus dem Volk), 1938, eine zweibändige Anthologie bäuerlicher Literatur, hervorgegangen aus seiner Dissertation von 1931: *O kulturze ludowej* (Über die bäuerliche Kultur).

61 (S. 219) *Moskowskaja Prawda* (Moskauer Wahrheit), politische Tageszeitung.

62 (S. 220) *Nowyj Mir* (Neue Welt), in Moskau erscheinende literarische Monatsschrift, deren Chefredakteur lange Alexander Twardowskij war.

63 (S. 220) *Czytelnik* (Der Leser), Warschauer Staatsverlag

64 (S. 221) Wissarion Belinskij (1811-1848), russischer Philosoph und Literaturkritiker.

65 (S. 221) *Śpiew wahadła* (Das Lied des Pendels); *Zeszyty Literackie* (Literarische Hefte), 1983 von Barbara Toruńczyk in Paris gegründete Vierteljahresschrift, die seit Sommer 1991 in Warschau erscheint.

66 (S. 225) Aleksander Wat, eigentlich Aleksander Chwat (1900-1967), Dichter, Schriftsteller, Publizist. In jungen Jahren vorübergehend Anhänger des Kommunismus. 1940 in Lemberg verhaftet, verbrachte er mehrere Jahre in sowjetischen Gefängnissen. Lebte ab 1958 im Westen. In den auf Tonband aufgezeichneten Gesprächen, die er – bereits schwerkrank – mit Czesław Miłosz führte und die nach seinem Tod unter dem Titel *Mój wiek. Pamiętnik mówiony* (Mein Jahrhundert. Gesprochenes Tagebuch) erschienen, spielt die Auseinandersetzung mit dem Stalinismus eine wichtige Rolle.

67 (S. 240) Tomasz Burek (geb. 1938), Literaturkritiker, der sich auch für unbequeme Autoren einsetzte und deshalb vor der Wende mit Restriktionen zu kämpfen hatte. Wissenschaftlicher Mitarbeiter am Institut für Literaturforschung.

68 (S. 242) *Maleńka encyklopedia totalizmu* (Eine winzige Enzyklopädie des Totalitarismus), Krakau 1990, ein kleinformatiges Bändchen von 80 Seiten, in dem lexikongleich verschiedene Begriffe erklärt werden. Zum Autor vgl. Anm. 27.

69 (S. 243) Julian Stryjkowski (1905-1996), Schriftsteller, beschreibt in seinen Romanen und Erzählungen die untergegangene Welt des Ostjudentums.

70 (S. 245) *Kak nam obustroit Rossiju?* – Wie sollen wir Rußland umgestalten?

71 (S. 248) *bywschych ludjej* – ehemalige Leute, mit dieser russischen Wendung bezeichnete man die Emigranten nach der Oktoberrevolution, die der ehemaligen Oberschicht angehört hatten, sich aber nun – ihrer finanziellen Mittel beraubt – mühsam über Wasser halten mußten.

72 (S. 251) Kazimierz Brandys (geb. 1916), Schriftsteller, zunächst einer der führenden Vertreter des Sozrealismus, von dem er sich aber bald wieder abwandte. Hielt 1970/71 Gastvorlesungen an der Sorbonne; arbeitete für *Les Temps Modernes*. 1976 wegen kritischer Äußerungen in Polen mit Publikationsverbot belegt. Die Verhängung des Kriegsrechts am 13. 12. 1981 überraschte ihn während einer Auslandsreise. Lebt in Paris.

73 (S. 252) Paweł Hertz (geb. 1918), Dichter, Prosaist, Essayist, Übersetzer und Herausgeber.

74 (S. 265) Wiktor Woroszylski (1927-1996), Dichter, Prosaist und Übersetzer, insbesondere russischer Lyrik, ins Polnische.

75 (S. 265) *Więź* (Bindung), 1958 gegründete Monatsschrift der kritischen katholischen Intelligenz; erscheint in Warschau.

76 (S. 266) Zbigniew Romaszewski (geb. 1940), Physiker, und seine Frau Zofia; seit 1976 waren beide im KOR, später in der *Solidarność* tätig. Mitbegründer der Helsinki-Kommission, die die Umsetzung der KBWE-Be-

schlüsse überwachte. Einer der Organisatoren der I. Internationalen Konferenz für Menschenrechte in Krakau 1988 und der II. Konferenz in Leningrad 1990.

77 (S. 267) Cyprian Kamil Norwid (1821-1883), Dichter, Dramatiker, Prosaist; verließ 1842 Polen und lebte überwiegend in Paris, wo er mittellos starb. Er gehört zu den originellsten, heute hochgeachteten, zu Lebzeiten aber verkannten polnischen Dichtern.

78 (S. 268) *Księgi ... Die Bücher des polnischen Volkes und der polnischen Pilgerschaft* von Adam Mickiewicz (1798-1855); 1832 unter dem Eindruck des niedergeschlagenen Aufstandes von 1830-31 in Dresden verfaßte und in Paris erschienene Reflexionen über die polnische Nation und die Aufgaben der Emigration.

79 (S. 268) vgl. Anm. 17.

80 (S. 275) Andrzej Bobkowski (1913-1961), Essayist, Prosaist und Kritiker. *Szkice piórkiem* (Federzeichnungen) sind ein Tagebuch aus der Zeit der deutschen Besatzung in Frankreich 1940-1944.

81 (S. 279) Die Parlamentswahlen vom 27. 10. 1991 führten zu einer enormen Zersplitterung der Parteienlandschaft, so daß die postkommunistische Linke mit 11,9% eine relativ starke Kraft darstellte. Die Wahlbeteiligung betrug 43,2%.

82 (S. 282) Isaak E. Babel (1894-1940), russischer Schriftsteller und Dramatiker.

83 (S. 283) »Die Drei«, die Babel im Schnellverfahren ohne Verteidiger am 26. Januar 1940 zum Tode verurteilten, waren Ulrich, Kandybin und Dimitrjew. Das Urteil wurde am nächsten Morgen vollstreckt.

84 (S. 284) *dopros* (russ.) – das Verhör.

85 (S. 285) Der Titel der Zeitschrift *Iridion*, von der polnischen Armee in Italien (vgl. Anm. 4) 1945-1946 herausgegeben, geht auf den Namen eines griechischen Verschwörers zurück, der einen Aufstand gegen Rom anzuzetteln versuchte und den Zygmunt Krasiński (1812-1859) zum Helden seines Dramas *Irydion* (1836) machte. In literarisch interessierten Kreisen Italiens war dieses Drama bekannt; es spielt in der Spätantike, als sich der Untergang des römischen Imperiums bereits abzeichnete, und enthält zahlreiche, 1945 wieder aktuelle Anspielungen.

86 (S. 286) »Hört Ihr, Anastasja Fjodorowna, wie wunderschön das auf italienisch klingt?« – »Gott sei dank hört Ihr Euch, Boris Leonidowitsch, noch viel besser, ganz entzückend schön, in unserer Sprache an.«

87 (S. 291) *Aneks* (Annex), politische Quartalsschrift, die, 1973 in Uppsala gegründet, ab 1977 in London erschien. Ziel war es, in Polen unzugängliche Texte in polnischer Übersetzung zu publizieren, zugleich aber auch polnischen Autoren eine zensurfreie Diskussionsplattform zu bieten. Ab 1975 trat *Aneks* auch als Buchverlag hervor.

88 (S. 291) Renata Gorczyńska (geb. 1943), Kritikerin, veröffentlichte

unter dem Pseudonym Ewa Czarnecka Gespräche mit Czesław Miłosz: *Podróżny świata* (Weltreisender, New York 1983); übertrug Gedichte von Miłosz und Zagajewski ins Englische.

89 (S. 294) Ewa Łętowska (geb. 1940), Juristin, November 1987 bis November 1991 erste Bürgerrechtsbeauftragte in Polen. 1992 wurde sie vom Europäischen Parlament für ihr Engagement bei der Einführung einer demokratischen und rechtsstaatlichen Ordnung in Polen geehrt.

90 (S. 295) Leszek Moczulski (geb. 1930), Publizist. Zur Zeit der Volksrepublik in der antikommunistischen Opposition tätig, wurde er mehrmals verhaftet. Mitbegründer der national-konservativen Partei KPN (Konförderation des unabhängigen Polen). Antoni Macierewicz (geb. 1948), Historiker. Mitglied des KOR und der *Solidarność*, 1991-1992 Innenminister; erregte wegen seiner umstrittenen Handhabung der Lustrationsgesetze Aufsehen. Jarosław Kaczyński (geb. 1949), Jurist, und sein Zwillingsbruder Lech Kaczyński, ebenfalls Jurist – beide waren in der *Solidarność* aktiv. Bekleideten nach dem Umbruch verschiedene politische Ämter.

91 (S. 297) Konrad Wallenrod, Titelgestalt des Poems von Adam Mickiewicz, die mit der historischen Gestalt des Hochmeisters des Deutschen Ritterordens (1391-1393) nicht viel gemeinsam hat. In dem Poem ist Konrad Wallenrod ein litauischer Edelmann, der – seine Herkunft verschweigend – die Führung im Orden anstrebt, um diesen zu vernichten und Litauen so vor den Eroberungsgelüsten des Ordens zu retten. Konrad Wallenrod gilt deshalb als Synonym für einen Menschen, der Verrat begeht, um sein Land vor Fremdherrschaft zu bewahren.

92 (S. 297) Andrzej Albrecht, Journalist, arbeitete bis zum 13. 12. 1981 im Polnischen Rundfunk, Mitglied der *Solidarność*. Herling bezieht sich auf Albrechts Bericht über die Einführung des Kriegsrechts in Polen durch General Jaruzelski am 13. 12. 1981, die er als diensthabender Redakteur in der Nachrichtenabteilung erlebte (Zeszyty Historyczne, Paris Nr. 99, 1992, S. 40-51).

93 (S. 297) Juliusz Hibner, eigentlich Dawid Schwartz (1909-1994), bereits vor dem Krieg Mitglied der Kommunistischen Partei, kämpfte während des Bürgerkriegs in Spanien 1936-38. Ab 1944 Karriere in den (kommunistisch orientierten) polnischen Streitkräften, 1949-1951 rechte Hand des Ministers für öffentliche Sicherheit, 1956-60 stellvertretender Innenminister.

94 (S. 298) Czesław Kiszczak (geb. 1925), General, 1972-79 stellvertretender Generalstabschef und zugleich Leiter des militärischen Abschirmdienstes. 1981-90 Innenminister. Leitete im Frühjahr 1989 auf Seiten der Regierung die Verhandlungen am »Runden Tisch«.

95 (S. 300) Notizen aus dem Untergrund.

96 (S. 313) Sławomir Mrożek (geb. 1930), Prosaist, Dramatiker, Satiriker und Zeichner. Studierte in Krakau Architektur, Kunstgeschichte und Orientalistik. Lebte seit 1963 in Italien, Paris und Mexiko, jetzt in Krakau.

97 (S. 313) Wiktor Weintraub (geb. 1908), Literaturhistoriker, Professor für polnische Literatur an der Harvard-Universität.

98 (S. 313) Sławek ist die Kurzform von Sławomir, Mrożeks Vornamen.

99 (S. 314) Władysław Machejek (geb. 1930), Schriftsteller und Publizist; in seinen der Parteilinie stets treu ergebenen Publikationen stellt er das Leben insbesondere der Dorfbewohner im real existierenden Sozialismus dar.

100 (S. 314) Leopold Tyrmand (1920-1985), Prosaist, Publizist, Musikkritiker. Seit 1966 in der Emigration in den USA, lehrte an der Columbia University in New York slawische Literatur und war ab 1976 am Rockford College Institute of Illinois tätig. Aufsehen erregten sein Roman *Der Böse* und das *Tagebuch*.

101 (S. 319) PPS, Polnische Sozialistische Partei, 1892 gegründet. 1948 erfolgte die Zwangsvereinigung mit der Kommunistischen Partei zur Vereinigten Polnischen Arbeiterpartei. Der unabhängige Teil der PPS wirkte nur noch im Exil. Seit dem Umbruch wieder in Polen tätig, befindet sie sich jedoch auf einer mühsamen Suche nach neuer Identität.

102 (S. 320) Aleksander Hall (geb. 1953), Geschichtslehrer, Publizist. Seit den siebziger Jahren in der kirchennahen Opposition tätig, später auch in der *Solidarność*. Nahm an den Beratungen am »Runden Tisch« teil.

103 (S. 320) KLD – Liberal-Demokratischer Kongreß, 1988 u. a. von Jan Krzysztof Bielecki, dem späteren Premierminister, gegründet. UD – Demokratische Union, 1990 durch die Vereinigung mehrerer kleinerer, aus der *Solidarność* hervorgegangener Parteien entstanden. Vorsitzender war Tadeusz Mazowiecki. Verband sich im April 1994 mit der KLD zur UW – Freiheitsunion.

104 (S. 320) Stanisław Tymiński (geb. 1948), Präsidentschaftskandidat bei den Wahlen 1990. Tymiński emigrierte 1969 und gründete in Kanada und Peru verschiedene Firmen im Bereich Elektrotechnik und Telekommunikation. Unvermutet tauchte er im politischen Leben Polens auf und köderte – dem Rattenfänger von Hameln gleich – seine überwiegend in der Provinz lebenden, desorientierten und enttäuschten Wähler mit allerlei leeren Versprechungen.

105 (S. 321) Aleksander Małachowski (geb. 1924), Publizist. In der *Solidarność* tätig. 1989-1997 Sejmabgeordneter, 1993-1997 Vizemarschall des Sejm.

106 (S. 321) Algirdas Brazauskas (geb. 1932), Präsident Litauens (1993 bis 1998); gehörte 1959-1990 der Kommunistischen Partei an, war 1988-1990 Erster Parteisekretär des ZK der KP Litauens. Nach deren Umgestaltung in die Litauische Demokratische Arbeiterpartei wurde er ihr Vorsitzender.

107 (S. 324) *Tygodnik Solidarność* (Wochenschrift der *Solidarność*). Organ der Gewerkschaft *Solidarność*, erschien von März bis Dezember 1981 und erneut ab 1989.

108 (S. 324) *Tygodnik Literacki* – Literarische Wochenschrift.

109 (S. 333) *Znak* (Zeichen), katholische Monatsschrift, die auch gesellschaftskritische und historische Themen behandelt. Erscheint seit 1946 in Krakau.

110 (S. 342) Land der Herren, Land der Knechte.

111 (S. 342) *smuta* – in der russischen Historiographie gebräuchlicher Begriff für die »Zeit der Wirren« (1605-1613) nach dem Tod Boris Godunows, als Kämpfe um den Zarenthron, die durch das Auftauchen des »falschen Demetrius« noch vertieft wurden, soziale Konflikte und ausländische Interventionen das Reich erschütterten.

112 (S. 344) Stefan Bratkowski (geb. 1934), Journalist. 1978-82 Mitorganisator der Diskussionsplattform »Erfahrung und Zukunft«. 1980-82 Vorsitzender des (1982 verbotenen) Journalistenverbandes. 1981 wegen seiner kritischen Haltung aus der Partei ausgeschlossen und Repressalien ausgesetzt. 1989 Teilnehmer am »Runden Tisch«.

113 (S. 351) Andrej Amalrik (1938-1980), Historiker, Dissident. Wurde wegen seiner Arbeit *Die Normannen und die Kiewer Ruś* von der Moskauer Universität relegiert. Er schlug sich mit verschiedenen Arbeiten durch, schrieb 1963-64 fünf Theaterstücke, die aber nicht veröffentlicht oder aufgeführt wurden. 1965 verhaftet und nach Sibirien verbannt, wo er in einer Kolchose arbeitete. 1966 vorzeitig freigekommen, war er als Kulturreporter in der Presseagentur »Nowosti« tätig. 1968 entlassen, fand er eine Arbeit als Briefträger, erneut verhaftet, wurde er schließlich in den Westen abgeschoben.

114 (S. 354) Dominik Morawski, Vatikankorrespondent der *Kultura*.

115 (S. 356) *wjerchuschka* (russ.) – die Spitze, der Regierungsapparat.

116 (S. 356) Anspielung auf Michail E. Saltykov-Schtschedrins (1826 bis 1889) 1870 erschienene Satire des zaristischen Rußland *Geschichte einer Stadt*, die im imaginären Glupov spielt (was soviel wie »Dummhausen« bedeutet).

117 (S. 356) Aleksander Trifonowitsch Twardowskij (1910-1971), russischer Lyriker, Redakteur der führenden Literaturzeitschrift *Nowyj Mir* (vgl. Anm. 62), galt nach 1953 als einer der Hauptrepräsentanten des »Tauwetters«.

118 (S. 357) *geroitscheskich podwigow* (russ.) – Heldentaten.

119 (S. 360) Als sich nach dem Zweiten Weltkrieg in Polen eine Kartoffelkäferplage ausbreitete, wurde das propagandistisch ausgeschlachtet. Es hieß, die Kartoffelkäfer würden heimlich von »imperialistischen« amerikanischen Flugzeugen abgeworfen, um die sozialistische Landwirtschaft zu zerstören.

120 (S. 360) Jacek Kuroń (geb. 1934), Historiker, Pädagoge. Trat 1953 der Kommunistischen Partei bei, wurde aber schon nach acht Monaten wegen kritischer Äußerungen ausgeschlossen. Nach dem »Tauwetter« 1956 trat er hoffnungsvoll erneut in die Partei ein. Als er jedoch zusammen mit Karol Modzelewski den *Offenen Brief an die Parteimitglieder* verfaßte, wurde er endgültig aus der Partei ausgeschlossen, verhaftet und zu 3 Jahren Gefängnis verurteilt. Mitbegründer des KOR. Nahm an den Beratungen des »Runden

Tisches« teil. 1989-93 Minister für Arbeit und Soziales. Begründer der Armenküchen und einer Stiftung zur Betreuung Bedürftiger.

Adam Michnik (geb. 1946), Historiker, Publizist. Mitglied des KOR. Redakteur in verschiedenen Untergrundzeitschriften. Wegen oppositioneller Tätigkeit mehrmals verhaftet. Nahm an den Beratungen des »Runden Tisches« teil. Seit 1989 Chefredakteur der *Gazeta Wyborcza*, einer der meistgelesenen Tageszeitungen Polens.

121 (S. 360) Alexander Herzens (1812-1870) Memoirenwerk *Erlebtes und Gedachtes* erschien ab 1854, erweitert 1870.

122 (S. 360) *Kolokol* (Die Glocke), 1857 in London von Herzen gegründete Zeitschrift, die bis 1867 erschien und in fortschrittlichen Kreisen Rußlands große Beachtung fand. Nach 1863 begann sie an Einfluß zu verlieren.

123 (S. 360) *Ein Wort über Stalin.* Lobgedicht zu Ehren Stalins von Władysław Broniewski (1897-1962). Neben revolutionären Gedichten findet sich im Werk Broniewskis auch zarte Lyrik, die – insbesondere in der Emigrationszeit 1942-45 und in den letzten Lebensjahren – von Schmerz und Trauer geprägt ist.

124 (S. 389) Kongreß der Polen in Amerika, 1944 gegründete Dachorganisation mit Sitz in Chicago, vereinigt verschiedene Organisationen der in den USA lebenden Polen, vertritt deren Interessen, setzt sich aber auch für die Belange Polens ein.

125 (S. 389) Jan Nowak (geb. 1913), langjähriger Direktor der Polnischen Sektion von Radio Freies Europa; nach seiner Emeritierung ließ er sich in Washington nieder.

126 (S. 390) So nannte Stanisław Mackiewicz (1896-1966), Publizist, Schriftsteller und Politiker, Polens Bündnisse mit England und Frankreich, also mit weit entfernten Ländern, im Gegensatz zu denen mit Nachbarstaaten.

127 (S. 392) *(Anmerkung von Gustaw Herling)* In Lublin erscheint die Vierteljahresschrift *Ethos*, die der Geistliche Styczeń, ein päpstlicher Berater, redigiert. Wegen des Abdrucks meines Textes *Ein Brief Norwids an die polnische Emigration* aus dem Jahr 1944 erhielt ich das Heft Nr. 2/3 von 1992. Darin fand ich ein Gespräch mit Andrzej Gwiazda, in dem dieser sagt: »Das Fernsehspektakel mit der Bezeichnung ›Runder Tisch‹ bildete den ersten Akt des in Magdalenka festgelegten Drehbuchs. Kiszczak eröffnete es mit einem programmatischen Referat, auf das Wałęsa antwortete: ›Ich nehme alles an, was Sie, Herr General, gesagt haben.‹ Mit diesen historischen Worten wurde nach allgemeiner Meinung der Kommunismus gestürzt.«

128 (S. 393) BBWR = Bezpartyjny Blok Współpracy z Rządem (Parteiloser Block für die Zusammenarbeit mit der Regierung), 1927 gegründeter, äußerst heterogener Block, der allein durch die Autorität Piłsudskis zusammengehalten wurde und als sein parlamentarisches Instrument galt.

129 (S. 393) *Gazeta Polska* (Polnische Zeitung), in Warschau 1929-1939 erscheinende politische Tageszeitung.

130 (S. 395) *Wiadomości* (Nachrichten), literarische Wochenschrift, erschien 1924-1939 in Warschau, ab 1946 in London.

131 (S. 396) *Widziane z góry* (Von oben gesehen), Roman von Stefan Kisielewski, erschien unter dem Pseudonym Tomasz Staliński 1967 im Verlag *Kultura* in Paris.

132 (S. 406) *Rzeczpospolita* (Republik), in Warschau erscheinende Tageszeitung.

133 (S. 408) *Coś w Polsce pękło, coś się skończyło* – Irgend etwas ist in Polen in die Brüche gegangen, irgend etwas fand ein Ende.

134 (S. 414) Ryszard Kukliński (geb. 1930), polnischer Oberst, ließ in der Zeit der *Solidarność* den Amerikanern Informationen über die Vorbereitungen zur Einführung des Kriegsrechts in Polen und die sowjetischen Reaktionen auf die *Solidarność*-Bewegung zukommen, ehe er sich im November 1981 in den Westen absetzte. Das erwähnte Interview erschien in Heft 475 der *Kultura* vom April 1987.

135 (S. 415) *Kresy* (Grenzgebiete), Literaturzeitschrift, die sich in ihren Beiträgen u. a. auch den östlichen Nachbarn Polens zuwendet.

136 (S. 419) Ossolineum – wissenschaftliches Institut, das Graf Józef Maksymilian Ossoliński 1817 in Lemberg mit dem Ziel gründete, Materialien zur Geschichte und Kultur Polens zu sammeln. Grundstock war die umfangreiche Bibliothek des Stifters. Der Verlag Ossolineum besteht seit 1828 und gibt geisteswissenschaftliche Werke und Klassiker der polnischen Literatur heraus. 1947 wurden Institut und Verlag nach Breslau verlegt.

137 (S. 420) *Zeszyty Wrocławskie* (Breslauer Hefte), politisch-literarische Quartalsschrift, erschien 1947-1952.

138 (S. 421) *Źle urodzeni* – Von schlechter Abstammung.

139 (S. 422) Czesław Bielecki, Architekt, Publizist, Politiker. War wegen seiner antikommunistischen Oppositionstätigkeit inhaftiert. Ist neben seiner Arbeit als Architekt weiterhin politisch und publizistisch aktiv.

140 (S. 423) *Kuźnia Młodych* – Jugendschmiede.

141 (S. 426) vgl. Anm. 60.

142 (S. 426) *Wiedza i życie* – Wissen und Leben.

143 (S. 427) *Straty kultury polskiej* – Verluste der polnischen Kultur; *Żywi i umarli* – Die Lebenden und die Toten, Rom 1945.

144 (S. 435) *zubastyj bolschewik* – zähnefletschender Bolschewik.

145 (S. 448) *Biały kamień* – Der weiße Stein.

146 (S. 448) *Ciemny staw* – Der dunkle Teich.

Zitatnachweise

S. 8 Aldous Huxley, Schöne neue Welt. Aus dem Englischen von Herbert E. Herlitschka, Piper Verlag München 1992, daraus das von Huxley dem Roman vorangestellte Motto von Nikolaj Berdjajew, S. 7.

S. 12 Montaigne, Über die Eitelkeit (Essais III, 9). Übersetzt von Hans Stillett, Eichborn Verlag, Frankfurt/M. 1998.

S. 12 Stendhal, Erinnerungen eines Egotisten, in: Stendhal, Tagebücher und andere Selbstzeugnisse, Rütten und Loening Verlag, Berlin 1983, Bd. 2, S. 203.

S. 24 Victor Klemperer, LTI – Notizbuch eines Philologen. Reclam Verlag Leipzig, 16. Auflage 1996, S. 364, 36, 203.

S. 25 Wiesław Myśliwski, Stein auf Stein. Deutsch von Henryk Bereska, Aufbau Verlag, Berlin 1990, S. 507.

S. 27 Victor Klemperer, LTI – Notizbuch eines Philologen, a. a. O., S. 165.

S. 28 ebenda, S. 168.

S. 30 Gottfried Benn, Doppelleben, in: Gesammelte Werke in 4 Bänden. Hrsg. von D. Wellershoff, Bd. 4, Wiesbaden/München 1977, S. 74.

S. 46f. George Orwell, 1984. Aus dem Englischen von Kurt Wagenseil, Diogenes Verlag, Zürich 1983, S. 305-306, 297, 298, 299.

S. 47 Fjodor M. Dostojewski, Die Brüder Karamasow. Aus dem Russischen von Hans Ruoff und Richard Hoffmann, dtv, München 1986, S. 344.

S. 66 Franz Kafka, Tagebücher 1910–1923. Hrsg. von Max Brod, Fischer Verlag, Frankfurt/M. 1983, S. 27.

S. 76 Franz Kafka, Briefe 1902-1924, in: Gesammelte Werke. Hrsg. von Max Brod, Fischer Verlag, Frankfurt/M. 1958, S. 19.

S. 92 Günther Anders, Kafka pro und contra, Beck Verlag, München 1967, S. 13.

S. 104 Alberto Savinio, Neue Enzyklopädie. Aus dem Italienischen von Christine Wolter, Insel Verlag, Frankfurt/M. 1983, S. 92.

S. 118 Czesław Miłosz, Auf unserer Erde. Aus dem Polnischen übertragen von Karl Dedecius, in: Czesław Miłosz, Gedichte 1933-1981, Polnische Bibliothek, Suhrkamp Verlag, Frankfurt/M. 1982, S. 132-133.

S. 120 Flaubert-Zitate bzgl. Madame Bovary und Einstellung zum Realismus zit. nach Julian Barnes, Flauberts Papagei. Aus dem Englischen von Michael Walter, Haffmanns Verlag, Zürich 1989, S. 230; Brief von 1876 ebenda S. 269-270; Flauberts Brief an Ernest Feydeau (über die Biographie eines Freundes) = Motto daselbst, S. 7.

S. 127 Joseph Brodsky, Nadeshda Mandelstam (1899-1980). Ein Nekrolog, in: J. Brodsky, Flucht aus Byzanz. Essays. Aus dem Amerikanischen von Marianne Frisch, Carl Hanser Verlag, München 1988, S. 127.

S. 130 Ingmar Bergman, Mein Leben. Aus dem Schwedischen von Hans Joachim Maas, Hoffmann und Campe Verlag, Hamburg 1987, S. 149. (Der schwedische Originaltitel lautet »Laterna magica«).

S. 135 Franz Kafka, Briefe an Milena. Hrsg. von Willy Haas, Band 5 der Gesammelten Werke. Hrsg. von Max Brod, Fischer Verlag, Frankfurt/M. 1952, S. 208.

S. 135 Walter Benjamin, Franz Kafka. Zur zehnten Wiederkehr seines Todestages, in: Schriften, Suhrkamp Verlag, Frankfurt/M. 1955, Bd. 2, S. 201.

S. 135 Leszek Kołakowski, Falls es keinen Gott gibt. Aus dem Englischen von Friedrich Griese, Piper Verlag, München 1982, S. 196.

S. 135 Franz Kafka, Tagebücher 1910-1923, a. a. O., S. 97.

S. 135 f. Alexis de Tocqueville, Erinnerungen. Aus dem Französischen von Dirk Forster, Koehler Verlag, Stuttgart 1954, S. 75.

S. 136 f. Fjodor M. Dostojewski, Die Brüder Karamasow, a. a. O., S. 343, 348.

S. 151 Joseph Brodsky, Flucht aus Byzanz, Rede zur Verleihung des Nobelpreises, a. a. O., S. 12, 14.

S. 156 Elias Canetti, Das Geheimherz der Uhr. Aufzeichnungen 1973 bis 1985, Carl Hanser Verlag, München 1987, S. 126.

S. 177 Abraham und Renilde Hammacher, Van Gogh. Biographie in Fotos, Bildern, Briefen, Klett-Cotta Verlag, Stuttgart 1982, S. 200-201.

S. 180 Georg Christoph Lichtenberg, Aphorismen, Schriften, Briefe. Hrsg. von Wolfgang Promies in Zusammenarbeit mit Barbara Promies, Carl Hanser Verlag, München 1974, S. 190.

S. 200 Leszek Kołakowski, Horror metaphysicus. Das Sein und das Nichts. Aus dem Englischen von Friedrich Griese, Piper Verlag, München 1989, S. 7.

S. 215 Bertolt Brecht, Buckower Elegien, »Die Lösung«, Suhrkamp Verlag, Frankfurt/M. 1986, S. 11.

S. 221 Joseph Brodsky, Nadeshda Mandelstam, a. a. O., S. 127.

S. 221 f. Joseph Brodsky, Die klagende Muse. Aus dem Amerikanischen von Sylvia List, in: Flucht aus Byzanz, a. a. O., S. 36.

S. 224 Hannah Arendt, Eichmann in Jerusalem. Ein Bericht von der Banalität des Bösen, Aus dem Amerikanischen von Brigitte Granzow, Piper Verlag, München 1964, S. 322.

S. 233 f. E. M. Cioran, Gevierteilt, Aus dem Französischen von Bernd Mattheus, Suhrkamp Verlag, Frankfurt/M. 1982, S. 166, 154, 76, 68, 43, 47, 7.

S. 235 Zbigniew Brzeziński, Das gescheiterte Experiment. Der Untergang des kommunistischen Systems. Aus dem Amerikanischen von Hilde Linnert und Ute Szyszkowitz, Carl Ueberreuter Verlag, Wien 1989, S. 73-74.

S. 235 Marquis de Custine, Rußland im Jahre 1839, zit. nach Zbigniew Brzeziński, a. a. O., S. 81.

S. 252f. Ferdinand Gregorovius, Wanderjahre in Italien, Beck Verlag, München 1997, 5. Auflage, S. 612 und 621.

S. 255f. Ralf Dahrendorf, Betrachtungen über die Revolution in Europa in einem Brief, der an einen Herrn in Warschau gerichtet ist, Deutsche Verlagsanstalt, Stuttgart 1990, S. 54.

S. 257 Johann Wolfgang v. Goethe, Campagne in Frankreich 1792, zit. nach Goethe: Sämtliche Werke (Münchner Ausgabe) Bd. 14, Carl Hanser Verlag, München 1986, S. 385.

S. 261 Franz Kafka, Tagebücher 1910-1923, a. a. O., S. 52; Briefe an Felice. Hrsg. von Erich Heller und Jürgen Born, Gesammelte Werke, Fischer Verlag, Frankfurt/M. 1970, S. 264; Tagebücher, a. a. O., S. 221; Hochzeitsvorbereitungen auf dem Lande und andere Prosa aus dem Nachlaß. Hrsg. von Max Brod, Fischer Verlag, Frankfurt/M. 1953, S. 82.

S. 269 Dante Alighieri, Die göttliche Komödie. Übersetzung von Wilhelm G. Hertz, Winkler Verlag, München 1963, S. 385.

S. 277 Primo Levi, Die Untergegangenen und die Geretteten. Aus dem Italienischen von Moshe Kahn, Carl Hanser Verlag, München 1990, S. 86.

S. 277f. Joseph Conrad, Herz der Finsternis, in: Meistererzählungen. Übersetzung aus dem Englischen und Nachwort von Fritz Güttinger, Manesse Verlag, Zürich 1977, S. 320-321.

S. 285 Franz Kafka, Briefe 1902-1924. Hrsg. von Max Brod, Fischer Verlag, Frankfurt/M. 1966, S. 14 (Brief vom 20. 12. 1902).

S. 300 und 302 Fjodor M. Dostojewski, Aufzeichnungen aus einem Kellerloch und andere Erzählungen. Aus dem Russischen von Arthur Luther und Erwin Walter, Winkler Verlag, München 1977, S. 528.

S. 300f. Franz Kafka, Eine kaiserliche Botschaft, in: Sämtliche Erzählungen. Hrsg. von Paul Raabe, Fischer Verlag, Frankfurt/M. 1972, S. 156.

S. 301 Franz Kafka, Vor dem Gesetz, ebenda, S. 149.

S. 303 Franz Kafka, Der Bau, ebenda, S. 432.

S. 307 Stendhal (Henri Beyle), Das Leben des Henri Brulard und andere autobiographische Schriften. Übertragen von Walter Widmer, Winkler Verlag, München 1956, S. 310.

S. 329 Witold Gombrowicz, Tagebuch 1953-1969. Hrsg. von Rolf Fieguth und Fritz Arnold. Aus dem Polnischen von Olaf Kühl, Carl Hanser Verlag, München 1988, S. 589.

S. 345 Archilochos, in: Griechische Lyrik. Hrsg. von W. Marg, Stuttgart 1964, zit. nach Kindlers Neues Literaturlexikon, Studienausgabe München 1992, Bd. 1, S. 617.

S. 352 John Keats, Gedichte und Briefe. Aus dem Englischen übertragen von H.W. Hansermann, Manesse Verlag, Zürich 1950, S. 336.

S. 361f. Alexander Herzen, Vom anderen Ufer. Aus dem Russischen von Alfred Kurella. Hrsg. von Axel Matthes, Rogner & Bernhard, München 1969, S. 171.

S. 379 Dante Alighieri, Die göttliche Komödie, a. a. O., S. 394.

S. 424 Czesław Miłosz, Gedichte 1933-1981, Suhrkamp Verlag, Frankfurt/M. 1982, aus dem Gedicht: In Warschau, übertragen von Jannine Łuczak-Wild, S. 48.

S. 433 Franz Kafka, Briefe 1902-1924, a. a. O., S. 14.

Namenregister

A

Abel 373
Abraham a Santa Clara (eigentl. Johann Ulrich Megerle) 139
Abuladze, Tengiz 208
Achmatowa, Anna 74, 221, 222
Acton, Harold 48
Adenauer, Konrad 203
Adler, Alfred 425
Adorno, Theodor 27
Aganbegian, Abel 137
Agca, Ali Mehmet 68
Agimet 359
Agnes 446
Ajchenwald, Alexander 145
Ajello, Nello 280
Albrecht, Andrzej 297, 323, 460
Aleksandra, Józef Opalskis Schwester 422
Alembert, Jean Le Rond d' 53
Alexander I. Romanow 196
Alpers, Svetlana 232
Amalrik, Andrej 351, 352, 462
Amendola, Giovanni 42
Amis, Kingsley 309
Anastasja Fjodorowna 286, 459
Anders, Günther 92
Anders, Władysław 17, 88, 346, 451, 455
Andreotti, Giulio 348, 400
Andropow, Jurij 258, 259, 356
Angela aus Foligno 127
Antall, Josef 445
Antelami, Benedetto (Magister Benedictus) 185-187
Antonello da Messina 347
Apiecionek, Czesław 409, 411
Apollinaire, Guillaume (eigentl. Wilhelm Apollinaris Kostrowicki) 285
Archilochos 345
Arendt, Hannah 69, 138, 223, 224, 276-278, 431
Aristoteles 371, 372
Aron, Raymond 431
Arschak, Nikolaj (Pseud. Julij Daniel) 59
Attila 98
Auden, Wystan Hugh 158, 306-309
Auerbach, Erich 123
Augustus 104
Aurier, Albert 177
Awwakum, Pjetrowitsch 96

B

B. 432
Babel, Isaak 282-284, 459
Baczko, Bronisław 9, 16, 349, 451
Baluch, Jacek 437-439, 441, 444
Balzac, Honoré 325, 326, 345
Baranowska 397
Barnes, Julian 120, 121
Barra 242
Bartoszewski, Władysław 438
Battista, Pierluigi 431, 432
Bazlen, Roberto 236, 237
Beckett, Samuel 65
Belinskij, Wissarion 221, 457
Bellarmino, Roberto 376-382, 384, 385
Benelli, Giovanni 355
Benjamin, Walter 11, 261
Benn, Gottfried 30, 32
Berdjajew, Nikolaj 9
Berenson, Bernard 259

Berger, J. 145
Bergholz, Stefan (Pseud.) siehe Wat Aleksander
Bergman, Ingmar 130
Berlin, Isaiah 56, 74, 179, 180, 221, 222, 345, 360
Berlinguer, Enrico 7, 229, 349
Bernanos, Georges 275
Bertram, Christoph 204
Besançon, Alain 46, 256, 315, 316
Bettin, Gianfranco 328
Bettiza, Enzo 406
Beveridge, William 256
Beyle, Henri siehe Stendhal
Bianco, Vincenzo 289
Bielecki, Czesław 411, 422, 464
Brelecki, Jan Krzysztof 461
Bobkowski, Andrzej 268, 270, 275, 459
Boccacio, Giovanni 312
Bocheński, Józef Maria 112
Bolecka, Anna 447-449
Bolecki, Włodzimierz 191, 192, 409, 412, 415, 417, 418, 420, 423, 447-449
Bonnard, Pierre 15
Borges, Jorge Luis 127
Borgia, Rodrigo, der spätere Alexander VI. 190
Bór-Komorowski, Tadeusz 451
Borowski, Tadeusz 114, 115, 277, 454
Borusewicz, Bogdan 408
Boyer, Paul 346
Boznańska, Olga 415
Bozzo, Baget 8
Brach-Czaina, Jolanta 404
Brandt, Willy 203, 356
Brandys, Kazimierz 251, 458
Bratkowski, Stefan 344, 462
Brazauskas, Algirdas 321, 461
Brecht, Bertold 215
Breschnew, Leonid 259, 356, 435
Breton, André 284, 433
Breughel, Jan der Ältere 241
Brod, Max 22, 135, 299
Brodsky, Joseph 88, 127, 151, 152, 221, 222, 252, 351, 402-404
Brogan, Denis William 178
Broniatowska, Krystyna (verheiratete Griffith-Jones) 427
Broniewski, Władysław 360, 463
Brożyna, Piotr 409
Bruno, Giordano 90, 91, 318, 367-389, 431
Brzękowski, Jan 49
Brzeziński, Zbigniew 77, 235, 296
Buber, Martin 127, 128
Bucharin, Nikolaj 95, 144-146, 150, 284, 336
Budjonny, Sjemjon 282
Bulgakow, Michail 144, 196, 199, 358
Burbage, Richard 101
Burek, Tomasz 240, 458
Burgess, Anthony 275, 339
Burke, Edmund 255

C

Caesar Julius 282
Cagliostro, Alessandro (eigentl. Giuseppe Balsam) 199
Cagni 333
Caillois, Roger 199
Calvin, Johann 91, 371
Calvino, Italo 63, 64
Campanella, Tommaso 53
Campo, Elvira de 359, 360
Camus, Albert 32, 33, 91, 231, 298, 299, 334, 403
Canetti, Elias 65, 66, 156
Capone, Al 10
Caracciolo, Galeazzo 376
Caravaggio, Michelangelo Merisi da 38, 50-52, 63, 89-91, 318, 319, 387
Carducci, Giosuè 122, 123
Carr, Edward Hallet 178
Cataluccio, Francesco 400, 423, 424

Cellini, Benvenuto 311
Chamberlain, Neville 390
Chaplin, Charlie 22, 87
Chateaubriand, François René 53
Chiaromonte, Nicola 34, 193, 345, 400, 431
Chirico, Giorgio de 103
Chlewaski (eigentl. Klewański) 117, 455
Chłystowski, Henryk 412
Chmiel, Beata 194, 409
Chodakowski, Jan 448
Chrostowski, Waldemar 42, 453
Chruschtschow, Nikita 47, 137, 206, 323, 431, 432
Churchill, Winston 8, 291, 349
Cicero 305
Cimabue (eigentl. Cenni di Pepo) 124
Cimarosa, Domenico 188
Ciołkosz, Adam 326
Ciołkosz, Andrzej 33
Cioran, Emil 118, 233, 234, 248–250, 270, 271
Citati, Pietro 133, 135
Clark, Kenneth 353
Claudel, Paul 339
Clemens VIII. 90, 213, 369, 377, 381, 382, 385
Cleria 190
Cölestinus, Ordensbruder 369, 372
Colletti, Lucio 244
Connolly, Cyril 234
Conrad, Joseph 141, 158, 277, 278, 400, 420
Cooper, Fenimore 325
Corot, Jean Baptiste Camille 242
Corregio (eigentl. Antonio Allegri) 185, 187–189, 191
Courier, Paul-Louis 117, 455
Croce, Benedetto 40, 41, 53, 98, 138, 376
Crossman 337
Custine, Astolphe Louis Léonor de 81, 235, 453
Cybula 440
Czapski, Józef 128, 129, 222, 266, 268, 455
Czartoryski, Adam Kazimierz 455

D

Dąbrowska, Maria 20, 452
Dahrendorf, Ralf 254, 255, 327
Dante, Alighieri 269, 310, 312, 345, 379
David 51, 243, 245
De B., Prof. 354
De Castelnau 371
Defoe, Daniel 180, 334
Delnowa, Botschenina Nina 405
Demetrius, falscher 462
Deng, Xiaoping 316
Desaglio, Enrico 278
Deutscher, Issac 7, 10, 349
Diamant, Dora 303
Dickens, Charles 151, 154
Diderot, Denis 242
Didier 242
Dimitrjew 459
Dimitrow 406
Dohrn, Anton 397
Donatello (eigentl. Donato di Betto Bardi) 311
Doré, Gustave 154
Dostojewski, Fjodor 12, 47, 74, 86, 151, 192, 199, 225, 252, 258, 268, 276, 300, 302, 329, 345, 358, 360
Drawicz, Andrzej 154, 342, 456
Dreyer, Carl Theodor 199
Dubček, Alexander 335, 434–437
Dubynin, Viktor 295, 296
Dudnik 296, 297
Dumas, Alexandre 48
Dumini 42

E

E. (Restauratorin) 259, 260
Eco, Umberto 7
Efron, Ariadna 125, 126
Efron, Georgij 125
Efron, Irina 125
Efron, Sergej 125
Eichmann, Adolf 61, 69, 278, 279
Eisenstein Sergej 195-197
Ejdelman 340
Eliot, Thomas Stearns 179
Elisabeth I. von England 371
Engels, Friedrich 129
Ernst, Max 22

F

Fallois de 129
Farias, Victor 139
Farkas (Sohn von Mihály Farkas) 207
Farnese, Alessandro (der spätere Paul III.) 189, 190
Farnese, Giulia 190
Farusi, S. J. 355
Faulkner, William 403
Fedecki, Ziemowit 194
Fellini, Federico 133
Ferrari, Ettore 388
Fijalkova 444, 445
Fini, Leonor 83, 115, 236, 454, 455
Fischer 337, 338
Fitzgerald, Francis Scott 446
Flaubert, Gustave 7, 74, 120, 121
Florczak, Zbigniew 395, 396
Fofi, Goffredo 399, 400
Folkierski, Władysław 326
Follett, Ken 8
Forster, Edward Morgan 178, 179
Foscolo, Luigi Benedetto 189
Fourier, Jean Baptiste Joseph 403
France, Anatole 199
Francesca, Piero della 51, 52
Franco, Bahamonde Francisco 242, 243, 278, 308
Franziskus von Assisi 122, 123
Freud, Sigmund 86, 87, 198
Friedrich II. 187, 252, 253
Fryde, Ludwik 427, 448
Fukuyama, Francis 255, 257
Furet, François 327

G

Galileo Galilei 318, 377, 431
Gantin, Bernardin 355
Garton Ash, Timothy 214, 257
Gatti, Raniero 213
Gauguin, Paul 177
Gaulle, Charles de 88
Gentile, Giovanni 317
Georg 333
George, Stefan 31, 205
Geremek, Bronisław 216, 327, 457
Ghiberti, Lorenzo 310-312
Giacometti, Alberto 22
Gide, André 88, 304, 305, 337-339
Giedroyc, Jerzy 97, 142, 268, 324, 395, 396, 400, 416, 453
Gielgud, Sir John 101
Gierek, Edward 251
Gierymski 415
Giordano, Luca 39
Giorgione 353
Giotto di Bondone 124, 310-312
Giudice, Gaspare 260, 261
Godunow, Boris 462
Goebbels, Joseph 31, 205
Goethe, Johann Wolfgang von 39, 101, 104, 122, 257, 358
Gogh, Vincent van 176, 177
Gogol, Nikolaj 267, 268, 318, 343
Golding, William 130
Goldowska, Maryna 208, 209
Goldscheider, Ludwig 312
Gombrowicz, Witold 75, 86, 248-250, 268, 270, 304, 329, 330, 395, 400, 416, 448
Gomułka, Władysław 251

Gorbaniewskaja, Natalia 154, 183, 220, 265, 457
Gorbatschow, Michail 43, 81, 103, 114, 136, 137, 144, 145, 195, 214, 215, 219, 235, 256, 257, 294, 335, 340, 343, 398
Gorczyńska, Renata 291, 459
Gorki, Maxim (eigentl. Alexej M. Pjeschkow) 195, 209
Gosse, Edmund 73
Gowin, Jarosław 333
Goya y Lucientes, Francisco 401, 402
Gozzoli, Benozzo 311
Graziosi, Andrea 292, 293
Gréban 82
Gregor X. (Teobaldo Visconti) 214
Gregorovius, Ferdinand 252
Grimau 243
Gromyko, Andrej 356
Grossman, Wasilij 16, 292
Grosz 335
Grot-Rowecki, Stefan 20, 451
Grydzewski, Mieczysław 420
Guiness, Alec 101
Gwiazda, Andrej 463

H

Hall, Aleksander 320, 461
Hammacher, Abraham 176
Hammacher, Renilde 176
Hartlaub, Felix 89
Hartwig, Julia 409
Hašek, Jaroslav 455
Haupt, Zygmunt 268
Hausner, Gideon 224
Havel, Vaclav 230, 250-252, 402, 403, 438, 445
Hayek, Friedrich August von 255
Hegel, Georg Wilhelm Friedrich 289, 291, 345, 361
Heidegger, Martin 138, 139
Heinrich II. 29
Heinrich III. 371
Heller, Michel 7, 44-47, 73, 257, 315, 316, 389, 399
Hemingway, Ernest 446
Herbert, Zbigniew 26, 93, 94, 122
Herling-Grudzińska Krystyna (geb. Stojanowska) 14, 451
Hermansdorfer, Janusz 420
Hernas, Czesław 420
Herriot, Edouard 293
Hersey, John 180
Hertz, Paweł 252, 458
Herzen, Alexander 95, 179, 180, 221, 360-362, 463
Heuss, Theodor 397
Hibner, Juliusz 297, 323, 460
Himmler, Heinrich 80
Hitler, Adolf 130, 138-140, 142, 205, 225, 290, 292, 339
Hofmannsthal, Hugo von 39
Hogarth, William 154, 155
Hogg, James 68, 69
Holland, Agnieszka 93, 94, 195
Honecker, Erich 235
Honorius III. 124
Hoogstraten, Samuel van 232
Horthy, Miklos 278
Hostowiec, Paweł (Pseudonym) siehe Stempowski, Jerzy
Hugo, Victor 17
Hunt, Carew 112, 113
Husserl, Edmund 138
Huxley, Aldus 9

I

Ionesco, Eugène 118, 271
Isherwood, Christopher 306-308
Iwan der Schreckliche 195-197, 457
Iwaszkiewicz, Jarosław 192-194, 457

J

Jacopone da Todi 312
James, Henry 325

Jaruzelski, Wojciech 37, 216, 295-298, 323, 324, 356, 392, 412, 414, 454, 460
Jaspers, Karl 138, 200, 205, 224
Jastrun, Mieczysław 143, 456
Jedlicki, Jerzy 421
Jeleńska, Teresa (genannt Rena) 117, 193, 194, 455
Jeleński, Konstanty (genannt Kot) 25, 26, 32, 33, 49, 111, 115-117, 119, 236, 268, 271, 319, 447, 448, 452, 455
Jelzin, Boris 340, 356, 389, 398
Jenninger, Philipp 202-204, 206
Jerofjejew, Wjenjedikt 43, 258
Jeschow, Nikolaj 149, 150, 456
Jesenská, Milena 135, 261, 303
Jewtuschenko, Jewgenij 251
Jezus Christus 47, 51, 62, 63, 79, 82, 83, 90, 198, 199, 218, 305, 355, 368, 369, 373, 375, 383, 387
Johannes XXI. 214
Johannes XXIII. 275, 354
Johannes Paul I. (Albino Luciani) 354, 355
Johannes Paul II. (Karol Wojtyła) 37, 68, 104, 253, 254, 294, 324, 351, 352, 354, 444, 445
Johannes der Täufer 51
Johnson, Paul 9, 10
Johnson, Samuel 178
Joyce, James 86, 236, 237, 345, 403
Judas 336
Judt, Tony 339
Juzwenko, Adolf 419

K

K. siehe Herling-Grudzińska Krystyna
Kaczyński, Jarosław 460
Kaczyński, Lech 295, 460
Kadar, Janos 207
Kafka, Franz 11, 21-23, 66, 76, 91-93, 133-135, 237, 260, 261, 274, 285, 298-303, 393, 394, 403, 434, 438, 440, 443
Kain 373
Kąkolewski, Krzysztof 237
Kalinka, Walerian 397
Kamjenjew, Lew Borissowitsch (eigentl. Rosenfeld L. B.) 336
Kandybin 459
Kaniowski, Michal (Pseudonym) siehe Pomianowski, Jerzy
Kant, Immanuel 180
Kapuściński, Ryszard 340, 342, 343
Karadžić, Radovan 390
Karl III. 53
Karl X. 131
Karski, Jan 80, 410, 453
Katharina II. 196
Keats, John 352
Kennedy, John Fitzgerald 152
Kerenskij, Alexander 136
Keynes, John Maynard 256
Kiefer, Anselm 27, 28
Kierkegaard, Soren 299
Kijowski, Andrzej 104, 105, 454
Kirilenko, Andrej 356
Kis, Janos 214
Kisielewski, Stefan (Pseudonym Tomasz Staliński) 396, 464
Kiszczak, Czesław 414, 460, 463
Klaus, Václav 390, 442
Klee, Paul 22
Klemperer, Victor 23, 24, 27, 28
Kłoczowski, Jerzy 415
Koestler, Arthur 10, 206, 207, 284, 336-338
Kołakowski, Leszek 91, 92, 135, 199, 200, 219, 302, 359, 406-408, 451
Kołoniecki 426
Komar, Michał 358, 359, 409
Koniński, Karol Ludwik 218, 426, 427, 457

Konradin 252
Konwicki, Tadeusz 95, 454
Kopernikus, Nikolaus 377
Kossygin, Alexej 356, 436
Kosyrjew 389
Kot siehe Jeleński, Konstanty
Kotschyna 180, 181
Kowalczyk 342
Kowalczykowa, Alina 409
Kowalska, Anna 20, 420, 452
Kozioł, Urszula 418
Kozłowski, Krzysztof 316, 317
Krasikow 43
Krasiński, Zygmunt 459
Kraśniewska, Wiktoria (Pseudonym) 58, 59
Kriegel 436, 437
Krjutschkow 335
Kubiak, Zygmunt 352
Kubin, Alfred 22
Kudelski, Zdzisław 324, 409, 415, 418, 448
Kukliński, Ryszard 414, 464
Kundera, Milan 250-252
Kuroń, Jacek 360, 452, 462
Kuryluk, Ewa 80
Kutuzow, Michail 346
Kwaśniewski, Aleksander 391, 412, 413

L

L. (aus Warschau) 207
La Bruyère, Jean de 110
Łajuk, Julia 181
Lampedusa siehe Tomasi di Lampedusa
Lanzmann, Claude 79, 80
Laqueur, Walter 79
Larbaud, Valéry 86
Lasker-Schüler, Else 31
Lawrence, David Herbert 199
Lawrence, Thomas Edward (Lawrence von Arabien) 275
Lebenstein, Jan 415, 417
Lec, Stanisław Jerzy 393
Lederer 441
Lenin, Wladimir Iljitsch (ursprünglich Uljanow) 10, 43, 95, 96, 114, 129, 136, 137, 151, 196, 208, 244, 337
Leopardi, Giacomo 240
Łętowska, Ewa 294, 460
Levi, Primo 114, 115, 181, 277
Lévi-Strauss, Claude 275
Leys, Simon 7, 8
Lichtenberg, Georg Christoph 180
Lipski, Jan Józef 56, 93, 230, 320, 427, 453
Löw, Rabbi 433, 434, 443
Longhi, Roberto 90
Lowry, Malcolm 240
Loyola, Ignatius von 32
Lubimow, Jurij 398
Lucia, Ordensschwester 355
Luciani, Eduardo 354
Ludwig XI. 196
Lukacs, György 325
Lustger, Jean-Marie 98
Luther, Martin 91

M

McCarthy, Mary 319
McLellan, David 275
Machej, Zbigniew 437, 441, 442, 444
Machejek, Władysław 314, 461
Machiavelli, Niccolo 242
Macierewicz, Antoni 295, 316, 317, 460
Mackiewicz, Józef 268
Mackiewicz, Stanisław 390, 463
Maclean 339
Macmillan, Harold 290
Madariaga y Royo, Salvador de 101
Magdziak-Miszewska, Agnieszka 266
Maistre, François-Xavier de 353

Makowski, Tadeusz 415
Małachowski, Aleksander 321, 393, 461
Malraux, André 308
Mamoń, Bronisław 218, 426
Mandelstam, Nadjeschda 16, 127, 221
Mandelstam, Osip 86, 152
Manfred 252, 253
Mann, Golo 205
Mann, Klaus 31
Mann, Thomas 31, 151, 205, 250, 358
Manzoni, Alessandro 39-41
Mao Tse-tung 215
Marcel, Gabriel 32
Marcinkus, Paul 355
Marcuse, Herbert 32
Marcuse, Jacob 359
Marcuse, Ludwig 32
Maria (Mutter Jesu Christi) 82, 383
Maria 422
Marie Louise 190
Martini 132
Martynow, Leonid 341, 342
Marx, Karl 23, 129, 256, 290
Masaniello (eigentlich Tomaso Ariello) 38
Masaryk, Jan 440
Masaryk, Tomaš 403, 439, 440
Matteotti, Giacomo 28-30, 37, 41, 42
Matthäus 90
Maximow, Wladimir 265, 399, 441
Maximus, Bischof von Turin 98
Mazowiecki, Tadeusz 220, 316, 461
Mazurkiewicz, Jan 421
Medici, Cosimo 311, 312
Medwjedjew, Roy 7, 349
Melville, Herman 108, 141, 142
Metternich, Klemens Lothar von 190
Meyrink, Gustav 433
Michałek, Bronisław 438
Michelangelo, Buonarotti 312
Michelet, Jules 359
Michelstaedter, Carlo 237
Michnik, Adam 214, 360, 416, 463
Mickiewicz, Adam 268, 269, 459, 460
Międzyrzecki, Arthur 409
Mikulski, Tadeusz 420
Milošević, Slobodan 390
Miłosz, Czesław 49, 118, 225, 268, 270, 401, 424, 458, 460
Mircea, Eliade 272-274
Mnačko, Ladislav 434
Mocenigo 368, 369, 372
Moczulski, Leszek 295, 460
Modigliani, Amadeo 20, 21
Modzelewski, Karol 25, 26, 418, 419, 427, 452, 462
Molotow, Wjatscheslaw 10, 195, 197, 297, 298
Montaigne, Michel Eyquem de 12, 305, 345
Montale, Eugenio 86, 237
Montesquieu, Charles Louis de Secondat 53
Morante, Elsa 247
Moravia, Alberto 246-248
Morawska, Irena 409, 447
Morawski, Dominik 354, 462
Morawski, Jerzy 409, 413, 414, 447
Moses 373, 383
Mozart, Wolfgang Amadeus 188
Mrożek, Mara 313
Mrożek, Sławomir 313, 314, 418, 460, 461
Muratori, Ludovico Antonio 53-55, 62
Muratow, Pawel 241
Mussolini, Benito 29, 30, 37, 42, 138, 152, 165, 202, 242, 289, 290, 292, 348
Musil, Robert 127, 128
Myśliwski, Wiesław 25, 452

N

Nagy, Imre 94, 335
Nałkowska, Zofia 114, 454
Napoleon I. Bonaparte 17, 190, 346
Nezval, Vitezslav 433
Nekrasow, Viktor 265
Nietzsche, Friedrich 284, 290
Nikolajewskij, Boris 145, 146
Nikolaus I. 196
Nikon (eigentl. Nikita Minow) 96
Nolte, Ernst 290, 291
Norwid, Cyprian Kamil 267, 285, 342, 459, 463
Nowak, Jan 389, 463
Nowicki, Stanisław 95

O

Odojewski, Włodzimierz 268
Oleksy, Józef 418
Olivier, Laurence 101
Opalski, Józef (genannt Żuk) 422
Ophüls, Max 79
Orcagna, Andrea 77
Orfini 122
Orski, Mieczysław 418, 420
Orszulik, Alojzy 360
Orwell, George (eigentl. Eric Blaire) 7-9, 15, 16, 23, 24, 46, 47, 80, 94, 279, 306-309, 319, 348-350
Orzeszkowa, Eliza 419
Ossoliński, Józef Maksymilian 464
Ovid 250, 270

P

P. (Antiquar) 47, 48
Paczkowska, Maria 313
Paczkowski, Bohdan 313, 394
Pajetta, Giancarlo 432
Paolino 367
Papée, Kazimierz Jan 410
Pascal, Blaise 95, 96, 275
Pascal, Pierre 95
Pasolini, Pier Paolo 199
Pasternak, Boris 74, 126, 152, 194, 195, 221, 286, 459
Patten, Arthur (Arturo) 394, 395
Paul V. 90
Paul VI. 84, 275, 304
Pavone, Claudio 317
Pawlak, Waldemar 412
Pepys, Samuel 66
Perlasca, Giorgio 278, 279
Peter I. 114, 196
Petrus 90
Philby, Kim 339
Piacenza, Giovanna 191
Piatnickaja, Julia 149, 150
Piatnicki 149, 150
Piatnicki, Igor 149, 151
Piatnicki, Wowa 149, 150
Picasso, Pablo 338
Pichoja, Rudolf 323, 324
Pieck, Wilhelm 406
Pietrkiewicz, Jerzy 118, 271
Pietruszka, Adam 37
Pilatus Pontius 60, 80, 199, 305
Piłsudski, Józef 292, 463
Piotrowski, Grzegorz 37, 42, 453
Pirandello, Luigi 75, 76
Pisano, Giovanni 185
Pisano, Niccolo 311, 312
Pius XII. 410
Piwiński, Leon 420
Pjecuch, Wjatscheslaw 265
Platonow 403
Podgorny, Nikolaj 356
Podgórzec 342
Poe, Edgar Allan 110
Pol, Marek 417
Pollainolo, Antonio del 311
Pollak, Oskar 76, 285
Pol, Pot 223
Pomian, Grażyna 97
Pomian, Krzysztof 27, 97, 327, 453

Pomianowski, Jerzy (Pseudonym Michał Kaniowski) 282, 283, 341, 396
Popiełuszko, Jerzy 37, 41, 453
Popper, Karl 255, 293-295, 425, 426
Poskrebyschew, A. 195
Proudhon, Pierre Joseph 345, 346, 403
Przybylak, Feliks 418
Poussin, Nicolas 91
Pristawkin, Analolij 265
Proust, Marcel 13, 15, 128, 129, 345, 403
Przebinda, Grzegorz 342
Przybylski, Ryszard 86
Putrament, Jerzy 195, 396, 457

R

R. 68
Rabelais, François 388
Radek, Karl 95
Rajk, László 207
Ratuschinskaja, Irina 182, 183, 456
Reale, Eugenio 281
Reiss, Ignaz 125
Rembrandt, Harmeszoon van Rijn 178, 232
Retinger, Józef 326
Revel, Jean-François 45, 78, 215
Ribbentrop, Joachim von 209
Rilke, Rainer Maria 126, 205
Rinieri, Berlinghieri Giulia 131-133
Ripellino, Angelo Maria 284, 286, 433
Robbia, Luca della 311
Romano, Sergio 256, 257
Romanowski, Andrzej 342
Romaszewska, Zofia 266, 458
Romaszewski, Zbigniew 266, 458
Rommel, Erwin 205
Rosa, Salvatore 39
Rostropowitsch, Mstislaw 103
Rousseau, Charles 78, 276, 403
Roy, Claude 214
Rozanow, Wasilij 199
Rudolf II. 433
Russell, Bertrand 112-114, 178, 179, 334, 335
Rybakow, Anatolij 144

S

Saba, Umberto 236
Sacharow, Andrej 216, 244, 252, 343, 351, 352
Sainte-Beuve, Charles Augustin 325
Salimbene de Adam Frate 186, 187
Salomo 368
Saltykov-Schtschedrin, Michail E. 356, 462
Samjatin, Jewgenj 39
Sarkander, Jan 444, 445
Sartre, Jean Paul 275, 339
Saslawska, Tatjana 137
Savinio, Alberto 103, 104
Schalamow, Warlam 59, 73, 74, 115, 153, 154, 221, 277, 350
Schentalinskij, Witalij 283
Scherer, Wilhelm 28
Schestow, Lew 74
Schdanow, Andrej 195-197
Schirinowski, Wladimir 389, 398
Schischlin, Nikolaj 137
Schiwago, Nikolaj Alexandrowitsch 397-399
Schiwago, Tatjana Romanowna 398
Schmitt, Carl 139-142
Schopenhauer, Arthur 104
Sciascia, Leonardo 67, 102, 103, 234, 347
Scorsese, Martin 198, 199
Scott, Walter 325
Scrovegni, Enrico 310
Sędziwój-Sendigovius, Michał 433
Seifert, Jaroslav 433
Semprun, Jorge 33

Shakespeare, William 101, 188, 345, 346, 352
Sienkiewicz, Henryk 419
Sikorski, Władysław 410
Silone, Ignazio 16, 34, 49, 151, 193, 246, 322, 337-339, 344, 356, 357, 400, 431, 432
Sinowjew, Alexander 10, 15, 44
Sixtus V. 90
Sixtus VIII. 377
Skalmowski 349, 350
Skubiszewski, Krzysztof 438
Smith, Denis Mack 42
Smolar, Aleksander 392, 408
Solimena, Francesco 39
Solschenizyn, Alexander 16, 33, 59, 74, 75, 202, 207, 208, 220, 243-246, 277, 340, 343, 349-352, 356, 360, 396, 399
Spadolini, Giovanni 203
Spender, Stephen 306-308, 337, 339
Spinelli, Altiero 81, 82
Spinelli, Barbara 293, 327, 431, 432
Stachová, Helena 437, 440, 441, 444
Stalin, Josef 8, 10, 114, 137, 150-152, 195-197, 224, 225, 242, 244, 289, 291, 295, 306, 333, 336, 337, 432, 439, 456, 463
Staliński, Tomasz (Pseudonym) siehe Kisielewski, Stefan
Stempowski, Jerzy (Pseudonym Paweł Hostowiec) 23, 49, 50, 97, 117, 221, 233, 250, 255, 268, 270, 271, 326, 397, 452, 455
Stendhal (eigentl. Henri Beyle) 12, 13, 17, 39, 97, 131-133, 151, 188-191, 307, 326, 346
Stoilow 437
Stolarczyk, Jan 420
Straszewicz, Czesław 268, 395, 396
Strom, Ronald 318
Stryjkowski, Julian 243, 458
Strzelecki, Jan 427
Styczeń 463
Sulik, Nikodem 88
Suslow, Michail 356
Suso, Enrico 128
Svevo, Italo 86-88, 236, 237
Svoboda, Ludvik 436
Świaniewicz, Stanisław 129, 455
Szaruga, Leszek 192
Szczepański, Jan Józef 93, 242, 344, 454
Szymborska, Wisława 418, 420

T

Taine, Hippolyte 312
Teilhard de Chardin 274
Terc, Abram 396
Theresia von Avila 128
Thomas aus Split 124
Thomas von Aquin 85, 95, 370
Tigrid, Pavel 441, 442
Tito, Josip Broz 435
Tocqueville, Alexis de 135, 214
Todorov, Tzvetan 275-277
Togliatti, Palmiro 16 94, 289, 322, 324, 356, 405, 406, 432
Tolstoj, Leo 133, 343, 345, 346, 360
Tomasi, Giuseppe, Fürst von Lampedusa 230
Tomlin, E. W. F. 274
Toruńczyk, Barbara 458
Traugutt, Romuald 20, 452
Trotzki, Leo 10, 151, 337
Truman, Harry 152
Trznadel, Jacek 93, 94, 454
Tschakowskij, Alexander 193
Tschechow, Anton 74, 75, 155, 283, 343, 416
Tscherkasow, Nikolaj 195, 197
Tschernischewskij, Nikolaj 43
Tschitscherin, Georgij 95
Tuchatschewskij, Michail 225
Turner, Joseph Mallord William 242, 449

Turowicz, Jerzy 392, 408
Twardowski, Jan 423
Twardowskij, Alexander 220, 356, 457, 462
Tymiński, Stanisław 320, 461
Tyrmand, Leopold 314, 461

U
Uccello, Paolo 311
Ugolow, Fjodor 43
Ulrich 459
Urban, George 102

V
Valéry, Paul 98
Valiani, Leo 29
Ventignano 48
Vernet, Claude Joseph 242
Victor Emanuel 30
Voltaire (eigentl. Francois-Marie Arouet) 53, 117

W
Wagenbach, Klaus 22
Wain, John 69
Wajda, Andrzej 33
Wajda, Krystyna 33
Wałęsa, Lech 393, 408, 416, 424, 440, 445, 463
Wallenberg Raul 278
Wańkowicz, Melchior 395
Wasilewski, Andrzej 154
Wassiljewa, A. N. 24
Wat, Aleksander (Pseudonym Stefan Bergholz) 225, 396, 458
Ważyk, Adam 456
Webb, Beatrice und Sidney 435
Weil, Simone 26, 219, 274, 275
Weintraub, Wiktor 313, 461
Weissberg-Cybulski, Alexander 10, 178, 451
Wenzel I. 446
Wetter, Gustav A. 114
Wierzbicki, Piotr 58
Wiatr, Jerzy 414
Wierzynski, Kazimierz 268
Wiesenthal, Simon 203
Wilczyński, Wacław 321
Wilson, Edmund 319
Wind, Edgar 353
Wischnewskaja, Galina 103
Wittlin, Józef 122, 248, 268, 270, 455
Woinowitsch, Wladmir 15
Woroszylski, Wiktor 182, 265, 458
Wosnjesenskij, Andrej 143, 144
Wright, Richard 337, 339
Wrzeziński 420
Wyman, David 60, 61, 79, 390

Y
Younger, Jimmy 308

Z
Zagajewski, Adam 460
Zajączkowski 342
Żakowski, Jacek 408
Zdrojewski, Olgierd 418
Żeromski, Stefan 419
Zwetajewa, Marina 125, 126
Zychowicz, Juliusz 24